Der Gefangene

JOHN GRISHAM

Der Gefangene

Roman

Aus dem Englischen von
Dr. Bernhard Liesen, Bea Reiter
Kristiana Ruhl, Imke Walsh-Araya

Weltbild

Die amerikanische Originalausgabe erschien unter
dem Titel *The Innocent Man* bei Doubleday, New York.

Besuchen Sie uns im Internet:
www.weltbild.de

Genehmigte Lizenzausgabe für Verlagsgruppe Weltbild GmbH,
Steinerne Furt, 86167 Augsburg

Übersetzung: Dr. Bernhard Liesen, Bea Reiter, Kristiana Ruhl, Imke Walsh-Araya
Umschlaggestaltung: Coverdesign, Augsburg
Umschlagmotiv: Masterfile, Düsseldorf (© WireImageStock)
Umschlaggestaltung: Uhlig / www.coverdesign.net
Gesamtherstellung: Bagel Roto-Offset GmbH & Co.KG, Schleinitz
Printed in the EU

ISBN 978-3-8289-8887-3

2010 2009 2008 2007
Die letzte Jahreszahl gibt die aktuelle Lizenzausgabe an.

Für Annette Hudson und Renee Simmons,
in Erinnerung an ihren Bruder.

1

In sanften Wellen erstrecken sich die Hügel des südöstlichen Oklahoma von Norman bis nach Arkansas. Wenig erinnert hier an die Ausbeutung der riesigen Ölvorkommen, die einst unter der Erde lagen. Da und dort sind noch einige träge, alte Ölförderpumpen in Betrieb, doch der Vorbeikommende fragt sich, ob sich der Aufwand lohnt. Viele andere wurden irgendwann stillgelegt, und ihre reglosen, rostigen Skelette erinnern an die glorreichen Tage, als man hier bei Erstbohrungen Springquellen entdecken und im Handumdrehen ein Vermögen machen konnte.

Solche Ölförderpumpen finden sich auch gelegentlich noch in der Umgebung von Ada, einer Stadt mit sechzehntausend Einwohnern, einem College und dem Gericht der County. Aber diese Pumpen sind nicht mehr in Betrieb, die Ölvorkommen ausgebeutet. Heute werden die Einwohner nach Stunden bezahlt und sind in Fabriken, der Tierfutter- oder Holzverarbeitung beschäftigt.

Ada ist eine geschäftige Stadt. An der Main Street finden sich keine unbewohnten Häuser mit zugenagelten Fenstern. Der Einzelhandel hat überlebt, obwohl viele Geschäfte an den Stadtrand umgezogen sind. Die Lokale im Zentrum sind um die Mittagszeit sehr gut besucht.

Das Gerichtsgebäude von Pontotoc County ist ein altes, schmales Haus, in dem sich die Anwälte und ihre Mandanten drängen. In der Nachbarschaft findet man die übliche Ansammlung von Kanzleien und kommunalen Einrichtungen.

Das Gefängnis, ein flacher, fensterloser, an einen Bunker erinnernder Bau, wurde aus irgendeinem vergessenen Grund auf dem Rasen vor dem Gericht errichtet. Die Schwemme synthetischer Drogen sorgt dafür, dass es immer gut belegt ist.

Die Main Street endet am Campus der East Central University, an der viertausend Studierende eingeschrieben sind, von denen viele zwischen Ada und ihrem Wohnort pendeln. Die jungen Menschen tragen zur Vitalität und Vielfalt des Lebens in Ada und im südöstlichen Oklahoma bei.

Den aufgeweckten Journalisten der *Ada Evening News* entgeht nur wenig – die Tageszeitung der Region gibt sich viel Mühe, im Konkurrenzkampf mit dem *Oklahoman* zu bestehen, der größten Zeitung des Bundesstaates. Auf der Titelseite finden sich internationale und nationale Nachrichten, gefolgt von Neuigkeiten aus dem Staat, der Region und wichtigen örtlichen Themen – Highschool-Sport, Lokalpolitik, Veranstaltungen, Nachrufe.

In der Bevölkerungsstruktur Adas und der Pontotoc County mischen sich auf sympathische Weise Einflüsse des kleinstädtischen Südens und des freiheitsliebenden Westens. Der Akzent mit den lang gezogenen Vokalen erinnert an den von Osttexas oder von Arkansas. Es ist das Land der Chikasaw. In Oklahoma gibt es mehr Nachfahren amerikanischer Ureinwohner als in jedem anderen Bundesstaat, und nach einhundert Jahren der Vermischung fließt auch in den Adern vieler Weißer indianisches Blut. Heutzutage ist das längst kein Makel mehr; tatsächlich ist man zunehmend stolz auf dieses Erbe.

Ada liegt mitten im »Bible Belt«. In der Stadt gibt es fünfzig Kirchen und ein Dutzend verschiedene christliche Glaubensgemeinschaften. Die Gotteshäuser sind gut besucht, nicht nur an Sonntagen. Es finden sich eine katholische Kirche und eine für die Episkopalen, aber weder ein Tempel noch eine Synagoge. Viele Einwohner sind Christen oder geben vor, es zu sein. Dass man zu einer Glaubensgemeinschaft gehört, wird mehr oder weniger erwartet. Oft ist die gesellschaftliche Stellung von der religiösen Zugehörigkeit abhängig.

Mit seinen sechzehntausend Einwohnern gilt Ada im ländlichen Oklahoma fast schon als Großstadt, und die Beschäftigten und Kunden vieler Fabriken und Discounter kommen aus mehreren Countys hierher. Ada liegt hundertzwanzig Kilometer südöstlich von Oklahoma City und drei Autostunden nördlich von Dallas. Alle kennen jemanden, der in Texas lebt oder arbeitet.

Der größte Stolz der Einwohner ist das Quarter-Horse-Business. Viele der besten Pferde stammen von Züchtern aus Ada. Und wenn die Ada High Cougars wieder einmal die Footballmeisterschaft des Bundesstaates gewinnen, ist das noch lange ein Grund zum Prahlen.

Es ist ein angenehmer Ort, in dem die Menschen miteinander reden, Fremden gegenüber aufgeschlossen und stets hilfsbereit sind. In den schattigen Vorgärten spielen Kinder. Tagsüber stehen die Haustüren offen. Die Teenager machen nachts kaum einmal Ärger.

Wären nicht die beiden berüchtigten Morde zu Beginn der Achtzigerjahre gewesen, hätte die Welt nie von Ada Notiz genommen. Was den Einwohnern der Pontotoc County ganz recht gewesen wäre.

Als hätte ein ungeschriebenes Gesetz der Stadtverwaltung existiert, befanden sich in Ada die meisten Kneipen und Bars am Stadtrand, damit ihre zweifelhafte Klientel, die nur Unglück bringen konnte, die rechtschaffenen Bürger nicht behelligte. Einer dieser Läden war das Coachlight. In dem schummrig beleuchteten, höhlenartigen Metallschuppen gab es billiges Bier, Jukeboxes, eine Tanzfläche und Liveacts am Wochenende. Auf dem großen, mit Kies bestreuten Parkplatz vor dem Eingang standen deutlich mehr staubige Pick-ups als gepflegte Pkw. Die Stammkundschaft entsprach den Erwartungen – Fabrikarbeiter, die nach Feierabend einen Drink kippten, Landjugendliche auf der Suche nach Spaß, Endzwanziger, die spät nachts kamen, Musikliebhaber und Tanzwütige, die sich von den Liveacts angezogen fühlten. Im Frühstadium ihrer Karriere hatten auch die Countrysänger Vince Gill und Randy Travis hier gespielt.

Das Coachlight war beliebt und gut besucht, und die Inhaber beschäftigten etliche Teilzeitkräfte – Barkeeper, Rausschmeißer und Kellnerinnen. Eine von ihnen war Debbie Carter, eine einundzwanzigjährige Frau aus der Stadt, die vor ein paar Jahren in Ada die Highschool abgeschlossen hatte und das Leben als Single genoss. Sie hatte zwei weitere Teilzeitjobs und arbeitete gelegentlich auch als Babysitterin. Debbie besaß ein Auto und lebte allein in einer Drei-Zimmer-Wohnung über einer Werkstatt in der Eighth Street nahe der East Central University. Sie war ein gut aussehendes, dunkelhaariges Mädchen, schlank und athletisch, bei den Jungs beliebt und sehr auf ihre Unabhängigkeit bedacht.

Ihre Mutter, Peggy Stillwell, war der Ansicht, Debbie verbringe zu viel Zeit im Coachlight und anderen Bars. Sie hatte ihre Tochter nicht nach den Vorschriften des Glaubens großgezogen, damit sie so ein Leben führte. Doch nach der Highschool war sie abends immer häufiger ausgegangen und spät nach Hause gekommen. Gelegentlich führte ihr neuer Lebensstil zu Streit. Debbie beschloss, ihr Leben nach ihren eigenen Vorstellungen zu führen, suchte eine Wohnung und zog aus, ohne jedoch das sehr enge Verhältnis zu ihrer Mutter aufzugeben.

Am Abend des 7. Dezember 1982 arbeitete Debbie im Coachlight. Während sie Drinks servierte, schaute sie immer wieder auf die Uhr. Es war nicht viel los, und sie fragte ihren Chef, ob sie ihre Schicht beenden und sich zu ein paar Freunden setzen könne. Er hatte nichts dagegen, und bald saß sie mit einem Drink bei einigen Bekannten am Tisch, unter ihnen Gina Vietta, eine Freundin von der Highschool. Ein Freund aus dieser Zeit war auch Glen Gore, der kurz darauf hereinschneite und Debbie zum Tanzen aufforderte. Sie willigte ein, hatte aber nach der Hälfte des Songs die Nase voll und ließ Gore wütend stehen. Später sagte sie auf der Damentoilette, sie würde sich sicherer fühlen, wenn eine ihrer Freundinnen bei ihr übernachte, aber über den Grund ihrer Besorgnis äußerte sie sich nicht.

Das Coachlight machte zeitig dicht, etwa um halb eins, und Gina Vietta lud einige aus der Gruppe auf einen Drink in ihre Wohnung ein. Die meisten stimmten zu, aber Debbie sagte, sie sei müde und hungrig und wolle nach Hause. Sie verließen das Lokal ohne besondere Eile.

Als das Coachlight schloss, sahen mehrere Leute, wie sich Debbie auf dem Parkplatz mit Glen Gore unterhielt. Tommy Glover kannte Debbie gut, weil beide bei einer örtlichen Glasfirma arbeiteten. Auch Gore kannte er. Als er in seinen Pick-up stieg, sah er, wie Debbie auf der Fahrerseite die Tür ihres Autos öffnete. Wie aus dem Nichts tauchte Gore auf. Sie redeten ein paar Sekunden miteinander, dann stieß Debbie ihn weg.

Mike und Terri Carpenter arbeiteten im Coachlight, er als Rausschmeißer, sie als Kellnerin. Auf dem Weg zu ihrem Wagen kamen sie an Debbies Auto vorbei. Sie saß hinter dem Steuer und sprach mit Glen Gore, der neben der Tür stand. Einen Monat zuvor hatte Debbie Mike erzählt, Gore mache ihr wegen seines Charakters Angst.

Toni Ramsey arbeitete als Schuhputzerin im Coachlight. Im Jahr 1982 boomte das Ölgeschäft in Oklahoma noch, und in Ada wurde jede Menge hübsches Schuhwerk spazieren geführt. Irgendjemand musste es auf Hochglanz polieren, und Toni verdiente auf diese Weise dringend benötigtes Geld. Sie kannte Gore gut. Als sie in dieser Nacht Feierabend machte, sah sie Debbie hinter dem Lenkrad ihres Autos sitzen. Gore kauerte vor der offenen Tür auf der Beifahrerseite. Sie unterhielten sich auf eine offenbar zivilisierte Weise. Alles schien in Ordnung zu sein.

Gore, der kein eigenes Auto besaß, hatte sich von einem Bekannten namens Ron West zum Coachlight mitnehmen lassen. Als sie gegen halb zwölf eingetroffen waren, hatte West Bier bestellt und sich mit seinem Glas an einen Tisch gesetzt, während Gore eine Runde durch den Laden machte. Er schien jeden zu kennen. Als die letzte Bestellung angekündigt wurde, zog West Gore am Ärmel und fragte ihn, ob er mit ihm mitfahren wolle. Gore bejahte, und West trat auf den Parkplatz hinaus, um auf ihn zu warten. Ein paar Minuten später kam Gore angestürmt und stieg ein.

Da beide Hunger hatten, fuhr West zu Waffler, einem Lokal im Zentrum, wo sie ein Frühstück bestellten. West bezahlte, wie schon im Coachlight. Er hatte den Abend im Harold's begonnen, wo er ein paar Geschäftsfreunde gesucht hatte, stattdessen aber über Gore gestolpert war, der dort gelegentlich als Barkeeper und Discjockey arbeitete. Die beiden kannten sich kaum, doch als Gore fragte, ob West ihn zum Coachlight bringen könne, wollte dieser nicht Nein sagen.

West war glücklich verheiratet und Vater zweier junger Töchter. Normalerweise trieb er sich nicht zu später Stunde in Bars herum. Er wollte eigentlich nach Hause, blieb aber in Gores Gesellschaft hängen, die ihn stündlich teurer kam. Als sie das Waffler verließen, fragte West Gore, wohin er wolle. Zum Haus seiner Mutter, antwortete Gore, sie wohne an der Oak Street, nur ein paar Straßen weiter nördlich. West kannte die Stadt gut und fuhr in diese Richtung, doch bevor sie die Oak Street erreichten, überlegte Gore es sich plötzlich anders. Nachdem er stundenlang mit West herumgefahren war, wollte er nun plötzlich laufen. Die Temperatur war eisig, es ging ein scharfer Wind. Eine Kaltfront näherte sich.

West hielt in der Nähe der Oak Avenue Baptist Church, nicht weit entfernt von der Straße, wo Gore zufolge dessen

Mutter wohnte. Gore sprang aus dem Wagen, bedankte sich für alles und ging in westlicher Richtung davon.

Von der Oak Avenue Baptist Church waren es etwa eineinhalb Kilometer bis zu Debbie Carters Wohnung.

Gores Mutter wohnte auf der anderen Seite der Stadt, mitnichten in der Nähe der Kirche.

Gegen halb drei erhielt Gina Vietta, die noch einige Freunde zu Gast hatte, zwei Anrufe, beide von Debbie Carter. Beim ersten Telefonat bat Debbie Gina, sie mit dem Auto zu holen, weil in ihrer Wohnung ein Besucher sei, in dessen Gesellschaft sie sich unbehaglich fühle. Gina fragte, wer bei ihr sei. Das Gespräch wurde unterbrochen, unverständliche Stimmen und Geräusche ließen darauf schließen, dass um das Telefon gekämpft wurde. Gina war aufrichtig besorgt und fand die Bitte merkwürdig. Debbie hatte ein Auto – ein Oldsmobile Baujahr 1975 – und konnte an sich doch selbst fahren, wohin sie wollte. Als Gina ihre Wohnung gerade eilig verlassen wollte, klingelte das Telefon erneut. Es war Debbie, und sie sagte, sie habe ihre Meinung geändert. Bei ihr sei alles in Ordnung, Gina brauche sich keine Sorgen zu machen. Als diese erneut fragte, wer bei ihr sei, wechselte Debbie das Thema, ohne den Namen zu nennen. Sie bat Gina, sie am Morgen durch einen Telefonanruf zu wecken, damit sie nicht zu spät zur Arbeit komme. Eine seltsame Bitte, die Debbie noch nie geäußert hatte.

Sie fuhr dennoch los, überlegte es sich unterwegs aber anders. In ihrer Wohnung waren noch Gäste. Es war sehr spät. Debbie Carter konnte gut allein auf sich aufpassen, und wenn ein Mann bei ihr war, wollte sie nicht stören. Irgendwann ging sie ins Bett, und ein paar Stunden später hatte sie vergessen, dass sie bei Debbie anrufen sollte.

Am 8. Dezember hielt Donna Johnson um elf Uhr morgens vor Debbies Wohnung, um Hallo zu sagen. Bevor Donna nach Shawnee gezogen war – etwa eine Autostunde entfernt –, waren die beiden auf der Highschool eng befreundet gewesen. Donna war nach Ada gekommen, um ihre Eltern und ein paar Freunde zu besuchen. Als sie die schmale Außentreppe zu Debbies Wohnung über der Werkstatt hinauflief, hielt sie inne, nachdem ihr bewusst geworden war, dass sie auf Scherben trat. Die Scheibe des kleinen Fensters in der Tür war zerbrochen. Aus irgendeinem Grund kam ihr zuerst der Gedanke, dass Debbie sich ausgesperrt hatte und gezwungen gewesen war, das Fenster einzuschlagen, um in die Wohnung und an die Schlüssel zu gelangen. Donna klopfte. Keine Reaktion. Dann hörte sie von drinnen Musik aus einem Radio. Sie drehte den Türknauf, es war nicht abgeschlossen. Sobald sie in der Wohnung stand, war ihr klar, dass etwas nicht stimmte.

Das kleine Wohnzimmer war ein einziges Chaos – auf den Boden gefallene Sofakissen, herumliegende Kleidungsstücke. Auf die Wand zu ihrer Rechten hatte jemand mit einer rötlichen Flüssigkeit geschrieben: »Als Nächstes stirbt Jim Smith.«

Donna rief Debbies Namen; keine Reaktion. Da sie schon einmal in der Wohnung gewesen war, wusste sie, wo das Schlafzimmer war. Sie ging dorthin, noch immer rufend. Das Bett war verrückt, Bezüge und Laken waren heruntergerissen worden. Plötzlich sah sie einen Fuß, dann Debbie – sie lag auf der anderen Seite des Betts auf dem Boden, mit dem Gesicht nach unten, nackt, blutverschmiert. Und auf ihrem Rücken stand etwas geschrieben.

Donna erstarrte, vor Entsetzen wie gelähmt. Fassungslos sah sie auf ihre Freundin hinunter und wartete darauf, dass sie zu atmen begann. Vielleicht, dachte sie, war alles nur ein Traum.

Sie wich zurück und trat in die Küche, wo der Mörder auf dem kleinen weißen Tisch eine weitere Nachricht hinterlassen hatte. Er könnte noch hier sein, dachte sie plötzlich. Sie stürmte aus der Wohnung, sprang in ihren Wagen, raste die Straße hinab und fand einen Eckladen mit einem Münztelefon, von dem aus sie Debbies Mutter anrief.

Peggy Stillwell hörte die Worte, wollte ihnen aber keinen Glauben schenken. Ihre Tochter sollte reglos auf dem Boden liegen, nackt und blutverschmiert? Sie forderte Donna auf, alles zu wiederholen, dann lief sie zu ihrem Auto. Die Batterie war leer. Halb betäubt vor Angst rannte sie ins Haus zurück und rief Charlie Carter an, ihren Exmann und Debbies Vater. Bei der Scheidung vor ein paar Jahren hatte man sich nicht eben freundschaftlich getrennt, und die beiden sprachen selten miteinander.

Bei Charlie Carter nahm niemand ab. Gegenüber von Debbies Wohnung, auf der anderen Straßenseite, lebte eine Freundin namens Carol Edwards. Peggy rief sie an und sagte, es sei etwas Schreckliches passiert, sie solle bitte sofort nach ihrer Tochter sehen. Peggy wartete und wartete. Schließlich rief sie erneut bei Charlie an, und diesmal meldete er sich.

Carol Edwards rannte über die Straße, bemerkte die Scherben und die offene Wohnungstür. Sie trat ein und sah die Leiche.

Charlie Carter war ein stämmiger Maurer, der gelegentlich auch als Rausschmeißer im Coachlight arbeitete. Er sprang in seinen Pick-up und fuhr mit Vollgas zur Wohnung seiner Tochter. Unterwegs bedrängte ihn jeder schreckliche Gedanke, der einem Vater in einer solchen Situation nur kommen kann. Es war schlimmer als alles, was er sich hätte vorstellen können.

Als er sie sah, rief er zweimal ihren Namen, kniete sich dann neben sie und hob behutsam ihre Schulter, um das Gesicht sehen zu können. In ihrem Mund steckte ein blutgetränkter Waschlappen. Für ihn bestand kein Zweifel, dass seine Tochter tot war, und doch wartete er, in der Hoffnung, sie würde irgendein Lebenszeichen von sich geben. Als das nicht geschah, richtete er sich langsam auf und sah sich um. Das Bett war von der Wand weggeschoben, die Bettwäsche abgezogen worden. In dem Zimmer herrschte Chaos. Offensichtlich hatte es einen Kampf gegeben. Er ging ins

Wohnzimmer und las den Satz an der Wand, dann trat er in die Küche und blickte sich um. Die Wohnung hatte sich in einen Tatort verwandelt. Charlie schob die Hände in die Hosentaschen und verließ den Raum.

Donna Johnson und Carol Edwards warteten weinend auf dem Treppenabsatz vor der Wohnungstür. Sie hörten, wie Charlie sich von seiner toten Tochter verabschiedete und sagte, wie schrecklich dies alles sei. Als er nach draußen trat, weinte auch er.

»Soll ich den Notarzt rufen?«, fragte Donna.

»Nein«, erwiderte er. »Für den ist es zu spät. Benachrichtigt die Polizei.«

Trotzdem kam zuerst ein Notarztwagen mit zwei Rettungssanitätern. Sie eilten die Stufen hinauf und stürmten in die Wohnung. Innerhalb von Sekunden stand einer von ihnen wieder auf dem Treppenabsatz und übergab sich.

Als Detective Dennis Smith eintraf, drängten sich draußen Streifenpolizisten, Sanitäter und Schaulustige. Selbst zwei Staatsanwälte waren da. Da Smith klar war, dass es sich möglicherweise um Mord handelte, ließ er die nähere Umgebung sichern und absperren.

Als Captain mit siebzehn Dienstjahren beim Ada Police Department wusste Smith, was zu tun war. Ab sofort durften nur noch er selbst und ein anderer Detective sich in der Wohnung aufhalten, und er beauftragte die anderen Polizisten, in der Nachbarschaft nach Zeugen zu suchen. Smith war aufgebracht und musste gegen seine Emotionen ankämpfen. Er hatte Debbie gut gekannt – seine Tochter und Debbies jüngste Schwester waren Freundinnen. Außerdem kannte er Charlie Carter und Peggy Stillwell. Er konnte einfach nicht glauben, dass deren Tochter tot auf dem Fußboden ihrer Wohnung lag. Als seine Befehle zur Sicherung des Tatorts umgesetzt waren, begann er mit der Untersuchung der Wohnung.

Die Scherben der zerbrochenen Fensterscheibe der Eingangstür lagen sowohl draußen auf dem Treppenabsatz als auch im Inneren der Wohnung. Im Wohnzimmer stand links ein Sofa, dessen Kissen im Raum herumlagen. Vor dem Sofa fand er ein neues Flanellnachthemd, an dem noch das Preisschild von Wal-Mart hing. Auf der gegenüberliegenden Wand stand der Satz »Als Nächstes stirbt Jim Smith«, und er sah sofort, dass die Wörter mit Nagellack geschrieben worden waren.

Er kannte Jim Smith.

Auf dem kleinen weißen Tisch in der Küche fand er die nächste Nachricht, diesmal offenbar mit Ketchup geschrieben: »Sucht nich nach uns, sonst pasiert was.« Auf dem Boden vor dem Tisch lagen Jeans und ein paar Stiefel. Bald sollte er erfahren, dass Debbie sie in der Nacht zuvor im Coachlight getragen hatte.

Er ging zum Schlafzimmer, wo das Bett teilweise die Tür blockierte. Die Vorhänge waren zurückgezogen, die Fenster standen offen, es war sehr kalt in dem Raum. Debbies Tod musste ein heftiger Kampf vorausgegangen sein. Auf dem Boden lagen Kleidungsstücke, Bettwäsche, Decken und Stofftiere. Nichts schien mehr an seinem Platz zu sein. Als Detective Smith neben Debbies Leiche niederkniete, fiel ihm die dritte Botschaft des Killers auf. Auf ihrem Rücken stand, anscheinend wieder mit inzwischen getrocknetem Ketchup geschrieben: »Duke Gram«.

Er kannte auch Duke Graham.

Unter der Leiche lagen ein Kabel und ein Gürtel im Cowboystil mit großer Silberschnalle, in deren Mitte der Name »Debbie« eingraviert war.

Während Officer Mike Kieswetter, ebenfalls vom Ada Police Department, den Tatort fotografierte, begann Smith mit der Sicherung von Beweisen. Er fand Haare – auf der Leiche, dem Boden, dem Bett, den Stofftieren –, sammelte sorgfältig jedes einzelne auf, legte es in ein gefaltetes Stück Papier und notierte die genauen Fundstellen.

Danach wandte er sich den Bettlaken, Kopfkissenbezügen und Decken zu, hob schließlich das Kabel und den Gürtel auf. Bevor er die Sachen vorsichtig verstaute, notierte er erneut die Einzelheiten. Auf dem Boden des Badezimmers fand er einen zerrissenen Slip. Er beschloss, einige der Stofftiere mitzunehmen, außerdem ein Päckchen Marlboro nebst Zigarettenstummeln, eine leere 7-Up-Dose, eine Shampooflasche aus Kunststoff, ein Glas aus der Küche, das Telefon und einige weitere Haare, die er unter der Leiche fand. Außerdem entdeckte er neben der Toten, eingewickelt in ein Laken, eine Del-Monte-Ketchupflasche, die ebenfalls behutsam gesichert wurde, weil sie mit den anderen Fundstücken im kriminaltechnischen Labor des Bundesstaates untersucht werden sollte. Von dem Deckel der Flasche war nichts zu sehen; der forensische Pathologe würde ihn später finden.

Als Detective Smith mit dem Sammeln der Beweise fertig war, begann er mit der Sicherung von Fingerabdrücken, eine Prozedur, die er schon an vielen Tatorten durchgeführt hatte. Er stäubte beide Seiten der Wohnungstür ein, die Fensterrahmen, alle hölzernen Flächen im Schlafzimmer, den Küchentisch, die größeren Glasscherben, das Telefon, die gestrichenen Stellen neben Türen und Fenstern und sogar Debbies draußen geparktes Auto.

Gary Rogers war ein in Ada lebender Beamter der Polizeibehörde Oklahoma State Bureau of Investigation, kurz OSBI. Als er gegen halb eins eintraf, informierte ihn Dennis Smith über die Lage. Die beiden waren Freunde und hatten schon bei der Aufklärung vieler Verbrechen zusammengearbeitet.

Im Schlafzimmer fiel Rogers etwas auf, das wie ein größerer Blutfleck aussah – er befand sich unten an der Wand, direkt über der Fußleiste, dicht neben einer Steckdose. Später, nachdem die Leiche aus dem Zimmer gebracht worden war, bat er Officer Rick Carson, ein kachelgroßes Stück aus der

Rigipsplatte herauszutrennen, um den blutigen Abdruck, der offenbar von einer Hand stammte, zu sichern.

In einer ersten Einschätzung des Falls waren sich Dennis Smith und Gary Rogers darin einig, dass es mehr als einen Täter geben musste. Das Chaos am Tatort, die Tatsache, dass Debbies Fußknöchel und Handgelenke keine Hinweise darauf verrieten, dass sie gefesselt worden war, die schwere Kopfverletzung, der in ihren Mund gestopfte Waschlappen, die blauen Flecken an ihren Seiten und auf ihren Armen, die mutmaßliche Strangulation mit dem Kabel und dem Gürtel – all das war ein bisschen viel Gewalt für einen einzelnen Täter. Außerdem war Debbie mit einer Körpergröße von einem Meter fünfundsiebzig und einem Gewicht von knapp sechzig Kilogramm keine wehrlose Person gewesen. Sie hatte mit Sicherheit entschlossen um ihr Leben gekämpft.

Schließlich traf Dr. Larry Cartmell ein, der ärztliche Leichenbeschauer aus Ada, um sich die Tote kurz anzusehen. Nach seinem ersten Eindruck war die Todesursache Ersticken durch Strangulation. Er gab die Leiche frei und vertraute sie Tom Criswell an, dem Inhaber des örtlichen Bestattungsinstituts. Debbies sterbliche Überreste wurden zwecks Obduktion in einem von Criswells Leichenwagen nach Oklahoma City gebracht, wo sie gegen halb sieben abends eintrafen und in ein Kühlfach gelegt wurden.

Smith und Rogers kehrten zum Ada Police Department zurück, um sich um Debbie Carters Angehörige zu kümmern. Während sie diese trösteten, erfuhren sie Namen – Freunde, Männer, mit denen Debbie liiert gewesen war, Mitarbeiter, Feinde, ehemalige Chefs. Namen von etlichen Leuten, die Debbie gekannt hatten und eventuell etwas über ihren Tod wussten. Die Liste wurde länger, und schließlich begannen Smith und Rogers, die männlichen Bekannten anzurufen und zu bitten, sich im Police Department zu melden. Sie sollten sich Fingerabdrücke abnehmen lassen, darüber hinaus Kopf- und Schamhaare sowie eine Speichelprobe.

Niemand verweigerte sich der Bitte. Mike Carpenter, jener Rausschmeißer des Coachlight, der Debbie in der vergangenen Nacht gegen halb eins mit Glen Gore auf dem Parkplatz gesehen hatte, fand sich als einer der Ersten ein. Tommy Glover, der Debbie und Gore ebenfalls zusammen gesehen hatte, folgte kurz darauf.

Am Abend des 8. Dezember, etwa um halb acht, tauchte Glen Gore im Harold's auf, wo er Platten auflegen und sich um die Bar kümmern sollte. Es war praktisch niemand da, und als er sich nach dem Grund für das Ausbleiben der Gäste erkundigte, erzählte ihm jemand von dem Mord. Viele Gäste und selbst einige Angestellte hatten sich zum Police Department aufgemacht, um Fragen zu beantworten und sich Fingerabdrücke abnehmen zu lassen.

Kurz darauf fand sich auch Gore dort ein. Er wurde von Rogers und D. W. Barrett befragt, einem Polizisten aus Ada. Er sagte aus, er kenne Debbie Carter seit der Highschool und habe sie in der letzten Nacht im Coachlight gesehen.

Der komplette Polizeibericht über Gores Vernehmung lautet folgendermaßen:

Glen Gore arbeitet als Discjockey im Harold's Club. Dort erfuhr er am 8. 12. 1982 etwa um 19:30 Uhr durch Susie Johnson von Debbie Carters Tod. Glen hat gemeinsam mit ihr die Schule besucht. Er hat sie am Montag, dem 6. 12., im Harold's Club und am 7. 12. im Coachlight getroffen. Sie haben sich über eine neue Lackierung für Debbies Auto unterhalten. Sie hat Glen nicht erzählt, ob sie mit irgendjemandem Probleme hatte. Glen traf gegen 22:30 Uhr mit Ron West im Coachlight ein. Die beiden verließen das Lokal gemeinsam um Viertel nach eins. Glen war nie in Debbies Wohnung.

Der Bericht wurde von D. W. Barrett verfasst, im Beisein von Gary Rogers, und anschließend mit Dutzenden anderer zu den Akten genommen.

Später sollte Gore seine Aussage ändern und behaupten, er habe gesehen, wie ein Mann namens Ron Williamson Debbie Carter in der Nacht des 7. Dezember im Coachlight belästigt habe. Diese geänderte Version wurde von niemandem bestätigt. Viele der Anwesenden kannten Ron Williamson, einen einigermaßen berüchtigten Zecher mit lautem Mundwerk. Niemand erinnerte sich, ihn in der fraglichen Nacht im Coachlight gesehen zu haben. Tatsächlich behaupteten die meisten Befragten nachdrücklich, er sei nicht dort gewesen.

Wenn Ron Williamson eine Bar besuchte, entging das niemandem.

Seltsam war allerdings, dass Gore der Polizei bei der hektischen Abnahme von Fingerabdrücken und Proben am 8. Dezember irgendwie durch die Lappen gegangen war. Entweder hatte er sich heimlich verdrückt, oder er war versehentlich übergangen worden. Wie auch immer, von ihm gab es weder Fingerdrücke noch Haar- und Speichelproben.

Über dreieinhalb Jahre sollten vergehen, bis die Polizei das Versäumte nachholte bei dem Mann, der Debbie Carter vor dem Mord als Letzter gesehen hatte.

Am Nachmittag des 9. Dezember um fünfzehn Uhr begann Dr. Fred Jordan, ärztlicher Leichenbeschauer in Diensten des Bundesstaats und forensischer Pathologe, mit der Obduktion von Debbie Carters Leiche. Anwesend waren Gary Rogers und Jerry Peters, ebenfalls vom OSBI.

Dr. Jordan, der schon Tausende von Autopsien vorgenommen hatte, stellte zunächst fest, dass es sich um die Leiche einer jungen weißen Frau handelte, die nichts als weiße Socken am Leib trug. Die Totenstarre war vollständig eingetreten, was bedeutete, dass sie mindestens vierundzwanzig Stunden tot sein musste. Auf ihre Brust hatte jemand offenbar mit Nagellack das Wort »Stirb!« geschrieben. Ihr Körper war mit einer anderen roten Flüssigkeit verschmiert, vermutlich Ketchup, und auf ihrem Rücken stand, ebenfalls mit Ketchup geschrieben, »Duke Gram«.

Es gab mehrere Prellungen und blaue Flecken auf den Armen, der Brust, im Gesicht. Dr. Jordan entdeckte winzige Schnittverletzungen an der Innenseite der Lippen, und der zwischen ihnen hervorschauende, blutgetränkte grüne Waschlappen, den er behutsam entfernte, war tief in die Mundhöhle gepresst worden, bis in den Rachen. Am Hals fanden sich, halbkreisförmig angeordnet, Abschürfungen und Druckstellen. Die Vagina wies Prellungen auf, der Mastdarm wirkte etwas aufgetrieben. Als Dr. Jordan der Sache auf den Grund ging, fand er im Anus den kleinen Schraubverschluss einer Ketchupflasche.

Die Suche nach inneren Verletzungen ergab nichts Unerwartetes – Lungenversagen und Herzerweiterung. Obwohl auch die Kopfhaut einige Prellungen aufwies, fanden sich keine Spuren einer Gehirnverletzung.

Alle Verletzungen waren Debbie Carter zugefügt worden, als sie noch gelebt hatte.

An Handgelenken und Fußknöcheln fanden sich keine Anzeichen dafür, dass sie gefesselt worden war. Eine Reihe kleiner Prellungen an den Unterarmen ging vermutlich darauf zurück, dass sie sich verteidigt hatte. Zum Zeitpunkt ihres Todes hatte sie mit 0,04 Promille nur sehr wenig Alkohol im Blut gehabt. Dr. Jordan nahm aus der Mundhöhle, der Vagina und dem Anus Abstriche. Deren Analyse unter dem Mikroskop ergab später, dass sich in der Vagina und im Anus Spermaspuren fanden, nicht aber im Mund.

Um Beweise zu sichern, schnitt Dr. Jordan ihr die Fingernägel und kratzte Proben des Ketchups und des Nagellacks ab. Dann kämmte er ein paar lose Schamhaare aus und schnitt eine Strähne von ihrem Kopfhaar ab.

Als Todesursache diagnostizierte er Ersticken, ausgelöst durch den in ihren Mund gestopften Waschlappen und die Strangulation mit dem Gürtel oder Kabel.

Nachdem Dr. Jordan die Autopsie beendet hatte, fotografierte Jerry Peters die Leiche und nahm anschließend alle Fingerabdrücke sowie Abdrücke der Hände.

Der Schock hatte Peggy Stillwell bis zur Entscheidungsunfähigkeit paralysiert. Da sie nicht vorhatte, an der Beerdigung teilzunehmen, war ihr deren Organisation und Gestaltung gleichgültig. Sie konnte weder essen noch sich waschen, und sie konnte vor allem nicht begreifen, dass ihre Tochter tot war. Peggys Schwester Glenna Lucas war ständig bei ihr und nahm sich der Formalitäten an. Gottesdienst und Beerdigung wurden geplant, und die Familie brachte Peggy schonend bei, dass mit ihrer Teilnahme gerechnet werde.

Am Samstag, dem 11. Dezember, fand in der Kapelle des Bestattungsinstituts Criswell ein Trauergottesdienst statt. Glenna badete ihre Schwester, zog sie an und fuhr sie zu der Kapelle, wo sie während der schweren Prüfung die ganze Zeit über ihre Hand hielt.

Im ländlichen Oklahoma finden Trauergottesdienste bei geöffnetem Sarg statt, der direkt unterhalb der Kanzel positioniert ist, damit alle den Verstorbenen sehen können. Woher dieser Brauch kommt, ist unklar, aber er macht den Abschied für die Trauernden umso schmerzlicher.

Niemand der Anwesenden konnte übersehen, dass Debbie misshandelt worden war. Ihr Gesicht war übel zugerichtet und geschwollen, doch die hochgeschlossene Spitzenbluse verbarg die Würgemale an ihrem Hals. Sie trug ihre Lieblingsstiefel, die Jeans mit dem Cowboygürtel mit der großen Schnalle und einen Ring mit einem diamantbesetzten Hufeisen, den ihre Mutter schon als Geschenk für das bevorstehende Weihnachtsfest gekauft hatte.

Der gut besuchte Trauergottesdienst wurde von Reverend Rick Summers abgehalten. Als Debbie danach auf dem Rosedale-Friedhof beigesetzt wurde, fiel etwas Schnee. Ihre Eltern, zwei Schwestern, zwei noch lebende Großeltern und zwei Neffen trauerten um sie. Debbie gehörte zu einer kleinen Baptistengemeinde und war im Alter von sechs Jahren getauft worden.

Der Mord erschütterte die Menschen in Ada. Obwohl die Stadt in ihrer Geschichte reichlich Erfahrungen mit Gewalt und Morden gemacht hatte, waren die Opfer gewöhnlich Cowboys, Vagabunden und ähnlich unstete Existenzen gewesen. Männer, die selbst schnell zur Waffe griffen und wahrscheinlich zur Gefahr geworden wären, wenn sie sich keine Kugel eingefangen hätten. Aber eine so brutale Vergewaltigung einer jungen Frau mit anschließendem Mord war beängstigend, und in der Stadt kursierten jede Menge Gerüchte und Spekulationen. Jetzt wurden Türen und Fenster nachts fest geschlossen, Teenager erhielten Ausgehverbote. Junge Mütter blieben in der Nähe, wenn ihre Kinder in den schattigen Vorgärten spielten.

In den Bars und Lokalen war von fast nichts anderem mehr die Rede. Da Debbie in mehreren Kneipen gearbeitet hatte, war sie vielen Stammgästen bekannt. Sie war mit einigen Männern liiert gewesen, die in den Tagen nach dem Mord alle von der Polizei befragt wurden. Namen fielen – weitere Freunde, weitere Bekannte, weitere ehemalige Partner. Dutzende von Vernehmungen brachten immer neue Namen ins Spiel, wiesen aber keine Spur zu einem Tatverdächtigen. Debbie war gesellig und sehr beliebt gewesen, und niemand konnte sich vorstellen, dass jemand ihr etwas Böses antun wollte.

Die Polizei stellte eine Liste mit den Namen von dreiundzwanzig Personen zusammen, die sich am Abend des 7. Dezember im Coachlight aufgehalten hatten, und befragte einige von ihnen. Obwohl die meisten Ron Williamson kannten, erinnerte sich niemand daran, ihn dort gesehen zu haben.

Den Polizisten kamen allerlei merkwürdige Tipps, Geschichten und Erinnerungen zu Ohren. Eine junge Frau namens Angelia Nail, die eng mit Debbie befreundet gewesen war, erzählte Dennis Smith von einer Auseinandersetzung mit Glen Gore. Debbie hatte vermutet, dass Gore die Scheibenwischer ihres Autos gestohlen hatte. Um diese Geschichte entwickelte sich ein längerer Streit. Debbie kannte Gore seit der Highschool und hatte Angst vor ihm. Etwa eine Woche vor dem Mord hatte Angelia Debbie zu Gore gefahren, weil sie eine offene Aussprache mit ihm wollte. Als sie nach dem Gespräch zum Auto zurückkehrte, war sie wütend und davon überzeugt, dass er die Scheibenwischer gestohlen hatte. Sie fuhren zur Polizei und sprachen mit einem Officer, aber ein Bericht wurde nie erstellt.

Sowohl Duke Graham als auch Jim Smith waren der Polizei von Ada gut bekannt. Graham führte mit seiner Frau Johnnie eine Kneipe, wo es einigermaßen zivilisiert zuging und selten Ärger gab. Laute Meinungsverschiedenheiten waren die Ausnahme, doch es hatte eine besonders unangenehme mit Jim Smith gegeben, einem örtlichen Kleinkriminellen, der in betrunkenem Zustand Ärger gemacht hatte. Als er sich weigerte, das Lokal zu verlassen, zauberte Graham eine Schrotflinte hervor und setzte ihn vor die Tür. Drohungen wurden ausgetauscht, und für ein paar Tage herrschte in der Kneipe eine angespannte Atmosphäre. Bei Smith musste man damit rechnen, dass er seinerseits mit einer Schrotflinte zurückkam und das Feuer eröffnete.

Glen Gore war hier Stammkunde gewesen, bis er begonnen hatte, zu intensiv mit Johnnie zu flirten. Als er einmal etwas zu aufdringlich wurde, zeigte sie ihm die kalte Schulter, und Graham ergriff die Initiative. Er erteilte Gore Hausverbot.

Wer immer Debbie Carter getötet haben mochte, er versuchte unbeholfen, Duke Graham den Mord anzuhängen, und zugleich, Jim Smith davonzujagen. Doch der war schon weg – er saß eine Strafe im Gefängnis ab. Duke Graham ging zur Polizei und präsentierte ein solides Alibi.

Debbies Familie wurde aufgefordert, die Wohnung der Verstorbenen zu räumen. Da ihre Mutter immer noch völlig handlungsunfähig war, erbot sich Glenna Lucas, die unangenehme Aufgabe zu übernehmen.

Ein Polizist schloss die Tür auf, und Glenna trat zögernd ein. Seit dem Mord war nichts angerührt worden, und ihre erste Reaktion war blanke Wut. Es war offensichtlich, dass es eine handgreifliche Auseinandersetzung gegeben hatte. Ihre Nichte hatte verzweifelt um ihr Leben gekämpft. Wer konnte gegenüber einer hübschen jungen Frau so gewalttätig werden?

Die Wohnung war kalt und von einem unangenehmen Geruch erfüllt, den sie nicht identifizieren konnte. An der Wand stand noch immer »Als Nächstes stirbt Jim Smith«. Ungläubig starrte Glenna auf die ungelenken Buchstaben des Mörders. Das hat gedauert, dachte sie. Er war lange hier. Ihre Nichte war nach langer, grausamer Qual gestorben. Im Schlafzimmer lehnte die Matratze an einer Wand, nichts befand sich dort, wo es hingehörte. Im Schrank waren kein einziges Kleid und keine einzige Bluse mehr ordentlich aufgehängt. Warum riss ein Mörder alle Kleidungsstücke von den Bügeln?

Auch in der kleinen Küche herrschte Unordnung, doch hier gab es keine Anzeichen für einen Kampf. Zu Debbies letzter Mahlzeit hatten tiefgefrorene Kroketten gehört, und die Überreste lagen auf einem Pappteller mit Ketchup. Ein Salzstreuer stand auf dem weißen Küchentisch, daneben fand sich die nächste Botschaft: »Sucht nich nach uns, sonst pasiert was.« Glenna wusste, dass der Killer zum Teil mit

Ketchup geschrieben hatte. Die Rechtschreibfehler konsternierten sie.

Sie schaffte es, die schrecklichen Gedanken zu verdrängen und mit dem Packen zu beginnen. Es dauerte zwei Stunden, bis sie Kleidungsstücke, Handtücher, Geschirr und alles andere in Kisten verstaut hatte. Das blutige Bettlaken hatte die Polizei nicht mitgenommen. Auch auf dem Boden war immer noch Blut.

Es war nicht ihre Absicht gewesen, die Wohnung zu putzen. Sie hatte nur Debbies Sachen zusammenpacken und so schnell wie möglich verschwinden wollen. Trotzdem erschien es ihr merkwürdig, die Wörter stehen zu lassen, die der Mörder mit Debbies Nagellack geschrieben hatte. Und es kam ihr irgendwie nicht richtig vor, die Blutflecken auf dem Boden von einem Fremden entfernen zu lassen.

Sie dachte daran, die Wohnung zu reinigen, jeden Quadratzentimeter, um jede Spur des Mörders zu tilgen. Aber es reichte. Sie war dem Tod so nahe gekommen, dass es ihre Kräfte beinahe überstieg.

Auch in den nächsten Tagen wurden weitere Verdächtige vorgeladen. Insgesamt nahm man einundzwanzig Männern Fingerabdrücke, Haar- und Speichelproben ab. Am 16. Dezember fuhr Detective Smith mit Gary Rogers zum kriminaltechnischen Labor des OSBI in Oklahoma und lieferte dort die am Tatort gefundenen Beweise sowie die Proben von siebzehn Männern ab.

Das kachelgroße Stück aus der Rigipsplatte war der Beweis, auf den sich die größten Hoffnungen setzen ließen. Wenn der blutige Handabdruck tatsächlich während des Kampfes vor dem Mord auf der Wand zurückgelassen worden war und nicht von Debbie Carter stammte, hatte die Polizei eine solide Spur, die sie zu dem Mörder führen konnte. Jerry Peters vom OSBI untersuchte das Stück aus der Rigipsplatte und verglich den Handabdruck mit denen, die er Debbie während der Obduktion abgenommen hatte. Sein erster Eindruck war, dass er nicht von Debbie Carter stammte, aber er wollte seine Analyse überprüfen.

Am 4. Januar 1983 stellte Dennis Smith weitere Fingerabdrücke zur Verfügung. Am gleichen Tag wurden Debbie Carters Haare nebst den am Tatort gefundenen an Susan Land übergeben, eine Haaranalystin vom OSBI. Zwei Wochen später landeten weitere Funde vom Tatort auf ihrem Schreibtisch. Sie wurden katalogisiert und mit den anderen erst einmal ignoriert. Eines Tages würde Land die Zeit finden, sie zu analysieren. Sie war überarbeitet und kämpfte gegen einen Rückstau unerledigter Aufgaben an. Wie die meisten kriminaltechnischen Labors hatte auch das in Oklahoma zu wenig Geld und zu wenig Mitarbeiter, stand aber unter enormem Druck, Fälle zu lösen.

Während sie auf die Resultate vom OSBI warteten, suchten Smith und Rogers weiter nach Spuren. Noch immer war der Mord das heißeste Thema in Ada, und die Leute erwarteten, dass er aufgeklärt wurde. Aber nachdem alle ehemaligen Partner von Debbie Carter, alle Barkeeper, Rausschmeißer und Nachtschwärmer vernommen worden waren, geriet die Untersuchung ins Stocken. Es gab keinen eindeutig Verdächtigen und keine eindeutigen Spuren.

Am 7. März 1983 befragte Gary Rogers einen Ortsansässigen namens Robert Gene Deatherage, der wegen Alkohols am Steuer gerade eine kurze Haftstrafe im Gefängnis von Pontotoc County abgesessen hatte. Dort hatte er die Zelle mit einem gewissen Ron Williamson geteilt, der wegen des gleichen Delikts inhaftiert war. In dem Gefängnis wurde ständig über den Mord an Debbie Carter geredet – jede Menge gewagte Theorien machten die Runde, und es gab keinen Mangel an Leuten, die angeblich über Insiderinformationen verfügten. Die beiden Zellengenossen hatten mehrfach über das Verbrechen gesprochen, und laut Deatherage schienen Williamson diese Gespräche nicht zu behagen. Sie stritten sich häufig, es kam sogar zu Handgreiflichkeiten. Schließlich wurde Williamson in eine andere Zelle verlegt. Deatherage kam der Verdacht, Williamson könnte etwas mit dem Mord zu tun haben, und so empfahl er Gary Rogers, die Polizei solle ihn sich einmal näher ansehen.

Es war das erste Mal, dass im Lauf dieser Untersuchung der Name Ron Williamson fiel.

Zwei Tage später befragte die Polizei Noel Clement, einen der Ersten, der freiwillig zur Abnahme von Fingerabdrücken und Proben erschienen war. Er berichtete, Williamson sei kürzlich in seiner Wohnung aufgetaucht, wo er angeblich einen Bekannten gesucht habe. Er sei, ohne anzuklopfen, hereinspaziert, habe nach einer Gitarre gegriffen, auf die sein Blick gefallen sei, und dann mit ihm über den Mord an Debbie Carter diskutiert. Williamson habe gesagt, als an jenem Morgen nach dem Mord die Streifenwagen in seiner Nachbarschaft aufgetaucht seien, habe er geglaubt, die Polizei sei hinter ihm her. Er habe Ärger in Tulsa gehabt und wolle Ähnliches in Ada vermeiden.

Es war unvermeidlich, dass die Polizei bei Ron Williamson auftauchen würde, doch merkwürdigerweise dauerte es drei Monate, bis sie ihn schließlich befragte. Einige Beamte, unter ihnen Rick Carson, waren mit ihm aufgewachsen, und die meisten erinnerten sich an seine Spiele mit dem Baseballteam der Highschool. Bis 1983 hatte Ada keinen Spieler hervorgebracht, der so von den Profiklubs umworben worden war. Als ihn die Oakland Athletics 1971 unter Vertrag genommen hatten, waren viele Leute der Meinung gewesen – darunter mit Sicherheit Williamson selbst –, er könne der neue Mickey Mantle werden, der nächste große Baseballstar aus Oklahoma.

Aber mit dem Baseball war es bei Williamson längst vorbei. Mittlerweile kannte ihn die Polizei als Gitarre spielenden Arbeitslosen, der bei seiner Mutter lebte, zu viel trank und ein bisschen seltsam war.

Er war zweimal wegen Alkohols am Steuer und einmal wegen Trunkenheit in der Öffentlichkeit festgenommen worden, und aus Tulsa hatte er einen schlechten Ruf mitgebracht.

2

Ron Williamson wurde am 3. Februar 1953 in Ada geboren, als einziger Sohn und jüngstes Kind von Juanita und Roy Williamson. Der Vater arbeitete als Vertreter für Rawleigh-Haushaltsprodukte. In Ada gehörte er zum Stadtbild. Er schleppte sich von Tür zu Tür, im Anzug und mit Krawatte, einen schweren Musterkoffer voller Proben, Gewürze und Küchengeräte in der Hand. Stets hatte er Süßigkeiten für die Kinder dabei, die ihn freudig begrüßten. Es war eine mühsame, körperlich anstrengende Art, den Lebensunterhalt zu verdienen, und abends musste noch stundenlang Papierkram erledigt werden. Das Einkommen war bescheiden, und deshalb nahm Juanita kurz nach Ronnies Geburt eine Stelle im Krankenhaus von Ada an.

Da beide Elternteile arbeiteten, fand sich Ronnie in der Obhut seiner zwölfjährigen Schwester Annette wieder, die diese Aufgabe nur zu gern übernahm. Sie fütterte und wusch ihn, spielte mit ihm, verhätschelte und verwöhnte ihn maßlos – er war ein wunderbares kleines Spielzeug, das ihr unverhofft in den Schoß gefallen war. Wenn sie nicht in die Schule musste, war sie die Babysitterin ihres Bruders, aber sie putzte und kochte auch.

Renee, das mittlere Kind, war bei Ronnies Geburt fünf. Sie zeigte wenig Interesse, für ihn zu sorgen, war aber bald seine Spielkameradin. Annette kommandierte sie herum, und als sie älter wurden, verbündeten sich Renee und Ronnie häufig gegen die ältere Schwester, die die Stelle der Mutter eingenommen hatte.

Juanita war streng und eine überzeugte Christin und trieb ihre Familie nicht nur sonntags und mittwochs, sondern auch bei allen anderen erdenklichen Gelegenheiten in die Kirche. Niemals fehlten die Kinder in der Sonntagsschule, beim Bibelunterricht in den Ferien, beim Sommercamp, bei Erweckungsversammlungen oder gesellschaftlichen Veranstaltungen der Kirche – selbst an Hochzeiten und Beerdigungen mussten sie teilnehmen. Roy war weniger fromm, unterwarf sein Leben aber gleichwohl einer eisernen Disziplin: regelmäßige Kirchgänge, absolut kein Alkohol, kein Karten- oder Glücksspiel, keine Tanzveranstaltungen, keine Flüche. Sein Leben stand ganz im Dienst der Familie. Er war streng und schnell bereit, seinem einzigen Sohn nicht nur zu drohen, sondern auch den Gürtel aus der Hose zu ziehen und ihm den Hintern zu versohlen.

Die Familie besuchte die Gottesdienste der First Pentecostal Holiness Church, einer sehr aktiven Pfingstkirchengemeinde. Als Anhänger eine Pfingstkirche glaubten die Williamsons an ein Leben im Dienst des Gebets, die Pflege einer nie abreißenden persönlichen Beziehung zu Christus, vollkommenes Vertrauen in ihre Kirche und deren Arbeit, fleißiges Bibelstudium und die Liebe zu den Glaubensbrüdern. Die Gottesdienste waren temperamentvoll, durch leidenschaftliche Musik, feurige Predigten und die emotionale Anteilnahme der Gemeinde charakterisiert. Oft beinhalteten sie Zungenreden, spontane Heilungen, »Handauflegen« und eine generelle Bereitschaft der Gläubigen, jenen Gefühlen laut Ausdruck zu verleihen, die der Heilige Geist ihnen gerade eingab.

Kleinen Kindern wurden die farbigen Geschichten des Alten Testaments erzählt, und man hielt sie dazu an, populäre Bibelverse auswendig zu lernen. Schon in einem frühen Alter wurden sie ermutigt, »Christus anzunehmen«, zu beichten, den Heiligen Geist zu bitten, sie für das ewige Leben vorzusehen, und dem Beispiel Christi mit einer öffentlichen Taufe zu folgen. Ronnie nahm Christus im Alter von sechs Jahren an und wurde südlich der Stadt im Blue River getauft, als Abschluss einer langen Erweckungsversammlung im Frühjahr.

Die Familie Williamson führte ein unauffälliges Leben in einem kleinen Haus an der Fourth Street, im östlichen Teil von Ada, nicht weit vom College entfernt. Wenn ihre Freizeit nicht durch das Engagement für die Kirche in Anspruch genommen war, besuchte sie Verwandte oder zeltete gelegentlich in einem nahe gelegenen Naturschutzgebiet. An Sport bestand kaum Interesse. Das änderte sich dramatisch, als Ronnie Baseball zu spielen begann, zuerst mit anderen Jungs auf der Straße nach improvisierten, ständig neu festgelegten Regeln. Bald war klar, dass er einen starken Arm und flinke Hände hatte. Er schlug von der linken Seite der Home Plate. Vom ersten Augenblick an war er dem Spiel verfallen, und er bettelte seinen Vater an, ihm einen Handschuh und einen Schläger zu kaufen. Obwohl Geld im Hause Williamson knapp war, erfüllte Roy seinem Sohn den Wunsch, und es wurde ein jährliches Ritual daraus. Jedes Frühjahr tauchten die beiden bei Haynes Hardware auf, um einen neuen Handschuh zu kaufen, in der Regel den teuersten im ganzen Geschäft.

Wurde der Handschuh gerade nicht benutzt, bewahrte Ronnie ihn in einer Ecke seines Zimmers auf, wo er einen Altar für Mickey Mantle errichtet hatte, den größten Spieler der Yankees und den größten Baseballstar aus den Major Leagues, den Oklahoma je hervorgebracht hatte. Mantle wurde im ganzen Land vom Nachwuchs verehrt, doch in Oklahoma war er eine Art Gott. Jeder in der Little League spielende Junge träumte davon, der nächste Mickey Mantle zu werden, und Ronnie, der Fotos und Sammelbilder seines Idols an eine Pinnwand in seinem Zimmer heftete, bildete da keine Ausnahme. Schon im Alter von sechs kannte er nicht nur Mantles Statistiken in- und auswendig, sondern auch die vieler anderer Spieler.

Wenn er nicht auf der Straße spielte, fuchtelte er im Wohnzimmer mit seinem Schläger herum. Die bescheidenen Möbel in dem kleinen Haus waren wegen der angespannten finanziellen Situation nicht zu ersetzen, und wann immer seine Mutter Ronnie dabei erwischte, wie er kraftvoll mit dem Schläger ausholte und nur knapp eine Lampe oder einen Stuhl verfehlte, jagte sie ihn aus dem Zimmer. Ein paar Minuten später war er wieder da. Für Juanita war ihr kleiner Junge etwas Besonderes. Möglicherweise verzogen, aber sie vergab ihm alles.

Doch sein Verhalten konnte irritierend sein. Manchmal war er lieb und feinfühlig, zeigte seiner Mutter und den Schwestern ohne Scheu seine Zuneigung. Einen Augenblick später dann war er unausstehlich, selbstsüchtig und fordernd. Seine plötzlichen Stimmungsumschwünge waren schon früh auffällig, aber für niemanden Anlass zu wirklicher Sorge. Ronnie war eben manchmal etwas schwierig. Vielleicht lag es daran, dass er das Nesthäkchen war und von drei Frauen umsorgt wurde.

In jeder Kleinstadt gibt es einen Little-League-Trainer, der Baseball so liebt, dass er permanent auf Talentsuche ist, selbst unter Achtjährigen. In Ada hieß dieser Jugendtrainer Dewayne Sanders, und er coachte die Police Eagles. Er arbeitete bei einer Tankstelle, nicht weit vom Haus der Williamsons an der Fourth Street gelegen. Als Sanders von Ronnie hörte, nahm er ihn sofort in seine Mannschaft auf.

Trotz seines zarten Alters war unübersehbar, dass Ronnie das Spiel beherrschte – was seltsam war, denn sein Vater wusste kaum etwas über Baseball. Ronnie hatte alles auf der Straße gelernt.

In den Sommermonaten trafen sich die Jungs frühmorgens und erörterten das Spiel der Yankees vom Vorabend – stets ging es nur um die Yankees. Sie diskutierten über die Ergebnisse der einzelnen Innings und Mickey Mantle und warfen sich den Ball zu, während sie auf weitere Mitspieler warteten. Fand sich auch nur eine kleine Gruppe zusammen, wurde auf der Straße gespielt, wo man gelegentlich einem Auto ausweichen musste und ab und zu eine Fensterscheibe zu Bruch ging. Waren mehr Jungs da, zogen sie zu einem richtigen Baseballfeld, wo sie eine Ewigkeit blieben. Erst am Spätnachmittag machten sie sich auf den Heimweg, und dann blieb gerade genug Zeit, um zu duschen, den Dress anzuziehen, einen Happen zu essen und zum Kiwanis Park zu eilen, wo ein Punktspiel anstand.

Gewöhnlich führten die Police Eagles die Tabelle an, was sich dem außergewöhnlichen Engagement von Dewayne Sanders verdankte. Der Star des Teams war Ron Williamson. Schon mit neun tauchte sein Name zum ersten Mal in der *Ada Evening News* auf: »Die Police Eagles benötigten zwölf Hits. Ron Williamson verbuchte zwei Home Runs und zwei Doubles.«

Roy Williamson saß bei jedem Spiel still auf der Tribüne. Nie schrie er einen Schiedsrichter, einen Trainer oder seinen Sohn an. Manchmal wartete er nach einem schlechten Spiel mit väterlichen Ratschlägen auf, die in der Regel eher allgemeiner Natur waren. Roy hatte selbst nie Baseball gespielt und seine Wissenslücken noch nicht aufgefüllt. Sein junger Sohn war ihm meilenweit voraus.

Mit elf Jahren spielte Ronnie in der Ada Kids League für die Yankees, deren Spielerauswahlverfahren er erfolgreich bestanden hatte. Sponsor des Teams war die Oklahoma State Bank. In dieser Saison musste sein Team keine einzige Niederlage hinnehmen.

Mit zwölf spielte er immer noch für die Yankees, und die *Ada Evening News* kommentierte: »Oklahoma State Bank machte fünfzehn Runs im zweiten Teil des ersten Inning … Ronnie Williamson verbuchte zwei Triples.« (9. Juni 1965);

»Die Yankees hatten nur dreimal das Schlagrecht, aber ein Feuerwerk von Roy Haney, Ron Williamson und James Lamb machte alles klar. Williamson schaffte ein Triple.« (11. Juni 1965); »Die Oklahoma State Bank Yankees punkteten zweimal im ersten Inning ... zwei von den vier Hits – beides Doubles – gingen auf das Konto von Ron Williamson und Carl Tilley.« (13. Juli 1965); »Unterdessen schoben sich die Yankees auf den zweiten Tabellenplatz vor ... Ronnie Williamson verzeichnete zwei Doubles und ein Single ...« (15. Juli 1965).

In den Sechzigerjahren lag die Byng High School ungefähr zwölf Kilometer nordöstlich der Stadtgrenze von Ada. Als »Landschule« war sie sehr viel kleiner als die weitläufige Ada High School. Obwohl die Schüler aus Rons Nachbarschaft natürlich in Ada den Unterricht hätten besuchen können, entschieden sich praktisch alle für die kleinere Schule. Dafür gab es einen guten Grund – eine Fahrt mit dem Schulbus war in beiden Fällen erforderlich, aber der Bus nach Byng fuhr durch den östlichen Teil der Stadt, wo Ron und seine Freunde wohnten.

An der Byng Junior High School wurde Ronnie in der siebten und achten Klasse in die Schülervertretung und im zweiten Jahr auch zum Sprecher der Klasse gewählt.

Im Jahr 1967 kam er mit sechzig anderen zu Beginn des neunten Schuljahrs in die Byng High School.

Football spielte in Byng keine Rolle – diese Sportart war inoffiziell für die Ada High School reserviert, deren exzellente Teams jährlich um den Meistertitel des Bundesstaats rangen. In Byng wurde Basketball großgeschrieben, und Ronnie erlernte das Spiel in seinem ersten Jahr dort so mühelos wie zuvor Baseball.

Sein Lieblingsfach war Mathematik. Obwohl er nie ein Bücherwurm war, las er gern und bekam auch in anderen Fächern sehr gute oder gute Noten. Wenn ihn seine Lehrbücher langweilten, wälzte er Wörterbücher und Enzyklopädien. Die Beschäftigung mit bestimmten Themen entwickelte sich zur Obsession. War er gerade wieder in Wörterbücher vernarrt, bombardierte er seine Freunde mit Begriffen, von denen sie nie gehört hatten, und rügte sie, wenn sie deren Bedeutung nicht kannten. Er studierte die Biografie jedes amerikanischen Präsidenten, prägte sich zahllose Details ein und redete monatelang von nichts anderem. Obwohl er sich seiner Kirche nach und nach entfremdete, kannte er immer noch Dutzende von Bibelversen auswendig, die er häufig zitierte, wenn es ihm einen Vorteil brachte, und noch häufiger, um seine Mitschüler herauszufordern. Gelegentlich ging er seiner Familie und seinen Freunden mit diesen Marotten auf die Nerven.

Aber Ronnie war ein talentierter Sportler und folglich auf seiner Schule sehr beliebt. In der ersten Highschool-Klasse wurde er zum stellvertretenden Sprecher der Klasse gewählt. Die Mädchen wurden auf ihn aufmerksam. Er gefiel ihnen, sie wollten sich mit ihm treffen, und er war alles andere als schüchtern. Mittlerweile achtete er sehr auf seine äußere Erscheinung und seine Kleidung. Bessere Klamotten, dafür reichte das Budget seiner Eltern nicht, aber er setzte sie hartnäckig unter Druck. Roy begann für sich selbst in Secondhandläden einzukaufen, damit sein Sohn bessere Kleidung tragen konnte.

Annette hatte geheiratet, lebte aber weiter in Ada. 1969 eröffnete sie mit ihrer Mutter einen Schönheitssalon namens Beauty Casa, der sich im Erdgeschoss des alten Julienne Hotel befand, mitten in Ada. Sie arbeiteten hart, und bald florierte das Geschäft, zu dem allerdings auch mehrere Callgirls gehörten, die in den oberen Etagen des Hotels ihre Dienste anboten. Diese Damen der Nacht waren in Ada schon seit Jahrzehnten eine Institution und hatten einige Ehen ruiniert. Juanita konnte sie kaum ertragen.

Annettes lebenslange Unfähigkeit, ihrem kleinen Bruder einen Wunsch abzuschlagen, zeigte sich auch jetzt wieder. Er zog ihr permanent Geld aus der Tasche, das er für neue Klamotten und Mädchen brauchte. Als er herausfand, dass sie in einem örtlichen Bekleidungsgeschäft ein Kundenkreditkonto hatte, begann er das auszunutzen. Und er dachte nicht daran, billigen Kram zu kaufen. Manchmal fragte er um Erlaubnis, häufiger nicht. Annette ging in die Luft, und sie stritten sich, doch letztlich brachte er sie immer so weit, die Rechnungen zu bezahlen. Sie bewunderte ihn einfach zu sehr, um Nein zu sagen – ihr kleiner Bruder sollte von allem nur das Beste haben. Mitten in einem Streit schaffte er es immer wieder, ihr zu sagen, wie lieb er sie habe. Und es konnte kein Zweifel daran bestehen, dass dies auch stimmte.

Sowohl Renee als auch Annette sorgten sich, dass ihr Bruder allmählich zu verwöhnt war und ihre Eltern zu sehr unter Druck setzte. Manchmal wurden sie aggressiv, und einige der Auseinandersetzungen waren sehr heftig – aber letztlich behielt immer Ronnie die Oberhand. Er heulte und entschuldigte sich, brachte dann wieder alle zum Lächeln. Häufig steckten ihm seine Schwestern verstohlen Scheine zu, damit er Dinge kaufen konnte, für die seine Eltern kein Geld hatten. Er konnte egoistisch, fordernd, egozentrisch, kindisch sein – das typische Nesthäkchen. Und dann, ganz plötzlich, dank seiner beeindruckenden Persönlichkeit, fraß ihm die ganze Familie wieder aus der Hand.

Sie liebten ihn, er liebte sie. Und mochten sie auch noch so schimpfen, so war ihnen doch bewusst, dass er letztlich immer seinen Willen bekommen würde.

In jenem Sommer, als Ronnie die neunte Klasse abgeschlossen hatte, planten einige Freunde mit vermögenderen Eltern, an einem Baseball-Trainingslager teilzunehmen, das von einem College in der Nähe veranstaltet wurde. Natürlich wollte auch Ronnie dabei sein, aber seine Eltern konnten das Geld nicht aufbringen. Er beharrte darauf, es sei eine seltene Gelegenheit, seine Spielstärke zu verbessern, und unter Umständen werde sogar ein Coach von einem College auf ihn aufmerksam. Wochenlang redete er von nichts anderem, und wenn die Lage hoffnungslos schien, zog er sich in den Schmollwinkel zurück. Schließlich gab Roy nach und lieh sich das Geld von einer Bank.

Ronnies nächstes Projekt war der Kauf eines Motorrads, womit Roy und Juanita nicht einverstanden waren. Es folgten die üblichen abschlägigen Antworten und Vorträge und Behauptungen – sie könnten es sich nicht leisten, und ein Motorrad sei ohnehin zu gefährlich. Ronnie verkündete, er werde es selbst bezahlen. Er besorgte sich seinen ersten Job, trug nachmittags Zeitungen aus und sparte jeden Penny. Als er genug Geld für die Anzahlung beisammen hatte, kaufte er das Motorrad und einigte sich mit dem Händler über die Höhe der monatlichen Raten.

Der Rückzahlungsplan wurde über den Haufen geworfen, als eine fahrende Truppe namens Bud Chambers Crusade durch Ada kam, die in einem Zelt religiöse Erweckungsversammlungen abhielt. Großer Publikumszuspruch, reichlich Musik, mitreißende Predigten, endlich war nachts mal was los. Ronnie besuchte den ersten Gottesdienst, war tief bewegt und kehrte am nächsten Abend mit einem Teil seiner Ersparnisse dorthin zurück. Als der Kollektenbeutel herumging, leerte er seine Taschen hinein. Aber Bruder Bud benötigte mehr für seinen Kreuzzug, und am folgenden Abend opferte Ronnie den Rest seines Geldes. Am nächsten Tag kratzte er das letzte Kleingeld zusammen, lieh sich noch etwas und eilte zum Zelt zurück, um erneut an einem tumultösen Gottesdienst teilzunehmen und schwer verdientes Geld zu spenden. Irgendwie schaffte er es die ganze Woche über, immer weiter zu geben und zu geben, und als die fahrende Truppe endlich die Stadt verließ, war er völlig abgebrannt.

Dann gab er den Job als Zeitungsausträger auf, weil der sich nicht länger mit dem Baseball vereinbaren ließ. Also kratzte Roy das Geld zusammen, um das Motorrad zu bezahlen.

Da mittlerweile beide Schwestern aus dem Haus waren, beanspruchte Ronnie alle Aufmerksamkeit für sich. Ein weniger bezaubernder Junge wäre vielleicht unerträglich gewesen, aber er hatte ein immenses Talent entwickelt, seinen Charme spielen zu lassen. Er war warmherzig, mitteilsam und seinerseits großzügig, und deshalb hatte er kein Problem damit, auch von seiner Familie – grenzenlose – Großzügigkeit zu erwarten.

Als Ronnie in die zehnte Klasse kam, trat der Footballcoach der größeren Ada High School an Roy heran und schlug ihm vor, sein Sohn solle die Schule wechseln. Als Sportler sei der Junge ein Naturtalent. Zu diesem Zeitpunkt wusste bereits jeder in der Stadt, dass Ronnie ein außergewöhnlich guter Basketball- und Baseballspieler war. Aber in Oklahoma spielt Football die erste Geige, und der Coach versicherte Roy, sein Sohn werde mehr im Rampenlicht stehen, wenn er für die Ada Cougars Football spiele. Seine Größe, Schnelligkeit und Kraft prädestinierten ihn dafür, sich schnell zum Topspieler zu entwickeln, möglicherweise zu einem, auf den Talentscouts aufmerksam werden könnten. Der Trainer bot an, Ronnie jeden Morgen mit dem Auto abzuholen und zur Schule zu bringen.

Die Entscheidung lag bei Ronnie, und der beschloss, Byng die Treue zu halten, zumindest für zwei weitere Jahre.

Das Örtchen Asher liegt unscheinbar am Highway 177, dreißig Kilometer nördlich von Ada. Es hat keine fünfhundert Einwohner, zwei Kirchen, einen Wasserturm und einige asphaltierte, von betagten Häusern gesäumte Straßen. Der Stolz der Einwohner ist ein wunderbares Baseballfeld direkt hinter der kleinen Highschool an der Division Street.

Wie die meisten dieser kleinen Nester scheint auch Asher kein Ort zu sein, wo man mit irgendetwas Außergewöhnlichem rechnen müsste, aber das Baseballteam der Highschool ist seit vierzig Jahren das erfolgreichste im ganzen Land. Noch nie hat eine Highschool, sei es eine öffentliche oder private, so viele Spiele gewonnen wie die Asher Indians.

Es begann im Jahr 1959, als ein junger Trainer namens Murl Bowen eintraf, um sich um die lange vernachlässigte Förderung des Baseballsports zu kümmern – das Team des Jahres 1958 hatte nicht ein Spiel gewonnen. Das sollte sich schnell ändern. Es dauerte keine drei Jahre, bis Asher den ersten Meistertitel des Bundesstaates gewonnen hatte. Dutzende sollten folgen.

Aus Gründen, die wahrscheinlich nie mehr geklärt werden, durften in Oklahoma die Schulen, die zu klein für ein Footballteam waren, auch im Herbst ein Baseballteam aufstellen. Während Bowens Zeit in Asher war es nicht ungewöhnlich, dass seine Teams im Herbst den Meistertitel gewannen und im darauffolgenden Frühjahr erneut. Im Lauf dieser bemerkenswerten Ära qualifizierte sich Asher sechzig Mal nacheinander für die Finalrunde des Bundesstaates – dreißig Jahre lang, im Frühjahr und im Herbst, ohne Unterbrechung.

In vierzig Jahren gewannen Bowens Mannschaften 2115 Spiele bei nur 349 Niederlagen. Dreiundvierzig Mal holten sie den Meistertitel von Oklahoma nach Asher, und Dutzende von Spielern aus Bowens Teams spielten später College-Baseball oder in den Minor Leagues. Im Jahr 1975 wurde Bowen auf Landesebene zum Highschool-Trainer des Jahres gewählt, und die Gemeinde belohnte ihn, indem sie das Baseballfeld – das nach ihm benannte »Bowen Field« – in einen erstklassigen Zustand versetzen ließ. 1995 wurde Bowen dieselbe Ehre erneut zuteil.

»Es war nicht mein Verdienst, sondern das der Jungs«, sagte er im Rückblick bescheiden. »Ich selbst habe nie einen Punkt gemacht.«

Vielleicht, aber er sorgte dafür, dass seine Teams außergewöhnlich gut punkteten. In jedem August, wenn die Temperaturen in Oklahoma auf fünfunddreißig Grad und mehr stiegen, scharte Bowen ein Häuflein Spieler um sich, um die nächste Play-off-Runde des Bundesstaates ins Auge zu fassen. Seine Kader waren stets klein, denn jede Abschlussklasse in Asher hatte nur etwa zwanzig Schüler, die Hälfte davon Mädchen. Es war nichts Ungewöhnliches, dass ein Team aus nur zwölf Spielern bestand, was gelegentlich einen talentierten Achtklässler einschloss. Um zu verhindern, dass jemand absprang, ließ Bowen zunächst die Trikots verteilen. Jeder war Teil des Teams.

Dann ging die Arbeit los. Zunächst wurde dreimal täglich trainiert. Bowen war mehr als streng – stundenlanges Konditionstraining, Sprinten, Ablaufen der Bases, Einüben der grundlegenden Abläufe. Der Coach predigte harte körperliche Arbeit, vollen Einsatz und vor allem faires sportliches Verhalten. Kein Spieler des Asher-Teams legte sich je mit einem Schiedsrichter an, warf frustriert den Helm zu Boden oder provozierte einen Gegner. Nach Möglichkeit vermied es die Mannschaft, ein schwächeres Team unnötig zu demütigen.

Coach Bowen versuchte, Spiele gegen schwache Gegner zu vermeiden, besonders im Frühjahr, wenn die Saison länger war und er flexibler mit der Terminplanung umgehen konnte. Asher wurde berühmt dafür, Mannschaften großer Highschools herauszufordern und zu besiegen. Ada und Norman wurden routinemäßig vernichtend geschlagen, wie auch hochklassige Teams aus Oklahoma City und Tulsa. Mit zunehmender Bekanntheit von Bowens Truppe reizte es immer mehr auswärtige Teams, in Asher anzutreten, um auf dem makellos gepflegten Baseballfeld spielen zu können, um das sich der Coach persönlich kümmerte. Häufig herrschte nach dem Spiel im Mannschaftsbus eine gedrückte Stimmung.

Bowens Teams waren hochgradig diszipliniert und, wie einige Beobachter meinten, sehr sorgfältig zusammengestellt. Asher entwickelte sich zu einem Magnet für entschlossene Nachwuchsspieler, die von einer großen Zukunft träumten, und es war unvermeidlich, dass auch Ronnie Williamson hier landen würde. Während der Sommersaison freundete er sich mit Bruce Leba an, der zum Asher-Team gehörte und wahrscheinlich der zweitbeste Spieler in der Gegend war, nicht ganz so gut wie Ronnie. Die beiden wurden unzertrennlich und redeten bald davon, während des letzten Jahres auf der Highschool gemeinsam für Asher zu spielen. Auf den Tribünen von Bowen Field saßen mehr Talentscouts, die für die College- und Profiligen Spieler rekrutierten. Außerdem hatte Asher gute Chancen, im Herbst 1970 und im Frühjahr 1971 Meister des Bundesstaates Oklahoma zu werden. Dreißig Kilometer weiter würde Rons spielerische Klasse sehr viel mehr auffallen.

Ein Wechsel der Schule war gleichbedeutend mit der Anmietung einer Wohnung in Asher, was für Ronnies Eltern ein großes Opfer gewesen wäre. Andernfalls hätten sie ihren Sohn fahren und zwischen Ada und Asher pendeln müssen. Geld war im Hause Williamson immer knapp, doch Ronnie ließ nicht locker. Wie die meisten Baseballtrainer und Talentscouts in der Gegend war auch er davon überzeugt, im Sommer nach seinem Schulabschluss beim Draft Pick, dem Spielerauswahlverfahren, beste Chancen zu haben. Die Erfüllung seines Traums, Baseballprofi zu werden, schien in greifbare Nähe gerückt; es bedurfte nur noch eines wichtigen Schrittes.

Hinter vorgehaltener Hand wurde geflüstert, er könne der nächste Mickey Mantle werden, und Ronnie hörte es.

Mit diskreter Hilfe einiger Gönner mieteten die Williamsons ein kleines Haus, nur zwei Straßenecken von der Asher High School entfernt, und Ronnie meldete sich im August für die Teilnahme an Bowens Trainingslager an. Zunächst war er konsterniert angesichts des exzessiven Konditionstrainings und der Zeit, die aufs Laufen verwendet wurde. Mehrfach musste der Coach seinem neuen Star erklären, jeder Batter und Pitcher benötige eiserne Beine, was auch beim Ablaufen der Bases, für Weitwürfe aus dem Outfield und dann unabdingbar sei, wenn ein kleines Team bei zwei direkt aufeinanderfolgenden Spielen mithalten wolle. Ronnie brauchte einige Zeit, die Dinge ebenfalls so zu sehen, aber die beispielhafte Disziplin seines Freundes Bruce Leba und der anderen Mannschaftskameraden riss ihn bald mit. Er ordnete sich unter und war schnell in bestechender Form. In der Mannschaft spielten nur vier Jungs aus der Abschlussklasse, und er war bald der inoffizielle Kapitän. An ihm und Bruce Leba orientierten sich die anderen Mitglieder des Teams.

Murl Bowen war sehr angetan von seiner Größe, seiner Schnelligkeit, den harten Würfen aus dem Center Field. Wenn er den Ball schleuderte, schien er aus einem Kanonenrohr zu kommen. Und er war ein exzellenter Batter. Im Training machte er mehrfach durch bemerkenswerte Schläge über den rechten Begrenzungszaun des Outfield auf sich aufmerksam. Als die Herbstsaison begann, waren die Talentscouts wieder da, und sehr bald hatten sie die Namen Ron Williamson und Bruce Leba notiert. Da Asher meistens gegen schwächere Gegner von kleinen Schulen antreten musste, verlor das Team nur ein Spiel, setzte sich mühelos in den Play-offs durch und gewann den nächsten Titel. Ron hatte einen Schlagdurchschnitt von 0,468 mit sechs Home Runs, sein Freund Bruce kam auf 0,444, ebenfalls mit sechs Home Runs. Es war eine freundschaftliche Rivalität, und sie trieben sich gegenseitig zu Höchstleistungen an. Beide waren davon überzeugt, bald in den Major Leagues zu spielen.

Aber sie verausgabten sich auch abseits des Spielfelds. An den Wochenenden tranken sie Bier, dann entdeckten sie Marihuana. Sie liefen hinter den Mädchen her, die sich nicht lange bitten ließen, da Asher seine Helden liebte. Es wurde zur Gewohnheit, Partys zu besuchen, und von den Bars und Kneipen am Stadtrand von Ada ging eine unwiderstehliche

Anziehungskraft aus. Wenn sie zu viel getrunken und Angst hatten, nach Asher zurückzufahren, weckten sie Annette, wo sie unter reichlich Entschuldigungen um etwas zu essen baten. Ronnie flehte seine Schwester an, den Eltern nichts zu erzählen.

Aber sie blieben vorsichtig, und es gelang ihnen, Ärger mit der Polizei zu vermeiden. Sie lebten in Angst vor Murl Bowen, doch verbanden sich mit dem Frühjahr des Jahres 1971 auch große Hoffnungen.

Basketball galt in Asher eigentlich nur als Sportart, durch die sich das Baseballteam in Form halten konnte. Ron begann als Flügelspieler und erzielte in seiner Mannschaft die meisten Körbe. Ein paar kleine Colleges zeigten Interesse an ihm, doch das beruhte nicht auf Gegenseitigkeit. Als die Saison zu Ende ging, trudelten Briefe von Baseball-Talentscouts von Profiklubs ein, die ihren Wunsch bekundeten, ihn in einigen Wochen zu beobachten. Sie baten um Spieltermine und luden ihn ein, während des Sommers an Tryout Camps teilzunehmen. Auch Bruce Leba erhielt solche Briefe, und sie amüsierten sich damit, die Schreiben zu vergleichen. In einer Woche meldeten sich die Phillies und die Cubs, in der nächsten die Angels und die Athletics.

Als die Basketballsaison Ende Februar vorbei war, stand wieder Baseball auf dem Programm, und die Zuschauer kamen voll auf ihre Kosten.

Das Team wärmte sich mit ein paar Kantersiegen auf und erreichte seine Bestform, als einige der starken Mannschaften in Asher antraten. Ron legte einen prächtigen Auftakt als Batter hin und hielt seine Form. Es wimmelte von Talentscouts, das Team gewann ein Spiel nach dem anderen, es hätte nicht besser laufen können. Da der Gegner in der Regel in Bestbesetzung antrat, konnte Ron Woche für Woche unter den Augen immer neuer Scouts beweisen, dass er als Batter mit den Würfen jedes noch so exzellenten Pitchers fertig wurde. Sein Schlagdurchschnitt für die Saison betrug 0,500, mit fünf Home Runs und sechsundvierzig Runs batted in – Runs, die aufgrund einer Aktion des Batters erzielt wurden. Er war selten out und konnte, da die gegnerischen Mannschaften ihm keine Chance zum Schlagen geben wollten, häufig auf das erste Base vorrücken. Die Scouts schätzten seine Kraft und Disziplin an der Home Plate, seinen Sprint zum ersten Base und natürlich seinen Arm.

Ende April wurde er für den Jim Thorpe Award nominiert, mit dem der beste Highschool-Sportler Oklahomas ausgezeichnet wurde.

Asher gewann sechsundzwanzig Spiele, verlor fünf und sicherte sich mit einem 5:0 gegen Glenpool den nächsten Meistertitel.

Coach Bowen nominierte Ron und Bruce Leba für das All-Star-Team von Oklahoma. Verdient hatten sie es mit Sicherheit, doch fast hätten sie es geschafft, sich diese Chance selbst zu vermasseln.

Ein paar Tage vor der Abschlussfeier wurde ihnen klar, dass drastische Veränderungen bevorstanden – die gemeinsame Zeit im Baseballteam von Asher würde bald hinter ihnen liegen. Nie wieder würde sie eine so enge Freundschaft verbinden wie während des letzten Jahres. Der Abschluss dieser Epoche musste gefeiert werden, am besten mit einer unvergesslichen Nacht, wo sie die Puppen tanzen lassen würden.

Zu dieser Zeit gab es in Oklahoma City drei Stripteaselokale, und ihre Wahl fiel auf ein vielversprechendes namens Red Dog. Vor ihrem Aufbruch stibitzten sie eine Flasche Whiskey und ein Sixpack Bier aus der Küche der Lebas. Sie verließen die Stadt mit ihrer Beute, und als sie vor dem Red Dog eintrafen, waren sie bereits betrunken. Sie bestellten mehr Bier, beäugten die Stripperinnen, die von Minute zu Minute attraktiver wurden, holten sie sich auf den Schoß, begannen, ihr Geld zu verbraten. Bruce' Vater hatte darauf bestanden, sie müssten auf jeden Fall um ein Uhr wieder in

Asher sein, doch die Striptänzerinnen und der Alkohol vereitelten das. Als sie schließlich aus dem Lokal wankten, war es halb eins, und die Fahrt dauerte zwei Stunden. Bruce setzte sich hinter das Steuer seines neuen, frisierten Camaro und gab Gas, blieb aber urplötzlich stehen, als Ron etwas sagte, das ihn ärgerte. Die beiden warfen sich Flüche an den Kopf und beschlossen, die Geschichte an Ort und Stelle zu regeln. Sie sprangen aus dem Camaro und begannen, sich mitten auf der Tenth Street mit Schlägen und Tritten zu traktieren.

Nach ein paar Minuten wurden sie der Prügelei überdrüssig und vereinbarten einen Waffenstillstand. Sie stiegen wieder ein und setzten die Heimfahrt fort. An den Grund der Auseinandersetzung konnte sich später keiner der beiden mehr erinnern; sie war nur ein Detail dieser Nacht, das für immer im Nebel versinken sollte.

Bruce verpasste eine Abfahrt und entschied sich deshalb für den Weg über unbekannte Landstraßen, die seiner Meinung nach Richtung Asher führen mussten. Sie würden zwar ohnehin viel zu spät heimkommen, trotzdem raste Bruce mit Vollgas durch die Nacht, während Ron schlafend auf der Rückbank lag. Es war stockfinster. Doch dann sah Bruce im Rückspiegel rote Lichter näher kommen.

Später erinnerte er sich, vor der Fleischfabrik der Williams Meat Packing Company angehalten zu haben, wusste aber nicht, welcher Ort in der Nähe gewesen war oder in welcher County sie sich befunden hatten.

Er stieg aus. Die Polizisten waren sehr freundlich und fragten, ob er getrunken habe.

Ja, Sir.

Ist Ihnen bewusst, dass Sie zu schnell gefahren sind?

Ja, Sir.

Die Cops diskutierten und schienen wenig Interesse daran zu haben, einen Strafzettel auszufüllen oder ihn festzunehmen. Bruce hatte sie davon überzeugt, dass er heil nach Hause finden würde. Doch plötzlich steckte Ron den Kopf durch das Hinterfenster und stieß mit unverständlicher, schleppender Stimme ein paar laute Worte hervor.

Wer ist das?, fragte einer der Polizisten.

Ach, nur ein Freund.

Der Freund meldete sich erneut lautstark zu Wort, und der Cop forderte ihn zum Aussteigen auf. Aus irgendeinem Grund öffnete Ron die Tür auf der anderen Seite und landete in einem tiefen Graben.

Die beiden wurden festgenommen und ins Gefängnis gebracht, wo man sie in eine kalte, feuchte Zelle ohne Pritschen sperrte. Ein Wärter warf zwei Matratzen auf den Boden, und darauf verbrachten sie die Nacht, zitternd, verängstigt und noch immer betrunken. Beiden war klar, dass es keine gute Idee gewesen wäre, ihre Väter anzurufen.

Für Ron war es die erste von vielen Nächten hinter Gittern.

Am nächsten Morgen brachte der Wärter Kaffee und Eier mit Speck. Er riet ihnen, zu Hause anzurufen. Beide ließen sich nur nach langem Zögern überreden. Zwei Stunden später wurden sie freigelassen. Bruce durfte seinen Camaro allein nach Hause fahren, während Ron aus irgendeinem Grund gezwungen wurde, Mr Leba und Mr Williamson Gesellschaft zu leisten. Die zweistündige Fahrt zog sich sehr lange hin. Schlimmer war nur die Aussicht, Coach Bowen unter die Augen treten zu müssen.

Beide Väter verlangten, dass sie sich sofort bei ihrem Trainer meldeten und wahrheitsgemäß berichteten. Sie taten es. Bowen knöpfte sie sich unter vier Augen vor, strich ihre Namen aber nicht von der Liste mit den Nominierungen für das All-Star-Team.

Bis zum Ende ihrer Schulzeit gab es keine weiteren Zwischenfälle. Bei der Abschlussfeier hielt Bruce, von der Klasse als Redner bestimmt, eine wohlformulierte Ansprache. Die Rede zur Verleihung der Abschlusszeugnisse wurde vom Ehrenwerten Frank A. Seay gehalten, einem allseits beliebten Bezirksrichter aus der benachbarten Seminole County.

Die Abschlussklasse der Asher High School zählte im Jahr 1971 siebzehn Schüler, und für fast alle von ihnen war das Ende der Schulzeit ein entscheidender Einschnitt, ein wichtiges Ereignis, das sie mit ihren glücklichen Familien feierten. Nur wenige der anwesenden Eltern hatten die Möglichkeit gehabt, ein College zu besuchen, einige hatten nicht einmal die Highschool abgeschlossen. Aber für Ron und Bruce hatte die Feier keine große Bedeutung. Sie sonnten sich noch im Ruhm der gewonnenen Meisterschaft und träumten von einer Entdeckung für die Major Leagues. Ihr Leben würde nicht im ländlichen Oklahoma enden.

Einen Monat später wurden beide für das All-Star-Team nominiert, und Ron kam bei der Wahl des besten Spielers von Oklahoma auf den zweiten Platz. Beim jährlichen All-Star-Spiel des Bundesstaates traten sie vor vollen Rängen an, und auf den Tribünen saßen Scouts vieler Colleges und aller Major-League-Teams. Zwei davon – der eine von den Oakland Athletics, der andere von den Phillies – nahmen Ron und Bruce nach dem Spiel beiseite und machten ihnen ein inoffizielles Angebot. Wenn sie mit einer Prämie von achtzehntausend Dollar einverstanden seien, würden sich die Phillies für Bruce und die Oakland A's für Ron entscheiden. Letzterer hielt das Angebot für zu niedrig und lehnte ab. Bruce machte sich allmählich Sorgen um seine Knie, doch auch er fand die Summe zu niedrig. Er versuchte, den Scout unter Druck zu setzen, indem er ihm erzählte, er plane, zwei Jahre für das Team des Seminole Junior College zu spielen, aber mehr Geld könne ihn vielleicht bewegen, seine Entscheidung zu überdenken. Das Angebot wurde nicht erhöht.

Einen Monat später wurde Ron in der zweiten Runde des Draft Pick von den Oakland Athletics ausgewählt, als einundvierzigster Spieler von achthundert und als einziger aus Oklahoma. Bruce wurde nicht gedraftet, aber die Phillies boten ihm trotzdem einen Vertrag an. Er lehnte erneut ab und entschied sich für das Junior College. Ihr Traum, gemeinsam in einem Profiteam zu spielen, ging nicht in Erfüllung.

Oaklands erstes offizielles Angebot war eine Beleidigung. Die Williamsons hatten keinen Agenten oder Anwalt, aber ihnen war klar, dass die A's Ron möglichst billig unter Vertrag nehmen wollten.

Er reiste allein nach Oakland und traf sich mit einigen Funktionären des Vereins. Die Gespräche waren unproduktiv, und Ron kehrte ohne Vertrag nach Ada zurück. Kurz darauf wurde er erneut angerufen. Bei seinem zweiten Besuch lernte er Dick Williams, den Trainer, und einige der Spieler kennen. Dick Green, Second Baseman des Teams, war ein umgänglicher Typ und zeigte Ron Klubhaus und Stadion. Sie stolperten über Reggie Jackson, den arroganten Superstar, Mr Oakland persönlich. Als er erfuhr, dass in der zweiten Runde des Draft die Wahl auf Ron gefallen war, fragte er, auf welcher Position er spiele.

Dick Green wollte Jackson mit seiner Antwort ein bisschen ärgern: »Ron ist Right Fielder« – wie Jackson. »Du wirst in den Minors verrecken, Mann«, sage Jackson im Weggehen, und damit war das Gespräch beendet.

Die Oakland A's zögerten mit der Zusage einer hohen Prämie, weil sie Ron als Catcher einzusetzen gedachten, ihn aber auf dieser Position noch nie hatten spielen sehen. Die Verhandlungen zogen sich in die Länge, ohne dass ein lukratives Angebot gemacht worden wäre.

Zu Hause wurde bei Tisch darüber diskutiert, ob Ron das College besuchen sollte. Er hatte sich mündlich bereit erklärt, ein Stipendium der University of Oklahoma anzunehmen, und seine Eltern drängten ihn, ernsthaft über diese Alternative nachzudenken. Es sei seine einzige Chance, ein Universitätsstudium zu absolvieren, etwas, was ihm nie wieder jemand nehmen könne. Ron verstand sie, argumentierte aber, das College könne er später immer noch besuchen. Als Oakland ihm dann plötzlich fünfzigtausend Dollar als Prämie für die Unterzeichnung eines Vertrags anbot, entschied er sich für das Geld und hatte das College schnell vergessen.

In Ada und Asher machte diese Neuigkeit Furore. Noch nie hatte ein Spieler aus der Gegend bei einem Draft Pick so gut abgeschnitten, und für kurze Zeit hatte die allgemeine Aufmerksamkeit vorteilhafte Auswirkungen auf Ron. Er wurde bescheiden und demütig. Sein Traum wurde Realität, er war jetzt Baseballprofi. Die Opfer, die seine Familie gebracht hatte, waren nicht umsonst gewesen. Er fühlte sich vom Heiligen Geist geleitet und wollte seinen starken Glauben dokumentieren. Er ging wieder in die Kirche, und während eines Gottesdienstes am Sonntagabend trat er zum Altar, wo er mit dem Priester betete. Dann richtete er das Wort an die Gemeinde und dankte seinen Brüdern und Schwestern in Christus für ihre Liebe und Unterstützung. Gott habe ihn auserkoren, und er sei glücklich. Gegen die Tränen ankämpfend, versprach er den Gläubigen, sein Geld und sein Talent einzig und allein zum Ruhme des Herrn zu verwenden.

Er kaufte sich ein neues Auto – einen Cutlass Supreme – und Klamotten, seinen Eltern einen neuen Farbfernseher. Den Rest des Geldes verlor er beim Pokern.

Im Jahr 1971 gehörten die Oakland Athletics Charlie Finley, einem Exzentriker, der 1968 mit dem Team von Kansas City nach Kalifornien umgezogen war. Er hielt sich für einen Visionär, agierte aber eher wie ein Possenreißer. Es machte ihm Spaß, die Welt des Baseballs durcheinanderzuwirbeln, und zu seinen Innovationen gehörten vielfarbige Trikots, Ballmädchen, orangefarbene Bälle (eine sehr kurzlebige Neuerung) und ein mechanischer Hase, der dem Schiedsrichter an der Home Plate neue Bälle brachte. Ihm war alles recht, was Aufmerksamkeit erregte. Er kaufte einen Maulesel, taufte ihn auf den Namen Charley O., ließ ihn um das Spielfeld laufen und tauchte damit sogar in Hotelhallen auf.

Aber während er mit seinen exzentrischen Einfällen die Schlagzeilen eroberte, baute er zugleich auch ein legendäres Team auf. Er verpflichtete mit Dick Williams einen fähigen Trainer und stellte ein Team zusammen, dem Reggie Jackson, Joe Rudi, Sal Bando, Bert Campaneris, Rick Monday, Vida Blue, Catfish Hunter und Rollie Fingers angehörten.

Die Oakland A's der frühen Siebzigerjahre waren zweifellos das coolste Baseballteam überhaupt. Die Spieler trugen als erste und einzige Mannschaft weiße Stollenschuhe und besaßen eine atemberaubende Kollektion von Trikots mit verwirrenden Farbkombinationen von Grün-, Gold-, Weiß- und Grautönen. Cooler kalifornischer Stil – längere Haare, Bärte, ein Touch von Nonkonformismus. In der Welt einer Sportart, die zu diesem Zeitpunkt über einhundert Jahre alt und der Tradition verpflichtet war, wirkten die A's absolut extravagant. Sie repräsentierten eine Geisteshaltung – das Land stand noch unter dem Einfluss der späten Sechziger. Wer brauchte Autoritäten? Alle Regeln konnten gebrochen werden, selbst in einer so konservativen Welt wie der des Baseballs.

Ende August 1971 reiste Ron zum dritten Mal nach Oakland, diesmal als Vereinsmitglied, als Spieler und, selbst wenn er noch kein Profimatch absolviert hatte, als zukünftiger Star. Er wurde gut aufgenommen. Man klopfte ihm auf die Schulter, bedachte ihn mit aufmunternden Worten. Er war achtzehn Jahre alt, wirkte aber mit seinem rundlichen Babyface und der Ponyfrisur nicht älter als fünfzehn. Die erfahrenen Spieler wussten, dass er es schwer haben würde – wie die anderen Jungs, die einen Profivertrag bekamen –, aber sie sorgten trotzdem dafür, dass er sich wohlfühlte. Sie hatten selbst einmal in seinen Schuhen gesteckt.

Weniger als zehn Prozent der Spieler, die einen Profivertrag unterschreiben, absolvieren jemals auch nur ein Spiel in den Major Leagues, aber kein Achtzehnjähriger will das hören.

Ron lungerte im Stadion und an der Reservebank herum, war mit den Spielern zusammen, beobachtete die Aufwärmübungen vor dem Spiel und sah, dass sich nicht übermäßig viele Fans im Oakland Alameda County Coliseum einfanden. Lange vor Spielbeginn führte man ihn zu einem erstklassigen Platz hinter der Bank der A's, von dem aus er sein neues Team beobachtete. Am nächsten Tag kehrte er nach Ada zurück, entschlossen wie nie, die obligatorische Zeit in den Minor Leagues schnell hinter sich zu bringen und es mit zwanzig ganz an die Spitze geschafft zu haben. Na, vielleicht auch mit einundzwanzig. Er hatte hautnah die elektrisierende Atmosphäre in einem Major-League-Stadion gespürt, und nichts würde je wieder so sein wie zuvor.

Er ließ sich die Haare wachsen und hätte gern auch einen Schnurrbart getragen, aber die Natur spielte nicht mit. Seine Freunde glaubten, er wäre reich, und er gab sich alle Mühe, sie in diesem Glauben zu lassen. Er war anders, cooler als die meisten in Ada. Und er war in Kalifornien gewesen!

Mit großem Vergnügen beobachtete er, wie die A's nach hundertundeinem Sieg im September den Titel der American League West holten. Schon bald würde er mit ihnen an der Spitze stehen, als Catcher oder Center Fielder. Mit seinen langen Haaren, dem farbenfrohen Trikot und allem Drum und Dran würde er zum coolsten Team des ganzen Landes gehören.

Im November unterzeichnete er einen Werbevertrag mit Topps Chewing Gum, wodurch er dem Unternehmen die Exklusivrechte an der Verwendung seines Namens, seines Fotos und seiner Unterschrift auf einem Sammelbild verkaufte.

Wie jeder andere Junge in Ada hatte er Tausende dieser Bilder gesammelt, getauscht, gerahmt und in einem Schuhkarton herumgeschleppt. Und jeden Penny gespart, um neue zu kaufen. Mickey Mantle, Whitey Ford, Yogie Berra, Roger Maris, Willie Mays, Hank Aaron, all die großen Spieler auf den wertvollen Sammelbildern – und jetzt prangte auch sein Konterfei auf einem!

Der Traum wurde Realität, in atemberaubendem Tempo.

Zunächst wurde er allerdings an Coos Bay ausgeliehen, nach Oregon. Die Mannschaft spielte in der Class A, Northwest League, weit von Oklahoma entfernt. Beim Frühjahrstraining 1972 in Mesa, Arizona, war er nicht durch bemerkenswerte Leistungen aufgefallen. Er hatte niemanden in Erstaunen versetzt, keine Aufmerksamkeit erregt, und bei den Oakland A's war man sich immer noch nicht schlüssig, welche Position er spielen sollte. Man stellte ihn hinter die Home Plate, wo er die ungewohnte Rolle des Catchers übernehmen musste. Oder sie funktionierten ihn zum Pitcher um, weil er so hart werfen konnte.

Gegen Ende des Frühjahrstrainings hatte er auch noch Pech. Wegen einer Blinddarmoperation kehrte er nach Ada zurück. Während er ungeduldig das Ende der Rekonvaleszenz abwartete, begann er aus Langeweile, viel zu trinken. Das Bier im örtlichen Pizza Hut kostete nicht viel, und wenn er den Laden satthatte, fuhr er mit seinem Cutlass zur Elka Lodge und spülte seine Probleme mit Whiskey Cola hinunter. Er konnte nichts mit sich anfangen, wollte nur irgendwo Baseball spielen. Aus irgendeinem Grund war ihm nicht klar, warum er Zuflucht beim Alkohol suchte. Schließlich rief man ihn an, und er machte sich auf den Weg nach Oregon.

Bei den Coos Bay-North Bend Athletics verbuchte er einundvierzig Hits bei hundertfünfundfünfzig Schlagversuchen, ein wenig beeindruckender Durchschnitt von 0,265. Er kam bei sechsundvierzig Spielen zum Einsatz, in ein paar Innings auch als Center Fielder. Später in der Saison wurde er an die Burlington Bees in Iowa ausgeliehen. Der Verein spielte in der Midwest League, ebenfalls Class A. Als Fortschritt konnte man das schwerlich bezeichnen. Für Burlington spielte er nur sieben Mal, und nach Saisonende kehrte er nach Ada zurück.

In den Minor Leagues ist jede Verpflichtung zeitlich begrenzt, und die Spieler führen ein unruhiges Leben. Sie verdienen sehr wenig und leben von Essensgeld und sonstigen Zuwendungen, je nach Großzügigkeit des Vereins. Ihr »Zuhause« sind Motels, die günstige Monatsmieten anbieten, oder sie sind mit Mannschaftskameraden in kleinen Wohnungen untergebracht. Auf dem Weg zu Auswärtsspielen warten entlang der Busrouten weitere Motels. Und Bars, Nachtclubs und Stripteaselokale. Die Spieler sind jung, nur wenige von ihnen verheiratet, und sie leben weit entfernt von ihren Familien und vertrauten Verhältnissen. Deshalb neigen sie dazu, die Nacht zum Tage zu machen. Die meisten sind kaum dem Teenageralter entwachsen, unreif und verwöhnt. Aber alle sind davon überzeugt, dass sie bald in Riesenstadien spielen und das große Geld machen werden.

Sie schlagen über die Stränge. Die Spiele beginnen um sieben Uhr abends und enden um zehn. Nachts wird durchgemacht, tagsüber geschlafen, entweder zu Hause oder im Bus. Zu viel Alkohol, Frauen, Pokerrunden, Marihuana – das sind die zweifelhaften Seiten des Lebens in den Minor Leagues. Aber Ron ließ sich begeistert darauf ein.

Wie jeder andere Vater es auch getan hätte, verfolgte Roy Williamson die Saison seines Sohnes mit großem Interesse und Stolz. Ronnie rief nur gelegentlich an und schrieb noch seltener, aber Roy schaffte es, sich über seine Statistiken auf dem Laufenden zu halten. Zweimal fuhr er mit Juanita nach Oregon, um seinen Sohn spielen zu sehen. Ron durchlitt sein erstes Jahr als Profi und versuchte, sich an die harten Slider und scharfen Curveballs der gegnerischen Pitcher zu gewöhnen.

Als Roy wieder in Ada war, rief ihn einer der Trainer der Oakland Athletics an. Man mache sich Sorgen wegen Rons Lebenswandel nach den Spielen – lange Nächte, zu viel Alkohol mit anschließendem Kater. Der Junge treibe es etwas zu bunt, was für einen Neunzehnjährigen während seiner ersten Saison nichts Ungewöhnliches sei, aber vielleicht könne ihn ein strenges Wort des Vaters zur Räson bringen.

Ron telefonierte ebenfalls. Als er auch im weiteren Verlauf des Sommers kaum spielte, ärgerte er sich über Trainer und Funktionäre. Er glaubte, zu selten zum Einsatz zu kommen. Wie sollte er seine Form steigern, wenn sie ihn auf der Bank sitzen ließen? Er entschied sich für die riskante und selten angewandte Strategie, seine Trainer zu übergehen und sich direkt in der Geschäftsstelle der Oakland A's zu melden, um seine Beschwerden loszuwerden. Das Leben in den Minor Leagues sei elend, er komme einfach nicht oft genug zum Einsatz. Die hohen Tiere, die ihn verpflichtet hatten, sollten genau Bescheid wissen.

Bei den A's zeigte man wenig Mitgefühl. Es gab Hunderte Spieler in den Minor Leagues, von denen die meisten Ron Williamson meilenweit voraus waren, und bald wurden seine Nörgeleien als lästig empfunden. Man kannte Rons spielerische Bilanz und wusste, dass er sich schwertat.

Aus der Führungsetage des Vereins ließ man verlauten, er solle die Klappe halten und sich auf seine Spiele konzentrieren.

Als er im Frühherbst des Jahres 1972 nach Ada zurückkehrte, war er dort immer noch ein Held, der sich mittlerweile einige Manierismen des kalifornischen Lebensstils angeeignet hatte. Er machte weiter die Nächte durch. Als die Oakland A's Ende Oktober zum ersten Mal die World Series gewannen, stand er bei einer turbulenten Siegesfeier in einer örtlichen Bar im Mittelpunkt. »Das ist mein Team!«, rief er mehrfach, auf den Fernseher zeigend, und seine Zechkumpane bewunderten ihn.

Doch dann änderte sich sein Lebenswandel plötzlich, denn er lernte Patty O'Brien kennen, eine attraktive junge Frau und ehemalige Miss Ada. Die beiden sahen sich regelmäßig, und die Geschichte wurde schnell ernst. Sie war eine fromme Baptistin, trank keinen Tropfen Alkohol und war nicht gewillt, Rons schlechte Angewohnheiten zu ertragen. Der war mehr als glücklich, dass sich sein Leben ändern würde, und gelobte Besserung.

1973 war er einer Karriere in den Major Leagues noch keinen Schritt näher gekommen. Nach einem weiteren mittelmäßigen Frühjahrstraining in Mesa wurde er erneut an die Burlington Bees ausgeliehen, wo er nur fünf Spiele absolvierte, bevor er zu den Key West Conchs wechselte. Wieder Class A, diesmal in der Florida State League. In neunundfünfzig Spielen dort kam er auf einen miesen Schlagdurchschnitt von 0,137.

Zum ersten Mal in seinem Leben zweifelte er daran, dass er den Sprung in die Major Leagues schaffen würde. Nach zwei ziemlich verkorksten Spielzeiten hatte er begriffen, dass ihn professionelle Pitcher selbst auf Class-A-Niveau als Batter vor ganz andere Probleme stellten als die Werfer, mit denen er im Team der Asher High School konfrontiert gewesen war. Jeder Pitcher hatte einen harten Wurf, jeder Curveball war tückisch. Alle Spieler waren gut, einige würden den Sprung an die Spitze schaffen. Die Prämie, die er für die Vertragsunterzeichnung eingestrichen hatte, war längst verprasst. Sein Lächeln auf den Sammelbildern wirkte nicht mehr annähernd so enthusiastisch wie noch vor zwei Jahren.

Außerdem fühlte er sich von allen beobachtet. Seine Freunde und die netten Leute aus Ada und Asher setzten darauf, dass er ihre Erwartungen erfüllte, damit etwas von seinem Ruhm auf sie abfärbte. Er war der nächste Star aus Oklahoma, der neue Mickey Mantle. Der hatte mit neunzehn den Durchbruch geschafft, Ron hinkte also schon jetzt hinterher.

Er kehrte nach Ada zurück, wo Patty ihm dringend empfahl, sich während der spielfreien Zeit einen anständigen Job zu suchen. Ein Onkel kannte jemanden in Texas, und er fuhr nach Victoria und arbeitete ein paar Monate für eine Dachdeckerfirma.

Am 3. November 1973 heirateten Ron und Patty in der First Baptist Church in Ada, ihrer Heimatkirche. Er war zwanzig und glaubte noch immer, dass er eines Tages Außergewöhnliches leisten würde.

Die Stadt betrachtete Ron Williamson als ihren größten Helden. Jetzt hatte er auch noch eine Schönheitskönigin aus einer allseits beliebten Familie geheiratet. Sein Leben stand unter einem guten Stern.

Im Februar 1974 fuhr das Ehepaar nach Mesa, wo Ron das Frühjahrstraining absolvierte. Durch seine Frau fühlte er sich noch mehr unter Druck gesetzt, endlich weiter nach oben zu kommen. Das Nahziel hieß Triple A, die höchste Klasse unterhalb der Major Leagues. Zumindest Double A. Erneut sollte er für Burlington spielen, aber er hatte kein Interesse, dorthin zurückzukehren. Er hatte die Nase voll von Burlington und Key West, und wenn die Oakland A's ihn wieder zu einem dieser Vereine schickten, konnte das nur eines bedeuten – sie sahen in ihm nicht mehr den kommenden Mann.

Er trainierte härter, lief mehr, arbeitete an seiner Technik als Batter, strengte sich genauso an wie seinerzeit in Asher. Doch dann, während eines ganz normalen Trainings, als er den Ball hart in Richtung Second Base warf, spürte er einen stechenden Schmerz durch seinen Ellbogen schießen. Er versuchte, ihn zu ignorieren, und sagte sich wie jeder andere, er müsse einfach weiterspielen. Nur eine kleine Reizung, so etwas kam vor beim Frühjahrstraining, der Schmerz würde wieder verschwinden. Am nächsten Tag war er erneut da, danach wurde es schlimmer. Ende März konnte er den Ball kaum noch durchs Infield werfen.

Am 31. März ließen ihn die Oakland A's fallen, und er trat mit Patty die lange Rückreise nach Oklahoma an.

Sie machten einen Bogen um Ada und ließen sich in Tulsa nieder, wo Ron einen Job als Außendienstmitarbeiter bei Bell Telephones annahm. Ein beruflicher Neuanfang sollte das nicht sein, es ging nur ums Geld. Er wartete darauf, dass seine Verletzung ausheilte und dass jemand aus dem Baseballgeschäft anrief. Jemand, der um sein wahres Talent wusste. Nach ein paar Monaten griff er selbst zum Telefon, aber niemand zeigte Interesse.

Patty nahm eine Stelle in einem Krankenhaus an, und sie begannen, sich ihr Leben in Tulsa einzurichten. Annette schickte ihnen wöchentlich fünf oder zehn Dollar, nur für den Fall, dass sie Schwierigkeiten mit den Rechnungen haben sollten. Damit war es vorbei, als Patty ihr telefonisch mitteilte, Ron gebe das Geld für Bier aus, was sie nicht gutheiße.

Es gab Spannungen. Annette machte sich Sorgen, weil ihr Bruder wieder mit dem Trinken begonnen hatte. Allerdings wusste sie nicht, wie es um die Ehe stand. Patty war von Natur aus schüchtern und zurückhaltend, und sie wirkte gegenüber der Familie Williamson nie entspannt. Annette und ihr Mann besuchten das Ehepaar einmal im Jahr.

Als Ron bei einer Beförderung übergangen wurde, kündigte er bei Bell Telephones und begann, für Equitable Lebensversicherungen zu verkaufen. Das war 1975, und er hatte immer noch keinen neuen Vertrag als Baseballspieler. Niemand rief an, der nach vernachlässigten Talenten Ausschau hielt.

Sein sicheres Auftreten und sein offenes Wesen ermöglichten es ihm, reichlich Lebensversicherungen an den Mann zu bringen. Der Job fiel ihm leicht, und er genoss den Erfolg und das Geld. Aber er genoss es auch wieder, bis tief in die Nacht in Bars und Kneipen herumzuhängen. Patty hasste Alkohol und konnte den Stimmenlärm nicht ertragen. Mittlerweile rauchte Ron gewohnheitsmäßig Marihuana, und auch das war ihr zuwider. Seine Stimmungsumschwünge fielen immer drastischer aus. Der sympathische junge Mann, den sie geheiratet hatte, veränderte sich.

Irgendwann im Frühjahr 1976 rief Ron mitten in der Nacht bei seinen Eltern an. Er weinte und erzählte mit hysterischer Stimme, Patty und er hätten sich nach einer erbitterten Auseinandersetzung getrennt. Roy und Juanita, wie auch Annette und Renee, waren geschockt, hofften aber, die Ehe wäre noch zu retten. Alle jungen Ehepaare mussten ein paar Stürme überstehen. Es konnte nicht mehr lange dauern, bis jemand bei Ron anrief. Er würde wieder ein Trikot überstreifen und seine Sportlerkarriere fortsetzen. Die Ehe würde ein paar dunkle Tage überstehen, die beiden würden ihr Leben wieder in Ordnung bringen.

Aber die Ehe war zerrüttet. Wie immer ihre Probleme aussehen mochten, Ron und Patty zogen es vor, nicht darüber zu reden. Sie ließen sich umgehend scheiden, wegen unüberbrückbarer Differenzen. Die Trennung war endgültig. Die Ehe hatte keine drei Jahre gedauert.

Roy Williamson hatte einen Jugendfreund namens Harry Brecheen, der zu seiner Zeit als Baseballspieler Harry the Cat genannt worden war. Die beiden waren gemeinsam in Francis in Oklahoma aufgewachsen. Mittlerweile war Harry als Talentscout für die Yankees aktiv. Roy spürte ihn auf und leitete seine Telefonnummer an Ron weiter.

Im Juni 1976 zahlten sich Rons Überredungskünste aus. Er überzeugte die Yankees davon, dass seine Verletzung völlig ausgeheilt und er besser in Form sei denn je. Nachdem er mit genügend guten Pitchers konfrontiert gewesen war, um einzusehen, dass er ihnen als Batter nicht gewachsen war, setzte er ganz auf seine wahre Stärke, den rechten Arm. Der hatte schon damals das Interesse der Scouts geweckt. Bei den Oakland A's war ständig die Rede davon gewesen, auch ihn zum Pitcher zu machen.

Er unterschrieb einen Vertrag bei den Oneonta Yankees, die in der New York-Penn League spielten, Class A, und konnte es nicht abwarten, Tulsa den Rücken zu kehren. Der Traum war zu neuem Leben erwacht.

Hart werfen konnte er zweifellos, aber häufig mangelte es ihm an Zielgenauigkeit. Seine Technik war nicht ausgefeilt, er hatte einfach nicht genug Erfahrung als Pitcher. Und da er zu schnell zu viel wollte, kehrten die Schmerzen zurück, zuerst langsam, schließlich war sein ganzer Arm lahmgelegt. Die zweijährige Pause forderte ihren Tribut, und zum Saisonende wurde er erneut fallen gelassen.

Bei der Heimfahrt machte er wieder einen Bogen um Ada. Zurück in Tulsa, verkaufte er weiter Lebensversicherungen. Annette kam vorbei, um nach ihm zu sehen, und als das Gespräch auf das Thema Baseball kam, auf sein Scheitern, brach er in einen endlosen, hysterischen Weinkrampf aus. Seiner Schwester gegenüber gab er zu, lange, depressive Phasen durchzumachen.

Einmal mehr hatte er sich an die Begleiterscheinungen des Lebens in den Minor Leagues gewöhnt, und er nahm seine alten Gewohnheiten wieder auf, hing in Bars herum, trank viel, stellte Frauen nach. Aus Langeweile begann er, Softball zu spielen, und er genoss es, der große Star auf einer kleinen Bühne zu sein. Als er an einem kühlen Abend einen harten Ball in Richtung Second Base schleuderte, riss etwas in seiner Schulter. Er hörte mit dem Softball auf, doch es war passiert. Auf ärztlichen Rat hin unterzog er sich einer mühsamen Rehabilitation, spürte aber kaum eine Besserung.

Weil er sich erneut der Hoffnung hingab, nach einer ausgedehnten Ruhepause wäre im Frühling alles ausgeheilt, erzählte er niemandem von der Verletzung.

Tatsächlich spielte er im Frühjahr 1977 wieder, doch es sollte sein letzter Auftritt in der Welt des professionellen Baseballs sein. Wieder hatte er es geschafft, die Yankees zu überreden. Er überstand das Frühjahrstraining, noch immer als Pitcher, und wurde an Fort Lauderdale ausgeliehen, Florida State League. Dort durchlitt er seine letzte Saison, siebzig Heim-, siebzig Auswärtsspiele, lange Busfahrten, ein Leben auf der Straße. Man setzte ihn so selten wie möglich ein. Nur vierzehn Spiele, dreiunddreißig Innings. Er war vierundzwanzig und laborierte an einer Schulterverletzung, die nicht ausheilen wollte. Die ruhmreichen Tage, als er unter Murl Bowen für Asher gespielt hatte, waren ferne Vergangenheit.

Die meisten Spieler fügen sich irgendwann in das Unvermeidliche, doch Ron gehörte nicht zu ihnen. Zu viele Menschen in seiner Heimat zählten auf ihn. Seine Familie hatte zu große Opfer gebracht. Er hatte ein Universitätsstudium ausgeschlagen, um ein Star in den Major Leagues zu werden, da konnte er jetzt nicht einfach aussteigen. Seine Ehe war gescheitert, und er war nicht ans Scheitern gewöhnt. Noch trug er das Trikot der Yankees, eine tägliche Erinnerung daran, dass sein Traum nicht ausgeträumt war.

Mit Mühe hielt er bis zum Saisonende durch, dann ließen ihn seine geliebten Yankees erneut fallen.

3

Ein paar Monate nach dem Ende der Saison schlenderte Bruce Leba durch die Southroads Mall in Tulsa, als er plötzlich ein vertrautes Gesicht erblickte und wie angewurzelt stehen blieb. Durch das Schaufenster von Toppers Menswear sah er seinen alten Freund Ron Williamson, der schicke Klamotten trug und ebensolche an die Kunden verkaufte. Die beiden umarmten sich und erzählten einander, wie es ihnen inzwischen ergangen war. Angesichts der Tatsache, dass sie früher praktisch wie Brüder gewesen waren, wunderten sie sich darüber, dass sie sich völlig aus den Augen verloren hatten.

Nach dem Abschluss der Highschool in Asher waren beide getrennte Wege gegangen. Bruce hatte noch zwei Jahre an einem Junior College Baseball gespielt, musste schließlich aber wegen seiner Knieprobleme aufhören. Viel besser war auch Rons Karriere nicht verlaufen. Keiner hatte von der Ehe des anderen gewusst, und jetzt waren beide geschieden. Nicht weiter überrascht stellten sie fest, dass sie sich ihre Lust aufs Nachtleben bewahrt hatten.

Sie waren junge, gut aussehende Singles, die für harte Arbeit ausreichend Geld bekamen, und machten sich sofort auf in die Bars, um nach Frauen zu suchen. Ron hatte die Frauen schon immer geliebt, aber ein paar Spielzeiten in den Minor Leagues hatten einen regelrechten Schürzenjäger aus ihm gemacht.

Bruce lebte in Ada, doch wann immer er durch Tulsa kam, hatte er genug Zeit, um eine Nacht mit Ron und dessen Freunden durchzufeiern.

Obwohl der Sport beiden schwere Enttäuschungen beschert hatte, war Baseball immer noch das Thema Nummer eins – die ruhmreichen Tage in Asher, Coach Bowen, der Traum, den sie einst geteilt hatten, die alten Mannschaftskameraden, die es auch versucht hatten und denen es nicht besser ergangen war. Bruce hatte es geschafft, einen Schlussstrich zu ziehen, was ihm wegen der Knieprobleme einigermaßen leicht gefallen sein musste. Zumindest träumte er nicht mehr von den Major Leagues. Bei Ron war das anders. Er war immer noch davon überzeugt, dass sich eines Tages etwas ändern würde – seine Schulterverletzung würde auf mysteriöse Weise verschwinden, irgendjemand würde anrufen, sein Leben wieder in Ordnung kommen. Zunächst zuckte Bruce nur die Achseln; er sah diese Illusionen als Nachwirkung verblassenden Ruhmes. Er hatte am eigenen Leib erfahren, dass kein Stern schneller sinkt als der eines Highschool-Sportlers. Einige können damit umgehen, akzeptieren die Tatsachen, ändern ihr Leben. Andere träumen jahrzehntelang weiter.

Rons Glaube daran, wieder spielen zu können, glich fast einer Wahnvorstellung, und der Gedanke an sein Scheitern beschäftigte ihn nicht nur, sondern beherrschte ihn. Ständig fragte er Bruce, wie die Menschen in Ada über ihn dachten. Hatte er sie enttäuscht, weil er nicht der nächste Mickey Mantle geworden war? Redeten sie in den Coffeeshops und Lokalen über ihn? Bruce versicherte ihm, dass dem nicht so war.

Es half nicht. Ron glaubte, dass man ihn in seiner Heimatstadt als Versager sah, und das ließ sich nur ändern, wenn er wieder einen Vertrag bekam, eine letzte Chance, um den Sprung in die Major Leagues zu schaffen.

Kopf hoch, Kumpel, sagte Bruce immer wieder. Mit Baseball ist es vorbei. Der Traum ist ausgeträumt.

Rons Familie begann, Persönlichkeitsveränderungen bei ihm zu registrieren. Manchmal war er nervös, aufgeregt und unfähig, sich auf ein Thema zu konzentrieren, bevor er unvermittelt zum nächsten wechselte. Bei Familientreffen saß er für ein paar Minuten still da, als wäre er stumm gewesen, um dann das Gespräch der anderen mit Bemerkungen zu unterbrechen, die immer nur ihn selbst betrafen. Wenn er redete, ließ er praktisch niemanden zu Wort kommen, und jedes Thema musste in einer Beziehung zu seinem Leben stehen. Er hatte Probleme damit, ruhig sitzen zu bleiben, rauchte ohne Unterlass und entwickelte die seltsame Gewohnheit, einfach aus dem Raum zu stürmen. Zu Thanksgiving 1977 lud Annette die ganze Familie ein und servierte das traditionelle Festessen. Sobald alle Platz genommen hatten, verließ Ron abrupt und ohne ein Wort das Esszimmer, um quer durch Ada zum Haus seiner Mutter zu marschieren. Auf eine Erklärung warteten alle vergebens.

Bei anderen Familientreffen zog er sich in ein Schlafzimmer zurück, verschloss die Tür und blieb dort, was für die anderen zwar etwas beunruhigend war, es ihnen aber immerhin ermöglichte, für einige Zeit ein ungestörtes Gespräch zu führen. Irgendwann stürmte er aus dem Schlafzimmer heraus und schwadronierte über alles, was ihm gerade durch den Kopf ging. Nie hatte es auch nur annähernd etwas damit zu tun, worüber die anderen gerade sprachen. Er stand mitten im Zimmer und plapperte wie ein Verrückter, bis er irgendwann müde wurde, wieder im Schlafzimmer verschwand und erneut die Tür verschloss.

Einmal platzte er mit einer Gitarre in den Raum, traktierte sie wie wild, sang schief und forderte den Rest der Familie zum Mitsingen auf. Nach ein paar trostlosen Songs gab er es auf, um ein weiteres Mal im Schlafzimmer zu verschwinden. Alle seufzten tief und rollten die Augen, dann kehrte wieder Normalität ein. Unglücklicherweise gewöhnte sich die Familie an sein Benehmen.

Ron konnte introvertiert und mürrisch sein, tagelang wegen allem und jedem schmollen. Doch dann, als wäre in seinem Kopf ein Schalter umgelegt worden, war er wieder kontaktfreudig und offen. Der Verlauf seiner Baseballkarriere deprimierte ihn, er zog es vor, nicht darüber zu reden. Beim einen Telefonat wirkte er niedergeschlagen und mitleiderregend, beim nächsten aufgekratzt und jovial.

Die Familie wusste, dass er trank, und es gab ernst zu nehmende Gerüchte, dass er auch Drogen nahm. Vielleicht hatten der Alkohol und andere Substanzen sein inneres Gleichgewicht durcheinandergebracht und waren auch für seine abrupten Stimmungsschwankungen verantwortlich. Annette und Juanita fragten so dezent wie möglich, bekamen aber nur giftige Antworten.

Dann wurde bei Roy Williamson Krebs diagnostiziert, und Rons Probleme verloren an Bedeutung. Der Tumor saß im Grimmdarm und wuchs schnell. Obwohl Ronnie immer eher ein Muttersöhnchen gewesen war, liebte und respektierte er seinen Vater. Und er litt an Schuldgefühlen wegen seines Benehmens. Er ging nicht mehr in die Kirche und hatte ernsthafte Probleme mit dem Glauben, hielt aber an der Auffassung seiner Pfingstkirche fest, dass Sünden bestraft würden. Sein Vater hatte ein anständiges Leben geführt, wurde nun aber wegen der zahllosen Sünden seines Sohnes bestraft.

Roys sich verschlechternder Gesundheitszustand verschärfte Rons Depression. Er warf sich seinen Egoismus vor. Was hatte er nicht alles von seinen Eltern gefordert – schicke Klamotten, teure Sportausrüstungen, Trainingslager, Ausflüge zu Baseballspielen, den Umzug nach Asher. Und für das alles hatte er sich nur mit einem Farbfernseher bedankt, bezahlt mit dem Geld, das er von den Oakland Athletics für die Vertragsunterzeichnung bekommen hatte. Er erinnerte sich, wie sein Vater heimlich Secondhandkleidung gekauft hatte, damit sein verwöhnter Sohn auf der Highschool die besten Klamotten tragen konnte. Dann wieder sah er, wie Roy sich bei großer Hitze mit dem schweren Musterkoffer über die Bürgersteige von Ada schleppte, um Vanille und Gewürze zu verkaufen. Schließlich das Bild seines Vaters auf der Tribüne, von wo aus er jedem Highschool-Spiel seines Sohnes zugeschaut hatte.

Zu Beginn des Jahres 1978 sollte Roy in Oklahoma City operiert werden, aber der Tumor war schon so groß und die Metastasen so zahlreich, dass die Chirurgen nichts mehr tun konnten. Er lehnte eine Chemotherapie ab und kehrte nach Ada zurück, wo ihm ein schmerzhafter Verfall bevorstand. Während seiner letzten Tage kam Ron aus Tulsa nach Hause und saß gedankenverloren und weinend am Bett seines Vaters. Er entschuldigte sich mehrfach und bat um Verzeihung.

Irgendwann hatte Roy genug. Zeit, dass du erwachsen wirst, mein Sohn, sagte er. Sei ein Mann. Schluss mit Tränen und hysterischen Ausbrüchen. Bring dein Leben in Ordnung.

Roy starb am 1. April 1978.

Während des Jahres 1978 lebte Ron weiterhin in Tulsa, wo er sich eine Wohnung mit Stan Wilkins teilte, einem vier Jahre jüngeren Stahlarbeiter. Beide interessierten sich für Gitarren und Popmusik und verbrachten Stunden damit, auf ihren Instrumenten zu spielen und zu singen. Ron hatte eine ausdrucksstarke, wenn auch unausgebildete Stimme, und was er seiner Gitarre entlockte – einer teuren Fender –, verriet ein vielversprechendes Talent. Er konnte stundenlang dasitzen und spielen.

In Tulsa gab es eine pulsierende Discoszene, und die beiden gingen oft aus. Nach der Arbeit kippten sie ein paar Drinks und besuchten dann die Szeneclubs, wo man Ron gut kannte. Er liebte Frauen und hatte keinerlei Hemmungen, sich an sie heranzumachen. Er ließ den Blick über die Menge schweifen, suchte sich das attraktivste Mädchen aus und fragte, ob sie mit ihm tanzen wolle. War sie einverstanden, nahm er sie in der Regel mit nach Hause. Sein Ziel war es, jede Nacht eine andere Frau zu haben.

Obwohl er den Alkohol liebte, hielt er sich zurück, wenn er auf der Jagd war. Zu viele hochprozentige Drinks konnten seine Vorstellung im Bett beeinträchtigen. Bei gewissen anderen Substanzen war das nicht so. Kokain überschwemmte das Land und war in den Clubs von Tulsa mühelos zu bekommen. Über durch Geschlechtsverkehr übertragene Krankheiten machte man sich wenig Gedanken. Als größte Sorge galt Herpes; von Aids war noch nicht die Rede. Für Menschen mit solchen Neigungen waren die späten Siebziger eine wilde, hedonistische Zeit. Ron Williamson lebte ein zügelloses Leben.

Am 30. April 1978 wurde die Polizei in die Wohnung von Lyza Lentzch gerufen. Als sie eintraf, gab Lentzch an, von Ron Williamson vergewaltigt worden zu sein. Er wurde am 5. Mai festgenommen, hinterlegte zehntausend Dollar Kaution und wurde freigelassen.

Ron engagierte John Tanner, einen erfahrenen Strafverteidiger, und gab zu, mit Lentzch Sex gehabt zu haben. Er schwor, es sei in gegenseitigem Einvernehmen geschehen; sie hätten sich in einer Disco kennengelernt, und sie habe ihn in ihre Wohnung eingeladen, wo sie schließlich im Bett gelandet seien. Tanner glaubte seinem Mandanten, was selten vorkam.

Für Rons Freunde war es eine lachhafte Vorstellung, dass er jemanden vergewaltigt haben sollte. Die Frauen warfen sich ihm praktisch an den Hals. Er konnte sich in jeder Bar eine aussuchen, und schließlich stellte er keinen unschuldigen Betschwestern nach. Die Frauen, denen er in Bars und Discos begegnete, legten es darauf an.

Obwohl ihn die Anklage demütigte, war er entschlossen, weiter so zu leben, als wäre er in keinster Weise beunruhigt. Er machte die Nächte durch und lachte alle aus, die zu ihm sagten, er stecke ihn Schwierigkeiten. Er hatte doch einen guten Anwalt! Von ihm aus konnte der Prozess beginnen.

Insgeheim jagte ihm die Geschichte Angst ein, und zwar mit gutem Grund. Es war schon ernüchternd genug, eines so schweren Verbrechens angeklagt zu sein, aber die Vorstellung, einer Jury gegenüberzusitzen, die ihn für viele Jahre ins Gefängnis schicken konnte, war entsetzlich.

Die meisten Einzelheiten hielt er vor seiner Familie geheim – Ada war zwei Autostunden entfernt –, aber ihr fiel auf, dass er noch verschlossener war. Und noch heftigere Stimmungsschwankungen hatte.

Während sich seine Welt immer mehr verfinsterte, wehrte sich Ron mit den einzigen Mitteln, die ihm zur Verfügung standen. Er trank noch mehr, riss noch mehr Frauen auf, kam noch später nach Hause, alles in dem Bemühen, das Leben zu genießen und seinen Sorgen zu entkommen. Aber der Alkohol verstärkte seine Depression, oder vielleicht verlangte die Depression mehr Alkohol. Wie auch immer, er war niedergeschlagen, seine Stimmung verdüsterte sich weiter. Und sein Verhalten wurde unberechenbarer.

Am 9. September erfuhr die Polizei von Tulsa durch einen Telefonanruf von einer weiteren angeblichen Vergewaltigung. Eine Achtzehnjährige namens Dell Ferneyhough war nach einer langen Nacht in einer Disco um vier Uhr morgens zu ihrer Wohnung zurückgekehrt. Sie hatte sich mit ihrem Freund gestritten, der in der Wohnung schlief, die Tür aber abgeschlossen hatte. Sie konnte ihren Schlüssel nicht finden, und da sie dringend auf die Toilette musste, eilte sie zu einem kleinen Laden in der Nachbarschaft, der die ganze Nacht geöffnet hatte. Dort stolperte sie über Ron Williamson, der wieder mal spätnachts unterwegs war. Die beiden kannten sich nicht, plauderten aber miteinander und verschwanden schließlich hinter dem Laden, wo sie auf einer nicht gemähten Wiese Sex miteinander hatten.

Laut Ferneyhough hatte Ron ihr einen Faustschlag verpasst, ihr die Kleidung vom Leib gerissen und sie vergewaltigt.

Laut Ron war Ferneyhough sauer gewesen, weil ihr Freund sie ausgesperrt hatte. Sie sei mit einer schnellen Nummer im Gras einverstanden gewesen.

Zum zweiten Mal in fünf Monaten musste Ron eine Kaution hinterlegen und John Tanner anrufen. Jetzt hatte er zwei Vergewaltigungsprozesse am Hals. Zunächst ließ er es mit dem Nachtleben langsamer angehen, dann zog er sich völlig zurück. Er lebte allein und sprach praktisch mit niemandem mehr. Annette, die gelegentlich Geld schickte, war über ein paar Einzelheiten informiert. Bruce Leba wusste nur wenig über den Stand der Dinge.

Im Februar 1979 wurde zuerst die von Dell Ferneyhough angestrengte Klage vor Gericht verhandelt. Ron erklärte den Geschworenen, er habe mit Ferneyhough Geschlechtsverkehr gehabt, um vier Uhr morgens auf der Wiese hinter dem Laden, aber es sei in gegenseitigem Einvernehmen geschehen. Die Jury zog sich für eine Stunde zurück, schenkte seiner Darstellung Glauben und befand ihn für unschuldig.

Im Mai hatte sich die nächste Jury mit der anderen Klage wegen Vergewaltigung zu befassen, die Lyza Lentzch erhoben hatte. Erneut erläuterte Ron den Geschworenen ausführlich seine Sicht der Dinge. Er sei Miss Lentzch in einer Disco begegnet, habe mit ihr getanzt. Sie habe ihm gefallen, er ihr offenbar auch, denn sie habe ihn in ihre Wohnung eingeladen, wo sie in gegenseitigem Einvernehmen miteinander geschlafen hätten. Lentzch wiederum sagte, sie habe nicht mit Williamson ins Bett gehen wollen und sich zeitig bemüht, seine Annäherungsversuche zu stoppen. Aber sie habe Angst vor ihm gehabt und schließlich nachgegeben, um ihn von Gewalttätigkeiten abzuhalten. Auch diesmal schenkte die Jury Ron Glauben und sprach ihn frei.

Als man ihn zum ersten Mal einen Vergewaltiger genannt hatte, war das demütigend gewesen, und Ron wusste, dass dieses Etikett jahrelang an ihm kleben bleiben würde. Aber nur wenige bekamen es gleich zweimal angeheftet, und das auch noch in knapp fünf Monaten. Wie konnte man ihn, den großen Ron Williamson, als Vergewaltiger abstempeln? Trotz des zweimaligen Freispruchs würde das Geschwätz der Leute verhindern, dass die Vorfälle in Vergessenheit gerieten. Man würde auf der Straße mit dem Finger auf ihn zeigen.

Er war sechsundzwanzig und für einen guten Teil seines Lebens der Baseballstar gewesen, der von sich selbst überzeugte Sportler, der in den Major Leagues Furore machen würde. Auch danach noch war er ein selbstbewusster Spieler gewesen, dessen Schulterverletzung irgendwann wie von selbst verschwinden würde. Die Menschen in Ada und Asher hatten ihn nicht vergessen. Er war jung, sein Talent stand noch immer außer Frage. Alle Welt kannte seinen Namen.

Die Vergewaltigungsprozesse änderten alles. Ihm war klar, dass man ihn als Spieler vergessen und in Zukunft nur noch als Mann sehen würde, der zweimal wegen eines Sexualdelikts vor Gericht gestanden hatte. Er wurde zum Einzelgänger, zog sich von Tag zu Tag tiefer in seine düstere, aus den Fugen geratene Welt zurück. Zur Arbeit erschien er nur noch unregelmäßig, dann gab er den Job bei Toppers Menswear ganz auf. Bald war er pleite, und schließlich packte er seine Sachen und verließ Tulsa, ohne jemandem etwas zu sagen. Er war auf dem Weg nach unten, glitt in eine Welt ab, wo es nur noch Depressionen, Alkohol und Drogen gab.

Juanita nahm ihn auf, und sie war tief besorgt. Von den Geschichten in Tulsa hatte sie nicht viel mitbekommen, aber sie und Annette wussten genug, um pessimistisch in die Zukunft zu schauen. Ron war ganz offensichtlich am Ende – Alkoholsucht, immer unvorhersehbarere und drastischere Stimmungsschwankungen, ein zunehmend bizarres Verhalten. Er sah grauenvoll aus – lange Haare, unrasiert, dreckige Kleidung. Und doch war er derselbe Ron Williamson, der stets so viel Wert auf Stil und Eleganz gelegt, teure Kleidung verkauft und Kunden gezeigt hatte, welche Krawatte zu welchem Jackett passte.

Sein Stammplatz wurde das Sofa im Wohnzimmer seiner Mutter, und es dauerte nicht lange, bis er zwanzig Stunden am Tag schlief, immer nur auf dem Sofa. Er hatte noch sein altes Zimmer, weigerte sich aber, es nach Einbruch der Dunkelheit zu betreten. Irgendetwas wartete dort auf ihn, etwas, was ihm Angst machte. Obwohl er einen festen Schlaf hatte, sprang er manchmal auf und schrie, er sehe Schlangen auf dem Boden und Spinnen an den Wänden.

Bald hörte er auch Stimmen, wollte seiner Mutter aber nicht erzählen, was sie sagten. Dann begann er ihnen zu antworten.

Alles ermüdete ihn – eine Mahlzeit oder ein Bad waren eine enorme Kraftanstrengung, denen immer ausgedehnte Nickerchen folgten. Er war lustlos und unmotiviert, selbst während der kurzen Zeitabschnitte, in denen er nicht trank. Juanita hasste Alkohol und Zigaretten und hatte beides nie in ihrem Haus geduldet. Der Streit wurde dadurch geschlichtet, dass Ron in einen winzigen Abstellraum neben der Küche umzog. Dort konnte er rauchen, trinken und Gitarre spielen, ohne seine Mutter zu ärgern. Wurde er müde, kehrte er ins Wohnzimmer zurück und ließ sich auf das Sofa fallen.

Natürlich war dieser Zustand bei seinen Stimmungsschwankungen nicht von Dauer. Als er wieder zu Kräften gekommen war, stürzte er sich erneut ins Nachtleben. Alkohol, Drogen, Frauen, Letzteres aber mit ein bisschen mehr Zurückhaltung. Tagelang war er verschwunden. Er wohnte bei Freunden und pumpte jeden Bekannten an, der ihm über den Weg lief. Dann, beim nächsten Stimmungsumschwung, war er plötzlich wieder zurück und lag auf dem Sofa, als hätte es die Außenwelt nicht gegeben.

Juanita machte sich unablässig Sorgen. Bisher hatte es in der Familie keine psychischen Erkrankungen gegeben, und sie hatte keine Ahnung, wie sie damit umgehen sollte. Sie betete viel, war aber verschwiegen und gab sich alle Mühe, Ronnies Probleme vor Annette und Renee geheim zu halten. Beide waren verheiratet und glücklich. Ronnie war *ihre* Bürde, nicht die seiner Schwestern.

Gelegentlich redete Ron davon, sich einen Job zu suchen. Er litt darunter, nicht zu arbeiten und auf andere angewiesen zu sein. Ein Freund kannte jemanden in Kalifornien, der Arbeitskräfte suchte, und Ron machte sich in Richtung Westen auf, zur großen Erleichterung seiner Familie. Ein paar Tage später rief er weinend bei seiner Mutter an und sagte, er lebe mit Teufelsanbetern zusammen, die ihm Angst einjagten und ihn an der Abreise zu hindern versuchten. Juanita schickte ein Flugticket, und es gelang ihm zu entkommen.

Anschließend suchte er in Florida, New Mexico und Texas Arbeit, doch wenn er etwas gefunden hatte, hielt er es nie länger als einen Monat aus. Jede kurze Reise erschöpfte ihn, und danach ließ er sich noch kraftloser auf das Sofa fallen.

Schließlich überredete ihn Juanita, einen Psychiater aufzusuchen, dessen Diagnose manisch-depressiv lautete. Er verschrieb Lithium, das Ron aber nicht regelmäßig einnahm. Hin und wieder suchte er sich einen Teilzeitjob, schaffte es jedoch nicht, ihn zu behalten. Er hatte allenfalls Talent, den Leuten etwas zu verkaufen, doch in seinem gegenwärtigen Zustand konnte er niemandem gegenübertreten und ihn durch seinen Charme überzeugen. Noch immer bezeichnete er sich als Baseballprofi, als engen Freund von Reggie Jackson, doch die Einwohner von Ada wussten es mittlerweile besser.

Gegen Ende des Jahres 1979 bat Annette um einen Termin bei Ronald Jones, einem Bezirksrichter, der sein Büro im Gericht von Pontotoc County hatte. Sie klärte ihn über den Zustand ihres Bruders auf und fragte, ob der Staat oder die Justiz ihm irgendwie helfen könnten. Nein, antwortete der Richter, erst wenn Ron eine Gefahr für sich selbst oder andere werde.

An einem besonders guten Tag stellte sich Ron in einem Zentrum für berufliche Wiedereingliederung in Ada vor. Sein Zustand alarmierte den Berater, und er schickte ihn zu Dr. M. P. Prosser vom St. Anthony Hospital in Oklahoma City, wo er am 1. Dezember 1979 aufgenommen wurde.

Schon bald gab es Probleme. Ron verlangte unrealistische Privilegien. Er erwartete vom Personal, dass es ihm bevorzugt Zeit und Aufmerksamkeit widmete, und führte sich auf, als wäre er der einzige Patient gewesen. Als seine Wünsche nicht erfüllt wurden, verließ er das Krankenhaus, um ein paar Stunden später erneut aufzutauchen und um seine Wiederaufnahme zu bitten.

Am 8. Januar 1980 notierte Dr. Prosser: »Der Patient legt ein ziemlich bizarres und zuweilen psychopathisches Verhalten an den Tag. Ob er manisch-depressiv ist, wie der Psychiater aus Ada glaubt, oder eine schizoide Persönlichkeit mit soziopathischen Zügen – vielleicht auch eine soziopathische mit schizoiden Zügen –, wird man vielleicht nie abschließend beurteilen können … Möglicherweise wäre eine Langzeittherapie angebracht, aber er glaubt nicht, dass er eine Behandlung wegen Schizophrenie braucht.«

Seit seiner Jugend, den ruhmreichen Tagen auf dem Baseballfeld, hatte Ron in einem Traum gelebt und nach dem Platzen dieses Traums die Realität nie akzeptiert – dass nämlich seine Karriere beendet war. Noch immer glaubte er, dass »sie« – Funktionäre aus den Profiligen – ihn zurückholen, in eine Mannschaft stecken und ihm die Chance geben würden, berühmt zu werden. »Das ist der wirklich schizophrene Aspekt bei ihm«, schrieb Dr. Prosser. »Er will einfach nur wieder spielen, vorzugsweise als einer der Stars.«

Eine Langzeitbehandlung wegen Schizophrenie wurde empfohlen, aber Ron weigerte sich, diese Möglichkeit in Betracht zu ziehen. Die gründliche körperliche Untersuchung wurde nie beendet, weil er nicht mitmachte, aber Dr. Prosser notierte: »Ein körperlich gesunder, muskulöser, beweglicher, aktiver junger Mann ... besser in Form als die meisten seiner Altersgenossen.«

Wenn Ron in der Lage war, den Alltag zu bestehen, ging er jetzt selbst von Tür zu Tür, um Rawleigh-Haushaltsprodukte zu verkaufen, in denselben Straßen von Ada wie einst sein Vater. Mühsame Arbeit, magere Einkünfte, und ihm fehlte die Geduld für den Papierkram. Und überhaupt, war er nicht Ron Williamson, der große Baseballstar? Und der sollte jetzt Haustürgeschäfte machen?

Ohne medizinische Betreuung und medikamentöse Behandlung, aber weiterhin trinkend, wurde Ron Stammkunde aller nur erdenklichen Kneipen in Ada – ein schlampig gekleideter Säufer mit großer Klappe, der mit seiner Baseballkarriere angab und Frauen belästigte. Manch einem jagte er Angst ein, und die Barkeeper und Türsteher kannten ihn gut. Wenn Ron Williamson irgendwo trank, entging das niemandem. Eine seiner bevorzugten Bars war das Coachlight, und der Rausschmeißer behielt ihn stets aufmerksam im Auge.

Es dauerte nicht lange, bis die Geschichte von den beiden Vergewaltigungsprozessen in Tulsa ihn in Ada eingeholt hatte. Die Polizei begann ihn zu beobachten, folgte ihm manchmal auf der Straße. Als er eines Abends mit Bruce Leba eine Kneipentour machte, hielten sie irgendwann an, um zu tanken. Ein Cop folgte ihnen eine Weile, ließ sie dann am Bordstein halten und beschuldigte sie, Benzin gestohlen zu haben. Das war natürlich reine Schikane, aber sie entgingen nur knapp einer Festnahme.

Die Verhaftungen ließen allerdings nicht lange auf sich warten. Im April 1980, zwei Jahre nach dem Tod seines Vaters, wurde Ron wegen Alkohols am Steuer zum ersten Mal ins Gefängnis gesteckt.

Im November überzeugte ihn seine Mutter, Hilfe wegen seiner Alkoholsucht zu suchen. Auf ihr Drängen hin ging Ron ins Büro des Mental Health Service of Southern Oklahoma in Ada, wo er mit einem Suchtberater namens Duane Logue redete. Er sprach offen über seine Probleme und gestand, seit elf Jahren zu trinken und seit mindestens sieben Jahren Drogen zu nehmen. Sein Alkoholkonsum habe nach dem Rauswurf durch die Yankees drastisch zugenommen. Die beiden Prozesse in Tulsa erwähnte er nicht.

Logue überwies ihn in eine Entziehungsanstalt namens Bridge House im knapp fünfzig Kilometer entfernten Ardmore. Am folgenden Tag erschien Ron dort und stimmte einem vierwöchigen Alkoholentzug auf einer geschlossenen Station zu. Er war sehr nervös und erzählte dem Suchtberater mehrfach, er habe »schreckliche Dinge« getan. Innerhalb von zwei Tagen wurde er zum Eigenbrötler, der lange schlief und die Mahlzeiten verpasste. Nach einer Woche wurde er beim Rauchen in seinem Zimmer geschnappt, ein klarer Verstoß gegen die Vorschriften. Er verkündete, er habe genug von dem Laden, und fuhr mit Annette davon, die ihn zufällig an diesem Tag in Ardmore besuchte. Doch schon am nächsten Tag stand er wieder vor der Tür und bat darum, erneut aufgenommen zu werden. Man sagte ihm, er solle nach Ada zurückkehren und sich in zwei Wochen melden. Da er den Zorn seiner Mutter fürchtete, zog er es vor, sich nicht zu Hause blicken zu lassen. Stattdessen trieb er sich zwei Wochen herum, ohne jemandem zu sagen, wo er war.

Am 25. November erhielt er einen Brief von Duane Logue, der ihm einen Termin am 4. Dezember vorschlug und schrieb: »Ich mache mir Sorgen um Ihr Wohlergehen und hoffe, dass Sie kommen werden.«

Am 4. Dezember informierte Juanita Logue, Ron habe einen Job und lebe in Ardmore. Er habe neue Freunde kennengelernt, zu seinem christlichen Glauben zurückgefunden und benötige den Beistand des Suchtberaters nicht mehr. Die Akte wurde geschlossen.

Nur zehn Tage später wurde sie wieder geöffnet, als Ron erneut bei Duane Logue auftauchte. Eine Langzeitbehandlung war dringend erforderlich, aber Ron verweigerte seine Zustimmung. Auch schaffte er es nicht, regelmäßig die verschriebenen Medikamente zu nehmen, in erster Linie Lithium. Manchmal sprach er offen über seine Alkohol- und Drogensucht, dann wieder stritt er alles energisch ab. Nur ein paar Bier, antwortete er, wenn ihn jemand fragte, wie viel er trinke.

Da es ihm nicht gelang, einen Job zu behalten, war er ständig pleite. Weigerte Juanita sich, ihm Geld zu »leihen«, schaute er sich nach anderen Menschen um, die er anpumpen konnte. Es war nicht überraschend, dass sein Freundeskreis kleiner wurde und dass ihm die meisten aus dem Weg gingen. Mehrfach fuhr er nach Asher, wo er sicher sein konnte, Murl Bowen auf dem Baseballfeld anzutreffen. Er lamentierte, ihm klebe das Pech an den Fersen, und sein alter Trainer steckte ihm einen Zwanziger zu. Während Ron beteuerte, das Geld zurückzuzahlen, kam von Bowen eine strenge Ermahnung, er müsse sein Leben ändern.

Rons Zuflucht war Bruce Leba, der zum zweiten Mal geheiratet hatte und mittlerweile ein sehr viel ruhigeres Leben führte. Er wohnte ein paar Kilometer außerhalb von Ada, und ungefähr zweimal im Monat stand Ron auf unsicheren Beinen vor seiner Haustür, betrunken und abgerissen. Er bettelte Bruce an, ihn bei sich übernachten zu lassen. Bruce nahm ihn immer auf, ließ ihn seinen Rausch ausschlafen, gab ihm etwas zu essen und lieh ihm in der Regel einen Zehner.

Im Februar 1981 wurde Ron erneut wegen Alkohols am Steuer verhaftet und bekannte sich schuldig. Nach ein paar Tagen hinter Gittern besuchte er seine Schwester Renee und deren Mann Gary in Chickasha. Die beiden fanden ihn eines

Sonntags nach dem Kirchgang in ihrem Hof. Er erklärte, er habe in einem Zelt hinter ihrem Zaun gehaust, und sein Aussehen ließ das als realistisch erscheinen. Dann sagte er, er sei gerade in Lawton einigen Soldaten entkommen, die Waffen und Sprengstoff gebunkert hätten, um den Militärstützpunkt zu stürmen. Glücklicherweise sei er ihnen rechtzeitig entwischt, und jetzt brauche er eine Bleibe.

Renee brachte ihn im Zimmer ihres Sohnes unter, und Gary besorgte ihm einen Job auf einer Farm, wo er Heuballen schleppen sollte. Nach zwei Tagen hatte er die Nase voll und behauptete, er habe ein Softballteam gefunden, das ihn brauche. Später rief der Farmer an und erzählte Gary, Ron solle sich bei ihm nicht mehr blicken lassen. Seiner Meinung nach habe er ernsthafte psychische Probleme.

Plötzlich erwachte Rons Interesse an amerikanischen Präsidenten aufs Neue, und er redete tagelang von nichts anderem. Er konnte ihre Namen in auf- und absteigender chronologischer Folge herunterrasseln und wusste alles über sie – Geburtsdaten und -orte, Amtszeiten, Vizepräsidenten, Ehefrauen und Kinder, besondere Errungenschaften und so weiter. Im Mittelpunkt jedes Gesprächs im Haus des Ehepaares Simmons musste ein amerikanischer Präsident stehen. In Rons Anwesenheit durfte über nichts anderes geredet werden.

Er wurde zur Nachteule. Obwohl er zu schlafen versuchte, konnte er kein Auge zutun. Außerdem mochte er die nächtlichen Fernsehsendungen, die er bei voll aufgedrehter Lautstärke verfolgte. Mit den ersten Sonnenstrahlen wurde er schläfrig und nickte ein. Renee und Gary, müde und mit geröteten Augen, genossen ein ruhiges Frühstück, bevor sie sich auf den Weg zur Arbeit machten.

Häufig klagte er über Kopfschmerzen. Einmal hörte Gary nachts Geräusche, und als er nachsah, entdeckte er Ron, der einen Badezimmerschrank nach Schmerztabletten durchwühlte.

Als die nervliche Belastung zu groß wurde, führte Gary ein ernstes Gespräch mit Ron. Er versicherte ihm, er könne gern bleiben, müsse sich aber dem Tagesablauf der anderen anpassen. Ron schaute ihn verständnislos an. Stumm verließ er das Haus und kehrte zu seiner Mutter zurück, wo er entweder auf dem Wohnzimmersofa schlief oder sich in dem Abstellraum verschanzte. Er war achtundzwanzig Jahre alt und unfähig, seine Hilfsbedürftigkeit einzugestehen.

Annette und Renee machten sich Sorgen um ihren Bruder, konnten aber nicht viel tun. Er war halsstarrig wie eh und je und schien damit zufrieden, ein Leben als Herumtreiber zu führen. Sein Verhalten wurde immer seltsamer, und es konnte wenig Zweifel daran bestehen, dass seine psychischen Probleme schlimmer wurden. Aber dieses Thema war tabu; sie hatten bereits einmal den Fehler gemacht, es anzuschneiden. Juanita konnte ihn dazu bringen, einen Psychiater oder Suchtberater aufzusuchen, aber er brach jede Therapie vorzeitig ab. Auf jede kurze Phase der Nüchternheit folgten Wochen der Ungewissheit, in denen niemand wusste, wo er war oder was er anstellte.

Zum Vergnügen – falls ihm denn etwas Vergnügen bereitete – spielte er Gitarre, in der Regel auf der Veranda vor dem Haus seiner Mutter. Stundenlang konnte er dort sitzen und den Vögeln etwas vorsingen, und wenn es ihm zu langweilig wurde, machte er sich mit seiner Gitarre auf den Weg. Da er oft kein Auto oder kein Geld für Benzin hatte, streifte er zu Fuß durch Ada, wo man ihn an etlichen Ecken und zu unterschiedlichsten Zeiten sehen und hören konnte.

Rick Carson, ein Freund aus Rons Kindheit, war Polizist in Ada. Wenn er Nachtschicht hatte, sah er Ron häufig auf Bürgersteigen oder zwischen Häusern Gitarre spielen und singen, selbst lange nach Mitternacht. Rick fragte ihn, wo er hinwolle. Er habe kein spezielles Ziel, antwortete Ron. Rick bot ihm an, ihn nach Hause zu bringen. Manchmal nahm Ron das Angebot an, manchmal zog er es vor, seinen Weg fortzusetzen.

Am 4. Juli 1981 wurde er wegen Trunkenheit in der Öffentlichkeit verhaftet und bekannte sich schuldig. Juanita war wütend und bestand darauf, dass er sich wegen seiner Sucht behandeln ließ. Er wurde ins Central State Hospital in Norman überwiesen, wo sich ein Psychiater namens Dr. Sambajon um ihn kümmerte. Ron sagte nur, er wolle »Hilfe bekommen«. Sein Selbstbewusstsein und seine Willenskraft waren auf einem Tiefpunkt. Er hielt sich für wertlos, sah sich in einer hoffnungslosen Lage und dachte sogar an Selbstmord. »Ich kann mir selbst und den Menschen um mich herum nichts Gutes tun«, sagte er. »Ich kann keinen Job behalten und habe eine negative Lebenseinstellung.« Er erzählte Dr. Sambajon, er habe die ersten Erfahrungen mit schweren Depressionen vor vier Jahren gemacht, zu einer Zeit, als sowohl seine Baseballkarriere als auch seine Ehe gescheitert seien. Aus seiner Alkohol- und Drogensucht machte er keinen Hehl, aber er glaubte nicht, dass sie etwas zu seinen psychischen Problemen beitrugen.

Dr. Sambajon beschrieb ihn als »nachlässig in seiner äußeren Erscheinung ... ungekämmt, schmutzig, unordentlich«. Das Urteilsvermögen des Patienten sei nicht gravierend beeinträchtigt, er könne seinen gegenwärtigen Zustand reflektieren. Er diagnostizierte eine dysthymische Störung, eine leichte, chronische Form der Depression. Als Therapie empfahl er Psychopharmaka sowie Gesprächs- und Gruppentherapie. Wichtig erschien ihm auch die ständige Unterstützung durch Rons Familie.

Nach drei Tagen im Central State Hospital verlangte Ron seine Entlassung, und seinem Wunsch wurde stattgegeben. Eine Woche später tauchte er wieder im Büro des Mental Health Service in Ada auf, wo er zuerst mit einem Psychologen namens Charles Amos sprach. Ron beschrieb sich als ehemaligen Baseballprofi, der seit dem Ende seiner Karriere an Depressionen leide. Außerdem machte er die Religion für seine Depression verantwortlich. Amos schickte ihn umgehend zu Dr. Marie Snow, der einzigen Psychiaterin im Hause, und Ron begann, sie wöchentlich aufzusuchen. Sie verschrieb ihm Asendin, ein weitverbreitetes Antidepressivum, und sein Zustand besserte sich leicht. Dr. Snow überzeugte ihren Patienten von der Notwendigkeit einer intensiveren Psychotherapie, doch nach drei Monaten war sie für Ron beendet.

Am 30. September 1982 wurde er erneut wegen Alkohols am Steuer festgenommen. Er kam ins Gefängnis und bekannte sich später schuldig.

4

Drei Monate nach dem Mord an Debbie Carter tauchten Detective Dennis Smith und Detective Mike Kieswetter im Haus der Williamsons auf, um Ron zum ersten Mal zu vernehmen. Juanita war bei dem Gespräch anwesend. Als Ron gefragt wurde, wo er am Abend des 7. Dezember gewesen sei, antwortete er, er könne sich nicht erinnern, es sei schließlich drei Monate her. Ja, er sei häufig im Coachlight, wie auch in anderen Bars in Ada. Juanita holte ihr Tagebuch, suchte das Datum und informierte die Detectives, ihr Sohn sei an jenem Abend um zehn Uhr nach Hause gekommen. Sie zeigte ihnen den Tagebucheintrag vom 7. Dezember.

Sie fragten Ron, ob er Debbie Carter gekannt habe. Er antwortete, er sei sich nicht sicher, kenne aber den Namen, weil nach dem Mord in der Stadt von fast nichts anderem gesprochen worden sei. Smith zog ein Foto des Opfers hervor, und Ron studierte es eingehend. Vielleicht sei sie ihm mal begegnet, vielleicht nicht. Später bat er darum, das Foto noch einmal sehen zu dürfen. Sie kam ihm vage vertraut vor. Er stritt vehement ab, irgendetwas über den Mord zu wissen, äußerte aber die Ansicht, der Killer sei wahrscheinlich ein Psychopath, der Debbie Carter zu ihrer Wohnung gefolgt, dort eingebrochen und sofort nach dem Verbrechen aus der Stadt geflohen sei.

Nach ungefähr einer halben Stunde wurde Ron gefragt, ob er bereit sei, sich Fingerabdrücke und Haarproben abnehmen zu lassen. Er stimmte zu und folgte den beiden nach dem Ende des Gesprächs zum Ada Police Department.

Drei Tage später, am 17. März, waren sie wieder da, um dieselben Fragen zu stellen. Ron wiederholte, er habe nichts mit dem Mord zu tun und sei in der Nacht des 7. Dezember zu Hause gewesen.

Die Polizei befragte auch einen Mann namens Dennis Fritz, dessen einzig denkbare Verbindung zu der Untersuchung des Mordfalls seine Freundschaft mit Ron Williamson war. In einem früh erstellten Polizeibericht wurde behauptet, Fritz sei »ein Verdächtiger oder zumindest der Bekannte eines Verdächtigen im Fall Carter«.

Dennis Fritz besuchte das Coachlight nur selten und war vor dem Mord monatelang gar nicht dort gewesen. Kein Zeuge hatte ihn dort gesehen; tatsächlich hatte bis zum März 1983 kein Zeuge überhaupt seinen Namen erwähnt. Er wohnte noch nicht lange in der Gegend und war in der Stadt kaum bekannt. Nie hatte er Ron Williamson zum Coachlight gefahren. Er kannte Debbie Carter nicht, war sich nicht sicher, ob er sie je gesehen hatte, und hatte keine Ahnung, wo sie wohnte. Doch da die Polizei sich bei ihren Nachforschungen jetzt auf Ron Williamson versteifte und augenscheinlich von der übers Knie gebrochenen Theorie ausging, es gebe zwei Mörder, benötigte sie einen zweiten Verdächtigen. Das war Fritz.

Dennis Fritz war in Kansas City aufgewachsen, hatte dort die Highschool besucht und 1971 an der Southeastern Oklahoma State University ein Studium der Biologie abgeschlossen. 1973 hatte seine Frau Mary die Tochter Elizabeth zur Welt gebracht, ihr einziges Kind. Zu der Zeit lebte das Ehepaar in Durant in Oklahoma. Mary arbeitete an einem nahe gelegenen College, Dennis hatte einen guten Job bei der Eisenbahn.

Am ersten Weihnachtstag des Jahres 1975, als Dennis aus beruflichen Gründen nicht zu Hause war, wurde Mary ermordet. Ein siebzehnjähriger Nachbar tötete sie durch einen Kopfschuss, als sie in ihrem Wohnzimmer in einem Schaukelstuhl saß.

Danach war Dennis zwei Jahre lang arbeitsunfähig. Er hatte psychische Probleme und kümmerte sich nur noch um seine Tochter. Als Elizabeth 1981 in die Schule kam, riss er sich zusammen und nahm in Konawa einen Job an einer Junior High School an, wo er naturwissenschaftliche Fächer unterrichtete. Nach ein paar Monaten mietete er ein Haus in Ada, nicht weit von dem der Williamsons entfernt und in der Nähe jener Wohnung, die später Debbie Carter mieten sollte. Dennis' Mutter Wanda zog zu ihm nach Ada, um sich mit um Elizabeth zu kümmern.

Er nahm einen neuen Job in Noble an, eine Autostunde entfernt, wo er in der neunten Klasse Biologie unterrichtete und das Basketballteam coachte. Die Schulleitung gestattete ihm, in einem Wohnwagen auf dem Grundstück zu wohnen, und an den Wochenenden kehrte er nach Hause zurück, um sie mit Elizabeth und seiner Mutter zu verbringen. Da in Noble nachts nichts los war, fuhr er auch unter der Woche abends gelegentlich nach Ada, um seine Tochter zu sehen, einen Drink zu nehmen und vielleicht eine Frau zu treffen.

Im November 1981 war Dennis eines Abends in Ada. Er langweilte sich und wollte ein Bier trinken, also fuhr er zu einem kleinen Laden. Vor der Tür war ein Auto geparkt, Juanita Williamsons alter Buick, und hinter dem Steuer saß Ron und spielte Gitarre, offenbar mit sich und der Welt zufrieden. Dennis hatte das gleiche Hobby und zufällig sein Instrument auf dem Rücksitz liegen. Die beiden begannen, über Musik zu plaudern. Ron sagte, er wohne ein paar Straßen weiter, und lud Dennis zu einer gemeinsamen Session ein. Beide waren auf der Suche nach Freunden.

Der Raum war klein und schmutzig. Ein trauriges Loch, dachte Dennis. Ron sagte, er lebe bei seiner Mutter, die weder Alkohol noch Zigaretten dulde und ihn deshalb ausquartiert habe. Er hatte keinen Job, und als Dennis fragte, was er den ganzen Tag über mache, antwortete Ron, in der Regel schlafe er. Er war freundlich, gesprächig und humorvoll, aber auf Dennis wirkte er zwischendurch abwesend. Er starrte lange ins Leere und schaute dann seinen Gast an, als wäre er gar nicht da. Ein merkwürdiger Typ, dachte Dennis.

Aber sie fanden Gefallen daran, gemeinsam Gitarre zu spielen und sich über Musik zu unterhalten. Nach ein paar Besuchen begannen Dennis Rons exzessiver Alkoholkonsum und seine abrupten Stimmungsschwankungen aufzufallen. Er liebte Bier und Wodka und fing gewohnheitsmäßig am Spätnachmittag an zu trinken, wenn er richtig wach und in der Kammer war, wo seine Mutter ihn nicht im Auge hatte. Bevor die Wirkung des Alkohols einsetzte, war er missmutig und deprimiert, doch dann erwachte er zu neuem Leben. Sie begannen, gemeinsam Bars und Nachtclubs zu besuchen.

Eines Nachmittags kam Dennis früher als gewöhnlich, bevor Ron den ersten Drink gekippt hatte. Er plauderte mit Juanita, einer sympathischen, aber leidgeprüften Seele. Sie war ziemlich schweigsam, schien aber genug zu haben von ihrem Sohn. Als sie verschwand, fand Dennis Ron in seinem alten Zimmer, das ihn nervös machte und das er nur selten betrat. Er starrte die Wände an.

Daran hingen große Fotos von Patty, seiner Exfrau, und von ihm selbst in diversen Baseballdresses.

»Sie ist wunderschön«, sagte Dennis mit einem Blick auf Patty.

»Früher hatte ich alles«, antwortete Ron traurig und verbittert. Er war achtundzwanzig Jahre alt und hatte aufgegeben.

Durch die Bars zu ziehen war immer ein Abenteuer. Ron zelebrierte seine Ankunft als Auftritt und erwartete, stets im Zentrum des Interesses zu stehen. Er liebte es, in einem schicken Anzug aufzutauchen und zu behaupten, ein reicher Anwalt aus Dallas zu sein. Im Jahr 1981 hatte er bereits reichlich Zeit in Gerichtssälen verbracht, und er kannte den Jargon und die Marotten von Anwälten. Den »Tanner-Auftritt«, seine Paraderolle, gab er überall zum Besten, von Norman bis Oklahoma City.

Dennis Fritz hielt sich im Hintergrund und genoss das Spektakel. Er ließ Ron gewähren, wurde der gemeinsamen Ausflüge aber allmählich etwas überdrüssig. Ein Barbesuch mit Ron lief in der Regel auf Probleme und ein unerwartetes Ende hinaus.

Als sie im Sommer 1982 einmal nach einer durchzechten Nacht nach Ada zurückkehrten, verkündete Ron plötzlich, er wolle nach Galveston fahren. Dennis hatte den Fehler gemacht, vom Hochseeangeln vor der Küste von Galveston zu erzählen, und Ron sagte, er habe es selbst immer schon einmal versuchen wollen. Da sie betrunken waren, kam ihnen eine spontane, achtstündige Autofahrt nicht völlig abwegig vor. Sie waren in Dennis' Pick-up unterwegs. Wie üblich hatte Ron kein Auto, keinen Führerschein und kein Geld für Benzin.

Wegen der Sommerferien musste Dennis nicht in die Schule. Er hatte einiges an Bargeld in der Tasche, was also sprach gegen eine Angelpartie? Sie kauften Bier und fuhren Richtung Süden.

Irgendwo in Texas wurde Dennis müde, und Ron übernahm das Steuer. Als Dennis wieder aufwachte, saß ein merkwürdiger Schwarzer hinter ihm. »Hab 'nen Tramper aufgegabelt«, sagte Ron stolz. In Houston, noch vor Anbruch der Morgendämmerung, hielten sie vor einem Supermarkt, um Bier und etwas zu essen zu kaufen. Als sie aus dem Geschäft kamen, war der Tramper mit dem Pick-up verschwunden.

Ron sagte, er habe den Schlüssel im Zündschloss stecken lassen, und bei genauerem Nachdenken fiel ihm ein, dass er wahrscheinlich auch den Motor nicht abgestellt hatte. Sie tranken ein paar Dosen Bier und lamentierten über ihr Pech. Dennis bestand darauf, die Polizei zu rufen, Ron war sich nicht sicher, ob das eine gute Idee wäre. Es gab einen Wortwechsel, aber Dennis ließ sich nicht von seiner Idee abbringen. Als der Cop die Geschichte hörte, lachte er ihnen ins Gesicht.

Sie befanden sich in einem gefährlich wirkenden Stadtviertel, entdeckten aber ein Pizza Hut. Nach einer Pizza und ein paar weiteren Bierchen streiften sie ziemlich verloren durch die Stadt. Als es zu dämmern begann, standen sie vor einer von Schwarzen besuchten Kaschemme. Ron wollte unbedingt hinein und feiern. Es war eine verrückte Idee, aber Dennis begriff, dass es in dem Laden wahrscheinlich weniger gefährlich war als vor der Tür. Er trank ein Bier an der Bar und betete, dass niemand auf sie aufmerksam wurde. Doch Ron begann wie üblich, die Klappe aufzureißen. Er trug einen Anzug und war wieder der Staranwalt aus Dallas. Dennis fragte sich, was aus seinem Pick-up geworden war, und hoffte, dass sie kein Messer in den Bauch bekamen. Unterdessen erzählte Ron von seinem engen Freund Reggie Jackson.

Ein Mann namens Cortez schien in der Bar das Sagen zu haben, und er und Ron wurden schnell Kumpels. Ron erzählte von dem geklauten Pick-up, Cortez brach in Gelächter aus. Als der Schuppen dichtmachte, fuhren Ron und Dennis mit Cortez zu dessen nahe gelegener Wohnung, wo sie wegen Bettenmangels auf dem Boden schlafen mussten. Dennis wachte mit einem Kater auf, noch immer sauer wegen der Geschichte mit dem Pick-up. Er wollte nur noch mit heiler Haut nach Ada gelangen und rüttelte Ron aus einem totenähnlichen Schlaf wach. Sie überredeten Cortez, sie für ein paar Dollar zu einer Bank zu chauffieren. Dennis hoffte, dort Geld abheben zu können. Cortez wartete im Auto, während Dennis und Ron die Bank betraten. Dennis bekam das Geld, doch als sie den Schalterraum gerade verlassen wollten, tauchten von allen Seiten mit quietschenden Reifen Streifenwagen auf, die Cortez umzingelten. Schwerbewaffnete Cops zerrten ihn aus seinem Auto und verfrachteten ihn auf den Rücksitz eines Streifenwagens.

Ron und Dennis wichen in die Bank zurück und verließen sie nach einer schnellen Einschätzung der Lage durch den anderen Ausgang. Dann kauften sie Busfahrkarten. Die Heimfahrt war lang und anstrengend. Dennis hatte die Nase voll von Ron und war wütend auf ihn, weil er für den Diebstahl des Pick-ups verantwortlich war. Er schwor sich, ihm in Zukunft aus dem Weg zu gehen.

Einen Monat später rief Ron bei Dennis an, weil er mit ihm ausgehen wollte. Seit dem Abenteuer in Houston hatte sich ihre Freundschaft merklich abgekühlt. Dennis gefiel es, ein paar Gläser Bier zu trinken und ein bisschen zu tanzen, aber er hatte sich unter Kontrolle. Es war okay, mit Ron einen Drink zu kippen und gemeinsam Gitarre zu spielen, doch wenn man mit ihm durch die Bars zog, konnte sonst was passieren.

Dennis holte Ron ab, und sie tranken ein Glas, aber er sagte, er habe nicht viel Zeit, weil er sich später noch mit einer jungen Frau treffen wolle. Er war auf der Suche nach einer neuen Lebensgefährtin. Seine Frau war seit sieben Jahren tot, und er sehnte sich nach einer festen Beziehung. Bei Ron war das anders. Er wollte mit den Frauen nur ins Bett.

Aber in dieser Nacht ließ sich Ron nicht abschütteln, und als Dennis zu seinem Rendezvous aufbrach, war er mit von der Partie. Als er endlich begriff, dass er überflüssig war, verschwand er wütend, aber nicht zu Fuß. Er klaute Dennis' Wagen und fuhr zu Bruce Leba. Dennis übernachtete bei der Frau, und als er am nächsten Morgen begriff, dass der Wagen gestohlen war, rief er die Polizei an und erstattete Anzeige. Danach fragte er telefonisch bei Bruce Leba an, ob er Ron gesehen habe. Leba sagte zu, Ron in dem gestohlenen Auto nach Ada zurückzubringen. Als sie eintrafen, wurden sie von der Polizei angehalten. Die Sache ging glimpflich aus für Ron, aber Dennis sprach monatelang nicht mehr mit ihm.

Eines Tages wurde Dennis Fritz in seinem Haus in Ada von Detective Dennis Smith angerufen. Er bat ihn, sich im Police Department zu melden und ein paar Fragen zu beantworten. Was für Fragen?, erkundigte sich Fritz. Das erfahren Sie, wenn Sie hier sind, antwortete Smith.

Zögernd folgte Fritz der Aufforderung. Er hatte nichts zu verbergen, aber nicht gern mit der Polizei zu tun. Smith und Gary Rogers erkundigten sich nach seiner Beziehung zu Ron Williamson, einem alten Freund, den er monatelang nicht gesehen hatte. Zuerst waren die Fragen geschäftsmäßig, dann nahmen sie einen beschuldigenden Unterton an. »Wo waren Sie in der Nacht des 7. Dezember?« Fritz konnte die Frage nicht aus dem Stand beantworten, er brauchte etwas Zeit zum Nachdenken. »Kannten Sie Debbie Carter?« Nein. Und so weiter. Nach einer Stunde verließ Fritz das Police Department, etwas beunruhigt darüber, in diesen Fall hineingezogen worden zu sein.

Dann rief Dennis Smith erneut an und fragte, ob er mit einem Lügendetektortest einverstanden sei. Als Naturwissenschaftler wusste Fritz, dass Lügendetektoren notorisch unzuverlässige Resultate liefern, und er hatte eigentlich keine Lust, sich dem Test zu unterziehen. Andererseits hatte er Debbie Carter nicht gekannt und wollte Smith und Rogers das beweisen. Schließlich stimmte er zu. Der Test sollte beim OSBI in Oklahoma City vorgenommen werden. Als der Termin näher rückte, wurde Fritz immer nervöser. Unmittelbar vor dem Termin nahm er eine Valium-Tablette, um seine Nerven zu beruhigen.

Durchgeführt wurde der Test von einem OSBI-Beamten namens Rusty Featherstone, aber auch Dennis Smith und

Gary Rogers waren anwesend. Anschließend studierten sie das Ergebnis mit grimmigem Kopfschütteln.

Fritz wurde mitgeteilt, er sei »durchgefallen«.

»Unmöglich«, lautete sein erster Kommentar.

Sie verheimlichen uns etwas, hieß es. Schließlich gestand Fritz, wegen seiner Nervosität Valium genommen zu haben. Das empörte die Beamten, und sie bestanden darauf, den Test zu wiederholen. Fritz glaubte, dass ihm keine andere Wahl blieb, als sich darauf einzulassen.

Eine Woche später reiste Featherstone in Ada an und baute seinen Lügendetektor im Keller des Police Department auf. Fritz war noch nervöser als beim ersten Mal, beantwortete die Fragen aber wahrheitsgemäß und möglichst lässig.

Man teilte ihm erneut mit, er sei »durchgefallen«, nur habe er diesmal, so Featherstone, Smith und Rogers, sogar noch schlechter abgeschnitten. Das Verhör nach dem Lügendetektortest begann in scharfem Tonfall. Rogers spielte den harten Cop, fluchte und bedrohte Fritz. »Sie verheimlichen uns was«, wiederholte er ständig. Smith gab die Rolle von Fritz' bestem Freund, eine zugleich kindische und alte Masche.

Rogers war wie ein Cowboy gekleidet, mit Stiefeln und allem Drum und Dran, und stolzierte fluchend und Drohungen ausstoßend durch den Raum. Er redete von der Todeszelle und der Giftspritze, bohrte Fritz dann plötzlich den Zeigefinger in die Brust und prophezeite, er werde schon noch gestehen. Die Prozedur war beängstigend, aber nicht besonders effektiv. »Lassen Sie mich in Ruhe«, wiederholte Fritz wieder und wieder.

Schließlich beschuldigte ihn Rogers der Vergewaltigung und des Mordes. Er war wütend, und seine Wortwahl wurde noch beleidigender, als er ausmalte, wie Fritz und sein Kumpel Ron Williamson in die Wohnung von Debbie Carter eingebrochen seien und sie vergewaltigt und ermordet hätten. Er, Rogers, verlange ein Geständnis.

Ohne Beweise konnte der Fall nur durch ein Geständnis abgeschlossen werden, und die Beamten versuchten verzweifelt, eines aus Fritz herauszupressen. Aber er blieb standhaft. Er hatte nichts zu gestehen. Doch nach zwei Stunden übler Schikanen wollte er ihnen etwas erzählen, um sie zu besänftigen. Er berichtete von einem Ausflug nach Norman, den er im vergangenen Sommer mit Ron unternommen hatte. Nach einer wüsten Nacht in den Kneipen, wo sie Frauen nachgestellt hätten, sei eine hinten in seinen Wagen gestiegen und hysterisch geworden, als er sich später geweigert habe, sie aussteigen zu lassen. Schließlich sei sie aus dem Auto gesprungen, weggerannt und habe die Polizei benachrichtigt. Er und Ron hätten im Auto übernachtet, auf einem Parkplatz, um sich vor der Polizei zu verstecken. Es sei nie Anklage erhoben worden.

Die Geschichte schien die Polizisten tatsächlich zu besänftigen, zumindest für ein paar Minuten. Sie hatten sich auf Williamson kapriziert, und nun gab es weitere Beweise dafür, dass er und Fritz Freunde und Saufkumpane waren. Was das alles mit dem Mordfall Carter zu tun haben sollte, war Fritz nicht klar, aber andererseits ergab das meiste von dem Gerede der Beamten in seinen Ohren kaum Sinn. Fritz wusste, dass er unschuldig war, und wenn Smith und Rogers es auf ihn abgesehen hatten, brauchte der wirkliche Mörder wenig zu befürchten.

Nachdem die Cops ihn drei Stunden lang in die Mangel genommen hatten, gaben sie auf. Sie waren überzeugt, dass Fritz etwas mit dem Mord zu tun hatte, standen aber ohne Geständnis da. Jetzt war gute Polizeiarbeit vonnöten, und deshalb begannen sie, Fritz zu observieren. Sie folgten ihm auf der Straße, hielten ihn ohne Grund an. Wenn er nachts aufwachte und aus dem Fenster sah, erblickte er einen Streifenwagen vor seinem Haus.

Er erklärte sich freiwillig dazu bereit, sich Blut-, Speichel- und Haarproben abnehmen zu lassen. Warum sollte er ihnen den Gefallen nicht tun? Er hatte nichts zu befürchten. Kurzzeitig dachte er darüber nach, einen Anwalt zu konsultieren, aber warum? Er war völlig unschuldig, und es würde nicht lange dauern, bis die Cops das begriffen hätten.

Detective Smith beschäftigte sich mit Fritz' Vergangenheit und entdeckte, dass er 1973 verurteilt worden war, weil er in Durant Marihuana angebaut hatte. Mit dieser Information bewaffnet, meldete sich ein Polizist aus Ada bei der Junior High School in Nobel, wo Fritz als Lehrer arbeitete. Er unterrichtete die Schulleitung, Fritz sei nicht nur eines Mordes verdächtig, sondern auch schon einmal wegen eines Drogendelikts verurteilt worden, was er bei seiner Einstellung verschwiegen hatte. Fritz wurde umgehend gefeuert.

Am 17. März bekam Susan Land vom OSBI von Dennis Smith »69 Kopf- und Schamhaare von Fritz und Williamson«.

Am 21. des Monats meldete sich Ron im Police Department und unterzog sich freiwillig einem Lügendetektortest, der von B. G. Jones durchgeführt wurde, einem weiteren Beamten des OSBI. Er erklärte, das Resultat lasse keine eindeutigen Schlüsse zu. Außerdem stellte Ron eine Speichelprobe zur Verfügung. Eine Woche später wurde sie an das OSBI weitergeleitet, zusammen mit einer Probe von Dennis Fritz.

Am 28. März beendete Jerry Peters, ebenfalls vom OSBI, seine Analyse der Fingerabdrücke. In seinem Bericht stellte er kategorisch fest, der Handabdruck auf dem Stück aus der Rigipsplatte stamme weder von Debbie Carter noch von Dennis Fritz oder Ron Williamson. Eigentlich hätte das eine gute Neuigkeit für die Polizei sein müssen: Fand sie einen identischen Abdruck, hatte sie den Mörder.

Stattdessen unterrichtete die Polizei die Familie Carter, ihr Hauptverdächtiger sei Ron Williamson. Obwohl sie nicht genügend Beweise hatte, tat sie alles, um ihn langsam und methodisch als Tatverdächtigen aufzubauen. Tatsächlich konnte er durchaus als verdächtig erscheinen – er legte ein seltsames Verhalten an den Tag, hatte einen merkwürdigen Tagesablauf, lebte bei seiner Mutter, hatte keinen Job, war Stammkunde in zweifelhaften Kneipen und bekannt dafür, Frauen zu belästigen. Doch am meisten sprach gegen ihn, dass er ganz in der Nähe des Tatorts lebte. Durch eine Gasse konnte er Debbie Carters Wohnung in ein paar Augenblicken erreichen.

Außerdem waren da die beiden Vorfälle in Tulsa. Der Mann musste ein Vergewaltiger sein, gleichgültig, wie die beiden Jurys entschieden hatten.

Kurze Zeit nach dem Mord erhielt Debbies Tante Glenna Lucas einen anonymen Anruf, bei dem ein Mann sagte: »Debbie ist tot, und als Nächste sterben Sie.« Glenna erinnerte sich entsetzt an die mit Nagellack geschriebenen Worte »Als Nächstes stirbt Jim Smith«. Der ähnliche Wortlaut versetzte sie in Panik, aber statt die Polizei zu benachrichtigen, wandte sie sich an den Bezirksstaatsanwalt.

Bill Peterson, ein untersetzter junger Mann aus einer bekannten Familie in Ada, hatte diesen Posten seit drei Jahren inne. Sein Bezirk umfasste drei Countys – Pontotoc, Seminole und Hughes –, und sein Büro befand sich im Pontotoc County Courthouse. Er kannte die Familie Carter, und wie jeder Staatsanwalt aus einer Kleinstadt hatte auch er den Ehrgeiz, einen Verdächtigen auszumachen und den Fall zu lösen. Dennis Smith und Gary Rogers hielten ihn routinemäßig auf dem Laufenden.

Glenna unterrichtete Bill Peterson über den anonymen Anruf, und sie waren sich einig, dass wahrscheinlich Ron Williamson der Anrufer gewesen war – und der Mörder. Wenn er nur ein paar Schritte vom Haus in die Gasse tat, konnte er Debbies Wohnung sehen, von der Auffahrt seiner Mutter aus Glennas Haus. Er befand sich direkt in der Mitte, dieser seltsame Mann mit dem merkwürdigen Tagesablauf, und beobachtete die Nachbarschaft.

Bill Peterson sorgte dafür, dass ein Aufnahmegerät neben Glennas Telefon platziert wurde, aber es gab keine weiteren anonymen Anrufe.

Ihre achtjährige Tochter Christy wusste, was für eine schwere Prüfung die Familie durchmachte. Glenna behielt sie im Auge, ließ sie nie allein oder ans Telefon und stellte sicher, dass man in der Schule gut auf sie aufpasste.

Im Haus und in der Verwandtschaft wurde im Flüsterton über Ron Williamson diskutiert. Warum hatte er Debbie getötet? Worauf wartete die Polizei?

Das Geflüster und der Klatsch nahmen kein Ende. Angst breitete sich aus, erst in der Nachbarschaft, dann in der ganzen Stadt. Der Mörder war auf freiem Fuß, für alle zu sehen, und jeder kannte seinen Namen. Warum holte ihn die Polizei nicht von der Straße?

Eineinhalb Jahre nach seiner letzten Sitzung mit Dr. Snow wäre es tatsächlich besser gewesen, wenn Ron von der Straße geholt worden wäre. Eine stationäre Langzeitbehandlung war unumgänglich. Im Juni 1983, wiederum auf Drängen seiner Mutter, schlug er zu Fuß einen mittlerweile vertrauten Weg ein, den zum Mental Health Service von Ada. Er bat um Hilfe, verwies erneut auf seine Depressionen und seine Unfähigkeit, ein normales Leben zu führen. Man überwies ihn an eine Einrichtung in Cushing, wo Al Roberts, ein Fachmann für Suchtberatung und Rehabilitation, ein Gutachten erstellte. Er hielt fest, Ron habe einen IQ von 114, was »völlig im Bereich der normalen intellektuellen Leistungsfähigkeit« liege. Allerdings gab er zu bedenken, der Alkoholmissbrauch könnte zu einer Beeinträchtigung der Gehirnfunktion geführt haben.

»Dass er hier auftaucht, ist vielleicht ein Hilfeschrei«, stellte Roberts fest. Er hielt Ron für verunsichert, angespannt, nervös, problembelastet und depressiv.

Er ist eine sehr unangenehme Person und verabscheut Autoritäten. Sein Verhalten ist unberechenbar und unvorhersehbar. Er hat Probleme damit, seine Affekte zu beherrschen, ist sehr argwöhnisch und misstrauisch gegenüber Menschen in seiner Umgebung, lässt soziale Kompetenz vermissen und fühlt sich im Zusammensein mit anderen äußerst unbehaglich. Man kann nicht davon ausgehen, dass er Verantwortung für sein Verhalten übernimmt, und muss damit rechnen, dass er feindselig und aggressiv reagiert, um nicht selbst verletzt zu werden. Er sieht die Welt als einen sehr bedrohlichen und beängstigenden Ort und schützt sich durch Aggressivität oder in sich gekehrtes Verhalten. Ron wirkt sehr unreif und vermittelt das Bild eines ziemlich gedankenlosen Menschen.

Ron bewarb sich um die Aufnahme in ein Wiedereingliederungsprogramm der East Central University in Ada. Er gab an, einen Abschluss in Chemie machen oder sonst vielleicht Sportlehrer werden zu wollen. Dann erklärte er sich bereit, sich einer gründlicheren psychologischen Untersuchung und einer Reihe von Tests zu unterziehen. Zuständig war ein auf berufliche Wiedereingliederung spezialisierter Psychologe namens Melvin Brooking.

Brooking kannte Ron und die Familie Williamson gut, vielleicht zu gut. Seine schriftlichen Aufzeichnungen wimmelten von Anekdoten, und er sprach stets von »Ronnie«.

Zu dessen Sportlerkarriere bemerkte Brooking: »Ich habe keine Ahnung, wie Ronnie sich als Schüler auf der Highschool schlug, weiß aber, dass er ein hervorragender Sportler war, der sich selbst geschadet hat durch Temperamentsausbrüche während des Spiels und danach, durch ein allgemein rüdes, unreifes Verhalten und eine hochgradig egozentrische, arrogante Art. Seine Primadonna-Attitüde, seine Unfähigkeit, mit Menschen klarzukommen, und seine Missachtung von Regeln und Vorschriften bereiteten ihm als Spieler fast überall Probleme.«

Über die Familie schrieb er: »Ronnies Mutter war immer eine hart arbeitende Frau, die seit vielen Jahren einen Schönheitssalon besitzt und führt. Sowohl sie als auch sein Vater haben trotz unendlich vieler Krisen immer zu Ronnie gestanden, und seine Mutter unterstützt ihn augenscheinlich noch immer, obwohl sie psychisch, physisch und finanziell fast am Ende ist.«

Zu der gescheiterten Ehe hatte er zu bemerken: »Er heiratete eine sehr schöne Frau, eine ehemalige Miss Ada, aber irgendwann konnte sie Ronnies Stimmungsschwankungen und seine Unfähigkeit, sich seinen Lebensunterhalt zu verdienen, nicht mehr ertragen. Sie reichte die Scheidung ein.«

Offensichtlich redete Ron offen über seinen Alkohol- und Drogenmissbrauch. Brooking hielt fest: »Ronnie hatte in den letzten Jahren ein ernsthaftes Alkohol- und Drogenproblem. (...) Zudem hat er jede Menge Pillen geschluckt. Bei seinem Tablettenkonsum scheint es sich um den Versuch zu handeln, durch Selbstmedikation etwas gegen seine schweren Depressionen zu tun. Er behauptet, zurzeit weder zu trinken noch Drogen zu nehmen.«

Brooking diagnostizierte eine bipolare Störung und beschrieb sie folgendermaßen:

Bipolare Störung besagt, dass dieser junge Mann unter extremen Stimmungsschwankungen leidet, unter einem Wechsel von manischen Höhenflügen und tiefster, an Stupor grenzender Depression. Ich diagnostiziere Depression, weil dieser Zustand der dominierende ist. Seine manischen Aufschwünge gehen in der Regel auf Drogenkonsum zurück und sind kurzlebig. Während der letzten drei oder vier Jahre war Ronnie stark depressiv. Er lebte in einer Kammer neben dem Haus seiner Mutter, schlief meistens, arbeitete so gut wie nie und war völlig abhängig von anderen. Drei- oder viermal hat er den Versuch gemacht, selbst etwas gegen seine Probleme zu unternehmen, doch diese Versuche waren nie erfolgreich.

Des Weiteren diagnostizierte Brooking eine paranoide Persönlichkeitsstörung, ein »stets dominantes und ungerechtfertigtes Misstrauen gegenüber anderen bei gleichzeitiger Überempfindlichkeit und einem stark beeinträchtigten Gefühlsleben«.

Zu guter Letzt kam er erneut auf die Alkohol- und Drogensucht zu sprechen. Insgesamt charakterisierte er seine Einschätzung als »vorsichtig« und schloss mit den Worten: »Seit er vor zehn Jahren sein Elternhaus verließ, hat dieser junge Mann sein Leben nie in den Griff bekommen. Es ist eine nicht abreißende Serie von Problemen und verheerenden Krisen. Er versucht weiter, festen Boden unter die Füße zu bekommen, hatte damit aber bisher nie Erfolg.«

Brooking war für ein diagnostisches Gutachten zuständig, nicht für die Behandlung. Im Spätsommer des Jahres 1983 wurde Rons psychischer Zustand noch bedenklicher, ohne dass ihm die notwendige Hilfe zuteilgeworden wäre. Erforderlich war eine langfristige, stationäre psychotherapeutische Behandlung, aber die Familie konnte sie sich nicht leisten, der Bundesstaat war nicht zuständig, und obendrein hätte Ron sowieso nicht zugestimmt.

Seine Bewerbung für das Wiedereingliederungsprogramm der East Central University hatte auch eine Bitte um finanzielle Unterstützung beinhaltet, und sie wurde ihm gewährt. Man benachrichtigte ihn, dass im Sekretariat der Universität ein Scheck auf ihn warte. Er ging hin, um ihn abzuholen, wie immer ungepflegt, mit langen Haaren und Schnurrbart, in Begleitung zweier zwielichtiger Gestalten, die beide sehr scharf darauf zu sein schienen, dass Ron Geld in die Finger bekam. Der Scheck war auf Rons Namen ausgestellt, musste aber von einem Angestellten der Universität gegengezeichnet werden. Ron hatte es eilig, aber man sagte ihm, er müsse sich zur Gegenzeichnung am Ende einer langen Schlange anstellen. Er glaubte, dass ihm das Geld zustand, und hatte keine Lust zu warten. Da seine beiden Kumpels auch ungeduldig waren, fälschte er auf die Schnelle die Unterschrift des Universitätsangestellten.

Er verließ das Sekretariat mit dreihundert Dollar in der Tasche.

Die Scheckfälschung wurde von Nancy Carson bemerkt, der Frau des Polizisten Rick Carson, mit dem Ron als Kind befreundet gewesen war. Mrs Carson arbeitete im Sekretariat und kannte Ron seit vielen Jahren. Sie war entsetzt darüber, was sie gerade gesehen hatte, und rief ihren Mann an.

Ein anderer Angestellter der Universität kannte die Familie Williamson. Er fuhr umgehend zu Juanitas Schönheitssalon und erzählte ihr, dass Ron die Unterschrift gefälscht hatte. Wenn sie bereit sei, die dreihundert Dollar zurückzuzahlen, werde keine Anzeige erstattet. Juanita schrieb sofort einen Scheck und machte sich auf die Suche nach ihrem Sohn.

Am nächsten Tag wurde Ron wegen Scheckbetrugs festgenommen – ein Delikt, auf das eine Haftstrafe von maximal acht Jahren stand – und kam ins Gefängnis von Pontotoc County. Er war nicht in der Lage, eine Kaution zu hinterlegen, und auch seine Familie konnte ihm nicht helfen.

Die Nachforschungen im Mordfall Carter kamen nur langsam voran. Das kriminaltechnische Labor des OSBI hatte sich noch nicht zu den ursprünglichen Fingerabdrücken sowie den Haar- und Speichelproben von einunddreißig Männern geäußert, darunter auch Ron Williamson und Dennis Fritz. Glen Gore war immer noch nicht aufgefordert worden, eine Haar- und Speichelprobe zur Verfügung zu stellen.

Im September 1983 lagen alle Haarproben auf dem Schreibtisch des überarbeiteten Melvin Hett, eines Haaranalysten des OSBI.

Am 9. November unterzog sich Ron im Gefängnis einem weiteren Lügendetektortest, der ebenfalls vom OSBI-Beamten Rusty Featherstone durchgeführt wurde. Das Ganze dauerte zwei Stunden, und Ron musste jede Menge Fragen beantworten, bevor er an den Lügendetektor angeschlossen wurde. Er bestritt energisch, irgendetwas mit dem Mord zu tun zu haben oder etwas darüber zu wissen. Der Test brachte erneut kein schlüssiges Resultat. Das gesamte Verhör wurde auf Video aufgezeichnet.

Ron gewöhnte sich an das Leben hinter Gittern. Er konsumierte weiter Alkohol und Tabletten, weil ihm keine andere Wahl blieb, und schaffte es, seiner alten Angewohnheit treu zu bleiben, zwanzig Stunden am Tag zu schlafen. Ohne Medikation und ärztliche Behandlung setzte sich die Verschlechterung seines psychischen Zustandes langsam weiter fort.

Gegen Ende November hörte Dennis Smith von einer Gefängnisinsassin namens Vicki Michelle Owens Smith eine seltsame Geschichte über Ron. In seinem Bericht hielt er fest:

Am frühen Samstagmorgen, zwischen drei und vier Uhr, schaute Ron Williamson aus seinem Fenster und sah Vicki. Williamson schrie, sie sei eine Hexe und diejenige, die ihn zu Debbie Carters Wohnung geführt habe. Nun habe sie Debbies Geist in seine Zelle gebracht, der ihn verfolge und zu Tode ängstige. Außerdem rief Williamson, seine Mutter möge ihm verzeihen.

Im Dezember, ein Jahr nach dem Mord, wurde Glen Gore gebeten, im Police Department eine Aussage zu machen. Er bestritt, etwas mit dem Tod von Debbie Carter zu tun zu haben. Nachdem er zu Protokoll gegeben hatte, er habe sie ein paar Stunden vor dem Mord im Coachlight gesehen, fügte er seiner Darstellung den neuen Schlenker hinzu, Debbie habe mit ihm tanzen wollen, weil sie sich wegen Ron Williamson unbehaglich gefühlt habe. Die Tatsache, dass niemand sonst im Coachlight etwas von Rons Anwesenheit dort gesagt hatte, spielte offenbar keine Rolle.

Doch obwohl die Beamten begierig waren, eine Anklage gegen Ron zusammenzuschustern, war die Beweislage einfach zu dürftig. Es existierte nicht ein einziger Fingerabdruck aus der Wohnung von Debbie Carter, der mit denen von Ron oder Dennis Fritz übereinstimmte, ein klaffendes Loch in der Theorie, dass die beiden während des brutalen Geschehens vor Ort gewesen seien. Augenzeugen gab es nicht; niemand hatte in jener Nacht ein verdächtiges Geräusch gehört. Das Ergebnis der Haaranalyse, ohnehin stets bestenfalls ein wackliges Indiz, lag noch nicht vor. Man wartete auf Melvin Hetts Bericht.

Der Mordverdacht gegen Ron beruhte auf zwei Lügendetektortests, die kein »schlüssiges« Resultat erbracht hatten, auf seinem schlechten Ruf und seinem Wohnort, der nicht weit von dem des Opfers entfernt lag. Und auf der spät eingeholten, zweifelhaften Aussage des Zeugen Glen Gore, Ron sei an jenem Abend im Coachlight gewesen.

Gegen Dennis Fritz hatte die Polizei noch weniger in der Hand. Ein Jahr nach dem Mord hatten die Nachforschungen in seinem Fall nur zu dem Resultat geführt, dass er gefeuert worden war und dass die Neuntklässler in Noble ohne Biologielehrer dastanden.

Im Januar 1984 bekannte sich Ron der Scheckfälschung schuldig und wurde zu einer Gefängnisstrafe von drei Jahren verurteilt. Er kam in eine Besserungsanstalt in der Nähe von Tulsa, und es dauerte nicht lange, bis das Personal auf sein seltsames Verhalten aufmerksam wurde. Daraufhin wurde er zeitweilig zur Beobachtung auf die psychiatrische Station eines Krankenhauses verlegt. Dr. Robert Briody führte am Morgen des 13. Februar ein Gespräch mit ihm und hielt hinterher fest: »Er wirkt eher introvertiert und scheint sein Verhalten unter Kontrolle zu haben.« Aber am Nachmittag desselben Tages, bei einem zweiten Gespräch, erlebte Dr. Briody einen anderen Menschen: »… leicht manisch, laut, reizbar, schnell zu erregen. Des Weiteren fielen mir unlogische Assoziationen, Gedankensprünge, irrationale Gedanken und einige paranoide Ideen auf. Die Diagnose sollte vertieft werden.«

Auf Rons Station nahm man es mit der Aufsicht nicht so genau. Er entdeckte in der Nähe ein Baseballfeld und fand Vergnügen daran, nachts auszubüxen und dort die Einsamkeit zu genießen. Ein Polizist entdeckte ihn, friedlich schlafend, und brachte ihn ins Krankenhaus zurück. Dort ermahnte man ihn und ließ ihn einen Bericht schreiben. Er lautete:

Ich war in der Nacht down und brauchte Zeit zum Nachdenken. Auf einem Baseballfeld habe ich schon immer meinen Frieden gefunden. Ich spazierte zur südöstlichen Ecke des Platzes, wo ich mich auf dem Boden zusammenrollte wie ein alter Jagdhund unter dem Schattenbaum. Ein paar Minuten später forderte mich ein Polizist auf, ins Krankenhaus zurückzukehren. Ich begegnete Brents auf dem Feld, und wir gingen gemeinsam zurück. Nachdem er begriffen hatte, dass ich nichts Schlimmes im Schilde führte, sagte er, er wolle den Vorfall vergessen. Dass man mir trotzdem auf die Finger geklopft hat, beweisen diese Zeilen.

Da der Hauptverdächtige hinter Gittern saß, kamen die Untersuchungen im Mordfall Carter praktisch zum Stillstand. Es vergingen Wochen, in denen kaum etwas passierte. Dennis Fritz arbeitete kurzzeitig in einem Altersheim, dann in einer Fabrik. Die Polizei von Ada schikanierte ihn gelegentlich, doch schließlich verlor sie die Lust. Glen Gore war weiterhin in der Stadt, aber für die Cops kaum von Interesse.

Die Polizei war frustriert, die Situation angespannt, und der Druck sollte noch enorm anwachsen.

Im April 1984 wurde in Ada eine weitere junge Frau ermordet, und obwohl es keinerlei Verbindung zum Fall Carter gab, sollte die zweite Bluttat dramatische Auswirkungen auf das Leben von Ron Williamson und Dennis Fritz haben.

Denice Haraway war vierundzwanzig, studierte an der East Central University und arbeitete nebenher bei McAnally's, einem kleinen Supermarkt am östlichen Stadtrand von Ada. Seit acht Monaten war sie mit Steve Haraway verheiratet, ebenfalls Student und Sohn eines stadtbekannten Zahnarztes. Das Ehepaar lebte in einer kleinen Eigentumswohnung, die Dr. Haraway gehörte.

Am Samstag, dem 28. April, gegen halb neun abends, näherte sich ein Kunde dem Eingang von McAnally's, als ihm eine attraktive junge Frau entgegenkam, die gerade das Geschäft verlassen hatte. Bei ihr war ein junger Mann, ebenfalls Anfang zwanzig. Sie gingen zu einem Pick-up, in den zuerst die Frau einstieg, auf der Beifahrerseite. Dann setzte sich ihr Begleiter hinters Steuer, knallte die Tür zu, und kurz darauf sprang der Motor an. Sie fuhren in östlicher Richtung davon, aus der Stadt hinaus. Das Fahrzeug war ein alter Chevrolet mit einer ungleichmäßigen grauen Lackierung.

In dem Geschäft erblickte der Kunde niemanden. Die Lade der Registrierkasse war offen und geleert worden. Eine noch brennende Zigarette lag in einem Aschenbecher, daneben stand eine geöffnete Bierdose. Auf der Theke sah er ein aufgeschlagenes Lehrbuch, dahinter eine braune Handtasche. Der Kunde schaute nach, ob jemand in der Nähe war, doch er war allein. Da es sich womöglich um einen Raub handelte, rief er die Polizei an.

In der braunen Handtasche fand ein Streifenbeamter den Führerschein von Denice Haraway. Der Kunde schaute sich das Foto an. Genau, das sei die junge Frau, die ihm vor einer halben Stunde draußen begegnet sei. Ja, er sei sich sicher, dass es Denice Haraway gewesen sei, er kenne sie vom Sehen, weil er häufig bei McAnally's einkaufe.

Dennis Smith lag bereits im Bett, als sein Telefon klingelte. »Gehen Sie vor wie an einem Tatort«, sagte er, bevor er sich auf die andere Seite drehte. Seine Anordnung wurde allerdings nicht befolgt. Bald traf der Geschäftsführer von McAnally's ein, der ganz in der Nähe wohnte. Der Safe war nicht geöffnet worden. Unter der Theke fand er vierhundert Dollar in bar, die darauf warteten, im Safe deponiert zu werden, in einer zweiten Registrierkasse weitere hundertfünfzig Dollar. Während sie auf einen Detective warteten, begann der Geschäftsführer Ordnung zu machen. Er leerte den Aschenbecher, in dem nur die eine Zigarette lag, und warf die Bierdose weg. Der Streifenbeamte gebot ihm keinen Einhalt. Falls es Fingerabdrücke gegeben hatte, waren sie jetzt verschwunden.

Steve Haraway saß über seinen Büchern und wartete darauf, dass seine Frau nach Hause kam, denn McAnally's schloss um elf Uhr abends. Der Anruf der Polizei verdutzte ihn, und kurz darauf war er vor Ort, wo er das Auto seiner Frau, ihre Lehrbücher und die Handtasche identifizierte. Er gab der Polizei eine Personenbeschreibung und versuchte, sich zu erinnern, was sie trug – Bluejeans, Tennisschuhe und eine Bluse, über die er nichts zu sagen wusste.

Am frühen Sonntagmorgen musste jeder einzelne Beamte aus Adas dreiunddreißigköpfiger Polizeitruppe zum Dienst antreten. Kollegen aus angrenzenden Bezirken kamen als Verstärkung, und Dutzende von örtlichen Gruppen, darunter auch eine Studentenverbindung, beteiligten sich freiwillig an der Suche nach Denice Haraway. Gary Rogers vom OSBI leitete die Nachforschungen auf bundesstaatlicher Ebene, Dennis Smith organisierte den Einsatz der Polizei von Ada. Die County wurde in Bereiche aufgeteilt, denen jeweils ein Team zugewiesen wurde. Straßen, Flüsse, Gräben,

Felder, die ganze Umgebung musste gründlich durchkämmt werden.

Eine Angestellte von JP's, einem anderen Laden, der siebenhundert Meter von McAnally's entfernt lag, meldete sich und berichtete der Polizei von zwei seltsamen jungen Männern, die kurz vor Denice Haraways Verschwinden aufgetaucht und ihr unheimlich gewesen seien. Beide seien Anfang zwanzig, hätten lange Haare und ein merkwürdiges Verhalten an den Tag gelegt. Sie hätten eine Runde Poolbillard gespielt und seien dann in einem alten Pick-up davongefahren.

Der Kunde von McAnally's hatte Denice in Begleitung nur eines Mannes gesehen, und bei ihm hatte sie nicht den Eindruck hinterlassen, als hätte sie Angst. Aber seine allgemeine Beschreibung passte halbwegs zu der der beiden Männer, die bei JP's aufgetaucht waren, und so hatte die Polizei etwas in der Hand, das sich zu einer Spur entwickeln konnte. Sie suchte nach zwei weißen Männern zwischen zweiundzwanzig und fünfundzwanzig, von denen einer zwischen eins fünfundsiebzig und eins achtzig groß war, blondes, bis über die Ohren reichendes Haar und eine helle Hautfarbe hatte. Der andere war schlank und hatte schulterlanges, hellbraunes Haar.

Bei der angestrengten Suche am Sonntag kam nichts heraus, kein einziger Anhaltspunkt. Dennis Smith und Gary Rogers bliesen die Aktion nach Einbruch der Dunkelheit ab und vereinbarten, sie am nächsten Morgen fortzusetzen.

Am Montag erhielten sie von der Universität ein Foto der hübschen Denice, das sie auf Flugblättern vervielfältigten und mit einer allgemeinen Personenbeschreibung versehen ließen – eins fünfundsechzig groß, Gewicht knapp fünfzig Kilogramm, braune Augen, dunkelblondes Haar, helle Haut. Zusätzlich enthielt das Flugblatt die Beschreibung der beiden Männer, die bei JP's aufgetaucht waren, außerdem eine des alten Pick-ups. Es wurde von Polizisten und Freiwilligen in jedem Ladenfenster in Ada und Umgebung ausgehängt.

Ein Polizeizeichner fertigte nach Angaben der Angestellten von JP's zwei Skizzen an. Als sie dem Kunden von McAnally's gezeigt wurden, sagte er, einer der beiden komme zumindest »infrage«. Die beiden Phantombilder wurden an den örtlichen Fernsehsender weitergereicht, und als die Stadt einen ersten Blick auf die möglichen Verdächtigen warf, klingelten die Telefone bei der Polizei ohne Unterlass.

Zu jener Zeit gab es in Ada vier Detectives – Dennis Smith, Mike Baskin, D.W. Barrett und James Fox –, und sie wurden mit Anrufen überschüttet. Bei mehr als einhundert Telefonaten fielen rund fünfundzwanzig Namen von potenziell Verdächtigen.

Zwei Namen wurden häufig genannt. Der von Billy Charley ungefähr dreißigmal. Er wurde zum Verhör ins Police Department gebeten und traf dort in Begleitung seiner Eltern ein, die zu Protokoll gaben, ihr Sohn sei am Samstagabend und während der ganzen Nacht bei ihnen zu Hause gewesen.

Der andere Name, ebenfalls von ungefähr dreißig besorgten Bürgern genannt, war der von Tommy Ward, einem jungen Mann aus der Stadt, den die Polizei gut kannte. Er war einige Male wegen Trunkenheit in der Öffentlichkeit oder wegen kleinerer Diebstähle festgenommen worden, aber nie durch Gewalttätigkeit aufgefallen. Er hatte überall in Ada Verwandte, und die Wards waren als im Allgemeinen anständige Leute bekannt, die hart arbeiteten und sich ansonsten um ihre eigenen Angelegenheiten kümmerten. Tommy war vierundzwanzig, das zweitjüngste von acht Kindern, und hatte die Highschool abgebrochen.

Er kam freiwillig ins Police Department. Smith und Baskin fragten ihn, wo er am Samstagabend gewesen sei. Seinen Worten zufolge hatte er mit einem Freund namens Karl Fontenot geangelt, anschließend waren sie angeblich bis vier Uhr morgens auf einer Party gewesen und dann nach Hause gegangen. Tommy hatte kein eigenes Auto. Den Detectives fiel auf, dass Wards blondes Haar sehr kurz geschnitten war, aber unregelmäßig und alles andere als professionell. Sie machten ein Polaroidfoto von seinem Hinterkopf und versahen es mit dem Datum 1. Mai.

Die auf den Phantombildern dargestellten Verdächtigen hatten beide langes, helles Haar.

Detective Baskin trieb Karl Fontenot auf, den er nicht kannte, und bat ihn vorbeizukommen, um ein paar Fragen zu beantworten. Fontenot sagte zu, ließ sich aber nicht blicken. Baskin verfolgte die Sache nicht weiter. Fontenot hatte langes, schwarzes Haar.

Während die Suche in Pontotoc County und Umgebung intensiv fortgesetzt wurde, erhielten die Strafverfolgungsbehörden im ganzen Land Denice Haraways Personenbeschreibung. Von überall gingen Anrufe ein, aber keiner war von Nutzen. Denice war spurlos verschwunden.

Wenn Steve Haraway nicht gerade Flugblätter verteilte oder auf abgelegenen Landstraßen nach seiner Frau suchte, saß er mit ein paar Freunden in seiner Wohnung. Das Telefon klingelte ständig, und jedes Mal keimte für einen Augenblick Hoffnung auf.

Denice hatte keinen Grund, von zu Hause wegzulaufen. Sie waren noch kein Jahr verheiratet und sehr verliebt. Beide standen kurz vor dem Abschluss ihres Studiums und wollten Ada danach verlassen, um anderswo ein neues Leben zu beginnen. Steve Haraway war sich sicher, dass sie verschleppt worden war.

Mit jedem vergehenden Tag stieg die Wahrscheinlichkeit, dass Denice nicht mehr lebend gefunden werden würde. Wenn sie einem Vergewaltiger in die Hände gefallen war, hätte der sie nach der Tat wahrscheinlich laufen gelassen. Falls man sie entführt hatte, wäre Lösegeld verlangt worden. Zeitweilig gab es Gerüchte über einen ehemaligen Liebhaber aus Texas, dann über irgendwelche Drogenhändler, doch derlei Spekulationen gehören bei den meisten merkwürdigen Verbrechen dazu.

Wieder war ganz Ada geschockt. Seit dem Mord an Debbie Carter waren siebzehn Monate vergangen, und die Stadt hatte sich gerade etwas von dem Albtraum erholt. Jetzt wurden die Türen wieder verschlossen, manchmal gleich doppelt, die Teenager litten unter strengen Ausgehverboten, und bei den örtlichen Pfandleihern stieg die Zahl der verkauften Schusswaffen sprunghaft an. Was war aus der netten kleinen Universitätsstadt geworden, in der es an jeder Straßenecke zwei Kirchen gab?

Wochen vergingen, und für die meisten Einwohner von Ada schien sich das Leben langsam wieder zu normalisieren. Es war Sommer, die Kinder hatten Ferien. Die Gerüchte wurden leiser, verstummten aber nie ganz. In Texas hatte ein Verdächtiger damit geprahlt, zehn Frauen getötet zu haben, und Polizisten aus Ada fuhren umgehend los, um ihn zu verhören. In Miami wurde die Leiche einer Frau gefunden, die Tätowierungen an den Beinen hatte. Denice Haraway war nicht tätowiert.

So ging es den ganzen Sommer weiter, bis in den Herbst hinein. Es gab keinen Durchbruch, keine einzige Spur, die der Polizei helfen konnte, Denice Haraways Leiche zu finden.

Und keine Fortschritte im Mordfall Carter. Zwei spektakuläre Morde, beide ungelöst, sorgten bei der Polizei von Ada für eine gedrückte und angespannte Stimmung. Es wurden jede Menge Überstunden gemacht, doch man hatte nichts vorzuweisen. Alte Spuren wurden erneut überprüft, aber es brachte nichts. Im Leben von Dennis Smith und Gary Rogers gab es nichts anderes mehr als diese beiden Morde.

Für Rogers war der Druck besonders schlimm. Ein Jahr vor dem Verschwinden von Denice Haraway hatte es in Seminole, knapp fünfzig Kilometer nördlich von Ada, einen ähnlichen Fall gegeben. Eine Achtzehnjährige namens Patty

Hamilton, die in einem rund um die Uhr geöffneten Laden gearbeitet hatte, war verschwunden. Ein Kunde hatte das Geschäft verwaist vorgefunden. Die Registrierkasse war leer, auf der Theke standen zwei geöffnete Limonadendosen, es gab keine Anzeichen für einen Kampf. Pattys abgeschlossenes Auto parkte vor der Tür. Sie war spurlos verschwunden, und die Polizei hatte ein Jahr lang vermutet, sie sei entführt und ermordet worden.

Der für Patty Hamilton zuständige OSBI-Beamte war Gary Rogers, der mit den Fällen Carter, Haraway und Hamilton nun also drei ungeklärte Morde an jungen Frauen auf seinem Schreibtisch liegen hatte.

Als Oklahoma noch kein Bundesstaat gewesen war, hatte Ada den illustren und wohlverdienten Ruf gehabt, eine Zufluchtsstätte für Revolverhelden und Outlaws zu sein. Meinungsverschiedenheiten wurden mit dem Revolver geregelt, und wer schneller zog, überlebte nicht nur, sondern brauchte sich auch keine Gedanken um eine strafrechtliche Verfolgung zu machen. Bankräuber und Viehdiebe kamen in die Stadt, weil Ada im Indianerterritorium lag und nicht zu den Vereinigten Staaten gehörte. Die Sheriffs, so sich welche fanden, waren keine Bedrohung für die Berufsverbrecher, die sich in Ada und Umgebung niedergelassen hatten.

An dem Ruf der Stadt, ein Paradies der Gesetzlosen zu sein, änderte sich erst im Jahr 1909 etwas, als die Einwohner endlich genug davon hatten, ständig in Angst zu leben. Ein geachteter Rancher namens Gus Bobitt war von einem professionellen Killer erschossen worden, den ein anderer Landbesitzer angeheuert hatte. Der Mörder und drei seiner Komplizen wurden festgenommen, und in der Stadt breitete sich eine hysterische Stimmung aus – alle wollten die vier am Galgen baumeln sehen. Angeführt von den Masons, aufrechten Bürgern von Ada, bildete sich am frühen Morgen des 19. April 1909 eine Gruppe von vierzig Menschen, die feierlich die Masonic Hall an der Ecke der Twelfth Street und des Broadway verließen und ein paar Minuten später vor dem Gefängnis eintrafen. Sie überwältigten den Sheriff, zerrten die vier Verbrecher aus ihren Zellen und schleiften sie über die Straße zu einem Mietstall, der für die Hinrichtung auserkoren worden war. Jedem der vier wurden mit Draht Handgelenke und Fußknöchel gefesselt, dann wurden sie feierlich gehängt.

Am nächsten Morgen baute ein Fotograf seine Kamera in dem Stall auf und schoss ein paar Fotos. Eines davon hat die Jahre überdauert, ein verblichenes Schwarz-Weiß-Bild, auf dem die vier Männer leblos an Stricken hängen, fast friedlich wirkend. Jahre später wurde das Foto auf einer Postkarte reproduziert und im Büro der Handelskammer verschenkt.

Für Jahrzehnte waren diese Hinrichtungen Adas stolzester Augenblick gewesen.

5

Im Fall Carter hatten Dennis Smith und Gary Rogers nicht nur einen Autopsiebericht, Haarproben und »verdächtige« Lügendetektorkurven, sondern auch schon einen mutmaßlichen Täter. Ron Williamson war für eine Weile nicht greifbar, solange er seine Strafe absaß, aber er würde wiederkommen. Früher oder später würden sie ihn überführen.

Im Fall Haraway dagegen hatten sie nichts. Keine Leiche, keine Zeugen, nicht einen einzigen vielversprechenden Hinweis. Die Phantomzeichnungen passten auf etwa die Hälfte aller jungen Männer von Ada. Die Beamten brauchten dringend einen Durchbruch.

Und er kam, förmlich aus dem Nichts. Im Oktober 1984 betrat ein Mann namens Jeff Miller das Ada Police Department und verlangte Detective Dennis Smith zu sprechen. Er sagte, er habe Informationen zum Fall Haraway.

Miller war ein junger Mann aus dem Ort. Er hatte keine Vorstrafen, doch die Polizei kannte ihn als einen der vielen rastlosen jungen Leute, die sich nachts herumtrieben und ständig den Job wechselten, zumeist in Fabriken malochten. Miller zog sich einen Stuhl heran und begann mit seiner Geschichte.

An dem Abend, als Denice Haraway verschwand, habe am Blue River eine Party stattgefunden, an einer Stelle, die etwa vierzig Kilometer von Ada entfernt liege. Jeff Miller erklärte, dass er selbst nicht bei dem Fest gewesen sei, aber zwei Frauen kenne, die dort gewesen seien. Die beiden – er nannte Smith ihre Namen – hätten ihm später erzählt, dass Tommy Ward dabei gewesen sei. Irgendwann am Abend sei ihnen der Alkohol ausgegangen. Ward habe angeboten, Bier holen zu fahren. Da er selbst kein Auto besaß, lieh er sich den Pick-up einer gewissen Janette Roberts. Ward sei allein losgefahren und für ein paar Stunden weg gewesen. Als er mit dem Bier zurückgekommen sei, sei er verstört gewesen und habe geweint. Auf die Frage, warum er weine, habe er geantwortet, er habe etwas Schreckliches getan. Was?, wollten die Partygänger wissen. Nun, aus irgendeinem Grund sei er bis nach Ada zurückgefahren, vorbei an zahlreichen Getränkeläden, bis er östlich der Stadt bei McAnally's gelandet sei. Dort habe er die junge Angestellte gekidnappt, vergewaltigt und getötet, ihre Leiche fortgeschafft, und jetzt fühle er sich grauenvoll deswegen.

Dass er all das vor einer bunt zusammengewürfelten Truppe aus Kampftrinkern und Doperauchern bekannt haben sollte, verwunderte bei der Polizei offenbar niemanden.

Miller nannte keinen Grund, warum die beiden Frauen ihm das alles erzählt hatten und nicht der Polizei. Und warum sie damit fünf Monate gewartet hatten, konnte er auch nicht erklären.

So absurd die Geschichte war, Dennis Smith ging ihr sofort nach. Zunächst machte er sich auf die Suche nach den beiden Frauen, die von Ada weggezogen waren. (Als er sie einen Monat später endlich fand, bestritten sie, bei der Party gewesen zu sein und Tommy Ward dort oder bei irgendeiner anderen Party gesehen zu haben. Sie bestritten sogar, jemals von einer jungen Ladenangestellten oder einer anderen jungen Frau gehört zu haben, die entführt und getötet worden war. Kurzum – sie bestritten Jeff Millers Geschichte von Anfang bis Ende.)

Dennis Smith machte auch Janette Rogers ausfindig. Sie lebte mit ihrem Mann Mike Roberts in Norman, hundertzehn Kilometer entfernt. Am 12. Oktober fuhr Smith zusammen mit Detective Mike Baskin unangekündigt zu ihr. Die Polizeibeamten forderten sie auf, mit ins Police Department zu kommen, um ein paar Fragen zu beantworten, was sie widerstrebend tat.

Während der Befragung räumte Janette ein, dass sie, Mike, Tommy Ward, Karl Fontenot und viele andere oft am Blue River Partys feierten. Sie sei sich aber ziemlich sicher, dass sie an dem Samstagabend, als Denice Haraway verschwand, nicht dort gewesen seien. Sie leihe Tommy Ward zwar öfter ihren Pick-up, er sei aber noch nie damit von einer Party am Fluss (oder von einem anderen Ort) weggefahren. Sie habe ihn außerdem niemals in Tränen aufgelöst gesehen oder erregt über eine Vergewaltigung und einen Mord an einer jungen Frau berichten gehört. Nein, Sir, niemals. Da war sie ziemlich sicher.

Die Polizeibeamten waren freudig überrascht über die Auskunft, dass Tommy Ward bei den Roberts' wohnte und mit Mike zusammen arbeitete. Die beiden Männer waren bei einer Fassadenbaufirma beschäftigt und arbeiteten meist sehr lange, von Sonnenaufgang bis Einbruch der Dunkelheit. Smith und Baskin beschlossen, in Norman zu bleiben, bis Ward von der Arbeit käme, und ihm dann ein paar Fragen zu stellen.

Tommy und Mike hatten auf dem Heimweg gehalten, um sich ein, zwei Bier zu genehmigen. Das war der eine Grund, warum sie nicht mit den Cops reden wollten. Der andere, ausschlaggebende war, dass Tommy die Polizei nicht ausstehen konnte. Es widerstrebte ihm zutiefst, die Polizeidirektion in Norman zu betreten. Er war vor Monaten schon in Ada zu dem Mord vernommen worden und hatte gedacht, der Fall wäre längst abgeschlossen. Dass er von Ada weggezogen war, lag unter anderem daran, dass die Leute dort ständig darüber geredet hatten, wie sehr er dem einen der beiden Phantombilder ähnlich sehe, und das war ihm zu viel geworden.

Er hatte sich die Zeichnung mehr als einmal angesehen und nicht die geringste Ähnlichkeit entdeckt. Es war nur die Skizze eines Polizeizeichners, der den Verdächtigen nie selbst gesehen hatte und auch nie zu Gesicht bekommen würde. Doch die Leute in der Stadt waren ganz wild darauf, das Konterfei jemandem aus Ada zuzuordnen. Alle wollten der Polizei helfen, das Verbrechen aufzuklären. Ada war eine Kleinstadt, das Verschwinden der jungen Frau eine Sensation. Irgendwann hatte jeder von Tommys Bekannten einen Tipp abgeben, wen er für verdächtig hielt.

Tommy war in den zurückliegenden Jahren in Ada mehrmals mit der Polizei in Berührung gekommen. Es war nie um schwere Delikte oder Gewalt gegangen. Aber sie kannten ihn, und er kannte sie. Deshalb wollte er den Detectives Smith und Rogers nach Möglichkeit aus dem Weg gehen.

Janette war der Meinung, wenn er nichts zu verbergen habe, könne er getrost zur Polizei gehen und mit Dennis Smith und Mike Baskin reden. Tommy hatte mit der Haraway-Sache nichts zu schaffen, aber er traute der Polizei nicht. Nachdem er eine Stunde lang mit sich gerungen hatte, bat er Mike, ihn zur Polizeidirektion von Norman zu fahren.

Smith und Baskin führten ihn ins Untergeschoss in einen Raum, der mit einer Videoanlage ausgerüstet war, und verkündeten, dass sie die Vernehmung aufzeichnen wollten. Tommy war nervös, erklärte sich aber einverstanden. Das Gerät wurde eingeschaltet, sie belehrten ihn über sein Aussageverweigerungsrecht, und er unterschrieb die entsprechende Verzichtserklärung.

Die Beamten begannen einigermaßen höflich; es sei nur eine Routinebefragung, nicht weiter bedeutsam. Sie fragten Tommy, ob er sich an die letzte Befragung vor fünf Monaten erinnere. Natürlich. Ob er damals die Wahrheit gesagt habe? Ja. Würde er jetzt die Wahrheit sagen? Ja.

Nach wenigen Minuten hatten ihn Smith und Baskin mit unzusammenhängenden Fragen so verwirrt, dass er die Wochentage verwechselte. An dem Tag, als Denice Haraway verschwand, habe er bei seiner Mutter Wasserleitungen repariert. Anschließend habe er geduscht und sei dann zu einer Party bei den Roberts' in Ada aufgebrochen. Um vier Uhr morgens sei er zu Fuß nach Hause gegangen. Fünf Monate zuvor hatte er den Polizisten erzählt, das sei am Tag *vor* dem Verschwinden des Mädchens gewesen. »Ich habe nur das Datum verwechselt«, versuchte er sich zu rechtfertigen, aber die Cops ließen sich nicht überzeugen.

»Wann ist Ihnen aufgefallen, dass Sie uns nicht die Wahrheit gesagt haben?«, kam als Erwiderung und: »Sagen Sie uns jetzt die Wahrheit?« Und: »Sie bringen sich in ernsthafte Schwierigkeiten.«

Der Ton wurde hart und anklagend. Smith und Baskin blufften und behaupteten, mehrere Zeugen zu haben, die bestätigen könnten, dass Tommy am fraglichen Samstagabend bei der Party am Blue River gewesen und von dort mit einem geliehenen Pick-up weggefahren sei. Nicht an diesem Tag, sagte Tommy und blieb bei seiner Version. Er sei am Freitag fischen, am Samstag auf einer Party bei den Roberts' und am Sonntag auf einer Party am Fluss gewesen.

Warum lügen die Cops nur?, fragte er sich. Doch er kannte die Antwort.

Das Lügen ging weiter. »Stimmt es etwa nicht, dass Sie McAnally's überfallen wollten? Wir haben Leute, die das bezeugen werden.«

Tommy schüttelte den Kopf. Er blieb standhaft, aber er war tief beunruhigt. Wenn die Cops so bereitwillig logen, wozu waren sie dann noch fähig?

Dennis Smith holte ein großes Foto von Denice Haraway heraus und hielt es Tommy dicht vors Gesicht. »Kennen Sie dieses Mädchen?«

»Ich kenne sie nicht. Ich habe sie nur mal gesehen.«

»Haben Sie das Mädchen ermordet?«

»Nein. Ich würde niemals jemanden umbringen.«

»Wer hat sie getötet?«

»Das weiß ich nicht.«

Smith hielt Tommy immer noch das Foto vor die Augen. »Ist sie hübsch?«, fragte er und fuhr fort: »Ihre Angehörigen möchten sie zu Grabe tragen. Sie wollen wissen, wo sie ist, damit sie sie beerdigen können.«

»Ich weiß nicht, wo sie ist«, erwiderte Tommy, blickte auf das Foto und fragte sich, warum sie ausgerechnet ihn beschuldigten.

»Sagen Sie mir, wo sie ist, damit ihre Angehörigen sie beerdigen können?«

»Ich weiß es nicht.«

»Benutz deine Fantasie«, sagte Smith. »Zwei Kerle schnappen sie, verfrachten sie in einen Pick-up und fahren mit ihr weg. Was meinst du, was machen sie mit der Leiche?«

»Keine Ahnung.«

»Benutz deine Fantasie. Was glaubst du?«

»Sie könnte ja auch noch am Leben sein, nach allem, was ich weiß, nach allem, was Sie wissen, nach allem, was allgemein bekannt ist.«

Smith setzte seine Fragen fort, ohne das Foto zu senken. Tommys Antworten wurden entweder missachtet, als Lüge abgetan oder überhört. Die Cops wollten wiederholt von ihm wissen, ob er das Mädchen hübsch finde. Ob er glaube, dass sie geschrien habe. Ob er nicht der Meinung sei, dass ihre Familie das Recht habe, sie endlich unter die Erde zu bringen.

»Hast du darüber mal nachgedacht, Tommy?«, setzte Smith hinzu.

Endlich nahm er das Foto herunter. Er stellte Tommy Fragen über dessen geistige Verfassung, über die Phantomzeichnungen, über seinen Bildungshintergrund. Dann hob er das Foto wieder hoch, stieß es Tommy vor die Nase und fragte ihn weiter nach dem Mord, der Beseitigung der Leiche und ob er die junge Frau hübsch finde.

Mike Baskin versuchte es auf die Mitleidstour, indem er das Leid der Angehörigen hervorhob: »Es würde ihre Qualen mit einem Mal beenden, wenn Sie verraten würden, wo das Mädchen ist.«

Tommy pflichtete dem bei, beharrte aber darauf, dass er keine Ahnung habe, wo sich das Mädchen befinde.

Schließlich wurde das Tonbandgerät ausgeschaltet. Die Befragung hatte eine Stunde fünfundvierzig Minuten gedauert, und Tommy Ward war die ganze Zeit über nicht von seiner ursprünglichen Aussage abgerückt – dass er nichts über das Verschwinden von Denice Haraway wisse. Die Sitzung hatte ihn nervlich ziemlich mitgenommen, aber er erklärte sich bereit, sich in ein paar Tagen einem Lügendetektortest zu unterziehen.

Die Roberts' wohnten nur ein paar Straßen von der Polizeidirektion entfernt, und Tommy beschloss, zu Fuß zurückzugehen. Die frische Luft tat ihm gut. Er war aufgebracht, weil ihn die Cops so barsch behandelt hatten. Sie hatten ihn beschuldigt, das Mädchen ermordet zu haben. Und sie hatten ihm wiederholt Lügen aufgetischt, um ihn hereinzulegen.

Smith und Baskin waren schon auf dem Heimweg nach Ada sicher, ihren Mann gefunden zu haben: Tommy Ward glich der Phantomzeichnung von einem der jungen Männer, die an jenem Samstagabend vor dem JP's gehalten und sich so merkwürdig aufgeführt hatten. Er hatte diesmal eine andere Version von dem Abend, an dem Denice verschwunden war, erzählt. Und er hatte während der Befragung nervös gewirkt.

Zunächst war Tommy erleichtert, dass man ihn an einen Lügendetektor anschließen wollte. Der Test würde beweisen, dass er die Wahrheit sagte, und dann würden ihn die Cops endlich in Ruhe lassen. Bald aber bekam er Albträume, die von dem Mord, den Anschuldigungen der Polizei, den Bemerkungen über seine Ähnlichkeit mit den Phantomzeichnungen, dem hübschen Gesicht von Denice Haraway und den Ängsten ihrer Familie handelte. Warum beschuldigte man ihn?

Die Polizisten hielten ihn für schuldig. Sie wollten, dass er schuldig war! Konnte er ihnen trauen, wenn sie einen Lügendetektor einsetzten? Sollte er mit einem Rechtsanwalt reden?

Er rief seine Mutter an und erzählte ihr, dass er Angst vor der Polizei und dem Lügendetektor habe. »Ich fürchte, sie bringen mich dazu, was zu sagen, das ich nicht sagen sollte.« Sag einfach die Wahrheit, riet sie ihm, dann wird alles gut.

Am Donnerstag, dem 18. Oktober, fuhr Mike Roberts Tommy morgens nach Oklahoma City zum OSBI, das mit dem Auto rund zwanzig Minuten entfernt lag. Der Test sollte etwa eine Stunde dauern. Mike würde auf dem Parkplatz warten, anschließend würden die beiden zusammen zur Arbeit fahren. Ihr Chef hatte ihnen ein paar Stunden freigegeben. Als Mike Roberts Tommy ins Gebäude gehen sah, ahnte er nicht, dass dies die letzten Schritte des jungen Mannes in Freiheit sein würden. Dass er den Rest seines Lebens hinter Gittern verbringen würde.

Dennis Smith empfing Tommy mit breitem Lächeln und einem warmen Händedruck, ehe er ihn in ein Büro brachte, wo er ihn eine halbe Stunde allein sitzen ließ: ein beliebter Trick der Polizei, um Verdächtige noch nervöser zu machen, als sie ohnehin sind. Um 10:30 Uhr wurde er in einen anderen Raum gebracht, wo der OSBI-Beamte Rusty Featherstone und sein getreuer Lügendetektor warteten.

Smith empfahl sich. Während Featherstone erläuterte, wie das Gerät funktionierte oder funktionieren sollte, schloss er Tommy daran an und befestigte die Elektroden. Die Befragung hatte noch nicht richtig begonnen, da brach Tommy schon der Schweiß aus. Aber die ersten Fragen waren banal – Familie, Schulbildung, Arbeit, die Fakten waren bekannt, und das Gerät zeichnete auf. In Tommy keimte leise Hoffnung auf: Das könnte ja doch ein Kinderspiel werden.

Um 11:05 Uhr klärte Featherstone Tommy über sein Aussageverweigerungsrecht auf und begann, in der Haraway-Sache herumzustochern. Zweieinhalb Stunden lang ertrug Tommy das verworrene Fragespiel, ohne von der Wahrheit abzuweichen. Er wisse nichts über die Sache mit Denice Haraway.

Der Test ging ohne Pause bis 13:30 Uhr. Dann stöpselte Featherstone das Gerät ab und verließ den Raum. Tommy war erleichtert, ja regelrecht euphorisch, weil die Qual endlich ein Ende hatte. Er hatte den Test mit Bravour gemeistert; jetzt würden ihn die Cops endlich in Ruhe lassen.

Fünf Minuten später kam Featherstone zurück, beugte sich über das Diagrammpapier und studierte die Ergebnisse. Er fragte Tommy, was er meine. Tommy meinte, er wisse, dass er die Prüfung bestanden habe und die Sache damit erledigt sei. Er müsse außerdem dringend zur Arbeit.

Nicht so schnell, entgegnete Featherstone. Sie sind durchgefallen.

Tommy konnte es nicht fassen. Featherstone erklärte, es sei offensichtlich, dass er lüge, und eindeutig, dass er in die Haraway-Entführung verwickelt sei. Ob er darüber reden wolle.

Reden worüber?

Der Lügendetektor lügt nicht, sagte Featherstone, und deutete auf den Ausdruck mit den Verlaufskurven. Sie wissen etwas über den Mord, wiederholte er mehrmals. Es wäre also besser für Tommy, wenn er sein Gewissen erleichtere, über das rede, was vorgefallen sei, und endlich die Wahrheit sage. Featherstone, der nette Bulle, erbot sich freundlichst, Tommy zu helfen; falls er jedoch ablehne, müsse er ihn wohl oder übel Smith und Rogers übergeben, den bösen Bullen, die längst auf die Chance warteten, ihn fertigzumachen.

Lassen Sie uns darüber reden, drängte Featherstone.

Es gibt nichts, worüber wir reden könnten, beharrte Tommy. Er wiederholte mehrere Male, der Lügendetektor müsse manipuliert worden sein, denn er sage die Wahrheit. Doch Featherstone war nicht zu überzeugen.

Tommy gab zu, dass er vor dem Test nervös gewesen sei und dass er währenddessen die Geduld verloren habe, weil er nicht zu spät zur Arbeit habe kommen wollen. Er gab außerdem zu, dass ihn die Vernehmung sechs Tage zuvor mit Smith und Rogers sehr mitgenommen habe und er daraufhin einen Traum gehabt habe.

Was für einen Traum?, wollte Featherstone wissen.

Tommy erzählte den Traum: Er war auf einem Saufgelage, dann saß er mit zwei anderen Männern und einem Mädchen in einem Pick-up, draußen bei dem alten Kraftwerk in der Nähe von Ada, wo er aufgewachsen war. Einer der Männer versuchte, das Mädchen zu küssen, sie wollte aber nicht, und Tommy forderte den Mann auf, sie in Ruhe zu lassen. Dann sagte er, er wolle nach Hause gehen. »Du bist doch schon zu Hause«, erwiderte einer der anderen. Tommy blickte durch sein Fenster und war plötzlich zu Hause. Kurz bevor er aufwachte, stand er an einem Waschbecken und versuchte vergeblich, eine schwarze Flüssigkeit von seinen Händen zu waschen. Das Mädchen hatte kein Gesicht, ebenso wenig die beiden Männer.

Der Traum ergibt keinen Sinn, meinte Featherstone.

So wie die meisten Träume, versetzte Tommy.

Featherstone blieb ruhig, drängte Tommy aber weiterhin, sein Gewissen zu erleichtern, ihm alles über das Verbrechen zu erzählen, insbesondere wo die Leiche war. Und er drohte ihm abermals, ihn »den beiden Cops« im Nachbarzimmer zu übergeben, als erwartete ihn dort die Streckbank.

Tommy war vor Verwirrung und Angst wie betäubt. Als er sich weigerte, vor Featherstone ein Geständnis abzulegen, übergab ihn der »nette Bulle« an Smith und Rogers. Die beiden hatten sich bereits in ihre Wut hineingesteigert und sahen aus, als wollten sie gleich über ihn herfallen. Featherstone kam mit in den Raum. Kaum hatte sich die Tür geschlossen, stürzte sich Smith auf Tommy und brüllte: »Du, Karl Fontenot und Odell Titsworth – ihr habt das Mädchen entführt, zu dem alten Kraftwerk verschleppt, vergewaltigt und umgebracht, so war's doch, oder?«

Nein, widersprach Tommy, der versuchte, einen klaren Kopf zu behalten und nicht in Panik zu geraten.

Rede mit uns, du dreckiger kleiner Lügner, knurrte Smith. Du hast am Lügendetektor versagt, wir wissen, dass du lügst, und wir wissen, dass du das Mädchen umgebracht hast!

Tommy überlegte, wer Odell Titsworth war. Den Namen hatte er schon gehört, aber getroffen hatte er den Mann nie. Odell muss irgendwo in der Nähe von Ada leben, dachte er, und er hat einen schlechten Ruf. Aber er konnte sich nicht erinnern, ihm schon einmal begegnet zu sein. Vielleicht hatte er ihn ein- oder zweimal gesehen, doch erinnern konnte er sich nicht, zumal Smith auf ihn einbrüllte, mit dem Finger auf ihn deutend und offenbar bereit zuzuschlagen.

Smith wiederholte seine Theorie über die drei Männer, die das Mädchen entführt hätten, und Tommy sagte wieder Nein. Nein, ich habe nichts damit zu tun. »Ich weiß nicht mal, wer Odell Titsworth ist.«

Doch, das weißt du, verbesserte ihn Smith. Hör auf zu lügen.

Dass Karl Fontenot dabei gewesen sein sollte, war leichter nachzuvollziehen. Tommy und er waren ein paar Jahre lang quasi befreundet gewesen. Aber Tommy war verwirrt von der Anschuldigung und entsetzt über die Selbstgefälligkeit von Smith und Rogers. Drohungen und Beschimpfungen prasselten auf ihn herab. Der Ton verschärfte sich, und bald ließen sie keinen Fluch und keine Obszönität mehr aus.

Tommy schwitzte und versuchte verzweifelt, in seinem benommenen Kopf einen klaren Gedanken zu fassen. Seine Antworten hielt er kurz. Nein, ich habe es nicht getan. Nein, ich habe nichts damit zu tun. Ein paarmal lagen ihm sarkastische Kommentare auf den Lippen, aber er hatte Angst. Smith und Rogers waren in Rage und trugen Waffen, und Tommy war mit ihnen und Featherstone in einem Raum eingeschlossen. Und es sah nicht so aus, als wäre die Vernehmung bald zu Ende.

Nachdem er drei Stunden bei Featherstone geschwitzt und eine weitere Stunde Tortur mit Smith und Rogers durchgemacht hatte, brauchte Tommy dringend eine Pause. Er musste zur Toilette, eine Zigarette rauchen und einen klaren Kopf bekommen. Er brauchte Hilfe, musste mit jemandem reden, der ihm erklärte, was hier los war.

Darf ich eine Pause machen?, bat er.

Nur noch ein paar Minuten, erwiderten sie.

Tommy bemerkte eine Videokamera auf einem Tisch in der Nähe. Sie war nicht angeschlossen, bekam also nichts mit von dem Fragenbombardement. Das können unmöglich offizielle Polizeimethoden sein, dachte er.

Smith und Rogers erinnerten ihn wiederholt daran, dass man in Oklahoma Mörder mit der Giftspritze tötete. Er sehe dem Tod ins Auge, dem sicheren Tod, aber vielleicht gebe es ja noch eine Chance, dieses Schicksal abzuwenden. Erleichtere dein Gewissen, drängten sie ihn, berichte, was passiert ist, führ uns zu der Leiche, dann setzen wir uns für dich ein.

»Ich hab das nicht getan«, sagte Tommy immer wieder.

Er hatte einen Traum, informierte Featherstone die zwei Kollegen.

Tommy erzählte den Traum, woraufhin ihm abermals Missbilligung entgegenschlug. Die drei Cops waren sich einig, dass der Traum wenig Sinn ergab, und Tommy erwiderte erneut: »So wie die meisten Träume.«

Aber der Traum brachte die Cops auf neue Ideen, und sie begannen, ihn auszuschmücken. Die beiden anderen Männer im Truck seien wohl Odell Titsworth und Karl Fontenot, oder?

Nein, beharrte Tommy. Die Männer im Traum hätten keine Gesichter gehabt. Keine Namen.

Schwachsinn. Das Mädchen war Denice Haraway, nicht?

Nein, das Mädchen im Traum hatte kein Gesicht.

Schwachsinn.

Eine Stunde lang arbeiteten die Cops »Fakten« in Tommys Traum ein, die er samt und sonders abstritt. Es war nur ein Traum, wiederholte er unablässig.

Nur ein Traum.

Schwachsinn, sagten die Cops.

Nach zwei Stunden Dauerbeschuss gab Tommy schließlich auf. Es war die Angst, die ihn dazu bewog – Smith und Rogers waren außer sich vor Wut und sahen aus, als würden sie auch vor Gewalt nicht zurückschrecken, er sah sich schon mit einer Kugel im Kopf daliegen –, aber auch die grauenvolle Vorstellung, in der Todeszelle der Hinrichtung entgegenzuvegetieren.

Außerdem erschien es ihm offensichtlich, dass er erst gehen durfte, wenn er den Cops irgendetwas an die Hand gegeben hatte. Nach fünf Stunden in diesem Raum war er erschöpft und fast gelähmt vor Verwirrung und Angst.

Und da beging er einen Fehler. Einen Fehler, der ihn in die Todeszelle bringen und ihn am Ende seine Freiheit kosten würde.

Tommy beschloss mitzuspielen. Da er vollkommen unschuldig war – und er nahm an, dass auch Karl Fontenot und Odell Titsworth unschuldig waren –, konnte er doch den Cops geben, was sie wollten. Mitmachen bei ihrem Theater. Die Wahrheit würde bald herauskommen. Morgen oder übermorgen würden die Polizisten feststellen, dass die Geschichte nicht schlüssig war. Sie würden mit Karl reden, und er würde die Wahrheit sagen. Sie würden Odell Titsworth finden, und er würde sie auslachen.

Er konnte ruhig mitspielen. Gute Polizeiarbeit würde die Wahrheit dann schon ans Licht bringen. Sein »Traum-Geständnis« musste nur lächerlich genug sein, dann würde es gewiss keiner glauben.

Odell ging also als Erster in den Laden?

Klar, warum nicht, sagte Tommy. Es war nur ein Traum.

Jetzt ging's los. Die Cops beglückwünschten sich. Dank ihrer cleveren Strategie gab der Kerl endlich auf.

Ging es um Raub?

Ja, meinetwegen, es war ja nur ein Traum.

Den ganzen Nachmittag über schmückten Smith und Rogers den Traum mit immer mehr Details aus, und Tommy spielte mit.

Es war doch nur ein Traum.

Schon während dieses grotesken »Geständnisses« hätten die beiden Polizisten bemerken müssen, dass sie auf dem Holzweg waren.

Im Police Department in Ada wartete Detective Mike Baskin vor dem Telefon und wünschte sich, auch dabei zu sein, im OSBI-Büro, mittendrin im Geschehen. Gegen fünfzehn Uhr rief Gary Rogers mit großen Neuigkeiten an: Tommy Ward hatte endlich geredet! Steigen Sie ins Auto, fahren Sie raus zum Kraftwerk westlich der Stadt, und suchen Sie dort nach der Leiche. Baskin preschte mit der Gewissheit los, dass die Suche nun bald zu Ende sein würde.

Er fand nichts und stellte zudem fest, dass er für eine gründliche Durchsuchung des Geländes zusätzliche Männer benötigte. Also fuhr er zum Police Department zurück. Das Telefon klingelte wieder. Es gab eine neue Version. Wenn man auf das Kraftwerk zugehe, stehe rechter Hand die Brandruine eines Hauses. Dort befinde sich die Leiche.

Baskin fuhr erneut los, fand die Ruine, durchwühlte die Trümmer und kehrte erneut unverrichteter Dinge in die Stadt zurück.

Mit einem dritten Anruf von Rogers ging die Schnitzeljagd in eine neue Runde. Wieder gab es eine andere Variante der Geschichte. Irgendwo in der Nähe des Kraftwerks und der Brandruine stehe ein Betonbunker. Dorthin hätten sie die Leiche geschafft.

Baskin trieb zwei Kollegen und ein paar Flutlichtscheinwerfer auf und fuhr abermals los. Sie fanden den Bunker und suchten, bis es zu dunkel geworden war.

Nichts.

Nach jedem Rückruf von Baskin bauten Smith und Rogers Tommys Traum erneut um. Stunde um Stunde verging, den Verdächtigen drohte die Müdigkeit zu überwältigen. Die Cops arbeiteten mit verteilten Rollen, spielten »guter Bulle, böser Bulle«, immer im Wechsel. Mal waren sie ruhig, fast freundlich, dann wieder brüllte einer unvermittelt los, stieß Flüche und Drohungen aus. Besonders liebten sie den Spruch »Du dreckiger kleiner Lügner!«. Unzählige Male musste Tommy sich das anhören.

»Sei froh, dass Mike Baskin nicht hier ist«, sagte Smith. »Der würde dir das Hirn rauspusten.«

Es hätte Tommy in der Tat nicht überrascht, wenn sie ihm eine Kugel in den Kopf gejagt hätten.

Als es so dunkel war, dass sie die Leiche an diesem Tag mit Sicherheit nicht mehr finden würden, beschlossen Smith und Rogers, das Geständnis aufzunehmen. Bei ausgeschalteter Videokamera gingen sie mit Tommy die Geschichte noch einmal durch: Die drei Mörder fuhren also in Odell Titsworths Pick-up herum und planten den Raubüberfall. Aus Angst, dass Denice sie später identifizieren würde, entführten sie die junge Frau und beschlossen, sie zu vergewaltigen und zu töten. Die Einzelheiten über den Verbleib der Leiche blieben vage, aber die Detectives waren überzeugt, dass sie irgendwo in der Nähe des Kraftwerks sein musste.

In Tommys Kopf herrschte vollkommene Leere, er konnte nur noch stammeln. Er versuchte, die Geschichte nachzuerzählen, brachte aber immer wieder die »Fakten« durcheinander. Dann unterbrachen ihn Smith und Rogers, wiederholten ihren Fantasieplot und ließen ihn von vorn beginnen. Nach vier Probedurchläufen, die kaum Verbesserung und den Protagonisten immer mehr an den Rand der Erschöpfung brachten, schalteten die Beamten schließlich die Kamera an.

Jetzt geht's los, sagten sie zu Tommy. Gib dir Mühe und lass den Traum-Schwachsinn.

»Aber die Geschichte ist nicht wahr«, hielt Tommy dagegen.

Erzähl sie trotzdem, beharrten die Cops, wir helfen dir dann schon zu beweisen, dass sie nicht wahr ist.

Und keinen Traum-Schwachsinn.

Um 18:58 Uhr blickte Tommy Ward in die Kamera und nannte seinen Namen. Achteinhalb Stunden Verhör lagen hinter ihm, und er war körperlich und emotional am Ende.

Er rauchte eine Zigarette, die erste an diesem Nachmittag. Vor ihm stand eine Getränkedose. Die Szene vermittelte den Eindruck, als führte er mit den Polizisten in höflicher, entspannter Atmosphäre gerade eine nette kleine Plauderstunde.

Und so erzählte er die Geschichte: Er, Karl Fontenot und Odell Titsworth hätten Denice Haraway aus dem Laden entführt und seien dann zum Kraftwerk im Westen der Stadt gefahren. Dort hätten sie sie vergewaltigt und getötet. Die Leiche hätten sie anschließend bei einem Betonbunker draußen am Sandy Creek abgelegt. Mordwaffe sei Odell Titsworths Schnappmesser gewesen.

Es war alles nur ein Traum, sagte er. Oder wollte er sagen. Oder meinte er gesagt zu haben.

Mehrmals benutzte er den Namen »Titsdale«. Dann unterbrachen ihn die Detectives und soufflierten beflissen: »Titsworth«. Tommy verbesserte sich und quälte sich weiter. Jeder blinde Cop kann doch sehen, dass ich lüge, dachte er immer wieder.

Dreißig Minuten später wurde die Kamera ausgeschaltet. Tommy wurde in Handschellen gelegt, nach Ada zurückgefahren und in eine Zelle gesperrt. Mike Roberts wartete unterdessen immer noch auf dem Parkplatz vor dem OSBI-Gebäude. Fast neuneinhalb Stunden hatte er dort ausgeharrt.

Am nächsten Morgen beriefen Smith und Rogers eine Pressekonferenz ein und verkündeten, dass sie den Fall Haraway gelöst hätten. Tommy Ward, vierundzwanzig, aus Ada, habe gestanden und zwei weitere Männer belastet, die noch auf freiem Fuß seien. Die Polizisten baten die Presse, die Geschichte noch ein paar Tage unter Verschluss zu halten, bis die anderen Verdächtigen festgenommen seien. Die Zeitungsleute hielten sich an die Abmachung, aber ein Fernsehsender nicht. Die Neuigkeit verbreitete sich in Windeseile über den ganzen Südosten von Oklahoma.

Karl Fontenot wurde ein paar Stunden später in der Nähe von Tulsa festgenommen und nach Ada gebracht. Smith und Rogers, noch ganz euphorisch von ihrem Erfolg mit Tommy Ward, führten die Vernehmung. Obwohl eine Videokamera bereitstand, wurde keine Aufnahme gemacht.

Karl war zwanzig und lebte allein, seit er sechzehn war. Er stammte aus Ada, wo er in erbärmlichen Verhältnissen aufgewachsen war. Sein Vater war Alkoholiker gewesen, seine Mutter vor seinen Augen bei einem Autounfall ums Leben gekommen. Er war ein leicht beeinflussbarer junger Mann, der kaum Freunde und praktisch keine Verwandten hatte.

Er beharrte darauf, dass er unschuldig sei und nichts über das Verschwinden von Denice Haraway wisse.

Doch Karl erwies sich im Vergleich zu Tommy als erheblich leichter zu knacken. In weniger als zwei Stunden hatten

Smith und Rogers eine weitere Aussage auf Video, die der von Ward verdächtig ähnlich war.

Karl widerrief sein Geständnis sofort nach der Inhaftierung. Später sollte er sagen: »Ich war vorher nie im Gefängnis, ich hatte vorher nie Probleme mit der Polizei, und mir hat bis dahin noch nie jemand vorgeworfen, ich hätte eine hübsche Frau umgebracht, und mir mit der Todesstrafe gedroht. Ich habe ihnen die Geschichte erzählt, weil ich hoffte, dass sie mich dann in Ruhe lassen. Und das taten sie auch, nachdem sie meine Aussage aufgenommen hatten. Sie sagten, ich könne mir aussuchen, ob ich sie aufschreiben oder aufnehmen will. Ich wusste nicht einmal, was das genau bedeutet, Aussage und Geständnis, erst als sie mir sagten, ich hätte ein Geständnis abgelegt. Ich habe falsch ausgesagt, damit sie mich gehen lassen.«

Die Polizei sorgte dafür, dass die Geschichte in die Medien kam. Ward und Fontenot hätten umfassende Geständnisse abgelegt. Das Rätsel um Haraway sei gelöst, zumindest größtenteils. Sie seien jetzt an Titsworth dran und rechneten damit, dass alle drei binnen weniger Tage des Mordes angeklagt würden.

Das niedergebrannte Haus wurde durchsucht, und die Polizei fand Reste eines Kieferknochens, worüber die *Ada Evening News* sogleich berichtete.

Trotz sorgfältiger Vorbereitung war Karls Geständnis ein Desaster. Zwischen seiner Version des Verbrechens und der von Tommy gab es eklatante Unstimmigkeiten. Bei bestimmten Einzelheiten widersprachen sich die beiden sogar, etwa in welcher Reihenfolge sie Denice vergewaltigt hatten, ob das Mädchen während der Vergewaltigung von ihren Angreifern mit dem Messer attackiert wurde und wie viele Stichwunden sie hatte, ob sie sich befreien und ein paar Schritte wegrennen konnte, ehe sie wieder gepackt wurde, wann und wo sie schließlich starb. Die auffälligsten Diskrepanzen gab es im Hinblick auf Tötungsart und Beseitigung der Leiche.

Tommy Ward sagte, die junge Frau habe während der Vergewaltigungen mehrere Stichwunden erlitten, als sie rücklings auf der Ladefläche von Odells Pick-up lag. Da sei sie auch gestorben. Anschließend hätten sie ihre Leiche in einen Graben nahe einem Betonbunker geworfen. Fontenot »erinnerte« sich anders. In seiner Version hatten sie das Mädchen zu einem verlassenen Haus geschleppt, wo Odell Titsworth sie erstach, ihre Leiche unter den Fußbodenbelag zwängte, alles mit Benzin übergoss und das Haus in Brand steckte.

Nahezu einig waren sich beide allerdings, was Odell Titsworth anging. Er sei der Anführer gewesen. Er habe Ward und Fontenot dazu angestiftet, mit ihm in seinem Pick-up loszufahren, ein paar Bier zu trinken, ein bisschen Dope zu rauchen und dann irgendwann die McAnally's-Filiale zu überfallen. Nachdem sich die Bande ein Geschäft ausgesucht habe, sei Odell hineingegangen, habe das Geld genommen, das Mädchen gepackt und seinen Kumpels erzählt, dass sie sie wohl töten müssten, damit sie sie nicht identifizieren könne. Er sei zum Kraftwerk rausgefahren. Er habe die Mehrfachvergewaltigung initiiert, indem er sich als Erster auf Denice stürzte. Er habe die Waffe gezückt, ein Sechs-Zoll-Schnappmesser. Er habe zugestochen und die junge Frau getötet. Er sei derjenige gewesen, der ihre Leiche verbrannt habe – oder auch nicht.

Sie gaben zu, dabei gewesen zu sein. Aber die Hauptschuld lastete auf Odell Titsworth oder Titsdale, oder wie auch immer er hieß.

Am späten Nachmittag des 19. Oktober, eines Freitags, nahm die Polizei Titsworth fest und verhörte ihn. Er war ein vierfach verurteilter Krimineller mit heftiger Antipathie gegen die Polizei und großer Erfahrung, was deren Verhörmethoden anging. Er blieb bei seiner Aussage. Er wisse nichts über den Fall Haraway, und was Ward und Fontenot behaupteten, sei ihm herzlich egal, ob es nun auf Video aufgezeichnet sei oder nicht. Er sei jedenfalls keinem der Herren je begegnet.

Von seinem Verhör wurde kein Videomitschnitt gemacht. Titsworth wurde in eine Zelle gesperrt, wo ihm alsbald einfiel, dass er sich am 26. April in einem Handgemenge mit Polizisten den Arm gebrochen hatte. Als Denice zwei Tage später verschwand, saß er mit einem dicken Gipsverband schwer leidend bei seiner Freundin zu Hause.

In ihren Geständnissen hatten beide Männer ausgesagt, dass er ein T-Shirt getragen habe und Tattoos seine Arme bedeckten. In Wirklichkeit hatte einer seiner Arme in einem Gips gesteckt, und er war nicht einmal in der Nähe von McAnally's gewesen. Als Dennis Smith die Fakten überprüfte, fand er Krankenhaus- und Polizeiberichte, die Titsworths Geschichte zweifelsfrei bestätigten. Smith sprach mit dem behandelnden Arzt, der den Bruch als äußerst schmerzhafte Spiralfraktur zwischen Ellbogen und Schulter beschrieb. Titsworth hätte zwei Tage nach dem Bruch unmöglich eine Leiche schleppen oder jemandem Gewalt antun können – sein Arm steckte in einem Gips und der Gips in einer Schlinge. Unmöglich.

Den »Geständnissen« wurde zusehends die Grundlage entzogen. Als die Polizisten die Trümmer der Brandruine durchsuchten, tauchte der Eigentümer auf und wollte wissen, was da vor sich gehe. Sie erzählten ihm, dass sie nach den Überresten der jungen Denice Haraway suchten; einer der Verdächtigen habe gestanden, sie zusammen mit dem Haus angezündet zu haben. Das sei nicht möglich, entgegnete der Eigentümer. Er habe das Haus selbst niedergebrannt, und zwar schon im Juni 1983, also zehn Monate, bevor das Mädchen verschwand.

Die Rechtsmediziner analysierten den Kieferknochen und stellten fest, dass er von einem Opossum stammte. Diese Information wurde an die Presse weitergegeben.

Dagegen erfuhr die Presse nichts über die Umstände des Brandes, Odell Titsworths gebrochenen Arm oder die Tatsache, dass Ward und Fontenot ihre Geständnisse sofort widerrufen hatten.

Im Gefängnis beharrten Ward und Fontenot auf ihrer Unschuld und erzählten jedem, der ihnen zuhörte, dass sie mit Drohungen und Versprechungen zu ihren Geständnissen genötigt worden seien. Wards Familie kratzte Geld zusammen, um einen guten Anwalt zu engagieren, und Tommy beschrieb ihm in allen Einzelheiten, welche Tricks Smith und Rogers während der Vernehmung angewandt hätten. Es war nur ein Traum, wiederholte er unzählige Male.

Karl Fontenot hatte keine Familie.

Die Suche nach den Überresten von Denice Haraway wurde eifrig fortgesetzt. Eine Frage drängte sich vielen auf: »Wenn die beiden gestanden haben, warum weiß die Polizei dann nicht, wo die Leiche ist?«

Der fünfte Zusatzartikel zur Verfassung der Vereinigten Staaten schützt gegen Selbstbelastung. Da sich ein Kriminalfall am elegantesten durch ein Geständnis lösen lässt, gibt es einen dicken und umfassenden Gesetzeskatalog, der das Verhalten der Polizei bei Vernehmungen regelt. Viele dieser Gesetze waren lange vor 1984 in Kraft getreten.

Einhundert Jahre zuvor hatte der Supreme Court, der oberste Gerichtshof der USA, im Verfahren *Hopt gegen Utah* verfügt, dass ein Geständnis nicht zulässig sei, wenn zum Zwecke seiner Erlangung mit den Ängsten und Hoffnungen des Angeklagten gespielt und er dadurch seines freien Willens und der Selbstbeherrschung beraubt werde, die notwendig seien, um eine freiwillige Aussage zu machen.

1897 entschied das Gericht im Verfahren *Bram gegen Vereinigte Staaten*, dass eine Aussage frei und freiwillig erfolgt sein müsse und keinesfalls durch eine noch so geringfügige Form von Drohung, Gewalt oder Versprechung erzwungen werden dürfe. Das Geständnis eines Angeklagten, der bedroht werde, sei nicht zulässig.

1960 definierte das Gericht im Verfahren *Blackburn gegen Alabama*: »Nötigung kann sowohl psychischer als auch physischer Art sein.« Um zu bestimmen, ob ein Geständnis unter psychologischem Druck der Polizei zustande kam, sind folgende Kriterien zu beachten: a) Wie lange dauerte die Befragung, b) Wurde sie künstlich in die Länge gezogen, c) Wann fand sie statt, tagsüber oder nachts, mit besonderem Augenmerk auf nächtliche Geständnisse, d) Wie sieht der psychologische Hintergrund des Verdächtigen aus – Intelligenz, Erziehung, Bildung etc.

Im Verfahren *Miranda gegen Arizona*, dem berühmtesten Fall von Selbstbelastung, führte der Supreme Court verfahrenssichernde Maßnahmen zum Schutze des Angeklagten ein. Seither ist verfassungsrechtlich festgeschrieben, dass ein Verdächtiger nicht zur Aussage gezwungen werden darf. Aussagen aus Vernehmungen dürfen nur dann vor Gericht verwendet werden, wenn Polizei und Staatsanwaltschaft beweisen können, dass der Verdächtige genau verstanden hat, dass er a) das Recht zu schweigen sowie b) das Recht auf einen Anwalt hat, gleich ob er ihn selbst bezahlen kann oder nicht. Wenn der Angeklagte während einer Vernehmung einen Anwalt verlangt, sind die Fragen sofort einzustellen.

Die so genannte Miranda-Rechtsbelehrung wurden 1966 eingeführt und erlangte sofort Berühmtheit. Viele Polizeibehörden missachteten sie, zumindest so lange, bis schuldige Kriminelle wieder auf freien Fuß kamen, weil sie nicht ordnungsgemäß über ihr Aussageverweigerungsrecht belehrt worden waren. Sicherheitsfanatiker warfen der Justiz vor, Verbrecher in Watte zu packen. Der Zusatzartikel fand sogar Eingang in unsere Alltagskultur; wenn in US-Filmen oder -Serien jemand festgenommen wird, hören die Zuschauer unweigerlich vom Cop den Satz: »Sie haben das Recht zu schweigen ...«

Rogers, Smith und Featherstone wussten um die Bedeutung des Aussageverweigerungsrechts, denn sie sorgten dafür, dass Tommys Rechtsbelehrung ordnungsgemäß aufgezeichnet wurde. Die fünfeinhalb Stunden ununterbrochener Drohungen und Beschimpfungen, die davor lagen, waren auf dem Video dagegen nicht zu sehen.

Die Geständnisse von Tommy Ward und Karl Fontenot waren ein juristisches Desaster. Zur damaligen Zeit, im Oktober 1984, glaubten die Ermittler aber immer noch, dass sie die Leiche und damit einen materiellen Beweis finden würden. Der Prozess lag Monate entfernt. Sie hatten noch genug Zeit, gegen Ward und Fontenot einen soliden Fall zu konstruieren – das zumindest dachten sie.

Doch Denice' Leiche wurde nicht gefunden. Tommy und Karl hatten keine Ahnung, wo sie war, und das sagten sie der Polizei immer wieder. Monate zogen ins Land, ohne dass auch nur ein paar Anhaltspunkte, geschweige denn Beweise gefunden wurden. Die Geständnisse gewannen zunehmend an Bedeutung. Am Ende sollten sie die einzigen Belastungsbeweise sein, die der Staatsanwalt im Prozess vorlegen konnte.

6

Ron Williamson wusste über den Fall Haraway Bescheid, hatte er doch gewissermaßen einen Logenplatz: ein Bett im Gefängnis von Pontotoc County.

Nachdem er zehn Monate seiner dreijährigen Haftstrafe abgesessen hatte, wurde er nach Ada zurückgeschickt und unter Hausarrest gestellt – eine eher lockere Vollzugsmaßnahme, die vor allem seine Bewegungsfreiheit erheblich einschränkte. Wie nicht anders zu erwarten, klappte das nicht. Ron nahm keine Medikamente und war nicht in der Lage, Zeiten, Termine oder sonstige Vorgaben einzuhalten.

Im November – zu der Zeit, als er wieder zu Hause wohnte – wurde er angeklagt, »vorsätzlich und rechtswidrig, da wegen Scheckbetrugs zu einer Haftstrafe beim Department of Corrections verurteilt, während er unter Hausarrest stand, sich des Vollzugs desselben sowie der Haftstrafe durch Flucht entzogen zu haben, indem er sein Haus zu einer vom D. O. C. nicht genehmigten Zeit verließ«.

Er sei die Straße hinuntergegangen, um sich ein Päckchen Zigaretten zu besorgen, und eine halbe Stunde später als geplant zurück gewesen, erklärte Ron. Er wurde verhaftet, inhaftiert und vier Tage später wegen Entweichens aus einer Strafanstalt angeklagt. Er leistete einen Offenbarungseid und beantragte einen vom Gericht eingesetzten Rechtsbeistand.

Im Gefängnis wurde unterdessen über nichts anderes gesprochen als über die Haraway-Sache. Die zur Untätigkeit verdammten Insassen hatten keine andere Beschäftigung als Reden. Ward und Fontenot standen besonders im Rampenlicht, weil ihr Verbrechen das aktuellste und zweifellos das sensationellste war. Tommy schilderte sein Traum-Geständnis und die Verhörmethoden von Smith, Rogers und Featherstone. Seinem Publikum waren die beiden Detectives wohlbekannt.

Immer wieder beteuerte Tommy, dass er mit Denice Haraway nichts zu tun habe. Die wahren Mörder laufen frei rum, sagte er wiederholt, und lachen sich über die beiden dummen Jungs kaputt, die gestanden haben, und über die Cops, die sie dazu gebracht haben.

Ohne Denice Haraways Leiche hatte Bill Peterson ein massives juristisches Problem. Sein Fall bestand aus zwei Videoaufzeichnungen von Geständnissen, die jeglicher Grundlage in Form materieller Beweise entbehrten. Es war sogar so, dass zum einen die Wirklichkeit den Mitschnitten und zum anderen die Geständnisse einander widersprachen. Peterson hatte Zeichnungen von den Verdächtigen, aber auch die waren problematisch. Die eine mochte vielleicht auf Tommy Ward hindeuten, bei der anderen aber hatte niemand auch nur die entfernteste Ähnlichkeit mit Karl Fontenot entdeckt.

Thanksgiving kam und verstrich, ohne dass die Leiche gefunden wurde. Weihnachten folgte. Im Januar 1985 überzeugte Bill Peterson einen Richter, dass alles darauf hindeute, dass Denice Haraway tot sei. Bei einer Voruntersuchung wurden die Videogeständnisse einem überfüllten Gerichtssaal vorgeführt. Die Leute reagierten überwiegend schockiert, wobei vielen die eklatanten Widersprüche zwischen Wards und Fontenots Bericht auffielen. Nichtsdestotrotz war es jetzt Zeit für einen Prozess, ob mit oder ohne Leiche.

Doch das juristische Gerangel ging weiter. Zwei Richter erklärten sich für befangen. Die Suche nach der Leiche verlor an Elan und wurde ein Jahr nach Denice Haraways Verschwinden schließlich eingestellt. In Ada war man überwiegend der Meinung, dass Ward und Fontenot schuldig waren. Warum hätten sie sonst ein Geständnis ablegen sollen? Es wurde aber auch über den Mangel an Beweisen spekuliert, und man fragte sich, warum der Prozessbeginn so lange auf sich warten ließ.

Im April 1985, ein Jahr, nachdem Denice Haraway verschwunden war, brachte die *Ada Evening News* einen Artikel von Dorothy Hogue über die Enttäuschung, die in der Stadt über den Fortgang der Ermittlungen herrschte. »Ada von ungelösten Gewaltverbrechen überschattet« lautete die Schlagzeile. Über den Fall Haraway stand zu lesen: »Obwohl die Ermittlungsbehörden vor und nach der Verhaftung von Ward und Fontenot zahlreiche Gebiete in der Gegend abgesucht haben, fehlt von Haraway nach wie vor jede Spur. Detective Dennis Smith gibt sich gleichwohl optimistisch, dass der Fall gelöst sei.« Von Pseudogeständnissen war nicht die Rede.

Über den Fall Carter schrieb Dorothy Hogue: »Bereits vor knapp zwei Jahren wurden Beweisstücke vom Tatort sowie Proben des Verdächtigen an das Labor des Oklahoma State Bureau of Investigation geschickt, aber laut Angaben der Polizei wartet man immer noch auf die Ergebnisse.« Die extrem lange Bearbeitungsfrist des OSBI wurde damit immerhin zur Kenntnis genommen. Dennis Smith' Kommentar zum Fall lautete: »Die Polizei konzentriert sich auf einen Verdächtigen. Es wurden aber noch keine Verhaftungen im Zusammenhang mit dem Verbrechen vorgenommen.«

Im Februar 1985 kam Ron wegen seiner Flucht vor Gericht. Der von Amts wegen bestellte Anwalt war David Morris, der die Williamson-Familie gut kannte. Ron bekannte sich schuldig und wurde zu zwei Jahren Haft verurteilt, die zum großen Teil auf Bewährung ausgesetzt wurden, unter der

Bedingung, dass er a) sich in psychiatrische Behandlung begab, b) keinen Ärger machte, c) Pontotoc County nicht verließ und d) keinen Alkohol trank.

Ein paar Monate später wurde er in der Pottawatomie County wegen Trunkenheit in der Öffentlichkeit festgenommen. Bill Peterson stellte einen Antrag auf Widerrufung der Bewährung und Verbüßung der Reststrafe. Erneut wurde David Morris vom Gericht als Rons Rechtsvertreter eingesetzt. Am 26. Juli fand vor dem Bezirksrichter mit besonderen Aufgaben John David Miller eine Anhörung über den Widerruf statt – oder zumindest der Versuch einer Anhörung. Ron war unmedikamentiert und wollte den Mund einfach nicht halten. Er legte sich so mit Morris, Richter Miller und den Polizeibeamten an, dass die Anhörung vertagt werden musste.

Drei Tage später versuchten sie es erneut. Richter Miller bat Gefängniswärter und Polizisten, Ron die Folgen seines Verhaltens vor Augen zu führen. Dennoch betrat er den Gerichtssaal zeternd und fluchend. Der Richter verwarnte ihn mehrmals, Ron ließ sich aber nicht zum Schweigen bringen. Er verlangte einen neuen Rechtsanwalt, doch als ihn der Richter nach dem Grund fragte, konnte er keinen nennen.

Rons Verhalten war ohne Zweifel abstoßend, aber selbst bei seinen wildesten Ausfällen war offensichtlich, dass er Hilfe brauchte. Bisweilen schien er ganz bei der Sache zu sein, dann setzte er wieder zu unzusammenhängenden Schimpftiraden an. Er war außer sich, verbittert und wütend auf alles und jeden.

Nach mehreren Verwarnungen verbannte ihn Richter Miller zurück in die Zelle, und die Anhörung wurde erneut vertagt. Am nächsten Tag beantragte David Morris eine Anhörung zur Feststellung von Rons Zurechnungsfähigkeit. Und seinen Rücktritt als Rechtsbeistand.

In seiner verdrehten Welt sah sich Ron als vollkommen normal. Er empfand es als schwere Kränkung, dass sein Anwalt seinen Geisteszustand infrage stellte, und redete nicht mehr mit ihm. Morris hatte die Nase voll.

Dem Antrag auf Feststellung der Zurechnungsfähigkeit wurde stattgegeben. Dem Antrag auf Rücktritt nicht.

Zwei Wochen später wurde die Prüfung eingeleitet und sofort wieder abgebrochen. Ron war noch unbeherrschter als beim letzten Mal. Richter Miller ordnete ein psychiatrisches Gutachten an.

Anfang 1985 wurde bei Juanita Williamson Eierstockkrebs in fortgeschrittenem Stadium diagnostiziert. Zweieinhalb Jahre lang hatte sie mit dem Gerücht gelebt, dass ihr Sohn Debbie Carter ermordet habe. Sie wollte die Sache bereinigt wissen, ehe sie starb.

Juanita war sehr pingelig, was ihren Papierkram anging. Jahrelang hatte sie akribisch Tagebuch geführt. Ihre Geschäftsunterlagen waren tadellos; sie hätte jeder ihrer Kundinnen jederzeit die letzten fünf Termine nachschlagen können. Und sie bewahrte alles auf – bezahlte Rechnungen, eingelöste Schecks, Quittungen, die Zeugnisse ihrer Kinder und Belege aller Art.

Sie hatte unzählige Male in ihrem Kalender nachgelesen und wusste genau, dass Ron am Abend des 7. Dezember 1982 bei ihr zu Hause gewesen war. Das hatte sie mehr als einmal bei der Polizei ausgesagt. Die aber glaubte an die Theorie, dass Ron sich aus dem Haus geschlichen hatte, die Gasse entlanggegangen war, das Verbrechen begangen hatte und heimgekehrt war. Motiv: unbedeutend. Unbedeutend auch die Tatsache, dass Glen Gore gelogen hatte, als er behauptete, Ron am fraglichen Abend im Coachlight dabei beobachtet zu haben, wie er Debbie Carter belästigte. Das alles war unbedeutend; die Cops hatten ihren Mann.

Doch die Cops wussten auch, dass Juanita Williamson allseits hoch respektiert wurde. Sie war sehr gläubig und in der Pfingstbewegung, der sie angehörte, weithin bekannt. In ihrem Schönheitssalon bediente sie Hunderte Kundinnen, die sie alle wie enge Freundinnen behandelte. Wenn Juanita in den Zeugenstand trat und aussagte, dass Ronnie am Abend des Mordes bei ihr zu Hause war, würden ihr die Geschworenen glauben. Ihr Sohn mochte vielleicht heute Probleme haben, aber er hatte mit Sicherheit eine gute Erziehung genossen.

Juanita war noch etwas anderes eingefallen. 1982 war der Videoverleih bereits in Mode gekommen, und auch ein Laden in ihrer Straße war auf den Zug aufgesprungen. Am 7. Dezember hatte sich Juanita einen Videorekorder und fünf ihrer Lieblingsfilme ausgeliehen und sie mit Ron zusammen angesehen, bis früh am nächsten Morgen. Er hatte in dieser Nacht im Wohnzimmer neben ihr auf dem Sofa gesessen und gut gelaunt alte Filme angeschaut. Juanita hatte die Quittung von dem Videoverleih.

David Morris hatte sich immer um Juanitas Rechtsangelegenheiten gekümmert. Er bewunderte sie und tat ihr deshalb gern hin und wieder den Gefallen, Ron zu vertreten, wenn er sich mal wieder eine Eskapade geleistet hatte – auch wenn er alles andere als der ideale Mandant war. Morris hörte sich ihre Geschichte an, besah sich die Quittung und zweifelte nicht eine Sekunde daran, dass sie die Wahrheit sagte. Zudem war er erleichtert, weil er wie die meisten anderen Leute in der Stadt die Gerüchte über Rons Verwicklung in den Carter-Mord kannte.

Morris war überwiegend als Strafverteidiger tätig und hatte wenig Respekt vor der Polizei von Ada. Aber er kannte die entsprechenden Leute, und so vereinbarte er für Rons Mutter einen Termin bei Dennis Smith. Er fuhr Juanita sogar zum Police Department und saß neben ihr, während sie mit dem Detective sprach. Smith hörte aufmerksam zu, studierte die Leihquittung und fragte sie, ob sie bereit sei, ihre Aussage auf Video aufnehmen zu lassen. Selbstverständlich war sie dazu bereit.

David Morris sah durch ein Fenster zu, wie Juanita auf einem Stuhl Platz nahm, in die Kamera blickte und auf Smith' Fragen antwortete. Auf dem Heimweg war sie erleichtert und sicher, dass die Angelegenheit damit erledigt war.

In der Kamera mag eine Kassette gewesen sein – doch niemand bekam die Aufnahme je zu sehen. Detective Smith mag ein Protokoll dieser Befragung verfasst haben – doch im anschließenden Verfahren wurde nie darauf verwiesen.

Tage und Wochen vergingen, während Ron im Gefängnis die Zeit totschlug. Er machte sich Sorgen um seine Mutter. Im August war es so weit, sie lag im Sterben, aber er durfte sie nicht im Krankenhaus besuchen.

Im selben Monat wurde er auf Anordnung des Gerichts noch einmal von Dr. Charles Amos untersucht, der eine Reihe von Tests mit ihm durchführen wollte. Schon beim ersten bemerkte er, dass Ron bei allen Fragen die Antwort »richtig« markierte. Als ihn Amos darauf ansprach, erwiderte er: »Was ist wichtiger, dieser Test oder meine Mutter?« Die Untersuchung wurde abgebrochen. Amos hielt fest: »Es ist festzustellen, dass dieses diagnostische Gespräch mit Mr Williamson gegenüber der letzten Begegnung in 1982 eine bedeutsame Abflachung seines Affekts gezeigt hat.«

Ron bat die Polizei um die Erlaubnis, seine Mutter vor ihrem Tod noch einmal zu sehen. Annette schloss sich der Bitte an. Über die Jahre hatte sie mit den Gefängniswärtern ein beinahe freundschaftliches Verhältnis entwickelt. Wenn sie Ronnie Kekse und Brownies brachte, nahm sie so viele mit, dass es für alle Insassen und Wärter reichte. Sie kochte manchmal sogar für alle in der Gefängnisküche.

Sie argumentierte, das Krankenhaus liege ganz in der Nähe. Es sei eine Kleinstadt; jeder kenne Ron und seine Familie. Es sei unwahrscheinlich, dass er irgendwie an eine Waffe gelangen und Mitmenschen verletzen könne. Schließlich wurde eine Abmachung getroffen. Ron wurde nach Mitternacht aus dem Gefängnis geführt, in Handschellen und Ketten, begleitet von schwer bewaffneten Wärtern. Man brachte ihn zum Krankenhaus, wo er in einen Rollstuhl verfrachtet und durch die Flure geschoben wurde.

Juanita hatte klar gesagt, dass sie ihren Sohn nicht in Handschellen sehen wollte. Annette hatte die Polizisten gebeten, dieser Bitte zu entsprechen, und sie hatten widerstrebend zugestimmt. Irgendwo auf dem Weg aber war das Versprechen in Vergessenheit geraten. Handschellen und Ketten wurden nicht entfernt. Ron flehte die Beamten an, wenigstens die Handschellen zu entfernen, für die paar Minuten, wenn er seine Mutter zum letzten Mal sah. Unmöglich. Man sagte ihm, er solle im Rollstuhl sitzen bleiben.

Ron bat um eine Decke, um Handschellen und Fußfesseln verbergen zu können. Die Polizisten zögerten – sie fürchteten ein Sicherheitsrisiko –, gaben dann aber nach. Sie rollten ihn in Juanitas Zimmer und bestanden darauf, dass Annette und Renee hinausgingen. Die beiden Schwestern baten darum, bleiben zu dürfen, damit die Familie ein letztes Mal beisammen sein könne. Zu gefährlich, sagten die Cops. Warten Sie draußen auf dem Flur.

Ron sagte seiner Mutter, wie sehr er sie liebe, wie leid es ihm tue, dass er sein Leben verpfuscht und ihr so viele Enttäuschungen bereitet habe. Weinend flehte er sie an, ihm zu vergeben, und natürlich tat sie das. Er zitierte einen Bibelspruch. Intimität herzustellen war schwierig, weil die Polizisten im Raum waren und Ron nicht aus den Augen ließen, damit er nicht aus dem Fenster springen oder jemanden anfallen konnte.

Der Abschied war kurz. Die Polizeibeamten beendeten ihn nach ein paar Minuten, indem sie ankündigten, dass man jetzt ins Gefängnis zurückmüsse. Annette und Renee hörten ihren Bruder weinen, als er weggerollt wurde.

Juanita starb am 31. August 1985. Zunächst verweigerte die Polizei der Familie den Wunsch, Ron an der Beerdigung teilnehmen zu lassen. Sie gab erst nach, als Annettes Mann vorschlug, zwei ehemalige Polizisten zu engagieren – Cousins von ihm –, die während des Gottesdienstes mit auf Ron aufpassen sollten.

Um des dramatischen Effekts willen behandelte die Polizei seine Teilnahme an der Beerdigung als Ereignis mit erhöhter Sicherheitsstufe. Er durfte die Kirche erst betreten, sobald alle ihre Plätze eingenommen hatten. Und die Fesseln wurden ihm nicht abgenommen.

Waren solche Vorkehrungen wirklich notwendig für einen Mann, dessen Verbrechen darin bestand, einen Dreihundert-Dollar-Scheck gefälscht zu haben?

Die Kirche war voll. Vor dem Altar stand der offene Sarg, sodass Juanitas verhärmte Züge für alle sichtbar waren. Die hintere Türe öffnete sich, und ihr Sohn wurde von Aufsehern durch den Mittelgang geführt. Seine Knöchel waren zusammengekettet, ebenso seine Handgelenke, und beide Ketten waren mit einer weiteren Kette verbunden, die um seine Mitte befestigt war. Mit winzigen Schritten schlurfte er nach vorn, und das Eisen rasselte und klirrte so, dass die ohnehin zum Zerreißen gespannten Nerven der Anwesenden noch zusätzlich strapaziert wurden. Als Ron seine Mutter in dem offenen Sarg liegen sah, begann er zu schluchzen. »Es tut mir leid, Mutter«, sagte er. »Es tut mir so leid.« Das Schluchzen steigerte sich, je näher er dem Sarg kam.

Sie manövrierten ihn auf seinen Sitzplatz. Flankiert von Aufsehern saß er da, und die Ketten klirrten bei der geringsten Bewegung. Er war nervös, aufgewühlt, manisch und vollkommen unfähig, ruhig zu bleiben.

Da saß er nun in der First Pentecostal Holiness Church, jener Kirche, die er als Junge besucht hatte, in der seine Schwester Annette noch jeden Sonntagmorgen die Orgel spielte, wo seine Mutter selten ein Treffen verpasst hatte.

Den Blick auf ihr verwelktes Gesicht gerichtet, begann er zu weinen.

Nach dem Gottesdienst gab es im Gemeindesaal Mittagessen. Ron schlurfte hinüber, gefolgt von seinen Aufsehern, die erstaunlich großen Abstand hielten. Seit fast einem Jahr lebte er nun aus der Gefängniskantine – was es hier gab, war für ihn das reinste Festmahl. Annette bat den verantwortlichen Polizisten, Ron die Handschellen zu entfernen, damit er essen konnte. Die Bitte wurde abgelehnt. Ruhig wiederholte sie ihren Wunsch. Nein, lautete die Antwort.

Familie und Freunde sahen voller Mitleid zu, wie Annette und Renee ihren Bruder abwechselnd fütterten.

Am Grab dann, nach Bibellesungen und einem Gebet, traten die Trauernden zu Annette, Renee und Ron, um ihr Beileid und ein paar freundliche Worte auszusprechen. Es gab höfliche und herzliche Umarmungen, aber nicht für Ron. Da er seine Arme nicht zu heben vermochte, konnte er nichts tun, als mit den Frauen unbeholfene Wangenküsse zu tauschen und den Männern kettenklirrend die Hand hinzustrecken. Es war schon September, aber immer noch sehr heiß. Schweiß rann ihm über die Stirn und troff auf seine Wangen, doch er konnte sich das Gesicht nicht abwischen. Annette und Renee taten es für ihn.

Dr. Charles Amos legte dem Gericht ein Gutachten vor, in dem er ausführte, dass Ron Williamson im Sinne der Gesetze von Oklahoma psychisch gestört sei. Er sei sich der Schwere der gegen ihn erhobenen Anklagen nicht bewusst. Er könne seinen Rechtsbeistand bei seiner Verteidigung nicht unterstützen, und er werde seine Zurechnungsfähigkeit erst nach einer Behandlung wiedererlangen. Dr. Amos wies außerdem darauf hin, dass Ron, falls er unbehandelt entlassen werde, für sich selbst und andere eine Gefahr darstelle.

Richter Miller machte sich Dr. Amos' Erkenntnisse zu eigen und verfügte, dass Ron für unzurechnungsfähig erklärt wurde. Ron wurde nach Vinita ins Eastern State Hospital verbracht, um sich weiteren Untersuchungen und Behandlungen zu unterziehen. Sein Arzt dort war Dr. R. D. Garcia. Er verordnete ihm Dalmane und Restoril gegen Schlaflosigkeit, Mellaril gegen Halluzinationen und Wahnvorstellungen sowie Thorazin gegen Schizophrenie, Hyperaktivität, Aggressivität und die manischen Episoden seiner bipolaren Störung. Es dauerte ein paar Tage, bis Ron auf die Medikamente eingestellt war, dann beruhigte er sich, und sein Zustand besserte sich.

Nach ein paar Wochen kam Dr. Garcia zum dem Schluss: »(Ron Williamson) ist ein Soziopath mit einer Vorgeschichte als Alkoholiker. Er muss weiterhin Thorazin nehmen, viermal am Tag je hundert Milligramm. Es besteht keine Fluchtgefahr.«

Letzteres klingt einigermaßen absurd, hatte Ron doch die ausgesetzte Haftstrafe für ein Fluchtdelikt bekommen.

Auf schriftliche Fragen des Gerichts antwortete Dr. Garcia: »a) (Ron Williamson) ist sich der Schwere der gegen ihn erhobenen Anklagen bewusst, b) er kann sich mit seinem Anwalt beraten und vernünftig zum Aufbau seiner Verteidigung beitragen, c) er ist nicht mehr psychisch gestört, d) selbst wenn er ohne Behandlung, Therapie oder Verhaltenstraining entlassen wird, dürfte er keine bedeutende Gefahr für das Leben oder die Sicherheit seiner eigenen Person oder anderer Personen darstellen, es sei denn, er verhält sich so soziopathisch, dass er als potenziell gefährlich angesehen werden muss, insbesondere nach schwerem Alkoholmissbrauch.«

Ron wurde nach Ada zurückgebracht, damit sein Widerrufungsverfahren abgeschlossen werden konnte. Statt aber eine weitere Anhörung zur Feststellung seiner Zurechnungsfähigkeit anzusetzen, übernahm Richter Miller Dr. Garcias Expertise ungeprüft. Ron war von Amts wegen für unzurechnungsfähig erklärt worden, und seine Zurechnungsfähigkeit wurde offiziell nie wieder festgestellt.

Auf der Grundlage von Dr. Garcias Gutachten wurde die Strafaussetzung widerrufen, Ron musste zurück ins Gefängnis, um den Rest seiner zweijährigen Haftstrafe abzusitzen. Als er aus dem Eastern State Hospital entlassen wurde, bekam er einen Thorazinvorrat für zwei Wochen mit.

Im September begann in Ada der Prozess gegen Tommy Ward und Karl Fontenot. Ihre Anwälte setzten sich vehement dafür ein, die Fälle zu trennen und, vor allem, aus Pontotoc County wegzuverlegen. Denice Haraway war noch immer vermisst, die Sache war in aller Munde, Hunderte Einheimischer hatten bei der Suche geholfen. Ihr Schwiegervater war ein hoch geachteter Zahnarzt im Ort. Ward und Fontenot waren elf Monate im Gefängnis gewesen. Seit im Oktober erstmals die Zeitungen darüber berichtet hatten, waren ihre Geständnisse in den Cafés und Schönheitssalons das Thema Nummer eins.

Die Angeklagten hatten kaum eine Chance auf eine unvoreingenommene Jury. Aus diesem Grund werden Sensationsprozesse dieser Art häufig an andere Orte verlegt.

Die Anträge auf Verlegung des Verfahrens wurden abgelehnt.

Der zweite Kriegsschauplatz im Vorverfahren betraf die Geständnisse. Wards und Fontenots Anwälte fochten die Aussagen an, und zwar insbesondere die Methoden, mit denen die ermittelnden Beamten Smith und Rogers sie erhalten hatten. Die Geschichten der jungen Männer waren eindeutig nicht wahr; es gab nicht den Hauch eines materiellen Beweises, der sie untermauert hätte.

Peterson kämpfte mit harten Bandagen. Ohne die Videomitschnitte hätte er nicht einmal mehr einen Fall gehabt. Nach langwierigen und hitzigen Auseinandersetzungen verfügte der Richter, dass die Geständnisse den Geschworenen vorgeführt werden sollten.

Die Staatsanwaltschaft lud einundfünfzig Zeugen vor, von denen nur wenige etwas wirklich Sachdienliches zu sagen hatten. Viele waren Freunde von Denice Haraway, die nur bezeugen sollten, dass sie tatsächlich vermisst und vermutlich tot war. Nur eine Überraschung gab es im Prozess, als eine Berufskriminelle namens Terri Holland in den Zeugenstand gerufen wurde. Sie erzählte den Geschworenen, dass sie im Oktober im County-Gefängnis eingesessen habe, als Karl Fontenot inhaftiert worden sei. Sie hätten sich gelegentlich unterhalten, und dabei habe er zugegeben, dass er zusammen mit Tommy Ward und Odell Titsworth das Mädchen entführt, vergewaltigt und getötet habe.

Fontenot leugnete, Holland jemals gesehen zu haben.

Terri Holland war nicht der einzige Knastspitzel im Zeugenstand. Auch ein Kleinkrimineller namens Leonard Martin befand sich zur damaligen Zeit hinter Gittern. Die Staatsanwaltschaft zitierte ihn ebenfalls vor Gericht, wo er den Geschworenen berichtete, dass er einmal gehört habe, wie Karl in seiner Zelle vor sich hingebrummt habe: »Ich wusste, wir werden geschnappt. Ich wusste, wir werden geschnappt.«

So sahen die Beweise der Anklage aus. Aussagen wie diese sollten die Geschworenen von der Schuld der Angeklagten überzeugen und ihnen jeden Zweifel nehmen.

Da es keinerlei materielle Beweise gab, rückten die Aufzeichnungen der Geständnisse in den Mittelpunkt der Aufmerksamkeit, obwohl sie voller Unstimmigkeiten und offenkundiger Lügen waren. Die Staatsanwaltschaft befand sich in einem bizarren Dilemma: Einerseits musste sie einräumen, dass Ward und Fontenot logen, andererseits forderte sie die Geschworenen auf, ihren Worten trotzdem Glauben zu schenken.

Bitte ignorieren Sie das Geschwafel über Titsworth, der hatte eigentlich gar nichts damit zu tun.

Bitte sehen Sie großzügig darüber hinweg, dass die Leiche mitsamt einem Haus angezündet worden sein soll, das schon zehn Monate zuvor abgebrannt wurde.

Fernseher wurden hereingefahren, die Lichter gedimmt, die Bänder abgespielt. Als die grausigen Einzelheiten kamen, war Ward und Fontenot der Weg in den Todestrakt sicher.

Chris Ross' Schlussplädoyer – sein erstes in einer Mordsache – war großes Theater. Plastisch schilderte er die blutigen Einzelheiten aus den Videos: Stichwunden, Blut und Eingeweide, die brutale Vergewaltigung und Ermordung einer hübschen jungen Frau und schließlich die schreckliche Verbrennung ihrer Leiche.

Die Geschworenen waren angemessen empört. Nach kurzer Beratung kamen sie zurück. Ihr Verdikt: Beide sind schuldig. Beide verdienen die Todesstrafe.

Die Wahrheit sah ganz anders aus. Die Leiche wies nicht eine Stichwunde auf und war auch nicht verbrannt, ganz gleich, was Ward und Fontenot in ihren falschen Geständnissen ausgesagt hatten, ganz gleich, was Bill Peterson und Chris Ross den Geschworenen in glühenden Farben geschildert hatten.

In Wirklichkeit starb Denice Haraway durch einen Kopfschuss. Ihre Überreste wurden im folgenden Januar von einem Jäger gefunden, mitten in einem Wald nahe dem kleinen Ort Gerty in der Hughes County, vierundvierzig Kilometer von Ada entfernt und weitab von allen durchkämmten Gebieten.

Die echte Todesursache hätte alle Beteiligten davon überzeugen müssen, dass sich Ward und Fontenot ihre lächerliche Geschichte tatsächlich ausgedacht hatten und dass sie zum Geständnis genötigt worden waren.

Die echte Todesursache hätte dazu führen müssen, dass die Justizbehörden ihren Irrtum einsehen und mit der Suche nach dem wahren Mörder beginnen.

Nichts dergleichen geschah.

Nach dem Prozess – die Leiche war noch nicht gefunden – wartete Tommy darauf, in den Todestrakt nach McAlester verbracht zu werden, ein Hochsicherheitsgefängnis, neunzig Kilometer östlich von Ada. Er war immer noch wie gelähmt von den zurückliegenden Ereignissen. Wie konnte es sein, dass er nun dem Tod durch die Giftspritze ins Auge blickte? Er war ängstlich, verwirrt, deprimiert. Noch ein Jahr zuvor war er ein typischer Twen aus Ada gewesen, dessen Leben sich einzig und allein darum gedreht hatte, wie man an gute Jobs, super Feten und süße Mädchen kam.

Die wahren Mörder sind auf freiem Fuß, dachte er immer wieder, und lachen uns aus. Lachen über die Polizei. Er fragte sich, ob sie so dreist gewesen waren, seinen Prozess zu verfolgen. Warum nicht? Es konnte ihnen nichts passieren.

Eines Tages bekam er Besuch von zwei Beamten des Ada Police Department. Sie waren jetzt seine Freunde, seine Kumpel, und zeigten sich betrübt darüber, dass er nach McAlester musste. Sie verhielten sich ruhig, rücksichtsvoll und höflich – es gab keine Drohungen, kein Gebrüll, keine Flüche, keine Androhung der Todesspritze. Sie wollten nur die Leiche von Denice Haraway finden, deshalb hätten sie einen Deal vorzuschlagen. Wenn Tommy ihnen verrate, wo die Leiche sei, würden sie sich bei Peterson dafür einsetzen, dass die Todesstrafe in eine lebenslange Haftstrafe umgewandelt werde. Sie taten so, als stünde das in ihrer Macht. In Wahrheit hatten sie in diesem Fall nicht das Geringste zu melden.

Tommy wusste ohnehin nicht, wo die Leiche war. Er wiederholte, was er fast ein Jahr lang gesagt hatte – er habe mit dem Verbrechen nichts zu tun. Selbst im Angesicht des Todes konnte Tommy Ward den Polizisten nicht geben, was sie wollten.

Nicht lange nach Wards und Fontenots Verhaftung war ihre Geschichte Robert Mayer, einem geachteten New Yorker

Journalisten, der seinerzeit im Südwesten der Staaten lebte, zu Ohren gekommen. Er hatte sie von seiner Freundin gehört, deren Bruder mit einer von Tommy Wards Schwestern verheiratet war.

Mayer war fasziniert von dem Traum-Geständnis und seinen irrwitzigen Konsequenzen. Warum, überlegte er, sollte jemand ein schreckliches Verbrechen gestehen, dann aber das Geständnis mit Lügen garnieren? Er fuhr nach Ada und begann zu recherchieren. Während des gesamten langen Vorverfahrens und während des Prozesses sah sich Mayer alles gewissenhaft an – die Stadt und ihre Bewohner, das Verbrechen, die Polizei, die Staatsanwaltschaft und vor allem Tommy Ward und Karl Fontenot.

Ada beäugte ihn aufmerksam. Es kam selten vor, dass ein echter Autor zu ihnen kam und seine Nase überall hineinsteckte. Wer wusste schon, was er über sie schreiben würde? Mit der Zeit aber gewann Mayer das Vertrauen der meisten Beteiligten. Er machte ein ausführliches Interview mit Bill Peterson. Er durfte bei Besprechungen mit den Verteidigern dabei sein. Er verbrachte Stunden mit den ermittelnden Polizisten. Bei einem Treffen sprach Dennis Smith über die Belastung, in einer Kleinstadt zwei ungelöste Mordfälle zu haben. Er zog ein Foto von Debbie Carter hervor und zeigte es Mayer. »Wir wissen, dass Ron Williamson sie getötet hat«, sagte Smith. »Wir können es nur nicht beweisen.«

Zu Beginn seiner Recherchen ging Mayer zu fünfzig Prozent davon aus, dass die jungen Männer schuldig waren. Doch bald war er entsetzt sowohl über das Vorgehen von Smith und Rogers als auch über das gesamte Verfahren gegen Ward und Fontenot. Es gab keine anderen Beweise außer den Geständnissen. Und so schockierend sie auch waren – sie waren so voller Widersprüche, dass man ihnen keinen Glauben schenken konnte.

Nichtsdestotrotz bemühte sich Mayer um ein ausgewogenes Bild von Verbrechen und Verfahren. Sein Buch, *The*

widerte, Gott habe ihm aufgetragen, die Finger von Alkohol und Drogen zu lassen.

Die Termine am 18. Dezember und 14. Januar verpasste er wieder. Am 16. Februar rief Annette bei Norma Walker an und sagte, dass er unberechenbar geworden sei. Sie beschrieb ihn als »psychotisch« und erzählte, dass er angekündigt habe, sich mit einer Waffe zu töten. Am nächsten Tag kam er vorbei, sehr nervös, aber irgendwie vernünftig wirkend. Er verlangte eine neue Medikation. Drei Tage später erhielt Norma Walker einen Anruf von der McCall's Chapel, einer Anlaufstelle für Bedürftige, die auch Arbeit vermittelte. Ron machte gerade eine Szene, brüllte herum und verlangte einen Job. Sie riet dem Anrufer, ihn mit Vorsicht zu behandeln und, wenn nötig, die Polizei zu holen. Am selben Nachmittag brachten ihn Annette und Renee bei Norma Walker vorbei. Die Schwestern waren verstört und baten verzweifelt um Hilfe.

Norma Walker hielt fest, dass Ron unmedikamentiert, verwirrt, orientierungslos, wahnhaft, realitätsfremd und vollkommen unfähig war, sich selbstständig um seine Unterbringung und Verpflegung zu kümmern. Sie bezweifelte sogar, dass er mit geeigneter Medikation allein lebensfähig war. Ihre Lösung lautete: »Langzeit-Hospitalisierung aufgrund eingeschränkter geistiger Fassungskraft und unkontrollierbaren Verhaltens.«

Die drei gingen ohne Therapieplan und ohne Medikamente. Ron irrte ziellos in Ada herum, bis er schließlich aus der Stadt verschwand. Gary Simmons war an jenem Abend zu Hause in Chickasha und hatte Freunde zu Besuch, als es an der Tür läutete. Er öffnete, und herein stürmte sein Schwager und brach im Wohnzimmer zusammen. »Ich brauch Hilfe«, sagte Ron immer wieder. »Ich bin verrückt und brauch Hilfe.« Er war unrasiert und ungewaschen, seine Haare verfilzt, er hatte keine Orientierung und war nicht sicher, wo er sich befand. »Ich halt das nicht mehr aus«, klagte er.

Garys Freunde kannten Ron nicht und waren schockiert über seinen Auftritt und seinen desolaten Zustand. Der eine ging, der andere blieb. Ron beruhigte sich und verfiel in Lethargie. Gary versprach Ron, ihm irgendwie zu helfen, und schließlich konnten ihn die beiden Männer in ein Auto verfrachten. Der erste Weg führte sie zum nächsten Krankenhaus, wo sie zum örtlichen Mental Health Center geschickt wurden. Dort verwies man sie an das Central State Hospital in Norman. Auf der Fahrt dorthin verfiel Ron in eine fast katatonische Starre. Er brachte mit Mühe heraus, dass er einen Riesenhunger habe. Gary kannte ein Steakhouse, das für seine großen Portionen berühmt war. Doch als sie auf dem Parkplatz hielten, fragte Ron: »Wo sind wir?«

»Wir gehen was essen«, antwortete Gary. Ron versicherte, dass er nicht hungrig sei, und so fuhren sie weiter Richtung Norman.

»Warum haben wir da gehalten?«, wollte Ron wissen.

»Weil du gesagt hast, du hättest Hunger.«

»Hab ich nicht.« Ron begriff nicht, was Gary sagte und tat.

Ein paar Kilometer weiter sagte Ron erneut, er sei sehr hungrig. Gary entdeckte ein McDonald's und hielt. »Was machen wir hier?«, fragte Ron.

»Wir holen was zu essen«, erklärte Gary.

»Warum?«

»Weil du gesagt hast, dass du Hunger hast.«

»Ich hab keinen Hunger. Können wir jetzt bitte schnell zum Krankenhaus fahren?« Sie fuhren weiter und kamen schließlich in Norman an, wo Ron erneut verkündete, dass er Hunger habe. Geduldig suchte Gary wieder ein McDonald's, woraufhin Ron – wenig überraschend – erneut fragte, warum sie anhielten.

Der letzte Stopp vor dem Krankenhaus war an einer Vickers-Tankstelle in der Main Street. Gary kam mit zwei großen Schokoriegeln zurück, die Ron an sich riss und in

Sekundenschnelle verschlang. Gary und sein Freund waren fassungslos über das Tempo, mit dem er sie in sich hineinstopfte.

Im Central State Hospital verfiel Ron wiederholte Male in einen Zustand katatonischer Starre. Der erste Arzt gab frustriert auf, da er nicht kooperieren wollte. Nachdem er den Raum verlassen hatte, machte Gary seinem Schwager schwere Vorwürfe.

Ron reagierte, indem er sich mit dem Gesicht zu einer kahlen Wand stellte, seine Arme zu einer albernen Bodybuilderpose abwinkelte und für mehrere lange Minuten erstarrte. Gary versuchte, ihn anzusprechen, aber er war vollkommen abwesend. Zehn Minuten vergingen, in denen Ron nicht einmal zuckte. Er starrte die Wand an, ohne einen Laut, ohne die geringste Muskelregung. Nach zwanzig Minuten war Gary kurz davor, zu explodieren. Nach dreißig scheinbar endlosen Minuten löste sich Ron wieder aus dem Krampfzustand, sprach aber weiterhin nicht mit Gary.

Zum Glück wurde Ron bald abgeholt und in sein Zimmer gebracht. Einem Arzt sagte er: »Ich wollte nur hierher, weil ich irgendwohin gehen musste.« Er bekam Lithium gegen Depressionen und Navane, ein antipsychotisch wirkendes Mittel, das bei Schizophrenie eingesetzt wird. Als er wieder stabil war, entließ er sich gegen den Rat der Ärzte selbst und war ein paar Tage später wieder in Ada.

Garys nächste Fahrt mit seinem Schwager ging nach Dallas zu einer christlichen Einrichtung für ehemalige Strafgefangene und Drogenabhängige. Garys Pastor hatte Ron kennengelernt und wollte helfen. Bedächtig hatte der Geistliche Gary erklärt: »Bei Ron sind die Lichter an, aber es ist keiner zu Hause.«

Sie meldeten sich bei der Einrichtung in Dallas an. Als alles geregelt war, verabschiedete sich Gary. Dabei steckte er Ron fünfzig Dollar zu, ein Verstoß gegen die Regeln, wobei das keinem von beiden bewusst war. Gary kehrte nach

Oklahoma zurück – und Ron ebenso. Wenige Stunden nach der Anmeldung hatte er mit dem Geld ein Busticket nach Ada gekauft, wo er kurz nach Gary eintraf.

Seine nächste Einweisung ins Central State Hospital war nicht mehr freiwillig. Am 21. März, neun Tage nach seiner letzten eigenmächtigen Entlassung, unternahm Ron einen Selbstmordversuch, indem er zwanzig Navane-Tabletten auf einmal schluckte. Einer Krankenschwester nannte er als Grund, dass er deprimiert sei, weil er keine Arbeit finde. Er wurde stabilisiert und auf Medikamente eingestellt, die er am dritten Tag wieder absetzte. Seine Ärzte entschieden daraufhin, dass er für sich und andere eine Gefahr darstelle, und empfahlen eine achtundzwanzig Tage währende Behandlung im Central State Hospital. Am 24. März wurde er aus dem Krankenhaus entlassen.

Wieder in Ada, fand Ron ein Zimmer hinter einem kleinen Haus in der Twelfth Street im Westen der Stadt ohne Kochgelegenheit und Bad. Zum Duschen benutzte er einen Wasserschlauch hinter dem Haus. Annette versorgte ihn mit Essen und versuchte, sich auch sonst um ihn zu kümmern. Bei einem Besuch sah sie, dass seine Handgelenke bluteten. Er habe sie mit einem Rasiermesser aufgeschnitten, erklärte er, damit er ebenso Schmerz empfinde wie all die anderen, die seinetwegen litten. Er wolle sterben und bei seinen Eltern sein, den beiden Menschen, denen er so viel Leid zugefügt habe. Sie flehte ihn an, einen Arzt aufzusuchen, aber er weigerte sich. Er weigerte sich auch, beim Mental Health Service Hilfe zu suchen, wo er schon so häufig gewesen war.

Und er nahm keine Medikamente mehr.

Der alte Mann, dem das Haus gehörte, war nett zu Ron. Die Miete war günstig, manchmal bekam er sie sogar gänzlich erlassen. In der Garage stand ein alter Rasenmäher, dem ein Rad fehlte. Ron schob ihn in Adas Straßen auf und ab, mähte Rasen für fünf Dollar und gab seinem Vermieter das Geld.

Am 4. April erhielt das Ada Police Department einen Anruf von einer Adresse westlich der Tenth Street. Der Hauseigentümer informierte den Streifenpolizisten, dass er die Stadt verlassen müsse und um die Sicherheit seiner Familie besorgt sei, weil Ron Williamson nachts durch die Gegend streune. Offenbar kannte der Mann Ron und beobachtete ihn aufmerksam. Er berichtete dem Cop, dass Ron viermal im Circle-K-Supermarkt gewesen sei und zwei- oder dreimal im Love-Supermarkt, und das alles in einer Nacht.

Der Polizeibeamte reagierte freundlich – jeder wusste, dass Ron ein schräger Vogel war –, aber es gab kein Gesetz, das es verbot, nach Mitternacht draußen herumzulaufen. Er versprach, in der Gegend verstärkt Streife zu fahren.

Am 10. April um drei Uhr morgens erhielt die Polizei einen Anruf von einem Angestellten des Circle-K-Supermarktes. Ron Williamson sei mehrmals da gewesen und habe sich äußerst merkwürdig aufgeführt. Noch während Officer Jeff Smith den Bericht aufnahm, tauchte der Verdächtige wieder auf. Smith bat »Ronnie« zu gehen, was er auch tat.

Eine Stunde später kam Ron zum Gefängnis, klingelte und kündigte an, dass er mehrere Verbrechen aus seiner Vergangenheit gestehen wolle. Man drückte ihm ein Formblatt für freiwillige Geständnisse in die Hand, und er begann zu schreiben. Er gab zu, vier Jahre zuvor im Coachlight ein Portemonnaie und bei einem Hauseinbruch eine Waffe gestohlen zu haben, zwei Mädchen an die Genitalien gefasst zu haben sowie eine junge Frau in Asher geschlagen und fast vergewaltigt zu haben. Doch dann ließ er sein Geständnis liegen und ging. Officer Rick Carson lief ihm nach und holte ihn ein paar Querstraßen weiter ein. Ron versuchte zu erklären, was er um diese Uhrzeit draußen machte, war aber sehr durcheinander. Am Ende sagte er, er sei auf der Suche nach einem Mähjob. Carson erwiderte, er solle lieber nach Hause gehen, bei Tageslicht sei es sicher leichter, einen zu finden.

Am 13. April ging Ron zum Mental Health Service, wo er die Angestellten in Schrecken versetzte. Einer von ihnen beschrieb ihn als »geifernd«. Er wollte zu Dr. Snow und ging umstandslos zu dem Flur, in dem ihr Büro lag. Als er erfuhr, dass sie nicht da war, verschwand er, ohne Schwierigkeiten zu machen.

Drei Tage später erschien Mayers Buch *The Dreams of Ada*.

Sosehr sich die Ermittler auch wünschten, Ron Williamson den Carter-Mord anhängen zu können, so schwierig war die Beweislage. Im späten Frühjahr 1987 hatten sie kaum mehr in der Hand als im Sommer 1983. Das OSBI hatte zwei Jahre nach dem Mord endlich die Haaranalyse abgeschlossen, aber damit ließ sich wenig anfangen. Einige der Proben von Ron und Dennis stimmten mit Haaren vom Tatort »mikroskopisch gesehen überein«, doch Haarvergleiche waren wenig aussagekräftig.

Und dann gab es noch ein lästiges Problem: den blutigen Handabdruck auf dem kleinen Stück Rigipsplatte aus Debbie Carters Schlafzimmer. Anfang 1983 hatte Jerry Peters vom OSBI diese Spur sorgfältig untersucht und war zu dem Schluss gekommen, dass sie weder von Dennis Fritz noch von Ron Williamson stammte, ebenso wenig von Debbie Carter. Den Abdruck musste also die Hand des Mörders hinterlassen haben.

Aber was, wenn Jerry Peters sich geirrt, wenn er in der Eile geschludert oder nur etwas übersehen hatte? Falls der Abdruck doch von Debbie Carter stammte, konnten Fritz und Williamson als Verdächtige nicht ausgeschlossen werden.

Peterson kam auf die Idee, die Leiche zu exhumieren und den Handabdruck erneut zu untersuchen. Mit ein wenig Glück waren ihre Hände noch einigermaßen intakt. Ein paar neue Abdrücke könnten, vielleicht aus einem anderen Blickwinkel betrachtet, zu Erkenntnissen führen, die der Staatsanwaltschaft dienlich wären und die Mörder endlich vor Gericht bringen würden.

Peggy Stillwell erhielt einen Anruf von Dennis Smith. Er bat sie, zum Police Department zu kommen, erklärte aber nicht, weshalb. Sie dachte wie so oft, es habe vielleicht einen Durchbruch in dem Fall gegeben. Als sie ankam, saß Bill Peterson hinter seinem Schreibtisch, ein Blatt Papier vor sich. Er erklärte, dass man Debbies Leiche exhumieren wolle und sie mit einer Unterschrift ihr Einverständnis dazu geben müsse. Charlie Carter sei bereits da gewesen und habe unterzeichnet.

Peggy war entsetzt. Die Vorstellung, die Ruhe ihrer Tochter zu stören, war schockierend. Sie sagte Nein, doch darauf war Peterson vorbereitet. Er begann zu argumentieren und fragte Peggy, ob sie denn nicht wolle, dass der Mord aufgeklärt werde. Doch natürlich, aber gab es denn keinen anderen Weg? Nein. Wenn sie wollte, dass Debbies Mörder gefasst und bestraft wurde, musste sie der Exhumierung zustimmen. Nach wenigen Minuten setzte Peggy ihren Namen unter das Schriftstück, verließ eilends das Police Department und fuhr zu ihrer Schwester Glenna Lucas.

Sie erzählte Glenna von ihrem Treffen mit Bill Peterson, und dass die Leiche ausgegraben werden sollte. Inzwischen war sie regelrecht begeistert von der Sache und brannte darauf, ihre Tochter wiederzusehen. »Ich werde sie noch mal berühren und im Arm halten können«, sagte sie immer wieder.

Glenna teilte ihren Enthusiasmus nicht. Sie war nicht davon überzeugt, dass eine solche »Wiedervereinigung« klug und sinnvoll wäre. Außerdem hatte sie Zweifel an den Beamten, die die Ermittlungen leiteten. In den viereinhalb Jahren seit dem Mord hatte sie mehrmals mit Bill Peterson über den Fall reden müssen. Peggy war psychisch nicht stabil. Sie hatte die Tatsache, dass Debbie tot war, nie akzeptiert. Deshalb hatte Glenna die Polizei wiederholt gebeten, neue Ermittlungsergebnisse zunächst ihr oder einem anderen Familienmitglied mitzuteilen. Peggy war mit plötzlichen Veränderungen überfordert, und Glenna versuchte, sie nach Möglichkeit abzuschirmen.

Glenna rief Bill Peterson an, um ihn zu fragen, was er vorhatte. Er erklärte, dass die Exhumierung unabdingbar sei, wenn die Familie wolle, dass Ron Williamson und Dennis Fritz wegen Mordes angeklagt würden. Der blutige Handabdruck stelle bislang ein Hindernis dar. Wenn er aber in Wahrheit von Debbie stamme, könne man umgehend gegen Fritz und Williamson vorgehen.

Glenna war irritiert. Wieso wusste Peterson schon, was bei einem erneuten Vergleich herauskommen würde, obwohl die Leiche noch gar nicht exhumiert war? Wie konnte er so sicher sein, dass die neuen Ergebnisse Fritz und Williamson belasten würden?

Peggy war inzwischen besessen von dem Gedanken, ihre Tochter wiederzusehen. Einmal sagte sie zu ihrer Schwester: »Ich habe ganz vergessen, wie ihre Stimme klingt.« Glenna ließ sich von Bill Peterson versprechen, dass die Exhumierung rasch durchgeführt wurde und abgeschlossen war, ehe jemand davon erfuhr.

Peggy ging ihrer Arbeit bei Brockway Glass nach, als ein Kollege vorbeikam und sie fragte, was drüben auf dem Rosedale-Friedhof in der Nähe von Debbies Grab los sei. Sie verließ die Fabrik, rannte durch die Stadt, fand aber nur noch ein leeres Grab vor. Ihre Tochter war nicht mehr da.

Die erste Serie von Handabdrücken hatte Jerry Peters vom OSBI am 9. Dezember 1982 im Zusammenhang mit der Autopsie gemacht. Damals waren Debbies Hände noch unversehrt gewesen, und Peters war überzeugt, eine aussagekräftige Serie erstellt zu haben. In seinem Bericht drei Monate später hatte er dargelegt, dass der blutige Abdruck auf der Rigipsplatte zweifelsfrei weder von Fritz oder Williamson noch vom Opfer stammte.

Jetzt allerdings – viereinhalb Jahre später, der Mord war noch immer nicht aufgeklärt, und die Justizbehörden brauchten unbedingt einen Durchbruch – hegte er plötzlich Zweifel an seiner damaligen Arbeit. Drei Tage nach der Exhumierung legte er einen überarbeiteten Bericht vor, in dem er ausführte, dass der blutige Abdruck mit Debbies Hand übereinstimme. Zum ersten und einzigen Mal in seinem vierundzwanzigjährigen Berufsleben änderte Jerry Peters seine Meinung.

Der Bericht war genau das, was Bill Peterson brauchte. Ausgerüstet mit dem Beweis, dass der Handabdruck nicht von irgendeinem ominösen Unbekannten stammte, sondern von Debbie im Todeskampf hinterlassen worden war, konnte er ungehindert gegen seine Hauptverdächtigen vorgehen. Außerdem galt es, sofort die Bewohner der Stadt zu informieren, denn aus ihren Reihen würden die Geschworenen ausgewählt.

Während die Justizbehörden die Exhumierung und alles, was damit zusammenhing, als vertraulich erklärten, plauderte Peterson freizügig mit der *Ada Evening News.* »Was wir gefunden haben, bestätigt unseren Verdacht. Wir haben einige Beweise überprüft«, wurde er zitiert.

Was genau war gefunden worden? Peterson wollte nicht in die Details gehen. Es gebe aber eine »Quelle«, die bereit sei, offen zu sprechen. »Die Leiche der Toten wurde exhumiert«, so Petersons Quelle, »sodass Abdrücke der Hand gemacht und mit dem blutigen Handabdruck auf der Wand in ihrer Wohnung verglichen werden konnten.«

Die Quelle fuhr fort: »Es war entscheidend für die Ermittlungen, die Möglichkeit auszuschließen, dass der blutige Handabdruck von jemand anders als dem Opfer stammt.«

»Ich habe jetzt ein besseres Gefühl bei diesem Fall«, bekannte Peterson.

Die Haftbefehle für Ron Williamson und Dennis Fritz ließen nicht lange auf sich warten.

Am Freitag, dem 8. Mai, sah Officer Rick Carson im Westen der Stadt Ron vormittags den dreirädrigen Rasenmäher die Straße entlang schieben. Die beiden unterhielten sich kurz. Ron wirkte mit seinen langen Haaren, dem bloßen Oberkörper, den zerrissenen Jeans und abgelaufenen Turnschuhen wie immer völlig verwahrlost. Er wollte einen Job bei der Stadt, und Rick versprach, bei ihm vorbeizukommen und seine Bewerbung abzuholen. Ron sagte, er werde an diesem Abend zu Hause auf ihn warten.

Carson informierte seinen Lieutenant darüber, dass der Verdächtige am Abend in seiner Wohnung in der Twelfth Street anzutreffen sein werde. Als die Verhaftung geplant wurde, bat Carson darum, dabei sein zu dürfen. Falls Ron gewalttätig werde, wolle er sicherstellen, dass niemand verletzt werde. Stattdessen wurden vier andere Polizeibeamte eingeteilt, darunter Detective Mike Baskin.

Ron ließ sich widerstandslos verhaften. Er trug immer noch dieselben Jeans und Turnschuhe wie am Vormittag und hatte immer noch kein Hemd an. Im Gefängnis belehrte ihn Mike Baskin über sein Aussageverweigerungsrecht und fragte ihn, ob er reden wolle. Klar, warum nicht, erwiderte Ron. Detective James Fox nahm ebenfalls an der Vernehmung teil.

Ron versicherte wiederholt, dass er Debbie Carter nie getroffen habe, niemals in ihrer Wohnung gewesen sei und sie nach bestem Wissen und Gewissen nie gesehen habe. Er geriet nicht ein einziges Mal ins Wanken, obwohl er von den Beamten angebrüllt und schikaniert wurde. Wir wissen genau, dass du schuldig bist, hörte er immer wieder.

Ron kam ins County-Gefängnis. Seit mindestens einem Monat nahm er keine Medikamente mehr.

Dennis Fritz lebte inzwischen bei seiner Mutter und einer Tante in Kansas City, wo er sich als Anstreicher verdingte. Aus Ada war er ein paar Monate zuvor weggegangen. Seine Freundschaft mit Ron Williamson war nur noch eine vage Erinnerung. Seit vier Jahren hatte er mit keinem Detective mehr gesprochen, und er hatte den Fall Carter schon fast vergessen.

Am späten Abend des 8. Mai saß er allein vor dem Fernseher. Er hatte den ganzen Tag gearbeitet und trug noch seinen schmutzigen Malerkittel. Es war ein warmer Abend, die Fenster standen offen. Das Telefon läutete, und eine unbekannte weibliche Stimme fragte: »Ist Dennis Fritz da?«

»Ich bin Dennis Fritz«, erwiderte er, und die Anruferin hängte ein. Vielleicht meinte sie einen anderen Dennis Fritz, dachte er, oder seine Exfrau Sherry hatte irgendetwas ausgeheckt. Er ließ sich wieder vor dem Fernseher nieder. Seine Mutter und die Tante schliefen bereits im rückwärtigen Teil des Hauses. Es war fast halb zwölf.

Fünfzehn Minuten später hörte er, wie in der Nähe mehrere Autotüren zuschlugen. Er stand auf und ging barfuß zur Eingangstür. Da sah er durchs Fenster eine kleine Armee kampfbereiter Soldaten in Schwarz mit schweren Waffen über den Rasen auf sich zukommen. Was zur Hölle ...?, schoss es ihm durch den Kopf. Für den Bruchteil einer Sekunde überlegte er, die Polizei zu rufen.

Es klingelte an der Tür, und als er öffnete, packten ihn zwei Polizisten in Zivil, zerrten ihn nach draußen und fragten: »Sind Sie Dennis Fritz?«

»Ja, das bin ich.«

»Dann sind Sie hiermit wegen Mordes verhaftet«, knurrte der eine, während der andere die Handschellen zuschnappen ließ.

»Von welchem Mord reden Sie?«, fragte Dennis, während ihm ein Gedanke durch den Kopf schoss: Wie viele Männer namens Dennis Fritz gab es in Kansas City? Bestimmt hatten sie den falschen erwischt.

Seine Tante erschien an der Tür, sah, wie sich das SWAT-Kommando mit erhobenen und entsicherten Maschinenpistolen auf Dennis zubewegte, und wurde hysterisch. Seine Mutter kam aus dem Schlafzimmer gerannt, als die Polizisten ins Haus eindrangen, um es »zu sichern« – wobei sie auf die Frage, in Bezug auf wen sie es sichern wollten, keine rechte Antwort wussten. Dennis besaß keine Feuerwaffe. Es befanden sich auch keine anderen Mordverdächtigen auf dem Gelände. Aber die Jungs hatten eben ihre Anweisungen.

In dem Moment, als Dennis schon fürchtete, jeden Moment vor seiner Eingangstür niedergeschossen zu werden, erblickte er einen weißen Stetson-Hut, der sich ihm näherte. Zwei Horrorgestalten aus seiner Vergangenheit kamen die Auffahrt entlang. Bester Laune, von einem Ohr zum anderen grinsend, bahnten sich Dennis Smith und Gary Rogers einen Weg durch das Getümmel.

Oh, *der* Mord, dachte Dennis. In einer Sternstunde hatten die beiden Kleinstadt-Cowboys die Polizei von Kansas City beschwatzt, ihre Abteilung für die Ergreifung flüchtiger Gewaltverbrecher zu mobilisieren und diese hochdramatische, aber vollkommen sinnlose Razzia zu veranstalten.

»Darf ich mir meine Schuhe anziehen?«, fragte Dennis, und die Cops erlaubten es ihm widerstrebend.

Dennis Fritz wurde auf die Rückbank eines Polizeiwagens geschoben, wo im nächsten Moment ein verzückter Dennis Smith neben ihn rutschte. Einer der Detectives aus Kansas City saß am Steuer. Im Wegfahren sah Dennis auf die schwer bewaffneten SWAT-Männer und dachte: Was für eine Idiotie. Jeder Teilzeitbulle hätte mich allein im Lebensmittelladen an der Ecke verhaften können. Sosehr ihn die Festnahme auch erregte, er musste trotz allem grinsen, als er die betretenen Gesichter der einheimischen Polizisten sah.

Als Letztes sah er seine Mutter, die in der Tür stand und die Hände auf den Mund presste.

Sie brachten ihn in einen kleinen Vernehmungsraum einer Polizeidienststelle in Kansas City. Smith und Rogers belehrten ihn über sein Aussageverweigerungsrecht und eröffneten ihm dann, dass sie vorhätten, ein Geständnis von ihm zu bekommen. Dennis dachte immer an Ward und Fontenot und war entschlossen, ihnen nichts zu geben. Smith spielte den netten Kerl, den Kumpel, der wirklich helfen wollte. Rogers wurde sofort ausfallend – er fluchte, drohte und stieß Dennis immer wieder gegen die Brust.

Vier Jahre waren seit ihrer letzten Begegnung vergangen. Im Juni 1983, nachdem Dennis Fritz beim zweiten Lügendetektortest »durchgefallen« war, war er von Smith, Rogers und Featherstone im Keller des Ada Police Department drei Stunden lang gepiesackt worden. Damals hatten sie keine Antworten bekommen, und sie bekamen auch diesmal keine.

Rogers war außer sich vor Wut. Die Beamten waren seit Jahren davon überzeugt, dass Fritz und Williamson Debbie Carter vergewaltigt und ermordet hatten. Das Verbrechen war aufgeklärt, sie brauchten nur noch das Geständnis. »Ich habe nichts zu gestehen«, wiederholte Dennis Fritz immer wieder. Haben Sie Beweise? Zeigen Sie mir Ihre Beweise.

Zu Rogers' Lieblingsaussprüchen gehörte: »Sie beleidigen meine Intelligenz.« Jedes Mal war Dennis versucht zu entgegnen: »Welche Intelligenz?« Doch die Angst vor Schlägen war größer, und er schwieg.

Nachdem er sich zwei Stunden lang hatte beschimpfen lassen, sagte Dennis: »Also gut, ich werde gestehen.« Die Ermittler waren erleichtert; da sie keinerlei Beweise hatten, konnten sie den Fall nur mithilfe eines Geständnisses knacken. Smith hastete nach draußen, um ein Tonbandgerät zu holen. Rogers legte Notizblock und Stifte zurecht. Jetzt ging's los.

Als alle bereit waren, sah Dennis Fritz auf das Aufnahmegerät und sagte: »Hier ist die Wahrheit. Ich habe Debbie Carter nicht getötet und weiß nichts über den Mord an ihr.«

Smith und Rogers rasteten aus und traktierten ihn mit weiteren Drohungen und Beschimpfungen. Dennis Fritz war eingeschüchtert und voller Angst, aber er blieb standhaft. Er beharrte darauf, unschuldig zu sein, und irgendwann brachen sie die Vernehmung ab. Er weigerte sich, nach Oklahoma überstellt zu werden, und wartete im Gefängnis auf den Fortgang des Verfahrens.

Später am selben Tag wurde Ron vom Gefängnis zum Police Department gebracht, um erneut verhört zu werden. Smith und Rogers, zurück von der nervenaufreibenden Verhaftung in Kansas City, erwarteten ihn. Heute würden sie ihn zum Reden bringen, das hatten sie sich fest vorgenommen.

Die Vernehmung war schon am Tag vor der Verhaftung geplant worden. *The Dreams of Ada* war gerade erschienen, und es gab Kritik an den Methoden von Smith und Rogers. Sie entschieden, dass Smith, der in Ada wohnte, durch Rusty Featherstone ersetzt werden sollte, der wiederum in Oklahoma City zu Hause war. Außerdem beschlossen sie, nicht mit Video zu arbeiten.

Dennis Smith hielt sich im Gebäude auf, blieb dem Vernehmungsraum aber fern. Über vier Jahre lang hatte er die Ermittlungen geleitet und war praktisch von Anfang an überzeugt gewesen, dass Williamson schuldig war – dennoch mied er jetzt das entscheidende Verhör.

Das Ada Police Department war bestens ausgerüstet mit Audio- und Videoaufnahmegeräten, die auch häufig zum Einsatz kamen. Verhöre, vor allem Geständnisse, wurden fast immer mitgeschnitten. Die Polizei wusste, wie sehr sich Geschworene von aufgezeichneten Geständnissen beeindrucken ließen – bei Ward und Fontenot hatte sich das wieder einmal bestätigt. Auch Rons zweiter Lügendetektortest vier Jahre zuvor mit Featherstone im Police Department war aufgenommen worden.

Wurden Geständnisse nicht auf Video aufgezeichnet, dann häufig zumindest auf Tonband. Die Polizei besaß also jede Menge Aufnahmegeräte.

Und wenn weder Tonband noch Video zum Einsatz kamen, wurde der Verdächtige meist aufgefordert – sofern er lesen und schreiben konnte –, seine Version der Vorfälle zu Papier zu bringen. Konnte der Verdächtige nicht lesen und schreiben, nahm einer der Detectives die Aussage auf, las sie ihm vor und ließ ihn unterzeichnen.

Keine dieser Varianten wurde am 9. Mai angewandt. Williamson, der sehr wohl schreiben konnte und über einen weitaus umfassenderen Wortschatz verfügte als seine Fragesteller, sah zu, wie Featherstone Notizen machte. Er sagte, dass er über sein Aussageverweigerungsrecht informiert worden sei, und erklärte sich bereit auszusagen.

Der Bericht der Polizei liest sich wie folgt:

WILLIAMSON sagte: »Okay, 8. Dezember 1982, da war ich oft im Coachlight, und einmal war ich da, da hab ich ein hübsches Mädchen gesehen und dachte, der geh ich bis nach Hause nach.«

WILLIAMSON machte eine Pause und tat dann so, als wollte er etwas sagen, das mit dem Buchstaben »F« beginnt, schwieg aber. Dann fuhr er fort: »Ich dachte, was, wenn was Schlimmes passiert in dieser Nacht, und folgte ihr bis nach Hause.«

WILLIAMSON machte dann eine Pause und erzählte, wie er mal eine Stereoanlage gestohlen hatte. Dann sagte WILLIAMSON: »Ich war mit DENNIS zusammen, wir gingen ins Holiday Inn und erzählten einem Mädchen, dass wir eine Bar im Auto hätten, damit kriegten wir sie, und sie sprang raus.«

WILLIAMSON gab unzusammenhängende Sätze von sich, und der Beamte ROGERS bat WILLIAMSON, sich zu konzentrieren und auf den Fall DEBBIE CARTER zurückzukommen.

WILLIAMSON sagte: »Okay, ich hab geträumt, ich hätte DEBBIE getötet, ich war auf ihr, hatte ein Seil um ihren Hals gelegt, hab auf sie eingestochen, ganz oft, das Seil um ihren Hals ganz eng zugezogen.«

WILLIAMSON sagte: »Ich mache mir Sorgen, was das für meine Familie bedeutet«, dann sagte er: »Meine Mutter ist jetzt tot.«

Der Beamte ROGERS fragte WILLIAMSON, ob er und DENNIS am fraglichen Abend da gewesen seien, und WILLIAMSON antwortete: »Ja.« Der Beamte FEATHERSTONE fragte WILLIAMSON: »Sind Sie mit der Absicht hingegangen, sie zu töten?« WILLIAMSON erwiderte: »Wahrscheinlich.«

Der Beamte FEATHERSTONE fragte: »Warum?«

WILLIAMSON erwiderte: »Sie hat mich wahnsinnig gemacht.«

Der Beamte FEATHERSTONE fragte: »Was wollen Sie damit sagen? War sie gemein zu Ihnen? Ein Miststück?«

WILLIAMSON erwiderte: »Nein.«

WILLIAMSON machte eine kurze Pause und sagte dann: »Oh mein Gott, Sie können nicht erwarten, dass ich gestehe, ich habe eine Familie, ich habe einen Neffen, den ich schützen muss. Meine Schwester, das wird sie fertigmachen. Ich kann meiner Mutter nicht wehtun, jetzt wo sie tot ist. Das geht mir im Kopf herum, seit es passiert ist.«

Um 19:38 Uhr sagte WILLIAMSON: »Wenn Sie versuchen, mich dranzukriegen, will ich TANNER in Tulsa. Nein, ich will DAVID MORRIS.«

Als Ron nach einem Anwalt verlangte, bekamen die Detectives kalte Füße und brachen das Verhör ab. Sie riefen David Morris an, der sie anwies, das Verhör mit Ron auf der Stelle zu beenden.

Der Bericht wurde nie von Ron unterzeichnet. Er hat ihn nie gesehen.

Dank eines weiteren Traum-Geständnisses fügte sich nun also auch der Fall Carter für Polizei und Staatsanwaltschaft allmählich zusammen. Bei Ward und Fontenot hatte man gelernt, dass ein Mangel an Beweisen kein Hindernis für eine zügige Strafverfolgung sein musste. Die Tatsache, dass Debbie Carter in Wirklichkeit nicht *erstochen* worden war, spielte keine große Rolle. Wenn Geschworene hinreichend schockiert sind, erklären sie jeden für schuldig.

Ron Williamson saß wegen eines Traum-Geständnisses hinter Gittern. Ein zweites konnte ihn den Kopf kosten. Ein paar Tage nach der Vernehmung kam ein Wärter namens John Christian an Rons Zelle vorbei. Ron und er waren in unmittelbarer Nachbarschaft aufgewachsen. In Christians Familie gab es mehrere Jungs in Rons Alter, und er war oft zum Mittag- oder Abendessen bei ihnen gewesen. Sie hatten zusammen Baseball auf der Straße und in den Ligen gespielt und beide die Byng Junior High School besucht.

Ron war weder in Behandlung, noch nahm er Medikamente und war folglich alles andere als ein Mustergefangener. Das Gefängnis von Pontotoc County ist ein fensterloser Betonbunker, der aus unerfindlichen Gründen auf der Westseite des Rasens vor dem Gerichtsgebäude erbaut worden war. Die Decken sind niedrig, die Atmosphäre klaustrophob; wenn einer schreit, hören es alle. Ron schrie oft. Und wenn er nicht schrie, dann sang, weinte, heulte oder jammerte er. Er schrie seine Unschuld hinaus oder lamentierte über Debbie Carter. Er kam in eine der beiden Einzelzellen, so weit wie möglich entfernt von den überfüllten Gemeinschaftszellen. Doch das Gefängnis war so klein, dass Ron immer störte – ganz gleich wo er war.

Nur John Christian konnte ihn besänftigen. Die Mitgefangenen freuten sich irgendwann schon auf den Schichtwechsel der Wärter. Wenn Christian kam, ging er immer sofort zu Rons Zelle. Sie sprachen über alte Zeiten, ihre gemeinsame Kindheit, wie sie Ball gespielt hatten, über Freunde von damals. Sie sprachen über den Fall Carter und darüber, wie ungerecht es war, dass Ron in dieser Sache angeklagt worden war. Acht Stunden lang verhielt sich Ron ruhig. Seine Einzelzelle war ein Rattenloch, aber er brachte es fertig, zu schlafen oder zu lesen. Ehe Christian in den Feierabend ging, kam er noch einmal bei Ron vorbei. Der drehte dann meist rauchend Kreise hinter seinem Gitter und putschte sich wieder hoch, um seinen Radau fortzusetzen, sobald die Ablösung kam.

Am späten Abend des 22. Mai rief Ron John Christian zu sich – er wusste, dass er vorn am Empfang stand –, um mit ihm über den Mord zu reden. Er habe ein Exemplar von *The Dreams of Ada* in die Hände bekommen. Das habe ihn auf die Idee gebracht, auch ein Traum-Geständnis abzulegen. Christian zufolge sagte Ron: »Stell dir mal vor, ich hätte geträumt, was passiert ist. Stell dir vor, ich würde in Tulsa leben und den ganzen Tag saufen und Drogen nehmen. Stell dir vor, ich wäre zu Buzzy's Laden (dem Coachlight) gefahren, hätte dort noch ein paar Gläser gekippt und wäre daraufhin noch ein Stück betrunkener gewesen. Nimm mal an, ich wäre vor Debbie Carters Tür gelandet, hätte an die Tür geklopft, woraufhin sie sagt, Moment, ich bin gerade am Telefon. Stell dir vor, ich hätte die Tür eingetreten, sie vergewaltigt und umgebracht. Meinst du nicht«, fuhr er fort, »wenn ich sie tatsächlich ermordet hätte, dass ich mir ein bisschen Geld von Freunden geliehen hätte, um die Stadt zu verlassen?«

John Christian maß der Unterhaltung wenig Bedeutung bei, erwähnte sie aber einem Kollegen gegenüber. Sie machte die Runde, bis sie zwei Monate später schließlich Gary Rogers zu Ohren kam. Der Detective erkannte sofort seine Chance – das war zusätzliches Belastungsmaterial gegen ihren Mörder! Er bat John Christian zu wiederholen, was Ron ihm erzählt hatte, tippte einen Bericht, fügte ein paar Anführungszeichen ein, wo er sie für passend hielt, und schon hatten Polizei und Staatsanwaltschaft ihr zweites Traum-Geständnis. Dass Ron wiederholt geleugnet hatte, in das Verbrechen verwickelt zu sein, wurde mit keinem Wort erwähnt.

Wie üblich spielten die Fakten keine Rolle. Ron hatte gar nicht in Tulsa gelebt, als der Mord passierte. Er hatte weder ein Fahrzeug noch einen Führerschein gehabt.

7

Die Nachricht, dass ihr Bruder verhaftet und des Mordes angeklagt war, war für Annette Hudson und Renee Simmons ein schwerer Schlag. Seit seiner Freilassung im Oktober hatten sie sich große Sorgen wegen seiner sich beständig verschlechternden psychischen Verfassung und seines körperlichen Wohlergehens gemacht – aber dass eine Mordanklage drohte, davon hatten sie keine Ahnung gehabt. Jahrelang waren Gerüchte kursiert, aber es war so viel Zeit vergangen. Rons Familie hatte geglaubt, dass die Polizei sich längst mit anderen Verdächtigen und anderen Fällen befasste. Juanita war zwei Jahre zuvor in der Gewissheit gestorben, dass sie Dennis Smith den eindeutigen Beweis für Rons Unschuld geliefert hatte, und Annette und Renee waren ebenfalls dieser Meinung gewesen.

Die Schwestern lebten bescheiden. Sie umsorgten ihre Familien, verdienten hin und wieder etwas dazu, zahlten ihre Rechnungen und legten, wenn es möglich war, etwas Geld beiseite. Da blieb nichts übrig für einen Strafverteidiger. Annette sprach mit David Morris, aber er hatte kein Interesse an dem Fall. John Tanner aus Tulsa war zu weit weg und zu teuer.

Schon so oft hatten sie Ron durch die Mühlen der Justiz begleitet, und doch waren sie jetzt nicht auf seine unvermittelte Verhaftung und die schwere Anschuldigung, einen Mord begangen zu haben, vorbereitet. Freunde zogen sich zurück. Es gab von neuem Blicke und Getuschel. Eine Bekannte sagte zu Annette: »Es ist nicht Ihr Fehler. Sie können nichts für das, was Ihr Bruder getan hat.«

»Mein Bruder ist unschuldig«, erwiderte Annette. Sie und Renee wiederholten das ständig, aber die wenigsten wollten es hören. Zum Teufel mit der Unschuldsvermutung. Die Cops hatten ihren Mann. Warum hätten sie Ron verhaften sollen, wenn er unschuldig war?

Annettes Sohn Michael, der damals fünfzehn war und die zweite Klasse der Highschool besuchte, musste im Unterricht eine Diskussion über aktuelle lokale Ereignisse durchstehen, deren Hauptthema die Verhaftung von Ron Williamson und Dennis Fritz war. Da Michaels Nachname Hudson lautete, ahnte keiner seiner Klassenkameraden, dass der des Mordes angeklagte Mann sein Onkel war. Die Emotionen der Klasse richteten sich gegen die beiden Männer. Annette ging am nächsten Morgen in die Schule, um mit dem Lehrer zu reden. Er entschuldigte sich überschwänglich und versprach, bei Diskussionen im Unterricht in Zukunft auf mehr Objektivität zu achten.

Renee und Gary Simmons lebten in Chickasha, rund eine Stunde entfernt, und durch die räumliche Distanz waren sie nicht ganz so stark betroffen. Annette aber war nie aus Ada weggezogen, und obwohl sie jetzt am liebsten alles hätte stehen und liegen lassen, musste sie ausharren, um ihren kleinen Bruder zu unterstützen.

Am Sonntag, dem 10. Mai, brachte die *Ada Evening News* einen Aufmacher über die Verhaftungen mit einem Foto von Debbie Carter. Die Einzelheiten stammten überwiegend von Bill Peterson. Er bestätigte, dass der Leichnam exhumiert worden sei und der rätselhafte Abdruck in Wahrheit von dem Opfer stamme. Fritz und Williamson seien schon seit über einem Jahr verdächtig, führte er aus, ohne allerdings zu erklären, warum.

Im Hinblick auf die Ermittlungen sagte er: »Vor etwa sechs Monaten waren wir in diesem Fall mit unserem Latein am Ende und mussten neu überlegen, wie wir das Ganze angehen.«

Besonders hervorgehoben wurde die Tatsache, dass das FBI in den Fall eingeschaltet worden war. Doch dass die Polizei von Ada die Unterstützung der nationalen Behörde schon zwei Jahre zuvor angefordert und das FBI die Beweise analysiert und ein psychologisches Profil des Mörders erstellt hatte, verriet Peterson der Zeitung nicht.

Am nächsten Tag gab es einen weiteren Aufmacher zum Thema, diesmal mit Verbrecherfotos von Ron und Dennis, auf denen sie so widerwärtig und gemein aussahen, dass sie allein schon für einen Schuldspruch gereicht hätten.

Der Artikel führte die Details aus der Sonntagsausgabe noch mal auf, insbesondere dass die beiden Männer wegen Mordes, Vergewaltigung und sexueller Nötigung mit Gegenständen oder Körperteilen verhaftet und angeklagt worden seien. Eigenartigerweise wollten sich die »offiziellen Kreise« nicht dazu äußern, ob die beiden Männer Aussagen zum Tathergang gemacht hatten oder nicht. Offensichtlich hatten sich die Reporter von Ada schon so an Geständnisse gewöhnt, dass sie sie im Rahmen von strafrechtlichen Ermittlungen für selbstverständlich hielten.

Die Ermittler behielten Ron Williamsons erstes Traum-Geständnis für sich, dafür gaben sie die beeidete Erklärung bekannt, die die Grundlage für die Haftbefehle bildete. Der Zeitungsartikel zitierte daraus: »Die Scham- und Kopfhaare, die auf Miss Carters Körper und in ihrem Bett aufgefunden wurden, stimmen mikroskopisch gesehen mit denen von Ronald Keith Williamson und Dennis Fritz überein.«

Außerdem hatten beide Männer lange Vorstrafenregister. Rons Liste enthielt fünfzehn Vergehen – zum Beispiel Autofahren unter Alkoholeinfluss – sowie das Betrugsdelikt, das ihn ins Gefängnis gebracht hatte. Fritz war zweimal wegen Alkohols/Drogen am Steuer verurteilt worden, und dann gab es noch ein paar Verkehrsdelikte und die alte Marihuanasache.

Bill Peterson bestätigte abermals, dass die Leiche exhumiert worden sei, damit der Handabdruck noch einmal überprüft werden konnte, und er entspreche dem des Opfers. Er fügte hinzu, die Männer würden »seit über einem Jahr als Verdächtige in diesem Fall« angesehen.

Am Schluss erinnerte der Artikel die Leser daran, dass »Carter durch Erstickung zu Tode kam, weil ihr während der Vergewaltigung ein Waschlappen in den Rachen gestopft worden war«.

Am selben Montag wurde Ron vom Gefängnis die rund fünfzig Schritte über den Rasen zum Gerichtsgebäude geführt, wo er vor Richter John David Miller trat, der die Voruntersuchung leitete. Ron sagte, dass er keinen Rechtsanwalt habe und nicht wisse, ob er sich einen leisten könne. Daraufhin brachte man ihn ins Gefängnis zurück.

Ein paar Stunden später will ein Insasse namens Mickey Wayne Harrell gehört haben, wie Ron weinte und immer wieder sagte: »Es tut mir leid, Debbie.« Das wurde sofort an einen Wärter übermittelt. Ron soll Harrell anschließend gefragt haben, ob er ihm folgenden Satz auf den Arm tätowieren könne: »Ron liebt Debbie.«

Von dem aktuellen Verbrechen angeheizt, begann die Gerüchteküche im Gefängnis zu brodeln. Das Denunziantentum, von jeher gang und gäbe hinter Knastmauern, weil die Polizei so gern mitspielt, hatte Hochkonjunktur. Ausspionieren führt am schnellsten in die Freiheit oder zumindest zu einer Verkürzung der Haft: Man muss nur einen ausgewiesenen Verdächtigen bei einem Geständnis oder Teilgeständnis belauschen – man kommt auch damit durch, wenn man das einfach behauptet – und die Information dem Staatsanwalt übermitteln. Als Gegenleistung reduziert dieser das Strafmaß. In den meisten

Gefängnissen hält sich das Denunzieren in Grenzen, weil die Verräter die Rache der Mitinsassen fürchten. In Ada allerdings ist es weit verbreitet, weil es so gut funktioniert.

Zwei Tage später wurde Ron erneut ins Gericht gebracht, damit geklärt werden konnte, wie seine Prozessvertretung aussehen sollte. Aber sein Erscheinen vor Richter John David Miller verlief alles andere als glücklich. Noch immer unmedikamentiert, war er laut und aggressiv und fing sofort an zu schreien: »Ich habe diesen Mord nicht begangen! Ich hab's verdammt satt, hier im Knast zu sitzen. Es tut mir leid für die Familie, aber …«

Richter Miller versuchte, ihn in die Schranken zu weisen, doch Ron wollte reden. »Ich habe sie nicht umgebracht. Ich weiß nicht, wer sie umgebracht hat. Meine Mutter hat damals noch gelebt, und sie wusste, wo ich war.«

Richter Miller versuchte, Ron zu erklären, dass die Voruntersuchung nicht dazu gedacht war, dass Angeklagte sich zu ihrem Fall äußerten, aber Ron machte weiter. »Ich will, dass die Anklage fallen gelassen wird«, sagte er immer wieder. »Das ist lächerlich.«

Richter Miller fragte ihn, ob er verstehe, welche Anklage gegen ihn erhoben werde, und Ron erwiderte: »Ich bin unschuldig, war nie mit ihr zusammen, bin nie mit ihr Auto gefahren.«

Während ihm seine Rechte fürs Protokoll verlesen wurden, fuhr Ron mit seinen Klagen fort. »Dreimal war ich im Gefängnis, und jedes Mal haben sie versucht, mir diesen Mord anzuhängen.«

Als der Name Dennis Fritz fiel, meldete sich Ron wieder zu Wort: »Dieser Typ hatte nichts damit zu tun. War damals ein Freund von mir. Der ging nicht ins Coachlight.«

Der Richter ließ schließlich protokollieren, dass sich der Angeklagte nicht schuldig bekenne, und Ron wurde unter erbittertem Fluchen abgeführt. Annette sah ihm leise weinend nach.

Sie kam jeden Tag ins Gefängnis, manchmal sogar zweimal am Tag, wenn die Wärter es zuließen. Sie kannte die meisten von ihnen, und alle kannten Ronnie. Häufig wurden die Regeln ein wenig gebeugt, um ihr noch mehr Besuche zu ermöglichen.

Ron war nervös, bekam immer noch keine Medikamente und brauchte dringend professionelle Hilfe. Dass man ihn für ein Verbrechen einsperren wollte, das er nicht begangen hatte, machte ihn wütend und verbittert. Außerdem fühlte er sich gedemütigt. Viereinhalb Jahre lang hatte er mit dem Verdacht gelebt, einen schrecklichen Mord begangen zu haben. Und der Verdacht allein war schon schlimm genug. Ada – das war seine Heimatstadt, das waren seine Leute, seine früheren und heutigen Freunde, die Gemeindemitglieder, die ihn aus der Kirche kannten, seine Fans, die ihn als großartigen Sportler in Erinnerung hatten. Das Getuschel und die Blicke waren schmerzhaft, aber er hatte sie jahrelang ertragen. Er war unschuldig, und die Wahrheit – sofern die Polizei sie je herausfand – würde seinen Namen reinwaschen.

Doch dass er nun unvermittelt verhaftet und ins Gefängnis gesteckt worden war und auch noch das eigene Verbrecherfoto auf der Titelseite der Zeitung finden musste – das gab ihm den Rest.

Außerdem war er nicht sicher, ob er Debbie Carter begegnet war.

In einer Gefängniszelle in Kansas City wartete Dennis Fritz auf das Überstellungsverfahren, das ihn nach Ada zurückbringen sollte, und haderte mit seiner absurden Verhaftung. Mord! Seit Jahren versuchte er, den gewaltsamen Tod seiner Frau Mary zu verkraften, oft hatte er sich selbst als Opfer gefühlt.

Mord! Er hatte niemals jemandem körperliche Gewalt angetan. Er war klein, schmal gebaut und hatte nichts übrig für Prügeleien und Gewalt. Ja, er war oft in Kneipen gewesen, wo es zum Teil recht deftig zuging. Aber er hatte es immer geschafft, sich zu verkrümeln, ehe die Fäuste flogen. Ron Williamson war zwar nicht der Typ, der eine Schlägerei anzettelte, dafür stürzte er sich gern mitten hinein. Ganz im Gegensatz zu Dennis. Dass er verdächtig war, lag einzig und allein daran, dass er mit Ron befreundet gewesen war.

Dennis Fritz schrieb einen langen Leserbrief an die *Ada Evening News*, in dem er darlegte, warum er sich gegen seine Überstellung nach Oklahoma wehrte. Er erläuterte, dass er nicht zu Smith und Rogers zurückkehren wolle, weil er einfach nicht glauben könne, dass man ihn des Mordes angeklagt habe. Er sei unschuldig, habe nichts mit dem Verbrechen zu tun und benötige ein wenig Zeit, um seine Gedanken zu ordnen. Er sei auf der Suche nach einem guten Verteidiger, und seine Familie bemühe sich, Geld zusammenzubekommen.

Dann fasste er noch einmal seine Beteiligung an den Ermittlungen zusammen: Da er nichts zu verbergen habe und sich kooperationswillig zeigen wolle, habe er alles getan, was die Polizei von ihm verlangt habe. Er habe Speichelproben, Fingerabdrücke, Schriftproben, Haare (sogar eins aus seinem Schnurrbart) abgegeben; er habe zwei Lügendetektortests mitgemacht, bei denen er Dennis Smith zufolge »durchgefallen« sei. Fritz erklärte, er habe später herausgefunden, dass er die Tests sehr wohl bestanden habe.

Über die Ermittlungen schrieb Fritz: »Dreieinhalb Jahre lang hatte die Polizei Zugang zu meinen Fingerabdrücken, Schrift- und Haarproben. So lange hatte sie Zeit, um sie mit den am Tatort aufgefundenen und jeglichen anderen Beweisstücken zu vergleichen – sofern es welche gab. Man hätte mich also schon viel früher verhaften können. Ihrem Blatt war zu entnehmen, dass die Polizei vor sechs Monaten mit ihrem Latein am Ende war, sodass sie neu überlegen musste, wie sie ›das Ganze‹ angeht. Ich bin klug genug, um zu wissen, dass ein Polizeilabor nicht dreieinhalb Jahre braucht, um die Proben zu analysieren, die ich freiwillig zur Verfügung gestellt habe.«

Dennis, der früher Naturwissenschaften unterrichtet hatte, hatte sich mit Haaranalysen beschäftigt, lange bevor er selbst Haarproben abgeben musste. In seinem Brief schrieb er: »Wie kann ich wegen Vergewaltigung und Mordes angeklagt werden auf der Grundlage eines so dürftigen Beweismittels? Anhand von Haaren lassen sich allenfalls ethnische Gruppen voneinander unterscheiden, aber nicht individuelle Merkmale innerhalb einer ethnischen Gruppe. Jeder sachverständige Zeuge aus diesem Fachgebiet weiß, dass über eine halbe Million Menschen die gleiche Haarbeschaffenheit aufweisen können.«

Er schloss mit verzweifelten Unschuldsbeteuerungen und der Frage: »Bin ich schuldig, bis meine Unschuld bewiesen ist, oder unschuldig, bis meine Schuld bewiesen ist?«

Pontotoc County verfügt über keinen hauptamtlichen Pflichtverteidiger. Wer eines Verbrechens angeklagt ist und auf eigene Kosten keinen Anwalt engagieren kann, muss einen Offenbarungseid leisten. Dann bestellt der Richter einen ortsansässigen Rechtsanwalt als Pflichtverteidiger.

Da Kapitalverbrecher selten wohlhabend sind, erledigen bei den meisten schweren Fällen Pflichtverteidiger die Arbeit. Raubüberfälle, Drogenkriminalität und Gewaltdelikte sind die Verbrechen der unteren Gesellschaftsschichten. Die meisten Angeklagten sind schuldig. Der Pflichtverteidiger ermittelt, verhört, verhandelt mit dem Staatsanwalt, schreibt seinen Bericht, schließt die Akte und bekommt ein bescheidenes Honorar.

Die Honorare sind in der Tat so niedrig, dass sich die meisten Anwälte um diese Fälle lieber drücken. Das Pflichtverteidigerwesen ist willkürlich und problematisch. Die Richter übertragen Fälle oft Anwälten, die wenig oder gar keine Erfahrung im Strafrecht haben. Und es gibt keine Finanzmittel für sachverständige Zeugen oder Ähnliches.

Nie ist ein Kleinstadtgericht so schnell verwaist wie bei einem Mordfall. Nie steht der Verteidiger so im Licht der Öffentlichkeit wie bei dem Versuch, die Rechte irgendeines Kerls aus der Unterschicht zu schützen, der eines unsäglichen Verbrechens beschuldigt wird. Die anfallenden Arbeitsstunden sind lästig und können die Arbeit in einer kleinen Kanzlei zum Erliegen bringen. Das Honorar ist lächerlich. Und die Revisionen ziehen sich oft endlos in die Länge.

Die größte Angst ist, dass sich niemand findet, der den Angeklagten freiwillig vertreten will, sodass der Richter den Fall jemandem zuweist. Die meisten Sitzungssäle quellen über vor Anwälten, wenn das Gericht tagt. Sobald aber ein Schwerverbrecher hereingeführt wird, um seinen Offenbarungseid zu leisten, verwandeln sie sich in Geisterhallen. Die Anwälte fliehen in ihre Büros, verrammeln die Türen und stellen die Telefone ab.

Der vielleicht schillerndste Stammgast am Gericht von Ada war Barney Ward, ein blinder Anwalt, der für schicke Outfits, exzessives Leben und Räuberpistolen bekannt war. Sein Name tauchte im Juristenklatsch der Stadt immer wieder auf, und ihm entging nichts von dem, was auf den Fluren des Gerichtsgebäudes getuschelt wurde.

Barney hatte sein Augenlicht als Halbwüchsiger in der Highschool verloren, als im Unterricht ein Experiment missglückte. Er verbuchte den tragischen Unfall als kleinen Rückschlag, der ihn aber nicht daran hinderte, die Schule regulär zu beenden. Er schrieb sich an der East Central University in Ada ein. Seine Mutter saß neben ihm im Hörsaal und las für ihn. Nach dem Abschluss ging er nach Norman, um an der University of Oklahoma Jura zu studieren, auch hier mithilfe seiner Mutter. Er krönte das Studium mit einer Promotion, bestand die Zulassungsprüfung, kehrte nach Ada zurück und stellte sich der Wahl zum Staatsanwalt. Er gewann und war mehrere Jahre als höchster Anklagevertreter der County tätig. Mitte der Fünfzigerjahre eröffnete er eine Anwaltskanzlei und spezialisierte sich auf Strafrecht. Bald schon galt er als Mann, der sich leidenschaftlich für seine Mandanten einsetzte. Mit seinem blitzschnellen Verstand erkannte Barney sofort jede Schwäche in der Beweisführung der Staatsanwaltschaft und nahm gekonnt die Zeugen der Anklage in die Mangel. Er konnte erbarmungslose Kreuzverhöre führen und liebte rasante Wortgefechte.

Einmal schwang Barney sogar die Faust gegen einen Kollegen. Bei der legendär gewordenen Verhandlung hatte er mit David Morris zu tun. Sie waren dabei, Beweise vorzutragen. Beide waren frustriert, die Lage war angespannt. Da machte Morris den Fehler, zu sagen: »Schauen Sie, Richter, das sieht doch sogar ein Blinder.« Ward machte einen Ausfallschritt auf ihn zu – oder zumindest in seine Richtung – und holte mit der Rechten zu einem Rundumschlag aus, der Morris knapp verfehlte. Die Ruhe im Saal wurde wieder hergestellt. Morris entschuldigte sich für seine verbale Entgleisung, blieb aber fürderhin auf Distanz.

Jeder kannte Barney Ward, und er wurde im Gericht oft mit seiner treuen Assistentin Linda gesehen, die für ihn las und Notizen machte. Hin und wieder hatte er auch einen Blindenhund dabei, doch er bevorzugte die Hilfe der jungen Dame. Er war freundlich zu jedermann und vergaß nie eine Stimme. Die Anwaltskollegen wählten ihn zum Vorsitzenden der Rechtsanwaltskammer, und das nicht aus Mitleid. Barney Ward war so beliebt, dass man ihn sogar einlud, Mitglied eines Pokerklubs zu werden. Er zückte ein Kartenspiel für Blinde, erklärte, dass nur er geben könne, und strich bald sämtliche Jetons ein. Die anderen Spieler beschlossen, dass es wohl das Beste wäre, wenn Barney nur spielte und nicht gab. Daraufhin ließen seine Gewinne etwas nach.

Die Kollegen luden Barney jedes Jahr zur Rotwildjagd ein, einem einwöchigen Männerausflug mit jeder Menge Bourbon, Poker, schmutzigen Witzen, kräftigen Eintöpfen und – sofern die Zeit es zuließ – ein wenig Pirsch. Es war schon immer Barneys Traum gewesen, einen Hirsch zu schießen, und einmal im Wald fanden seine Freunde einen hübschen Bock für ihn. Sie manövrierten ihn in die richtige Position, reichten ihm die Waffe, legten sie sorgfältig an, zielten und flüsterten dann: »Feuer.« Barney schoss. Und obwohl er das Tier weit verfehlt hatte, behaupteten seine Freunde, es sei nur knapp dem Tod entronnen. Barney erzählte die Geschichte noch Jahre danach.

Wie viele eingefleischte Trinker musste er dem Alkohol irgendwann gänzlich abschwören. Zu der Zeit hatte er gerade einen Blindenhund, der daraufhin ersetzt werden musste, weil er es nicht lassen konnte, Ward zum Whiskeyladen zu führen. Offensichtlich war er sehr oft dorthin gegangen, denn es wird immer noch kolportiert, dass der Laden schließen musste, nachdem Barney trocken war.

Geldverdienen machte ihm Spaß, und er hatte wenig Geduld mit Mandanten, die nicht zahlen konnten. Sein Motto lautete: »Unschuldig, bis der Bankrott eintritt.«

Mitte der Achtzigerjahre aber hatte Barney seine besten Jahre bereits hinter sich. Manchmal verpasste er in Verhandlungen den Anschluss, weil er eingenickt war. Er trug dicke Brillengläser, die einen Großteil seines Gesichts verdeckten, und Richter und Kollegen konnten nicht sehen, ob er zuhörte oder schlief. Die Gegner reagierten schnell und verständigten sich – im Flüsterton, weil Barney wie ein Luchs hörte – darauf, die Sitzung oder die Anhörung auf den Nachmittag zu vertagen, weil er da sein Mittagschläfchen zu halten pflegte. Eine Verlegung auf fünfzehn Uhr erhöhte die Chancen, Barney Ward zu schlagen, gewaltig.

Zwei Jahre zuvor hatte ihn die Familie von Tommy Ward angesprochen. Sie waren weder verwandt noch verschwägert, dennoch gab er den Fall weiter. Er war davon überzeugt, dass Tommy Ward und Karl Fontenot unschuldig waren, ging Kapitalverbrechen aber lieber aus dem Weg. Der Schreibkram war unüberschaubar und nicht gerade eine seiner Stärken.

Nun wurde er erneut damit konfrontiert, als Richter John David Miller ihn bat, Ron Williamson zu vertreten. Barney war der erfahrenste Strafverteidiger in der County, und der Fall erforderte besonderes Geschick. Nach kurzem Zögern sagte er zu. Als Vollblutanwalt kannte er die Verfassung in- und auswendig und war der festen Überzeugung, dass jeder Angeklagte, wie unbeliebt er auch sein mochte, das Recht auf eine anständige Verteidigung hatte.

Am 1. Juni 1987 wurde Barney Ward von Amts wegen zum Rechtsvertreter von Ron Williamson bestellt. Er war unter seinen Mandanten der erste, dem die Todesstrafe drohte. Annette und Renee freuten sich. Sie kannten Barney Ward, und sie kannten seinen Ruf als einer der besten Strafverteidiger der Stadt.

Anwalt und Mandant hatten einen holprigen Start. Ron hatte den Knast satt und der Knast ihn. Besprechungen fanden üblicherweise in der kleinen Besuchszelle neben der Eingangstür statt. Doch Barney missfiel die Vorstellung, sich dort mit diesem widerspenstigen Kandidaten zusammenzusetzen. Er telefonierte und leitete eine psychiatrische Untersuchung für Ron in die Wege. Ron bekam erneut Thorazin verordnet, und nicht nur Barney Ward, sondern das ganze Gefängnis war erleichtert, als das Medikament anschlug. Es wirkte so gut, dass die Wärter ihm gern mal ein bisschen mehr davon gaben, um ihre Ruhe zu haben. Ron schlief wieder wie ein Baby.

Während einer Besprechung aber konnte er kaum reden. Barney Ward suchte die Wärter auf, die Dosierung wurde neu bemessen, und Ron war wieder munter.

Er verhielt sich generell unkooperativ gegenüber seinem Anwalt. Was er von sich gab, war unzusammenhängend und beschränkte sich überwiegend auf die Beteuerung, dass er unschuldig sei, dass er sich unrechtmäßig hinter Gittern befinde, so wie Ward und Fontenot. Barney Ward war vom ersten Tag an frustriert, aber er biss sich durch.

Glen Gore wartete im Gefängnis auf seinen Prozess wegen Menschenraubs und Körperverletzung. Sein Pflichtverteidiger war ein junger Anwalt namens Greg Saunders, der sich in Ada gerade eine eigene Kanzlei aufbaute. Während einer Besprechung im Gefängnis gerieten er und Gore in heftigen Streit. Saunders ging ins Gericht und bat Richter Miller, ihn von dem Mandat zu entbinden. Der Richter lehnte ab, und so bot Saunders an, den nächsten Mordfall zu übernehmen, wenn er damit Gore vom Hals hätte. Abgemacht, sagte Richter Miller, dann vertreten Sie ab sofort Dennis Fritz im Fall Carter.

Greg Saunders war alles andere als begeistert, einen Todeskandidaten vertreten zu müssen, aber er freute sich sehr darauf, mit Barney Ward zusammenzuarbeiten. Als Studienanfänger an der East Central University hatte er davon geträumt, Prozessanwalt zu werden, und oft geschwänzt, um Barney in Aktion zu sehen. Er hatte mit Spannung verfolgt, wie er unsichere Zeugen in die Mangel nahm oder Staatsanwälte unter Druck setzte. Barney Ward respektierte die Richter, aber er hatte keine Angst vor ihnen; und er wusste, wie man mit Geschworenen umging. Nie missbrauchte er seine Behinderung, doch in entscheidenden Momenten setzte er sie ein, um Sympathie zu wecken. Für Greg Saunders war Barney schlicht ein brillanter Prozessanwalt.

Sie arbeiteten unabhängig voneinander, stimmten sich aber unter der Hand ab und reichten dabei so viele Anträge ein, dass das Büro des Bezirksstaatsanwalts im Chaos zu versinken drohte. Richter Miller beraumte für den 11. Juni eine Anhörung über strittige Punkte zwischen Verteidigung und Staatsanwaltschaft an. Barney Ward verlangte eine Liste mit den Namen sämtlicher Zeugen der Anklage. Das Gesetz des Bundesstaates Oklahoma schreibt vor, dass die Zeugen bekannt gegeben werden müssen. Bill Peterson wollte das nicht recht einsehen, woraufhin Barney ihm den Artikel erläuterte. Daraufhin wollte der Staatsanwalt nur die Namen der Zeugen nennen, die er in der Voruntersuchung vorladen würde. So nicht, beschied Richter Miller, und Peterson bekam die Anweisung, die Verteidigung rechtzeitig von jedem neuen Zeugen in Kenntnis zu setzen.

Barney war in Beißlaune und brachte die meisten seiner Anträge durch. Aber man sah ihm auch an, dass er allmählich frustriert war. Einmal bemerkte er beiläufig, er sei nur von Amts wegen bestellt und wolle nicht zu viel Zeit auf diesen Fall verwenden. Er habe sich vorgenommen, gute Arbeit zu leisten, fürchte aber, dass ihm sein erster Mordprozess die letzte Kraft raube.

Am nächsten Tag reichte er einen Antrag auf einen zusätzlichen Rechtsbeistand für Ron ein. Die Staatsanwaltschaft hatte keine Einwände, und am 16. Juni wurde Frank Baber von Richter Miller eingesetzt, um Barney zur Seite zu stehen. Während der Vorbereitung auf die Voruntersuchung gingen Papierkrieg und juristisches Gerangel zwischen beiden Seiten weiter.

Dennis Fritz bekam eine Zelle unweit von Ron Williamson. Er konnte Ron nicht sehen, aber zweifellos hören. Wenn Ron nicht durch eine Überdosis Medikamente ruhiggestellt war, brüllte er in einem fort. Stundenlang stand er am Gitter seiner Zelle und schrie: »Ich bin unschuldig! Ich bin unschuldig!« Seine tiefe, raue Stimme trug weit durch das überfüllte Gebäude. Er war wie ein waidwundes Tier, gefangen hinter Gitterstäben, und brauchte dringend Hilfe.

Die Gefangenen standen ohnehin unter Stress, doch Rons Geschrei zerrte noch mehr an ihren Nerven.

Oft brüllten Mitinsassen zurück und verhöhnten ihn wegen des Mordes an Debbie Carter. Das Zanken und Fluchen war manchmal belustigend, meistens aber zermürbend. Die Wärter holten Ron aus der Einzelhaft und steckten ihn in eine Gemeinschaftszelle mit einem Dutzend anderer. Diese Lösung erwies sich als katastrophal. Die Männer lebten förmlich Schulter an Schulter. Ron war nicht in der Lage, die ohnehin auf ein Minimum reduzierte Privatsphäre der anderen zu respektieren. Es dauerte nicht lange, da tauchte eine Bittschrift auf, unterzeichnet von Rons Mithäftlingen, in der die Gefängnisleitung inständig gebeten wurde, Ron wieder in die Isolationshaft zu überführen. Um einem Häftlingsaufstand oder Mord vorzubeugen, stimmte sie zu.

Es folgten lange Phasen der Ruhe, in denen alle, Insassen und Wachpersonal, aufatmen konnten. Bald wusste das ganze Gefängnis, wann John Christian Dienst hatte oder Ron von den Wärtern wieder einmal eine gefährlich hohe Dosis Thorazin bekommen hatte.

Das Thorazin beruhigte ihn, doch es hatte auch Nebenwirkungen. Häufig juckten Rons Beine davon, dann torkelte er stundenlang zuckend hinter seinen Gitterstäben hin und her; der »Thorazin-Shuffle« gehörte bald zur alltäglichen Geräuschkulisse.

Dennis Fritz redete mit ihm und versuchte, ihn zu beschwichtigen – hoffnungslos. Es war schmerzlich, Rons verzweifelte Unschuldsbekundungen zu hören, vor allem für Dennis, der ihn am besten kannte. Ron brauchte viel mehr als nur Pillen, das war offensichtlich.

Neuroleptika sind praktisch dasselbe wie Beruhigungsmittel und Antipsychiotika und werden im Wesentlichen bei schizophrenen Störungen eingesetzt. Thorazin ist ein Neuroleptikum mit einer schwer belasteten Vergangenheit. In den

Fünfzigerjahren begann sein Siegeszug durch die psychiatrischen Anstalten. Es ist ein starkes Medikament, das kognitives Leistungsvermögen und Interesse der Patienten erheblich einschränkt. Psychiater, die das Mittel schätzen, sagen, seine Heilwirkung beruhe darauf, dass es die gestörten chemischen Prozesse im Hirn verändere oder repariere.

Die Kritiker aber – und sie sind den Befürwortern zahlenmäßig weit überlegen – berufen sich auf Studien, die belegen, dass das Medikament viele starke Nebenwirkungen hat. Es wirkt sedierend, macht schläfrig und lethargisch, führt zu Konzentrationsschwäche, verursacht Albträume und emotionale Probleme, Depressionen, Verzweiflungszustände, bringt das Interesse an der Umwelt zum Erliegen, und es beeinträchtigt die Aufmerksamkeit und das kognitive Leistungsvermögen sowie die Motorik des Patienten. Thorazin wirkt toxisch auf die meisten Gehirnfunktionen und zerstört sie fast alle.

Seine erbittertsten Gegner sagen, das Mittel sei »nichts anderes als eine chemische Leukotomie«. Sie meinen, der einzige echte Nutzen von Thorazin sei es, psychiatrischen Einrichtungen und Gefängnissen Geld zu sparen und Patienten und Häftlinge gefügiger zu machen.

Ron bekam das Thorazin von den Wärtern, manchmal auf Anweisung seines Anwalts. Häufig aber gab es gar keine Überwachung. Wenn er zu laut wurde, bekam er eine Pille.

Seit dem Mord waren viereinhalb Jahre vergangen, von denen Dennis Fritz vier in Ada verbracht hatte. Dennoch bestand bei ihm angeblich Fluchtgefahr. Die für ihn angesetzte Kaution war wie die Rons unbezahlbar hoch. Wie alle Angeklagten wurden beide als unschuldig angesehen und trotzdem hinter Gittern verwahrt, damit sie nicht fliehen oder frei auf der Straße herumlaufen und andere umbringen konnten.

Obwohl sie als unschuldig galten, warteten sie fast ein Jahr in einer Zelle auf ihren Prozess.

Ein paar Tage, nachdem Dennis ins Gefängnis gekommen war, tauchte plötzlich ein Kerl namens Mike Tenney vor seiner Zelle auf, ein fetter Typ mit Glatzenansatz und ziemlich einfacher Ausdrucksweise. Aber er lächelte nett und hatte eine angenehme Art, und er behandelte Dennis wie einen alten Kumpel. Außerdem war er ganz scharf darauf, über den Carter-Mord zu reden.

Dennis kannte Ada lange genug, um zu wissen, dass dieses Gefängnis ein Sumpf voller Spitzel, Lügner und Halsabschneider war. Er wusste, jeder Dialog konnte in einem Gerichtssaal wieder auftauchen, und zwar so abgewandelt, dass er einem vor Gericht auf jeden Fall zum Nachteil gereichte. Ob Insasse, Wärter, Cop, Vertrauenshäftling, Hausmeister, Koch – jeder war ein potenzieller Spitzel, der eifrig Informationen sammelte, um sie an die Ermittler weiterzugeben.

Tenney erzählte, er sei neu in diesem Laden, und gab sich als fest angestellter Wärter aus, doch in Wahrheit stand er noch nicht auf der Gehaltsliste der County. Seine zahlreichen guten Ratschläge für Dennis kamen unaufgefordert und gründeten sich weder auf Wissen noch auf Erfahrung. Seiner Ansicht nach befinde sich Dennis in großen Schwierigkeiten. Er blicke einer Hinrichtung ins Auge, und wenn er seine Haut retten wolle, solle er am besten sein Gewissen erleichtern, ein Geständnis ablegen, mit Peterson drüben im Büro des Bezirksstaatsanwalts einen Deal aushandeln und Ron Williamson den Schwarzen Peter zuschieben.

Peterson würde fair sein.

Dennis hörte nur zu.

Tenney wollte nicht verschwinden. Jeden Tag kam er aufs Neue vorbei und schüttelte ernst den Kopf angesichts der verzweifelten Lage, in der sich Dennis befand. Er schwadronierte über das System, und wie es seiner Meinung nach funktionierte, und geizte nicht mit weisen Ratschlägen zum Nulltarif.

Dennis hörte nur zu.

Für den 20. Juli wurde eine Voruntersuchung vor Richter John David Miller festgesetzt. Wie fast überall im Land war die Voruntersuchung auch im Bundesstaat Oklahoma von entscheidender Bedeutung. Die Staatsanwaltschaft musste ihre Karten auf den Tisch legen und dem Gericht offenbaren, wer ihre Zeugen waren und was sie aussagen würden.

Die Herausforderung für den Staatsanwalt bestand darin, gerade so viel Belastungsmaterial zu präsentieren, dass der Richter die Anschuldigungen gegen den Angeklagten für ausreichend begründet hielt, andererseits aber der Verteidigung nicht alles zu verraten. Es war eine Frage des Fingerspitzengefühls und nicht ohne Risiko.

Normalerweise hat ein Staatsanwalt wenig zu befürchten, denn Richter müssen um ihre Wiederwahl bangen, wenn sie Klagen abweisen. Aber mit der dürftigen Beweislage bei Fritz und Williamson musste Bill Peterson bei dieser Anhörung alles geben. Er hatte so wenig vorzuweisen, dass er keinesfalls etwas zurückhalten konnte. Außerdem würde die Lokalzeitung da sein und eifrig jedes Wort mitschreiben. Drei Monate nach der Veröffentlichung wurde *The Dreams of Ada* in der Stadt immer noch heiß diskutiert. Die Voruntersuchung würde Petersons erster Auftritt bei einem größeren Gerichtstermin seit dem Erscheinen des Buches sein.

Der Sitzungssaal war beachtlich voll. Dennis Fritz' Mutter war da, ebenso Annette Hudson und Renee Simmons. Peggy Stillwell, Charlie Carter und ihre beiden Töchter waren schon früh gekommen. Das Stammpublikum – gelangweilte Anwälte, Klatschbasen aus dem Ort, faule Gerichtsangestellte, Rentner, die sonst nichts zu tun hatten – warteten darauf, den ersten Blick auf die beiden Mörder zu erhaschen. Der Prozess war noch Monate entfernt, aber jetzt würde man ihre Aussagen schon einmal live vorab hören können.

Vor der Anhörung hatte die Polizei von Ada Ron – nur so zum Spaß – erzählt, dass Dennis Fritz am Ende doch ein volles Geständnis abgelegt habe, das sie beide in den Punkten Mord und Vergewaltigung belaste. Die schockierende Nachricht ließ bei Ron alle Sicherungen durchbrennen.

Dennis saß ruhig neben Greg Saunders auf der Bank der Verteidigung und sah ein paar Unterlagen durch, während er darauf wartete, dass es losging. Ron saß in seiner Nähe, immer noch mit Handschellen und Fußfesseln, und starrte Fritz an, als wollte er ihn am liebsten erdrosseln. Plötzlich schnellte er von seinem Sitz hoch und begann Fritz anzuschreien. Ein Tisch flog durch die Luft und landete auf Barneys Assistentin Linda. Dennis sprang auf und rettete sich zum Zeugenstand, während die Aufseher auf Ron zustürzten.

»Dennis! Du verdammter Hurensohn!«, schrie er. »Wir regeln das hier und jetzt!« Seine tiefe, raue Stimme schallte wie Donnerhall durch den Gerichtssaal. Barney wurde getroffen und kippte vom Stuhl. Die Aufseher packten Ron, hielten ihn fest und versuchten, ihn zu bändigen. Er trat und schlug um sich wie ein Verrückter, und die Männer hatten alle Hände voll zu tun. Dennis, Greg Saunders und das Gerichtspersonal zogen sich rasch zurück und starrten ungläubig auf den Tumult mitten im Saal.

Es dauerte mehrere Minuten, um Ron, der seine Aufseher allesamt überragte, unter Kontrolle zu bekommen. Während er weggezerrt wurde, bedachte er Fritz mit einem Schwall von Obszönitäten und Drohungen.

Nachdem sich der Staub gelegt hatte, wurden Tische und Stühle wieder aufgestellt, und alle atmeten tief durch. Barney hatte den Aufruhr zwar nicht gesehen, wusste aber, dass er mittendrin gewesen war. Er stand auf und sagte:

Es soll ins Protokoll aufgenommen werden, dass ich das Gericht hiermit ersuche, mich von meinem Mandat zu entbinden. Dieser junge Mann wird nicht mit mir kooperieren. Wenn er mich bezahlen würde, wäre ich nicht hier. Ich kann ihn nicht vertreten, Richter, ich kann es einfach nicht. Ich weiß nicht, wer das machen kann, ich kann es nicht. Und ich … Wenn ich hier nicht entlassen werde, versuche ich es beim Revisionsgericht für Strafsachen. Ich schaffe das hier nicht. Ich bin viel zu alt für so was, Richter. Ich will mit ihm nichts mehr zu tun haben, unter keinen Umständen. Ich habe keine Ahnung, ob er schuldig ist oder nicht – das hat nichts damit zu tun –, aber ich schaffe das einfach nicht. Als Nächstes wird er mich wahrscheinlich verprügeln, und dann hat er ein massives Problem, und mir geht's noch schlechter.

Richter Millers Antwort kam prompt: »Der Antrag der Verteidigung wird abgewiesen.«

Annette und Renee litten schrecklich unter dem Anblick ihres Bruders, der wie ein Wahnsinniger tobte und in Ketten herumgezerrt wurde. Er war krank und brauchte Hilfe, er musste dauerhaft in eine Einrichtung, wo ihm gute Ärzte halfen. Wie konnte der Staat Oklahoma ihn vor Gericht stellen, obwohl er unübersehbar krank war?

Auf der anderen Seite des Ganges beobachtete Peggy Stillwell diesen Verrückten. Sie schauderte bei der Vorstellung, wie er ihrer Tochter Gewalt angetan hatte.

Nach ein paar Minuten Ruhe im Saal ordnete Richter Miller an, dass Williamson wieder hereingebracht werde. Im Warteraum hatten die Aufseher Ron erklärt, dass sich sein Verhalten für einen Gerichtssaal nicht gezieme und dass weitere Ausbrüche streng geahndet würden. Doch sobald sie ihn wieder hineinführten, begann er erneut, Dennis Fritz zu beschimpfen. Der Richter schickte ihn zurück ins Gefängnis, ließ den Gerichtssaal räumen und eine Stunde verstreichen.

Im Gefängnis wiederholten die Aufseher ihre Warnung, doch Ron scherte sich nicht darum. Falsche Geständnisse waren gang und gäbe in Pontotoc County, doch er glaubte nicht, dass die Cops aus Dennis Fritz eines herausgequetscht hatten. Ron war unschuldig und entschlossen, sich nicht unter Druck setzen zu lassen wie Ward und Fontenot. Wenn es ihm gelänge, Dennis die Hände um den Hals zu legen, würde er die Wahrheit schon aus ihm herausschütteln.

Sein dritter Auftritt war identisch mit den beiden ersten. Beim Eintreten in den Gerichtssaal schrie er: »Dennis! Wir regeln das jetzt sofort, du und ich, wir regeln das!«

Richter Miller unterbrach ihn, aber Ron war nicht zu bremsen. »Ich und du, wir regeln das«, schrie er Dennis an. »Ich hab niemanden umgebracht!«

»Halten Sie ihn zurück«, sagte Richter Miller zu den Aufsehern. »Mr Williamson, noch ein Wutausbruch, und diese Anhörung wird ohne Ihre Anwesenheit fortgesetzt.«

»Von mir aus«, gab Ron zurück.

»Gut, Sie verstehen …«

»Ich bleibe lieber nicht hier. Wenn's Ihnen nichts ausmacht, gehe ich zurück in meine Zelle.«

»Sie verzichten auf Ihr Recht, bei der Voruntersuchung anwesend zu sein?«

»Ja.«

»Niemand bedroht Sie oder nötigt Sie, so zu handeln, es ist Ihre eigene persönliche Entscheidung …«

»*Ich* bin hier derjenige, der droht«, fauchte Ron.

»Hat irgendjemand Sie bedroht … Ist es Ihre eigene persönliche Entscheidung zu verzichten …«

»Ich sagte, ich bin derjenige, der droht.«

»Gut. Sie möchten also nicht an dieser Voruntersuchung teilnehmen?«

»Das ist korrekt.«

»Gut. Bringen Sie ihn zurück ins County-Gefängnis. Für das Protokoll: Der Angeklagte Ronald K. Williamson verzichtet auf sein Recht, in diesem Gerichtssaal anwesend zu sein, infolge seines Wutausbruchs und der daraus resultierenden Störung. Das Gericht befindet, dass diese Anhörung nicht in seiner Anwesenheit stattfinden kann – aufgrund seiner aktuellen Äußerungen gegenüber dem Gericht und seiner Wutausbrüche.«

Ron kehrte in seine Zelle zurück, und die Anhörung wurde fortgesetzt.

1956 verfügte der Supreme Court im Verfahren *Bishop gegen Vereinigte Staaten*, dass die Verurteilung einer unzurechnungsfähigen Person der Vorenthaltung eines rechtsstaatlichen Verfahrens gleichkommt. Wenn Zweifel an der Schuldfähigkeit einer Person bestehen, stellt die Unterlassung einer angemessenen Untersuchung eine Entziehung ihrer verfassungsmäßigen Rechte dar.

Selbst nach zwei Monaten Gefängnisaufenthalt hatte niemand, weder vonseiten der Staatsanwaltschaft noch vonseiten der Verteidigung, Rons Zurechnungsfähigkeit infrage gestellt. Dabei war die Sachlage eindeutig. Seine umfangreiche Krankenakte war für das Gericht zugänglich. Seine Ausfälle im Gefängnis – wenn sie auch durch die willkürliche Gabe von Medikamenten in gewisser Weise unter Kontrolle waren – hätten klare Warnhinweise sein müssen. Sein Ruf in Ada war bekannt, insbesondere bei der Polizei.

Auch sein Verhalten vor Gericht war nichts Neues. Zwei Jahre zuvor hatte die Staatsanwaltschaft versucht, Rons Bewährungsstrafe in der Fluchtsache zu widerrufen. Da hatte er die Anhörung so nachhaltig gestört, dass man ihn zur Untersuchung in eine psychiatrische Einrichtung schickte. Vorsitzender Richter war damals John David Miller, derselbe Richter Miller, der nun die Voruntersuchung leitete. Derselbe Richter Miller, der Ron seinerzeit für unzurechnungsfähig erklärt hatte.

Heute – es waren zweieinhalb Jahre vergangen, und die Todesstrafe drohte – sah Richter Miller offenbar nicht die Notwendigkeit, Rons Geisteszustand untersuchen zu lassen.

In Oklahoma gibt es ein Gesetz, das einem Richter, auch dem leitenden Richter in einer Voruntersuchung, erlaubt, das Verfahren zu unterbrechen, wenn die Zurechnungsfähigkeit eines Angeklagten strittig ist. Ein Antrag vonseiten der Verteidigung ist nicht erforderlich. Die meisten Prozessanwälte würden sicher ins Feld führen, dass ihr Mandant schon lange psychische Probleme habe und ein Gutachten unabdingbar sei. Doch wenn kein entsprechender Antrag erfolgt, ist es die Pflicht des Richters, die verfassungsmäßigen Rechte des Angeklagten zu schützen.

Da Richter Miller schwieg, hätte Barney Ward aktiv werden müssen. Als Verteidiger hätte er ein psychiatrisches Gutachten über seinen Mandanten verlangen können. Im nächsten Schritt hätte eine Voruntersuchung zur Feststellung der Zurechnungsfähigkeit angestrebt werden können, eine Routinemaßnahme, wie sie David Morris zwei Jahre zuvor schon ergriffen hatte.

Ohne Ron verlief die Anhörung ruhig und gesittet. Sie dauerte mehrere Tage, in denen Ron seine Zelle nicht mehr verließ. Ob er geistig dazu in der Lage war, seine Verteidigung zu unterstützen, spielte keine Rolle.

Als Erster trat Dr. Fred Jordan in den Zeugenstand und gab einen Bericht über Autopsie und Todesursache: Tod durch Ersticken infolge eines um den Hals gelegten Gürtels oder eines Waschlappens im Mund oder vermutlich beides.

Die Lügen begannen mit dem zweiten Zeugen. Glen Gore sagte aus, er sei am Abend des 7. Dezember mit ein paar Freunden im Coachlight gewesen. Auch Debbie Carter sei dabei gewesen, er habe sie seit der gemeinsamen Schulzeit gekannt. Irgendwann am Abend habe sie ihn gebeten, ihr zu »helfen« oder sie zu »retten«, weil Ron Williamson ebenfalls da sei und sie belästige.

Dennis Fritz habe er an diesem 7. Dezember nicht im Coachlight gesehen.

Im Kreuzverhör sagte Gore, dass er das der Polizei am 8. Dezember erzählt habe, doch das damalige Vernehmungsprotokoll enthält den Namen Ron Williamson nicht. Auch war das Protokoll der Verteidigung nicht zugänglich gemacht worden, so wie es die Verfahrensbestimmungen vorschreiben.

Auf diese Weise wurde Glen Gore der einzige Zeuge, der Ron Williamson mit seiner Aussage unmittelbar belastete. Indem er ihm den Kontakt und einen Konflikt mit Debbie Carter nur Stunden vor ihrer Ermordung nachsagte, stellte er formal die Verbindung zwischen Täter und Opfer her. Alle andere Beweise gründeten sich allein auf Indizien.

Nur ein Ankläger, der so fest entschlossen war wie Bill Peterson, konnte schamlos genug sein, um einen Kriminellen wie Glen Gore überhaupt in die Nähe seines Falls zu lassen. Gore war in Handschellen und Ketten zu der Anhörung gebracht worden. Er verbüßte eine vierzigjährige Haftstrafe wegen Einbruchs, Menschenraubs und versuchten Mordes an einem Polizeibeamten. Fünf Monate zuvor war Gore in das Haus seiner Exfrau Gwen eingedrungen und hatte sie zusammen mit der kleinen Tochter als Geisel genommen. Betrunken bedrohte er sie fünf Stunden lang mit vorgehaltener Pistole. Als ein Polizist – es war Rick Carson – durch ein Fenster spähte, zielte Gore auf ihn, drückte ab und traf ihn im Gesicht. Zum Glück waren die Verletzungen nicht schwer. Ehe er wieder nüchtern war und aufgab, schoss er auf einen weiteren Polizeibeamten.

Es war nicht der erste gewaltsame Übergriff auf Gwen. 1986 – gegen Ende ihrer stürmischen Ehe – wurde Gore angeklagt, in Gwens Haus eingedrungen zu sein und mehrmals mit einem Schlachtermesser auf sie eingestochen zu haben. Sie überlebte und erstattete Anzeige. Gore wurde zweimal wegen schweren Einbruchs und einmal wegen tätlichen Angriffs mit einer gefährlichen Waffe angeklagt.

Zwei Monate zuvor war Anklage gegen ihn erhoben worden, weil er Gwen angefallen und gewürgt hatte.

1981 war er unter Anklage gestellt worden, weil er sich gewaltsam Zutritt zum Haus einer anderen Frau verschafft hatte. Es gab außerdem eine Klage wegen Körperverletzung aus seiner Zeit bei der U.S. Army und eine lange Liste von Verurteilungen wegen geringfügiger Delikte.

Eine Woche, nachdem sein Name in die Liste der Zeugen gegen Ron Williamson aufgenommen war, kam es zu einer Absprache mit dem Staatsanwalt über eine Strafminderung. Gleichzeitig wurden die Klage wegen Menschenraubs und die Klage wegen Tätlichkeit mit einer gefährlichen Waffe abgewiesen. Als Gore verurteilt wurde, sandten die Eltern seiner Exfrau einen Brief an das Gericht, in dem sie um eine lange Haftstrafe baten. Hier Auszüge aus diesem Brief:

Sie sollen wissen, wie gefährlich dieser Mann unserer Ansicht nach ist. Er hat vor, unsere Tochter, unsere Enkelin und uns zu töten. Das hat er zu uns gesagt. Wir haben uns große Mühe gegeben, das Haus unserer Tochter einbruchsicher zu machen, es war alles vergeblich. Es würde den Rahmen eines Briefes sprengen, wollten wir all die Male aufzählen, die er unsere Tochter angegriffen hat. Bitte geben Sie unserer Tochter genügend Zeit, das Kind großzuziehen, ehe er wieder freikommt und der Terror von Neuem beginnt. Die Kleine soll das nicht noch mal durchmachen.

Seit Jahren hegte Barney Ward den Verdacht, dass Glen Gore in den Carter-Mord verwickelt war. Er war ein Berufsverbrecher und notorisch gewalttätig gegen Frauen. Und er war die letzte Person, die mit dem Opfer gesehen worden war. Es war völlig unverständlich, dass die Polizei so wenig Interesse an ihm zeigte.

Gores Fingerabdrücke waren nie ins OSBI-Labor gelangt. Die Fingerabdrücke von vierundvierzig Personen waren analysiert worden, seine nicht. Er hatte sich einmal bereit erklärt, einen Lügendetektortest zu machen, der aber nie durchgeführt wurde. Die erste Haarprobe von Gore hatte die Polizei von Ada verschlampt, woraufhin er eine zweite abgab. Und vielleicht auch eine dritte. So genau wusste das keiner mehr.

Barneys Aufnahme- und Erinnerungsvermögen für Gerichtsklatsch war verblüffend. Er wusste genug, um davon überzeugt zu sein, dass Gore von der Polizei hätte überprüft werden müssen.

Genauso wie er wusste, dass sein Mann, Ronnie Williamson, unschuldig war.

Erst Jahre später wurde das Rätsel um den nachlässigen Umgang mit Gore zumindest teilweise gelüftet. In einer beeideten schriftlichen Erklärung sagte er – noch immer inhaftiert – aus, dass er Anfang der Achtzigerjahre in Ada Drogen verkauft habe, insbesondere Methamphetamin. In seine Geschäfte seien zum Teil auch Polizeibeamte aus Ada verwickelt gewesen, vor allem ein gewisser Dennis Corvin, den er als »Hauptlieferant« bezeichnete und der im Harold's verkehrt sei, wo er, Gore, gearbeitet habe.

Wenn er den Beamten Geld geschuldet habe, hätten sie ihn unter einem Vorwand festgenommen, doch überwiegend sei er von den Cops in Ruhe gelassen worden. »Anfang der Achtziger habe ich immer wieder gemerkt«, schrieb er unter Eid, »dass ich von den Gesetzeshütern in Ada bevorzugt behandelt wurde, weil ich Drogengeschäfte mit ihnen machte.«

Außerdem: »Diese bevorzugte Behandlung endete, als ich nicht mehr am Drogenhandel mit der Polizei von Ada beteiligt war.«

Seine vierzigjährige Haftstrafe schrieb er dem Umstand zu, dass er »keine Drogen mehr an die Polizei von Ada verkaufte«.

Was Williamson anging, so sagte Gore, dass er nicht wisse, ob Ron am Abend des Mordes im Coachlight gewesen sei. Die Cops hätten ihm ein paar Fotos gezeigt, auf Ron gedeutet und erklärt, dass er der Mann sei, der sie interessiere. »Dann forderten sie mich auf, Mr Williamson zu identifizieren.«

Außerdem: »Bis zum heutigen Tage weiß ich nicht, ob Ron Williamson an dem Abend, als Debbie Carter verschwand, in der Bar war. Ich habe ihn identifiziert, weil die Polizei das von mir erwartet hat.«

Gores beeidete Erklärung wurde von einem Anwalt vorbereitet, und sein eigener Rechtsvertreter sah sie durch, ehe er unterschrieb.

Der nächste Zeuge der Anklage war Tommy Glover, Stammgast im Coachlight und einer der Letzten, die Debbie Carter lebend gesehen hatten. Ursprünglich hatte er ausgesagt, dass sie auf dem Parkplatz mit Glen Gore gesprochen und ihn weggestoßen habe, ehe sie losgefahren sei.

Doch vier Jahre und sieben Monate später sahen die Dinge in seiner Erinnerung etwas anders aus. Glover bezeugte in der Anhörung, dass er gesehen habe, wie Gore mit Debbie gesprochen habe, dass sie in ihr Auto gestiegen und weggefahren sei. Nicht mehr und nicht weniger.

Als Nächstes sagte Charlie Carter aus. Er erzählte, wie er seine Tochter am Morgen des 8. Dezember 1982 vorgefunden hatte.

Dann wurde der OSBI-Beamte Jerry Peters als »Tatortexperte« in den Zeugenstand gerufen, wo er alsbald mächtig ins Schwitzen kam. Barney roch Lunte und nahm Peters zu seinen widersprüchlichen Analysen der Handabdrücke auf der Rigipsplatte in die Mangel. Eine feste Meinung im März 1983, dann ein überraschender Umschwung im Mai 1987 – was habe ihn veranlasst, seine ursprüngliche Ansicht, dass der Handabdruck nicht von Debbie Carter, Ron Williamson oder Dennis Fritz stamme, zu revidieren? Konnte es eventuell sein, dass diese Meinung der Staatsanwaltschaft nicht ins Konzept passte?

Peters gab zu, dass vier Jahre lang nichts passiert war. Anfang 1987 dann habe er einen Anruf von Bill Peterson erhalten, der ihn veranlasst habe, sein erstes Urteil zu überdenken. Nach der Exhumierung und dem erneuten Vergleich der Abdrücke hatte er auf einmal seine Meinung geändert, und sein neuer Bericht entsprach exakt den Wünschen der Staatsanwaltschaft.

Greg Saunders stimmte zugunsten von Dennis Fritz in den Kanon ein. Es war offensichtlich, dass dieser Beweis manipuliert war. Aber noch lief nur die Voruntersuchung und nicht der eigentliche Prozess. Erst im Hauptverfahren brauchte man Beweise, die über jeden berechtigten Zweifel erhaben sein mussten.

Peters bezeugte außerdem, dass von den einundzwanzig Fingerabdrücken, die in der Wohnung und am Auto gefunden wurden, neunzehn von Debbie Carter stammten, einer von Mike Carpenter, einer von Dennis Smith und keiner von Fritz oder Williamson.

Starzeugin der Anklage war die erstaunliche Terri Holland. Sie hatte vier Monate, von Oktober 1984 bis Januar 1985, wegen Scheckbetrugs im Gefängnis von Pontotoc County eingesessen. Es war ein bemerkenswert produktiver Aufenthalt hinter Gittern gewesen, zumindest was Oklahomas ungelöste Mordfälle anging.

Zunächst hatte sie nur behauptet, Karl Fontenot belauscht zu haben, wie er die Entführung und Ermordung von Denice Haraway gestand. Terri Holland war schon im September 1985 im ersten Prozess gegen Ward und Fontenot in den Zeugenstand getreten und hatte den Geschworenen all die schaurigen Details geliefert, mit denen die Detectives Smith und Rogers Tommy Wards Traum-Geständnis dekoriert hatten. Nach der Aussage hatte sie für den Scheckbetrug eine leichte Strafe bekommen, obwohl sie bereits zweimal wegen anderer Verbrechen verurteilt worden war. Ward und Fontenot gingen in die Todeszelle, Terri Holland setzte sich aus der County ab.

Sie ließ unbezahlte Geldstrafen und Ähnliches zurück –

nichts, was die Justizbehörden unter normalen Umständen allzu ernst genommen hätten. Dennoch trieben sie sie auf und holten sie zurück. Aus Angst vor neuen Anklagen zauberte sie plötzlich ein paar erstaunliche Neuigkeiten für die Ermittler hervor. Sie habe im Gefängnis nicht nur Fontenot belauscht, sondern auch Williamson. Auch er habe ein volles Geständnis abgelegt.

Was für ein unfassbares Glück für die Cops! Sie hatten nicht nur ein Traum-Geständnis zuwege gebracht – ihr bevorzugtes Ermittlungsinstrument –, sondern jetzt auch noch einen Spitzel an der Hand, ihr zweitliebstes Werkzeug.

Holland hielt sich bedeckt, warum sie erst jetzt, im Frühjahr 1987, mit Rons Geständnis kam. Über zwei Jahre hatte sie kein Wort darüber verloren. Warum sie mit Fontenots Eingeständnis dagegen sofort zu Smith und Rogers gelaufen war, wollte niemand von ihr wissen.

Als Zeugin in der Voruntersuchung konnte sie ihrer Fantasie freien Lauf lassen. Da Ron nicht an dem Verfahren teilnahm, konnte sie erdichten, was sie wollte. Sie berichtete etwa, dass er seine Mutter einmal am Telefon angebrüllt habe: »Ich bringe dich um, wie ich Debbie Carter umgebracht habe!«

Das einzige Telefon des Gefängnisses war an einer Wand in der Aufnahme angebracht. Es kam selten vor, dass Insassen telefonieren durften. Wenn sie an den Apparat konnten, mussten sie sich über einen Tresen lehnen und mit ausgestrecktem Arm nach dem Hörer greifen. Wer auch immer gerade am Empfangsschalter arbeitete, wurde unweigerlich Zeuge des Gesprächs. Dass ein anderer Gefangener zufällig etwas mitbekam, war unwahrscheinlich, wenn nicht ganz und gar ausgeschlossen.

Terri Holland sagte außerdem aus, dass Ron bei einer Kirche angerufen habe, dort jemanden um Zigaretten gebeten und gedroht habe, die Bude anzuzünden, wenn man ihm keine bringe.

Erneut konnte niemand die Aussage bestätigen. Allerdings fragte auch niemand nach der Raumaufteilung des Gefängnisgebäudes oder wie es sein konnte, dass ein weiblicher Häftling so nahe an die männlichen Insassen herankam.

Stattdessen betätigte sich Peterson als Stichwortgeber. »Haben Sie ihn jemals darüber reden hören, was er Debbie Carter angetan hat?«

»Ja, im Trakt mit den Gemeinschaftszellen hat er geredet«, erwiderte sie. »Gleich nachdem sie Tommy Ward und Karl Fontenot reinbrachten.«

»Was hat er in den Gemeinschaftszellen gesagt, in Bezug auf das, was er Debbie Carter angetan hat?«

»Er sagte nur, dass … ich weiß nicht, wie ich's ausdrücken soll. Er sagte, sie dachte, sie wäre was Besseres als er, und dass er der Hure gezeigt hat, dass sie's nicht ist.«

»Noch etwas?«

»Er sagte, er hat sie gezwungen, mit ihm zu schlafen. Na ja, so hat er's nicht gesagt. Ich weiß nicht mehr, wie er es ausgedrückt hat. Er sagte, er hat ihr eine Cola… eine Ketchupflasche in den Hintern und ihren Slip in den Rachen gestopft, und er hat ihr eine Lektion erteilt.«

Peterson gab weiter mit Suggestivfragen die Richtung vor. »Hat er in Bezug auf Debbie Carter gesagt, dass sie den Mund halten soll oder so etwas?«

»Ja, er wollte es mit ihr machen, aber sie wollte nicht, und da sagte er, es wäre besser für sie, wenn sie den Mund halten und es ihm besorgen würde.«

»Damit er nicht gezwungen wäre, was zu tun?«, half Peterson seiner stockenden Zeugin auf die Sprünge.

»Sie zu töten.«

Unglaublich, dass Bill Peterson, seines Zeichens Organ der Rechtspflege und betraut mit der Pflicht, die Wahrheit zu finden, sich auf so einen Mummenschanz eingelassen hatte.

Der entscheidende Part beim Spitzeln ist die Belohnung. Das Strafmaß für Terri Holland wurde in Absprache mit dem Staatsanwalt herabgesetzt. Damit war sie auf freiem Fuß und alle Probleme los. Sie stimmte einer Entschädigungszahlung in monatlichen Raten zu, kam aber ihren Verpflichtungen schon bald nicht mehr nach.

Die wenigsten wussten damals, dass Terri Holland mit Ron Williamson noch eine Rechnung offen hatte. Jahre vorher, zu der Zeit, als Ron in Ada als Vertreter von Rawleigh-Produkten unterwegs war, bot sich ihm einmal unerwartet die Gelegenheit zum Sex. Als er an einer Tür klopfte, bat ihn eine weibliche Stimme herein. Er trat ein und sah sich einer splitternackten Frau gegenüber, Marlene Keutel. Es schien sonst niemand im Haus zu sein, und so kam man schnell zur Sache.

Marlene Keutel war psychisch labil, und eine Woche nach dieser Episode beging sie Selbstmord. Ron kam noch ein paarmal bei ihr vorbei, um seine Produkte anzubieten, fand sie aber nie zu Hause vor. Dass sie tot war, wusste er nicht.

Ihre Schwester war Terri Holland. Kurz nach dem sexuellen Kontakt erzählte Marlene Terri davon und behauptete, Ron habe sie vergewaltigt. Anzeige wurde nicht erstattet, sie dachten nicht einmal daran. Obwohl Terri wusste, dass ihre Schwester verrückt war, glaubte sie immer noch, dass Ron die Schuld an ihrem Tod trug. Ron dagegen hatte den Quickie längst vergessen und keine Ahnung, wer Terri Holland war.

Der erste Tag der Voruntersuchung ging mit der Aussage von Dennis Smith weiter, der zäh und in allen Details Tatort und Ermittlungen schilderte. Eine Überraschung gab es, als Smith zu den verschiedenen handschriftlichen Hinterlassenschaften der Mörder kam – die Botschaft an der Wand in rotem Nagellack, der Satz »Sucht nich nach uns, sonst pasiert was« in Ketchup auf dem Küchentisch und die kaum leserlichen Worte auf Debbies Bauch und Rücken. Die Detectives Smith und Rogers hatten zu Beginn der Ermittlungen gehofft, die Handschrift könnte sie vielleicht auf eine Spur führen. Und so hatten sie Dennis Fritz und Ron Williamson eine weiße Karteikarte hingelegt, auf die sie irgendetwas schreiben sollten.

Die Detectives hatten keine Erfahrung mit der Analyse von Handschriften, aber – wenig überraschend – das untrügliche Gefühl, einen Treffer gelandet zu haben. Die Schriftproben von Fritz und Williamson – also irgendwelche Wörter, mit Stift auf eine Karteikarte geschrieben – hätten der roten Nagellackbotschaft an der Wand und dem Ketchupgeschmiere in der Küche verdächtig ähnlich gesehen.

Sie seien mit ihrem Verdacht zu einem nicht näher bezeichneten Beamten des OSBI gegangen, der, Smith zufolge, ihrer Schlussfolgerung zugestimmt und ihnen eine »mündliche Bestätigung« gegeben habe.

Im Kreuzverhör mit Greg Saunders sagte Smith aus: »Also, laut der Person, mit der wir gesprochen haben, ähnelte die Schriftprobe der Handschrift, die wir an der Wand in der Wohnung gefunden haben.«

»Was ist mit dem Tisch?«

»Beide waren ähnlich.«

Ein paar Minuten später war Barney an der Reihe und quetschte Smith über die Handschriftenanalyse aus. Er fragte ihn, ob er einen Bericht vom OSBI über Rons Handschrift habe.

»Wir haben keinen angefordert«, räumte Smith ein.

Barney konnte es nicht fassen. Warum war das OSBI nicht eingeschaltet worden? Dort gab es Fachleute. Vielleicht hätten sie Ron und Dennis als Verdächtige ausschließen können.

Smith geriet in die Defensive. »Es gab Ähnlichkeiten bei den Handschriften. Aber wissen Sie, das gründete sich ja auf unsere Beobachtungen, das war nicht wirklich wissenschaftlich. Ich meine, wir waren, wissen Sie, wir haben die Ähnlichkeiten eben gesehen. Aber wissen Sie, es ist ja fast ein Ding der Unmöglichkeit, zwei verschiedene Arten von Handschriften so wie diese zu vergleichen. Man hat eine Schrift mit einem Nagellackpinsel, eine Schrift mit einem Stift. Das sind zwei unterschiedliche Arten von Schrift.«

Barney wollte es genau wissen. »Versuchen Sie etwa, dem Gericht zu erklären, dass diese beiden Jungs hier, Dennis Fritz und Ronnie Williamson, sich möglicherweise abgewechselt haben mit dem Fingernagelpinsel oder Fingernagellackpinsel und so den Satz über Jim Smith geschrieben haben und auch den anderen, Sie wissen schon, also einer schrieb einen Buchstaben, und dann haben sie getauscht, oder so etwas in der Art? Und dass Sie das zu demselben Ergebnis geführt hätte?«

»Nein, aber ich denke, wir waren der Ansicht, dass sie beide eine Schriftprobe hinterlassen haben, nicht unbedingt in derselben Schriftprobe, aber, wissen Sie, es waren ja mehrere verschiedene Schriftproben in der Wohnung.«

Die Aussage zu den Handschriften hätte den Fall eigentlich weiterbringen sollen, doch sie war so fadenscheinig, dass nicht einmal Bill Peterson sie in der Hauptverhandlung verwenden wollte.

Am Ende des ersten Tages befielen Richter Miller Bedenken wegen Rons Abwesenheit. Bei einer Besprechung am Richtertisch erläuterte er den Anwälten das Problem. »Ich habe ein wenig nachgelesen, was es bei Abwesenheit des Angeklagten zu beachten gibt. Ich werde Mr Williamson morgen gegen Viertel vor neun noch einmal herüberholen lassen, um ihn zu fragen, ob er immer noch wünscht, nicht teilzunehmen. Wenn ja, geht er eben wieder zurück.«

Woraufhin Barney Ward beflissen einwarf: »Soll ich ihn schon mal runterfahren mit hundert Milligramm …«

»Ich werde Ihnen gewiss nicht sagen, was Sie zu tun haben«, fiel ihm Richter Miller ins Wort.

Um 8:45 Uhr am nächsten Morgen wurde Ron in den Gerichtssaal eskortiert. Richter Miller wandte sich an ihn. »Mr Williamson, Sie haben gestern den Wunsch geäußert, bei diesem Termin nicht anwesend zu sein.«

»Ich will nicht hier sein«, sagte Ron. »Ich habe nichts zu tun mit diesem Mord. Ich habe niemals … ich weiß nicht, wer sie umgebracht hat. Ich weiß überhaupt nichts darüber.«

»Gut. Ihr Verhalten und Ihr Stören … Sie können Ihr Recht auf Anwesenheit zurückerlangen, aber Sie müssen versprechen und willens sein, nicht zu stören oder sich ungebührlich zu verhalten. Sie müssen das tun, um Ihr Recht wiederzuerlangen. Möchten Sie anwesend sein?«

»Nein, ich möchte nicht hier sein.«

»Sie verstehen, dass Sie das Recht haben, hier zu sein und sich die Aussagen der Zeugen anzuhören?«

»Ich möchte nicht hier sein. Was auch immer Sie hier alle tun, ich kann doch nichts daran ändern. Ich hab es satt, mich darüber aufzuregen. Es macht mich fertig; ich will einfach nicht hier sein.«

»Gut, es ist Ihre Entscheidung. Sie möchten nicht anwesend sein?«

»Das ist richtig.«

»Sie erklären also hiermit im Sinne der Verfassung Ihren Verzicht auf das Recht, den Zeugen gegenüberzutreten?«

»Ja. Sie alle können mich anklagen wegen etwas, was ich nicht getan habe. Sie alle können tun, was Sie wollen.« An Gary Rogers gewandt, fuhr Ron fort: »Sie machen mir Angst. Sie können mich anklagen, nachdem Sie mich viereinhalb Jahre schikaniert haben, Sir. Sie alle können das, weil Sie Macht haben und ich nicht.«

Ron wurde ins Gefängnis zurückgebracht, und die Voruntersuchung wurde mit der Aussage von Dennis Smith fortgesetzt. Es folgte Gary Rogers mit einem langwierigen

Bericht über die Ermittlungen, dann sagten die OSBI-Beamten Melvin Hett und Mary Long über die forensischen Untersuchungen aus, respektive Fingerabdruck- und Haaranalyse sowie die Auswertungen von Blut- und Speichelspuren.

Nachdem die Staatsanwaltschaft ihre Beweisführung abgeschlossen hatte, rief Barney zehn Zeugen auf – allesamt Wärter oder ehemalige Vertrauenshäftlinge. Nicht einer von ihnen erinnerte sich an etwas, was auch nur im Entferntesten dem glich, was Terri Holland gehört haben wollte.

Nachdem alle Zeugen ausgesagt hatten, beantragten Barney Ward und Greg Saunders, die Klagen wegen Vergewaltigung fallen zu lassen, weil sie nicht binnen drei Jahren eingereicht worden waren, wie vom Gesetz des Bundesstaates Oklahoma vorgeschrieben. Mord verjährt nie, doch für alle anderen Verbrechen bestehen Verjährungsfristen. Richter Miller erklärte, er werde zu einem späteren Zeitpunkt über den Antrag entscheiden.

Dennis Fritz ging in dem ganzen Hin und Her fast unter. Peterson konzentrierte sich offensichtlich voll auf Ron Williamson, seine Starzeugen – Glen Gore, Terri Holland, Gary Rogers (mit dem Traum-Geständnis) – hatten alle gegen ihn ausgesagt. Der einzige Beweis, der Dennis Fritz entfernt mit dem Mord in Verbindung brachte, war die Aussage über die Haaranalyse von Melvin Hett.

Greg Saunders erinnerte mit allem Nachdruck daran, dass die Beweislast bei der Staatsanwaltschaft liege, die bislang nicht bewiesen habe, dass Dennis Fritz etwas mit dem Mord zu tun habe. Richter Miller ließ sich den Punkt durch den Kopf gehen.

Barney stürzte sich ins Getümmel, indem er lautstark beantragte, die Anklage aufgrund der dürftigen Beweislage in allen Punkten fallen zu lassen, und Greg Saunders schloss sich dem Antrag an. Als Richter Miller nicht sofort eine Entscheidung fällte und deutlich wurde, dass er in der Tat die

Begründungen der Verteidigung in Erwägung zog, wurde Polizei und Staatsanwaltschaft klar, dass sie zusätzliches Beweismaterial beschaffen mussten.

Sachverständige Zeugen genießen bei Geschworenen hohes Ansehen, zumal in kleinen Städten. Wenn die Experten auch noch Staatsdiener sind und als Zeugen der Anklage gegen mutmaßliche Verbrecher aussagen, gelten sie als annähernd unfehlbar.

Barney und Greg Saunders wussten, dass die Aussagen der OSBI-Leute über Haar- und Fingerabdruckanalyse alles andere als hieb- und stichfest waren, aber sie brauchten Schützenhilfe, um sie zu widerlegen. Sie würden natürlich die Experten der Staatsanwaltschaft ins Kreuzverhör nehmen und versuchen, sie unglaubwürdig zu machen. Aber sie wussten, dass Verteidiger aus solchen Konfrontationen selten als Sieger hervorgingen. Sachverständige lassen sich schwer festnageln, und Geschworene verlieren rasch den Überblick. Die beste Lösung war es, ein oder zwei Experten in den eigenen Reihen zu haben.

Die Verteidigung stellte einen Antrag, in dem sie um die entsprechende Unterstützung ersuchte. Anträge dieser Art werden häufig gestellt, haben aber selten Erfolg. Sachverständige kosten Geld, und viele Richter schrecken davor zurück, den Steuerzahlern die explodierten Prozesskosten eines mittellosen Delinquenten aufzubürden.

Der Antrag wurde vorgetragen und begründet. Unerwähnt blieb die Tatsache, dass Barney blind war. Wenn irgendjemand Hilfe bei der Analyse von Haarfasern und Fingerabdrücken benötigte, dann war das Barney Ward.

8

Der Papierkram wanderte hin und her. Das Büro des Bezirksstaatsanwalts änderte die einzelnen Anklagepunkte und ließ die Anklage wegen Vergewaltigung fallen. Die Verteidiger protestierten gegen die neue Anklageschrift. Eine weitere Voruntersuchung wurde erforderlich.

Der zuständige Bezirksrichter war Ronald Jones aus Pontotoc County, die zusammen mit Seminole und Hughes den zweiundzwanzigsten Gerichtsbezirk bildete. Richter Jones war 1982 gewählt worden, Anhänger einer harten Vorgehensweise gegenüber Angeklagten und für seine drastischen Strafen bekannt, was allerdings keine Überraschung war. Er war strikter Befürworter der Todesstrafe, gläubiger Christ und Diakon in einer Baptistengemeinde. Hinter seinem Rücken nannte man ihn unter anderem »Ron der Baptist« und »Vorschriften-Jones«. Allerdings hatte er eine Schwäche für Straftäter, die im Gefängnis zum Glauben gefunden hatten, und einige Verteidiger soufflierten ihren Mandanten insgeheim, dass sich ein jähes Interesse für den Herrn bei einer Verhandlung unter dem Vorsitz von Richter Jones durchaus positiv auswirken könne.

Am 20. August wurde Ron, der immer noch keine Reue zeigen wollte, zu einer Anklageverlesung vor den Richter geführt. Es war das erste Mal, dass die beiden sich vor Gericht trafen. Richter Jones sprach mit Ron und fragte ihn, wie es ihm gehe, was ihm dieser in epischer Breite beantwortete.

»Sir, ich habe Folgendes zu sagen«, begann Ron mit lauter Stimme. »Ich fühle mit der Familie Carter, so sehr wie ihre Verwandten.«

Richter Jones bat um Ruhe.

Ron fuhr fort. »Sir, ich weiß, Sie wollen nicht, dass … ich … ich war es nicht.«

Die Wärter packten Ron am Arm, und er hielt endlich den Mund. Die Anklageverlesung wurde vertagt, damit Richter Jones Zeit hatte, die Mitschrift der Voruntersuchung zu lesen.

Zwei Wochen später war Ron mitsamt weiterer Anträge seiner Anwälte wieder da. Die Wärter hatten den Einsatz von Thorazin optimiert. Wenn Ron in seiner Zelle war und sie ihre Ruhe haben wollten, pumpten sie ihn mit Thorazin voll, und alle waren glücklich. Wenn allerdings ein Termin vor Gericht anstand, reduzierten sie die Dosis, damit er lauter und aggressiver wirkte. Norma Walker vom Mental Health Service hielt es für möglich, dass die Wärter Rons Medikamente manipulierten, und machte einen entsprechenden Vermerk in ihrer Akte.

Sein zweites Erscheinen vor Richter Jones verlief alles andere als gut. Ron nahm kein Blatt vor den Mund. Er beteuerte seine Unschuld, behauptete, die Leute würden Lügen über ihn erzählen, und sagte irgendwann: »Mutter weiß, dass ich in der Nacht zu Hause war.«

Schließlich brachte man ihn in seine Zelle zurück, und die Voruntersuchung wurde fortgesetzt. Barney Ward und Greg Saunders hatten getrennte Verfahren beantragt und ließen sich nicht mehr davon abbringen. Vor allem Saunders wollten eigene Geschworene haben – und keinen Mitangeklagten wie Ron Williamson.

Richter Jones war einverstanden und ordnete getrennte Verfahren an. Außerdem sprach er die Frage von Rons Schuldfähigkeit an und teilte Barney im Gerichtssaal mit, dass diese Angelegenheit vor Beginn des Prozesses geklärt sein müsse. Schließlich wurde Ron zur Anklage vernommen, bekannte sich nicht schuldig und ging wieder in seine Zelle.

Der Fall Fritz war jetzt ein eigenes Verfahren. Richter Jones hatte eine neue Voruntersuchung angeordnet, da die Anklage in der ersten so wenige Beweise gegen Dennis vorgelegt hatte.

Die Staatsanwaltschaft hatte nicht genug Zeugen.

In der Regel war es ein Problem für die Polizei, wenn die Anklage keine stichhaltigen Beweise hatte. Nicht so in Ada. Niemand geriet in Panik. Im Gefängnis von Pontotoc County wimmelte es nur so von potenziellen Spitzeln. Der erste, der sich für Dennis Fritz fand, war eine berufsmäßige Kleinkriminelle namens Cindy McIntosh.

Dennis war in eine Zelle verlegt worden, die näher an der Rons lag, damit die beiden sich unterhalten konnten. Ihr Streit war vergessen; Dennis hatte Ron davon überzeugen können, dass er ihn nicht verraten hatte.

Cindy McIntosh behauptete, sie sei nah genug an die beiden herangekommen, um ihr Gespräch belauschen zu können, und informierte die Polizei, dass sie das Gewünschte habe. McIntosh zufolge hatten Fritz und Williamson über einige Fotos gesprochen, die in der ersten Voruntersuchung eingereicht worden waren. Ron war ja nicht dabei gewesen, und angeblich habe er wissen wollen, was Dennis gesehen habe. Die Fotos zeigten den Tatort, und Ron habe Dennis gefragt: »Lag sie (Debbie Carter) auf dem Bett oder auf dem Boden?«

Auf dem Boden, habe Dennis erwidert.

Für die Polizei war das ein eindeutiger Beweis dafür, dass beide Männer in der Wohnung gewesen waren und die Vergewaltigung und den Mord begangen hatten.

Bill Peterson ließ sich schnell überzeugen. Am 22. September beantragte er, Cindy McIntosh als Zeugin der Anklage in das Verfahren aufzunehmen.

Der nächste Spitzel war James Riggins, dessen Karriere allerdings sehr kurz war. Nachdem man ihn aus der Strafanstalt herausgeholt hatte, damit er sich einer Anklage in Pontotoc County stellen konnte, brachte man Riggins eines Abends wieder in seine Zelle, wobei er an einer anderen Zelle vorbeikam. Er hörte, wie jemand – möglicherweise Ron – dort zugab, Debbie Carter getötet zu haben, und sagte, dass in Tulsa zwei Anklagen wegen Vergewaltigung gegen ihn gelaufen seien und er bei der Anklage wegen Mordes genauso ungeschoren davonkommen werde wie zuvor bei den Vergewaltigungen. Riggins konnte keine Angaben darüber machen, wem gegenüber Ron das alles zugegeben haben soll, aber in der Welt der Spitzel waren solche Details nebensächlich.

Etwa einen Monat später überlegte Riggins es sich anders. Bei einer Befragung durch die Polizei sagte er aus, er habe sich geirrt, und der Mann, dessen Geständnis er gehört habe, sei nicht Ron Williamson, sondern Glen Gore gewesen.

In Ada waren Geständnisse ansteckend. Am 23. September meldete sich ein junger Drogenabhängiger namens Ricky Joe Simmons bei der Polizei und verkündete, er habe Debbie Carter getötet und wolle jetzt darüber reden. Dennis Smith und Gary Rogers hatten keinerlei Schwierigkeiten damit, einen Videorekorder aufzutreiben, und Simmons fing an, seine Geschichte zu erzählen. Er gab zu, dass er seit Jahren Drogen genommen habe, am liebsten eine hausgebraute Speedmischung, die unter anderem aus Batteriesäure bestehe. Er sagte, er sei jetzt endlich von seiner Sucht losgekommen und habe Gott gefunden. An einem Abend im Dezember des Jahres 1982 – er war nicht sicher, ob es tatsächlich 1982 gewesen war – habe er in der Bibel gelesen und anschließend aus irgendeinem seltsamen Grund begonnen, zu Fuß durch Ada zu gehen. Dabei habe er ein Mädchen getroffen, vermutlich Debbie Carter. Aber er war sich nicht sicher und erzählte mehrere widersprüchliche Versionen darüber, wie er und das Mädchen zusammengekommen waren. Vielleicht habe er sie vergewaltigt, vielleicht auch nicht. Außerdem war er der Meinung, sie mit den Händen erwürgt zu haben. Nach der Tat habe er gebetet und sich in der Wohnung seines Opfers übergeben.

Stimmen hätten ihm gesagt, was er tun solle. Die Details waren unklar, und irgendwann sagte Simmons: »Es schien wie ein Traum gewesen zu sein.«

Seltsamerweise ließ Smith und Rogers die Aussicht auf ein weiteres Traum-Geständnis kalt.

Als Simmons gefragt wurde, warum er fast fünf Jahre mit seinem Geständnis gewartet habe, konnte er erklären, dass der Klatsch und Tratsch, der in letzter Zeit in der Stadt umlief, ihm dabei geholfen hätten, sich wieder an jenen verhängnisvollen Abend 1982 oder vielleicht auch 1981 zu erinnern. Aber er konnte sich beim besten Willen nicht daran entsinnen, wie er in Debbies Wohnung gekommen war, wie viele Zimmer es dort gab oder in welchem Zimmer er sie getötet hatte. Dann fiel ihm plötzlich die Ketchupflasche ein, und dass er einige Wörter an die Wand geschmiert hatte. Später sagte er, ein Arbeitskollege habe die Details des Verbrechens erwähnt.

Simmons behauptete, nicht mehr drogenabhängig und bei seinem Geständnis völlig nüchtern gewesen zu sein, doch für Smith und Rogers war klar, dass der Speedkonsum Folgen gehabt hatte. Sie glaubten kein Wort von dem, was Simmons erzählte. Obwohl das Geständnis genauso viele Unstimmigkeiten enthielt wie das von Tommy Ward, verfehlte es seine Wirkung auf die Detectives. Schließlich hatte Smith genug und sagte: »Meiner Meinung nach haben Sie Debbie Carter nicht getötet.« Dann bot er Simmons an, eine psychologische Beratung für ihn zu organisieren.

Simmons, der immer verwirrter wurde, beharrte darauf, sie getötet zu haben. Die beiden Detectives beharrten darauf, dass er nicht der Mörder war.

Dann bedankten sie sich für seine Aussage und schickten ihn nach Hause.

Im Gefängnis von Pontotoc County waren gute Nachrichten selten, doch Anfang November bekam Ron überraschend einen Brief. Ein Verwaltungsrichter sprach ihm eine Erwerbsunfähigkeitsrente aus dem Sozialversicherungssystem zu.

Ein Jahr zuvor hatte Annette in Rons Namen eine Erwerbsunfähigkeitsrente beantragt und geltend gemacht, dass er seit 1979 nicht in der Lage gewesen sei, einer regelmäßigen Arbeit nachzugehen. Der Richter, Howard O'Bryan, sah sich die zahlreichen Unterlagen zur Krankengeschichte Rons an und setzte für den 26. Oktober 1987 eine Anhörung an. Ron wurde aus seiner Zelle geholt und in den Gerichtssaal gebracht.

In seiner Entscheidung merkte Richter O'Bryan an: »Der Antragsteller hat durch Unterlagen zu seiner Krankengeschichte ausführlich belegt, dass er über längere Zeit alkoholabhängig war, seine Depressionen mit Lithium behandelt wurden und bei ihm eine atypische bipolare Störung diagnostiziert wurde, die durch atypische Persönlichkeitsstörungen (vermutlich Borderline-Syndrom, Paranoia und dissoziatives Verhalten) noch verstärkt wird. Ohne medikamentöse Behandlung ist er aggressiv, ausfallend und gewalttätig und leidet unter religiösen Wahnvorstellungen und kognitiven Störungen.«

Und weiter: »Es kam wiederholt zu Phasen der zeitlichen Disorientierung und Aufmerksamkeitsdefiziten sowie einer Beeinträchtigung des abstrakten Denkvermögens und der Bewusstseinsebene.«

Richter O'Bryan hatte keine Schwierigkeiten damit, zu dem Schluss zu kommen, dass Ron unter einer »schwerwiegenden manisch-depressiven Erkrankung, Persönlichkeitsstörungen und einer psychischen Störung infolge von Drogenmissbrauch« litt. Darüber hinaus sei Rons psychische Verfassung so schlecht, dass sie ihn daran hindere, einer regelmäßigen Arbeit nachzugehen.

Rons wurde eine Erwerbsunfähigkeitsrente zugesprochen, die rückwirkend ab dem 31. März 1985 und auf Dauer gezahlt wurde.

Ein Verwaltungsrichter hatte in erster Linie die Aufgabe, festzustellen, ob ein Antragsteller aufgrund einer körperlichen oder psychischen Beeinträchtigung erwerbsunfähig war und damit Anspruch auf eine monatliche Rente hatte. Am Verwaltungsgericht ging es um wichtige Fälle, aber nicht um Leben oder Tod. Die Richter Miller und Jones dagegen hatten die Pflicht, dafür zu sorgen, dass ein Angeklagter – insbesondere einer, dem die Todesstrafe drohte – einen gerechten Prozess bekam. Es war eine Ironie des Schicksals, dass Richter O'Bryan Rons psychische Probleme erkennen konnte, während die Richter Miller und Jones dazu nicht in der Lage waren.

Barney war so beunruhigt, dass er Rons Schuldfähigkeit beurteilen ließ. Er vereinbarte einen Termin für einen Test bei der Gesundheitsbehörde von Pontotoc County. Die Direktorin der zuständigen Klinik, Claudette Ray, führte eine Reihe psychologischer Tests durch und erstellte ein Gutachten für Barney. Es endete folgendermaßen: »Ron hat aufgrund von situationsbedingtem Stress ständig Angstgefühle. Er sieht sich nicht in der Lage, etwas an seiner Situation zu ändern oder eine Besserung zu erreichen. Es ist möglich, dass er sich aufgrund seiner Panikzustände und seines verwirrten Denkens unangemessen verhält und sich zum Beispiel weigert, bei Voruntersuchungen anwesend zu sein, obwohl er von der Teilnahme profitieren würde. Die meisten Menschen würden darauf bestehen, vor Gericht anwesend zu sein und Informationen und Gutachten zu hören, die darüber entscheiden, ob sie leben oder sterben werden.«

Das Gutachten wurde in Barneys Akte gesteckt und blieb auch dort. Eine Anhörung zur Beurteilung der Schuldfähigkeit zu beantragen war reine Routine, und für Barney wäre ein solcher Antrag nichts Neues gewesen. Sein Mandant saß im Gefängnis, etwa dreißig Meter vom Gerichtsgebäude entfernt, und Barney war fast jeden Tag dort.

Der Fall schien geradezu darum zu betteln, dass jemand endlich die Frage der Schuldfähigkeit aufwarf.

Die Anklage gegen Dennis Fritz erhielt durch die Zeugenaussage eines Indianers namens James C. Harjo, der kaum lesen und schreiben konnte, neuen Auftrieb. Harjo war zweiundzwanzig und saß wegen Einbruchs im Gefängnis – er war erwischt worden, nachdem er zweimal in dasselbe Haus eingebrochen war. Im September und Oktober, während er darauf wartete, in ein Staatsgefängnis verlegt zu werden, war Dennis Fritz sein Zellengenosse.

Die beiden freundeten sich an. Dennis hatte Mitleid mit Harjo und schrieb Briefe für den Jungen, von denen die meisten an dessen Frau gingen. Er wusste genau, was die Polizei geplant hatte, denn jeden zweiten Tag holte man Harjo ohne ersichtlichen Grund aus der Zelle – sein Prozess war bereits vorbei –, und sobald er wieder da war, fing er an, Dennis über den Mord an Debbie Carter auszufragen. In einem Gefängnis, in dem es von erfahrenen Spitzeln nur so wimmelte, hatte man mit Harjo eindeutig die schlechteste Wahl getroffen.

Das Vorgehen der Polizei war so offensichtlich, dass Dennis eine aus einem Absatz bestehende Aussage formulierte, die er Harjo jedes Mal, wenn dieser aus der Zelle geholt wurde, unterschreiben ließ. Ein Satz daraus lautete: »Dennis Fritz sagt immer, er sei unschuldig.«

Außerdem weigerte sich Dennis standhaft, mit ihm über den Fall zu sprechen.

Davon ließ sich Harjo allerdings nicht abhalten. Am 19. November nahm Peterson einen gewissen James C. Harjo als Zeugen der Anklage in die Akten auf. Am gleichen Tag wurde Dennis' Voruntersuchung unter dem Vorsitz von Richter John David Miller wieder aufgenommen.

Als Peterson ankündigte, dass sein nächster Zeuge Harjo sei, zuckte Dennis zusammen. Was konnte sich dieser dumme Junge ausgedacht haben?

Harjo, der unter Eid stand und erbärmlich schlecht log, erklärte einem sehr ernst aussehenden Bill Peterson, dass er der Zellengenosse von Dennis Fritz gewesen sei und sich anfänglich recht gut mit ihm verstanden habe. Am Abend von Halloween sei ein Gespräch zwischen ihnen jedoch aus dem Ruder gelaufen. Er, Harjo, habe Dennis über Details des Mordes ausgefragt. Dennis habe Mühe gehabt, die Details zu schildern, und ihm sei es dann gelungen, Unstimmigkeiten in der Geschichte zu entdecken. Er sei zu der Ansicht gelangt, dass Dennis den Mord begangen habe, was er ihm auch gesagt habe. Daraufhin sei Dennis sehr nervös geworden. Er habe angefangen, in der Gemeinschaftszelle auf und ab zu gehen, wobei er offensichtlich mit seiner Schuld gerungen habe. Als er zurückgekehrt sei, habe er ihn, Harjo, angesehen und mit Tränen in den Augen gesagt: »Wir wollten ihr nicht wehtun.«

Dennis konnte sich den Mist nicht länger anhören und brüllte den Zeugen im Gerichtssaal an: »Du lügst! Du lügst!«

Nachdem Richter Miller die Ordnung wiederhergestellt hatte, machten Harjo und Peterson mit der Märchenstunde weiter. Harjos Aussage zufolge hatte sich Dennis Sorgen um seine junge Tochter gemacht. »Was würde sie denken, wenn ihr Daddy ein Mörder wäre?«, habe er gesagt. Dann kam ein völlig unglaubwürdiges Geständnis. Angeblich hatte Dennis Harjo gegenüber zugegeben, dass er und Ron mit einigen Bierdosen in Debbies Wohnung gegangen waren. Nach der Vergewaltigung und dem Mord hätten sie die leeren Dosen zusammengesucht, alle Oberflächen der Wohnung abgewischt, um ihre Fingerabdrücke zu entfernen, und seien gegangen.

Im Kreuzverhör fragte Greg Saunders den Zeugen, ob Dennis erklärt habe, wie er und Ron ihre eigenen, unsichtbaren Fingerabdrücke abgewischt, es aber gleichzeitig fertig gebracht hätten, Dutzende Fingerabdrücke anderer Personen unberührt zu lassen. Harjo hatte keine Ahnung. Er gab zu, dass mindestens sechs andere Gefangene in der Nähe gewesen seien, als Dennis am Abend von Halloween sein angebliches Geständnis gemacht hatte, aber niemand außer ihm habe etwas gehört. Greg legte Kopien der Aussagen vor, die Dennis vorbereitet und Harjo unterschrieben hatte.

Harjo hatte sich in dem Moment unglaubwürdig gemacht, in dem er den Eid abgelegt hatte, aber nach Saunders Kreuzverhör stand er da wie ein Idiot. Was allerdings keine Rolle spielte, denn Richter Miller blieb nichts anderes übrig, als den Prozess für Dennis anzuberaumen. Nach der Gesetzgebung von Oklahoma war es dem Richter bei einer Voruntersuchung nicht gestattet, die Glaubwürdigkeit eines Zeugen zu beurteilen.

Die Prozesstermine wurde festgelegt, dann aber verschoben. Der Winter 1987/88 zog sich hin, während Ron und Dennis das Leben im Gefängnis ertrugen und hofften, dass es bald so weit war und sie vor Gericht erscheinen konnten. Nach Monaten hinter Gittern glaubten sie immer noch daran, dass Gerechtigkeit möglich war und die Wahrheit ans Licht kommen würde.

In der Voruntersuchung war der einzige wichtige Sieg für die Verteidigung Richter Jones' Entscheidung gewesen, die Angeklagten einzeln vor Gericht zu stellen. Obwohl Bill Peterson gegen die Anträge auf getrennte Verfahren gewesen war, hatte es einen enormen Vorteil, die beiden nacheinander zu verurteilen: Wenn man Dennis Fritz zuerst vor Gericht stellte, würden die Zeitungen sämtliche Details des Prozesses einer höchst beunruhigten und sehr neugierigen Stadt unter die Nase reiben.

Seit dem Tag des Mordes hatte die Polizei darauf beharrt, dass es zwei Mörder gab, und das erste (und einzige) Paar, das unter Verdacht geraten war, waren Fritz und Williamson. Bei jedem Schritt – Verdacht, Ermittlungen, Beschuldigung, Verhaftung, Anklage, Voruntersuchung – hatte man die beiden miteinander in Verbindung gebracht. Die Kopffotos, die man nach ihrer Verhaftung gemacht hatte, wurden nebeneinander in der Lokalzeitung abgedruckt. Die Schlagzeile hatte wiederholt gelautet: »Williamson und Fritz ...«

Wenn Bill Peterson im ersten Prozess eine Verurteilung von Fritz erreichen konnte, würden sich die Geschworenen im Prozess gegen Williamson auf ihre Stühle setzen und sofort anfangen, nach Gründen für die Todesstrafe zu suchen.

In Ada verstand man unter Fairness, Dennis Fritz zuerst zu verurteilen und dann sofort mit dem Prozess gegen Ron Williamson weiterzumachen – derselbe Gerichtssaal, derselbe Richter, dieselben Zeugen und dieselbe Zeitung, die darüber berichtete.

Am 1. April, drei Wochen, bevor Rons Prozess beginnen sollte, stellte Frank Baber, sein vom Gericht bestellter zweiter Anwalt, den Antrag, von dem Fall entbunden zu werden. Baber war eine Stelle als Staatsanwalt in einem anderem Bezirk angeboten worden.

Richter Jones gab dem Antrag statt. Baber konnte gehen. Barney blieb ohne Hilfe zurück – und ohne ein juristisch geschultes Augenpaar, das ihm dabei half, Unterlagen, Beweismittel, Fotos und Zeichnungen durchzugehen, die man vor Gericht gegen seinen Mandanten vorbringen würde.

Am 6. April 1988, fünfeinhalb Jahre nach dem Mord an Debbie Carter, wurde Dennis Fritz in den brechend vollen Gerichtssaal im ersten Stock des Gerichtsgebäudes von Pontotoc County geführt. Er war frisch rasiert, hatte sich die Haare schneiden lassen und trug seinen einzigen Anzug, den seine Mutter eigens für den Prozess gekauft hatte. Wanda Fritz saß in der ersten Reihe im Zuschauerraum, so nah bei ihrem Sohn wie möglich. Neben ihr hatte ihre Schwester, Wilma Foss, Platz genommen. Die beiden Frau wollten kein einziges Wort des Prozesses verpassen.

Nachdem man Dennis die Handschellen abgenommen hatte, sah er sich die Gesichter der Anwesenden an und fragte sich, welche der etwa einhundert potenziellen Geschworenen der Jury angehören würden. Wer von den eingetragenen Wählern, die im Zuschauerraum saßen, würde über ihn richten?

Sein langes Warten war vorbei. Nachdem er elf Monate in der qualvollen Enge seiner Zelle zugebracht hatte, stand er jetzt endlich im Gerichtssaal. Er hatte einen guten Anwalt; er ging davon aus, dass der Richter für einen gerechten Prozess sorgen würde. Zwölf aufrechte Bürger würden das vorgelegte Beweismaterial sorgfältig abwägen und schnell begreifen, dass Peterson ihm nichts nachweisen konnte.

Der Prozess war eine Erleichterung für Dennis, aber er jagte ihm auch eine Heidenangst ein. Schließlich waren sie in Pontotoc County, und Dennis wusste ganz genau, dass Unschuldigen etwas angehängt werden konnte. Er hatte für kurze Zeit eine Zelle mit Karl Fontenot geteilt, einem einfachen, verwirrten Mann, der im Todestrakt saß, für einen Mord, mit dem er nichts zu tun hatte.

Richter Jones betrat den Gerichtssaal und begrüßte die potenziellen Geschworenen. Nach einigen Vorbemerkungen begann die Auswahl der Geschworenen. Es war ein langsames, mühsames Prozedere. Die Stunden vergingen, während die Alten, Tauben und Kranken ausgesiebt wurden. Dann wurden Fragen gestellt, einige von den Anwälten, die meisten jedoch von Richter Jones. Greg Saunders und Bill Peterson feilschten darum, welche Geschworenen bleiben und welche gehen sollten.

Irgendwann während der langwierigen Geschworenenauswahl stellte Richter Jones einem potenziellen Geschworenen namens Cecil Smith folgende Frage: »Wer war Ihr letzter Arbeitgeber?«

Cecil Smith: »Die Oklahoma Corporation Commission.«

Weder Richter noch Anwälte fragten weiter. Was Cecil Smith bei seiner kurzen Antwort nicht erwähnt hatte, war die Tatsache, dass er lange in der Strafverfolgung gearbeitet hatte.

Unmittelbar darauf wurde Cecil Smith von Richter Jones gefragt, ob er Detective Dennis Smith kenne oder mit ihm verwandt sei.

Cecil Smith: »Er ist kein Verwandter von mir.«

Richter Jones: »Und woher kennen Sie ihn?«

Cecil Smith: »Ach, ich kenne ihn eben. Ich habe mich ein paarmal mit ihm unterhalten, hatte vielleicht auch ein paar Geschäfte mit ihm laufen.«

Stunden später wurden die Geschworenen vereidigt. Dennis Fritz war beunruhigt darüber, dass Cecil Smith der Jury angehörte. Als dieser seinen Platz auf der Geschworenenbank einnahm, sah er Dennis scharf an, was sich im Prozess noch viele Male wiederholen sollte.

Der eigentliche Prozess begann am Tag darauf. Nancy Shew, eine Bezirksstaatsanwältin, erläuterte den Geschworenen, welche Beweismittel die Anklage vorlegen würde. Greg Saunders wies die Anschuldigungen zurück und sagte in seinem Eröffnungsplädoyer, dass es nur sehr wenige Beweise gebe.

Der erste Zeuge war Glen Gore, den man für seine Aussage aus dem Gefängnis geholt hatte. Gore machte bei der Befragung durch Peterson persönlich die überaus seltsame Aussage, dass er Dennis Fritz in der Nacht des Mordes *nicht* mit Debbie Carter zusammen gesehen habe.

Die meisten Staatsanwälte ziehen es vor, mit einem starken ersten Zeugen zu beginnen, der den Mörder in die nähere Umgebung seines Opfers rücken kann, etwa zu der Zeit, zu der auch der Mord passiert ist. Peterson ging anders vor. Gore sagte, vielleicht habe er Dennis irgendwann einmal im

Coachlight gesehen, aber es sei auch möglich, dass er ihn nie dort gesehen habe.

Die Strategie der Anklage wurde klar, als der erste Zeuge vernommen wurde. Gore redete mehr über Ron Williamson als über Dennis Fritz, und Peterson stellte mehr Fragen über Ron. Er setzte auf Strafbarkeit durch eine Mittäterschaft.

Bevor Greg Saunders Gelegenheit hatte, Gores Glaubwürdigkeit wegen dessen ellenlangem Vorstrafenregister anzuzweifeln, erledigte Peterson das für ihn und diskreditierte seinen eigenen Zeugen. Er fragte Gore nach dessen krimineller Laufbahn. Gore war mehrfach verurteilt worden, für Verbrechen wie Entführung, schwere Körperverletzung und Angriff mit einer Schusswaffe auf einen Polizeibeamten, bei dem dieser angeschossen worden war.

Der wichtigste Zeuge der Anklage hatte nichts zu sagen, was Dennis Fritz belasten konnte, und wurde als abgebrühter Krimineller entlarvt, der eine Gefängnisstrafe von vierzig Jahren abzusitzen hatte.

Nach seinem misslungenen Start machte Peterson mit einem anderen Zeugen weiter, der auch nicht mehr wusste. Tommy Glover sagte aus, er habe gesehen, wie Debbie Carter und Glen Gore sich miteinander unterhalten hätten, kurz bevor sie vom Coachlight aus nach Hause gefahren sei. Nach kurzer Zeit wurde Glover aus dem Zeugenstand entlassen, ohne dass der Name Dennis Fritz auch nur ein einziges Mal gefallen war.

Gina Vietta erzählte ihre Geschichte über die sonderbaren Telefonanrufe Debbies in den frühen Morgenstunden des 8. Dezember. Zudem sagte sie aus, dass sie Dennis mehrmals im Coachlight gesehen habe, aber nicht am Abend vor dem Mord.

Nach Viettas Aussage schilderte Charlie Carter in bewegenden Worten, wie er die Leiche seiner Tochter gefunden hatte, anschließend wurde Detective Dennis Smith in den Zeugenstand gerufen. Smith wurde durch einen langatmigen Prozess geführt, bei dem der Tatort beschrieben und zahlreiche Fotos als Beweismittel vorgelegt wurden. Er redete über die Ermittlungen, die er geleitet hatte, über das Sammeln von Speichel- und Haarproben und so weiter. Bei Nancy Shews erster Frage nach möglichen Verdächtigen ging es nicht um Dennis Fritz, was keine Überraschung war.

»Haben Sie damals im Zuge Ihrer Ermittlungen einen Mann namens Ronald Keith Williamson befragt?«, wollte sie wissen.

»Ja, das haben wir.« Dann fing Smith an, über die polizeilichen Ermittlungen zu Ron Williamson zu schwafeln, ohne dass ihn jemand unterbrach oder Einspruch einlegte, und erklärte, wie und warum Williamson verdächtig geworden war. Irgendwann fiel Nancy Shew wieder ein, wer gerade vor Gericht stand, und sie fragte nach der Speichelprobe von Dennis Fritz.

Smith schilderte, wie er den Speichel gewonnen und an das Labor des OSBI in Oklahoma City weitergeleitet hatte. An dieser Stelle beendete Shew die Befragung, und das Kreuzverhör begann. Als sie sich setzte, hatte die Anklage mit keinem Wort erklärt, warum und wie Dennis Fritz zum Verdächtigen geworden war. Er hatte nie eine Beziehung zu dem Opfer gehabt. Niemand hatte ihn zum Zeitpunkt des Mordes in Debbies näherer oder weiterer Umgebung gesehen, obwohl Smith aussagte, dass Fritz »in der Nähe« von Debbies Wohnung lebe. Ein Motiv wurde nicht erwähnt.

Mit dem Mord in Verbindung gebracht wurde Dennis schließlich durch die Aussage des nächsten Zeugen, Gary Rogers, der sagte: »Im Rahmen der Ermittlungen zu Ron Williamson kam der Name des Anklagten Dennis Fritz ins Spiel, da dieser mit Ron Williamson befreundet war.«

Rogers erklärte den Geschworenen, wie er und Dennis Smith messerscharf gefolgert hätten, dass ein solches Verbrechen nur von zwei Mördern begangen worden sein konnte. Für einen allein schien es zu brutal zu sein, außerdem hätte(n) der oder die Mörder einen Hinweis hinterlassen, als sie mit Ketchup an die Wand geschrieben hatten: »Sucht nich nach uns, sonst pasiert was.« Das Wort »uns« ließ auf mehr als einen Täter schließen, und Smith und Rogers hatten sich auch sofort auf diese Vermutung gestürzt.

Durch gute Polizeiarbeit hatten die beiden Detectives schließlich herausgefunden, dass Williamson und Fritz Freunde waren. Und ihrer Theorie nach war das die Verbindung zwischen den beiden Mördern.

Greg Saunders hatte Dennis geraten, die Geschworenen einfach zu ignorieren, aber seine Blicke gingen immer wieder zur Jury. Diese zwölf Menschen hatten sein Schicksal, vielleicht auch sein Leben in der Hand, und Dennis konnte es einfach nicht lassen, gelegentlich in ihre Richtung zu sehen. Cecil Smith saß in der ersten Reihe, und immer, wenn Dennis zu den Geschworenen sah, starrte Smith ihn böse an.

Was hat er für ein Problem?, dachte Dennis. Er sollte es sehr bald herausfinden.

In einer Prozesspause betrat Greg Saunders das Gerichtsgebäude, als er von einem altgedienten Anwalt, der schon seit ewigen Zeiten in Ada lebte, gefragt wurde: »Wer war eigentlich der Idiot, der Cecil Smith in der Jury gelassen hat?«

»Schätze, das war ich. Wer ist Cecil Smith eigentlich?«

»Er war früher Polizeichef von Ada, das ist alles.«

Saunders war wie vom Donner gerührt. Er marschierte schnurstracks in das Büro von Richter Jones und verlangte von ihm den Freispruch aus Verfahrensgründen, mit der Begründung, der Geschworene habe bei der Auswahl der Jury nicht ausführlich genug geantwortet und sei voreingenommen, da er ganz offensichtlich mit der Polizei und der Anklage sympathisiere.

Der Antrag wurde abgelehnt.

Dr. Fred Jordan sagte über seine Autopsie aus, und die Geschworenen bekamen grausige Details zu hören. Fotos der

Leiche wurden als Beweismittel vorgelegt und an die Geschworenen weitergegeben, bei denen sie Schock und Entrüstung auslösten, was bei Mordprozessen die Regel ist. Mehrere Geschworene starrten Dennis Fritz angewidert an.

Während die seriöse, unanfechtbare Aussage von Dr. Jordan in der Luft hing, beschloss die Anklage, schnell noch ein paar ihrer improvisierten Zeugen dazwischenzuschieben. Ein Mann namens Gary Allen wurde vereidigt und betrat den Zeugenstand. Allens Bedeutung für den Fall war sehr weit hergeholt. Er sagte den Geschworenen, dass er in der Nachbarschaft von Dennis Fritz lebe und eines Nachts Anfang Dezember 1982, um etwa halb vier Uhr morgens, zwei Männer gehört habe, die vor seiner Wohnung einen Heidenlärm gemacht hätten. Das genaue Datum konnte er nicht sagen, aber aus irgendeinem Grund wusste er, dass es vor dem 10. Dezember gewesen war. Die beiden Männer, von denen er keinen so gut habe sehen können, dass es für eine Identifizierung gereicht hätte, hätten im Hof gestanden, gelacht, geflucht und sich gegenseitig mit einem Gartenschlauch abgespritzt. Es sei kalt gewesen, und die Männer hätten ihre Hemden ausgezogen. Allen kannte Dennis Fritz schon eine ganze Weile und glaubte, seine Stimme erkannt zu haben. Aber er war sich nicht sicher. Er habe sich den Lärm etwa zehn Minuten lang angehört und sei dann wieder ins Bett gegangen.

Als Allen mit seiner Aussage fertig war, gab es einige irritierte Blicke im Gerichtssaal. Was hatte man mit seiner Aussage bezwecken wollen? Der nächste Zeuge, Tony Vick, steigerte die Verwirrung noch.

Vick lebte in einer kleinen Wohnung unter der von Gary Allen, und er kannte Dennis Fritz. Ron Williamson kannte er auch. Er sagte aus, dass er Ron auf der Veranda von Dennis' Haus gesehen habe und absolut sicher sei, dass die beiden im Sommer 1982 gemeinsam nach Texas gefahren seien.

Was brauchten die Geschworenen noch?

Die erdrückende Beweislast wuchs, als Donna Walker ihre Aussage machte. Die Angestellte eines kleinen Supermarkts identifizierte Dennis im Gerichtssaal und sagte aus, sie habe den Angeklagten früher recht gut gekannt. 1982 sei Dennis häufig im Supermarkt einkaufen gewesen, außerdem habe er sich morgens regelmäßig einen Kaffee bei ihr geholt und bei dieser Gelegenheit immer ein Schwätzchen mit ihr gehalten. Auch Ron sei Kunde in dem Supermarkt gewesen, und sie sei sich ganz sicher, dass er und Dennis Freunde seien. Nach dem Mord hätten die beiden plötzlich aufgehört, bei ihr Kaffee zu trinken. Sie seien einfach weggeblieben. Nach ein paar Wochen seien sie wiedergekommen, als wäre nichts passiert. Aber sie seien anders gewesen. Wie anders?

»Ihre Art, ihre Kleidung. Vorher waren sie immer gut angezogen und frisch rasiert gewesen, aber dann haben sie sich völlig gehen lassen. Ihre Kleidung war ganz verdreckt, sie waren unrasiert, die Haare eine Katastrophe. Die beiden hatten sich völlig verändert. Sie haben einen nervösen, paranoiden Eindruck gemacht.«

Als Greg Saunders sie im Kreuzverhör danach fragte, konnte Walker nicht erklären, warum sie fünf Jahre gewartet hatte, bevor sie der Polizei diese entscheidende Information mitteilte. Daraufhin gab Walker zu, dass die Cops sie im August vergangenen Jahres angesprochen hatten, nach der Verhaftung von Dennis und Ron.

Die Karawane der Zeugen wurde von Letha Caldwell fortgesetzt, einer geschiedenen Frau, die mit Ron zusammen auf der Junior High School in Byng gewesen war. Sie erzählte der Jury, dass Dennis Fritz und Ron Williamson häufig zu unregelmäßigen Zeiten bei ihr zu Gast gewesen seien – auch spätabends – und immer viel getrunken hätten. Irgendwann habe sie dann Angst vor ihnen bekommen und sie gebeten, nicht mehr zu kommen. Als sie sich geweigert hätten, habe sie eine Waffe gekauft und sie ihnen gezeigt, woraufhin die beiden begriffen hätten, dass sie es ernst meinte.

Ihre Aussage hatte nichts mit dem Mord an Debbie Carter zu tun, und in vielen Gerichtssälen hätte man Einspruch erhoben und sie als völlig irrelevant für den Sachverhalt abgetan.

Als Rusty Featherstone vom OSBI aussagte, wurde endlich Einspruch erhoben. Peterson, der recht unbeholfen zu beweisen versuchte, dass Ron und Dennis vier Monate vor dem Mord in Norman auf Zechtour gewesen waren, rief Featherstone in den Zeugenstand. Featherstone hatte 1983 die beiden Lügendetektortests bei Dennis durchgeführt, deren Ergebnisse aus zahlreichen gewichtigen Gründen nicht vor Gericht verwertbar waren. Während der Tests hatte Dennis von einem Abend in Norman erzählt, bei dem Kneipen und Alkohol im Spiel gewesen waren. Als Peterson versuchte, Featherstone diese Geschichte im Zeugenstand zu entlocken, erhob Greg Saunders lautstark Einspruch. Richter Jones gab dem Einspruch statt mit der Begründung, der Sachverhalt sei irrelevant.

Während des Geplänkels bei einer Unterredung an der Richterbank sagte Peterson: »Er (Featherstone) beweist mit seiner Aussage, dass sowohl Ron Williamson als auch Dennis Fritz im August 1982 miteinander Umgang gehabt haben.«

»Können Sie mir sagen, inwiefern diese Aussage für den Fall relevant ist?«, verlangte Richter Jones zu wissen.

Das konnte Peterson nicht, und Featherstone verließ fluchtartig den Gerichtssaal. Wieder war ein Zeuge aufgerufen worden, der nichts über den Mord an Debbie Carter wusste.

Die Aussage des nächsten Zeugen war genauso unergiebig, aber wenigstens einigermaßen interessant. William Martin war Direktor der Junior High School in Noble, an der Dennis 1982 unterrichtet hatte. Martin sagte aus, dass Dennis sich am Morgen des 8. Dezember – eines Mittwochs – krankgemeldet habe und seine Stunden deshalb von einem Ersatzlehrer gehalten worden seien. Den Anwesenheitslisten zufolge, die Martin mit ins Gericht gebracht hatte, hatte Dennis während des neun Monate dauernden Schuljahres an insgesamt sieben Tagen gefehlt.

Nach zwölf Zeugen hatte die Anklage immer noch nichts gegen Dennis Fritz in der Hand. Die Staatsanwaltschaft hatte ohne jeden Zweifel bewiesen, dass er Alkohol konsumierte, mit zwielichtigen Charakteren (Ron Williamson) Umgang pflegte, mit seiner Mutter und Tochter zusammen in einer Wohnung im gleichen Stadtviertel wie Debbie Carter lebte und am Tag nach dem Mord nicht zum Unterricht erschienen war.

Peterson ging systematisch vor. Er war der Meinung, ein Fall müsse langsam aufgebaut werden, Stein für Stein, Zeuge um Zeuge, ja nichts Ausgefallenes oder Anrüchiges. Man musste Beweise anhäufen und sämtliche Zweifel bei den Geschworenen ausräumen. Doch Dennis Fritz war eine harte Nuss, da es keine materiellen Beweise gab.

Also mussten Spitzel her.

Der erste Spitzel, der aussagte, war James Harjo, den man wie Gore aus dem Gefängnis geholt hatte. Der geistig etwas zurückgebliebene Harjo war nicht nur zweimal in dasselbe Haus eingebrochen, sondern hatte sich auch jedes Mal auf dieselbe Art Zugang verschafft – dasselbe Schlafzimmer, dasselbe Fenster. Nach seiner Verhaftung wurde er von der Polizei verhört. Mit einem Stift, einem Blatt Papier – Gegenstände, die Harjo völlig fremd waren – und ein paar Zeichnungen hatten die Beamten dem Jungen Einzelheiten des Einbruchs entlockt und den Fall auf diese Weise gelöst. Das musste Harjo schwer beeindruckt haben, denn als er mit Dennis zusammen im Gefängnis saß, beschloss er auf Drängen der Polizei, den Mord an Debbie Carter zu lösen, indem er Männchen auf ein Blatt Papier malte.

Harjo erklärte den Geschworenen seine scharfsinnige Strategie. In der drangvollen Enge der Gemeinschaftszelle habe er Dennis über den Mord ausgefragt. Irgendwann im Lauf ihres Gesprächs, als seine Kritzelei ihren Höhepunkt erreichte, habe er zu Dennis gesagt: »Es sieht ganz so aus, als wärst du schuldig.«

Völlig überwältigt von Harjos messerscharfer Logik, sei Dennis zusammengebrochen und habe mit Tränen in den Augen gesagt: »Wir wollten ihr doch nicht wehtun.«

Als Harjo während der Voruntersuchung zum ersten Mal seine frei erfundene Geschichte zum Besten gegeben hatte, war Dennis explodiert und hatte gerufen: »Du lügst! Du lügst!« Jetzt, unter den Augen der Geschworenen, musste er es sich ein zweites Mal anhören und durfte keine Gefühle zeigen. Obwohl es ihm sehr schwerfiel, ermutigte es ihn, dass einige der Geschworenen angesichts Harjos alberner Geschichte ein Kichern unterdrücken mussten.

Beim Kreuzverhör machte Greg Saunders deutlich, dass Dennis und Harjo in einer der beiden Gemeinschaftszellen des Gefängnisses untergebracht waren – kleine, offene Bereiche, denen immer vier Zellen mit jeweils zwei Stockbetten zugeordnet waren. Eine Gemeinschaftszelle war eigentlich nur für acht Männer gedacht, doch häufig saßen dort mehr Gefangene ein. Selbst hier hockten die Männer also praktisch aufeinander. Trotzdem hatte im Gefängnis von Pontotoc County niemand Dennis' Geständnis gehört.

Harjo sagte aus, dass es ihm Spaß gemacht habe, Ron Lügen über Dennis und Dennis Lügen über Ron zu erzählen. Greg Saunders fragte ihn: »Warum haben Sie Dennis und Ron Williamson angelogen? Warum sind Sie vom einen zum anderen gegangen und haben ihnen Lügen über den anderen erzählt?«

»Ich wollte nur wissen, was sie sagen. Am liebsten hätten sie sich gegenseitig die Kehle durchgeschnitten.«

»Und Sie haben Ron Lügen über Dennis erzählt und Dennis Lügen über Ron? Ist das richtig? Sie haben sie sozusagen gegeneinander aufgehetzt?«

»Ja, ich wollte nur wissen, was ... wissen, was sie sagen.«

Harjo gab später zu, dass er nicht wusste, was ein Meineid war.

Der nächste Informant war Mike Tenney, der Wärter auf Probe, der im Auftrag der Polizei belastendes Material über Dennis sammeln sollte. Da er so gut wie keine Erfahrung oder Ausbildung in der Strafverfolgung hatte, begann Tenney seine Karriere im Gefängnis, und Dennis Fritz war sein erster Auftrag gewesen. Er wollte einen möglichst guten Eindruck auf seine Vorgesetzten machen, die ihm vielleicht eine feste Stelle anbieten würden, und so verbrachte er viel Zeit vor Dennis' Zelle und unterhielt sich mit ihm über alles Mögliche, aber vor allem über den Mord an Debbie Carter. Er hatte eine Menge Ratschläge. Seiner fachkundigen Meinung nach stecke Dennis bis zum Hals in Schwierigkeiten, daher sei es am besten, wenn er sich schuldig bekenne, eine geringere Strafe mit dem Staatsanwalt aushandele und gegen Ron Williamson aussage, um seine Haut zu retten. Peterson werde fair sein.

Dennis hatte mitgespielt und darauf geachtet, nichts zu sagen, weil alles vor Gericht gegen ihn verwendet werden konnte.

Da Tenney Anfänger war, hatte er noch nicht oft vor Gericht ausgesagt und seinen Text nicht richtig auswendig gelernt. Er begann seine Aussage, indem er sich an eine Geschichte zu erinnern versuchte, in der es darum ging, dass Dennis und Ron in Oklahoma City auf Zechtour gewesen waren, eine Geschichte, die nicht das Geringste mit dem Mord an Debbie Carter zu tun hatte. Saunders erhob Einspruch. Richter Jones gab dem Einspruch statt.

Dann kam Tenney in Teufels Küche, weil er aussagte, dass er und Dennis über eine Absprache mit dem Staatsanwalt gesprochen hätten. Eine solche Absprache erwähnte er zweimal, was vor Gericht jedoch sehr nachteilig war, da er damit implizierte, Dennis habe mit dem Gedanken gespielt, sich schuldig zu bekennen.

Greg Saunders erhob lautstark Einspruch und beantragte den Freispruch aus Verfahrensgründen. Richter Jones lehnte den Einspruch ab.

Schließlich gelang es Tenney auszusagen, ohne dass einer der Anwälte empört aufsprang. Er erklärte den Geschworenen, dass er sich oft mit Dennis unterhalten habe und nach jedem Gespräch zur Aufnahme des Gefängnises geeilt sei, um alles niederzuschreiben, was gesagt worden sei. Seinem Vorgesetzten, Gary Rogers, zufolge sei das die richtige Vorgehensweise in solchen Fällen. Gute Polizeiarbeit. Und bei einem dieser Gespräche habe Dennis gesagt: »Sagen wir mal, dass es so passiert sein könnte. Vielleicht ist Ron zur Tür gegangen und in Carters Wohnung eingebrochen. Und dann hat er, sagen wir mal, ein bisschen Spaß mit ihr gehabt. Ron hat sich mitreißen lassen und wollte ihr eine Lektion erteilen. Sie ist gestorben. Sagen wir mal, dass es so passiert ist. Aber ich habe nicht gesehen, wie Ron sie getötet hat, also wie soll ich da dem Staatsanwalt was erzählen, was ich gar nicht gesehen habe?«

Nach Tenneys Zeugenaussage wurde die Verhandlung bis zum nächsten Tag unterbrochen, und Dennis wurde wieder ins Gefängnis gebracht. Dort zog er seinen neuen Anzug aus, hängte ihn auf einen Kleiderbügel und gab ihn einem der Wärter, der ihn wegbrachte. Dann streckte er sich auf seinem Bett aus, schloss die Augen und fragte sich, wann der Albtraum endlich zu Ende war. Er wusste, dass die Zeugen logen. Aber wussten die Geschworenen das auch?

Am nächsten Morgen rief Bill Peterson seine nächste Zeugin auf, Cindy McIntosh, die angab, wegen Scheckbetrugs eingesessen zu haben, als sie Dennis Fritz und Ron Williamson kennengelernt hatte. Sie sagte aus, dass sie ein Gespräch der beiden mit angehört habe, in dem sich Ron bei Dennis nach den Tatortfotos von Debbie Carter erkundigt habe.

»Lag sie auf dem Bett oder auf dem Boden?«, habe Ron Dennis gefragt.

Eine Antwort habe er nicht bekommen.

McIntosh gab zu, dass sie wegen des Scheckbetrugs nicht verurteilt worden war. »Ich habe die Schecks ausbezahlt, und sie haben mich rausgelassen«, sagte sie.

Nach den Auftritten der Spitzel wandte sich Peterson wieder glaubwürdigeren Beweisen zu. Er rief nacheinander vier Sachverständige in den Zeugenstand, die für das kriminaltechnische Labor des Bundesstaates arbeiteten. Wie immer waren die Geschworenen schwer beeindruckt von ihnen. Die Zeugen waren gebildet, geschult, ermächtigt, erfahren, und sie arbeiteten für den Bundesstaat Oklahoma. Sie waren Sachverständige! Und sie waren gekommen, um gegen den Angeklagten auszusagen und mitzuhelfen, dessen Schuld zu beweisen.

Der Erste war der Fingerabdruckexperte Jerry Peters. Er berichtete den Geschworenen, dass er einundzwanzig Fingerabdrücke aus Debbies Wohnung und Wagen untersucht habe, von denen neunzehn von Debbie stammten. Ein Abdruck könne Detective Dennis Smith zugeordnet werden, ein zweiter Mike Carpenter, doch von Dennis Fritz oder Ron Williamson seien keine Fingerabdrücke zu finden gewesen.

Es war schon recht seltsam, dass der Fingerabdruckexperte aussagte, keiner der am Tatort gefundenen Fingerabdrücke stamme von dem Angeklagten.

Larry Mullins schilderte, wie er nach der Exhumierung von Debbies Leiche im Mai vergangenen Jahres einen zweiten Abdruck von ihrer Hand genommen hatte. Anschließend hatte er die neuen Abdrücke an Jerry Peters weitergegeben, der plötzlich Dinge sah, die er viereinhalb Jahre vorher nicht gesehen hatte.

Die Theorie der Anklage, die später auch gegen Ron Williamson verwendet werden sollte, ging davon aus, dass Debbie während des langen, heftigen Kampfes verwundet worden war, ihr Blut irgendwie auf ihre linke Hand geraten war und sie dann einen kleinen Bereich der Rigipsplatte direkt über dem Boden ihres Schlafzimmers berührt hatte. Da der Handabdruck weder Ron noch Dennis zuzuordnen war und mit Sicherheit nicht von dem wahren Mörder stammte, musste er zu Debbie gehören.

Mary Long war Gerichtsmedizinerin und hatte sich auf Körperflüssigkeiten spezialisiert. Sie erklärte den Geschworenen, dass sich die Blutgruppe bei etwa zwanzig Prozent der Bevölkerung nicht anhand von Körperflüssigkeiten wie Speichel, Sperma und Schweiß feststellen lasse. Fachsprachlich nenne man diese Personengruppe »Nichtsekretoren«. Nachdem sie Blut- und Spermaproben von Ron und Dennis untersucht habe, sei sie sicher, dass die beiden Nichtsekretoren seien.

Die Person, die das Sperma am Tatort hinterlassen habe, sei vermutlich ebenfalls ein Nichtsekretor, obwohl Long aufgrund von zu wenig Beweismaterial nicht sicher war.

Daher würden achtzig Prozent der Bevölkerung aus dem Kreis der Verdächtigen ausscheiden. Oder »etwa« achtzig Prozent, vielleicht ein paar mehr, vielleicht ein paar weniger. Trotzdem trugen Fritz und Williamson jetzt das ominöse Etikett »Nichtsekretoren«.

Longs Zahlenangaben wurden beim Kreuzverhör durch Greg Saunders widerlegt, der sie zwang zuzugeben, dass die meisten Blut- und Speichelproben, die sie im Fall Carter analysiert hatte, von Nichtsekretoren stammten. Von den zwanzig Proben, die Long untersucht hatte, stammten zwölf von Nichtsekretoren, einschließlich Fritz und Williamson.

Sechzig Prozent der potenziellen Verdächtigen in diesem Fall waren Nichtsekretoren, während es im nationalen Durchschnitt lediglich zwanzig Prozent waren.

Es spielte keine Rolle. Longs Aussage schloss viele aus, die für die Tat infrage kamen, und ließ Dennis Fritz noch verdächtiger erscheinen.

Der letzte Zeuge der Anklage war bei weitem der effektivste. Peterson hatte sich seinen K.-o.-Schlag für die letzte Runde aufgehoben, und als Melvin Hett mit seiner Aussage fertig war, hatte er die Geschworenen überzeugt.

Hett war der Haarexperte des OSBI, ein erfahrener Sachverständiger, der schon oft vor Gericht ausgesagt und mitgeholfen hatte, viele Kriminelle ins Gefängnis zu schicken.

Die kriminaltechnische Untersuchung von menschlichem Haar war bereits bei ihren Anfängen 1882 ein kontroverses Thema. In diesem Jahr verglich bei einem Fall in Wisconsin ein »Experte« im Auftrag der Anklage das Haar eines Verdächtigen mit einem Haar, das man am Tatort gefunden hatte, und sagte anschließend aus, beide Haare würden von derselben Quelle stammen. Die »Quelle« wurde verurteilt, doch in der Revision hob der Supreme Court von Wisconsin das Urteil mit folgender Begründung auf: »Ein solcher Beweis ist von höchst gefährlicher Natur.«

Tausende unschuldiger Angeklagter wären nie verurteilt worden, wenn man diesen Rat befolgt hätte. Stattdessen machten Polizei, Ermittler, kriminaltechnische Labors und Staatsanwälte mit der Analyse von Haaren unverdrossen weiter, die häufig die einzige echte Spur an einem Tatort waren. Im zwanzigsten Jahrhundert waren Haaranalysen derart gebräuchlich und umstritten, dass zahlreiche wissenschaftliche Untersuchungen zu diesem Thema durchgeführt wurden.

Viele dieser Untersuchungen belegen eine hohe Fehleranfälligkeit, und als Reaktion auf die Diskussion rief die Law Enforcement Assistance Administration – eine Verwaltungsbehörde, die für die Koordination der kriminologischen Forschung zuständig ist – 1978 ein Qualitätsprogramm für die kriminaltechnischen Labors ins Leben. Landesweit beteiligten sich zweihundertvierzig der besten Labors an dem Programm, bei dem die Analysen der Labors untersucht wurden, die diese für verschiedene Arten von Beweismitteln einschließlich Haaren durchführten.

Die Haaranalysen waren eine Katastrophe. In den meisten Labors waren sie in vier von fünf Fällen falsch.

Andere Untersuchungen heizten die Diskussion über die Zulässigkeit von Haaren als Beweismittel vor Gericht weiter an. Eine Studie belegte, dass die Fehlerfreiheit stieg, wenn ein Haar von einem Tatort mit dem Haar fünf verschiedener Männer verglichen und nicht angegeben wurde, wen die Polizei am meisten verdächtigte. Auf diese Weise wurde die Möglichkeit einer unbeabsichtigten Voreingenommenheit ausgeräumt. Diese Studie bewies aber auch, dass die Fehlerfreiheit sich erheblich verringerte, wenn dem Kriminaltechniker gesagt wurde, wer der »Verdächtige« war. In diesem Fall kann eine vorgefasste Meinung die Ursache dafür sein, dass das Ergebnis der Haaranalyse zuungunsten des Verdächtigen beeinflusst wird.

Sachverständige für Haare bewegen sich juristisch gesehen auf sehr dünnem Eis, und in ihren Gutachten wimmelt es nur so von Vorbehalten, wie zum Beispiel: »Das Haar der unter Verdacht stehenden Person und das am Tatort gefundene Haar stimmen mikroskopisch gesehen überein und könnten von derselben Quelle stammen.«

Allerdings ist dann auch die Möglichkeit sehr groß, dass es *nicht* von derselben Quelle stammt. Dieser Sachverhalt bleibt im Zeugenstand meist unerwähnt, vor allem, wenn die Befragung des Sachverständigen durch die Staatsanwaltschaft erfolgt.

Die Hunderten von Haaren, die Dennis Smith am Tatort gesammelt hatte, kamen erst nach einer langen, umständlichen Reise im Gerichtssaal an. Sie wurden von mindestens drei verschiedenen Kriminaltechnikern des OSBI untersucht, zusammen mit mehreren Dutzend Haarproben, die kurz nach dem Mord bei dem Rundumschlag unter den üblichen Verdächtigen von den Detectives Smith und Rogers gesammelt worden waren.

Zunächst ordnete Mary Long alle Haare im kriminaltechnischen Labor, doch nach kurzer Zeit packte sie alle Proben zusammen und übergab sie an Susan Land. Als diese im März 1983 die Haarproben erhielt, waren Dennis Smith und Gary Rogers davon überzeugt, dass Fritz und Williamson die Mörder waren. Sehr zum Missfallen der Ermittler kam Land in ihrem Gutachten allerdings zu dem Ergebnis, dass die Haare mikroskopisch gesehen nur mit denen von Debbie Carter übereinstimmten.

Fritz und Williamson waren für kurze Zeit aus dem Schneider, doch das konnten sie nicht wissen. Und Jahre später wurden ihre Anwälte nicht über die Ergebnisse von Lands Haaranalyse unterrichtet.

Die Anklage brauchte ein zweites Gutachten.

Im September 1983 wurde Susan Land von ihrem Vorgesetzten angewiesen, den Fall an Melvin Hett zu übergeben, weil sie durch ihre übermäßige Arbeitsbelastung zu sehr in Anspruch genommen werde. Die Übertragung eines Falls war sehr ungewöhnlich, vor allem, da Land und Hett in verschiedenen kriminaltechnischen Labors in unterschiedlichen Regionen des Bundesstaates angestellt waren. Land arbeitete im Zentrallabor in Oklahoma City, Hett dagegen in einer Zweigstelle in Enid, einer Stadt im Nordwesten Oklahomas. Hett war für achtzehn Countys zuständig. Pontotoc County gehörte nicht dazu.

Hett ging überaus zielstrebig vor. Er brauchte siebenundzwanzig Monate für die Analyse der Haare, was recht lange war, vor allem, wenn man berücksichtigt, dass er sich lediglich die Proben von Fritz, Williamson und Debbie Carter vornahm. Die anderen einundzwanzig waren nicht so wichtig und konnten warten.

Da die Polizei ja wusste, wer Debbie Carter getötet hatte, waren die Beamten so nett und informierten Melvin Hett entsprechend. Auf den Proben, die er von Susan Land bekam, stand neben den Namen Fritz und Williamson das Wort »Verdächtiger«.

Von Glen Gore hatte die Polizei von Ada immer noch keine Haarprobe.

Am 13. Dezember 1985, drei Jahre nach dem Mord, hatte Melvin Hett sein erstes Gutachten fertig und kam zu dem Schluss, dass siebzehn der am Tatort gefundenen Haare mikroskopisch gesehen mit den Haarproben der verdächtigen Personen Fritz und Williamson übereinstimmten.

Nachdem er über zwei Jahre und mehr als zweihundert Arbeitsstunden gebraucht hatte, um die ersten Haarproben zu analysieren, legte sich Hett mächtig ins Zeug und bearbeitete die übrigen einundzwanzig in weniger als einem Monat. Am 9. Januar 1989 stellte er sein zweites Gutachten fertig und kam darin zu dem Ergebnis, dass alle anderen Proben, die von den jungen Männern in Ada stammten, mit keinem der am Tatort gefundenen Haare übereinstimmten.

Glen Gore war immer noch nicht gebeten worden, eine Haarprobe abzugeben.

Die Analyse der Haare war eine mühsame Arbeit und nicht ohne Unsicherheiten. Hett änderte mehrmals seine Meinung, während er vor dem Mikroskop saß. Einmal war er sicher, dass ein Haar zu Debbie Carter gehörte, doch dann besann er sich anders und gelangte zu der Überzeugung, dass es von Fritz war.

Haaranalyse war eben so. Hett kam bei einigen Proben zu völlig anderen Ergebnissen als Susan Land, und schließlich brachte er es sogar fertig, sich selbst zu widersprechen. Zuerst stellte er fest, dass insgesamt dreizehn Schamhaare von Fritz und nur zwei von Williamson stammten. Später änderte er die Zahlen jedoch – zwölf von Fritz, zwei von Williamson. Dann elf von Fritz, dazu zwei Kopfhaare.

Aus irgendeinem Grund wurde im Juli 1986 dann doch eine Haarprobe von Gore zur Analyse geschickt. Jemand bei der Polizei von Ada hatte angefangen zu denken und festgestellt, dass man Gore vergessen hatte. Dennis Smith besorgte sich Kopf- und Schamhaare von Gore und von Ricky Joe Simmons, jenem Mann, der den Mord an Debbie Carter gestanden hatte, und schickte die Proben an Melvin Hett, der offenbar viel zu tun hatte, denn ein Jahr lang geschah gar nichts. Im Juli 1987 wurde Gore ein zweites Mal um Haarproben gebeten. Warum?, fragte er. Weil die Polizei seine ersten Proben nicht mehr finden konnte.

Monate vergingen, ohne dass Hett ein Gutachten schrieb. Im Frühjahr 1988, während der Prozessbeginn näher rückte, existierte immer noch kein Gutachten über die Haarproben von Gore und Simmons.

Am 7. April 1988 – der Prozess von Fritz lief bereits – gab Melvin Hett schließlich sein drittes und letztes Gutachten heraus. Die Haare von Gore stimmten nicht mit den am Tatort gefundenen überein. Hett hatte fast zwei Jahre gebraucht, um zu diesem Ergebnis zu kommen. Seine Zeitplanung war über jeden Verdacht erhaben. Sie war ein weiterer eindeutiger Beweis dafür, dass die Anklage so felsenfest an die Schuld von Fritz und Williamson glaubte, dass sie es nicht einmal für nötig hielt zu warten, bis die Haaranalyse abgeschlossen war.

Trotz ihrer Gefahren und Unsicherheiten war Melvin Hett ein treuer Anhänger der Haaranalyse. Er und Peterson freundeten sich miteinander an, und vor Beginn des Prozesses von Fritz schickte er Peterson einige Artikel aus Fachzeitschriften, die die Zuverlässigkeit der Haaranalyse als Beweismittel anpriesen, obwohl ihre Unzuverlässigkeit allgemein bekannt war. Von den zahlreichen Artikeln, die die Beweiskraft von Haaranalysen anzweifelten, gab er allerdings keinen einzigen an den Staatsanwalt weiter.

Zwei Monate vor Beginn des Prozesses fuhr Hett nach Chicago und übergab seine Ergebnisse einem privaten Labor namens McCrone. Dort überprüfte ein gewisser Richard Bisbing, ein Bekannter von Hett, dessen Arbeit. Bisbing hatte von Wanda Fritz den Auftrag erhalten, die Ergebnisse der Haaranalyse zu überprüfen und vor Gericht auszusagen. Um den Sachverständigen bezahlen zu können, hatte Wanda Fritz das Auto ihres Sohnes verkaufen müssen.

Es stellte sich heraus, dass Bisbing erheblich effizienter mit seiner Zeit umging, doch seine Ergebnisse waren genauso widersprüchlich wie Hetts Analysen.

In weniger als sechs Stunden widerlegte Bisbing nahezu alle Ergebnisse von Hett. Nachdem Bisbing die elf Schamhaare untersucht hatte, von denen Hett sicher war, dass sie mikroskopisch gesehen mit denen von Fritz übereinstimmten, stellte er fest, dass diese Aussage nur auf drei der Haare zutraf. Nur drei Schamhaare hätten von Dennis Fritz stammen können. Bei den anderen acht hatte Hett sich geirrt.

Hett, der sich nicht im Geringsten davon beeindrucken ließ, dass seine Arbeit von einem anderen Experten als fehlerhaft bewertet wurde, fuhr wieder nach Oklahoma. Seine Aussage vor Gericht wollte er auf keinen Fall ändern.

Am Nachmittag des 8. April, eines Freitags, trat er in den Zeugenstand und begann sofort mit einer ausufernden Vorlesung, in der es von Fachbegriffen nur so wimmelte. Sie sollte die Geschworenen eher beeindrucken als informieren. Dennis, der einen Collegeabschluss hatte und Naturwissenschaften unterrichtete, konnte Hetts Ausführungen nicht folgen, und er war sicher, dass auch die Geschworenen kein Wort verstanden. Er sah mehrere Male zu ihnen hinüber. Sie waren völlig verwirrt, aber offenbar sehr beeindruckt von diesem Sachverständigen. Er war ja so gebildet.

Hett warf mit Wörtern wie »Morphologie«, »Kortex«, »Schuppenstrukturtypen«, »Oberflächenteilung«, »Kortexspindeln« und »ovoide Körper« um sich, als wüssten alle im Gerichtssaal ganz genau, was er damit meinte. Nur selten einmal nahm er sich Zeit, etwas zu erklären.

Hett war der Star unter den Sachverständigen und strahlte Vertrauenswürdigkeit aus, was noch verstärkt wurde durch seine Erfahrung, seine Ausdrucksweise, sein Selbstvertrauen und die Schlussfolgerung, dass einige der von Dennis Fritz stammenden Haare mit einigen der am Tatort gefundenen übereinstimmten. Während der Befragung durch den Staatsanwalt sagte Hett sechs Mal, dass Dennis' Haare und die Haare am Tatort mikroskopisch gesehen übereinstimmten und von derselben Quelle stammen könnten. Dagegen erwähnte er kein einziges Mal, dass es genauso gut möglich war, dass die Haare *nicht* von derselben Quelle stammten.

Während Hetts Zeugenaussage nahm Bill Peterson immer wieder Bezug auf »den Angeklagten Ron Williamson und den Angeklagten Dennis Fritz«. Zu der Zeit war Ron in Einzelhaft. Er klimperte auf seiner Gitarre herum und wusste nicht, dass er gerade in Abwesenheit verurteilt wurde und es gar nicht gut für ihn aussah.

Hett beendete seine Aussage, indem er die Ergebnisse noch einmal für die Geschworenen zusammenfasste. Elf Schamhaare und zwei Kopfhaare könnten von Dennis stammen. Es waren dieselben elf Schamhaare, die er nach Chicago zu dem Labor gefahren und Richard Bisbing gezeigt hatte, damit dieser ein Zweitgutachten erstellte.

Das Kreuzverhör durch Greg Saunders brachte nicht viel. Hett musste zugeben, dass Haaranalysen zu spekulativ seien, um als eindeutiges Mittel zur Identifizierung dienen zu können. Wie die meisten Sachverständigen konnte er sich bei den schwierigen Fragen allerdings herausreden, indem er sich seines schier unerschöpflichen Vorrats an Fachbegriffen bediente.

Als er den Zeugenstand verließ, hatte die Anklage ihre Beweisführung abgeschlossen.

Der erste Zeuge, den die Verteidigung aufrief, war Dennis Fritz. Er machte Angaben über seine Vergangenheit, seine Freundschaft zu Ron und so weiter. Er gab zu, 1973 wegen

Anbaus von Marihuana verurteilt worden zu sein und dies sieben Jahre später in seiner Bewerbung für eine Stelle als Lehrer in Konawa verschwiegen zu haben. Der Grund dafür war ganz einfach – er hatte einen Job gebraucht. Dann stritt er wiederholt ab, Debbie Carter gekannt zu haben, und gab an, nichts über den Mord an ihr zu wissen.

Anschließend wurde er von Bill Peterson ins Kreuzverhör genommen.

Schlechte Prozessanwälte verfahren nach dem Grundsatz, dass man am besten viel brüllt, wenn man keine Fakten hat. Peterson stürmte auf das Podium, starrte den Mörder mit den verdächtigen Haaren böse an und fing an zu brüllen.

Innerhalb von Sekunden wurde er von Richter Jones zur Richterbank gerufen, um sich eine Strafpredigt abzuholen. »Auch wenn Sie den Angeklagten nicht mögen«, flüsterte der Richter empört, »in meinem Gerichtssaal wird niemand wütend.«

»Ich bin nicht wütend«, gab Peterson wütend zurück.

»Doch, das sind Sie. Das ist das erste Mal, dass Sie bei diesem Prozess laut geworden sind.«

»Ja, schon gut.«

Peterson regte sich fürchterlich darüber auf, dass Dennis bei seiner Bewerbung gelogen hatte. Das sei der Grund dafür, dass man Dennis einfach nicht glauben könne. Anschließend präsentierte der Staatsanwalt mit viel Trara eine weitere Lüge, ein Formular, das Dennis ausgefüllt hatte, als er in einem Pfandhaus in Durant, Oklahoma, eine Pistole versetzt hatte. Auch bei dieser Gelegenheit hatte Dennis versucht, die schwere Straftat des Marihuanaanbaus zu verheimlichen.

Zwei eindeutige Täuschungsversuche, von denen natürlich keiner etwas mit dem Mord an Debbie Carter zu tun hatte. Peterson warf Dennis seine ruchlose Tat so lange und ausgiebig wie nur möglich vor.

Wenn die Lage nicht so ernst gewesen wäre, hätte man es fast komisch finden können, dass Peterson sich wegen eines Befragten, der nicht die Wahrheit gesagt hatte, derart in Rage redete. Und das von einem Staatsanwalt, dessen Anklage auf den Aussagen von verurteilten Straftätern und Spitzeln beruhte.

Als Peterson schließlich mit dem Kreuzverhör fortfuhr, hatte er keine Strategie mehr. Er wiederholte lediglich die Anschuldigungen seiner Zeugen und warf Dennis eine nach der anderen an den Kopf, doch dieser schlug sich wacker und behauptete seine Stellung. Nach einem einstündigen kontroversen Kreuzverhör setzte sich Peterson wieder.

Der einzige andere Zeuge, den Greg Saunders aufrief, war Richard Bisbing, der den Geschworenen erklärte, dass er bei fast allen Ergebnissen von Melvin Hett anderer Meinung sei als dieser.

Es war spät geworden an diesem Freitagnachmittag, und Richter Jones vertagte die Verhandlung auf Montag. Dennis ging wieder ins Gefängnis, zog sich um und versuchte, in dem stickigen Rattenloch von Zelle etwas ruhiger zu werden. Obwohl er fest davon überzeugt war, dass es der Anklage nicht gelungen war, ihm eine Schuld nachzuweisen, war er alles andere als zuversichtlich. Er hatte die bösen Blicke der Geschworenen gesehen, als man ihnen die grausigen Fotos vom Tatort gezeigt hatte. Er hatte sie beobachtet, während sie Melvin Hett zugehört und seinen Schlussfolgerungen geglaubt hatten.

Für Dennis war es ein sehr langes Wochenende.

Die Schlussplädoyers begannen am Montagmorgen. Nancy Shew, die als Erste für die Anklage sprach, quälte sich durch ihren Vortrag, der im Wesentlichen aus Angaben zu den Zeugen der Anklage bestand, und wiederholte, was diese ausgesagt hatten.

Greg Saunders entgegnete in seinem Plädoyer, dass die Anklage kaum etwas bewiesen habe, dass sie ihrer Verpflichtung, Dennis' Schuld ohne einen berechtigten Zweifel zu beweisen, eindeutig nicht nachgekommen sei, dass man bei diesem Fall lediglich von der Mittäterschaftstheorie ausgegangen sei, und dass die Geschworenen seinen Mandanten für nicht schuldig erklären sollten.

Bill Peterson hatte das letzte Wort. Fast eine Stunde lang redete er drauflos und wiederholte bis zum Erbrechen die Höhepunkte der Aussagen seiner Zeugen, während er verzweifelt versuchte, den Geschworenen einzureden, dass seine Kriminellen und Spitzel es wert waren, dass man ihnen glaubte.

Die Geschworenen zogen sich um zwölf Uhr mittags zur Beratung zurück. Sechs Stunden später kamen sie wieder und erklärten, dass die Jury sich mit elf zu eins Stimmen nicht einigen könne. Richter Jones schickte die Geschworenen aus dem Gerichtssaal und versprach ihnen ein Abendessen, wenn sie sich auf ein Urteil verständigen konnten. Gegen zwanzig Uhr kamen sie mit ihrem Urteil zurück und sprachen Dennis schuldig.

Dennis hörte sich das Urteil wie erstarrt an. Er war fassungslos, weil er unschuldig war, und schockiert, weil er trotz fadenscheiniger Beweise verurteilt worden war. Er wollte auf die Geschworenen, den Richter, die Polizisten, das System einschlagen. Doch der Prozess war noch nicht vorbei.

Völlig überraschend kam das Urteil jedoch nicht. Dennis hatte die Geschworenen beobachtet und ihr Misstrauen bemerkt. Sie repräsentierten Ada, und die Stadt brauchte eine Verurteilung. Wenn die Polizei und Peterson so davon überzeugt waren, dass Dennis der Mörder war, musste er das auch sein.

Er schloss die Augen und dachte an seine Tochter, Elizabeth, die mit ihren vierzehn Jahren mit Sicherheit alt genug war, um das Konzept von Schuld und Unschuld zu verstehen. Wie sollte er sie jetzt, da er verurteilt war, von seiner Unschuld überzeugen?

Während die zahlreichen Zuschauer das Gericht verließen, brach Peggy Stillwell ohnmächtig auf dem Rasen vor dem Gerichtsgebäude zusammen. Sie war völlig erschöpft und überwältigt von ihren Gefühlen und ihrer Trauer. Man brachte sie in das nächstgelegene Krankenhaus, wo sie allerdings kurz darauf wieder entlassen wurde.

Nachdem die Schuldfrage geklärt war, ging es mit der Straffindung weiter. Der Theorie zufolge bestimmten die Geschworenen das Strafmaß auf der Grundlage von strafverschärfenden Umständen, die von der Anklage geltend gemacht wurden und darauf abzielten, dass gegen Dennis die Todesstrafe verhängt wurde, und auf der Grundlage von mildernden Umständen, die von der Verteidigung geltend gemacht wurden und sein Leben retten sollten.

Die Bestimmung des Strafmaßes im Fall Fritz war sehr kurz. Peterson rief Rusty Featherstone in den Zeugenstand, der den Geschworenen endlich erzählen konnte, dass Dennis ihm gegenüber zugegeben habe, er und Ron seien etwa vier Monate vor dem Mord in Norman auf Zechtour gewesen. Mehr hatte er nicht zu sagen. Die beiden Mordverdächtigen waren also über einhundert Kilometer nach Norman gefahren und hatten eine lange Nacht in den Kneipen und Bars der Stadt verbracht.

Die nächste und letzte Zeugin der Anklage schmückte diese bedeutungsschwere Geschichte weiter aus. Sie hieß Lavita Brewer und hatte bei einem Drink in der Bar des Holiday Inn in Norman zufällig Fritz und Williamson kennengelernt. Nach mehreren Drinks waren die drei zusammen gegangen. Brewer setzte sich nach hinten in den Wagen, Dennis ans Steuer, Ron neben ihn. Dann ging es los. Es regnete. Dennis fuhr zu schnell, missachtete rote Ampeln und andere Verkehrszeichen, und irgendwann wurde Brewer hysterisch. Obwohl die beiden sie nicht einmal angefasst hatten, wollte sie plötzlich aussteigen. Doch Dennis hatte keine Lust anzuhalten. Das ging fünfzehn oder zwanzig Minuten so weiter, dann fuhr Dennis mit einem Mal so langsam, dass sie die Tür öffnen und aus dem Wagen springen konnte. Sie rannte zu einer Telefonzelle und rief die Polizei.

Niemand wurde verletzt. Es wurde keine Anzeige erstattet. Niemand wurde verurteilt.

Aber für Bill Peterson war dieser Vorfall ein klarer Beweis dafür, dass Dennis Fritz eine dauernde Gefahr für die Gesellschaft war und hingerichtet werden sollte, um andere junge Damen zu schützen. Lavita Brewer war die beste – und die einzige – Zeugin, die Peterson für die Bestimmung des Strafmaßes auftreiben konnte.

Während seines leidenschaftlichen Appells für die Todesstrafe sah Peterson Dennis an, zeigte mit dem Finger auf ihn und sagte: »Dennis Fritz, für das, was Sie und Ron Williamson Debra Sue Carter angetan haben, verdienen Sie den Tod.«

Daraufhin wurde er von Dennis unterbrochen, der zu den Geschworenen gewandt sagte: »Ich habe Debbie Carter nicht getötet.«

Zwei Stunden später kamen die Geschworenen mit ihrer Entscheidung zurück – lebenslange Haft. Nachdem der Urteilsspruch verlesen war, stand Dennis auf, wandte sich an die Jury und sagte: »Meine Damen und Herren Geschworenen, ich möchte nur sagen …«

»Was soll das?«, sagte Richter Jones.

»Dennis, das dürfen Sie nicht«, sagte Greg Saunders.

Doch Dennis ließ sich nicht beirren. Er fuhr fort: »Der Herr im Himmel weiß, dass ich es nicht getan habe. Ich möchte Ihnen nur sagen, dass ich Ihnen vergebe. Ich werde für Sie beten.«

Als er wieder im trüben Halbdunkel seiner stickigen, kleinen Zelle saß, fand er nicht den geringsten Trost darin, dass er der Todesstrafe entgangen war. Er war achtunddreißig Jahre alt, unschuldig und ohne jeden Hang zu Gewalttätigkeit, und die Aussicht, den Rest seines Lebens im Gefängnis verbringen zu müssen, schnürte ihm die Kehle zu.

9

Annette Hudson hatte den Prozess von Fritz aufmerksam verfolgt, indem sie die Artikel darüber gelesen hatte, die jeden Tag in der *Ada Evening News* erschienen waren. Am Dienstag, dem 12. April, trug die Titelseite die Schlagzeile: »Fritz des Mordes an Carter schuldig gesprochen.«

Wie immer wurde auch ihr Bruder erwähnt. »Der Prozess gegen Ron Williamson, der im Mordfall Carter ebenfalls des Mordes angeklagt ist, wird am 21. April in Ada stattfinden.« Genau genommen nannten alle sechs Artikel, in denen es um den Prozess gegen Fritz ging, auch Rons Namen und das Datum seines Prozesses.

Wie sollte man unter diesen Umständen eine unparteiische Jury finden?, fragte sich Annette immer wieder. Wenn ein Mitangeklagter schuldig gesprochen wurde, wie konnte dann der andere in derselben Stadt einen fairen Prozess erwarten?

Sie kaufte Ron einen neuen grauen Anzug, eine marineblaue Hose, zwei weiße Hemden, zwei Krawatten und ein Paar neue Schuhe.

Am 20. April, einen Tag vor Beginn seines Prozesses, wurde Ron zu einem Gespräch mit Richter Jones ins Gerichtsgebäude hinübergebracht. Der Richter war besorgt darüber, dass der Angeklagte die Verhandlung stören könnte, eine Befürchtung, die angesichts der Vorfälle der letzten Zeit durchaus berechtigt war. Als Ron vor der Richterbank stand, sagte der Richter: »Ich möchte wissen, woran ich bin, wenn Sie morgen an der Verhandlung teilnehmen, und mich vergewissern, dass es keine Störungen gibt. Verstehen Sie, dass ich etwas beunruhigt bin?«

Ron: »Solange niemand zu mir sagt, dass ich jemand getötet habe.«

Richter Jones: »Aber Ihnen ist doch klar, dass man genau das tun wird?«

Ron: »Ja, das ist mir klar, aber es ist nicht recht.«

Richter Jones war bekannt, dass Ron früher einmal Profisportler gewesen war, daher verwendete er einen Vergleich aus dem Sport: »Bei einer Verhandlung geht es ungefähr so zu wie bei einem Spiel. Jede Seite bekommt die Gelegenheit für einen Angriff, sie hat aber auch Gelegenheit, sich zu verteidigen, und Sie können keinen Anstoß daran nehmen, dass man das beiden Seiten zugesteht. Das gehört einfach dazu.«

Ron: »Ja, schon, aber ich bin der Ball, der getreten wird.«

Für die Anklage war der Prozess gegen Fritz nur das Aufwärmen für das Hauptereignis gewesen. Man wollte fast dieselben Zeugen verwenden, und das auch noch in fast derselben Reihenfolge. Doch im nächsten Prozess hatte die Staatsanwaltschaft zwei weitere Vorteile. Erstens war der Angeklagte seelisch labil und neigte dazu, Tische umzustoßen und vulgäre Ausdrücke von sich zu geben, ein Verhalten, das die meisten Leute – einschließlich Geschworene – missbilligten. Er konnte anderen eine Heidenangst einjagen. Zweitens war sein Anwalt blind und ohne jede Unterstützung. Baber, der vom Gericht benannte Anwalt, war im März von dem Fall entbunden worden und nicht durch einen anderen Rechtsbeistand ersetzt worden. Barney war zwar schnell von Begriff und ein Ass im Kreuzverhör, aber Fingerabdrücke, Fotos und Haaranalysen konnte er nicht beurteilen.

Der Anklage konnte der Prozess gar nicht schnell genug beginnen. Barney hatte Ron Williamson gründlich satt und war völlig frustriert angesichts der vielen Stunden, die er für den Fall hatte aufwenden müssen und die ihm bei seinen anderen, zahlenden Mandanten fehlten. Und er hatte Angst vor Ron, panische Angst. Er sorgte dafür, dass sein Sohn, der kein Anwalt war, dicht hinter Ron am Tisch der Verteidigung saß. Barney hatte vor, sich so weit wie möglich von Ron entfernt hinzusetzen, was immer noch recht nah war, und wenn dieser unvermittelt eine aggressive Bewegung in Barneys Richtung machte, sollte sein Sohn Ron von hinten anspringen und ihn zu Boden reißen.

So sah das Vertrauensverhältnis zwischen Anwalt und Mandant aus.

Doch am 21. April fiel nur wenigen Zuschauern in dem bis auf den letzten Platz besetzten Gerichtssaal auf, dass der Sohn den Vater vor dessen Mandanten beschützte. Mehrere von Annettes Freunden hatten angeboten, während des Prozesses neben ihr zu sitzen und ihr beizustehen. Sie hatte es abgelehnt. Ihr Bruder war krank und unberechenbar, und sie wollte nicht, dass ihre Freunde ihn in Hand- und Fußfesseln sahen. Und sie wollte auch nicht, dass sie drastische Zeugenaussagen mit grausigen Details mit anhören mussten. Sie und Renee hatten schon die Voruntersuchung nur mit Mühe durchgestanden und ahnten in etwa, was im Prozess auf sie zukommen würde.

Freunde von Ron waren nicht gekommen.

Auf der anderen Seite des Mittelganges belegte die Familie Carter die gesamte erste Reihe, in der sie auch schon während des Prozesses gegen Fritz gesessen hatte. Die beiden Seiten vermieden jeden Blickkontakt miteinander.

Es war ein Donnerstag. Seit der Exhumierung von Debbie Carters Leiche und der Verhaftung von Ron und Dennis war fast ein Jahr vergangen. Rons letzte ernst zu nehmende Behandlung hatte vor etwa dreizehn Monaten im Central State Hospital stattgefunden. Nach einem Antrag von Barney hatte er einmal einen Termin bei Norma Walker in Ada bekommen. Es war ein kurzer Besuch gewesen, der so verlief wie die meisten anderen. Seit einem Jahr waren ihm seine Medikamente – wenn er denn überhaupt welche bekam – von den Wärtern zugeteilt worden. Die Zeit, die er in seiner Einzelzelle verbracht hatte, hatte nicht gerade dazu beigetragen, dass es ihm psychisch besser ging.

Trotzdem interessierte sich außer seiner Familie niemand für seine psychische Verfassung. Weder die Anklage noch die Verteidigung und auch nicht der Richter hatten das Thema auch nur mit einem Wort angesprochen.

Es war Zeit für einen Prozess.

Die aufgeregte Stimmung des ersten Tages legte sich sehr schnell, als die mühsame Juryauswahl begann. Stunden vergingen, in denen die Anwälte die potenziellen Geschworenen befragten und Richter Jones einen Kandidaten nach dem anderen entließ.

Ron benahm sich anständig. Er sah gut aus – Haare geschnitten, frisch rasiert, neue Sachen. Er machte sich seitenweise Notizen, alles unter den Augen von Barneys Sohn, der zwar genauso gelangweilt war wie alle anderen, es aber trotzdem fertigbrachte, den Mandanten seines Vaters ständig im Auge zu behalten. Ron hatte keine Ahnung, warum er so aufmerksam beobachtet wurde.

Am späten Nachmittag waren die zwölf Geschworenen gewählt – sieben Männer, fünf Frauen, alle weiß. Richter Jones klärte sie über ihre Pflichten auf und schickte sie nach Hause. Sie mussten nicht in ein Hotel, um von der Außenwelt abgeschottet zu sein.

Annette und Renee schöpften neue Hoffnung. Einer der Geschworenen war der Schwiegersohn eines Nachbarn, der auf der anderen Straßenseite von Annettes Haus lebte. Ein anderer war mit einem der Prediger von der Pfingstkirche verwandt, kannte Juanita Williamson und wusste sicher um deren enge Verbundenheit mit der Kirchengemeinde. Wieder ein anderer war ein Cousin eines angeheirateten Mitglieds der Familie Williamson.

Annette und Renee kannten die meisten Geschworenen. Irgendwann hatten sie sie alle einmal in Ada oder der näheren Umgebung gesehen. Die Stadt war tatsächlich sehr klein.

Um 9:00 Uhr am nächsten Morgen waren die Geschworenen wieder da. Nancy Shew hielt das Eröffnungsplädoyer für die Anklage, das fast genauso klang wie das Plädoyer im Prozess gegen Fritz. Barney wollte sein Plädoyer erst halten, nachdem die Anklage ihre Beweisführung abgeschlossen hatte.

Der erste Zeuge, den die Anklage aufrief, war Glen Gore, doch seine Aussage verlief nicht so wie geplant. Nachdem er seinen Namen genannt hatte, schwieg Gore und weigerte sich auszusagen. Er riskierte damit, von Richter Jones wegen Missachtung des Gerichts verurteilt zu werden, aber was spielte das schon für eine Rolle? Gore hatte sowieso vierzig Jahre abzusitzen. Die Gründe für seine Aussageverweigerung waren nicht ganz klar, aber vielleicht lag es daran, dass er jetzt im Staatsgefängnis einsaß, wo man nicht viel von Denunzianten und Spitzeln hielt, ganz im Gegensatz zum Gefängnis von Pontotoc County, wo es fast schon an der Tagesordnung war, seine Mitgefangenen zu verpfeifen.

Nach ein paar Momenten der Verwirrung entschied Richter Jones, dass den Geschworenen Gores Aussage aus der Voruntersuchung vom Juli vergangenen Jahres vorgelesen werden sollte. So wurde es dann auch gemacht, und obwohl die Wirkung etwas zu wünschen übrig ließ, hörte sich die Jury Gores frei erfundene Geschichte an, nach der er Ron am Abend des Mordes im Coachlight gesehen haben wollte.

Barney bekam keine Gelegenheit mehr, Gore wegen dessen zahlreicher Verurteilungen in die Mangel zu nehmen und deren gewalttätigen Charakter in den Vordergrund zu stellen. Die Verteidigung konnte den Zeugen auch nicht danach fragen, wo er in der Nacht des Mordes gewesen war.

Nachdem Gore ausgefallen war, machte die Anklage zügig mit ihren anderen Zeugen weiter. Tommy Glover, Gina Vietta und Charlie Carter sagten zum dritten Mal das Gleiche aus.

Gary Allen erzählte wieder einmal die seltsame Geschichte, wie er im Dezember 1982 um halb vier Uhr morgens zwei Männer gehört habe, die sich gegenseitig mit dem Gartenschlauch abgespritzt hätten, betonte aber wieder, dass er Ron Williamson nicht habe erkennen können. Der andere Mann könne Fritz gewesen sein, es sei aber genauso gut möglich, dass er es nicht gewesen sei.

In Wahrheit konnte Gary Allen überhaupt niemanden identifizieren. Er hatte auch keine Ahnung, wann sich dieser Vorfall ereignet hatte. Allen war drogensüchtig, was die Polizei wusste. Und Dennis Smith kannte er, weil die beiden zusammen aufs College gegangen waren.

Smith hatte ihn kurz nach dem Mord aufgesucht und gefragt, ob er in den frühen Morgenstunden des 8. Dezember etwas Verdächtiges gehört oder gesehen habe. Allen sagte, er habe gesehen, wie sich vor dem Haus nebenan zwei Männer mit einem Gartenschlauch abgespritzt hätten, könne sich aber nicht mehr an das Datum erinnern. Dennis Smith und Gary Rogers folgerten vorschnell, dass es Fritz und Williamson gewesen sein mussten, die sich Debbie Carters Blut abwuschen. Sie versuchten, Details aus Allen herauszubekommen, und zeigten ihm sogar ein Foto des Tatorts. Dann suggerierten sie Allen, dass die beiden Männer Fritz und Williamson gewesen waren, doch er konnte und wollte die beiden nicht identifizieren.

Kurz vor dem Prozess war Gary Rogers noch einmal zu Allens Wohnung gefahren und hatte ihm einige Details suggeriert. Waren es nicht doch Fritz und Williamson gewesen, und hatte er sie nicht in den frühen Morgenstunden so um den 8. Dezember herum draußen gesehen?

Nein, Allen war sich nicht sicher. Rogers schlug seine Jacke an der Hüfte zurück, sodass Allen seinen Dienstrevolver sehen konnte. Er sagte, das Allen eine Bleivergiftung riskiere, wenn sein Gedächtnis nicht besser werde. Es wurde tatsächlich besser, aber mehr als das, was er dann aussagte, fiel ihm nicht ein.

Anschließend erläuterte Dennis Smith den Geschworenen die Spurensicherung am Tatort und erklärte, wie die Polizei Fotos machte, Fingerabdrücke nahm und Beweismittel sammelte. Einige der Fotos wurden den Geschworenen vorgelegt, die genau wie erwartet reagierten, als sie Aufnahmen der Leiche sahen. Auf der Drehleiter eines Feuerwehrlöschzuges stehend, hatte der Polizeifotograf einige Aufnahmen von Debbies Wohnung geschossen. Peterson nahm eines der Fotos und bat Smith, den Geschworenen zu erklären, wo das Haus der Familie Williamson lag. Nur ein paar Straßen weiter.

Als Barney sagte: »Ich will die Fotos sehen«, bekam er die Aufnahmen. Er nahm die Fotos und ging – einer ungeschriebenen Vereinbarung in Ada folgend – mit seiner Assistentin Linda vor die Tür des Gerichtssaals. Dort beschrieb sie ihm ausführlich, was auf den Fotos zu sehen war.

Die Befragung durch den Staatsanwalt brachte nichts Neues, doch im Kreuzverhör sorgte Barney für ein paar Überraschungen. Er hatte es von Anfang an für äußerst merkwürdig gehalten, dass die beiden angeblichen Killer ein derart grausiges Verbrechen begehen konnten, ohne auch nur einen einzigen Fingerabdruck am Tatort zu hinterlassen. Daher wollte er von Smith wissen, auf welchen Oberflächen ein Ermittler am ehesten Fingerabdrücke finden konnte. Glatte, harte Oberflächen – Glas, Spiegel, fester Kunststoff, lackiertes Holz und so weiter. Dann ging er mit Smith zusammen die kleine Wohnung des Opfers durch und zwang ihn zuzugeben, dass er viele naheliegende Stellen einfach übersehen hatte – Küchengeräte, das Glas des offen stehenden Schlafzimmerfensters, die Armaturen im Badezimmer, Türfüllungen, Spiegel. Die Liste wurde immer länger, und es war klar, dass Smith bei der Suche nach Fingerabdrücken geschludert hatte.

Nachdem er den Zeugen in die Ecke gedrängt hatte, lief Barney zu Hochform auf. Wenn er zu aggressiv wurde, legte entweder Bill Peterson oder Nancy Shew Einspruch ein, was ihnen fast immer eine bissige Bemerkung Barneys einbrachte.

Als Nächster trat Gary Rogers in den Zeugenstand und schilderte ebenfalls Details der Ermittlungen. Doch sein wichtigster Beitrag für die Beweisführung der Anklage bestand darin, den Geschworenen von dem Traum-Geständnis zu erzählen, das Ron am Tag nach seiner Festnahme gemacht hatte. In der Befragung durch den Staatsanwalt hörte sich alles noch ganz wunderbar an, aber Barney hatte trotzdem etwas daran auszusetzen.

Er wollte wissen, warum man die Aussage nicht aufgenommen hatte. Rogers gab zu, dass die Polizei eine Videokamera besaß und diese auch häufig benutzte. Nachdem Barney ihm schwer zugesetzt hatte, gestand er außerdem, dass die Kamera manchmal nicht benutzt wurde, dann nämlich, wenn die Ermittler nicht sicher waren, was der Zeuge sagen würde. Warum sollte man das Risiko eingehen und etwas aufnehmen, das der Anklage schadete, aber dem Angeklagten nützte?

Rogers gab zu, dass seine Abteilung ein Tonbandgerät besaß und dass er wusste, wie man damit umging. Bei Rons Verhör sei es nicht benutzt worden, da das nicht ihre normale Vorgehensweise sei. Das nahm ihm Barney allerdings auch nicht ab.

Rogers bestätigte außerdem, dass es in seiner Abteilung stets genügend Stifte und Papier gab, geriet aber ins Stocken, als er erklären sollte, warum er und Rusty Featherstone Ron nicht erlaubt hatten, sein Geständnis selbst zu schreiben. Zudem hatten sie Ron das Geständnis nicht einmal gezeigt, als sie damit fertig waren. Barney wurde schon wieder misstrauisch, und während er Rogers wegen seiner ungewöhnlichen Vorgehensweise in die Mangel nahm, machte dieser einen großen Fehler. Er erwähnte Rons Videoverhör von 1983, in dem Ron hartnäckig bestritten hatte, etwas mit dem Mord zu tun zu haben.

Barney konnte es nicht fassen. Warum hatte ihm niemand etwas von diesem Videoband gesagt? Bei der Offenlegung der Beweise in der Voruntersuchung musste die Anklage auch sämtliche *entlastenden* Beweise vorlegen. Barney hatte schon Monate vorher die entsprechenden Anträge eingereicht, und das fristgerecht. Im letzten September hatte das Gericht die Staatsanwaltschaft angewiesen, dem Anwalt des Angeklagten sämtliche Aussagen zuzustellen, die Ron in Zusammenhang mit den Ermittlungen im Mordfall Debbie Carter gemacht hatte.

Wie konnten die Polizei und die Staatsanwaltschaft viereinhalb Jahre lang auf dem Band sitzen und es der Verteidigung verheimlichen?

Barney standen nur sehr wenige Zeugen zur Verfügung, da die Anklage im Wesentlichen auf Rons »Geständnis« beruhte und die Staatsanwaltschaft mit verschiedenen – wenn auch recht zweifelhaften – Zeugen zu beweisen versuchte, dass Ron den Mord mehr als einmal und unter verschiedenen Umständen zugegeben hatte. Die einzige Möglichkeit, gegen eine solche Beweisführung anzugehen, bestand darin, alles zu bestreiten, und der Einzige, der bestreiten konnte, die Geständnisse abgelegt zu haben, war Ron selbst. Barney wollte Ron in den Zeugenstand rufen, damit er sich selbst entlastete, doch bei dem Gedanken daran brach ihm der Schweiß aus.

Das Videoband von 1983 hätte mit Sicherheit großen Eindruck auf die Geschworenen gemacht. Vor viereinhalb Jahren, lange bevor die Anklage ihre Liste dubioser Zeugen zusammengestellt hatte und lange bevor Ron durch sein

Vorstrafenregister belastet wurde, hatte er vor einer Videokamera gesessen und wiederholt bestritten, etwas mit dem Mord zu tun zu haben.

In einem berühmten Urteil von 1963, *Brady gegen Maryland*, vertritt der U. S. Supreme Court die Meinung, dass »ein ordentliches Verfahren nicht gewährleistet ist, wenn die Anklage für den Angeklagten entlastende Beweismittel unterdrückt, die entweder für die Feststellung der Schuld oder die Bemessung des Strafmaßes wesentlich sind, wobei unerheblich ist, ob die Anklage in gutem Glauben oder in schlechtem Glauben handelt«.

Den Ermittlern stehen sämtliche Ressourcen zur Verfügung. Häufig finden sie Zeugen oder andere Beweise, die einen Verdächtigen oder Angeklagten entlasten. Jahrzehntelang konnten sie dieses entlastende Beweismaterial ignorieren und einfach Anklage erheben. Die Entscheidung im Fall Brady stellte die Chancengleichheit wieder her und wurde sofort in die Strafprozessordnung aufgenommen. Ein »Brady-Gesuch« gehört zu den Standardanträgen, die ein Strafverteidiger ganz zu Beginn eines Falls stellt. Ein »Brady-Antrag«. Eine »Brady-Anhörung«. »Brady-Material«. »Ich habe ihn mit Brady festgenagelt.« Der Fall hatte Eingang gefunden in die Sprache von Juristen, die auf dem Gebiet des Strafrechts tätig waren.

Barney stand vor Richter Jones, während Rogers noch im Zeugenstand saß und Peterson angestrengt auf seine Schuhe starrte. Ihm war klar, dass ein eindeutiger Verstoß gegen Brady vorlag, und er beantragte den Freispruch aus Verfahrensgründen, was jedoch zurückgewiesen wurde. Richter Jones kündigte an, eine Anhörung zu der Angelegenheit abhalten zu wollen – nach Prozessende!

Es war schon spät an diesem Freitag, und alle waren müde. Richter Jones vertagte die Verhandlung auf Montagmorgen,

8:30 Uhr. Ron wurden Handschellen angelegt, dann wurde er, umringt von Wärtern, aus dem Gerichtssaal gebracht. Bis jetzt hatte er sich ruhig verhalten, was nicht unbeachtet geblieben war.

Am Sonntag trug die Titelseite der *Ada Evening News* folgende Schlagzeile: »Williamson am ersten Prozesstag ruhig und beherrscht.«

Der erste Zeuge am Montag war Dr. Fred Jordan, der zum dritten Mal im Zeugenstand saß und detailliert die Autopsie und die Todesursache erläuterte. Und Peggy Stillwell musste es sich zum dritten Mal anhören, was es ihr mit Sicherheit nicht leichter machte. Zum Glück blieben ihr die Fotos erspart, die der Jury vorgelegt wurden. Doch sie konnte die Reaktion der Geschworenen sehen, und das war schon mehr als genug.

Auf Dr. Jordan folgten Tony Vick, der Nachbar, Donna Walker, die Angestellte des kleinen Supermarkts, und Letha Caldwell, Rons Bekannte. Die Aussagen der drei Zeugen waren genauso nutzlos wie schon im Prozess gegen Fritz.

Als Terri Holland in den Zeugenstand gerufen wurde, heizte sich die Stimmung auf. In der Voruntersuchung hatte sie ihre frei erfundenen Geschichten erzählen können, ohne Gefahr zu laufen, von jemandem dabei erwischt zu werden. Doch jetzt, im gleichen Raum mit Ron, der sie böse anstarrte und wusste, dass sie log, war das anders.

Holland fing mit ihren Märchen an und erzählte von Äußerungen Rons, die dieser angeblich im Gefängnis über Debbie Carter gemacht hatte. Ron war kurz davor, die Beherrschung zu verlieren. Er schüttelte den Kopf, presste die Kiefer aufeinander und starrte Holland böse an, als wollte er sie gleich umbringen. Schließlich sagte sie: »Er hat gesagt, wenn sie ihm ein bisschen entgegengekommen und mit ihm ausgegangen wäre, hätte er sie nicht töten müssen.«

»Oh«, sagte Ron laut.

Nancy Shew fragte die Zeugin: »Haben Sie einmal ein Telefongespräch mit angehört, das etwas mit Debbie Carter zu tun hatte?«

Holland: »Ich durfte wegen guter Führung in der Wäscherei arbeiten. Ron war am Telefon und hat mit seiner Mutter gesprochen, und er hat zu seiner Mutter gesagt ... er versuchte, sie dazu zu überreden, ihm Zigaretten oder irgendetwas anderes mitzubringen. Ich weiß nicht genau, was er haben wollte, aber sie ... er hat sie angebrüllt. Und er hat zu ihr gesagt, wenn sie das nicht tut, wird er sie töten, so, wie er Debbie Carter getötet hat.«

Daraufhin schrie Ron: »Sie lügt!«

Nancy Shew fuhr fort: »Miss Holland, haben Sie jemals gehört, wie er über Details von Debbie Carters Tod gesprochen oder diese beschrieben hat?«

Holland: »Er hat gesagt ... ich glaube, es war in der Gemeinschaftszelle, bei den Jungs dort, dass er ... er hat gesagt, dass er ihr eine Colaflasche in den Hintern gerammt und ihr ihren Slip in den Mund gestopft hat.«

Ron sprang auf, deutete auf die Zeugin und brüllte: »Sie lügen! So etwa habe ich nie in meinem Leben gesagt! Ich habe das Mädchen nicht getötet, und Sie sind eine Lügnerin!«

Barney: »Ron, halten Sie den Mund.«

Ron: »Ich kenne Sie ja nicht einmal. Dafür werden Sie bezahlen.«

Den Anwesenden stockte der Atem. Barney stand langsam auf. Er wusste ganz genau, was jetzt kam – Schadensbegrenzung. Die wichtigste Zeugin der Anklage hatte ein paar wesentliche Fakten durcheinander gebracht, was bei erlogenen Aussagen gang und gäbe war.

Während atemlose Spannung im Gerichtssaal herrschte, die Zeugin der Falschaussage überführt war, und Barney nur darauf wartete, losschlagen zu können, versuchte Nancy Shew, den Schaden wiedergutzumachen.

Shew: »Miss Holland, eine Frage zu den Details, die Sie

uns gerade erzählt haben. Wissen Sie noch, was er über die Gegenstände gesagt hat, die er benutzt hat? Sie sagten gerade, es sei eine Colaflasche gewesen.«

Barney: »Herr Vorsitzender, bitte – ich habe gehört, was sie gesagt hat, und jetzt versucht die Anklage, die Aussage der Zeugin zu ändern. Einspruch, Herr Vorsitzender.«

Holland: »Er hat Colaflasche gesagt oder Ketchupflasche, oder …«

Barney: »Sehen Sie, was ich meine? Herr Vorsitzender, bitte.«

Holland: »Das ist vier Jahre her.«

Ron: »Ja, und Sie sind eine …«

Barney: »Seien Sie still.«

Shew: »Miss Holland, können Sie sich noch – ich weiß, dass Sie noch andere Äußerungen gehört haben …«

Barney: »Herr Vorsitzender, bitte …«

Shew: »Können Sie sich noch an andere Äußerungen erinnern …?«

Barney: »Einspruch, Herr Vorsitzender. Die Anklage beeinflusst die Zeugin und stellt Suggestivfragen.«

Das Gericht: »Stellen Sie Ihre Fragen direkt, und ohne sie groß auszuschmücken.«

Shew: »Hat er Ihnen jemals gesagt, warum … Sie sagten, er hat gesagt, dass er sie getötet habe …«

Holland: »Er wollte mit Debbie Carter schlafen.«

Ron: »Sie lügen!«

Barney: »Halten Sie den Mund!«

Ron *(stehend)*: »Sie lügt. Das lasse ich mir nicht gefallen. Ich habe Debbie Carter nicht getötet, und Sie lügen.«

Barney: »Ronnie, setzen Sie sich hin.«

Peterson: »Herr Vorsitzender, können wir vertagen? Mr Ward – ich erhebe Einspruch gegen diese Bemerkungen, die nicht prozessdienlich sind.«

Barney: »Herr Vorsitzender, diese Bemerkungen sind sehr wohl prozessdienlich.«

Das Gericht: »Moment, Moment.«

Barney: »Ich rede nur mit meinem Mandanten.«

Das Gericht: »Moment mal. Stellen Sie Ihre nächste Frage. Mr Williamson, ich ermahne Sie hiermit und mache Sie darauf aufmerksam, dass Sie von dort, wo Sie jetzt sitzen, nicht sprechen dürfen.«

Shew: »Miss Holland, wissen Sie, ob er je gesagt hat, warum er es getan hat?«

Holland: »Weil sie nicht mit ihm schlafen wollte.«

Ron: »Sie lügen. Sagen Sie doch verdammt noch mal die Wahrheit. Ich habe noch nie in meinem Leben jemand getötet.«

Barney: »Herr Vorsitzender, können wir für ein paar Minuten unterbrechen?«

Das Gericht: »In Ordnung. Denken Sie daran, was ich Ihnen gesagt habe. Die Geschworenen können sich zurückziehen.«

Ron: »Könnte ich bitte mit ihr reden? Lassen Sie mich mit ihr reden. Von was spricht sie da eigentlich?«

Nach einer kurzen Pause hatten sich alle etwas beruhigt. In Abwesenheit der Jury unterhielt sich Richter Jones kurz mit Ron, der ihm versicherte, dass er sich in Zukunft anständig benehmen werde. Als die Geschworenen wiederkamen, erklärte ihnen der Richter, dass der Fall lediglich anhand der Beweise zu entscheiden sei und nichts anderes zähle. Nicht prozessdienliche Bemerkungen der Anwälte und ganz besonders Bemerkungen und Handlungen des Angeklagten habe die Jury zu ignorieren.

Doch alle Geschworenen hatten klar und deutlich gehört, wie Ron die Zeugin bedroht hatte. Und jetzt hatten auch sie Angst vor ihm.

Bei der Fortsetzung ihrer Befragung gelang es Nancy Shew nicht mehr, ihre Zeugin vollständig wiederzubeleben. Mithilfe von Suggestivfragen brachte sie es zwar fertig, aus der Cola- eine Ketchupflasche zu machen, doch das Detail mit dem Slip im Mund wurde nicht korrigiert. Den blutigen Waschlappen erwähnte Terri Holland gar nicht.

Die nächste Scheckbetrügerin, die von der Anklage zum Zwecke der Wahrheitsfindung in den Zeugenstand gerufen wurde, war Cindy McIntosh, doch das arme Mädchen war derart verwirrt, dass es sich nicht mehr daran erinnern konnte, welche Geschichte man von ihm hören wollte. Schließlich wurde sie aus dem Zeugenstand entlassen, ohne ihre Pflicht getan zu haben.

Mike Tenney und John Christian sagten über ihre nächtlichen Gespräche mit Ron in dessen Zelle aus und wiederholten einige seiner seltsamen Äußerungen. Keiner der beiden machte sich die Mühe, darauf hinzuweisen, dass Ron wiederholt jede Beteiligung an dem Mord bestritten und häufig stundenlang gebrüllt hatte, dass er unschuldig sei.

Nach einem kurzen Mittagessen befragte Peterson die OSBI-Beamten in der gleichen Reihenfolge wie im Prozess gegen Fritz. Jerry Peters war als Erster an der Reihe. Er schilderte, wie er nach der Exhumierung von Debbies Leiche noch einmal Abdrücke von ihren Händen genommen habe, weil er sich bei einem kleinen Bereich ihrer linken Hand nicht ganz sicher gewesen sei. Barney versuchte, ihn darauf festzunageln, wie und warum dieser Umstand viereinhalb Jahre nach der Autopsie zum Problem geworden war, doch Peters wich ihm geschickt aus. Machte er sich nach so langer Zeit Sorgen wegen seiner ursprünglichen Untersuchungsergebnisse? Oder hatte Bill Peterson eines schönen Tages 1987 ganz zufällig angerufen und diesbezüglich einige Andeutungen gemacht? Peters blieb vage.

Larry Mullins vertrat die gleiche Meinung wie Peters – der blutige Abdruck auf der Rigipsplatte gehöre zu keinem geheimnisvollen Mörder, sondern zu Debbie Carter.

Mary Long sagte aus, dass Ron Williamson Nichtsekretor sei und daher zu einer Minderheit von etwa zwanzig Prozent der Bevölkerung gehöre. Zu dieser Gruppe gehöre vermutlich auch Debbies Vergewaltiger. Mit etwas Mühe gelang es

Barney, die Zeugin auf die genaue Zahl der von ihr getesteten Personen festzunageln – zwanzig, einschließlich des Opfers. Von diesen zwanzig waren zwölf Nichtsekretoren, also sechzig Prozent ihrer potenziell Verdächtigen. Danach stellte Barney ein paar lustige Zahlenspielereien an.

Die Aussage von Susan Land war recht kurz. Sie habe die Haaranalyse im Fall Carter begonnen, dann aber an Melvin Hett abgegeben. Als Barney den Grund dafür wissen wollte, antwortete sie: »Damals habe ich sehr viele Tötungsdelikte bearbeitet. Ich stand unter starkem Stress und bezweifelte, dass ich objektiv sein konnte, und Fehler machen wollte ich auch nicht.«

Nach ihr wurde Melvin Hett vereidigt, der sofort zu derselben wissenschaftlichen Abhandlung ansetzte, die er einige Tage zuvor im Prozess gegen Fritz gehalten hatte. Er beschrieb den komplizierten Ablauf des mikroskopischen Vergleichs von Haaren eines Verdächtigen mit am Tatort gefundenen Haaren und tat so, als wäre die Haaranalyse vollkommen zuverlässig. Das musste sie auch sein, denn schließlich verwendete man sie bei Strafprozessen ständig. Hett sagte, an die Geschworenen gewandt, er habe »Tausende« von Fällen bearbeitet, in denen es um Haare gegangen sei. Dann zeigte er ein paar Grafiken von unterschiedlichen Haartypen und erklärte, dass jedes Haar zwischen fünfundzwanzig und dreißig unterscheidbare Merkmale besitze.

Als er schließlich zu Ron Williamson kam, sagte er aus, dass zwei auf dem Bett gefundene Schamhaare mikroskopisch gesehen übereinstimmten und von derselben Quelle – Ron Williamson – stammen könnten. Darüber hinaus seien zwei Kopfhaare, die man an dem blutigen Waschlappen gefunden habe, mikroskopisch gesehen übereinstimmend und könnten von derselben Quelle – Ron Williamson – stammen.

Es war durchaus möglich, dass die vier Haare *nicht* von Ron stammten, aber das erwähnte Hett nicht.

Mit einem kleinen Versprecher fing Hett zu schwindeln an. Als es um die beiden Kopfhaare ging, sagte er: »Das waren die einzigen Kopfhaare, die mit denen von Ron Williamson übereinstimmten, also mit ihnen identisch waren.«

Das Wort »identisch« ist in der Haaranalyse tabu, da es äußerst irreführend ist. Laien in einer Jury haben zwar Schwierigkeiten mit der Formulierung, dass Haare »mikroskopisch gesehen übereinstimmen« können, aber »identisch« begreifen sie sofort. Man versteht es viel schneller und einfacher. Und wie bei Fingerabdrücken gibt es keinen Zweifel mehr, wenn Haare »identisch« sind.

Nachdem Hett das Wort »identisch« zum zweiten Mal benutzt hatte, legte Barney Einspruch ein. Richter Jones lehnte ihn ab und meinte, er könne beim Kreuzverhör darauf eingehen.

Das Ungeheuerlichste an Hetts Gutachten war jedoch die Art und Weise, *wie* er aussagte. Anstatt die Geschworenen zu informieren, entschied sich Hett dafür, sie mit seiner Meinung zu beglücken.

Um der Jury bei der Beurteilung der Beweise zu helfen, bringen die meisten Haaranalytiker vergrößerte Fotos des fraglichen Haares mit in den Gerichtssaal. Ein Foto vom Haar eines Verdächtigen wird neben das Foto eines am Tatort gefundenen Haares gestellt, und der Gutachter erklärt, welche Ähnlichkeiten und Unterschiede vorliegen. Wie Hett sagte, gibt es beim menschlichen Haar etwa fünfundzwanzig Unterscheidungsmerkmale, und ein guter Sachverständiger wird den Geschworenen genau zeigen, worüber er da eigentlich redet.

Hett tat nichts dergleichen. Nachdem er fast fünf Jahre am Fall Carter gearbeitet, Hunderte Stunden dafür aufgewendet und drei unterschiedliche Gutachten verfasst hatte, zeigte er den Geschworenen kein einziges vergrößertes Foto seiner Arbeit. Kein einziges von Ron Williamson stammendes Haar wurde mit den in Debbies Wohnung gefundenen Haaren verglichen.

Im Grunde genommen sagte er den Geschworenen lediglich, dass sie ihm vertrauen sollten. Sie sollten nicht nach Beweisen fragen, sondern seinem Gutachten einfach glauben.

Die logische Schlussfolgerung aus Hetts Zeugenaussage bestand darin, dass vier der in Debbie Carters Wohnung gefundenen Haare von Ron Williamson stammten. Und das war der einzige Grund, weshalb Hett in den Zeugenstand gerufen worden war.

Hetts Anwesenheit und seine Aussage bewiesen wieder einmal, wie illusorisch es war, einen fairen Prozess für einen mittellosen Angeklagten zu erwarten, wenn man ihm nicht auch Zugang zu forensischen Sachverständigen verschaffte. Barney hatte schon vor Monaten um einen Gutachter gebeten, doch Richter Jones hatte seinen Antrag abgelehnt.

Richter Jones hätte es besser wissen müssen. Drei Jahre vorher war ein wichtiger Fall aus Oklahoma vor dem U.S. Supreme Court gelandet, und die Entscheidung dazu schreckte die Strafgerichte des Landes auf. In *Ake gegen Oklahoma* entschied das Gericht: »Wenn ein Bundesstaat bei einem Strafprozess seine Justizgewalt einem mittellosen Angeklagten gegenüber ausübt, so hat er Sorge dafür zu tragen, dass dem Angeklagten angemessen Gelegenheit gegeben wird, seinen Fall darzulegen ... Der Gerechtigkeit kann nicht Genüge getan werden, wenn einem Angeklagten lediglich als Folge seiner Mittellosigkeit die Gelegenheit verwehrt wird, aktiv an einem Gerichtsverfahren teilzunehmen, bei dem es um seine Freiheit geht.«

Die Entscheidung im Fall Ake schreibt vor, dass der jeweilige Bundesstaat einem mittellosen Angeklagten die grundlegenden Instrumente für dessen angemessene Verteidigung zur Verfügung stellen muss. Von Richter Jones wurde diese Vorschrift sowohl im Prozess gegen Fritz als auch im Prozess gegen Williamson ignoriert.

Forensische Beweise waren ein entscheidender Bestandteil der Anklage. Jerry Peters, Larry Mullins, Mary Long, Susan Land und Melvin Hett waren alle Experten auf ihrem Gebiet. Ron blieb nur Barney, der zwar ein kompetenter Anwalt mit langjähriger Erfahrung im Gerichtssaal war, die Beweise aber leider nicht sehen konnte.

Mit Melvin Hett hatte die Anklage ihre Beweisführung abgeschlossen. Bei Prozessbeginn hatte Barney auf sein Eröffnungsplädoyer verzichtet, das er am Anfang seiner Einlassungen nachholen wollte. Es war ein riskantes Manöver. Die meisten Strafverteidiger können es gar nicht erwarten, die Geschworenen schon sehr früh im Prozess anzusprechen, um Zweifel hinsichtlich der Beweise der Anklage zu säen. Das Eröffnungsplädoyer und das Schlussplädoyer sind die einzigen Prozessphasen, in denen sich ein Anwalt direkt an die Geschworenen wenden kann, und Strafverteidiger vor Gericht lassen sich diese Gelegenheit nur selten entgehen.

Nachdem die Anklage ihre Beweisführung abgeschlossen hatte, überraschte Barney alle ein zweites Mal, indem er auf sein Eröffnungsplädoyer verzichtete. Er nannte keinen Grund dafür – es musste auch keiner angegeben werden –, aber es war eine sehr ungewöhnliche Taktik.

Barney rief sieben achtbare Wärter aus dem Gefängnis in den Zeugenstand. Alle bestritten, jemals gehört zu haben, dass Ron Williamson sich im Mord an Debbie Carter auch nur im Geringsten selbst belastete.

Wayne Joplin war Leiter der Geschäftsstelle des Gerichts von Pontotoc County. Barney rief ihn als Zeugen auf, damit er Auskunft zu den am Gericht vorhandenen Unterlagen über Terri Holland gab. Sie war im Oktober 1984 in New Mexico verhaftet und nach Ada zurückgebracht worden, wo sie im Gefängnis landete und prompt mithalf, zwei aufsehenerregende Mordfälle zu lösen, obwohl sie zwei Jahre wartete, um die Polizei über Rons dramatisches Geständnis zu informieren. Sie bekannte sich zu der Anklage wegen Scheckbetrugs schuldig, bekam eine Haftstrafe von fünf Jahren, von der drei Jahre zur Bewährung ausgesetzt wurden, und musste einiges zahlen: 70 Dollar Verfahrenskosten, 527,09 Dollar Rückerstattung des entstandenen Schadens, 225 Dollar Anwaltshonorar in Raten von jeweils fünfzig Dollar im Monat, zehn Dollar im Monat an die Gefängnisbehörde und fünfzig Dollar im Monat an den Crime Victims Compensation Fund, einen Entschädigungsfonds für Opfer von Straftaten.

Im Mai 1986 zahlte Holland einmalig fünfzig Dollar, danach war die Sache offenbar erledigt.

Barney war bei seinem letzten Zeugen angelangt, dem Angeklagten selbst. Ron aussagen zu lassen war riskant. Er war unberechenbar – etwas früher an diesem Tag hatte er Terri Holland beschimpft –, und die Geschworenen hatten bereits Angst vor ihm. Er war vorbestraft, was Peterson ihm mit Sicherheit an den Kopf werfen würde, um seine Glaubwürdigkeit zu erschüttern. Niemand war sicher, ob und wie viele Medikamente er bekommen hatte. Er war wütend und schwer einschätzbar – und er war von seinem Anwalt nicht vorbereitet worden, was am schwersten wog.

Barney bat um eine Unterredung an der Richterbank und sagte zu Richter Jones: »Jetzt wird's ernst. Ich würde gern unterbrechen, um ihn erst einmal so weit wie möglich zu beruhigen. Er scheint … nun ja, er hat sich heute ganz gut benommen. Außerdem bräuchte ich sowieso mal eine Pause.«

»Sie haben nur noch diesen einen Zeugen?«, fragte Richter Jones.

»Oh ja, ich habe nur noch diesen einen Zeugen. Sie haben den Nagel auf den Kopf getroffen.«

Als die Verhandlung für eine Mittagspause unterbrochen wurde, führte man Ron die Treppe hinunter, um ihn ins Gefängnis hinüberzubringen. Auf dem Weg nach unten sah er den Vater des Mordopfers und brüllte: »Charlie Carter, ich habe Ihre Tochter nicht getötet!« Die Wärter beeilten sich, ihn wegzubringen.

Um dreizehn Uhr wurde Ron vereidigt. Nach einigen einführenden Fragen bestritt er, jemals mit Terri Holland gesprochen zu haben. Er bestritt ebenfalls, Debbie Carter gekannt zu haben.

Barney fragte Ron, wann er von Carters Tod erfahren habe. »Am 8. Dezember. Meine Schwester, Annette Hudson, hat bei uns angerufen, und meine Mutter ist ans Telefon gegangen. Ich habe gehört, wie Mutter sagte: ›Ich weiß, dass Ronnie es nicht getan hat, er war nämlich zu Hause.‹ Ich habe meine Mutter gefragt, um was es da gegangen ist. Sie sagte, Annette hat angerufen und gesagt, dass ein Mädchen aus der Nachbarschaft umgebracht worden ist.«

Rons mangelnde Vorbereitung auf seine Zeugenaussage wurde ein paar Minuten später deutlich, als Barney ihn nach seiner ersten Begegnung mit Gary Rogers fragte.

»Kurz danach bin ich zur Polizei gegangen und habe dort einen Lügendetektortest gemacht«, antwortete Ron.

Barney wäre fast erstickt. »Ronnie, nicht ... darüber dürfen Sie nicht sprechen.«

Es war streng verboten, vor den Geschworenen einen Lügendetektortest zu erwähnen. Hätte die Anklage das getan, wäre der Freispruch aus Verfahrensgründen erfolgt. Niemand hatte sich die Mühe gemacht, Ron darüber aufzuklären. Gleich darauf, als er einen Vorfall mit Dennis Fritz schilderte, verstieß er wieder gegen die Vorschriften: »Ich habe mich mit Dennis Fritz getroffen. Wir sind zusammen die Straße runtergegangen, und ich habe ihm erzählt, dass Dennis Smith mich angerufen und gesagt hat, das Ergebnis des Lügendetektortests ist nicht beweiskräftig.«

Barney wusste sich nicht anders zu helfen, als abrupt das Thema zu wechseln. Sie sprachen kurz über Rons Verurteilung wegen Scheckbetrugs. Bei den nächsten Fragen ging es darum, wo er in der Nacht des Mordes gewesen war. Barney beendete die Befragung seines Zeugen mit einem schwachen »Haben Sie Debbie Carter getötet?«

»Nein, Sir, das habe ich nicht.«

»Ich glaube, das ist alles.«

Barney hatte es so eilig, seinen Mandanten aus dem Zeugenstand zu holen und weiteren Schaden zu verhindern, dass er so gut wie gar nicht auf die Anschuldigungen einging, die die Zeugen der Anklage vorgebracht hatten. Ron hätte sein Traum-Geständnis erklären können, das er am Abend nach seiner Verhaftung Rogers und Featherstone gegenüber abgelegt hatte. Er hätte die Gespräche mit John Christian und Mike Tenney im Gefängnis erklären können. Er hätte den Grundriss des Gefängnisses aufzeichnen und den Geschworenen erklären können, dass Terri Holland das, was sie angeblich gehört hatte, nicht hätte hören können, ohne dass andere es ebenso gehört hätten. Er hätte die Aussagen von Glen Gore, Gary Allen, Tony Vick, Donna Walker und Letha Caldwell widerlegen können.

Wie alle Staatsanwälte brannte Peterson darauf, den Angeklagten im Kreuzverhör auseinanderzunehmen. Allerdings hatte er nicht damit gerechnet, dass dieser völlig unbeeindruckt bleiben würde. Peterson begann damit, dass er auf Rons Freundschaft mit Dennis Fritz, der jetzt ein verurteilter Mörder war, herumritt.

»Mr Williamson, ist es richtig, dass Sie außer Dennis Fritz so gut wie keine anderen Freunde haben? Und er bis auf Sie auch nicht?«

»Sagen wir mal so«, antwortete Ron gelassen. »Sie haben ihn reingelegt, und jetzt versuchen Sie, mich reinzulegen.« Die Worte verhallten im Gerichtssaal, während Peterson empört nach Luft schnappte.

Er wechselte das Thema und fragte Ron, ob er sich daran erinnern könne, Debbie Carter kennengelernt zu haben, was dieser wiederholt bestritt. Als die Frage noch einmal gestellt wurde, platzte es aus Ron heraus: »Peterson, ich sag's Ihnen gern noch einmal, aber dann reicht's.«

Richter Jones ging dazwischen und wies den Zeugen an, lediglich die Frage zu beantworten. Wieder bestritt Ron, Debbie Carter kennengelernt zu haben.

Peterson plusterte sich auf, stocherte eine Weile im Nebel herum und scheiterte kläglich. Als er mit seinen Märchen weitermachte, bekam er wieder Ärger. »Wissen Sie noch, wo Sie am 7. Dezember nach zweiundzwanzig Uhr gewesen sind?«

Ron: »Zu Hause.«

Peterson: »Und was haben Sie dort gemacht?«

Ron: »Um zehn Uhr vor fünf Jahren könnte ich ferngesehen oder geschlafen haben.«

Peterson: »Ist es nicht vielmehr so, dass Sie das Haus verlassen haben, durch die Gasse gegangen sind ...«

Ron: »Nein. Auf gar keinen Fall.«

Peterson: »... durch die Gasse gegangen sind ...«

Ron: »Auf gar keinen Fall.«

Peterson: »Sie und Dennis Fritz.«

Ron: »Sie sind ... auf gar keinen Fall. Auf gar keinen Fall.«

Peterson: »Sie sind zu der Wohnung gegangen.«

Ron: »Auf gar keinen Fall.«

Peterson: »Wissen Sie, wo Dennis Fritz in jener Nacht gewesen ist?«

Ron: »Sagen wir mal so – ich weiß, dass er nicht bei Debbie Carter gewesen ist.«

Peterson: »Woher wissen Sie, dass er nicht bei Debbie Carter gewesen ist?«

Ron: »Weil Sie ihn reingelegt haben.«

Peterson: »Woher wissen Sie, dass er nicht bei Debbie Carter gewesen ist?«

Ron: »Sagen wir mal so – ich würde mein Leben darauf verwetten.«

Peterson: »Sagen Sie uns, warum Sie das so genau wissen.«

Ron: »Ich will einfach nicht, dass ... Stellen Sie mir keine Fragen mehr. Ich verlasse jetzt den Zeugenstand, dann können Sie den Geschworenen erzählen, was Sie wollen, aber Sie haben ihn reingelegt, und jetzt versuchen Sie, mich reinzulegen.«

Barney: »Ronnie.«

Ron: »Meine Mutter hat gewusst, dass ich zu Hause gewesen bin. Sie drangsalieren mich jetzt seit fünf Jahren. Machen Sie mit mir, was Sie wollen. Es ist mir egal.«

Peterson beendete das Kreuzverhör und setzte sich.

Während seines Schlussplädoyers tat Barney sein Bestes, um die Polizei und ihre Arbeit schlechtzumachen – die langwierigen Ermittlungen, das Verschwinden von Gores Haarprobe, die Weigerung, Gore als Verdächtigen zu behandeln, Dennis Smith' schlampiges Vorgehen beim Sammeln von Fingerabdrücken am Tatort, die mehrfache Aufforderung an Ron, Haarproben abzugeben, die fragwürdigen Taktiken, mit denen Ron das Traum-Geständnis entlockt wurde, die Tatsache, dass die Verteidigung Rons frühere Aussage nicht erhalten hatte, die ständig wechselnden Meinungen der OSBI-Gutachter. Die Liste der Fehler war lang, und Barney verglich die Polizei mehr als einmal mit den chaotischen Ordnungshütern aus der Slapstick-Serie *Keystone Kops.*

Wie alle guten Anwälte argumentierte er, dass es jede Menge berechtigte Zweifel gebe, und bat die Geschworenen, gesunden Menschenverstand walten zu lassen.

Peterson argumentierte, dass es überhaupt keine Zweifel gebe. Die Polizisten, die natürlich allesamt zu den besten Vertretern ihres Berufsstandes gehörten, hätten mustergültige Arbeit geleistet, und er und sein Team hätten den Geschworenen eindeutige Beweise für die Schuld des Angeklagten vorgelegt.

In Anlehnung an Mel Hetts saloppe Ausdrucksweise in Bezug auf Haaranalysen beschloss Peterson, es mit der Terminologie ebenfalls nicht so genau zu nehmen. Er sagte: »Neben anderen Fällen untersucht Mr Hett über einen geraumen Zeitraum hinweg verschiedene Haarproben, er untersucht und eliminiert, er untersucht und eliminiert. Und dann, 1985, sind zwei Haare identisch.«

Doch Barney hatte aufgepasst. Er erhob sofort Einspruch und sagte: »Herr Vorsitzender, seit der Gründung des Staates Oklahoma hat es keine identischen Haare gegeben. Ich erhebe Einspruch gegen die Verwendung dieses Begriffs.«

Dem Einspruch wurde stattgegeben.

Peterson mühte sich weiter und fasste zusammen, was seine Zeugen ausgesagt hatten. Als er zu Terri Holland kam, wurde Ron nervös.

Peterson: »Terri Holland hat Ihnen, den Geschworenen, mitgeteilt, woran sie sich nach zwei Jahren noch erinnern kann. Sie hat ausgesagt, gehört zu haben, wie der Angeklagte zu seiner Mutter sagte, wenn sie ihm das Gewünschte nicht bringe ...«

Ron sprang auf und sagte: »Jetzt reicht's aber!«

Peterson: »... werde er sie töten, so, wie er Debbie Carter getötet habe.«

Ron: »Halten Sie den Mund! Das habe ich nie gesagt!«

Barney: »Setzen Sie sich hin. Und seien Sie ruhig.«

Das Gericht: »Mr Williamson.«

Ron: »Das habe ich nie zu meiner Mutter gesagt.«

Barney: »Ronnie.«

Das Gericht: »Hören Sie auf Ihren Anwalt.«

Ron setzte sich kochend vor Wut, doch er schwieg tatsächlich. Peterson fuhr fort und verdrehte die Aussagen seiner Zeugen so unverschämt zugunsten der Anklage, dass Barney sich gezwungen sah, wiederholt Einspruch einzulegen und Richter Jones zu bitten, er möge den Staatsanwalt ermahnen, sich an die Fakten zu halten.

Am Mittwoch um 10:15 Uhr zogen sich die Geschworenen zur Beratung zurück. Annette und Renee blieben noch eine Weile im Gerichtssaal sitzen, dann gingen sie zum Mittagessen. Es fiel ihnen schwer, etwas zu sich zu nehmen. Nachdem sie alle Aussagen gehört hatten, waren sie noch mehr als bisher davon überzeugt, dass ihr Bruder unschuldig war, doch der Prozess war von Peterson beherrscht worden. Die meisten Entscheidungen waren zu seinen Gunsten ausgefallen. Im Prozess gegen Fritz hatte er dieselben Zeugen mit genauso wenigen Beweisen kombiniert und trotzdem einen Schuldspruch erreicht.

Die beiden Frauen verachteten ihn. Er war laut und arrogant und benahm sich Menschen gegenüber rücksichtslos. Sie hassten ihn für das, was er ihrem Bruder antat.

Die Stunden vergingen. Um 16:30 Uhr wurde bekannt, dass die Jury eine Entscheidung gefällt hatte, und der Gerichtssaal füllte sich im Handumdrehen wieder. Richter Jones nahm Platz und warnte die Zuschauer vor Gefühlsausbrüchen. Annette und Renee hielten sich an den Händen und beteten.

Auf der anderen Seite des Mittelgangs saßen die Mitglieder der Familie Carter. Auch sie hatten sich an den Händen gefasst und beteten. Ihre schwere Prüfung war fast zu Ende.

Um 16:40 Uhr übergab der Sprecher der Jury dem Gerichtsdiener das Urteil, der einen Blick darauf warf und den Zettel an Richter Jones weitergab. Dieser verkündete das Urteil – schuldig in allen Punkten der Anklage. Die Carters reckten triumphierend die Faust in die Höhe. Annette und Renee weinten leise, genau wie Peggy Stillwell.

Ron ließ den Kopf hängen. Er war tief betroffen, aber das Urteil kam für ihn nicht völlig überraschend. Nach elf Monaten im Gefängnis von Pontotoc County war er Teil eines faulen Systems geworden. Er wusste, dass Dennis Fritz unschuldig war, und doch war dieser von denselben Polizisten belastet und von demselben Staatsanwalt im selben Gerichtssaal verurteilt worden.

Richter Jones wollte den Prozess möglichst schnell beenden. Ohne eine Pause einzulegen, ordnete er an, dass die Staatsanwaltschaft mit der Bestimmung des Strafmaßes beginnen solle. Nancy Shew wandte sich an die Geschworenen und erklärte, da es sich um ein besonders abscheuliches, verwerfliches und grausames Verbrechen handle, das begangen worden sei, um einer Verhaftung zu entgegen, und Ron mit hoher Wahrscheinlichkeit wieder töten werde und daher eine Gefahr für die Gesellschaft sei, sollte er hingerichtet werden.

Um dies alles zu beweisen, rief die Anklage vier Zeuginnen auf – Frauen, die Ron kannten, ihn aber nie angezeigt hatten. Beth Setliff war die Erste. Sie sagte aus, dass sie am 14. Juni 1981, sieben Jahren zuvor, Ron Williamson spätabends vor ihrem Haus gesehen habe, als sie gerade ins Bett gehen wollte. Er brüllte »Hey!« und »Ich weiß, dass du da drin bist. Ich werde dich schon kriegen!« Sie hatte ihn vorher noch nie gesehen. Nachdem sie alle Türen verriegelt hatte, verschwand er.

Sie kam nicht auf den Gedanken, die Polizei zu rufen, und dass sie Anzeige erstatten könnte, fiel ihr erst am nächsten Tag ein, als sie zufällig einen Polizisten in einem kleinen Supermarkt traf und ihm von dem Vorfall erzählte. Falls ein Bericht darüber geschrieben worden war, hatte sie ihn nie gesehen.

Drei Wochen später sah sie Ron wieder, und ein Freund sagte ihr, wie er hieß. Sechs Jahre vergingen. Als Ron verhaftet wurde, rief sie bei der Polizei an und erzählte die Geschichte von damals.

Die nächste Zeugin war Lavita Brewer, die schon gegen Dennis Fritz ausgesagt hatte. Sie erzählte dieselbe Geschichte noch einmal – wie sie Ron und Dennis in einer Bar in Norman kennengelernt habe, zu ihnen in den Wagen gestiegen sei, Angst bekommen habe, hinausgesprungen sei, die Polizei gerufen habe. So, wie sie es erzählte, hatte Ron sie weder angefasst noch auf irgendeine Weise bedroht. Sie wurde nur deshalb auf dem Rücksitz von Dennis' Wagen hysterisch, weil er nicht anhalten und sie aussteigen lassen wollte, und das Schlimmste, was Ron bei der ganzen Geschichte getan hatte, war, ihr zu sagen, dass sie den Mund halten solle.

Irgendwann sprang sie aus dem Wagen und rief die Polizei, erstattete aber keine Anzeige.

Auch Letha Caldwell sagte wieder aus. Sie kannte Ron Williamson seit der Junior High School und war immer gut mit ihm ausgekommen. Anfang der Achtzigerjahre hatten er und Dennis Fritz angefangen, spätabends bei ihr im Haus herumzuhängen, wobei sie immer viel tranken. Einmal arbeitete sie gerade in ihren Blumenbeeten im Garten, als er vorbeikam. Sie unterhielten sich ein wenig, während sie weiterarbeitete, was ihn ärgerte. Er packte sie am Handgelenk. Sie wehrte sich und ging ins Haus, wo ihr auffiel, dass ihre Kinder da waren. Er folgte ihr, fasste sie aber nicht mehr an und ging dann auch bald. Sie meldete den Vorfall nicht der Polizei.

Die Aussage der letzten Zeugin richtete am meisten Schaden an. Eine geschiedene Frau namens Andrea Hardcastle erzählte den Geschworenen eine erschütternde Geschichte über einen Vorfall, der über vier Stunden gedauert hatte. 1981 waren Ron und ein Freund von ihm in ihrem Haus und versuchten, sie zu überreden, mit ihnen auszugehen. Sie wollten ins Coachlight. Andrea hatte drei eigene Kinder und zwei weitere Kinder in Pflege und konnte daher nicht weg. Die Männer gingen, doch kurz darauf kehrte Ron zurück, um seine Zigaretten zu holen, die er vergessen hatte. Unaufgefordert betrat er das Haus und begann, mit Andrea zu flirten. Es war schon nach zweiundzwanzig Uhr, die Kinder schliefen, und sie hatte große Angst. Sie wollte nicht mit ihm schlafen. Er verlor die Beherrschung, schlug sie mehrmals ins Gesicht und auf den Kopf und verlangte von ihr, dass sie ihn oral befriedigte. Sie weigerte sich, und dabei wurde ihr plötzlich klar, dass er sie nicht mehr so oft schlug, wenn sie redete.

Also redeten sie. Er erzählte ihr von seiner Baseballkarriere, seiner gescheiterten Ehe, seiner Gitarre, Gott und Religion, seiner Mutter. Er war mit ihrem Exmann, der stundenweise als Rausschmeißer im Coachlight arbeitete, auf der

Highschool gewesen. Manchmal verhielt er sich ruhig, friedlich, sogar weinerlich, dann wieder launisch, laut und wütend. Andrea machte sich Sorgen wegen der fünf Kinder. Während er redete, überlegte sie, wie sie ihm entkommen konnte. Plötzlich bekam er einen Wutanfall, schlug sie wieder und versuchte, sie auszuziehen. Er war so betrunken, dass er keine Erektion bekam.

Irgendwann sagte Ron dann angeblich, dass er sie wohl töten müsse. Andrea fing zu beten an. Sie beschloss, ihn hinzuhalten, und lud ihn für den Nachmittag des nächsten Tages ein, mit der Begründung, dass dann die Kinder weg wären und sie ungestört miteinander schlafen könnten. Der Vorschlag gefiel ihm, und er ging.

Sie rief ihren Exmann und ihren Vater an, die auf die Straße liefen und nach Ron suchten. Die beiden waren schwer bewaffnet und durchaus gewillt, Selbstjustiz zu üben.

Andreas Gesicht sah furchtbar aus – Schnitte, Prellungen, zugeschwollene Augen. Ron trug einen Ring, in den ein Pferdekopf eingraviert war, und dieser hatte zahllose kleine Stichwunden um ihre Augen herum hinterlassen. Am nächsten Tag wurde die Polizei gerufen, doch Andrea weigerte sich beharrlich, Anzeige zu erstatten. Ron lebte in der Nähe, und sie hatte panische Angst vor ihm.

Barney war auf ihre Aussage nicht vorbereitet und mühte sich etwas halbherzig durch das Kreuzverhör.

Als Andrea Hardcastle den Zeugenstand verließ, war es still im Gerichtssaal. Die Geschworenen starrten den Angeklagten böse an. Er war reif für den Galgen.

Unerklärlicherweise rief Barney keine Zeugen auf, um den angerichteten Schaden abzuschwächen und zu versuchen, Rons Leben zu retten. Annette und Renee saßen im Gerichtssaal und waren bereit auszusagen. Rons Unzurechnungsfähigkeit war während des gesamten Prozesses mit keinem Wort erwähnt worden. Es waren keine medizinischen Unterlagen vorgelegt worden.

Die letzten Worte, die die Geschworenen aus dem Zeugenstand vernahmen, waren die von Andrea Hardcastle.

In seinem Schlussplädoyer forderte Bill Peterson die Todesstrafe. Außerdem hatte er noch ein paar neue Beweise, ein oder zwei neue Fakten, die im Prozess nicht bewiesen worden waren. Rons Pferdekopfring war erst in Andrea Hardcastles Aussage erwähnt worden. Peterson zog ein paar vorschnelle Schlussfolgerungen, interpretierte die Beweise ein wenig anders und war plötzlich der Meinung, dass Ron denselben Ring benutzt hatte, als er Debbie Carter geschlagen hatte. Daher seien die Verletzungen in ihrem Gesicht mit ziemlicher Sicherheit denen Andrea Hardcastles vom Januar 1981 sehr ähnlich. Das war weit hergeholt. Beweise dafür gab es keine, aber sie waren ja auch nicht notwendig.

In dramatischem Ton sagte Peterson zu den Geschworenen: »Bei Andrea Hardcastle hat er seine Unterschrift hinterlassen, und bei Debbie Carter hat er sie unterstrichen.« Sein Plädoyer beendete er mit den Worten: »Meine Damen und Herren, wenn Sie wieder hier hereinkommen, möchte ich, dass Sie sagen: Ron Williamson, für das, was Sie Debra Sue Carter angetan haben, verdienen Sie den Tod.«

»Ich habe Debbie Carter nicht getötet«, platzte es aus Ron heraus. Er hätte sich keinen besseren Moment aussuchen können.

Die Geschworenen zogen sich zur Beratung zurück. Nach nicht einmal zwei Stunden waren sie wieder da. Sie hatten sich für die Todesstrafe entschieden.

In einem grotesken Fall von nachträglichen richterlichen Zweifeln setzte Richter Jones für den nächsten Tag eine Anhörung an, um den Verstoß der Anklage gegen Brady zu erörtern. Obwohl Barney müde war und den Fall gründlich satthatte, war er immer noch empört darüber, dass die Polizei und Peterson das 1983 aufgenommene Videoband von Rons Lügendetektortest bewusst zurückgehalten hatten.

Aber warum sollte man sich deshalb noch aufregen? Der Prozess war zu Ende. Das Video war nicht mehr von Nutzen, da alles bereits entschieden war.

Es überraschte niemanden, dass Richter Jones entschied, die Unterdrückung des Videobandes durch die Behörden sei gar kein Verstoß gegen Brady gewesen. Das Band sei im Grunde genommen nicht versteckt worden; es sei nach dem Prozess übergeben worden, was einer verspäteten Vorlage entspreche.

Zu diesem Zeitpunkt war Ron Williamson bereits auf dem Weg in den F-Trakt, jenen berüchtigten Zellenblock im Staatsgefängnis von Oklahoma in McAlester, in dem die Todeskandidaten einsaßen.

10

Oklahoma nimmt die Todesstrafe sehr ernst. Als der U.S. Supreme Court 1976 die Wiederaufnahme von Hinrichtungen genehmigte, setzte die Legislative von Oklahoma sofort eine Sondersitzung an, die ausschließlich dem Zweck diente, eine eigene Gesetzgebung für die Todesstrafe zu erlassen. Im Jahr darauf diskutierten die gesetzgebenden Organe über die innovative Idee, die Todeskandidaten mit einer Giftspritze hinzurichten, als Alternative zu »Old Sparky«, wie der zuverlässige elektrische Stuhl des Bundesstaates genannt wurde. Für die Todesspritze sprach, dass Chemikalien barmherziger waren, was verfassungsrechtliche Klagen wegen grausamer und unmenschlicher Bestrafung weniger wahrscheinlich machte, sodass die Hinrichtungen schneller angesetzt werden konnten. Im Eifer des Gefechts erörterten die Gesetzgeber unter den wachsamen Augen der Presse und angestachelt von den Wählern die verschiedenen Möglichkeiten, das Leben eines Menschen zu beenden. Verfechter einer härteren Gangart wollten den Galgen, Exekutionskommandos und ähnliche Hinrichtungsarten zurückhaben, doch am Ende wurde die Todesspritze mit überwältigender Mehrheit angenommen. Oklahoma war der erste Bundesstaat, der diese Hinrichtungsmethode einführte.

Aber nicht der erste Bundesstaat, der sie einsetzte. Sehr zum Verdruss von Gesetzgebern, Polizei, Staatsanwaltschaft und einer breiten Mehrheit der Bevölkerung fiel Oklahoma schnell hinter andere Bundesstaaten zurück, in denen es die

Todesstrafe gab und diese auch vollstreckt wurde. Dreizehn lange Jahre vergingen, ohne dass eine Hinrichtung stattfand. 1990 hatte das Warten ein Ende, und die Todeskammer wurde wieder gebraucht.

Nachdem der Damm einmal gebrochen war, gab es kein Halten mehr. Seit 1990 hat Oklahoma, auf die Einwohnerzahl umgerechnet, mehr Gefangene hingerichtet als jeder andere amerikanische Bundesstaat. Nicht einmal in Texas gibt es auch nur annähernd so viele Hinrichtungen.

In Oklahoma finden alle Hinrichtungen in McAlester statt, einem Hochsicherheitsgefängnis, das etwa hundertsechzig Kilometer südöstlich von Oklahoma City liegt. Die Todeszellen befinden sich im berüchtigten H-Trakt.

Übung macht den Meister, und Hinrichtungen in Mc Alester werden mit militärischer Präzision ausgeführt. Ist die Hinrichtung eines Gefangenen angesetzt, verbringt dieser seinen letzten Tag mit Besuchern – Familienangehörigen, Freunden, oft auch dem Anwalt. Diese Besuche sind natürlich sehr schmerzlich und werden dadurch noch verschlimmert, dass Körperkontakt verboten ist. Zwischen dem Todeskandidaten und seinen Besuchern befindet sich eine dicke Glaswand, und alle Gespräche müssen über ein Telefon geführt werde. Es gibt keine Umarmung, keine Küsse von der Familie, nur ein herzzerreißendes »Ich liebe dich« durch einen schwarzen Hörer. Häufig küssen sich der Gefangene und seine Besucher symbolisch, indem sie die Lippen von beiden Seiten auf das Glas pressen. Auch die Berührung der Hände wird nachgeahmt.

Es gibt kein Gesetz, dass Körperkontakt vor einer Hinrichtung verbietet. Jeder Bundesstaat hat dazu eigene Regeln erlassen, und Oklahoma zieht es vor, seine Hinrichtungsrituale so streng wie nur möglich zu gestalten.

Wenn der Gefängnisdirektor gerade gut gelaunt ist, erlaubt er dem Gefangenen ein paar Telefonanrufe. Nach Besuchsende wird es Zeit für die Henkersmahlzeit, die allerdings nicht mehr als fünfzehn Dollar kosten darf. Der Direktor hat stets das letzte Wort bei der Zusammenstellung. Cheeseburger, *fried chicken,* Catfish und Eiscreme werden am häufigsten verlangt.

Etwa eine Stunde vor der Hinrichtung wird der Gefangene hergerichtet. Er zieht sich aus und legt eine hellblaue Kombination an, die so ähnlich wie OP-Kleidung aussieht. Dann wird er mit breiten Klettbändern auf einer fahrbaren Liege festgeschnallt und von seinen Zellengenossen verabschiedet, die ihre Solidarität dadurch zeigen, dass sie an den Türen ihrer Zellen rütteln und mit Gegenständen gegen die Gitterstäbe schlagen. Sie schreien und rufen wild durcheinander. Der Lärm dauert bis kurz nach der für die Hinrichtung festgesetzten Uhrzeit an. Dann hört er ganz plötzlich auf.

Während der Gefangene vorbereitet wird, ist die Todeskammer bereits hergerichtet und wartet auf ihn. Nacheinander treten die Zeugen in die beiden Zuschauerräume – einer für die Familie des Opfers, einer für die Familie des Mörders. In dem Raum für die Familie des Opfers stehen vierundzwanzig Klappstühle, von denen einige für die Presse – in der Regel vier oder fünf –, ein paar für die Anwälte und einige wenige für den Direktor und seine Mitarbeiter reserviert sind. Sheriff und Staatsanwalt des Ortes lassen sich das Ereignis nur selten entgehen.

Hinter diesem Raum, der durch einseitig durchsichtiges Spiegelglas vom Hinrichtungsraum abgetrennt ist, liest der Zeugenraum für die Familie des Mörders. Er ist mit zwölf Klappstühlen ausgestattet, von denen meist etliche unbesetzt bleiben. Einige Gefangene wollen nicht, dass ihre Familie bei der Hinrichtung dabei ist. Einige Gefangene haben keine Familie.

Und einige Opfer haben ebenfalls keine Familie. Manchmal ist auch ihr Zeugenraum halb leer.

Die beiden Räume sind voneinander getrennt, und es wird streng darauf geachtet, dass die beiden Gruppen sich zu keiner Zeit begegnen. Wenn die Zeugen Platz nehmen, können sie nichts sehen – der Blick in die Hinrichtungskammer wird ihnen durch geschlossene Jalousien verwehrt.

Die Liege wird hereingerollt und an ihren Platz geschoben. Gefängnismitarbeiter mit Infusionsschläuchen – einer für jeden Arm – stehen schon bereit. Wenn die Infusion gelegt ist, werden die Jalousien hochgezogen, und die Zeugen können den Gefangenen sehen. Das einseitig durchsichtige Spiegelglas verhindert, dass der Todeskandidat einen Blick auf die Familie des Opfers werfen kann, doch seine eigene sieht er. Etwa sechzig Zentimeter über seinem Kopf ist ein Mikrofon an der Wand befestigt.

Ein Arzt befestigt Elektroden zur Überwachung des Herzschlags auf der Brust des Gefangenen. Der stellvertretende Gefängnisdirektor steht an einem kleinen weißen Podium in einer Ecke des Raums und schreibt alles, was geschieht, in ein kleines Notizbuch. Neben ihm ist ein Telefon an die Wand montiert, nur für den Fall, dass es in letzter Minute etwas Neues von der juristischen Front gibt oder der Gouverneur seine Meinung ändert und die Hinrichtung aufschiebt. In den letzten Jahren hat immer ein Geistlicher in der anderen Ecke gestanden und während der gesamten Hinrichtung aus der Bibel vorgelesen, doch inzwischen ist er in Pension.

Der Gefängnisdirektor tritt vor und fragt den Verurteilten, ob er noch etwas zu sagen habe. Die meisten schweigen, doch manchmal bittet jemand um Vergebung, beteuert seine Unschuld, betet oder erhebt wütende Anschuldigungen. Einer hat ein Kirchenlied gesungen. Einer hat dem Direktor die Hand gegeben und ihm, seinen Mitarbeitern und dem gesamten Gefängnispersonal dafür gedankt, das sie sich während des langen Aufenthalts so gut um ihn gekümmert haben.

Die letzten Worte des Verurteilten dürfen höchstens zwei Minuten dauern, doch bis jetzt hat man noch nie auf der Einhaltung dieser Regel bestanden.

Die Todeskandidaten sind immer völlig gefasst und ruhig. Sie haben ihr Schicksal akzeptiert und viele Jahre Zeit gehabt, um sich auf diesen Moment vorzubereiten. Viele sind froh, dass es endlich so weit ist. Sie wollen lieber sterben, als noch einmal zwanzig oder dreißig grausame Jahre im H-Trakt verbringen zu müssen.

In einem kleinen Raum hinter der Liege verstecken sich die drei Henker. Sie dürfen nicht gesehen werden. Ihre Identität ist sogar den Gefängnismitarbeitern nicht bekannt. Es sind keine staatlichen Mitarbeiter, sondern Freischaffende, die vor Jahren von einem ehemaligen Gefängnisdirektor beauftragt wurden. Ihre Ankunft in McAlester und ihr Verschwinden nach einer Hinrichtung sind immer sehr geheimnisvoll. Nur der Gefängnisdirektor weiß, wer sie sind, woher sie kommen und wo sie sich ihre Chemikalien beschaffen. Er zahlt jedem von ihnen dreihundert Dollar in bar für eine Hinrichtung.

Die Infusionsschläuche im Arm des Verurteilten führen nach oben und verschwinden durch zwei je fünf Zentimeter große Löcher in der Wand in dem kleinen Raum, in dem die Henker ihre Arbeit tun.

Wenn die Formalitäten erledigt sind und der Gefängnisdirektor sicher ist, dass es nicht doch noch einen Anruf in letzter Minute gibt, nickt er, und die Injektionen beginnen.

Zuerst wird eine Kochsalzlösung durch die Schläuche gepumpt, um die Venen zu öffnen. Die erste Chemikalie ist Thiopentalnatrium, das den Verurteilten schnell bewusstlos werden lässt. Eine zweite Spülung mit Kochsalzlösung folgt, dann wird mit der zweiten Chemikalie, Vecuroniumbromid, die Atmung lahmgelegt. Nach einer weiteren Spülung führt die dritte Chemikalie, Kaliumchlorid, zum Herzstillstand.

Der Arzt kommt herein, führt eine kurze Untersuchung durch und stellt den Tod fest. Die Jalousien werden heruntergelassen, und die Hinrichtungszeugen, von denen viele sehr aufgewühlt sind, verlassen schweigend den Raum. Die

Liege wird hinausgerollt, die Leiche in einen Rettungswagen gehoben. Falls die Familie keine Vorkehrungen für eine Übergabe getroffen hat, wird sie auf einem Gefängnisfriedhof bestattet.

Vor den Toren des Gefängnisses halten zwei Gruppen zwei sehr unterschiedliche Mahnwachen. Die Mitglieder der Homicide Survivors, einer Selbsthilfeorganisation, die Hinterbliebene von Verbrechensopfern gegründet haben, sitzen vor ihren Wohnmobilen und warten auf die willkommene Nachricht, dass die Hinrichtung vorbei ist. Ganz in der Nähe steht ihr »Denkmal«, eine große, dreiteilige Tafel für die Opfer der Mörder. Farbfotos von Kindern und lächelnden Studenten, Gedichte für die Toten, vergrößerte Schlagzeilen, die einen grausamen Doppelmord melden, unzählige Fotos der Menschen, die von den Insassen des Todestraktes abgeschlachtet wurden. Das Denkmal soll an die Opfer erinnern.

Nicht weit von ihnen entfernt führt ein katholischer Priester die andere Gruppe an, mit der er betet und singt. Manche Gegner der Todesstrafe sind bei jeder Hinrichtung dabei und beten nicht nur für die Verurteilten, sondern auch für deren Opfer.

Die beiden Gruppen kennen und respektieren sich, doch sie sind völlig unterschiedlicher Meinung.

Wenn bekannt gegeben wird, dass die Hinrichtung vorbei ist, werden einige Gebete angestimmt. Dann werden die Kerzen gelöscht und die Gesangbücher weggepackt.

Man umarmt sich, verabschiedet sich. Wir sehen uns bei der nächsten Hinrichtung.

Als Ron Williamson am 29. April 1988 in McAlester ankam, war der H-Trakt zwar schon in der Diskussion, aber noch nicht gebaut. Die Gefängnisoffiziellen wollten einen brandneuen Todestrakt, um die ständig wachsende Zahl von Todeskandidaten unterbringen zu können, doch die Legislative wollte das Geld dafür nicht herausrücken.

Ron wurde also in den F-Trakt gebracht, in dem einundachtzig andere Todeskandidaten einsaßen. Der F-Trakt – oder der »Todestrakt«, wie er allgemein genannt wurde – bestand aus dem Erdgeschoss und dem ersten Stock eines Flügels im alten Gefängnisgebäude. »Big House«, wie dieser Teil des Gefängnisses auch hieß, war ein riesiges, vierstöckiges Gebäude, das 1935 gebaut worden war und fünfzig Jahre später für den normalen Gefängnisbetrieb geschlossen wurde. Jahrzehnte, die von Überbelegung, Gewalt, Gerichtsprozessen und Ausschreitungen geprägt gewesen waren, hatten zu seiner Stilllegung geführt.

Ron wurde in den F-Trakt aufgenommen. Er erhielt zwei kakifarbene Hosen, zwei blaue Hemden mit kurzen Ärmeln, zwei weiße T-Shirts, zwei Paar weiße Socken und zwei weiße Boxershorts. Die Kleidung war gebraucht. Sie war sauber, hatte aber dauerhafte Flecken, vor allem die Boxershorts. Die Schuhe waren schwarze Arbeitsschuhe aus Leder, ebenfalls gebraucht. Außerdem bekam er ein Kissen, eine Decke, Toilettenpapier, eine Zahnbürste und Zahnpasta. Bei der kurzen Einführung wurde ihm erklärt, dass er zusätzliche Toilettenartikel sowie Lebensmittel, alkoholfreie Getränke und einige andere Dinge im kleinen Laden des Gefängnisses kaufen konnte, der von allen »Kantine« genannt wurde. Selbst dort hinzugehen war ihm allerdings verboten. Geld, das er von der Außenwelt bekam, würde auf sein Konto gehen, von dem er seine Sachen bezahlen konnte.

Nachdem er die Gefängniskleidung angezogen hatte und die Aufnahmeformalitäten beendet waren, wurde er in den Zellentrakt geführt, in dem er die nächsten Jahre auf seine Hinrichtung warten sollte. Ron trug Hand- und Fußfesseln. Während er sein Kissen, die Decke, Kleidung zum Wechseln und andere Dinge mit den Armen umklammert hielt, öffneten die Wärter die große Gittertür. Dann begann die Parade.

Über seinem Kopf stand in großen schwarzen Buchstaben seine neue Adresse: TODESTRAKT.

Der Gang zwischen den Zellen war dreißig Meter lang und nur etwas mehr als dreieinhalb Meter breit. Die Zellen lagen auf beiden Seiten, dicht an dicht. Die Decke war zwei Meter vierzig hoch.

Ron und die beiden Wärter gingen den Gang ganz langsam hinunter. Es war eine Art Ritual, eine kurze Willkommenszeremonie. Seine Nachbarn wussten, dass er kam, und schon ging es mit dem Gejohle los. »Neuer im Block« – »Frischfleisch!« – »Hey, Baby!«

Zwischen den Stäben der Zellentüren hingen Arme heraus, die fast zum Greifen nah waren. Weiße Arme, schwarze Arme, braune Arme. Jede Menge Tätowierungen auf den Armen. Tu so, als wärst du ein harter Kerl, sagte Ron zu sich. Lass dir deine Angst nicht anmerken. Die anderen traten gegen die Türen, brüllten, beschimpften ihn, drohten ihm sexuelle Übergriffe an. Immer so tun, als wäre man ein harter Kerl.

Er war schon im Gefängnis gewesen, und er hatte gerade elf Monate im Gefängnis von Pontotoc County überlebt. Nichts konnte schlimmer sein als das, dachte er.

Sie blieben vor Zelle 16 stehen, und der Lärm verebbte. Willkommen im Todestrakt. Ein Wärter sperrte die Tür auf, und Ron betrat sein neues Zuhause.

In Oklahoma sagt man über jemanden, der in McAlester eine Haftstrafe verbüßt: »Er sitzt in Big Mac.« Ron streckte sich auf seiner schmalen Pritsche aus und schloss die Augen. Er konnte einfach nicht glauben, dass er in Big Mac weggesperrt war.

Die Möblierung der Zelle bestand aus zwei Stockbetten, einem Schreibtisch und einem Hocker aus Metall, der in den Beton geschraubt war, einer Toiletten-Waschbecken-Kombination aus Edelstahl, einem Spiegel, zwei Bücherregalen aus Metall und einer nackten Glühbirne. Die Zelle war knapp fünf Meter lang, zwei Meter breit und zwei Meter vierzig hoch. Der Boden war mit schwarz-weißen Linoleumfliesen belegt. Die Ziegelmauern waren weiß und so oft gestrichen worden, dass sie ganz glatt waren.

Gott sei Dank gibt es ein Fenster, dachte Ron. Man konnte zwar nicht hinaussehen, aber es ließ wenigstens etwas Licht herein. Im Gefängnis von Ada hatte es keine Fenster gegeben.

Er ging zu seiner Tür, die lediglich aus einigen Gitterstäben bestand, mit einer Öffnung für Essenstabletts und kleine Päckchen, die »Klappe« genannt wurde. Als er einen Blick in den Gang warf, konnte er drei Männer sehen – den Häftling genau gegenüber von ihm in Zelle 9, und die beiden Männer rechts und links von ihm. Ron sagte kein Wort. Die anderen auch nicht.

Die meisten neuen Insassen sagten in den ersten Tagen recht wenig. Der Schock, an einen Ort zu kommen, wo sie einige Jahre leben mussten, bevor man sie töten würde, war zu viel. Die Angst war überall: Angst vor der Zukunft, Angst davor, das, was sie verloren hatten, nie wiederzusehen, Angst, nicht überleben zu können, Angst, von einem der kaltblütigen Mörder, die man nur ein paar Schritte von sich entfernt atmen hörte, erstochen oder vergewaltigt zu werden.

Ron machte sein Bett und räumte seine Sachen ein. Er war froh, dass er allein war. Die meisten Häftlinge im Todestrakt saßen allein in der Zelle, hatten aber die Möglichkeit, sich mit jemandem zusammenlegen zu lassen. Im Gang draußen war ständig etwas los – Gespräche unter den Gefangenen, lachende Wärter, ein lauter Fernseher, ein Radio, jemand, der einem Freund am Ende der Zellenreihe etwas zubrüllte. Ron hielt sich von seiner Zellentür fern, er wollte so weit wie möglich von dem Lärm weg. Er schlief, las und rauchte. Im Todestrakt rauchte jeder, und der Geruch nach altem und neuem Tabak hing wie dichter, beißender Nebel über dem Gang. Es gab zwar eine Lüftung, aber sie war so alt, dass sie nicht mehr funktionierte. Die Fenster ließen sich natürlich nicht öffnen, obwohl sie mit dicken Gitterstäben gesichert waren. Das Nichtstun war unerträglich. Es gab keinen festen Tagesplan. Keine Aktivitäten, auf die man sich freuen konnte. Eine kurze Stunde lang durfte man nach draußen. Die Langeweile lähmte alles.

Für Männer, die dreiundzwanzig Stunden täglich eingesperrt waren und so gut wie nichts zu tun hatten, war Essen eindeutig der Höhepunkt des Tages. Dreimal am Tag wurden Essenstabletts durch den Gang gerollt und durch die Klappen geschoben. Alle Mahlzeiten wurden in der Zelle eingenommen, allein. Frühstück gab es um sieben. In der Regel bestand es aus Rührei und Maisgrütze, und fast immer gab es Speck und zwei oder drei Stück Toast dazu. Der Kaffee war kalt und schwach, wurde aber trotzdem geschätzt. Als Mittagessen gab es Sandwiches und Bohnen. Das Abendessen war am schlimmsten – ein Stück undefinierbares Fleisch mit halb gekochtem Gemüse. Die Portionen waren geradezu lächerlich klein, und das Essen war immer kalt. Es wurde in einem anderen Gebäude gekocht und sehr langsam auf einem Rollwagen in den Todestrakt gebracht. Na und? Die Männer waren doch sowieso schon tot. Das Essen war fürchterlich, doch die Mahlzeiten waren wichtig.

Annette und Renee schickten Geld, und Ron kaufte sich Lebensmittel, Zigaretten, Toilettenartikel und alkoholfreie Getränke in der Kantine. Dazu füllte er ein Formular aus, auf dem die wenigen verfügbaren Artikel aufgelistet waren, und gab es dem wichtigsten Mann auf dem Gang, dem »Läufer«. Das war ein Gefangener, der besondere Privilegien bei den Wärtern genoss und fast seine ganze Zeit außerhalb seiner Zelle verbringen konnte, da er Botengänge für die anderen Gefangenen erledigte. Er gab Klatsch und Nachrichten weiter, holte und brachte die Wäsche und Sachen aus der Kantine, erteilte Ratschläge, verkaufte gelegentlich Drogen.

Der Hof – ein eingezäuntes Gelände von der Größe zweier Basketballplätze direkt neben dem F-Trakt – war allen heilig. Eine Stunde am Tag, fünf Tage die Woche, durfte jeder

Gefangene in den Hof, um frische Luft zu schnappen, andere Gefangene zu besuchen und Basketball, Karten oder Domino zu spielen. Die Gruppen waren recht klein, in der Regel nur fünf oder sechs Männer auf einmal, und wurden von den Gefangenen selbst kontrolliert. Nur Freunde gingen zusammen auf den Hof. Ein Neuer musste erst eingeladen werden, bevor er sich sicher fühlen konnte. Es gab Prügeleien, und die Wärter behielten den Hof stets im Auge. Im ersten Monat ging Ron immer nur allein hinaus. Im Todestrakt saßen Mörder, und unter denen hatte er nichts verloren.

Die einzige andere Kontaktmöglichkeit unter den Gefangenen war die Dusche. Sie durften dreimal in der Woche duschen, höchstens fünfzehn Minuten lang, und immer nur zwei Männer gleichzeitig. Wenn ein Häftling keinen Duschpartner haben wollte oder ihm nicht traute, konnte er sich auch allein waschen. Ron duschte immer allein. Es gab zwar jede Menge kaltes und heißes Wasser, aber es ließ sich nicht mischen. Entweder war es kochend heiß oder eiskalt.

Als Ron in den Todestrakt kam, saßen dort schon zwei andere Opfer des Justizwesens von Pontotoc County ein, was er anfangs nicht wusste. Tommy Ward und Karl Fontenot warteten seit fast drei Jahren darauf, dass ihre Revisionsanträge von den Gerichten bearbeitet wurden.

Der Läufer brachte Ron einen »Kassiber«, wie man im Gefängnis sagte, eine heimliche Nachricht, die von den Wärtern in der Regel ignoriert wurde. Sie war von Tommy Ward, der ihn begrüßte und ihm alles Gute wünschte. Ron schickte einen Kassiber zurück und bat um Zigaretten. Tommy und Karl taten ihm zwar leid, aber er war erleichtert zu wissen, dass nicht alle Insassen des Todestraktes Schlächter waren. Ron hatte die beiden immer für unschuldig gehalten und während seines Prozesses oft an sie denken müssen.

Tommy hatte mit Ron zusammen im Gefängnis von Ada gesessen und wusste, dass er psychisch labil war. Die Wärter und andere Häftlinge dort hatten sich einen Spaß daraus gemacht, die beiden zu verhöhnen. Einmal hatte mitten in der Nacht eine Stimme aus einer dunklen Ecke des Korridors gerufen: »Tommy, hier spricht Denice Haraway. Bitte sag mir, wo meine Leiche ist.« Tommy hatte mitbekommen, wie die Wärter untereinander geflüstert hatten und die anderen Gefangenen Gelächter unterdrücken mussten. Nachdem er die Spielchen ignoriert hatte, hatten sie ihn in Ruhe gelassen.

Ron war nicht so gelassen gewesen. »Ron, warum hast du Debbie Carter umgebracht?«, hatte es durch das Gefängnis von Ada geklungen. Ron war jedes Mal aus dem Bett gesprungen und hatte angefangen zu schreien.

Im Todestrakt musste Tommy jeden Tag darum kämpfen, nicht verrückt zu werden. Für echte Mörder war die Situation schon schlimm genug, aber einen unschuldigen Mann trieb sie buchstäblich in den Wahnsinn. Er fürchtete um Rons Geisteszustand, von dem Moment an, in dem dieser im Todestrakt ankam.

Nur die Wärter im Todestrakt kannten die Einzelheiten des Mordes an Debbie Carter. Kurze Zeit nach Rons Ankunft hörte Tommy, wie einer der Wärter rief: »Ron, hier spricht Debbie Carter. Warum hast du mich getötet?«

Ron, der zunächst ruhig geblieben war, fing an zu brüllen und seine Unschuld zu beteuern. Seine Reaktion gefiel den Wärtern, und die Hänseleien gingen weiter. Auch die übrigen Insassen hatten ihren Spaß daran und machten häufig auch noch mit.

Einige Tage nach Rons Ankunft wurde Tommy plötzlich aus seiner Zelle gezerrt. Mehrere schwergewichtige Wärter legten ihm Hand- und Fußfesseln an. Er war sicher, dass es etwas Wichtiges war, obwohl er keine Ahnung hatte, wo es hingehen sollte. Das sagten sie einem nie.

Sie führten ihn ab, einen kleinen, mageren Mann, der so stark bewacht wurde, dass es auch für den Präsidenten gereicht hätte. »Wo gehen wir hin?«, fragte er, doch die Antwort darauf war wohl so wichtig, dass man sie ihm nicht geben konnte. Er schlurfte über den Gang, aus dem F-Trakt hinaus, unter dem riesigen Kuppelgewölbe von Big House hindurch, das bis auf die Tauben völlig leer war, zu einem Konferenzraum im Verwaltungsgebäude.

Der Gefängnisdirektor wartete schon auf ihn, und er hatte schlechte Nachrichten.

Ohne ihm die Fesseln abzunehmen, setzten sie ihn auf den heißen Stuhl am unteren Ende eines langen Konferenztisches, an dem dicht gedrängt Assistenten, Verwaltungsangestellte, Sekretärinnen und alle anderen saßen, die bei der makabren Ankündigung dabei sein wollten. Die Wärter blieben mit unbewegtem Gesichtsausdruck hinter ihm stehen, für den Fall, dass er einen Fluchtversuch unternahm, wenn er hörte, was ihm bevorstand. Alle am Tisch Sitzenden hatten einen Stift in der Hand, um das mitzuschreiben, was jetzt kam.

Der Direktor fing mit ernster Stimme zu sprechen an. Die schlechte Nachricht sei, dass kein Aufschub für die Hinrichtung gewährt worden sei und der Termin jetzt feststehe. Sicher, es schien etwas früh zu sein – Tommys Revisionsanträge waren noch keine drei Jahre alt –, aber manchmal kam es eben so und nicht anders.

Der Gefängnisdirektor drückte sein Bedauern aus, konnte aber nichts daran ändern. Der große Tag sollte in zwei Wochen stattfinden.

Tommy atmete heftig und versuchte zu begreifen. Seine Anwälte arbeiteten an den Revisionsanträgen, was, wie man ihm wiederholt gesagt hatte, Jahre in Anspruch nehmen konnte. Die Chancen auf einen neuen Prozess in Ada standen gut.

Man schrieb das Jahr 1988. Seit zwanzig Jahren hatte es in Oklahoma keine Hinrichtung mehr gegeben. Vielleicht war alles etwas eingerostet, und sie wussten gar nicht, was sie da taten.

Der Direktor fuhrt fort. Man wolle sofort mit den Vorbereitungen beginnen. Zu klären sei noch, was mit der Leiche geschehen solle.

Welche Leiche?, dachte Tommy. *Meine* Leiche?

Die Verwaltungsangestellten, Assistenten und Sekretärinnen starrten auf ihre Notizblöcke und kritzelten die gleichen Wörter. Wozu sind eigentlich all diese Leute da?, fragte sich Tommy.

Schicken Sie mich doch einfach zu meiner Mutter, versuchte Tommy zu sagen.

Seine Knie gaben nach, als er aufstand. Die Wärter packten ihn und führten ihn in den F-Trakt zurück. Er verkroch sich in sein Bett und weinte, nicht um sich selbst, sondern um seine Familie, vor allem um seine Mutter.

Zwei Tage später teilte man ihm mit, es sei alles ein Irrtum gewesen. Irgendwo habe irgendjemand irgendwelche Unterlagen falsch bearbeitet. Die Hinrichtung sei aufgeschoben, und in der nächsten Zeit werde Mrs Ward die Leiche ihres Sohnes nicht abholen müssen.

Solche Fehlstarts waren nichts Ungewöhnliches. Einige Wochen nachdem ihr Bruder nach McAlester verlegt worden war, bekam Annette einen Brief des Gefängnisdirektors. Sie ging davon aus, dass es sich um eine Routinesache handelte. Angesichts der aggressiven Stimmung in McAlester hatte sie damit vielleicht sogar recht.

SEHR GEEHRTE MS HUDSON,

mit großem Bedauern muss ich Sie darüber in Kenntnis setzen, dass die Hinrichtung Ihres Bruders, Ronald Keith Williamson, Nummer 134846, für den 18. Juli 1988, 12:02 Uhr, im Staatsgefängnis von Oklahoma angesetzt wurde.

Ihr Bruder wird am Tag vor der Hinrichtung vormittags aus seiner regulären Zelle in eine andere Zelle verlegt. Ab diesem Zeitpunkt ändern sich seine Besuchsrechte wie folgt: 9:00 bis 12:00 Uhr, 13:00 bis 16:00 Uhr und 18:00 bis 20:00 Uhr.

Besuche in den letzten vierundzwanzig Stunden sind beschränkt auf den geistlichen Beistand, den Prozessbevollmächtigten und zwei weitere Personen, die die Erlaubnis des Gefängnisdirektors benötigen. Ihr Bruder hat das Recht, fünf Zeugen zur Hinrichtung einzuladen. Diese Zeugen müssen vom Gefängnisdirektor genehmigt werden.

So schmerzlich dies auch sein mag, es müssen Vorkehrungen für die Beerdigung getroffen werden, die Sache der Familie sind. Sollte die Familie diesbezüglich keine Angaben machen, wird der Staat für die Beerdigung sorgen. Bitte teilen Sie uns Ihre Entscheidung in dieser Angelegenheit mit.

Sollten Sie weitere Informationen benötigen oder sollte ich Ihnen irgendwie behilflich sein können, setzen Sie sich bitte mit mir in Verbindung.

Mit freundlichen Grüßen
JAMES L. SAFFLE, Gefängnisdirektor

Der Brief war vom 21. Juni 1988, keine zwei Monate, nachdem man Ron nach McAlester verlegt hatte. Annette wusste, dass in Fällen, in denen die Todesstrafe ausgesprochen worden war, automatisch Revision eingelegt wurde. Vielleicht sollte also jemand die Behörden informieren, die für Hinrichtungen zuständig waren.

So schockierend der Brief auch war, Annette gelang es, ihn zu vergessen. Ihr Bruder war unschuldig, und eines Tages würde man das in einem neuen Prozess auch beweisen können. Daran glaubte sie felsenfest, und sie ließ sich auch nie darin beirren. Sie las in der Bibel, betete viel und redete oft mit ihrem Pastor.

Doch sie fragte sich, was das eigentlich für Leute waren, die das Gefängnis in McAlester leiteten.

Nach etwa einer Woche im Todestrakt ging Ron zu seiner Tür und grüßte den Mann in Zelle 9 auf der anderen Seite des Gangs, genau gegenüber, etwas mehr als dreieinhalb Meter von ihm entfernt. Greg Wilhoit grüßte zurück, und sie wechselten ein paar Worte. Keiner der beiden war sonderlich erpicht darauf, ein längeres Gespräch zu führen. Am nächsten Tag sagte Ron wieder Hallo, und sie unterhielten sich eine Weile. Am darauffolgenden Tag erwähnte Greg, dass er aus Tulsa kam. Ron hatte eine Weile dort gewohnt, bei einem Mann namens Stan Wilkins.

»Ist der Stahlarbeiter?«, fragte Greg.

Wilkins war tatsächlich Stahlarbeiter, und Greg kannte ihn. Es war ein amüsanter Zufall, der das Eis zwischen ihnen brach.

Greg war vierunddreißig Jahre alt, begeisterte sich für Baseball und hatte zwei Schwestern, die ihn unterstützen. Genau wie Ron.

Und er war unschuldig. Genau wie Ron.

Es war der Beginn einer engen Freundschaft, die den beiden half, ihre schwere Prüfung zu überstehen. Greg lud Ron ein, mit ihm zusammen an dem Gottesdienst teilzunehmen, der einmal in der Woche im Todestrakt stattfand und von vielen Gefangenen besucht wurde. An Händen und Füßen gefesselt, wurden die Häftlinge in einem kleinen Raum zusammengepfercht, in dem ein Geistlicher namens Charles Story mit ihnen zusammen betete. Ron und Greg versäumten kaum einen Gottesdienst und saßen immer nebeneinander.

Greg Wilhoit war seit neun Monaten in McAlester. Der gewerkschaftlich organisierte Stahlarbeiter war hart im Nehmen und mehrfach wegen Marihuanabesitzes vorbestraft, aber nie wegen Gewalttaten angeklagt worden.

Greg und seine Frau Kathy hatten sich 1985 getrennt. Sie hatten zwei kleine Töchter und eine Menge Probleme. Greg half Kathy dabei, in eine andere Wohnung zu ziehen, und kam fast jeden Abend vorbei, um seine Mädchen zu besuchen. Die beiden hofften, ihre Ehe wieder kitten zu können, brauchten aber beide etwas Zeit für sich allein. Sie schliefen weiterhin miteinander und blieben sich treu; keiner hatte eine andere Beziehung.

Am 1. Juni, drei Wochen nach der Trennung, fiel einer Nachbarin in Kathys Apartmentgebäude auf, dass die beiden Töchter ständig weinten. Die Nachbarin klopfte an die Tür, und als niemand antwortete, rief sie die Polizei. Auf dem Boden in der unteren Etage wurde Kathys Leiche gefunden. In der oberen Etage lagen die beiden Kleinkinder in ihren Gitterbetten und schrien vor Hunger und Angst.

Kathy war vergewaltigt und erwürgt worden. Der Todeszeitpunkt lag irgendwann zwischen ein und sechs Uhr morgens. Als die Polizei Greg befragte, sagte dieser, er sei zu Hause gewesen und habe geschlafen. Einen Zeugen für sein Alibi hatte er nicht. Er bestritt rigoros, etwas mit dem Mord an seiner Frau zu tun zu haben, und nahm es der Polizei übel, dass er befragt wurde.

Bei den Ermittlungen wurde ein Fingerabdruck auf dem Telefon gefunden, das aus der Wand gerissen worden war und auf dem Boden neben Kathys Leiche lag. Der Fingerabdruck stammte weder von Greg noch von seiner Frau. Die Polizei fand Schamhaare und einen Bissabdruck auf Kathys Brust, der die wichtigste Spur war. Ein Gutachter des kriminaltechnischen Labors bestätigte, dass der Mörder sich in die Brust seines Opfers verbissen hatte.

Greg als von seiner Frau getrennt lebender Ehemann war natürlich der Hauptverdächtige, obwohl der Fingerabdruck nicht von ihm stammte. Melvin Hett vom kriminaltechnischen Labor des Bundesstaates kam zu dem Ergebnis, dass die am Tatort gefundenen Schamhaare mikroskopisch gesehen nicht mit denen Gregs übereinstimmten. Die Polizei forderte Greg auf, einen Abdruck seiner Zähne vorzulegen, damit er mit dem Bissabdruck verglichen werden konnte.

Greg gefiel es gar nicht, als Verdächtiger behandelt zu werden. Er war unschuldig und traute der Polizei nicht. Mithilfe seiner Eltern brachte er fünfundzwanzigtausend Dollar auf und engagierte einen Anwalt.

Der Polizei gefiel es gar nicht, dass Greg sich einen Anwalt genommen hatte. Sie holte sich einen Gerichtsbeschluss, der ihn zwang, einen Abdruck seiner Zähne vorzulegen. Nachdem Greg seiner Verpflichtung nachgekommen war, hörte er fünf Monate lang nichts mehr von den Behörden. Er kümmerte sich um seine beiden Töchter, rackerte sich in Vollzeit als Stahlarbeiter ab und hoffte, nie wieder etwas mit der Polizei zu tun zu haben. Doch im Januar 1986 stand sie plötzlich mit einem Haftbefehl vor seiner Tür. Die Anklage lautete auf Mord, und darauf stand die Todesstrafe.

Sein erster Anwalt ließ sich zwar gut bezahlen und hatte auch einen guten Ruf, zeigte jedoch ein auffälliges Interesse daran, eine Absprache mit der Staatsanwaltschaft auszuhandeln. Einen Monat vor dem Prozess beendete Greg das Mandat und beging dann den großen Fehler, George Briggs zu engagieren, einen kaputten, alternden Anwalt, der ganz am Ende einer langen, ereignisreichen Karriere stand. Als Honorar wollte er zweitausendfünfhundert Dollar haben, was geradezu lächerlich wenig war und bei Greg sämtliche Alarmglocken hätte auslösen müssen.

Briggs gehörte zur alten Schule der Landanwälte. Du beschaffst dir deine Zeugen, ich beschaffe mir meine, dann treffen wir uns vor Gericht und schlagen uns die Köpfe ein. Keine Offenlegung der Beweise in der Voruntersuchung. Im Zweifelsfall verlässt sich man sich auf sein Bauchgefühl und improvisiert.

Darüber hinaus war Briggs Alkoholiker und von den Medikamenten abhängig, die er seit einem Motorradunfall, bei dem er einen leichten Hirnschaden davongetragen hatte, nehmen musste. An guten Tagen stank er nach Alkohol, brachte es aber fertig, einigermaßen zu funktionieren. An schlechten Tagen schlief er im Gerichtssaal ein, hatte seine Blase nicht unter Kontrolle oder übergab sich im Richterzimmer. Ein durch die Gänge des Gerichtsgebäudes taumelnder Briggs war ein vertrauter Anblick. Greg und seine Eltern wurden erst misstrauisch, als Briggs bei einem Mittagessen mehrere Flaschen Bier kippte.

Briggs Abhängigkeit von Alkohol und Medikamenten war dem Prozessrichter und der Rechtsanwaltskammer von Oklahoma sehr wohl bekannt, doch es wurde so gut wie nichts unternommen, um ihm die Zulassung zu entziehen oder ihm und seinen Mandanten sonst irgendwie zu helfen.

Gregs Familie machte einen bekannten Experten für Bissspuren in Kansas ausfindig, doch Briggs war zu beschäftigt oder zu verkatert, um mit dem Mann zu sprechen. Der Anwalt befragte keine Zeugen und bereitete sich – soweit Greg das beurteilen konnte – so gut wie gar nicht vor.

Der Prozess war ein Albtraum. Die Anklage rief zwei Gutachter für Bissspuren in den Zeugenstand, von denen der eine sein Zahnarztstudium erst vor einem Jahr abgeschlossen hatte. Briggs hatte nichts in der Hand, um ihre Aussage zu widerlegen. Die Geschworenen berieten sich zwei Stunden lang und erklärten Greg für schuldig. Bei der Bestimmung des Strafmaßes rief Briggs keine Zeugen für mildernde Umstände auf. Die Geschworenen berieten sich eine Stunde lang und verhängten die Todesstrafe.

Dreißig Tage später wurde Greg noch einmal in den Gerichtssaal gebracht, wo man ihm das Todesurteil vorlas.

In Zelle 9 hängte Greg Zeitungen über die Gitterstäbe an seiner Tür, damit ihn niemand sehen konnte. Er redete sich ein, nicht im Todestrakt zu sein, sondern in seinem eigenen kleinen Kokon, irgendwo anders. Wenn er nicht gerade ein Buch las, sah er fern – seine Familie hatte ihm ein kleines Gerät geschickt. Er sprach mit keinem anderen Gefangenen, nur mit dem Läufer, der ihn gleich bei ihrer ersten Unterhaltung fragte, ob er Marihuana kaufen wolle. Greg wollte.

Am Anfang begriff Greg gar nicht, dass es auch einige Glückliche gab, die den Todestrakt lebend verließen. Manchmal hatten die Revisionsanträge Erfolg, gute Anwälte kümmerten sich um die Belange der Gefangenen, Richter wachten auf und Wunder geschahen, doch davon hatte ihm niemand etwas gesagt. Er war sicher, dass man ihn hinrichten würde, und wenn er ehrlich war, wollte er das Ganze so schnell wie möglich hinter sich bringen.

Sechs Monate lang verließ er seine Zelle nur, um zu duschen, schnell und allein. Mit der Zeit lernte er einige seiner Mitgefangenen kennen und wurde dann auch für eine Stunde auf den Hof eingeladen, um dort Sport zu treiben und sich mit anderen zu unterhalten. Doch kaum hatte er den Mund aufgemacht, um zu reden, schuf er sich auch schon Feinde. Greg war ein Unikum im Todestrakt, denn er war *für* die Todesstrafe. Wenn man jemand ums Leben brachte, sollte man mit seinem eigenen Leben dafür bezahlen, argumentierte er laut und unüberhörbar. Eine solche Meinung war etwas völlig Neues.

Außerdem gewöhnte er sich sehr zur Verärgerung seiner Mitgefangenen an, *David Letterman* mit voll aufgedrehter Lautstärke zu sehen. Schlaf hat einen hohen Stellenwert im Todestrakt, und viele der Männer dort verbringen die Hälfte des Tages in einer anderen Welt. Wenn man schläft, betrügt man das System. Schlaf gehört einem selbst, nicht dem Staat.

Verurteilte Mörder haben keine Hemmungen, jemandem mit dem Tod zu drohen, und bald hörte Greg Gerüchte, nach denen ein Kopfgeld auf ihn ausgesetzt worden sei. In jedem Todestrakt gibt es mindestens einen Boss und mehrere, die es werden wollen. Es gibt Fraktionen, die um die Vorherrschaft konkurrieren. Sie suchen sich die Schwachen aus und verlangen häufig Geld für das Recht, im Todestrakt zu »leben«. Als Greg zu Ohren kam, dass er Miete zahlen solle, lachte er und schickte eine Nachricht zurück, in der stand, dass er niemandem auch nur einen Cent dafür zahlen werde, um in einem solchen Rattenloch zu leben.

Der Todestrakt in McAlester wurde von Soledad kontrolliert, einem Mörder, der einige Zeit in dem gleichnamigen Gefängnis in Kalifornien verbracht hatte und deshalb so genannt wurde. Soledad störte sich daran, dass Greg Anhänger der Todesstrafe war, und David Letterman konnte er erst recht nicht ausstehen. Da jeder anständige Boss im Gefängnis auch zum Töten bereit sein musste, wurde Greg zum Ziel.

Im Todestrakt hat jeder Feinde. Die Auseinandersetzungen sind äußerst hässlich, und meistens geht es dabei um Kleinigkeiten. Eine Packung Zigaretten kann der Auslöser für eine Prügelei auf dem Hof oder in der Dusche sein. Zwei Packungen können einen töten.

Greg brauchte einen Freund, der ihm den Rücken deckte.

Annettes erster Besuch in McAlester war deprimierend und machte ihr Angst, aber das hatte sie auch erwartet. Sie wäre lieber nicht gegangen, doch außer seinen Schwestern hatte Ron niemanden mehr.

Eine Wärterin tastete sie ab und durchsuchte ihre Handtasche. Während Annette durch die verschiedenen Schichten von Big House gelangte, hatte sie den Eindruck, im dunklen Rachen eines Ungeheuers zu verschwinden. Türen fielen krachend ins Schloss, Schlüssel klirrten, Wärter starrten sie an, als hätte sie hier nichts verloren. Wie betäubt ging sie durch die Gänge, während ein dicker Kloß in ihrem Magen lag und ihr Puls raste.

Sie und ihre Geschwister kamen aus einer ordentlichen Familie und waren in einem ordentlichen Haus in einer mit Bäumen bestandenen Straße aufgewachsen. Sonntags waren sie zur Kirche gegangen. Und Ronnie hatte als kleiner Junge immer Baseball gespielt. Wie hatte es nur so weit kommen können?

Du wirst dich daran gewöhnen müssen, sagte sie zu sich selbst. In Zukunft würde sie diese furchtbaren Geräusche noch oft hören. Und immer wieder die gleichen Wärter sehen. Annette fragte, ob sie Ron ein paar Sachen mitbringen könne – Kekse, Kleidung, Geld. Nein, antwortete man ihr sofort. Nur Kleingeld. Also gab sie dem Wärter eine Handvoll Münzen und hoffte, dass er sie an Ronnie weiterreichte.

Der Besucherraum war lang und schmal und in der Mitte durch dicke Scheiben aus Plexiglas abgeteilt, an denen Trennwände standen, um wenigstens ein Mindestmaß an Privatsphäre zu schaffen. Alle Gespräche mussten über ein Telefon durch das Plexiglas geführt werden. Körperkontakt war verboten.

Es dauerte eine Weile, bis Ronnie hereingeführt wurde. In McAlester hatte es niemand eilig. Ihr Bruder sah gesund aus, vielleicht sogar ein wenig pummelig, aber schließlich hatte sein Gewicht schon immer stark geschwankt.

Er bedankte sich für ihren Besuch und sagte, er komme schon zurecht, brauche aber Geld. Das Essen sei furchtbar, und er wolle sich einige Lebensmittel in der Kantine kaufen. Außerdem hätte er gern eine Gitarre, ein paar Bücher und Zeitschriften und ein kleines Fernsehgerät, dass man über die Kantine kaufen könne.

»Hol mich hier raus, Annette«, flehte er immer wieder. »Ich habe Debbie Carter nicht getötet, und das weißt du.«

Annette hatte nie daran gezweifelt, dass er unschuldig war, obwohl einigen Familienmitgliedern inzwischen Bedenken gekommen waren. Sie und ihr Mann Marvin arbeiteten beide, denn sie hatten eine Familie zu versorgen und versuchten, noch etwas zu sparen. Das Geld war knapp bei ihnen. Was sollte sie tun? Die vom Staat finanzierten Pflichtverteidiger arbeiteten an seinem Revisionsantrag.

Verkauf das Haus und engagier einen bekannten Anwalt, sagte er. Verkauf alles. Tu, was nötig ist. Aber hol mich hier raus.

Die Stimmung bei ihrem Gespräch war etwas gereizt, und es flossen Tränen. In die Kabine neben Ronnie setzte sich ein anderer Häftling. Annette konnte ihn durch das Glas hindurch nur undeutlich sehen, aber sie war neugierig und wollte wissen, wer er war und wen er getötet hatte.

Roger Dale Stafford, sagte Ronnie, der berühmte Steakhaus-Mörder. Stafford hatte neunmal die Todesstrafe bekommen, was der absolute Rekord im Todestrakt war. Bei einem misslungenen Raubüberfall in Oklahoma City hatte er sechs Menschen – darunter fünf Teenager – im Kühlraum eines Steakhauses regelrecht hingerichtet, dann eine dreiköpfige Familie ermordet.

Sie sind alle Killer, sagte Ronnie immer wieder, und ständig reden sie über das Töten. Im Todestrakt ist von nichts anderem die Rede. Hol mich hier raus!

Annette wollte wissen, ob er sich sicher fühle.

Himmel, natürlich nicht. Schließlich lebe er mit einem Haufen Mörder zusammen. Ronnie hatte immer an den Sinn der Todesstrafe geglaubt, doch jetzt war er ein glühender Anhänger davon. Allerdings behielt er das in seiner neuen Umgebung lieber für sich.

Es gab keine zeitliche Beschränkung für die Besuche. Schließlich verabschiedeten sie sich und versprachen, zu schreiben und zu telefonieren. Als Annette McAlester verließ, fühlte sie sich wie ausgelaugt.

Kurz darauf begannen die Anrufe. Im Todestrakt von McAlester stellten die Wärter ein Telefon auf einen Rollwagen und schoben ihn zu den Zellen. Ein Wärter gab die Nummer ein, dann steckte er den Hörer durch die Gitterstäbe der Zellentür. Da alle Anrufe R-Gespräche waren, war es ihnen eigentlich egal, wie oft ein Gefangener telefonierte. Schon bald brüllte Ron öfter als alle anderen nach dem Rollwagen.

In der Regel begannen seine Gespräche damit, dass er Geld verlangte, zwanzig oder dreißig Dollar, damit er sich Lebensmittel und Zigaretten kaufen konnte. Annette und Renee versuchten, ihrem Bruder jeweils vierzig Dollar im Monat zu schicken, doch sie hatten hohe Ausgaben und nur wenig Geld übrig. Es war nie genug, und Ronnie erinnerte sie immer wieder daran. Er wurde oft wütend und behauptete dann, sie würden ihn nicht genug lieben, sonst würden sie ihn aus dem Gefängnis holen. Er sei unschuldig, alle wüssten das, und außer seinen Schwestern gebe es niemanden draußen, der ihm seine Freiheit wiedergeben könne.

Rons Anrufe verliefen nur selten friedlich, obwohl Annette und Renee versuchten, nicht mit ihm zu streiten. Bei jedem Gespräch erinnerte er seine Schwestern irgendwann daran, wie sehr er sie liebe.

Annettes Mann abonnierte *National Geographic* und die *Ada Evening News* für Ronnie, der wissen wollte, was zu Hause geschah.

Kurz nach seiner Ankunft in McAlester hörte er zum ersten Mal von Ricky Joe Simmons und dessen bizarrem Geständnis. Barney hatte von dem auf Band aufgenommenen Geständnis gewusst, es aber nicht im Prozess verwendet und seinem Mandanten auch nichts davon gesagt. Ein Ermittler des Oklahoma Indigent Defense System, jener Behörde des Staates, die für die Strafverteidigung Mittelloser zuständig ist, nahm das Video mit dem Geständnis nach McAlester mit und führte es Ron vor. Er ging vor Wut die Wände hoch. Jemand hatte zugegeben, Debbie Carter getötet zu haben, und die Geschworenen in seinem Prozess hatten nichts davon erfahren!

Sicher würde die Neuigkeit bald schon Ada erreichen, und Ron wollte in der Lokalzeitung die Artikel darüber lesen.

Ricky Joe Simmons wurde für Ron zu einer weiteren fixen Idee – vielleicht zur wichtigsten – und blieb es viele Jahre lang.

Ron versuchte, alle möglichen Leute anzurufen; er wollte, dass die ganze Welt von Ricky Joe Simmons erfuhr. Dessen Geständnis war Rons Fahrkarte in die Freiheit, und er wollte unbedingt, dass jemand den Jungen vor Gericht brachte. Er rief Barney an, andere Anwälte, Beamte der County, sogar alte Freunde, doch die meisten wollten die R-Gespräche gar nicht erst annehmen.

Nachdem man einige Insassen des Todestraktes dabei erwischt hatte, wie sie die Familien ihrer Opfer anriefen und verhöhnten, wurden die Regeln geändert, und Telefonieren war nur noch eingeschränkt möglich. Erlaubt waren jetzt im Schnitt zwei Anrufe pro Woche, und jede Telefonnummer musste vorher genehmigt werden.

Einmal in der Woche schob der Läufer einen Rollwagen mit abgenutzten Taschenbüchern aus der Gefängnisbibliothek durch den F-Trakt. Greg Wilhoit las alles, was er in die Finger bekam – Biografien, Kriminalromane, Western. Stephen King war einer seiner Lieblingsautoren, doch die Bücher von John Steinbeck liebte er heiß und innig.

Er drängte Ron dazu, Bücher zu lesen, als eine Art Flucht vor der Realität, und bald schon diskutierten sie über den künstlerischen Wert von *Die Früchte des Zorns* und *Jenseits von Eden*, was im Todestrakt ein eher ungewöhnliches Thema war. Stundenlang standen die beiden an ihren Zellentüren, beugten sich durch die Gitterstäbe und redeten und redeten. Bücher, Baseball, Frauen, ihre Prozesse.

Beide waren überrascht, als sie erfuhren, dass die meisten Insassen eines Todestraktes nicht mehr auf ihrer Unschuld beharren. Stattdessen neigen sie dazu, ihre Verbrechen noch auszuschmücken, wenn sie sich mit anderen Gefangenen unterhalten. Ständig wird über den Tod gesprochen – begangene Morde, Mordprozesse, Morde, die man noch begehen wollte.

Als Ron weiterhin behauptete, unschuldig zu sein, begann Greg ihm zu glauben. Jeder Häftling hatte die Mitschrift seines Prozesses in der Zelle, und Greg las Rons Kopie – alle zweitausend Seiten. Er war schockiert über den Prozess in Ada. Ron las Gregs Mitschrift, und er war genauso schockiert über dessen Prozess in Osage County.

Sie glaubten einander und ignorierten die Zweifel ihrer Zellennachbarn.

In den ersten Wochen im Todestrakt hatte die Freundschaft mit Greg eine therapeutische Wirkung auf Ron. Endlich glaubte ihm jemand – jemand, mit dem er stundenlang reden konnte, der intelligent und mitfühlend war und ihm zuhörte. Da Ron jetzt nicht mehr in der höhlenartigen Zelle in Ada war und sich einem Freund anvertrauen konnte, stabilisierte sich sein Verhalten. Er ging nicht mehr stundenlang in seiner Zelle auf und ab und brüllte seine Unschuld hinaus. Die Stimmungsschwankungen waren nicht mehr so heftig. Er schlief viel, las stundenlang, rauchte Kette und redete mit Greg. Sie gingen zusammen in den Hof und deckten sich gegenseitig den Rücken. Annette schickte Geld, und Ron kaufte ein kleines Fernsehgerät aus der Kantine. Da sie wusste, wie wichtig eine Gitarre für ihn war, versuchte sie immer wieder, ihm eine zu besorgen. Die Kantine hatte keine Gitarre auf Lager. Nach unzähligen Telefonanrufen und Briefen erhielt sie von der Gefängnisverwaltung die Genehmigung, in einem Musikgeschäft in McAlester eine Gitarre zu kaufen und sie ins Gefängnis liefern zu lassen.

Kaum war die Gitarre da, begann auch schon der Ärger. Ron, der die anderen mit seinem Talent beeindrucken wollte, spielte und sang in voller Lautstärke. Die Beschwerden kamen postwendend, doch Ron war das egal. Er spielte für sein Leben gern Gitarre, und er sang auch gern, am liebsten Hank Williams. »Your cheatin' heart« hallte durch den Gang. Die anderen Insassen brüllten ihm Schweinereien zu. Er brüllte sie gleich zurück.

Irgendwann hatte Soledad genug von Rons Musik und drohte, ihn umzubringen. Na und?, sagte Ron. Mein Todesurteil habe ich doch schon.

Es wurden keinerlei Anstrengungen unternommen, den F-Trakt mit einer Klimaanlage auszustatten, und als der Sommer kam, wurde es darin so heiß wie in einer Sauna. Die Häftlinge zogen sich bis auf die Boxershorts aus und kauerten sich vor die kleinen Ventilatoren, die sie in der Kantine kaufen konnten. Es war nichts Ungewöhnliches für sie, noch vor der Morgendämmerung aufzuwachen, weil die Laken vom Schweiß nass waren. Einige von ihnen waren den ganzen Tag lang nackt.

Aus irgendeinem unerfindlichen Grund wurden in McAlester Führungen durch den Todestrakt veranstaltet. Die Touristen waren in der Regel Schüler von Highschools, deren Eltern und Therapeuten hofften, sie auf diese Weise davor bewahren zu können, kriminell zu werden. Wenn es sehr heiß war und die Wärter den Insassen befahlen, sich anzuziehen, hieß das, dass gleich eine Tour kam. Einige gehorchten, andere nicht.

Ein Indianer mit dem Spitznamen Buck Naked drückte die Verbundenheit mit seinen Vorfahren dadurch aus, dass er die ganze Zeit über nackt war. Er besaß die seltene Begabung, auf Kommando pupsen zu können, und wenn eine Tour in die Nähe seiner Zelle kam, drückte er die Hinterbacken an die Gitterstäbe und ließ einen gewaltigen Furz entweichen. Die Teenager waren schockiert, was den geregelten Ablauf der Führung gehörig durcheinanderbrachte.

Die Wärter sagten zu ihm, er solle damit aufhören. Er weigerte sich. Die anderen Häftlinge feuerten ihn an, aber nur während der Führungen. Schließlich holten ihn die Wärter aus der Zelle, wenn Besucher angekündigt waren. Einige Insassen versuchten, es ihm gleichzutun, aber es mangelte ihnen an Talent.

Ron beschränkte sich darauf, für die Touristen Gitarre zu spielen und ihnen etwas vorzusingen.

Am 4. Juli 1988 wachte Ron morgens schlecht gelaunt auf und blieb es den ganzen Tag über auch. Es war der Unabhängigkeitstag, an dem Feiern, Paraden und ähnliche Veranstaltungen stattfanden, doch er war in einem stinkenden

Rattenloch eingesperrt, für ein Verbrechen, das er nicht begangen hatte. Wo war *seine* Unabhängigkeit?

Er fing an zu brüllen und zu fluchen und seine Unschuld zu beteuern, und als er dafür aus den anderen Zellen ausgepfiffen wurde, verlor er die Beherrschung. Er warf alles, was ihm in die Finger kam, an die Wand – Bücher, Zeitschriften, Toilettenartikel, sein kleines Radio, seine Bibel, Kleidung. Die Wärter sahen ihm eine Weile zu und sagten dann, er solle sich beruhigen. Ron beschimpfte sie und brüllte noch lauter. Stifte, Papier, Lebensmittel aus der Kantine flogen durch die Luft. Dann packte er sein Fernsehgerät und rammte es gegen die Ziegelwand, sodass es kaputtging. Schließlich nahm er auch noch seine geliebte Gitarre und schmetterte sie mehrmals gegen die Gitterstäbe seiner Zellentür.

Die meisten Insassen des Todestraktes schluckten täglich ein Antidepressivum namens Sinequan. Es sollte die Nerven beruhigen und beim Schlafen helfen. Die Wärter brachten Ron dazu, etwas Stärkeres einzunehmen. Er wurde schläfrig und hörte auf zu brüllen. Einige Stunden später fing er an, seine Zelle aufzuräumen.

Dann rief er Annette an und erzählte ihr unter Tränen von seinem Wutausbruch. Als sie ihn einige Zeit später besuchte, wurde er ausfallend. Er brüllte ins Telefon, warf ihr vor, gar nicht erst zu versuchen, ihn freizubekommen, und verlangte erneut, dass sie alles verkaufe und einen bekannten Anwalt engagiere, der dieses Unrecht wiedergutmache. Annette bat ihn, sich zu beruhigen und mit dem Gebrüll aufzuhören. Als er nicht auf sie hören wollte, drohte sie damit, aufzustehen und zu gehen.

Nach und nach kauften sie und Renee Ersatz für das Fernsehgerät, das Radio und die Gitarre.

Im September 1988 fuhr ein Anwalt namens Mark Barrett von Norman nach McAlester, um seinen neuen Mandanten kennenzulernen. Mark war einer von vier Anwälten, die die

Revisionsanträge von mittellosen Todeskandidaten bearbeiteten. Der Fall Williamson war ihm zugeteilt worden. Barney Ward hatte kein Mandat mehr.

Bei Fällen, in denen die Todesstrafe verhängt worden war, wurde automatisch Revision eingelegt. Die notwendigen Anträge waren eingereicht worden, der langwierige Prozess angelaufen. Mark erklärte Ron Williamson die Vorgehensweise und hörte sich dessen Unschuldsbeteuerungen an, die ihn nicht weiter überraschten. Die Prozessmitschrift hatte er allerdings noch nicht gelesen.

Um seinem neuen Anwalt zu helfen, gab Ron ihm eine Liste mit allen Zeugen, die in seinem Prozess gelogen hatten, und schilderte ihm dann in allen Einzelheiten Art und Ausmaß ihrer Lügen.

Auf Mark machte Ron einen intelligenten und vernünftigen Eindruck. Er schien genau zu wissen, dass die Lage ernst war, und sprach lange und ausführlich über die Lügen, die von der Polizei und der Staatsanwaltschaft gegen ihn verwendet worden waren. Zwar wirkte er etwas nervös, doch das war in seiner Situation durchaus verständlich. Mark hatte keine Ahnung von Rons Krankengeschichte.

Marks Vater war Prediger bei der Glaubensgemeinschaft Disciples of Christ, und dieser Umstand veranlasste Ron zu einer langen Diskussion über Religion. Mark sollte wissen, dass er gläubiger Christ war, von gottesfürchtigen Eltern im Glauben erzogen worden war und oft in der Bibel las. Er zitierte viele Bibelverse, was Mark sehr beeindruckte. Insbesondere ein Bibelvers machte Ron Probleme, und er bat Mark, ihm zu sagen, was er davon hielt. Sie sprachen lange darüber, denn für Ron war es sehr wichtig, den Vers zu verstehen, und er war frustriert, weil er die Bedeutung nicht selbst erkennen konnte. Für die Besuche von Anwälten gab es keine zeitliche Beschränkung, und die Mandanten nutzten jede Gelegenheit, um aus ihrer Zelle herauszukommen. Ron und Mark unterhielten sich über eine Stunde miteinander.

Mark Barretts erster Eindruck war, dass Ron ein christlicher Fundamentalist und ein guter Redner war – vielleicht etwas zu gut. Was die Unschuldsbeteuerungen seines Mandanten anging, war er wie immer skeptisch, obwohl er keine vorgefasste Meinung hatte. Mark bearbeitete auch die Revisionsanträge von Greg Wilhoit, und er war fest davon überzeugt, dass Greg seine Frau nicht getötet hatte.

Mark wusste, dass es im Todestrakt auch unschuldige Männer gab, und je mehr er über Rons Fall in Erfahrung brachte, desto mehr glaubte er ihm.

11

Obwohl es Dennis Fritz nicht bewusst war, hatten ihn die zwölf Monate Haft im County-Gefängnis auf die Härten des Lebens in einer Strafanstalt vorbereitet.

Er kam im Juni im Conner Correctional Center an, im hinteren Teil eines Transporters, zusammen mit anderen Häftlingen, die immer noch wie benommen waren und nicht glauben wollten, was mit ihnen geschah. Es war wichtig, einen selbstsicheren Eindruck zu machen, und Dennis gab sich alle Mühe. Conner galt als »Mülldeponie« der Gefängnisse mit mittlerer Sicherheitsstufe. Die Zustände dort waren schlimm, schlimmer als in den meisten anderen Gefängnissen, und Dennis fragte sich immer wieder, warum man ihn ausgerechnet dort eingewiesen hatte.

Er wurde durch die Aufnahmeprozedur geschleust und musste sich den Standardvortrag über die Vorschriften anhören. Dann wies man ihm eine Zwei-Mann-Zelle zu, mit Stockbetten und einem Fenster, durch das man nach draußen sehen konnte. Wie Ron war er heilfroh, dass es ein Fenster gab. In Ada hatte er wochenlang keine Sonne gesehen.

Sein Zellengenosse war ein Mexikaner, der kaum Englisch sprach, was Dennis ganz recht war. Er konnte kein Spanisch und hatte auch keine Lust, es zu lernen. Sein erstes Problem bestand darin, zu lernen, wie er sich eine Privatsphäre schaffen konnte, wenn er die ganze Zeit über einen anderen Mann neben sich sitzen hatte.

Dennis schwor sich, jeden verfügbaren Moment zu nutzen, um sein Urteil anzufechten und aufheben zu lassen. Aufgeben wäre so einfach gewesen. Das Justizsystem war übermächtig und arbeitete gegen die Häftlinge, doch er war fest entschlossen, sein Ziel zu erreichen.

Conner war überbelegt und bekannt für Gewalttaten. Gangs, Morde, Prügeleien, Vergewaltigungen und Drogen waren an der Tagesordnung. Viele Wärter waren korrupt. Dennis fand schnell heraus, wo die sicheren Bereiche waren, und ging Männern, die er für gefährlich hielt, aus dem Weg. Angst war für ihn etwas Gutes. Nach ein paar Monaten passten sich die meisten Häftlinge unbewusst der Gefängnisroutine an und ließen sich institutionalisieren. Sie waren nicht mehr so vorsichtig, gingen Risiken ein, hielten Sicherheit für selbstverständlich.

Was unweigerlich dazu führte, dass man sich Ärger einhandelte. Dennis schwor sich, nie zu vergessen, dass er Angst hatte.

Die Gefangenen wurden um sieben Uhr morgens geweckt. Zu diesem Zeitpunkt wurden auch die Zellentüren geöffnet. Die Männer aßen in der großen Cafeteria. Dort konnten sie sitzen, wo sie wollten. Die Weißen belegten eine Seite, die Schwarzen die andere, und die Indianer und die Latinos waren in der Mitte eingeklemmt, mit der Tendenz zur dunkleren Seite. Das Frühstück war gar nicht schlecht – Eier, Maisgrütze, Speck. Der Geräuschpegel war immer recht hoch, da die Männer froh waren, wenn sie sich mit jemandem unterhalten konnten.

Die meisten Häftlinge wollten arbeiten; sie hätten alles getan, um aus dem Zellentrakt herauszukommen. Da Dennis Lehrer war, sollte er die anderen Häftlinge im Rahmen des Programms *General Equivalency Diploma* unterrichten, das in etwa einem Highschoolabschluss entspricht. Nach dem Frühstück ging er deshalb in das Klassenzimmer und unterrichtete bis Mittag. Dafür bekam er 7,20 Dollar im Monat.

Seine Mutter und seine Tante schickten ihm jeden Monat fünfzig Dollar – Geld, das sie sich vom Mund absparen mussten, aber stets zusammenbrachten. Dennis kaufte sich davon Tabak, Thunfisch in der Dose, Kräcker und Kekse in der Kantine. Der kleine Vorrat an Lebensmitteln und Zigaretten, den sich die Häftlinge in ihren Zellen anlegten, war für andere tabu und wurde mit allen Mitteln verteidigt. So gut wie alle Gefangenen rauchten, und Zigaretten waren die gängige Währung. Eine Packung Marlboro war genauso gut wie eine Handvoll Bargeld.

Dennis fand schnell heraus, wo sich die juristische Fachbibliothek befand, und stellte erfreut fest, dass er sie von dreizehn bis sechzehn Uhr benutzen konnte, ohne gestört zu werden. Er hatte noch nie im Leben ein juristisches Fachbuch in der Hand gehabt, war aber fest entschlossen, sich mit der Materie auseinanderzusetzen. Einige der »Referendare« – andere Häftlinge, die sich für Amateuranwälte hielten und sich recht gut auskannten – freundeten sich mit ihm an und zeigten ihm, wie man sich in den dicken Abhandlungen und Fallsammlungen zurechtfand. Wie üblich verlangten sie dafür ein Honorar. Es wurde in Zigaretten bezahlt.

Dennis begann seine juristische Ausbildung, indem er Hunderte Urteile las, die Gerichte in Oklahoma gesprochen hatten. Er suchte darin nach Ähnlichkeiten und potenziellen Fehlern, die während seines Prozesses gemacht worden waren. Seine Revisionsanträge sollten bald gestellt werden, und er wollte genauso viel wissen wie sein Anwalt. Als er die Fallsammlungen für Urteile auf Bundesebene entdeckte, notierte er sich Einzelheiten zu Tausenden Fällen aus allen Bundesstaaten.

Von sechzehn bis siebzehn Uhr wurden alle Gefangenen für eine Stunde in ihre Zellen gesperrt, damit sie gezählt und Berichte geschrieben werden konnten. Um halb acht war das Abendessen beendet, und bis zur nächsten Zellenschließung um Viertel nach zehn konnten sich die Gefangenen frei im Trakt bewegen, Sport treiben, Karten oder Domino spielen. Viele hingen einfach nur herum und saßen in Gruppen zusammen, redeten, rauchten und schlugen die Zeit tot.

Dennis ging wieder in die Gefängnisbibliothek.

Seine Tochter Elizabeth war jetzt fünfzehn, und die beiden schrieben sich oft. Sie wuchs bei ihrer Großmutter mütterlicherseits auf, in einem stabilen Umfeld mit viel Liebe und Aufmerksamkeit. Elizabeth hielt ihren Vater für unschuldig, aber Dennis vermutete, dass es doch einige Zweifel bei ihr gab. Mindestens einmal in der Woche telefonierten sie miteinander und schickten einen Brief. Einen Besuch erlaubte er nicht. Er wollte seine Tochter nicht in der Nähe des Gefängnisses haben. Sie sollte ihn nicht in Gefängniskleidung hinter Stacheldraht und Mauern sehen.

Wanda Fritz, seine Mutter, fuhr kurz nach Dennis' Ankunft nach Conner. Besuchszeit war sonntags, von zehn bis sechzehn Uhr, in einem Raum mit Klapptischen und Stühlen. Es war der reinste Zoo. Man ließ immer etwa zwanzig Häftlinge auf einmal ein, deren Familien bereits warteten – Frauen, Kinder, Mütter und Väter. Die Stimmung war emotionsgeladen. Die Kinder waren oft ungezogen und laut. Die Männer trugen weder Hand- noch Fußfesseln, und Körperkontakt war erlaubt.

Körperkontakt war genau das, was die Männer wollten, obwohl langes Küssen und allzu enge Umarmungen verboten waren. Der Trick bestand darin, einen Wärter für Sekunden von einem Mithäftling ablenken zu lassen, damit man schnellen Sex haben konnte. Es war nichts Ungewöhnliches, dass sich ein Paar zwischen zwei Getränkeautomaten versteckte und irgendwie miteinander verkehrte. Frauen, die gerade noch völlig gelassen am Tisch gesessen hatten, duckten sich abrupt für eine schnelle Runde Oralsex unter den Tisch.

Zum Glück gelang es Dennis trotz der chaotischen Atmosphäre stets, die Aufmerksamkeit seiner Mutter auf sich zu ziehen, doch ihr Besuch war für ihn die aufreibendste Zeit der Woche. Er riet ihr, nicht mehr zu kommen.

Ron fing an, in seiner Zelle hin und her zu gehen und zu brüllen. Falls man nicht schon bei der Ankunft im Todestrakt verrückt war, musste man nicht lange warten, bis man den Verstand verlor. Er stand an seiner Tür und schrie stundenlang: »Ich bin unschuldig! Ich bin unschuldig!«, bis er heiser war. Durch viel Übung wurde seine Stimme jedoch stärker, und mit der Zeit konnte er länger brüllen. »Ich habe Debbie Carter nicht getötet! Ich habe Debbie Carter nicht getötet!«

Er lernte die komplette Mitschrift von Ricky Joe Simmons' Geständnis auswendig, jedes einzelne Wort, und sagte sie in voller Lautstärke auf, damit es auch alle Wärter und Zellennachbarn hörten. Außerdem brachte er es fertig, stundenlang aus seiner Prozessmitschrift zu zitieren, Seite um Seite der Zeugenaussagen, die ihn in die Todeszelle geschickt hatten. Die anderen Häftlinge hätten ihn am liebsten erwürgt, staunten aber gleichzeitig über sein gutes Gedächtnis.

Um zwei Uhr morgens waren sie allerdings nicht mehr beeindruckt.

Eines Tages bekam Renee einen äußerst seltsamen Brief von einem Gefangenen aus dem Todestrakt. Er hatte auszugsweise folgenden Inhalt:

LIEBE RENEE,
der Herr sei gepriesen! Ich, Jay Neill, Nr. 141128, schreibe diesen Brief im Auftrag und auf Bitten Ihres Bruders Ron. Ron hat seine Zelle schräg gegenüber von meiner. Manchmal machte er jeden Tag schwere Zeiten durch. Ich glaube, er bekommt Medikamente, die sein Verhalten stabilisieren und ändern sollen. Aber aufgrund der Vorschriften verteilen sie hier nur solche Medikamente, die lediglich

eine begrenzte Wirkung haben. Rons größtes Problem ist seine geringe Selbstachtung. Und ich glaube, die Leute hier im Gefängnis sagen ihm, dass sein Intelligenzquotient unter dem Durchschnitt liegt. Zwischen zwölf und sechzehn Uhr ist es bei ihm immer am schlimmsten.

Manchmal schreit er etwas in regelmäßigen Abständen, so laut er kann. Dadurch fühlen sich viele Gefangene in seiner Nähe gestört. Zuerst haben sie versucht, mit ihm zu reden, dann haben sie ihn einfach ignoriert. Doch viele von ihnen haben jetzt keine Geduld mehr mit ihm. (Ganz sicher wegen der vielen schlaflosen Nächte.)

Ich bin Christ und bete jeden Tag für Ron. Ich rede mit ihm und höre ihm zu. Er liebt Sie und Annette sehr. Ich bin sein Freund. Ich habe mich als Puffer zwischen Ron und die Leute gestellt, die sein Gebrüll stört, da ich immer aufstehe und mit ihm rede, bis er wieder ruhig ist.

Möge Gott Sie und Ihre Familie schützen.

Mit freundlichen Grüßen
JAY NEILL

Neills Freundschaften mit anderen Häftlingen im Todestrakt waren stets dubios, und über seine Bekehrung zum christlichen Glauben wurde oft diskutiert. Seine »Freunde« waren skeptisch. Bevor er ins Gefängnis gekommen war, hatten er und sein Freund nach San Francisco ziehen wollen, weil es dort offener und toleranter zuging. Da sie kein Geld hatten, kamen sie auf die Idee, eine Bank zu überfallen, ein Unterfangen, mit dem keiner von beiden Erfahrung hatte. Sie suchten sich eine Bank in Geronimo aus, und nachdem sie hineinmarschiert und ihre Absichten verkündet hatten, ging alles schief. Neill und sein Partner erstachen drei Bankangestellte, erschossen einen Kunden und verwundeten drei andere. Mitten in dem Blutbad ging Neill die Munition aus, was er allerdings erst bemerkte, als er einem kleinen Kind seinen

Revolver an den Kopf hielt und abdrückte. Der Schuss ging nicht los, und das Kind blieb unverletzt, zumindest körperlich. Die beiden Killer entkamen mit zwanzigtausend Dollar Bargeld und fuhren nach San Francisco, wo sie erst einmal einkaufen gingen – bodenlange Nerzmäntel, auffällige Schals und dergleichen. Sie warfen in Schwulenbars mit Geld um sich und führten für etwas mehr als vierundzwanzig Stunden ein dekadentes Leben. Dann brachte man sie wieder nach Oklahoma, wo Neill später hingerichtet werden würde.

Im Todestrakt zitierte Neill gern aus der Bibel und hielt Minipredigten, denen aber nicht viele zuhörten.

Die medizinische Versorgung der Gefangenen hatte im Todestrakt keine Priorität. Jeder Häftling sagte, dass man zuerst die Gesundheit und dann den Verstand verliere. Ron wurde von einem Gefängnisarzt untersucht, der die Akte seines letzten Gefängnisaufenthaltes und seine komplette Krankengeschichte auf dem Schreibtisch hatte. In den Unterlagen stand, dass ein langjähriger Drogen- und Alkoholmissbrauch vorlagen, was im F-Trakt beileibe keine Überraschung war. Außerdem war ihnen zu entnehmen, dass Ron Depressionen hatte und seit mindestens zehn Jahren unter einer bipolaren Störung litt. Dazu kamen eine leichte Schizophrenie und eine Persönlichkeitsstörung.

Ron erhielt wieder Mellaril, was ihn ruhiger werden ließ.

Die meisten Häftlinge dachten, Ron würde den Verrückten nur spielen und so tun, als wäre er übergeschnappt, in der Hoffnung, seiner Hinrichtung zu entgehen.

Zwei Zellen neben Greg Wilhoit lebte ein alter Gefangener namens Sonny Hays. Niemand wusste so genau, wie lange Sonny schon auf seine Hinrichtung wartete, aber er war vor allen anderen im Todestrakt angekommen. Er war fast siebzig, schwer krank und weigerte sich, mit jemandem zu sprechen. Seine Zellentür hatte er mit Zeitungen und

Decken verhängt, und das Licht wurde nie eingeschaltet. Sonny aß nur so viel, dass er gerade noch am Leben blieb, er duschte nie, rasierte sich nicht, ließ sich nicht die Haare schneiden, hatte nie Besuch und weigerte sich, mit seinen Anwälten zu reden. Er schrieb keine Briefe, bekam auch keine, telefonierte nie, kaufte nichts aus der Kantine, ließ seine Wäsche nicht waschen und besaß weder Fernseher noch Radio. Nie verließ er seine dunkle Höhle, und es konnten Tage vergehen, ohne dass ein einziger Laut aus seiner Zelle drang.

Sonny war geisteskrank, und da geistig unzurechnungsfähige Personen nicht hingerichtet werden können, faulte er langsam vor sich hin und starb zu seinen eigenen Bedingungen. Jetzt hatten sie noch einen Verrückten im Todestrakt, obwohl Ron Mühe hatte, die anderen davon zu überzeugen. Schließlich tat er ja nur so, als wäre er übergeschnappt.

Einer seiner Ausfälle zog jedoch die Aufmerksamkeit aller Gefangenen auf ihn. Ron brachte es fertig, seine Toilette zu verstopfen und seine Zelle fünf Zentimeter hoch unter Wasser zu setzen. Er zog sich nackt aus und machte vom oberen Stockbett aus Bauchplatscher in die Wasserpfütze, wobei er unzusammenhängendes Zeug brüllte. Schließlich gelang es den Wärtern, ihn zu packen und mit Medikamenten ruhigzustellen.

Es gab zwar keine Klimaanlage im F-Trakt, aber eine Heizung war vorhanden. Als der Winter kam, gingen alle davon aus, dass warme Luft durch die alten Heizungsschächte gepumpt werden würde, was aber nicht der Fall war. In den Zellen war es eiskalt. Auf der Innenseite der Fenster bildete sich nachts häufig Eis, und die in ihre Decken gewickelten Häftlinge blieben so lange wie möglich im Bett.

Schlafen war nur möglich, wenn man sämtliche verfügbare Kleidung anzog – zwei Paar Socken, zwei Boxershorts, zwei T-Shirts, zwei Hosen, zwei Arbeitshemden und alles andere, was sich ein Gefangener aus der Kantine besorgen konnte. Eine zweite Decke war Luxus und wurde vom Staat nicht gestellt. Das Essen, das im Sommer kalt im F-Trakt ankam, war im Winter kaum genießbar.

Die Urteile gegen Tommy Ward und Karl Fontenot wurden vom Oklahoma Court of Criminal Appeals, dem Revisionsgericht von Oklahoma für Strafsachen, aufgehoben, da ihre Geständnisse vor Gericht gegeneinander verwendet worden waren. Und weil keiner der beiden in den Zeugenstand gerufen worden war, hatte man ihnen damit auch das Recht darauf verwehrt, den Anschuldigungen des anderen zu begegnen.

Hätte man die beiden in getrennten Verfahren verurteilt, hätte man den Verstoß gegen ihre verfassungsmäßig garantierten Rechte vermeiden können.

Hätte man ihre Geständnisse unterdrückt, hätte es natürlich auch keine Verurteilung gegeben.

Sie wurden aus dem Todestrakt geholt und nach Ada zurückgeschickt. Tommys Verhandlung fand in Shawnee in Pottawatomie County statt. Da die Staatsanwaltschaft wieder durch Bill Peterson und Chris Ross vertreten wurde und der Richter es zuließ, dass den Geschworenen das auf Band aufgenommene Geständnis vorgeführt wurde, wurde Tommy ein zweites Mal für schuldig befunden und wieder mit dem Tod bestraft. Während des Prozesses wurde seine Mutter jeden Tag von Annette Hudson zum Gericht gefahren. Gegen Karl verhandelte man in Holdenville in Hughes County. Auch er wurde wieder schuldig gesprochen und erhielt abermals die Todesstrafe.

Ron war begeistert, als er von der Aufhebung der Urteile erfuhr, dann bestürzt, als die beiden wieder verurteilt wurden. Sein eigener Revisionsantrag bewegte sich zentimeterweise durch das System. Sein Fall war innerhalb des Büros der Pflichtverteidiger in Revisionsverfahren weitergegeben worden. Aufgrund der wachsenden Zahl von Fällen, in denen die Todesstrafe verhängt worden war, wurden weitere Anwälte eingestellt. Mark Barrett war überarbeitet und musste einige Fälle abgeben. Außerdem wartete er gerade in Greg Wilhoits Fall auf eine Entscheidung des Revisionsgerichts. Das Gericht war bekannt dafür, dass es den Antragstellern gegenüber sehr streng war, doch Mark war fest davon überzeugt, dass man Greg einen neuen Prozess zugestehen würde.

Rons neuer Anwalt hieß Bill Luker, und der vertrat in seinem Schriftsatz die Meinung, dass Ron keinen gerechten Prozess bekommen habe. Er kritisierte Barney Wards Arbeit und führte an, Ron sei durch eine »fehlerhafte Verteidigung« in seinen Rechten verletzt worden, was in der Regel das erste Argument bei der Revision eines Todeskandidaten war. Die größte von Barneys Sünden war der Umstand, dass er mit keinem Wort Rons Schuldfähigkeit angesprochen hatte. Unter den Beweisen waren keine Unterlagen aus seiner Krankengeschichte zu finden. Luker recherchierte Barneys Fehler, und die Liste wurde immer länger.

Dann untersuchte er Methoden und Strategie von Polizei und Staatsanwaltschaft, was dem Schriftsatz noch einige Seiten hinzufügte. Auch Richter Jones' Entscheidungen blieben nicht unerwähnt: Er hatte zugelassen, dass die Geschworenen von Rons Traum-Geständnis erfuhren, er hatte die zahlreichen Verstöße der Staatsanwaltschaft gegen Brady ignoriert, und er hatte es versäumt, Rons Recht auf einen gerechten Prozess zu schützen.

Die meisten von Bill Lukers Mandanten waren eindeutig schuldig. Seine Aufgabe bestand darin, dafür zu sorgen, dass sie eine gerechte Revisionsverhandlung bekamen. Doch Rons Fall lag anders. Je mehr Nachforschungen Luker anstellte, je mehr Fragen er stellte, desto mehr war er davon überzeugt, dass er diese Revision gewinnen konnte.

Ron war ein sehr kooperativer Mandant, der seine Meinung engagiert vertrat und seinem Anwalt auch bereitwillig mitteilte. Er rief häufig bei Luker an und schrieb ihm lange Briefe. Seine Kommentare und Ausführungen waren in der Regel sehr nützlich. Und manchmal konnte er sich erstaunlich gut an Details seiner Krankengeschichte erinnern.

Immer wieder kam er auf das Geständnis von Ricky Joe Simmons zu sprechen. Er hielt es für eine himmelschreiende Ungerechtigkeit, dass es in seinem Prozess nie erwähnt worden war. Er schrieb an Luker:

LIEBER BILL,
ich glaube, Debbie ist von Ricky Simmons getötet worden. Er muss es gewesen sein, sonst hätte er es ja nicht gestanden. Bill, ich mache hier die Hölle durch. Ich glaube, es ist nur gerecht, wenn Simmons für das, was er getan hat, bezahlt und ich freikomme. Sie wollen Ihnen sein Geständnis nicht geben, weil sie wissen, dass Sie es in meinen Schriftsatz aufnehmen und ich dann sofort einen neuen Prozess bekomme. Also sagen Sie diesen Mistkerlen, dass Sie sein Geständnis haben wollen.

Viele Grüße von Ihrem Freund RON

Da Ron viel freie Zeit hatte, entwickelte sich eine rege Korrespondenz, vor allem mit seinen Schwestern. Sie wussten, wie wichtig ihm die Briefe waren, und fanden immer Zeit, um zurückzuschreiben. Geld war eigentlich immer ein Thema. Das Gefängnisessen widerte Ron an, und er kaufte sich die Lebensmittel lieber in der Kantine. In einem seiner Brief an Renee schrieb er auszugsweise:

LIEBE RENEE,
ich weiß, dass Annette mir ein bisschen Geld schickt, aber ich brauche noch mehr. Ich habe Karl Fontenot hier, und er hat niemand,

der ihm was schickt. Könntest du mir bitte etwas außer der Reihe schicken, selbst wenn es nur zehn Dollar sind?

Alles Liebe
RON

Kurz vor seinem ersten Weihnachten im Todestrakt schrieb er Renee wieder, unter anderem Folgendes:

LIEBE RENEE,
vielen Dank dafür, dass Du mir das Geld geschickt hast. Ich brauche es für ein paar ganz bestimmte Dinge. Vor allem Gitarrensaiten und Kaffee.

Ich habe dieses Jahr fünf Weihnachtskarten bekommen, einschließlich Deiner. Weihnachten kann einen wirklich froh machen.

Deine zwanzig Dollar sind genau zur richtigen Zeit gekommen. Ich hatte mir von einem Freund etwas Geld geliehen, um mir Gitarrensaiten zu kaufen, und wollte es ihm von den fünfzig Dollar zurückzahlen, die mir Annette jeden Monat schickt. Dann wäre ich allerdings etwas knapp bei Kasse gewesen. Ich weiß, dass sich fünfzig Dollar wie eine Menge Geld anhören, aber ich habe einem Mann hier Geld gegeben, dessen Mutter es sich nicht leisten kann, ihm was zu schicken. Sie hat ihm zehn Dollar geschickt, aber das war das erste Geld, das er seit September, als ich in seine Nähe gezogen bin, bekommen hat. Ich schenke ihm Kaffee, Zigaretten usw. Er ist ein ganz armer Schlucker.

Heute ist Freitag, morgen werdet Ihr Eure Geschenke öffnen. Ich hoffe, dass alle bekommen, was sie brauchen. Kinder wachsen ja so schnell. Wenn ich mich nicht zusammenreiße, werde ich sicher anfangen zu weinen.

Sag bitte allen, wie sehr ich sie liebe.
RONNIE

Man konnte sich nur schwer vorstellen, dass Ron während der Feiertage »froh« war. Die Eintönigkeit im Todestrakt war schon schlimm genug, aber so völlig von seiner Familie abgeschnitten zu sein setzte ihm derart zu, dass er damit nicht fertig wurde. Zu Beginn des Frühjahrs 1989 verschlechterte sich sein psychischer Zustand immer mehr. Der Druck, das stumpfsinnige Leben hinter Gittern, die Verzweiflung darüber, für ein Verbrechen in die Hölle geschickt worden zu sein, das er nicht begangen hatte, waren zu viel für ihn. Ron versuchte sich umzubringen und schnitt sich wiederholt die Pulsadern auf. Er war deprimiert und wollte nicht mehr leben. Die Schnittwunden verliefen nur oberflächlich, hinterließen aber Narben. Da es mehrmals vorkam, behielten ihn die Wärter im Auge. Als es mit den Pulsadern nicht klappen wollte, setzte er seine Matratze in Brand und ließ das brennende Material auf seine Arme und Beine fallen. Die Verbrennungen wurden behandelt und verheilten. Mehr als einmal wurde er als suizidgefährdet eingestuft und rund um die Uhr bewacht.

Am 12. Juli 1989 schrieb er an Renee:

Liebe Renee,
ich muss hier so viel leiden. Ich habe ein paar Papiertaschentücher angezündet und Verbrennungen zweiten und dritten Grades erlitten. Der Druck hier ist unglaublich. Ich kann nirgendwohin, wenn es zu schlimm wird, Renee, ich habe Kopfschmerzen gehabt, ich bin auf den Beton geknallt, ich habe mich auf den Boden gekniet und meinen Kopf auf den Fußboden geknallt. Ich habe mich ins Gesicht geschlagen, bis ich am nächsten Tag blaue Flecke von den Schlägen hatte. Wir sind hier zusammengepfercht wie die Ölsardinen in der Dose. Ich weiß ganz genau, dass das hier das Schlimmste ist, was ich je durchgemacht habe. Die Lösung für das Problem ist Geld, nur damit geht es. Ich habe nichts zu essen. Das Essen hier ist einen Dreck wert, es ist so, als würde man sich auf irgendeiner gottver-

lassenen Insel von Armeerationen ernähren müssen. Die Leute hier sind arm, aber ich bin so hungrig gewesen, dass ich um einen Bissen bitten musste, damit mein Magen zu knurren aufhört. Es gibt hier so viel Leid.

Bitte hilf mir. RON.

Bei einem besonders heftigen und langen Schub Depressionen hörte Ron auf, mit den anderen zu kommunizieren, und zog sich völlig zurück, bis ihn die Wärter irgendwann zusammengekrümmt wie einen Fötus auf dem Bett fanden. Er reagierte auf nichts mehr.

Am 29. September schnitt sich Ron wieder die Pulsadern auf. Seine Medikamente nahm er nur noch sporadisch ein, und er redete ununterbrochen von Selbstmord, sodass man ihn schließlich zu einer Gefahr für sich selbst erklärte. Er wurde aus dem F-Trakt geholt und ins Eastern State Hospital in Vinita gebracht. Nach seiner Aufnahme dort sagte er immer wieder: »Ich bin zu Unrecht misshandelt worden.«

Im Eastern State Hospital wurde er zuerst von einem der Ärzte dort untersucht, einem gewissen Dr. Lizarraga, der einen sechsunddreißig Jahre alten Mann mit langjährigem Drogen- und Alkoholmissbrauch vor sich sah. Ron war verwahrlost und unrasiert, hatte langes, grau werdendes Haar und einen Schnurrbart. Er trug Gefängniskleidung und hatte Verbrennungen auf den Beinen und Narben an den Armen, die er dem Arzt von sich aus zeigte. Ohne Ausflüchte gab er zu, viele Fehler gemacht zu haben, bestritt aber energisch, Debbie Carter getötet zu haben. Das Unrecht, unter dem er litt, hatte dazu geführt, dass er alle Hoffnung verloren hatte und sterben wollte.

Ron blieb drei Monate im Eastern State Hospital. Er wurde auf seine Medikamente eingestellt und von mehreren Ärzten – einem Neurologen, einem Psychologen, mehreren

Psychiatern – untersucht. Mehr als einmal wurde festgestellt, dass er emotional instabil war, eine niedrige Frustrationsschwelle hatte, egozentrisch war und nur ein geringes Selbstwertgefühl besaß, sich manchmal sehr distanziert verhielt und zu Wutausbrüchen neigte. Seine Stimmungsschwankungen waren deutlich ausgeprägt.

Ron war kein einfacher Patient und verhielt sich dem Pflegepersonal und anderen Patienten gegenüber mit der Zeit immer aggressiver. Ein solches Verhalten konnte von der Klinikleitung nicht toleriert werden, und so wurde Ron entlassen und wieder in den Todestrakt geschickt. Dr. Lizarraga verschrieb Lithiumcarbonat, Navane und Cogentin, ein Medikament, das in der Regel zur Behandlung von Symptomen der Parkinsonkrankheit eingesetzt wird, manchmal aber auch verordnet wird, um die von Beruhigungsmitteln ausgelösten Symptome wie Zittern und Unruhe zu mildern.

In Big Mac wurde unterdessen ein Wärter namens Savage von Mikell Patrick Smith angegriffen, einem Insassen des Todestraktes, der als der gefährlichste Mörder im Gefängnis galt. Smith hatte eine selbst gebastelte Klinge am Ende eines Besenstiels befestigt und sie durch die Klappe gestoßen, als ihm der Wärter das Mittagessen brachte. Das Messer traf das Herz, doch Officer Savage überlebte wie durch ein Wunder.

Zwei Jahre zuvor hatte Smith einen Zellengenossen erstochen.

Der Anschlag ereignete sich nicht im Todestrakt, sondern im D-Trakt, wo Smith aufgrund einer Disziplinarmaßnahme einsaß. Trotzdem beschlossen die Gefängnisoffiziellen, dass ein neuer, moderner Todestrakt gebraucht wurde. Da in den Medien ausgiebig über die Tat berichtet wurde, war die Finanzierung des neuen Traktes innerhalb kurzer Zeit gesichert.

Bei der Planung des H-Traktes wurde von vornherein der Ansatz »maximale Sicherheit und Kontrolle gewährleisten und Insassen und Gefängnispersonal eine sichere, moderne Umgebung zum Leben und Arbeiten zur Verfügung stellen« verfolgt. Vorgesehen waren zweihundert Zellen auf zwei Stockwerken, die jeweils in vier Quadranten aufgeteilt waren.

Was das Konzept des H-Traktes anging, so wurden von Anfang an Vorschläge des Gefängnispersonals berücksichtigt. Nach dem Überfall auf Officer Savage war die Stimmung angespannt, und die Wärter und andere Mitarbeiter des Gefängnisses machten zahlreiche Vorschläge für das Konzept einer »kontaktfreien« Einrichtung. Zu Beginn der Planungsphase trafen sich fünfunddreißig Mitarbeiter des Gefängnisses mit den Architekten aus Tulsa, die von der Gefängnisbehörde mit dem Projekt beauftragt worden waren.

Und obwohl noch keinem Todeskandidaten die Flucht aus McAlester gelungen war, beschlossen die Architekten des H-Traktes, die gesamte Anlage unter die Erde zu legen.

Nach zwei Jahren in der Todeszelle verschlechterte sich Rons psychische Verfassung zusehends. Er wurde immer lauter und schrie und fluchte Tag und Nacht. Sein Verhalten wurde deutlich auffälliger. Schon aus nichtigem Anlass bekam er Wutanfälle, bei denen er wüste Beschimpfungen ausstieß und mit Gegenständen um sich warf. Dann wieder spuckte er stundenlang in den Gang hinaus, wobei er einmal auch einen der Wärter erwischte. Als er anfing, seine Exkremente durch die Gitterstäbe zu werfen, wurde es Zeit, ihn wegzubringen.

»Er wirft schon wieder mit Scheiße«, brüllte ein Wärter, und alle gingen in Deckung. Als die Luft rein war, holten sie ihn aus der Zelle und brachten ihn nach Vinita, wo er wieder einmal untersucht werden sollte.

Ron verbrachte den Juli und den August 1990 im Eastern State Hospital. Sein behandelnder Arzt war wieder Dr. Lizarraga, der die gleichen Probleme wie vorher diagnostizierte. Nach drei Wochen wollte Ron in den Todestrakt zurück. Er machte sich Sorgen wegen seines Revisionsantrages und war der Meinung, dass er von McAlester aus, wo ihm wenigstens eine Gefängnisbibliothek zur Verfügung stand, besser daran mitarbeiten konnte. Da er neu auf seine Medikamente eingestellt worden war und stabil zu sein schien, schickte man ihn zurück.

12

Nach dreizehn frustrierenden Jahren gelang es dem Bundesstaat Oklahoma schließlich, das Chaos der Revisionsverfahren zu entwirren und eine Hinrichtung anzusetzen. Der Unglückliche war Charles Troy Coleman, ein Weißer, der drei Menschen getötet hatte und seit elf Jahren in der Todeszelle saß. Er war der Anführer einer kleinen Fraktion, die im Todestrakt immer wieder für Unruhe sorgte. Viele seiner Zellennachbarn waren daher nicht besonders traurig, dass Chuck endlich die Spritze bekam. Den meisten war jedoch bewusst, dass es kein Zurück mehr geben würde, wenn die Hinrichtungen einmal begonnen hatten.

Die Coleman-Exekution war ein Medienereignis, zu dem die Presse vor Big Mac zusammenströmte. Opfer, Demonstranten, Geistliche und zufällig vorbeikommende Passanten wurden interviewt. Während die Stunden vergingen, wuchs die Spannung.

Greg Wilhoit hatte sich mit Coleman angefreundet, obwohl sie heftig über die Todesstrafe stritten. Ron war immer noch dafür, änderte seine Meinung allerdings ständig. Er mochte Coleman nicht, weil dem Rons lautstarke Auftritte verständlicherweise auf die Nerven gingen.

In der Nacht von Colemans Hinrichtung war es im Todestrakt ruhig. Umfangreiche Sicherheitsvorkehrungen waren getroffen worden. Der Zirkus fand draußen vor dem Gefängnis statt, wo die Presse die Minuten zählte, als wäre es Silvester. Greg saß in seiner Zelle und sah sich die Fernsehberichte an. Kurz nach Mitternacht wurde der Tod von Charles Troy Coleman bekannt gegeben.

Mehrere Gefangene klatschten und jubelten, die meisten saßen still in ihren Zellen. Einige beteten.

Gregs Reaktion kam für ihn selbst völlig unerwartet. Plötzlich fühlte er sich von seinen Emotionen überwältigt. Bitterkeit erfüllte ihn, als er den Jubel hörte. Sein Freund war tot. Die Welt war deswegen nicht sicherer geworden. Nicht ein einziger künftiger Mörder würde sich davon abschrecken lassen. Er kannte Mörder und wusste, was sie zu ihren Handlungen trieb. Falls sich die Familie des Opfers über die Hinrichtung freute, hatte sie die Sache noch lange nicht verarbeitet. Greg war in einer Methodistengemeinde groß geworden und las nun jeden Tag in der Bibel. Hatte Jesus nicht Vergebung gepredigt? Wenn es falsch war zu töten, warum durfte dann der Staat Menschen das Leben nehmen? Wer gab ihm das Recht, Hinrichtungen anzuordnen? Mit diesen Argumenten hatte er sich schon früher immer wieder auseinandergesetzt, aber jetzt war sein Blickwinkel ein völlig anderer.

Der Tod von Charles Coleman brachte für Greg eine dramatische Erkenntnis, die zu einem grundlegenden Wandel führte. Bis dahin hatte er an das Prinzip Auge um Auge, Zahn um Zahn geglaubt. Damit war es nun für immer vorbei.

Später sprach er mit Ron darüber, der ihm gestand, dass er viele seiner Ansichten teile. Allerdings gab sich Ron schon am nächsten Tag wieder als glühender Verfechter der Todesstrafe, der es am liebsten gesehen hätte, wenn man Ricky Joe Simmons in Ada von der Straße geholt und standrechtlich erschossen hätte.

Am 15. Mai 1991 bestätigte das Revisionsgericht von Oklahoma für Strafsachen einstimmig Rons Verurteilung und die Todesstrafe und rechtfertigte damit das Vorgehen der Staatsanwaltschaft. In einer von Richter Gary Lumpkin verfassten Stellungnahme kam das Gericht zu dem Schluss, es habe zwar mehrere Verfahrensfehler gegeben, aber die »überzeugenden Beweise« gegen den Angeklagten überwögen die belanglosen Fehler, die Barney, der Polizei, Peterson und Richter Jones unterlaufen waren. Das Gericht hielt sich kaum damit auf, welche Beweise so »überzeugend« gewesen waren.

Bill Luker teilte Ron die schlechte Nachricht telefonisch mit. Der nahm es relativ gelassen. Ron hatte sich die Schriftsätze angesehen und zahlreiche Gespräche mit Luker geführt, der ihn gewarnt hatte, sich falsche Hoffnungen zu machen.

Am selben Tag erhielt Dennis Fritz vom selben Gericht eine identische Nachricht. Wieder fanden die Richter mehrere Verfahrensfehler, ließen sich aber bei ihrer Entscheidung letztendlich von den »überzeugenden Beweisen« gegen Dennis leiten.

Der von seinem Revisionsanwalt eingereichte Schriftsatz hatte Dennis nicht begeistert. Er war daher nicht überrascht, als seine Verurteilung bestätigt wurde. Nach drei Jahren in der Gefängnisbibliothek war Dennis davon überzeugt, dass er Gesetze und Präzedenzfälle besser kannte als sein Anwalt.

Er war enttäuscht, gab aber nicht auf. Wie Ron verfügte er über Argumente, die er anderen Gerichten vortragen wollte. Aufgeben kam nicht infrage. Doch anders als Ron war Dennis jetzt auf sich gestellt. Da er nicht in der Todeszelle saß, gab es für ihn keinen Pflichtverteidiger.

Aber das Revisionsgericht für Strafsachen segnete die Anträge der Anklage nicht grundsätzlich ab. Zu Mark Barretts großer Freude erfuhr er am 16. April 1991, dass das Verfahren gegen Greg Wilhoit neu aufgerollt werden sollte. Das Gericht hatte über die miserable Arbeit, die George Briggs als Verteidiger abgeliefert hatte, nicht hinwegsehen können und entschieden, Greg sei nicht angemessen vertreten worden.

Wenn es um Leben und Tod geht, empfiehlt es sich, entweder den besten oder den schlechtesten Anwalt der Stadt zu verpflichten. Greg hatte unwissentlich den schlechtesten gewählt, was ihm nun zu einem neuen Verfahren verhalf.

Wurde ein Gefangener aus seiner Zelle im Todestrakt geholt, gab es nie eine Erklärung. Die Wärter befahlen dem Betreffenden nur, sich schnell anzuziehen.

Aber Greg wusste, dass seine Revision erfolgreich gewesen war. Als die Wärter an seiner Zellentür standen, war ihm klar, dass der große Tag gekommen war.

»Pack dein Zeug«, sagte einer von ihnen. Zeit zu gehen. Innerhalb von Minuten hatte er seine gesamten Habseligkeiten in einem Schuhkarton verstaut und marschierte mit seiner Eskorte davon. Ron war ans andere Ende des Ganges verlegt worden, sodass er sich nicht verabschieden konnte. Als Greg McAlester verließ, galten seine Gedanken dem Freund, der zurückblieb.

Nach der Verlegung ins Gefängnis von Osage County arrangierte Mark Barrett kurzfristig einen Termin zur Festsetzung der Kaution. Da ihm nach wie vor eine Mordanklage drohte und die Verhandlung noch ausstand, war Greg nicht gerade ein freier Mann. Anstelle der üblichen überhöhten Summe setzte der Richter für ihn fünfzigtausend Dollar an, die Gregs Eltern und Schwestern in aller Eile hinterlegten.

Nach fünf Jahren im Gefängnis, von denen er vier in der Todeszelle gesessen hatte, war Greg nun frei. Nie wieder sollte er in eine Zelle zurückkehren.

Mit dem Bau des H-Traktes wurde 1990 begonnen. Praktisch alles war aus Beton: Böden, Wände, Decken, Pritschen, Bücherregale. Um zu verhindern, dass sich jemand eine Brechstange fertigte, wurde vollständig auf Metall verzichtet. Es gab jede Menge Gitterstangen und einige Glasscheiben, aber nicht in den Zellen. Dort war alles aus Beton.

Als das Gebäude fertig war, wurde es mit Erde bedeckt. Angeblich, um Energie zu sparen, so die offizielle Version. Das hieß, dass es weder Tageslicht noch natürliche Lüftung gab.

Als der H-Trakt im November 1991 eröffnet wurde, feierte das Gefängnis sein neues, hochmodernes Todeshaus mit einer Party. Prominenz wurde geladen. Bänder wurden durchschnitten. Die Gefängniskapelle wurde gezwungen, ein paar Stücke zu spielen. Es wurden Führungen veranstaltet, während die künftigen Insassen noch immer einen halben Kilometer entfernt in Big House untergebracht waren. Gegen Bezahlung konnten die Gäste eine Nacht auf einer brandneuen Betonpritsche in einer Zelle ihrer Wahl verbringen.

Nach der Party wurden zunächst Gefangene der mittleren Sicherheitsstufe im neuen Zellentrakt untergebracht und genau beobachtet, um eventuelle Schwachstellen zu identifizieren. Nachdem sich der H-Trakt als robust, funktional und ausbruchssicher erwiesen hatte, wurden die Schwerverbrecher aus dem F-Trakt hierherverlegt.

Sofort begannen die Beschwerden. Es gab keine Fenster, kein Tageslicht, keine Hoffnung auf frische Luft. Die Männer waren zu zweit in einer viel zu kleinen Zelle untergebracht. Die Betonpritschen waren zu hart und standen nur neunzig Zentimeter voneinander entfernt. Dazwischen war eine Toiletten-Waschbecken-Einheit aus Edelstahl gequetscht, sodass jede Darmentleerung zum Gemeinschaftserlebnis wurde. Durch die Raumaufteilung wurde das tägliche Gespräch – das Lebensblut der Gefangenen – unmöglich. Als Einrichtung mit Kontaktsperre war der H-Trakt so angelegt, dass nicht nur die Wärter von den Gefangenen ferngehalten, sondern auch die Gefangenen untereinander isoliert wurden. Der Hof, der im alten Gefängnis so beliebt gewesen war, bestand aus einem Betonkasten, der deutlich kleiner als ein Tennisplatz war. Die Wände waren sechs Meter hoch, und ein dicker Gitterrost schluckte das wenige Licht, das durch die Kuppel drang. Nirgends war grünes Gras zu sehen.

Der neue Beton war weder versiegelt noch gestrichen, der Betonstaub allgegenwärtig. Er sammelte sich in den Ecken der Zellen. Er hing an den Wänden, legte sich auf die Böden und wurde natürlich von den Gefangenen eingeatmet. Anwälte, die ihre Mandanten besuchten, verließen das Gebäude oft hustend und keuchend.

Das hochmoderne Lüftungssystem war ein »geschlossener« Kreislauf, was bedeutete, dass es keinerlei Frischluftzufuhr gab. Das war erträglich, solange der Strom nicht ausfiel, was jedoch häufig geschah, weil die Anlage noch unter Kinderkrankheiten litt.

Leslie Delk, die Ron Williamson zugewiesene Pflichtverteidigerin, erörterte die Probleme in einem Schreiben an einen Kollegen, der das Gefängnis verklagt hatte:

Die Ernährungslage ist katastrophal. Fast alle meine Mandanten haben an Gewicht verloren. Einer hat in zehn Monaten vierzig Kilo abgenommen. Ich habe das Gefängnis darüber informiert, aber die behaupten natürlich, alles sei in Ordnung. Bei einem kürzlichen Besuch in der Krankenabteilung habe ich festgestellt, dass das Essen im alten Gefängnis zubereitet und von dort herübergebracht wird. Im H-Trakt übernehmen andere Gefangene die Verteilung – ich vermute, es handelt sich um Ersttäter, die an einem Abschreckungsprogramm teilnehmen. Diesen Leuten wird gesagt, sie könnten sich nehmen, was übrig ist. Daher sind die Portionen der Gefangenen im Todestrakt mittlerweile nur noch halb so groß wie die im übrigen Gefängnis. Soviel ich weiß, kontrolliert die Gefängnisbehörde kaum oder überhaupt nicht, was die zum Tode Verurteilten auf ihre Tabletts bekommen. Alle meine Mandanten haben sich darüber beschwert, dass das Essen jetzt immer kalt und so schlecht zubereitet ist, dass die Männer davon krank werden. Die Mengen sind so klein, dass die meisten gezwungen sind, sich Lebensmittel in der Kantine zu kaufen, damit sie genug zu essen haben. Das ist der Gefängnisladen, der seine Preise natürlich nach Belieben selbst festsetzt. (Meist sind sie viel höher als in einem Supermarkt.) Außerdem haben viele meiner Mandanten keine Familie, die sie unterstützen könnte, sodass sie mit dem Gefängnisessen auskommen müssen.

Der H-Trakt war für die Insassen ein Schock. Nachdem sie zwei Jahre lang Gerüchte über eine neue, moderne Einrichtung für elf Millionen Dollar gehört hatten, konnten sie es nicht fassen, dass sie in ein unterirdisches Gefängnis verlegt wurden, das weniger Platz bot als der F-Trakt und ihr Leben noch mehr einschränkte.

Ron hasste den H-Trakt. Sein Zellengenosse war Rick Rojem, der seit 1985 in der Todeszelle saß und einen beruhigenden Einfluss auf ihn ausübte. Rick war Buddhist. Er meditierte stundenlang und spielte Gitarre. Privatsphäre gab es in der Zelle nicht. Sie hängten eine Decke zwischen die Betten – ein schwacher Versuch, sich eine eigene Welt zu schaffen.

Rojem sorgte sich um Ron. Der hatte das Interesse an Büchern verloren, konnte sich nicht mehr auf ein Thema konzentrieren und schweifte im Gespräch ständig ab. Manchmal erhielt er Medikamente, aber an eine richtige Behandlung war nicht zu denken. Häufig schlief er stundenlang, nur um dann die ganze Nacht durch die winzige Zelle zu tigern, wobei er wirres Zeug murmelte oder einen Singsang anstimmte, in dem es um eine seiner Wahnvorstellungen ging. Dann wieder stellte er sich an die Tür und schrie vor Qual. Da sie dreiundzwanzig Stunden am Tag zusammen waren, musste Rick zusehen, wie sein Zellengenosse den Verstand verlor. Helfen konnte er ihm nicht.

Nach der Verlegung in den H-Trakt nahm Ron vierzig Kilo ab. Sein Haar wurde grau, und er sah aus wie ein Geist. Eines Tages wartete Annette im Besucherzimmer, als die Wärter einen mageren alten Mann mit strähnigem grauem Haar und Bart hereinführten. *Wer ist das?*, dachte sie. Es war ihr Bruder.

»Nachdem ich mir hatte ansehen müssen, wie sie diesen langhaarigen Menschen, diesen dürren, grässlich ausgezehrten Mann hereinbrachten, den ich besuchen sollte, obwohl ich ihn auf der Straße nicht einmal erkannt hätte«, berichtete sie, »schrieb ich, als ich wieder zu Hause war, an den Gefängnisdirektor und bat ihn, Ron auf Aids untersuchen zu lassen, weil er so eingefallen aussah. Ich kannte die Geschichten, die man sich über Gefängnisse erzählt, und deswegen bat ich darum, ihn auf Aids untersuchen zu lassen.«

Der Gefängnisdirektor versicherte ihr in seiner Antwort, Ron habe kein Aids. Darauf verfasste sie einen zweiten Brief, in dem sie sich über das Essen, die hohen Preise in der Kantine und die Tatsache beschwerte, dass mit dem Gewinn der Kantine Sportgeräte für die Wärter finanziert wurden.

1992 stellte das Gefängnis einen Psychiater namens Ken Foster ein, der Ron Williamson bald kennenlernte. Er fand ihn ungepflegt, desorientiert, ohne Realitätsbewusstsein, dünn, grau, gebrechlich, ausgezehrt und in schlechtem körperlichem Zustand. Für Dr. Foster lag es auf der Hand, dass etwas nicht stimmte, was die Gefängnisbeamten ebenfalls längst hätten merken müssen.

Rons geistiger Zustand war noch schlechter als sein körperlicher. Seine Ausbrüche und Anfälle gingen weit über das übliche Toben der Gefangenen hinaus. Für die Wärter und das andere Personal war es kein Geheimnis, dass er den Kontakt zur Wirklichkeit verloren hatte. Dr. Foster erlebte mehrere abnorme Schreianfälle mit und stellte fest, dass es dabei um drei wichtige Themen ging: Erstens war Ron unschuldig, zweitens hatte Ricky Joe Simmons den Mord gestanden und sollte deswegen angeklagt werden, und drittens litt Ron unter großen körperlichen Schmerzen, vor allem in der Brust, und hatte Angst, dem Tod nahe zu sein.

Obwohl seine Symptome so offenkundig und extrem waren, zeigten die von Dr. Foster geprüften Unterlagen, dass Ron seit Langem nicht mehr wegen seiner geistigen Erkrankung behandelt worden war. Bekommt ein Mensch, der so krank ist, wie Ron es war, nicht die entsprechenden Medikamente, löst dies üblicherweise psychotische Symptome aus.

»Die psychotische Reaktion und die damit einhergehende Verschlechterung«, schrieb Dr. Foster, »werden verstärkt, wenn eine Person den multiplen Stressfaktoren ausgesetzt ist, die die Unterbringung in der Todeszelle und die Gewissheit der bevorstehenden Hinrichtung mit sich bringen. Nach der in den maßgeblichen Handbüchern zur geistigen Gesundheit verwendeten GAF-Skala ist der Freiheitsentzug ein schwerwiegender Stressor.«

Unmöglich zu sagen, wie sich ein solcher Stressor bei einem *Unschuldigen* auswirkte.

Dr. Foster kam zu dem Schluss, dass Ron eine bessere medikamentöse Versorgung in einer besseren Umgebung benötige. Ron werde immer geisteskrank sein, aber selbst bei einen zum Tode Verurteilten sei eine Besserung möglich. Dr. Foster sollte jedoch bald feststellen, dass die Behandlung bereits verurteilter, kranker Gefangener eine sehr niedrige Priorität besaß.

Er sprach mit James Saffle, einem Bezirksdirektor beim Department of Corrections, und mit Dan Reynolds, dem Direktor von McAlester. Beiden waren Ron Williamson und dessen Probleme bekannt, und beide hatten andere Sorgen.

Ken Foster erwies sich jedoch als unabhängiger Sturkopf, der nichts von bürokratischen Entscheidungen hielt und seinen Patienten tatsächlich helfen wollte. Immer wieder berichtete er Saffle und Reynolds in allen Einzelheiten von Rons ernsten geistigen und körperlichen Problemen. Er bestand darauf, Reynolds mindestens einmal pro Woche zu sehen, um mit ihm das Befinden seiner Patienten zu erörtern. Ron wurde stets erwähnt. Und er sprach täglich mit dem stellvertretenden Gefängnisdirektor, dem er die aktuellen Routineberichte übergab. Dabei vergewisserte er sich, dass die Zusammenfassungen an den Gefängnisdirektor weitergegeben wurden.

Wiederholt wies Dr. Foster die Gefängnisverwaltung darauf hin, dass Ron nicht die Medikamente bekam, die er brauchte, und dass sich sein geistiges und körperliches Befinden aufgrund der unangemessenen Behandlung immer weiter verschlechterte. Besonders empört war er darüber, dass Ron nicht in die psychiatrische Krankenabteilung des Gefängnisses verlegt wurde, die in Sichtweite des H-Traktes lag.

Gefangene mit schweren geistigen Erkrankungen wurden routinemäßig in die psychiatrische Krankenabteilung gebracht, die einzige Einrichtung für eine Behandlung solcher Erkrankungen, über die McAlester verfügte. Allerdings verweigerte das Department of Corrections zum Tode Verurteilten traditionell die Aufnahme. Die offizielle Begründung dafür klang vage, aber viele Verteidiger von zum Tode Verurteilten hegten den Verdacht, dass durch diese Politik die Hinrichtungen beschleunigt werden sollten. Wenn ein schwer gestörter Todeskandidat von kompetenter Seite begutachtet wurde, stellte sich am Ende noch heraus, dass er unzurechnungsfähig war. Dann wurde nichts aus der Exekution.

Diese Politik war viele Male infrage gestellt worden, aber die Behörde ließ sich nicht erweichen.

Ken Foster hinterfragte sie erneut. Immer wieder erklärte er Saffle und Reynolds, er könne Ron Williamson nur in der psychiatrischen Krankenabteilung angemessen behandeln, wo er seinen Zustand überwachen und für die richtige medikamentöse Behandlung sorgen könne. Häufig waren seine Ausführungen scharf, hitzig und leidenschaftlich. Aber Dan Reynolds sperrte sich hartnäckig gegen den Gedanken, Ron zu verlegen, und sah keinen Grund, seine Behandlung zu verbessern.

»Kümmern Sie sich nicht um die Todeskandidaten«, sagte er. »Die sterben sowieso.«

Dr. Fosters Einsatz für Ron wurde so lästig, dass ihm Reynolds Hausverbot erteilte.

Nach dessen Ende setzte sich Dr. Foster erneut für Rons Verlegung ein. Es sollte vier Jahre dauern, bis er in die psychiatrische Krankenabteilung kam.

Nach dem Ende von Rons eigentlichem Revisionsverfahren begann die zweite Phase des Rechtsmittelverfahrens, in der er neue Beweise vorbringen konnte, die bei der Verhandlung nicht verwendet worden waren.

Wie damals üblich, gab Bill Luker die Akte an Leslie Delk vom Büro der Pflichtverteidiger für Revisionsverfahren weiter. Deren oberste Priorität war es, eine bessere medizinische Versorgung ihres Mandanten zu erreichen. Bei einem Besuch im F-Trakt wurde ihr klar, dass Ron schwer krank war. Nach der Verlegung in den H-Trakt stellte sie zu ihrem Entsetzen fest, dass sich sein Zustand rapide verschlechterte.

Delk war weder Psychiaterin noch Psychologin, aber gründlich in der Erkennung von geistigen Erkrankungen geschult worden. Zu ihrer Tätigkeit als Verteidigerin von zum Tode Verurteilten gehörte es, solche Probleme zu beobachten und sich um eine angemessene Behandlung zu bemühen. Sie verließ sich dabei auf Gutachten von Spezialisten für geistige Erkrankungen, aber das war bei Ron schwierig, weil keine richtige Untersuchung möglich war. Aufgrund der im H-Trakt herrschenden Kontaktsperre durfte sich niemand mit dem Gefangenen im selben Raum aufhalten, noch nicht einmal sein Anwalt. Der Psychiater musste Ron daher durch eine Glasscheibe beobachten, während er sich mit ihm über ein Telefon unterhielt.

Die in dieser zweiten Phase des Rechtsmittelverfahrens vorgeschriebene psychologische Begutachtung wollte Delk durch Dr. Pat Fleming durchführen lassen. Dr. Fleming unternahm drei Versuche, sah sich aber nicht zu einer abschließenden Beurteilung in der Lage. Ihr Patient war erregt, litt unter Wahnvorstellungen, zeigte sich unkooperativ und halluzinierte. Das Personal teilte Dr. Fleming mit, das sei nichts Ungewöhnliches. Es war offenkundig, dass er schwer gestört und außerstande war, seine Anwältin zu unterstützen und irgendwie sinnvoll zu funktionieren. Ihre Versuche, Ron zu begutachten, wurden dadurch beeinträchtigt, dass ihr kein vertraulicher Besuch gestattet wurde, bei dem sie mit ihm im selben Raum hätte sitzen können, um ihn zu befragen, zu beobachten und Tests durchzuführen.

Dr. Fleming sprach mit dem Gefängnisarzt des H-Traktes und erläuterte ihre Bedenken. Später versicherte man ihr, Ron sei von internen Spezialisten für geistige Erkrankungen untersucht worden, aber sie konnte keine Besserung feststellen. Sie empfahl dringend, Ron für längere Zeit ins Eastern State Hospital zu verlegen, wo er stabilisiert und angemessen begutachtet werden konnte.

Das Gefängnis kam ihrer Empfehlung jedoch nicht nach.

Leslie Delk ließ dem Gefängnispersonal keine Ruhe. Sie lag den Wärtern, dem medizinischen Personal und der Leitung mit ihren Beschwerden in den Ohren und verlangte eine bessere Behandlung. Man speiste sie mit Versprechungen ab, die sofort wieder vergessen waren. Halbherzige Versuche, wie eine minimale Umstellung der medikamentösen Versorgung, wurden unternommen, aber Ron erhielt keine Behandlung, die der Rede wert gewesen wäre. Leslie Delk verlieh ihrer Frustration in mehreren Schreiben an die Gefängnisleitung Ausdruck. Sie besuchte Ron so oft wie möglich. Immer wenn sie glaubte, sein Zustand könne sich nicht weiter verschlechtern, geschah genau das. Leslie befürchtete, er könnte jeden Augenblick sterben.

Während sich das medizinische Personal bemühte, Ron zu behandeln, amüsierten sich die Wärter auf seine Kosten. Manche trieben mit der neuen Sprechanlage des H-Traktes ihre Späße. Jede Zelle hatte eine Gegensprechanlage, die mit dem Kontrollraum verbunden war – ein weiteres Mittel, um Wärter und Gefangene so weit wie möglich voneinander zu trennen.

Nicht weit genug.

»Ron, hier spricht Gott«, hallte es mitten in der Nacht aus dem Lautsprecher in Rons Zelle. »Warum hast du Debbie

Carter getötet?« Eine Pause, dann brüllte Ron zur Belustigung der Wärter durch die Tür: »Ich habe niemanden getötet! Ich bin unschuldig!« Seine tiefe, heisere Stimme dröhnte durch den südwestlichen Quadranten und störte die Ruhe. Solch ein Anfall dauerte üblicherweise etwa eine Stunde, was die anderen Gefangenen zur Weißglut trieb, aber den Wärtern großen Spaß bereitete.

Wenn er sich beruhigt hatte, meldete sich die Stimme erneut. »Ron, hier ist Debbie Carter. Warum hast du mich getötet?«

Seine gequälten Schreie wollten nicht enden.

»Ron, hier ist Charlie Carter. Warum hast du meine Tochter getötet?«

Die anderen Gefangenen baten die Wärter aufzuhören, aber die hatten einfach zu viel Spaß daran. Rick Rojem war davon überzeugt, dass zwei besonders üble Sadisten nur dafür lebten, Ron zu schikanieren. Diese Misshandlung zog sich über Monate hin.

»Ignorier sie einfach«, bat Rick seinen Zellengenossen. »Wenn du sie nicht beachtest, hören sie auf.«

Ron konnte das nicht verstehen. Er war entschlossen, seine Umgebung von seiner Unschuld zu überzeugen. Sich die Kehle aus dem Hals zu schreien schien ihm die richtige Methode. Wenn er nicht mehr brüllen konnte, weil er körperlich zu erschöpft oder heiser war, stand er stundenlang mit dem Gesicht zum Lautsprecher und flüsterte wirres Zeug.

Schließlich hörte Leslie Delk von den Umtrieben und schrieb am 12. Oktober 1992 einen Brief an den Leiter des H-Traktes. Auszugsweise hieß es darin:

Wie ich Ihnen gegenüber erwähnt hatte, habe ich aus verschiedenen Quellen erfahren, dass Ron Williamson von bestimmten Wärtern über die Gegensprechanlage schikaniert wird. Anscheinend finden sie es lustig, die »Irren« aufzustacheln und ihre Reaktion zu beobachten. Ich höre nach wie vor von solchen Vorfällen. Offenbar stellte sich Officer Martin kürzlich vor Ron Williamsons Zellentür und fing an, ihn zu schikanieren und zu verspotten (meines Wissens fallen dabei meistens die Namen »Ricky Joe Simmons« und »Debra Sue Carter«). Wenn ich richtig informiert bin, versuchte Officer Reading, dieses Verhalten zu unterbinden, aber Martin hörte erst nach mehrmaliger Aufforderung damit auf.

Officer Martin wurde mir mittlerweile aus verschiedenen Quellen als eine der Personen genannt, die Mr Williamson routinemäßig schikanieren. Deswegen möchte ich Sie bitten, diese Angelegenheit zu untersuchen und entsprechende Maßnahmen zu ergreifen. Vielleicht wäre es möglich, Schulungsmaßnahmen für Wärter durchzuführen, die mit geisteskranken Gefangenen zu tun haben.

Nicht alle Wärter waren herzlos. Einmal blieb eine Wärterin spät am Abend vor Rons Zelle stehen, um sich mit ihm zu unterhalten. Er sah furchtbar aus und sagte, er sei am Verhungern, weil er seit Tagen nichts gegessen habe. Sie glaubte ihm und kam nach wenigen Minuten mit einem Glas Erdnussbutter und einem Laib altem Brot zurück.

In einem Brief an Renee sagte Ron, er habe das »Festmahl« ungeheuer genossen und es sei kein Krümel übrig geblieben.

Kim Marks war Ermittlerin der Behörde für die Strafverteidigung Mittelloser. Letztendlich verbrachte sie mehr Zeit bei Ron im H-Trakt als irgendwer sonst. Nachdem ihr der Fall übertragen worden war, ging sie die Mitschriften der Verhandlungen, die Berichte und das Beweismaterial durch. Als frühere Zeitungsreporterin war sie von Natur aus neugierig und stellte daher Rons Schuld zumindest infrage.

Sie fertigte eine Liste mit insgesamt zwölf potenziellen Verdächtigen an, von denen die meisten einen kriminellen Hintergrund hatten. Glen Gore stand aus offensichtlichen

Gründen ganz oben. Er war in der Nacht, in der Debbie ermordet worden war, mit ihr zusammen gewesen. Die beiden hatten sich seit Jahren gekannt, sodass er sich ohne Gewaltanwendung Zutritt zu ihrer Wohnung verschafft haben konnte. Er war wegen zahlreicher Gewalttätigkeiten gegen Frauen aktenkundig. Und er hatte Ron angeschwärzt.

Warum hatte die Polizei so wenig Interesse an Gore bekundet? Je eingehender sich Kim mit den Polizeiberichten und der Verhandlung befasste, desto mehr war sie davon überzeugt, dass Rons Proteste durchaus begründet waren.

Sie besuchte ihn häufig im H-Trakt und musste wie Leslie Delk zusehen, wie er vollständig den Verstand verlor. Jeden Besuch ging sie mit einer Mischung aus Neugier und Sorge an. Noch nie hatte sie einen Gefangenen so rapide altern sehen wie Ron. Sein dunkelbraunes Haar wurde mit jedem Besuch grauer, obwohl er noch nicht einmal vierzig war. Er wirkte ausgezehrt wie ein Geist, was zu einem nicht geringen Teil auf den Mangel an Sonnenlicht zurückzuführen war. Seine Kleidung war schmutzig und saß schlecht. Seine Augen lagen tief in den Höhlen und blickten zutiefst verstört.

Ein Großteil ihrer Arbeit bestand darin, herauszufinden, ob der Mandant an einer geistigen Erkrankung litt, und gegebenenfalls nicht nur für eine angemessene Behandlung zu sorgen, sondern auch sachverständige Zeugen aufzutreiben. Für sie wie für jeden anderen Laien war offensichtlich, dass Ron geisteskrank war und sehr darunter litt. Bereits in der Anfangsphase wurden ihre Bemühungen durch die Gefängnisbehörde vereitelt, die Todeskandidaten grundsätzlich den Zugang zur psychiatrischen Krankenabteilung verweigerte. Wie Dr. Foster sollte Kim jahreslang gegen diese Politik kämpfen.

Sie spürte das Video von Rons zweitem Lügendetektortest aus dem Jahre 1983 auf und sah es sich an. Obwohl er damals bereits als manisch-depressiv und möglicherweise schizophren diagnostiziert worden war, sprach er zusammenhängend, wirkte kontrolliert und war in der Lage, sich wie ein normaler Mensch zu verhalten. Neun Jahre später war nichts mehr an ihm normal. Er litt unter Wahnvorstellungen, hatte jeden Bezug zur Realität verloren und war von fixen Ideen besessen: Ricky Joe Simmons, Religion, die Lügen, die bei seiner Verhandlung verbreitet worden seien, sein Mangel an Geld, Debbie Carter, das Recht, seine Musik, der Riesenprozess, den er eines Tages gegen den Staat führen werde, seine Baseballkarriere, die Misshandlungen und Ungerechtigkeiten, denen er ausgesetzt sei.

Sie sprach mit dem Wachpersonal, von dem sie hörte, dass er in der Lage war, einen ganzen Tag lang zu schreien. Einmal bekam sie selbst eine Kostprobe davon. Der H-Trakt war so merkwürdig angelegt, dass durch eine Lüftungsöffnung in der Damentoilette Geräusche aus dem südwestlichen Quadranten zu hören waren, wo Ron untergebracht war. Bei einem Besuch auf der Toilette hörte sie ihn zu ihrem Entsetzen blöken wie einen Irren.

Es war ein erschütterndes Erlebnis. Gemeinsam mit Leslie bemühte sie sich noch intensiver, das Gefängnis zu einer besseren Behandlung zu bewegen. Sie versuchten, eine Ausnahmegenehmigung für die Verlegung in die psychiatrische Krankenabteilung zu bekommen und ihn am Eastern State Hospital begutachten zu lassen.

Vergeblich.

Im Juni 1992 beantragte Leslie Delk beim District Court von Pontotoc County im Rahmen der zweiten Phase des Rechtsmittelverfahrens eine Anhörung zur Beurteilung der Schuldfähigkeit. Bill Peterson legte Einspruch ein, und das Gericht lehnte den Antrag ab.

Gegen diese Ablehnung wurde beim Revisionsgericht für Strafsachen sofort Revision eingelegt, das die Ablehnung bestätigte.

Im Juli reichte Leslie Delk im Rahmen dieser zweiten Phase des Rechtsmittelverfahrens einen umfangreichen Antrag ein, der sich in erster Linie auf die zahlreichen Berichte über Rons Geisteszustand gründete. Sie argumentierte damit, dass seine Schuldunfähigkeit in der Verhandlung hätte erwähnt werden müssen. Zwei Monate später wurde das Gesuch abgelehnt, wogegen Leslie erneut beim Revisionsgericht für Strafsachen Revision einlegte.

Erwartungsgemäß wieder ohne Erfolg. Der nächste Schritt war eine routinemäßige und hoffnungslose Revision beim U. S. Supreme Court. Ein Jahr später erging ein weiterer Ablehnungsbeschluss. Weitere Routineanträge wurden gestellt, die ebenso routinemäßig abgelehnt wurden. Als alle Rechtsmittel auf Ebene des Bundesstaats erschöpft waren, setzte das Revisionsgericht für Strafsachen am 26. August 1994 die Hinrichtung von Ron Williamson für den 27. September 1994 an.

Er saß seit sechs Jahren und vier Monaten in der Todeszelle.

Nach zwei Jahren in Freiheit musste sich Greg Wilhoit erneut vor Gericht gegen den Vorwurf verteidigen, seine Frau ermordet zu haben.

Nach seiner Entlassung aus McAlester hatte er sich in Tulsa niedergelassen und versucht, so etwas wie ein normales Leben zu führen. Das war nicht einfach. Was er durchgemacht hatte, hatte emotionale und psychische Narben hinterlassen. Seine Töchter – mittlerweile acht und neun – wurden von Freunden aus der Kirche, einem Lehrerehepaar, großgezogen und lebten in einem relativ stabilen Umfeld.

Sein Fall hatte einige Aufmerksamkeit erregt. George Briggs, sein Verteidiger, hatte mittlerweile glücklich das Zeitliche gesegnet, aber erst, nachdem er seine Zulassung als Anwalt verloren hatte. Verschiedene prominente Strafverteidiger setzten sich mit Greg in Verbindung und erboten sich, ihn zu vertreten. Auf Anwälte wirken Kameras wie ein Picknick auf Ameisen, und Greg stellte belustigt fest, welches Interesse sein Fall erregte.

Aber die Wahl fiel ihm leicht. Seine Entlassung aus dem Gefängnis verdankte er seinem Freund Mark Barrett, und Greg vertraute darauf, dass Barrett nun auch einen Freispruch für ihn erreichen würde.

Während der ersten Verhandlung hatte ihn vor allem die Aussage der beiden Gutachter belastet, die für den Bundesstaat die Bissspuren untersucht hatten. Beide hatten den Geschworenen erklärt, die Wunde an Kathy Wilhoits Brust stamme von ihrem von ihr getrennt lebenden Ehemann. Die Familie Wilhoit trieb einen führenden Experten für Bissabdrücke auf, einen gewissen Dr. Thomas Krauss aus Kansas. Dr. Krauss war entsetzt über die Unterschiede zwischen Gregs Gebissabdruck und der Wunde. Beide waren eindeutig nicht identisch.

Daraufhin sandte Mark Barrett den Bissabdruck an elf landesweit anerkannte Sachverständige, von denen viele normalerweise für die Anklage in den Zeugenstand traten. Dazu gehörten auch der führende Experte des FBI und der Gutachter, der gegen Ted Bundy ausgesagt hatte. Das Urteil war einstimmig: Alle zwölf kamen zu dem Schluss, dass Greg Wilhoit auszuschließen war. Es bestand nicht einmal eine Ähnlichkeit.

Bei einer Anhörung zur Beweisaufnahme benannte ein von der Verteidigung hinzugezogener Sachverständiger zwanzig bedeutsame Unterschiede zwischen Gregs Gebiss und dem Bissabdruck und sagte, jeder einzelne davon schließe Greg eindeutig aus.

Aber der Staatsanwalt bestand auf der Verhandlung, die schnell zur Farce wurde. Mark Barrett gelang es, die Sachverständigen des Bundesstaats ausschließen zu lassen. Dann erschütterte er die Glaubwürdigkeit des vom Bundesstaat aufgebotenen DNA-Sachverständigen.

Nachdem die Anklage ihre Beweisführung abgeschlossen hatte, stellte Mark Barrett den überzeugend vorgebrachten Antrag, das vom Bundesstaat vorgelegte Beweismaterial zu verwerfen und zugunsten von Greg Wilhoit zu entscheiden.

Der Richter unterbrach die Verhandlung, und alle gingen zum Mittagessen. Als sich alle einschließlich der Geschworenen wieder im Gerichtssaal versammelt hatten, erklärte der Richter, dem Antrag werde stattgegeben – ein höchst seltenes Ereignis. Das Verfahren wurde eingestellt.

»Mr Wilhoit«, sagte er, »Sie sind ein freier Mann.«

Nachdem er bis spät in die Nacht hinein mit Familie und Freunden gefeiert hatte, fuhr Greg Wilhoit am nächsten Morgen zum Flughafen und flog nach Kalifornien. Nach Oklahoma kehrte er später nur zurück, um seine Familie zu besuchen oder gegen die Todesstrafe zu kämpfen. Acht Jahre nach Kathys Ermordung war er endlich ein freier Mann.

Durch die Jagd auf den falschen Verdächtigen hatten Polizei und Staatsanwaltschaft die Spur des wahren Mörders kalt werden lassen. Bis heute wurde er nicht gefunden.

Die neue Todeskammer des H-Traktes funktionierte ausgezeichnet. Am 10. März 1992 wurde Robyn Leroy Parks, ein dreiundvierzigjähriger Schwarzer, für den 1978 begangenen Mord an einem Tankwart hingerichtet. Er hatte dreizehn Jahre in der Todeszelle gesessen.

Drei Tage später wurde Olan Randle Robison, ein sechsundvierzigjähriger Weißer, für den Mord an einem Ehepaar hingerichtet, das er 1980 bei einem Einbruch in ihr abgelegenes Haus getötet hatte.

Ron Williamson sollte der Dritte werden, der im H-Trakt auf eine Liege geschnallt wurde und ein paar letzte Worte sagen durfte.

Am 30. August 1994 wurde Ron an seiner Zellentür von einem bedrohlich wirkenden Trupp finster blickender Polizisten empfangen, die ihn wegbringen wollten. Ihm wurden Fußfesseln und Handschellen angelegt, die an einem Gürtel um die Taille eingehängt wurden. Offenbar ging es um eine ernste Angelegenheit.

Wie üblich wirkte er eingefallen, war schmutzig, unrasiert und labil, und die Wärter hielten so viel Abstand wie möglich. Einer der fünf war Officer Martin.

Ron wurde aus dem H-Trakt zu einem Transporter geführt und die kurze Strecke zu den Verwaltungsbüros im vorderen Teil des Gefängnisses gefahren. Umringt von seiner Eskorte, wurde er ins Büro des Gefängnisdirektors geführt, einen Raum mit einem langen Konferenztisch, an dem zahlreiche Personen offenbar auf ein dramatisches Ereignis warteten. Immer noch gefesselt und von den Wärtern streng bewacht, wurde Ron an das eine Ende des Tisches gesetzt. Am anderen Ende saß der Gefängnisdirektor, der die Besprechung damit begann, dass er Ron seine zahlreichen Mitarbeiter vorstellte, die allesamt recht trübselig dreinblickten.

Eine Begegnung der nicht ganz so angenehmen Art.

Dann wurde Ron eine »Benachrichtigung« überreicht, die der Gefängnisdirektor laut vorlas:

Sie sollen wegen des von Ihnen begangenen Mordes am Dienstag, dem 27. September 1994, um 12:01 Uhr vom Leben zum Tode gebracht werden. Zweck dieser Zusammenkunft ist es, Sie mit den Verhaltsmaßregeln für die nächsten dreißig Tage vertraut zu machen und gewisse Privilegien zu besprechen, die Ihnen zustehen.

Ron wurde wütend und sagte, er habe niemanden umgebracht. Was auch immer er in seinem Leben getan haben möge, ein Mörder sei er nicht.

Der Gefängnisdirektor las weiter, woraufhin Ron erneut einwarf, dass er Debbie Carter nicht getötet habe.

Der Gefängnisdirektor und der Leiter des H-Traktes redeten ein paar Minuten lang auf ihn ein, um ihn zu beruhigen. Sie seien nicht da, um ihn zu verurteilen, sagten sie, sondern hielten sich nur an die Vorschriften.

Aber Ron hatte ein Video, auf dem Ricky Simmons das Verbrechen gestand, und das wollte er dem Gefängnisdirektor zeigen. Er bestritt den Mord an Debbie erneut und sprach davon, dass er in Ada im Fernsehen auftreten und seine Unschuld beteuern wolle. Außerdem erwähnte er, dass seine Schwester in Ada aufs College gegangen sei.

Der Gefängnisdirektor las weiter:

Am Morgen vor der Hinrichtung werden Sie in einer besonderen Zelle untergebracht werden, in der Sie bis zum Zeitpunkt der Exekution verbleiben. Dort werden Sie bis zur Hinrichtung ständig durch Wärter überwacht werden.

Ron unterbrach ihn erneut und schrie, er habe Debbie Carter nicht umgebracht.

Der Gefängnisdirektor ließ sich nicht beirren und las ihm seitenweise Vorschriften über Besucher, persönlichen Besitz und die Organisation der Bestattung vor. Ron zog sich innerlich zurück und versank in Niedergeschlagenheit.

»Was sollen wir mit Ihrer Leiche tun?«, fragte der Gefängnisdirektor.

Ron war aufgewühlt und verwirrt und auf eine solche Frage nicht vorbereitet. Schließlich stammelte er, sie sollten ihn seiner Schwester schicken.

Weil er keine Fragen hatte und behauptete, alles verstanden zu haben, wurde er in seine Zelle zurückgebracht. Der Countdown begann.

Ron vergaß, Annette anzurufen. Als sie zwei Tage später ihre Post durchging, stieß sie auf einen Umschlag aus McAlester. Er enthielt einen Brief des stellvertretenden Gefängnisdirektors:

Sehr geehrte Ms Hudson,
mit großem Bedauern muss ich Sie darüber in Kenntnis setzen, dass die Hinrichtung Ihres Bruders, Ronald Keith Williamson, Nummer 134846, für Dienstag, den 27. September 1994, 12:01 Uhr, im Staatsgefängnis von Oklahoma angesetzt wurde.

Besuche in den letzten vierundzwanzig Stunden sind beschränkt auf Geistliche, den Prozessbevollmächtigten und zwei weitere Personen, die die Erlaubnis des Gefängnisdirektors benötigen.

So schmerzlich dies auch sein mag, es müssen Vorkehrungen für die Beerdigung getroffen werden, die Sache der Familie sind. Sollte die Familie diesbezüglich keine Angaben machen, wird der Staat für die Beerdigung sorgen. Bitte teilen Sie uns Ihre Entscheidung in dieser Angelegenheit mit.

Mit freundlichen Grüßen
Ken Klingler

Annette rief Renee an und erzählte ihr von der schrecklichen Neuigkeit. Beide waren verzweifelt und taten ihr Bestes, einander davon zu überzeugen, dass es nicht wahr sein konnte. Schließlich trafen sie die Entscheidung, Rons Leiche nicht nach Ada zu holen. Sie würden ihn nicht in Criswells Bestattungsinstitut zur Schau stellen, damit ihn die ganze Stadt begaffen konnte. Stattdessen würden sie sich auf eine private Beerdigung mit Trauergottesdienst in McAlester beschränken, zu der nur geladene Gäste zugelassen waren. Lediglich ein paar enge Freunde und die Familie würden dort sein.

Das Gefängnis teilte ihnen mit, sie könnten der Hinrichtung beiwohnen. Renee fühlte sich nicht dazu in der Lage, während Annette fest entschlossen war, das Ende mitzuerleben.

Die Nachricht verbreitete sich in Ada wie ein Lauffeuer. Peggy Stillwell hörte im Lokalfernsehen die überraschende Nachricht, dass ein Hinrichtungstermin für Ron Williamson angesetzt war. Obwohl sie sich darüber freute, war sie wütend, dass sie nicht informiert worden war. Man hatte ihr versprochen, sie könne bei der Hinrichtung zugegen sein, und genau das hatte sie vor. Vielleicht würde sie ja in ein paar Tagen einen Anruf erhalten.

Annette blieb für sich und versuchte, alles zu verdrängen. Ihre Besuche im Gefängnis wurden seltener und kürzer. Ronnie hatte den Verstand verloren. Entweder brüllte er sie an, oder er tat so, als wäre sie gar nicht da. Mehrmals ging sie schon nach fünf Minuten wieder.

13

Sobald die Gerichte von Oklahoma mit Rons Fall fertig waren und das Datum für die Hinrichtung feststand, wandten sich die Anwälte an das zuständige Bundesgericht. Damit begann eine neue Runde von Rechtsbehelfen. Dieses Verfahren nennt sich *habeas corpus*. Der Terminus kommt aus dem Lateinischen und heißt in etwa »man kann die Person festhalten«, was bedeutet, dass ein Gefangener auf Antrag einem Richter vorgeführt werden muss, um die Rechtmäßigkeit der Haftfortdauer zu prüfen.

Rons Fall wurde Janet Chesley zugewiesen, einer Anwältin der Behörde für die Strafverteidigung Mittelloser in Norman. Janet kannte sich mit solchen Haftbeschwerden aus und war daran gewöhnt, in letzter Minute hektisch Anträge zu stellen und Rechtsmittel einzulegen, während der Countdown für die Hinrichtung lief. Sie besuchte Ron, erklärte ihm das Verfahren und versicherte ihm, dass es einen Aufschub geben werde. Im Rahmen ihrer Arbeit führte sie häufig solche Gespräche. Ihre Mandanten waren dabei verständlicherweise nervös, aber am Ende gewann sie stets ihr Vertrauen. Der Hinrichtungstermin war eine ernste Sache, doch niemand wurde ohne Haftprüfung hingerichtet.

Ron war anders. Die offizielle Ankündigung eines Termins für seine Begegnung mit dem Tod hatte ihn noch tiefer in den Wahnsinn getrieben. Er zählte die Tage und war nicht in der Lage, auf Janets Zusicherungen zu vertrauen. Die Uhr lief weiter. Die Todeskammer wartete.

Eine Woche verging, dann noch eine. Ron betete viel und las in der Bibel. Er schlief lange und hörte auf zu schreien. Seine Medikamente wurden großzügig ausgegeben. Im Todestrakt war es ruhig, alles wartete. Den anderen Gefangenen entging nichts. Sie fragten sich, ob der Staat tatsächlich jemanden hinrichten würde, der so offenkundig den Verstand verloren hatte wie Ron Williamson.

Drei Wochen vergingen.

Der U. S. District Court für den östlichen Bundesgerichtsbezirk von Oklahoma hat seinen Sitz in Muskogee. 1994 gab es dort zwei Richter, von denen keiner viel für Habeas-Corpus-Sachen oder von Gefangenen angestrengte Verfahren übrig hatte. Die waren keine Seltenheit. Jeder Gefangene hatte Klagen. Die meisten beteuerten ihre Unschuld und beschwerten sich über die schlechte Behandlung. Die Gefangenen in der Todeszelle hatten richtige Anwälte. Manche kamen von großen Kanzleien, die unentgeltlich arbeiteten. Die Schriftsätze waren dick und kreativ und mussten ernst genommen werden. Dagegen vertraten sich die übrigen Gefangenen meist selbst und ließen sich bei ihren Schriftsätzen von den Amateurjuristen in den Rechtsbibliotheken der Gefängnisse beraten, die ihre fachkundige Meinung gegen Zigaretten verkauften. Wenn die Gefangenen keine Haftprüfung verlangten, beschwerten sie sich über schlechtes Essen, kalte Duschen, bösartige Wärter, enge Handschellen oder zu wenig Tageslicht. Die Liste war lang.

Die meisten Klagen waren nicht begründet und wurden sofort abgewiesen. Die nächste Instanz dafür war der Tenth Circuit Court of Appeals in Denver, das Bundesrevisionsgericht, das für den riesigen Bundesgerichtsbezirk zuständig war, zu dem auch Oklahoma gehörte.

Die von Janet Chesley eingelegte Haftbeschwerde wurde nach dem Zufallsverfahren Richter Frank Seay zugewiesen, der 1979 von der Carter-Regierung ernannt worden war.

Richter Seay stammte aus Seminole und war vor seiner Zeit als Bundesrichter elf Jahre lang erstinstanzlicher Richter im zweiundzwanzigsten Gerichtsbezirk gewesen, zu dem auch Pontotoc County zählte. Er kannte das Gericht, die Stadt und ihre Anwälte.

Im Mai 1971 hatte Richter Seay eine Rede vor der Abschlussklasse der Highschool von Asher gehalten. Einer der siebzehn Schüler war Ron Williamson gewesen.

Nach fünfzehn Jahren als Richter hatte Seay wenig für Habeas-Corpus-Haftbeschwerden übrig, die auf seinem Schreibtisch landeten. Das Gesuch in der Sache Williamson erreichte ihn im September 1994, nur wenige Tage vor der Hinrichtung. Er hatte den Verdacht – besser gesagt, die Gewissheit –, dass die Anwälte der Todeskandidaten mit ihren Gesuchen bis zum letzten Moment warteten, damit er und andere Bundesrichter einen Aufschub gewähren mussten, während sie sich mit den Akten befassten. Oft fragte er sich, was der arme Verurteilte durchstehen musste, der in der Todeszelle schwitzte, während sein Anwalt ein Spiel mit dem Feuer trieb.

Eine legitime Anwaltstaktik, das war Richter Seay klar – trotzdem gefiel ihm die Methode nicht. Er hatte ein paarmal einen Aufschub gewährt, aber nie eine Wiederaufnahme eines Verfahrens angeordnet.

Wie immer wurde das Williamson-Gesuch zuerst von Jim Payne gelesen, einem Justizbeamten in der Geschäftsstelle des Bundesgerichts. Payne war für seine konservative Einstellung und seine Abneigung gegen diese Art von Haftbeschwerden bekannt, aber er genoss wegen seiner Fairness hohes Ansehen. Viele Jahre lang hatte er jeden einzelnen Habeas-Corpus-Antrag durchackern und daraufhin prüfen müssen, ob er begründet war. Dies war zwar meistens nicht der Fall, aber immerhin häufig genug, sodass die Lektüre interessant blieb.

Für Jim Payne war diese Arbeit von größter Bedeutung. Wenn er etwas in den umfangreichen Schriftsätzen und Mitschriften übersah, wurde möglicherweise ein Unschuldiger hingerichtet.

Janet Chesleys Antrag war so gut geschrieben, dass schon der erste Absatz seine Aufmerksamkeit fand. Als er fertig gelesen hatte, hegte er einige Zweifel daran, dass Ron einen gerechten Prozess bekommen hatte. Janets Argumentation basierte vor allem auf der unzureichenden Verteidigung, Rons Schuldunfähigkeit und der Unzuverlässigkeit der Haaranalyse.

Jim Payne las den Antrag am Abend zu Hause. Als er am nächsten Morgen ins Büro kam, besprach er sich mit Richter Seay und empfahl einen Aufschub. Nach einem langen Gespräch über den Antrag stimmte Seay, der große Stücke auf Payne hielt, zu.

Nachdem er dreiundzwanzig Tage lang ständig auf die Uhr gesehen und inbrünstig gebetet hatte, wurde Ron mitgeteilt, seine Hinrichtung sei auf unbestimmte Zeit verschoben worden. Nur noch fünf Tage hatten bis zur Todesspritze gefehlt.

Jim Payne gab die Haftbeschwerde an Gail Seward, die Leiterin seiner Geschäftsstelle, weiter, die den Antrag las und ebenfalls zu dem Schluss kam, dass eine gründliche Überprüfung erforderlich war. Dann ging die Sache an eine Justizangestellte namens Vicky Hildebrand, die so neu war, dass ihr sämtliche Fälle zugeschoben wurden, in denen die Todesstrafe verhängt worden war. Vicky war vor ihrer juristischen Ausbildung Sozialarbeiterin gewesen und hatte in Richter Seays gemäßigt konservativer Geschäftsstelle schnell und ohne großes Aufsehen die Rolle des sozialen Gewissens übernommen.

Williamson war ihre erste Haftbeschwerde, bei der es um die Todesstrafe ging. Bereits der erste Absatz des Antrags schlug sie in seinen Bann:

In diesem bizarren Fall geht es um einen Traum, der für Ronald Keith Williamson zum Albtraum wurde. Mr Williamson wurde fast fünf Jahre nach dem Verbrechen – und nachdem sein Alibizeuge verstorben war – verhaftet. Diese Verhaftung gründet sich fast vollständig auf das als Traum erzählte »Geständnis« des schwer geisteskranken Ron Williamson.

Vicky las weiter. Bald fielen ihr der Mangel an glaubhaften Beweisen und die planlose Strategie der Verteidigung im Verfahren auf. Als sie fertig war, hegte sie starke Zweifel an Rons Schuld.

Sie fragte sich sofort, ob sie die Nerven für diese Aufgabe hatte. Würde jede Haftbeschwerde so überzeugend sein? Würde sie jedem zum Tode Verurteilten glauben? Sie vertraute sich Jim Payne an, der einen Plan entwarf. Die beiden würden Gail Seward, die politisch eher in der Mitte stand, um ihre Meinung bitten. Vicky verbrachte den ganzen Freitag damit, die umfangreiche Mitschrift dreimal zu kopieren – eine Kopie für jeden der Verschwörer. Alle drei lasen über das Wochenende jedes einzelne Wort, das bei Rons Verhandlung gefallen war. Als sie am Montagmorgen zusammenkamen, war das Urteil einstimmig. Obwohl sie in politischer Hinsicht unterschiedlichen Richtungen angehörten, waren sie alle der Meinung, dass der Gerechtigkeit nicht Genüge getan worden war. Sie waren nicht nur davon überzeugt, dass die Verhandlung verfassungswidrig gewesen war, sondern glaubten, dass Ron möglicherweise unschuldig war.

Besonders interessant schien ihnen der Verweis auf *The Dreams of Ada*. Janet Chesley hob in ihrem Antrag stark auf das Traum-Geständnis ab, das Ron angeblich abgelegt hatte. Er hatte das Buch kurz nach seiner Verhaftung gelesen. Es befand sich noch in seiner Zelle, als er John Christian seine Version eines Gefängnistraums erzählte. Das sieben Jahre zuvor erschienene Buch war vergriffen, aber Vicky trieb

Exemplare in Antiquariaten und Büchereien auf. Die drei lasen es in aller Eile und fanden ihren Verdacht gegen die Behörden von Ada bestätigt.

Da Richter Seay dafür bekannt war, dass er keine große Geduld mit Haftbeschwerden hatte, wurde Jim Payne vorgeschickt, um das Eis in der Williamson-Sache zu brechen. Richter Seay hörte aufmerksam zu, bevor Vicky und Gail ihm ihren Vortrag hielten. Alle drei waren davon überzeugt, dass das Verfahren wieder aufgenommen werden musste. Nachdem er sich ihre Argumente angehört hatte, erklärte sich Seay bereit, den Antrag zu prüfen.

Er kannte Bill Peterson, Barney Ward und die meisten der Leute in Ada. Barney war für ihn ein alter Kumpel, aber von Peterson hatte er noch nie viel gehalten. Dass die Verhandlungsführung schlampig und die Beweise dürftig waren, überraschte ihn nicht. In Ada geschahen seltsame Dinge. Der Richter hörte schon seit Jahren immer wieder vom schlechten Ruf der dortigen Polizei. Besonders beunruhigend fand er, dass Richter Ronald Jones das Verfahren einfach hatte laufen lassen. Schlechte Polizeiarbeit und eine voreingenommene Anklage gab es öfter, aber der erstinstanzliche Richter musste eigentlich für einen gerechten Prozess sorgen.

Er war auch nicht überrascht, dass das Revisionsgericht für Strafsachen die Verhandlung völlig in Ordnung gefunden hatte.

Schließlich war er davon überzeugt, dass der Gerechtigkeit nicht Genüge getan worden war. Er und seine Mitarbeiter begannen mit einer gründlichen Überprüfung der Sache.

Dennis Fritz hatte den Kontakt zu Ron verloren. Er hatte seinem alten Freund einmal geschrieben, aber nie eine Antwort bekommen.

Kim Marks und Leslie Delk fuhren nach Conner, um Dennis im Zusammenhang mit ihren Ermittlungen zu befragen. Sie brachten das Video mit dem Geständnis von Ricky Joe

Simmons mit und spielten es ihm vor. Wie Ron war auch Dennis empört darüber, dass jemand anders den Mord gestanden hatte, für den sie beide verurteilt worden waren, und dass diese Information bei seiner Verhandlung nicht vorgelegt worden war. Er begann eine Korrespondenz mit Kim Marks, die ihn über die Entwicklungen in Rons Fall auf dem Laufenden hielt.

Da er in der Rechtsbibliothek sozusagen zum Inventar zählte, hörte Dennis alle Gerüchte aus dem juristischen Bereich und kannte die letzten Präzedenzfälle aus dem ganzen Land. Ihm und den anderen Amateuranwälten unter den Gefangenen entging keine Neuerung im Strafverfahren. Zu Beginn der Neunzigerjahre war zum ersten Mal von DNA-Tests die Rede, und er las alles, was er zu diesem Thema finden konnte.

1993 befasste sich eine Folge der Talkshow *Donahue* mit vier Männern, die durch DNA-Tests entlastet worden waren. Die Sendung fand vor allem in den Justizvollzugsanstalten ein breites Publikum und wurde zum Katalysator für eine Bewegung zugunsten unschuldig Verurteilter im ganzen Land.

Zu dieser Bewegung gehörte auch das 1992 von den New Yorker Anwälten Peter Neufeld und Barry Scheck gegründete Innocence Project. Die beiden richteten an der Benjamin N. Cardozo School of Law ein gemeinnütziges medizinisches Institut ein, an dem Studenten unter Aufsicht ausgebildeter Juristen Fälle bearbeiteten. Neufeld hatte sich zuvor lange Jahre in Brooklyn als Bürgerrechtsaktivist engagiert. Scheck war Experte für forensische DNA-Analyse und wurde als einer der Anwälte von O. J. Simpson berühmt.

Dennis verfolgte den Simpson-Prozess genau. Nach dessen Ende überlegte er, ob er Barry Scheck kontaktieren sollte.

Nachdem bei Amnesty International zahlreiche Beschwerden über den H-Trakt eingegangen waren, führte die Organisation 1994 eine eingehende Untersuchung durch. Sie stieß auf zahlreiche Verstöße gegen internationale Normen, darunter auch von den Vereinigten Staaten unterzeichnete Abkommen und Mindeststandards der Vereinten Nationen. Unter anderem waren die Zellen zu klein, unzureichend ausgestattet, unbeleuchtet, unbelüftet, fensterlos und ohne Zugang zu natürlichem Licht. Erwartungsgemäß wurden die Gefängnishöfe als einengend und zu klein befunden. Viele Gefangene verzichteten auf die tägliche Stunde im Hof, damit sie die Zelle einmal für sich allein hatten. Bis auf einen Kurs zum Erwerb eines Highschoolabschlusses gab es keine Bildungsprogramme. Arbeiten durften die Gefangenen auch nicht. Religiöse Betätigung war nur eingeschränkt möglich. Die Isolierung der einzelnen Gefangenen war zu strikt. Die Nahrungsmittelversorgung musste gründlich überprüft werden.

Amnesty International kam zu dem Schluss, dass die Lebensbedingungen im H-Trakt grausam, unmenschlich und entwürdigend waren und damit gegen internationale Standards verstießen. Diese Umstände konnten sich, wenn sie »über einen längeren Zeitraum hinweg andauerten, schädigend auf die körperliche und geistige Gesundheit der Gefangenen auswirken«.

Der Bericht wurde veröffentlicht, aber die Empfehlungen darin waren für das Gefängnis nicht bindend. Allerdings lieferte er Stoff für von den Gefangenen angestrengte Verfahren.

Nach einer dreijährigen Unterbrechung kam die Todesmaschinerie wieder in Fahrt. Am 20. März 1995 wurde Thomas Grasso, ein zweiunddreißigjähriger Weißer, nach nur zwei Jahren in der Todeszelle hingerichtet. Gegen alle Widerstände war es Grasso gelungen, seine Revisionsanträge zurückzuziehen und die Sache hinter sich zu bringen.

Der Nächste war Roger Dale Stafford, der berüchtigte Steakhaus-Mörder. Es war eine der denkwürdigeren Hinrichtungen. Massenmorde in den Metropolen des Landes zogen die Presse an, und Stafford verließ diese Welt unter großem Trara. Er hatte fünfzehn Jahre lang in der Todeszelle gesessen, und sein Fall wurde von Polizei, Staatsanwaltschaft und vor allem von politischen Kräften als Musterbeispiel für die Irrungen des Revisionsverfahrens hingestellt.

Am 11. August 1995 fand eine bizarre Hinrichtung statt. Robert Brecheen, ein vierzigjähriger Weißer, schaffte es kaum bis zur Exekution. Am Tag zuvor hatte er eine Handvoll Schmerzmittel geschluckt, die er irgendwie ins Gefängnis geschmuggelt und gehortet hatte. Mit seinem Selbstmordversuch wollte er dem Staat eine lange Nase drehen, aber der Staat war stärker. Die Wärter, die den Bewusstlosen gefunden hatten, ließen ihn in aller Eile ins Krankenhaus schaffen, wo ihm der Magen ausgepumpt wurde. Nachdem sich sein Zustand einigermaßen stabilisiert hatte, wurde er in den H-Trakt zurückgeschafft, wo er ordnungsgemäß hingerichtet wurde.

Richter Seay ließ seine Leute jeden einzelnen Aspekt des Williamson-Falls genauestens prüfen. Sie saßen über den Mitschriften der Voruntersuchungen und aller anderen Gerichtstermine. Sie katalogisierten Rons umfangreiche medizinische Berichte. Sie studierten die Polizeiakten und die Gutachten des OSBI.

Vicky Hildebrand, Jim Payne und Gail Seward teilten sich die Arbeit. Es wurde ein Teamprojekt voll kreativer Ideen und Enthusiasmus. Der Prozess stank zum Himmel. Es handelte sich eindeutig um einen Justizirrtum, und sie wollten den Fehler korrigieren.

Richter Seay hatte sich noch nie auf Haaranalysen verlassen. Einmal war er vorsitzender Richter in einer Verhandlung an einem Bundesgericht gewesen, bei der dem Angeklagten die Todesstrafe drohte. Starzeuge sollte der führende Haarexperte des FBI sein. Seine Qualifikation war über jeden Zweifel erhaben, und er war viele Male als Gutachter hinzugezogen worden, aber davon ließ sich Richter Seay nicht beeindrucken. Der Sachverständige wurde nach Hause geschickt, ohne auszusagen.

Vicky Hildebrand erklärte sich bereit, die Recherchen zur Haaranalyse zu übernehmen. Monatelang hatte sie über Dutzende von Prozessen und Untersuchungen nachgelesen und war zu dem Schluss gelangt, dass es sich um eine reine Pseudowissenschaft handelte. Das Verfahren war so unzuverlässig, dass es nie vor Gericht hätte verwendet werden dürfen – ein Schluss, zu dem Richter Seay schon lange vor ihr gekommen war.

Gail Seward konzentrierte sich auf Barney Ward und die Fehler, die ihm in der Verhandlung unterlaufen waren. Jim Payne kümmerte sich um die sich aus dem Grundsatzurteil *Brady gegen Maryland* ergebenden Fragen. Monatelang arbeitete das Team an kaum etwas anderem. Der Fall Williamson wurde nur zurückgestellt, wenn besonders dringliche Angelegenheiten anstanden. Sie hatten keinen festen Termin für ihre Arbeit, aber Richter Seay duldete keine Trödelei. Sie schufteten Nächte und Wochenenden durch. Sie lasen und redigierten ihre Texte gegenseitig. Während sie sich durch eine Schicht nach der anderen wühlten, stießen sie auf immer neue Fehler. Je mehr Verfahrensfehler sie fanden, desto größer wurde ihr Enthusiasmus.

Jim Payne traf sich täglich zu Besprechungen mit Richter Seay, der, wie zu erwarten, selbst zahlreiche Anmerkungen vornahm. Er las die ersten Entwürfe des Teams, redigierte sie und schickte sie zur Überarbeitung zurück.

Als sich herauskristallisierte, dass das Verfahren wieder aufgenommen werden würde, fing Richter Seay an, sich Sorgen zu machen. Barney war ein langjähriger Freund von ihm, ein altes Schlachtross, das seine besten Tage hinter sich hatte. Die Kritik würde ihn zutiefst treffen. Wie würde Ada darauf reagieren, dass sich ein früherer Richter der Stadt auf die Seite des berüchtigten Mörders Ron Williamson schlug?

Das Team wusste, dass seine Arbeit von der nächsten Instanz, dem Bundesrevisionsgericht, unter die Lupe genommen werden würde. Was, wenn die Wiederaufnahme abgelehnt wurde? Waren sie selbst wirklich von ihrer Sache überzeugt? Konnten sie so schlagkräftig argumentieren, dass ihnen das Bundesrevisionsgericht folgen würde?

Fast ein Jahr lang schuftete das Team unter Leitung von Richter Seay. Am 19. September 1995, ein Jahr nach der Aussetzung der Hinrichtung, ordnete er die Haftprüfung und die Wiederaufnahme des Verfahrens an.

Die Entscheidungsgründe wurden auf einhundert Seiten erschöpfend dargelegt. Es handelte sich um ein Meisterwerk juristischer Analyse und Argumentation. In deutlicher, wenn auch höchsten Ansprüchen genügender Ausdrucksweise erklärte Richter Seay, was er von Barney Ward, Bill Peterson, dem Ada Police Department und dem OSBI hielt. Bei Richter Jones nahm er sich zurück, er ließ aber kaum Zweifel an seiner Meinung zu dessen unglückseliger Rolle in dem Verfahren.

Ron hatte aus vielerlei Gründen Anspruch auf einen neuen Prozess, besonders aber wegen des völligen Versagens seines Anwalts. Barney waren zahlreiche Fehler mit katastrophalen Folgen unterlaufen. So hatte er nicht auf die Schuldunfähigkeit seines Mandanten hingewiesen, keinerlei Beweise gegen Glen Gore gesammelt und vorgelegt, nicht ausreichend verdeutlicht, dass Terri Holland auch gegen Karl Fontenot und Tommy Ward ausgesagt hatte, die Geschworenen nicht davon unterrichtet, dass Ricky Joe Simmons den Mord gestanden hatte, und zwar auf einem Video, das sich in Barneys Besitz befand, Rons Geständnisse nicht vor der Verhandlung als unzulässig ausschließen lassen und bei der Bestimmung des Strafmaßes keine Entlastungszeugen präsentiert.

Bill Peterson und der Polizei wurde vorgeworfen, das Video von Rons zweitem Lügendetektortest im Jahre 1983 zurückgehalten zu haben, Geständnisse verwendet zu haben, die durch zweifelhafte Mittel erpresst worden waren, wie zum Beispiel Rons Traum-Geständnis, Gefängnisspitzel als Zeugen aufgeboten zu haben, die auch noch beeidigt worden waren, praktisch keine materiellen Beweise vorgelegt und entlastendes Beweismaterial zurückgehalten zu haben.

Richter Seay analysierte die Geschichte der Haaranalyse und kam zu dem drastischen Schluss, dass dieser grundsätzlich vor Gericht nicht mehr zugelassen werden dürfe. Er kritisierte die Sachverständigen des OSBI für den fehlerhaften Umgang mit den Proben in den Verfahren gegen Fritz und Williamson.

Bill Peterson, Richter Jones und Richter John David Miller wurde vorgeworfen, dass sie das Verfahren nicht unterbrochen hatten, um Ron auf seine Schuldfähigkeit untersuchen zu lassen.

Richter Jones hätte niemals *nach Ende des Verfahrens* eine Brady-Anhörung ansetzen dürfen. Dass er Barneys Antrag auf einen forensischen Gutachter abgelehnt hatte, der die Aussage der OSBI-Leute widerlegen sollte, war an sich schon ein Verfahrensfehler.

Mit chirurgischer Präzision zerlegte Richter Seay jeden einzelnen Aspekt des Verfahrens, bis klar wurde, welche Farce Rons Verurteilung gewesen war. Im Gegensatz zum Revisionsgericht von Oklahoma für Strafsachen, das die Sache immerhin zweimal untersucht hatte, sah Richter Seay ein Fehlurteil und stellte alles infrage.

Am Ende stand ein Epilog, was eher ungewöhnlich war. Richter Seay schrieb:

Während ich überlegte, wie ich in dieser Sache entscheiden sollte, erzählte ich einem Freund, einem juristischen Laien, dass ich mich aufgrund der Tatsachen und der Gesetze wohl gezwungen sähe, die Wiederaufnahme eines Verfahrens anzuordnen, in dem ein Mann zum Tode verurteilt worden sei.

Mein Freund fragte: »Ist er ein Mörder?«

Ich erwiderte: »Das werden wir erst wissen, wenn er einen gerechten Prozess bekommen hat.«

Gott sei uns gnädig, wenn wir in diesem großen Land jemals wegsehen, während Menschen, denen ein gerechter Prozess versagt wurde, hingerichtet werden. Das wäre in diesem Fall fast geschehen.

Aus alter Freundschaft schickte Richter Seay Barney Ward eine Kopie seiner Stellungnahme und schrieb dazu, es tue ihm leid, aber er habe keine andere Wahl. Barney sprach nie wieder mit ihm.

Obwohl Vicky Hildebrand, Gail Seward und Jim Payne von ihrer Arbeit überzeugt waren, sahen sie deren Veröffentlichung mit einer gewissen Sorge entgegen. Ein Wiederaufnahmeverfahren für Todeskandidaten war in Oklahoma nicht populär. Ein Jahr lang hatte sich ihr gesamtes Leben um Ron gedreht. Sie waren sich ihrer Sache sicher, wollten aber nicht, dass Richter Seay und sein Büro in der Öffentlichkeit kritisiert wurden.

»Staatsanwaltschaft sagt Wiederaufnahmebeschluss den Kampf an« lautete die Schlagzeile der *Ada Evening News* vom 27. September 1995. Auf der einen Seite prangte ein Highschoolfoto von Ron Williamson, auf der anderen eines von Bill Peterson. Der Artikel begann wie folgt:

Ein empörter Bill Peterson erklärte, er sei »gern bereit«, vor dem U.S. Supreme Court aufzutreten, wenn dies nötig sei, um den kürzlichen Beschluss eines Bundesrichters zu korrigieren, der die Wiederaufnahme des Verfahrens gegen den in Pontotoc County wegen Mordes verurteilten Ronald Keith Williamson anordnet.

Zum Glück für Peterson sollte sich ihm keine Gelegenheit bieten, seine Sache in Washington zu vertreten. Wie er weiter unten in dem Artikel erklärte, hatte ihm der Generalstaatsanwalt des Bundesstaates versichert, er werde sich persönlich um die »sofortige« Revision beim Bundesrevisionsgericht in Denver kümmern. Dazu meinte er:

Ich bin entsetzt, schockiert, wütend, verwirrt und noch einiges mehr. Es ergibt einfach keinen Sinn, dass in einer Sache, die von so vielen Instanzen eingehend geprüft wurde, ohne dass die Verurteilung je infrage gestellt worden wäre, plötzlich ein solcher Beschluss ergeht.

Was er nicht erwähnte und was auch der Reporter tunlichst für sich behielt, war die Tatsache, dass in allen Fällen, in denen jemand zum Tode verurteilt wird, Haftbeschwerde eingelegt wird, die schließlich vor einem Bundesgericht landet, wo, früher oder später, irgendein Beschluss ergeht.

Aber Peterson war in Fahrt. Er fuhr fort:

Diese Sache ist zweimal vom U.S. Supreme Court geprüft worden. Beide Male hat dieser die Verurteilung bestätigt und die Wiederaufnahme des Verfahrens abgelehnt.

Das ist nicht ganz korrekt. Der U.S. Supreme Court hatte nie die Begründetheit geprüft. Tatsächlich hatte er durch die Zurückweisung der Revision eine Prüfung abgelehnt und die Sache nach Oklahoma zurückverwiesen. Das war allgemein üblich.

Die frechste Lüge hob sich Peterson für den Schluss auf. Richter Seay hatte in einer Fußnote zu seiner Stellungnahme Robert Mayers Buch *The Dreams of Ada* erwähnt und davon gesprochen, dass es vor ein und demselben Gericht zu erstaunlich vielen Verurteilungen aufgrund von Traum-Geständnissen gekommen sei. Peterson war empört darüber, dass das Buch in einer Gerichtsentscheidung erwähnt wurde, und sagte, offenbar ohne die Miene zu verziehen:

Es ist schlicht und einfach nicht wahr, dass auch nur einer dieser drei Männer – Williamson, Fontenot oder Ward – aufgrund von Traum-Geständnissen verurteilt wurde.

Der Staat Oklahoma legte beim Bundesrevisionsgericht in Denver Revision gegen Richter Seays Beschluss ein. Obwohl Ron mit der Wendung zufrieden war, die die Ereignisse genommen hatten, und sich über die Aussicht auf einen neuen Prozess freute, saß er immer noch im Gefängnis und quälte sich von einem Tag zum anderen, während sich das Verfahren dahinschleppte.

Aber er war nicht mehr allein. Kim Marks, die Ermittlerin, Janet Chesley, seine Anwältin, und Dr. Foster kämpften unermüdlich für eine angemessene Behandlung. Nahezu vier Jahre lang hatte sich das Gefängnis geweigert, Ron in der psychiatrischen Krankenabteilung aufzunehmen, wo die Lebensbedingungen besser waren und eine angemessene medikamentöse Behandlung erfolgen konnte. Die psychiatrische Krankenabteilung lag in Sichtweite des H-Traktes, von dem aus sie leicht zu Fuß zu erreichen war. Für die Gefangenen im Todestrakt war sie jedoch offiziell nicht zugänglich.

Kim Marks beschrieb ihren Schützling folgendermaßen:

Ich hatte große Angst, nicht vor ihm, sondern um ihn. Ich bestand darauf, dass wir jemanden an höherer Stelle in der Strafjustiz um Hilfe bitten. Das Haar hing ihm mittlerweile auf die Schultern und zeigte gelbe Strähnen, wo er daran gezogen hatte. Seine Finger und seine Hände – nicht nur die Fingerspitzen – waren nämlich vom Nikotin vollständig gelb verfärbt, und die Zähne faulten ihm buchstäblich aus dem Mund. Ich glaube, er drehte daran. Seine Haut war grau, weil er offensichtlich seit Wochen nicht mehr gebadet hatte. Er war nur noch Haut und Knochen. Seine Kleidung saß schlecht, sein Hemd sah aus, als wäre es seit Monaten nicht mehr gewaschen, geschweige denn aufgehängt oder gebügelt worden, und er tigerte auf und ab. Er konnte kaum sprechen, und wenn er es doch tat, sprühte ihm der Speichel aus dem Mund. Er brachte keinen vernünftigen Satz mehr heraus, und ich hatte wirklich Angst, dass wir ihn verlieren würden, dass er im Gefängnis aufgrund von körperlichen Krankheiten sterben würde, die durch seine geistige Erkrankung bedingt waren.

Janet Chesley, Kim Marks und Ken Foster ließen den verschiedenen Gefängnisdirektoren, die in McAlester kamen und gingen, sowie ihren Stellvertretern und Assistenten keine Ruhe. Susan Otto, die Leiterin des Federal Public Defender's Office, des Büros der vom Staat gestellten Verteidiger auf Bundesebene, und Janets Vorgesetzte, ließ erfolgreich ihre Beziehungen beim Department of Corrections spielen. Schließlich erklärte sich im Februar 1996 James Saffle, der damals eine leitende Position beim D. O. C. innehatte, bereit, sich mit Kim und Janet zu treffen. Zu Beginn der Besprechung sagte Saffle, er habe Ron Ward, den gegenwärtigen Direktor von McAlester, bevollmächtigt, eine Ausnahmegenehmigung für die sofortige Verlegung von Ron Williamson in die psychiatrische Krankenabteilung zu erteilen.

Aus Ron Wards Memo an den Leiter der psychiatrischen Krankenabteilung geht hervor, dass die Station für Todeskandidaten offiziell nicht zugänglich war. Hier ein Auszug daraus:

Hiermit genehmige ich eine Ausnahme von den üblichen Betriebsvorschriften der psychiatrischen Krankenabteilung des Staatsgefängnisses von Oklahoma, in denen es heißt: »Alle Insassen des Staatsgefängnisses mit Ausnahme derjenigen im Todestrakt können das Angebot der psychiatrischen Krankenabteilung nutzen.«

Was stand hinter diesem Gesinnungswandel? Zwei Wochen zuvor hatte ein Gefängnispsychologe ein vertrauliches Memo zum Thema Ron Williamson an einen stellvertretenden Gefängnisdirektor geschickt. Unter anderem nannte er darin zwei überzeugende Gründe, Ron in die psychiatrische Krankenabteilung zu verlegen:

In unserer Teambesprechung kamen wir übereinstimmend zu dem Schluss, dass Mr Williamson psychotisch ist und wahrscheinlich von einer Umstellung seiner Medikamente profitieren würde. Allerdings fiel uns auf, dass er sich standhaft weigert, eine solche Umstellung in Betracht zu ziehen oder auch nur darüber zu sprechen.

Wie Sie wissen, ist die psychiatrische Krankenabteilung berechtigt, die Einnahme von Medikamenten zu erzwingen, wenn dies erforderlich ist.

Das Personal des H-Traktes hatte genug von Ron und brauchte eine Pause. In dem Memo hieß es weiterhin:

Es gibt wenig Zweifel daran, dass sich Mr Williamsons Zustand von Woche zu Woche verschlechtert. Mir ist das aufgefallen, und die Mitarbeiter im H-Trakt erwähnen es regelmäßig. Heute sprach Mike Mullens diese Verschlechterung und die negativen Auswirkungen der psychotischen Ausbrüche des Gefangenen auf den südwestlichen Quadranten ausdrücklich an.

Aber der beste Grund, Ron zu verlegen, war die Beschleunigung seiner Hinrichtung. Das Memo schloss:

Meines Erachtens hat Mr Williamsons Psychose gegenwärtig ein derartiges Ausmaß erreicht, dass eine Hinrichtung aufgrund seines Geisteszustands unmöglich scheint. Eine zeitweise Unterbringung in unserer psychiatrischen Krankenabteilung könnte sehr wohl dazu führen, dass er eine ausreichende Zurechnungsfähigkeit erlangt.

Ron wurde in die psychiatrische Krankenabteilung aufgenommen, wo er eine schönere Zelle mit Fenster erhielt. Dr. Foster stellte seine Medikamente um und überwachte die Einnahme. Obwohl Ron keineswegs gesund war, verhielt er sich ruhig und litt nicht unter ständigen Schmerzen.

Allerdings war er extrem labil und hatte seine Manie kaum unter Kontrolle. Nachdem es eine Weile aufwärtsgegangen war, wurde Ron am 25. April, nach drei Monaten in der psychiatrischen Krankenabteilung, plötzlich für zwei Wochen zurück in den H-Trakt gebracht. Kein Arzt hatte dieser Verlegung zugestimmt; Dr. Foster wusste gar nichts davon. Eine Begründung gab es nicht. Als Ron in die psychiatrische Krankenabteilung zurückkehrte, hatte er einen deutlichen Rückfall erlitten. Dr. Foster sandte ein Memo an den Gefängnisdirektor und beschrieb den Schaden, den die plötzliche Verlegung bei dem Patienten angerichtet hatte.

Zufällig fiel Rons überraschende Verlegung am 25. April auf den Tag vor einer weiteren Exekution. Am 26. April wurde Benjamin Brewer hingerichtet, der 1978 in Tulsa eine zwanzigjährige Studentin erstochen hatte. Brewer hatte über zwölf Jahre in der Todeszelle gesessen.

Auch in der psychiatrischen Krankenabteilung war Ron noch ein Todeskandidat, da durfte er das Drama einer weiteren Hinrichtung im H-Trakt nicht verpassen.

Janet Chesley hegte den Verdacht, dass die plötzliche Verlegung ein juristisches Manöver war. Der Bundesstaat Oklahoma hatte beim Bundesrevisionsgericht in Denver Revision gegen Richter Seays Entscheidung eingelegt, und die mündliche Verhandlung stand kurz bevor. Um zu verhindern, dass Janet Chesley die Verlegung in die psychiatrische Krankenabteilung als Beleg für seine Unzurechnungsfähigkeit anführte, war Ron in den H-Trakt zurückgebracht worden. Als sie von der Verlegung erfuhr, ging sie in die Luft. Sie hielt den Gefängnisbeamten und den Staatsanwälten, die für die Revision zuständig waren, eine Standpauke. Schließlich versprach sie, in der mündlichen Verhandlung nicht zu erwähnen, dass Ron in der psychiatrischen Krankenabteilung untergebracht war.

Er wurde zurückgebracht, aber der Schaden war offenkundig.

Dennis Fritz wusste, dass Ron vor dem Bundesgericht erfolgreich gewesen war und ein neues Verfahren bekommen würde. Er selbst war weniger glücklich gewesen. Da er nicht zum Tode verurteilt worden war, hatte er keinen Anwalt und war gezwungen, seinen eigenen Antrag auf Haftprüfung einzureichen. Damit war er 1995 vor dem U. S. District Court gescheitert. Nun legte er beim Bundesrevisionsgericht Revision dagegen ein.

Rons Wiederaufnahmeverfahren war für Dennis bittersüß. Einerseits war er niedergeschlagen, weil bei beiden dieselben Zeugen und Tatsachen zu einer Verurteilung geführt hatten, sein eigener Antrag auf Haftprüfung jedoch abgelehnt worden war. Andererseits freute er sich darüber, dass Ron eine neue Chance bekam.

Im März 1996 wandte er sich schließlich an das Innocence Project und bat um Hilfe. Eine Studentin, die ehrenamtlich für das Projekt arbeitete, schrieb zurück und schickte ihm einen Fragebogen. Im Juni bat sie ihn um die Ergebnisse der Laboranalyse von Haar, Blut und Speichel. Dennis hatte den Bericht fein säuberlich in seiner Zelle abgelegt und sandte ihn in aller Eile nach New York. Im August schickte er den Revisionsschriftsatz, im November die gesamte Mitschrift seiner Verhandlung. Noch im selben Monat erhielt er die wunderbare Nachricht, dass das Innocence Project seinen Fall offiziell übernommen hatte.

Briefe gingen hin und her, Wochen und Monate verstrichen. Das Bundesrevisionsgericht wies seine Revision zurück. Als sich der U. S. Supreme Court im Mai 1997 weigerte, sich mit seinem Fall zu befassen, wurde Dennis ebenfalls depressiv. Die Rechtsmittel waren erschöpft. All die weisen Richter in ihren schwarzen Roben mit ihren dicken Gesetzesbüchern hatten an seinem Prozess nichts auszusetzen gehabt. Nicht ein einziger hatte die offensichtliche Tatsache erkannt: dass ein Unschuldiger zu Unrecht verurteilt worden war.

Bisher hatte er sich standhaft geweigert, daran zu glauben, dass er den Rest seines Lebens im Gefängnis verbringen würde. Jetzt wurde dies immer wahrscheinlicher.

Im Mai schickte er vier Briefe an das Innocence Project.

Im Jahre 1979 brachen in der Kleinstadt Okarche, unmittelbar nördlich von Oklahoma City gelegen, zwei Männer namens Steven Hatch und Glen Ake in das Haus von Reverend Richard Douglass ein. Bei den entsetzlichen Ereignissen, die folgten, wurden Douglass und seine Frau erschossen. Ihre beiden kleinen Kinder wurden ebenfalls niedergeschossen und für tot liegen gelassen, aber sie überlebten irgendwie. Die Morde waren von Glen Ake begangen worden, der dafür zum Tode verurteilt wurde. Sein Verfahren wurde jedoch wieder aufgenommen, weil sich der Richter geweigert hatte, ihn von einem Psychiater untersuchen zu lassen. Seine Revision – *Ake gegen Oklahoma* – schrieb Rechtsgeschichte. Im Wiederaufnahmeverfahren wurde er zu einer lebenslangen Freiheitsstrafe verurteilt, die er heute noch absitzt.

Steven Hatchs Beteiligung an den Morden war sehr zweifelhaft und heftig umstritten. Dessen ungeachtet wurde er zum Tode verurteilt. Am 9. August 1996 wurde Hatch auf eine Bahre geschnallt und in die Todeskammer des H-Traktes gerollt. Unter den Zuschauern waren die beiden mittlerweile erwachsenen Douglass-Kinder.

Glen Ake, unbestritten der Schütze, bekam lebenslänglich. Steven Hatch, der niemanden getötet hatte, wurde hingerichtet.

1994 raubte ein zwanzigjähriger Indianer namens Scott Dawn Carpenter einen Laden in Lake Eufaula aus und tötete den Besitzer. Nach nur zwei Jahren in der Todeszelle gelang es ihm, die Revisionsverfahren zu stoppen und sich die Nadel geben zu lassen.

Am 10. April 1997 bestätigte das Bundesrevisionsgericht in Denver Richter Seays Entscheidung. Das Gericht hielt zwar nichts von seinem Ausschluss der Haaranalyse, gelangte aber ebenfalls zu der Ansicht, dass Ron Williamson zu Unrecht verurteilt worden war.

Nachdem die Wiederaufnahme angeordnet worden war, wurde Rons Fall dem Oklahoma Indigent Defense System übertragen, jener Behörde des Staates, die für die Strafverteidigung Mittelloser zuständig ist. Dort befasste sich die Capital Trial Division damit, eine Abteilung, die ausschließlich mit Fällen befasst ist, in denen die Todesstrafe beantragt wurde. Dem neuen Leiter, Mark Barrett, waren acht Anwälte unterstellt. Aufgrund der Komplexität des Falles und wegen seiner Erfahrung mit Ron übernahm er die Sache selbst. Die Unterlagen, die ihm daraufhin zugingen, füllten sechzehn Kartons.

Im Mai 1997 fuhren Mark Barrett und Janet Chesley nach McAlester, um ihren Mandanten zu besuchen. Janet sollte Mark und Ron wieder miteinander bekannt machen. Sie hatten sich zuletzt 1988 gesehen, kurz nachdem Ron in den

F-Trakt verlegt worden war und Mark seine erste Revision zugewiesen bekommen hatte.

Mark kannte Janet Chesley, Kim Marks und die meisten Pflichtverteidiger für Revisionsverfahren und hatte zahlreiche Gerüchte und Geschichten über Ron und dessen Abenteuer im Todestrakt gehört. Trotzdem war er entsetzt über seinen Zustand. 1988 war Ron fünfunddreißig gewesen, hatte fast einhundert Kilo gewogen, einen sportlichen Körperbau, einen selbstsicheren Gang, dunkles Haar und ein Milchgesicht gehabt. Neun Jahre später war er dreiundvierzig und hätte leicht für fünfundsechzig durchgehen können. Selbst nach einem Jahr in der psychiatrischen Krankenabteilung wirkte er noch gespenstisch eingefallen, blass und ungepflegt. Offenkundig war er schwer krank.

Immerhin war er in der Lage, lange Gespräche über seinen Fall zu führen. Gelegentlich redete er wirres Zeug und hielt vollkommen sinnlose Monologe, aber die meiste Zeit über wusste er, was Sache war und welche Richtung sein Verfahren nahm. Mark erklärte Ron, seine Blut-, Haar- und Speichelproben würden bei DNA-Tests mit dem am Tatort gefundenen Haar und Sperma verglichen werden. Das Ergebnis werde hundertprozentig eindeutig und idiotensicher sein. Die DNA lüge nicht.

Ron zeigte keinerlei Zögern. Im Gegenteil, er brannte darauf, die Tests hinter sich bringen.

»Ich bin unschuldig«, sagte er wieder und wieder. »Und ich habe nichts zu verbergen.«

Mark Barrett und Bill Peterson einigten sich darauf, dass Ron auf seine Schuldfähigkeit untersucht werden sollte. Außerdem wollten beide einen DNA-Test. Peterson drängte darauf, weil er davon überzeugt war, dass Ron damit endgültig überführt werden würde.

Allerdings mussten die Tests warten, weil Mark Barretts mageres Budget dafür nicht reichte. Die Kosten wurden ursprünglich auf fünftausend Dollar geschätzt, die erst in einigen Monaten zur Verfügung stehen würden. Tatsächlich sollten die Tests deutlich teurer werden als veranschlagt.

Stattdessen arbeitete Mark an einer Anhörung zur Prüfung der Schuldfähigkeit. Sie fanden einen Psychologen, der die Unterlagen prüfte, mit Ron Gespräche führte und bereit war, nach Ada zu kommen, um vor Gericht auszusagen.

Nach zwei Ausflügen zum Revisionsgericht von Oklahoma für Strafsachen, einem Jahr in der Geschäftsstelle von Richter Seay, zwei Jahren beim Bundesrevisionsgericht in Denver, zwei nutzlosen, aber vorgeschriebenen Besuchen beim U.S. Supreme Court in Washington, und nachdem Berge von Routineanträgen bei den wechselnden Gerichten eingereicht worden waren, kehrte die Sache *Oklahoma gegen Ronald Keith Williamson* nach Hause zurück.

Zurück nach Ada also. Zehn Jahre waren vergangen, seit vier Polizeibeamte einen ungepflegten Mann mit nacktem Oberkörper, der mit einem Rasenmäher mit nur drei Rädern herumhantierte, wegen Mordes verhaftet hatten.

14

Die Familie von Tom Landrith war seit drei Generationen in Pontotoc County ansässig. Er ging in Ada auf die Highschool und spielte zweimal bei den Footballmeisterschaften von Oklahoma mit. Sein Studium absolvierte er an der University of Oklahoma. Nach dem Examen begann er in einer kleinen Kanzlei in seiner Heimatstadt. 1994 bewarb er sich als Richter am District Court und schlug G. C. Mayhue, dem Ronald Jones 1990 unterlegen war, mit großem Abstand.

Richter Landrith kannte Ron Williamson und den Carter-Mord gut. Als das Bundesrevisionsgericht die Entscheidung von Richter Seay bestätigte, wusste er, dass die Sache in seinem Gerichtssaal in Ada landen würde. Ada war eine kleine Stadt. Anfang der Achtzigerjahre hatte er Ron vertreten, als sich dieser wegen Trunkenheit am Steuer vor Gericht verantworten musste, außerdem waren sie vorübergehend in derselben Softballmannschaft gewesen. Landrith hatte an der Highschool mit Johnny Carter, Debbies Onkel, Football gespielt, und war ein alter Freund von Bill Peterson. Während des Mordprozesses gegen Ron im Jahre 1988 hatte er aus reiner Neugier mehrmals im Zuschauerraum gesessen. Natürlich kannte er auch Barney gut.

In Ada kannte eben jeder jeden.

Landrith war ein beliebter Richter, volksnah und witzig, aber streng im Gerichtssaal. Er war zwar nie hundertprozentig von Rons Schuld überzeugt gewesen, aber ebenso wenig von dessen Unschuld. Wie die meisten in Ada war er immer der Meinung gewesen, dass bei dem Kerl ein paar Schrauben locker waren. Aber er brannte darauf, Ron zu sehen und dafür zu sorgen, dass er beim zweiten Mal einen gerechten Prozess bekam.

Der Mord war fünfzehn Jahre her und immer noch nicht einwandfrei geklärt. Richter Landrith hegte großes Mitgefühl für die Carters und die Qualen, die sie durchstanden. Es war an der Zeit, die Sache endgültig zu klären.

Am Sonntag, dem 13. Juli 1997, verließ Ron Williamson McAlester für immer und wurde von zwei Deputys der Pontotoc County ins Eastern State Hospital gefahren. Wie Sheriff Jeff Glase einem Zeitungsreporter mitteilte, benahm sich der Gefangene anständig.

»Mir ist nicht bekannt, dass er irgendwie Ärger gemacht hätte«, sagte Glase. »Aber wenn man in Handschellen, Fußfesseln und einer Zwangsjacke steckt, kann man auch nicht viel Ärger machen.«

Es war Rons vierte Einlieferung ins Eastern State Hospital. Er wurde in ein Programm für Untersuchungshäftlinge aufgenommen, das eine Begutachtung und Behandlung vorsah, damit er eines Tages verhandlungsfähig war.

Richter Landrith setzte die Verhandlung für den 28. Juli an, verschob den Termin jedoch, weil er das Gutachten der Ärzte vom Eastern State Hospital abwarten wollte. Obwohl Bill Peterson keine Einwände gegen die Begutachtung erhob, ließ er keinen Zweifel daran, was er von Rons Schuldfähigkeit hielt. »Meine persönliche Überzeugung ist«, schrieb er in einem Brief an Mark Barrett, »dass er nach dem Recht des Staates Oklahoma schuldfähig war und dass seine Ausbrüche vor Gericht zum Zeitpunkt der Verhandlung und seiner Verurteilung nur Ausdruck seiner Wut waren.« Und: »Im Gefängnis kam er relativ gut zurecht.«

Bill Peterson gefiel der Gedanke mit den DNA-Tests. Er war immer davon überzeugt gewesen, dass Ron Williamson der Mörder war, und jetzt gab es eine exakte Wissenschaft, mit der sich das beweisen ließe. Er und Mark Barrett stritten sich in ihrer Korrespondenz um Detailfragen – welches Labor, wer zahlte wofür, wann begannen die Tests –, aber beide waren sich darin einig, dass die Tests stattfinden sollten.

Ron hatte sich stabilisiert, und es ging ihm besser. Alles, selbst ein psychiatrisches Krankenhaus, war besser als Mc Alester. Das Eastern State Hospital hatte mehrere Abteilungen. Er war auf einer geschlossenen Station mit strengen Sicherheitsvorkehrungen untergebracht. Die Fenster waren vergittert, und überall sah man auf Stacheldraht. Die Zimmer waren klein, alt und nicht gerade einladend. Außerdem war die geschlossene Abteilung völlig überfüllt. Ron hatte Glück, dass er überhaupt ein Zimmer bekam. Andere schliefen in Betten auf den Gängen.

Er wurde sofort von Dr. Curtis Grundy untersucht und für schuldunfähig befunden. Ron verstand zwar, was ihm zur Last gelegt wurde, aber er konnte seine Anwälte nicht unterstützen. Dr. Grundy schrieb an Richter Landrith und informierte ihn, mit der richtigen Behandlung könne Ron vielleicht verhandlungsfähig werden.

Zwei Monate später erstellte Dr. Grundy ein neues Gutachten. In einem detaillierten vierseitigen Bericht an Richter Landrith kam er zu dem Schluss, dass Ron erstens verstehe, was ihm zur Last gelegt werde, zweitens in der Lage sei, sich mit seinem Anwalt zu besprechen und diesen in vernünftiger Weise bei der Vorbereitung seiner Verteidigung zu unterstützen, und drittens geisteskrank sei und eine weitere Behandlung benötige (»während der Verhandlung ist eine weitere psychiatrische Behandlung erforderlich, um die fortgesetzte Verhandlungsfähigkeit zu gewährleisten«).

Weiterhin kam Dr. Grundy zu dem Schluss, dass Ron harmlos war. »Bei Mr Williamson scheint auch bei einer Entlassung ohne weitere stationäre Behandlung keine Eigen- oder Fremdgefährdung vorzuliegen. Gegenwärtig bestreitet er, Selbstmord- oder Mordgedanken zu hegen. Er hat während seines Krankenhausaufenthalts keinerlei aggressives Verhalten gegen sich selbst oder andere gezeigt. Die gegenwärtige Bewertung seiner Gefährlichkeit bezieht sich auf seine Unterbringung in einer strukturierten, sicheren Umgebung und gilt möglicherweise nicht in einem unstrukturierten Umfeld.«

Richter Landrith setzte die Anhörung zur Beurteilung der Schuldfähigkeit auf den 10. Dezember an, und Ron wurde wieder nach Ada verlegt. Nachdem er seinen alten Freund John Christian begrüßt hatte, bezog er seine alte Zelle im Gefängnis von Pontotoc County. Annette besuchte ihn kurz darauf und brachte ihm etwas zu essen. Er zeigte sich optimistisch, voller Hoffnung und freute sich, »wieder zu Hause zu sein«. Er war aufgeregt, weil er die Chance bekommen sollte, in einem neuen Verfahren seine Unschuld zu beweisen. Ständig faselte er von Ricky Joe Simmons und konnte nicht damit aufhören, obwohl Annette ihn wiederholt bat, das Thema zu wechseln.

Am Tag vor der Anhörung verbrachte er vier Stunden mit Dr. Sally Church, einer von Mark Barrett engagierten Psychologin, die zu seiner Schuldfähigkeit aussagen sollte. Dr. Church war ihm bereits zweimal begegnet. Nachdem sie seine umfangreiche Krankengeschichte studiert hatte, hegte sie wenig Zweifel daran, dass er nicht verhandlungsfähig war.

Ron war jedoch fest entschlossen, das Gegenteil zu beweisen. Neun Jahre lang hatte er davon geträumt, Bill Peterson, Dennis Smith, Gary Rogers und all den Lügnern und Denunzianten ins Gesicht sehen zu können. Er hatte niemanden getötet, und das wollte er endlich beweisen. Obwohl er Mark Barrett mochte, ärgerte er sich darüber, dass sein eigener Anwalt ihn für verrückt erklären lassen wollte.

Ron wollte einen Prozess.

Richter Landrith setzte die Anhörung in einem kleineren Gerichtssaal an, der aber am selben Gang lag wie der große Saal, in dem Ron verurteilt worden war. Am Morgen des 10. Dezember waren alle Plätze besetzt. Annette saß im Saal. Verschiedene Reporter waren gekommen. Janet Chesley und Kim Marks waren als Zeuginnen geladen. Barney Ward tauchte nicht auf.

Als Ron beim letzten Mal in Handschellen die wenigen Schritte vom Gefängnis zum Gericht geführt worden war, war er zum Tode verurteilt worden. Damals war er fünfunddreißig gewesen, ein immer noch junger Mann mit dunklem Haar, kräftigem Körperbau und einem ordentlichen Anzug. Als er neun Jahre später denselben Weg zurücklegte, war er ein weißhaariger alter Mann in Gefängniskleidung, der aussah wie ein Geist und sich kaum auf den Beinen halten konnte. Tom Landrith war entsetzt über sein Äußeres, als er in den Saal kam. Ron dagegen freute sich, »Tommy« in dessen schwarzer Robe auf dem Richterstuhl zu sehen.

Als Ron ihm lächelnd zunickte, fiel dem Richter auf, dass ihm die meisten Zähne fehlten. Sein Haar war von gelben Strähnen durchzogen, die von dem Nikotin an seinen Händen stammten.

Die Staatsanwaltschaft, die Rons Schuldunfähigkeit bestreiten wollte, wurde von Bill Peterson vertreten, der den bloßen Gedanken unerhört fand und nichts von dem Verfahren hielt. Mark Barrett wurde von Sara Bonnell unterstützt, einer Anwältin aus Purcell, die ihm in Rons Wiederaufnahmeverfahren »assistieren« sollte. Sara war eine erfahrene Strafverteidigerin, und Mark verließ sich ganz auf sie.

Sie verschwendeten keine Zeit. Ron war der erste Zeuge und stiftete binnen Sekunden allgemeine Verwirrung. Mark fragte ihn nach seinem Namen. Dann entspann sich folgender Dialog.

Barrett: »Mr Williamson, gibt es eine andere Person, von der Sie glauben, dass sie dieses Verbrechen begangen hat?«

Williamson: »Ja. Der Kerl heißt Ricky Joe Simmons. Als er am 24. September 1987 beim Ada Police Department ein Geständnis ablegte, wohnte er in der 323 West 3rd Street. Das ist die Adresse, die er angab. Mir wurde bestätigt, dass eine Familie Simmons unter dieser Adresse lebte, auch ein Ricky Joe Simmons. Ein Cody und eine Debbie Simmons wohnten dort.«

Barrett: »Und Sie versuchten, anderen von Ricky Simmons zu erzählen?«

Williamson: »Ich habe vielen Leuten von Mr Simmons erzählt. Ich habe an Joe Gifford geschrieben, ich habe an Tom und Jerry Criswell vom Bestattungsunternehmen geschrieben, weil ich wusste, dass sie den Grabstein bei Joe Gifford gekauft haben mussten, wenn sie ihn in Ada gekauft hatten, weil das der einzige Friedhofssteinmetz ist. Und um die Blumen hat sich Forget-Me-Not Florist gekümmert. Denen habe ich auch geschrieben. Ich habe an Leute bei der Solo Company geschrieben, wo sein früherer … seinen früheren Arbeitgeber. Ich habe an die Glasfabrik, seinen früheren Arbeitgeber, geschrieben, und an den früheren Arbeitgeber der Verstorbenen.«

Barrett: »Moment. Warum war es für Sie wichtig, an den Friedhofssteinmetz zu schreiben?«

Williamson: »Weil ich Joe Gifford kenne. Als Kind habe ich zusammen mit Burt Rose, dem Nachbarsjungen, immer seinen Rasen gemäht. Und ich wusste, dass Mr Carter und Mrs Stillwell den Grabstein von Joe Gifford gekauft hatten, wenn sie ihn in Ada gekauft hatten, weil das der einzige Friedhofssteinmetz hier ist. Ich bin in der Nähe von Giffords Werkstatt aufgewachsen.«

Barrett: »Warum haben Sie an Forget-Me-Not Florist geschrieben?«

Williamson: »Weil ich wusste, wenn sie Blumen hier in Ada gekauft hatten, Mrs Stillwell ist aus Stonewall, Oklahoma, weil ich wusste, wenn sie Blumen hier in Ada gekauft hatten, hatten sie sie vielleicht bei Forget-Me-Not Florist gekauft.«

Barrett: »Und was ist mit dem Bestattungsunternehmen?«

Williamson: »Das Bestattungsunternehmen, das Bestattungsunternehmen Criswell, in Bill Lukers Schriftsatz habe ich gelesen, dass die sich um dic Beerdigung der Verstorbenen gekümmert haben.«

Barrett: »Und Ihnen war es wichtig, denen mitzuteilen, dass Ricky ...«

Williamson: »Ja, er war ein extrem gefährlicher Mensch, und ich habe sie gebeten, mir zu helfen, dass er verhaftet wird.«

Barrett: »Weil sie die Beerdigung für Miss Carter organisiert haben?«

Williamson: »Das stimmt.«

Barrett: »Haben Sie auch an den Manager der Florida Marlins geschrieben?«

Williamson: »Ich habe an einen der Trainer der Oakland Athletics geschrieben, der später Manager der Florida Marlins wurde.«

Barrett: »Und haben Sie ihn gebeten, Informationen, die Sie ihm gegeben hatten, für sich zu behalten?«

Williamson: »Nein, ich habe ihm die ganze Geschichte von der Del-Monte-Ketchupflasche erzählt, dass Simmons gesagt hat, dass Dennis Smith mit einer Del-Monte-Ketchupflasche in der rechten Hand im Zeugenstand ... und Ricky Joe Simmons hat gesagt, er hat die Verstorbene mit einer Ketchupflasche vergewaltigt, ich habe Rene geschrieben und ihm gesagt, das ist das schockierendste Beweisstück, das ich in den vierundvierzig Jahren meines Lebens gesehen habe.«

Barrett: »Aber Sie wussten, dass der Manager der Florida Marlins anderen Leuten davon erzählt hat. Ist das richtig?«

Williamson: »Wahrscheinlich, Rene Lachemann ist nämlich ein guter Freund von mir.«

Barrett: »Und haben Sie irgendetwas gehört, dass Sie zu diesem Schluss kommen lässt?«

Williamson: »Oh ja, weil ich nämlich Montagabend immer Football höre, und da habe ich mir die World Series angehört und Berichte im Fernsehen und in den Medien und da war die Del-Monte-Ketchupflasche berühmt-berüchtigt geworden.«

Barrett: »Okay, Sie hören also, wie darüber geredet …«

Williamson: »Oh ja, allerdings.«

Barrett: »Am Montagabend …«

Williamson: »Allerdings.«

Barrett: »Und während der World Series …«

Williamson: »Für mich ist das so widerlich, aber trotzdem muss ich da durch, weil Simmons gestehen muss, dass er Debra Sue Carter wirklich am 8. Dezember 1982 in ihrer Wohnung in der 1022 1/2 East 8th Street vergewaltigt, sexuell genötigt, mit einem Gegenstand vergewaltigt und gewaltsam zum Analverkehr gezwungen und ermordet hat.«

Barrett: »Hören Sie auch, dass Debra Carters Name erwähnt wird, wenn …«

Williamson: »Ja.«

Barrett: »Auch während der Football-Berichterstattung am Montagabend?«

Williamson: »Ich höre ständig Debra Sue Carters Namen.«

Barrett: »Aber Sie haben doch gar keinen Fernseher in Ihrer Zelle.«

Williamson: »Ich höre die Fernseher von anderen. In Vinita habe ich sie auch gehört. Ich hatte in der Todeszelle einen Fernseher. Ich höre auf jeden Fall, dass ich mit diesem schrecklichen Verbrechen zu tun habe, und ich tue mein Allerbestes, um meinen Namen von diesem stinkenden Dreck reinzuwaschen.«

Mark Barrett legte eine kurze Verschnaufpause ein, die alle dringend nötig hatten. Einige Zuschauer wechselten bedeutsame Blicke. Andere runzelten die Stirn, vermieden aber jeden Blickkontakt. Richter Landrith notierte sich etwas auf seinem Block. Verteidigung und Staatsanwaltschaft schrieben auch, obwohl es im Augenblick nicht einfach war, sich sinnvolle Notizen zu machen.

Aus Sicht eines Anwalts war es extrem schwierig, einen schuldunfähigen Zeugen zu befragen, weil niemand, nicht einmal der Zeuge, wusste, welche Antworten dabei herauskommen würden. Mark entschied sich, Ron einfach reden zu lassen.

Für die Familie Carter wohnte Christy Shepherd, Debbies Nichte, dem Prozess bei, die nicht weit vom Haus der Williamsons aufgewachsen war. Sie war anerkannte Psychotherapeutin und hatte jahrelang mit schwer geisteskranken Erwachsenen gearbeitet. Nachdem sie Ron ein paar Minuten lang zugehört hatte, hatte sie sich ihre Meinung gebildet. Später sagte sie zu ihrer Mutter und Peggy Stillwell, Ron Williamson sei ein schwer kranker Mann.

Dr. Curtis Grundy, Bill Petersons wichtigster Zeuge, beobachtete die Verhandlung ebenfalls, wenn auch aus anderen Gründen.

Die Befragung ging weiter, obwohl die Fragen eigentlich überflüssig waren. Ron ignorierte sie entweder oder gab eine kurze Antwort, bevor er wieder von Ricky Joe Simmons anfing und weiterfaselte, bis er von der nächsten Frage unterbrochen wurde. Nachdem er zehn Minuten lang im Zeugenstand gewesen war, hatte Mark Barrett genug gehört.

Nach ihrem Bruder war Annette an der Reihe, die zu seiner sprunghaften Denkweise und seiner Besessenheit von Ricky Joe Simmons aussagte.

Janet Chesley schilderte in allen Einzelheiten ihre Vertretung von Ron Williamson und ihre Bemühungen, ihn in die psychiatrische Krankenabteilung in McAlester verlegen zu lassen. Dann beschrieb sie sein ununterbrochenes, wirres Gerede von Ricky Joe Simmons und erklärte, er sei nicht in der Lage, seine Verteidiger zu unterstützen, weil er von nichts anderem spreche. Sie sei der Meinung, Ron befinde sich auf dem Weg der Besserung. Eines Tages werde er hoffentlich einem neuen Prozess gewachsen sein, aber dieser Tag liege noch in weiter Ferne.

Kim Marks äußerte sich ähnlich. Sie hatte Ron seit mehreren Monaten nicht mehr gesehen und freute sich darüber, wie gut er im Vergleich zu früher aussah. Sehr anschaulich beschrieb sie Rons Zustand während seiner Zeit im H-Trakt und sagte, sie habe oft um sein Leben gefürchtet. Sein geistiger Zustand habe sich zwar gebessert, aber Ricky Joe Simmons beherrsche nach wie vor seine Gedanken. Für einen Prozess sei er noch nicht bereit.

Dr. Sally Church war die letzte Zeugin, die für Ron aussagte. In der langen, wechselvollen Geschichte von Ron Williamsons Gerichtsverfahren war sie die erste Sachverständige, die sich zu seinem Geisteszustand äußerte – eigentlich unglaublich.

Er leide an einer bipolaren Störung und an Schizophrenie. Beide Erkrankungen seien besonders schwer zu behandeln, da dem Patienten nicht immer klar sei, wieso er Medikamente nehmen solle. Ron setze seine Tabletten häufig ab, was bei beiden Krankheitsbildern oft vorkomme. Dr. Church beschrieb die Auswirkungen, Behandlungsmöglichkeiten und potenziellen Ursachen von bipolarer Störung und Schizophrenie.

Als sie Ron am Tag zuvor im Gefängnis untersucht hatte, fragte er sie, ob sie die Stimmen aus dem Fernseher in der Ferne höre. Sie war sich nicht sicher. Ron aber hörte sie. In der Sendung ging es um Debbie Carter und die Ketchupflasche. Grund dafür sei, dass er an Rene Lachemann, einen früheren Spieler und Trainer der Oakland Athletics, geschrieben und ihm von Ricky Simmons, Debbie Carter und der Ketchupflasche berichtet habe. Ron war davon überzeugt, dass Rene Lachemann dies mehreren Sportreportern erzählt hatte, die nun in ihrer Sendung darüber sprachen. Die Geschichte verbreitete sich – in *Monday Night Football*, der

World Series und so fort –, bis überall im Fernsehen davon die Rede war.

»Können Sie sie nicht hören?«, brüllte Ron Dr. Church an. »Sie schreien ›Ketchup! Ketchup! Ketchup!‹«

Sie schloss ihre Aussage mit der Feststellung, Ron sei nicht in der Lage, seinen Prozessbevollmächtigten zu unterstützen und sich auf die Verhandlung vorzubereiten.

Während der Mittagspause fragte Dr. Grundy Mark Barrett, ob er allein mit Ron sprechen könne. Mark vertraute Dr. Grundy und erhob keine Einwände. Der Psychiater und der Patient/Gefangene trafen sich im Zeugenzimmer des Gefängnisses.

Als die Verhandlung nach der Mittagspause fortgesetzt wurde, erhob sich Bill Peterson und verkündete verlegen:

Nun, Herr Vorsitzender, ich habe mich in der Pause mit unserem Zeugen (Grundy) besprochen, und ich glaube, der Staat Oklahoma wäre bereit festzustellen, dass ... Schuldfähigkeit erreicht werden kann, dass Mr Williamson aber gegenwärtig nicht schuldfähig ist.

Nachdem Dr. Grundy Ron vor Gericht beobachtet und sich während der Mittagspause fünfzehn Minuten mit ihm unterhalten hatte, vollzog er eine Kehrtwendung und änderte seine Meinung. Ron war schlicht und einfach nicht verhandlungsfähig.

Richter Landrith erklärte Ron für schuldunfähig und sagte, er wolle ihn sich in dreißig Tagen noch einmal ansehen. Gegen Ende der Anhörung sagte Ron: »Kann ich etwas fragen?«

Richter Landrith: »Ja, Mr Williamson.«

Williamson: »Tommy, ich kenne dich und deinen Vater Paul, und ich sage dir in voller Aufrichtigkeit, ich weiß nicht, was diese Sache mit Duke Graham und Jim Smith, du weißt schon, was die mit Ricky Joe Simmons zu tun hat. Ich weiß das nicht. Und wenn es um meine Schuldfähigkeit geht, dann lass mich in dreißig Tagen noch mal herkommen und lass Simmons verhaften, ruf ihn als Zeugen auf, zeig dieses Video und versuch, von ihm ein Geständnis zu bekommen, was er wirklich getan hat.«

Richter Landrith: »Ich verstehe, was Sie sagen.«

Falls »Tommy« das tatsächlich verstand, war er der Einzige im Gerichtssaal.

Gegen seinen Wunsch wurde Ron zurück ins Eastern State Hospital gebracht, wo er weiter beobachtet und behandelt werden sollte. Er wäre lieber in Ada geblieben und hätte dort seinen Prozess vorangetrieben. Es ärgerte ihn, dass ihn seine Anwälte nach Vinita schicken wollten. Mark Barrett dagegen wollte ihn unbedingt aus dem Gefängnis von Pontotoc County holen, bevor weitere Denunzianten auftauchten.

Kurz darauf untersuchte ein Zahnarzt am Eastern State Hospital eine Wunde an Rons Gaumen, nahm eine Biopsie vor und diagnostizierte Krebs. Das Gewächs war verkapselt und ließ sich leicht entfernen. Die Operation war erfolgreich, und der Arzt erklärte Ron, dass sich der Krebs ohne Behandlung – zum Beispiel im Gefängnis von Pontotoc County oder in McAlester – bis ins Gehirn ausgebreitet hätte.

Ron rief Mark an und bedankte sich dafür, dass er ihn ins Eastern State Hospital geschickt hatte. »Sie haben mir das Leben gerettet«, sagte Ron, und dann waren sie wieder Freunde.

1995 ließ der Staat Oklahoma allen Gefangenen Blutproben entnehmen, begann, sie zu analysieren, und ließ die Ergebnisse in seine neue DNA-Datenbank eingeben.

Das Beweismaterial aus dem Carter-Fall lag immer noch im OSBI-Labor in Oklahoma City. Blut, Fingerabdrücke, Sperma und Haarproben vom Tatort lagerten dort neben zahlreichen Fingerabdrücken, Blut-, Haar- und Speichelproben, die man Zeugen und Verdächtigen abgenommen hatte.

Die Tatsache, dass sich alles im Besitz des Staates befand, kam Dennis Fritz nicht gerade beruhigend vor. Er traute Bill Peterson und der Polizei von Ada ebenso wenig wie ihren Konsorten beim Oklahoma State Bureau of Investigation. Immerhin war Gary Rogers OSBI-Beamter.

Dennis wartete. Das gesamte Jahr 1998 hindurch korrespondierte er mit dem Innocence Project, wappnete sich mit Geduld und wartete. Zehn Jahre im Gefängnis hatten ihn Langmut und Beharrlichkeit gelehrt, und er wusste, wie grausam enttäuschte Hoffnung war.

Ein Brief von Ron half ihm dabei. Es war ein weitschweifiger, sieben Seiten langer Gruß auf dem Briefpapier des Eastern State Hospital. Dennis lachte vor sich hin, als er ihn las. Sein alter Freund hatte weder seinen Humor noch seinen Kampf verloren. Ricky Joe Simmons war immer noch auf freiem Fuß, und Ron hatte vor, ihn festzunageln.

Damit er nicht auch den Verstand verlor, hielt sich Dennis in der Rechtsbibliothek auf und studierte weiter Präzedenzfälle. Dabei machte er eine Entdeckung, die ihn optimistisch stimmte. Sein Antrag auf Haftprüfung war beim U.S. District Court für den westlichen Bundesgerichtsbezirk des Staates Oklahoma eingereicht worden. Pontotoc County lag im östlichen Bundesgerichtsbezirk. Er besprach sich mit den anderen Amateurjuristen, und sie kamen gemeinsam zu dem Schluss, dass der westliche Bundesgerichtsbezirk gar nicht für ihn zuständig war. Er schrieb Antrag und Schriftsatz neu und reichte sie beim richtigen Gericht ein. Die Aussichten waren nicht besonders gut, aber die Tatsache, dass er für etwas kämpfen konnte, verlieh ihm neue Energie.

Im Januar 1999 telefonierte er mit Barry Scheck. Scheck kämpfte an vielen Fronten. Das Innocence Project wurde überschwemmt mit Fällen, in denen jemand zu Unrecht verurteilt worden war. Dennis erklärte ihm, wie beunruhigt er darüber war, dass der Bundesstaat sämtliches Beweismaterial in der Hand hielt. Barry erklärte ihm, das sei so üblich. Keine Sorge, sagte er, mit den Proben passiert schon nichts. Er wusste, wie man Beweismaterial vor Manipulationen schützte.

Dass sich Scheck so für Dennis' Fall interessierte, hatte einen einfachen Grund: Die Polizei hatte den Mann, der zuletzt mit dem Opfer gesehen worden war, nicht überprüft. Das war ein deutliches Alarmsignal. Mehr brauchte Scheck nicht, um den Fall zu übernehmen.

Am 26. und 27. Januar 1999 wurden bei einer Firma namens Laboratory Corporation of America (LabCorp) in der Nähe von Raleigh, North Carolina, die Spermaproben vom Tatort – von dem zerrissenen Slip, der Bettwäsche und den Vaginalabstrichen – mit den DNA-Profilen von Ron Williamson und Dennis Fritz verglichen. Die Anwälte von Ron und Dennis hatten Brian Wraxall, einen DNA-Experten aus Kalifornien, engagiert, um die Tests zu überwachen.

Zwei Tage später verkündete Richter Landrith die Nachricht, von der Mark Barrett und viele andere geträumt hatten. Die Ergebnisse der DNA-Tests waren bei LabCorp analysiert und bestätigt worden. Aufgrund des am Tatort gefundenen Spermas waren Ron Williamson und Dennis Fritz als Tatverdächtige auszuschließen.

Wie immer stand Annette in engem Kontakt mit Mark Barrett und wusste daher, dass irgendwo Tests liefen. Sie war zu Hause, als das Telefon klingelte. Es war Mark Barrett. »Mrs Hudson, Ron ist unschuldig«, waren seine ersten Worte. Ihre Knie wurden weich, und sie wäre fast in Ohnmacht gefallen. »Sind Sie sicher?«

»Ron ist unschuldig«, sagte er wieder. »Wir haben eben die Laborergebnisse bekommen.«

Sie konnte vor Tränen nicht reden und versprach, ihn später zurückzurufen. Dann setzte sie sich, weinte und betete lange. Immer wieder dankte sie Gott für seine Güte. Ihr christlicher Glaube hatte ihr während des gesamten Albtraums, den Ron durchmachen musste, Kraft gegeben, und nun hatte der Herr ihre Gebete erhört. Sie summte ein paar Kirchenlieder, weinte noch ein wenig und fing dann an, ihre Familie und ihre Freunde anzurufen. Renee reagierte fast genauso.

Am nächsten Tag fuhren sie die vier Stunden bis nach Vinita. Dort warteten Mark Barrett und Sara Bonnell – eine kleine Feier war angesagt. Als Ron ins Besucherzimmer gebracht wurde, kam Dr. Curtis Grundy zufällig vorbei und wurde hereingebeten, um die gute Nachricht zu hören. Ron war sein Patient, und zwischen ihnen hatte sich eine Vertrauensbeziehung entwickelt. Nach achtzehn Monaten in Vinita hatte Ron sich stabilisiert, machte langsame Fortschritte und nahm wieder zu.

»Wir haben eine wunderbare Neuigkeit«, sagte Mark zu seinem Mandanten. »Die Laborergebnisse sind zurück. Die DNA beweist, dass Sie und Dennis unschuldig sind.«

Überwältigt von seinen Gefühlen, streckte Ron die Arme nach seinen Schwestern aus. Sie umarmten sich und weinten. Dann stimmten sie spontan »I'll fly away« an, ein beliebtes Gospellied, das sie als Kinder gelernt hatten.

Mark Barrett beantragte sofort, das Verfahren einzustellen und Ron aus der Haft zu entlassen. Richter Landrith wollte das so schnell wie möglich klären. Bill Peterson legte Einspruch ein und verlangte weitere Untersuchungen der Haare. Für den 3. Februar wurde eine Anhörung angesetzt.

Bill Peterson brachte es nicht fertig, sich ruhig zu verhalten. Vor der Anhörung wurde er mit den folgenden Worten in der *Ada Evening News* zitiert: »Die DNA-Tests der Haarproben, die 1982 noch nicht möglich waren, werden beweisen, dass sie für den Carter-Mord verantwortlich sind.«

Diese Aussage schreckte Mark Barrett und Barry Scheck auf. Wenn sich Peterson zu diesem späten Zeitpunkt mit einer solchen Aussage an die Öffentlichkeit traute, wusste er dann vielleicht mehr als sie? Hatte er Zugang zu den Haarproben vom Tatort? Konnten die Proben ausgetauscht worden sein?

Am 3. Februar war jeder Platz im großen Gerichtssaal besetzt. Ann Kelley, eine Reporterin der *Ada Evening News,* war von dem Fall fasziniert und sorgte für eine umfassende Berichtserstattung. Ihre Artikel auf der Titelseite fanden eine breite Leserschaft, und als Richter Landrith auf seinem Stuhl Platz nahm, drängten sich Polizeibeamte, Gerichtsangestellte, Angehörige und örtliche Anwälte im Saal.

Barney war auch da. Er sah zwar nichts, hörte aber dafür umso besser. Sein dickes Fell hatte ihm geholfen, mit Richter Seays Bericht von 1995 zu leben. Er war nicht damit einverstanden und würde es auch nie sein, aber er konnte nichts daran ändern. Barney war immer davon überzeugt gewesen, dass die Tat seinem Mandanten von der Polizei und Peterson angehängt worden war, und genoss es, wie sich ihr fadenscheiniger Fall im Scheinwerferlicht in seine Bestandteile auflöste.

Anklage und Verteidigung stritten sich fünfundvierzig Minuten lang. Dann kam Richter Landrith der weise Gedanke, die Haarproben testen zu lassen, bevor er sich endgültig entschied. Bitte keine Verzögerungen, sagte er zu Staatsanwalt und Verteidiger.

Immerhin gab Peterson in der öffentlichen Sitzung zu Protokoll, er sei bereit, einer Einstellung des Verfahrens zuzustimmen, wenn Williamson und Fritz durch die DNA-Tests der Haarproben vom Tatort als Verdächtige ausgeschlossen werden konnten.

Am 10. Februar 1999 fuhren Mark Barrett und Sara Bonnell zum Gefängnis von Lexington, um – wie sie glaubten – eine Routinebefragung von Glen Gore durchzuführen. Obwohl noch kein Termin für Rons Wiederaufnahmeverfahren angesetzt war, wollten sie darauf vorbereitet sein.

Zu ihrer Überraschung sagte Gore, er habe einen Besuch erwartet. Er las die Zeitungen und hielt sich auf dem Laufenden. Nach der Stellungnahme von Richter Seay im Jahre 1995 wusste er, dass ein neues Verfahren anstand. Sie unterhielten sich eine Weile über diese Möglichkeit. Dann kamen sie auf Bill Peterson zu sprechen, den Gore hasste, weil er ihn für vierzig Jahre ins Gefängnis geschickt hatte.

Barrett fragte Gore, warum er gegen Williamson und Fritz ausgesagt habe.

Das sei alles Petersons Schuld, erwiderte er. Peterson habe ihn bedroht und gesagt, er werde ihn sich vornehmen, wenn er ihm nicht helfe, Williamson und Fritz zu überführen.

»Wären Sie bereit, diesbezüglich einen Lügendetektortest zu machen?«, fragte Mark.

Gore sagte, er habe kein Problem damit, und setzte hinzu, er habe das auch der Polizei angeboten, aber es sei nie dazu gekommen.

Die Anwälte fragten Gore, ob er ihnen eine Speichelprobe für den DNA-Vergleich geben würde. Er meinte, das sei nicht nötig. Der Staat habe seine DNA bereits – alle Gefangenen mussten Proben abliefern. Während sie sich über das Thema DNA unterhielten, erzählte Mark Barrett Gore, dass Fritz und Williamson getestet worden waren. Gore wusste das bereits.

»Könnte Ihre DNA an ihr gefunden werden?«, fragte Barrett.

Wahrscheinlich, meinte Gore, weil er an jenem Abend fünf Mal mit ihr getanzt habe. Tanzen reiche nicht, erwiderte Mark und erklärte ihm, wie DNA-Spuren entstanden. Blut, Speichel, Haar, Schweiß, Sperma.

»Aus dem Sperma konnte DNA gewonnen werden«, sagte Mark.

Daraufhin veränderte sich Gores Miene schlagartig. Offenbar beunruhigte ihn diese Information. Er bat um eine

Unterbrechung und holte seinen Rechtsberater Reuben, einen anderen Gefangenen, hinzu. Während seiner Abwesenheit ließ sich Sara Bonnell ein Wattestäbchen bringen.

»Mr Gore, würden Sie uns eine Speichelprobe geben?«, fragte sie und hielt ihm das Wattestäbchen hin. Gore brach es in zwei Teile, putzte sich damit die Ohren und ließ die beiden Hälften in seiner Hemdtasche verschwinden.

»Hatten Sie Sex mit ihr?«, fragte Mark.

Gore antwortete nicht.

»Wollen Sie sagen, Sie hatten keinen Sex mit ihr?«, hakte Mark nach.

»Das habe ich nicht gesagt.«

»Wenn ja, wird das Sperma mit Ihrer DNA übereinstimmen.«

»Ich war es nicht«, sagte Gore. »Ich kann Ihnen nicht helfen.«

Er und Reuben erhoben sich. Das Gespräch war beendet. Als sie gingen, fragte Mark Barrett Gore, ob sie sich noch einmal treffen könnten. Klar doch, sagte Gore, aber vielleicht besser an seinem Arbeitsplatz.

Arbeitsplatz? Mark war der Meinung gewesen, der Mann würde eine Freiheitsstrafe von vierzig Jahren absitzen.

Gore erklärte, er arbeite tagsüber in Purcell, Sara Bonnells Heimatstadt, im Public Works Department. Wenn sie dort vorbeikämen, könnten sie sich in Ruhe unterhalten.

Mark und Sara waren einverstanden, obwohl beide darüber entsetzt waren, dass Gore außerhalb des Gefängnisses arbeiten durfte.

Am Nachmittag rief Mark Mary Long an, die jetzt beim OSBI für DNA-Tests zuständig war, und schlug vor, Gores DNA in der Datenbank der Gefangenen zu suchen und mit den Spermaproben vom Tatort zu vergleichen. Sie erklärte sich dazu bereit.

Wie immer um 16:15 Uhr saß Dennis Fritz zur Überprüfung der Anwesenheit in seiner versperrten Zelle, als er draußen hinter der Metalltür die vertraute Stimme eines Gefängnispsychologen hörte. »He, Fritz!«, rief die Stimme. »Sie sind ein freier Mann!« Dann folgte etwas von »DNA«.

Dennis konnte seine Zelle nicht verlassen, und der Psychologe verschwand wieder. Sein Zellengenosse hatte es auch gehört, und sie redeten die ganze Nacht darüber, was das bedeuten mochte.

Für einen Anruf in New York war es zu spät. Dennis saß die ganze Nacht wie auf heißen Kohlen. Er schlief kaum und versuchte vergeblich, seine Aufregung im Zaum zu halten. Als er früh am nächsten Morgen jemanden beim Innocence Project erreichte, wurde die gute Nachricht bestätigt. Die DNA-Tests hatten eindeutig ergeben, dass das Sperma am Tatort weder von Dennis noch von Ron stammte.

Dennis war euphorisch. Fast zwölf Jahre nach seiner Verhaftung kam endlich die Wahrheit ans Licht. Der Beweis war hundertprozentig und unwiderlegbar. Endlich würde ihm Gerechtigkeit widerfahren. Er würde freigesprochen und aus der Haft entlassen werden. Er rief seine Mutter an, die es gar nicht fassen konnte. Dann telefonierte er mit Elizabeth, seiner Tochter, die mittlerweile fünfundzwanzig war und sich mit ihm freute. Sie hatten einander seit über zwölf Jahren nicht mehr gesehen und sprachen davon, wie schön das Wiedersehen werden würde.

Um die am Tatort gefundenen Haare und die Proben von Fritz und Williamson zu sichern, ließ Mark Barrett die Haare von einem Sachverständigen untersuchen und mit einer Infrarotkamera unter dem Mikroskop fotografieren.

Weniger als drei Wochen nach der Anhörung hatte LabCorp die erste Testphase abgeschlossen. Die Ergebnisse waren nicht eindeutig. Mark Barrett und Sara Bonnell fuhren zu einer Besprechung im Amtszimmer des Richters nach

Ada. Tom Landrith brannte darauf, endlich Gewissheit zu haben, und die konnte nur die DNA liefern.

Aufgrund der Komplexität der Tests wurden verschiedene Haare in verschiedenen Labors getestet. Da Anklage und Verteidigung einander nicht über den Weg trauten, mussten es mehrere Labors sein – insgesamt schließlich fünf.

Staatsanwaltschaft und Verteidigung erörterten dies mit Richter Landrith, der erneut zur Eile drängte.

Nach dem Gespräch suchten Mark und Sara Bill Peterson in seinem Büro im Gerichtsgebäude auf. Seine Briefe und seine Äußerungen vor Gericht waren zunehmend feindselig geworden. Vielleicht konnte ein freundschaftlicher Besuch das Eis brechen.

Stattdessen mussten sie sich eine Tirade anhören. Peterson war immer noch davon überzeugt, dass Ron Williamson Debbie Carter vergewaltigt und ermordet hatte, und berief sich nach wie vor auf dieselben Beweise. Zum Teufel mit der DNA! Zum Teufel mit den Sachverständigen vom OSBI! Williamson war ein übler Kerl, der in Tulsa Frauen vergewaltigt, sich in Bars herumgetrieben hatte, mit seiner Gitarre durch die Straßen gezogen war und in der Nähe von Debbie Carter gewohnt hatte. Peterson war fest davon überzeugt, dass Gary Allen, Debbies Nachbar, in der Mordnacht wirklich Ron Williamson und Dennis Fritz im Garten gesehen hatte, wie sie sich lachend und fluchend das Blut mit dem Schlauch abwuschen. Sie *mussten* schuldig sein! Peterson schwadronierte weiter und weiter, wobei er offenbar mehr sich selbst als Mark und Sara überzeugen wollte.

Sie waren wie vor den Kopf geschlagen. Der Mann war unfähig, einen Fehler einzugestehen, und litt offenbar unter Realitätsverlust.

Der März kam Dennis Fritz vor wie ein ganzes Jahr. Die Euphorie verflog, und er hangelte sich mühsam von einem Tag zum anderen. Der Gedanke, dass Peterson oder jemand vom

OSBI die Haarproben austauschen könnte, ließ ihn nicht los. Nachdem das Sperma bereits untersucht war, würde die Anklage verzweifelt versuchen, den Fall mit dem einzigen ihr noch verbliebenen Beweismaterial in ihrem Sinne zu entscheiden. Wenn er und Ron durch DNA-Tests der Haare entlastet wurden, kamen sie frei. Dann würde sich herausstellen, was für eine Farce die Anklage gewesen war. Der Ruf der Ankläger stand auf dem Spiel.

Dass er keinerlei Einfluss darauf hatte, bedeutete für Dennis eine nahezu unerträgliche Belastung. Er fürchtete, einen Herzanfall zu erleiden, und suchte die Krankenabteilung des Gefängnisses auf, wo er über Herzrasen klagte. Die Pillen, die man ihm gab, halfen nicht viel.

Die Tage vergingen quälend langsam, aber schließlich kam der April.

Auch Rons Begeisterung hatte nachgelassen. Die extreme Euphorie schlug in eine Phase schwerer Depressionen und Angstzustände um, und er dachte an Selbstmord. Oft rief er Mark Barrett an, der ihn immer wieder beruhigte. Mark nahm jeden Anruf entgegen, und wenn er nicht im Büro war, sorgte er dafür, dass jemand anders dort mit seinem Mandanten sprach.

Wie Dennis hatte auch Ron panische Angst davor, dass die Behörden die Testergebnisse manipulieren könnten. Beide saßen im Gefängnis, weil staatliche Gutachter sie dorthin geschickt hatten. Diese Leute hatten nach wie vor Zugang zum Beweismaterial. Es war nicht schwer, sich vorzustellen, was damit geschehen konnte, wenn sich jemand selbst schützen und ein unfaires Verfahren vertuschen wollte. Ron hatte keinen Hehl daraus gemacht, dass er Gott und die Welt verklagen wollte, sobald er frei war. Da konnten hochgestellte Persönlichkeiten schon nervös werden.

Ron rief so oft an, wie es ihm gestattet wurde, üblicherweise einmal pro Tag. Er litt unter Verfolgungswahn und präsentierte alle möglichen albtraumhaften Verschwörungstheorien.

Irgendwann tat Mark Barrett etwas, was er noch nie getan hatte und wahrscheinlich auch nie wieder tun würde. Er versprach Ron, ihn aus dem Gefängnis zu holen. Wenn es mit dem DNA-Test nicht klappte, würden sie vor Gericht gehen, und Mark garantierte ihm einen Freispruch.

Tröstliche Worte von einem erfahrenen Anwalt. Ein paar Tage lang war Ron ruhig.

»Haarproben nicht identisch«, lautete am 11. April die Schlagzeile in der Sonntagsausgabe der Lokalzeitung von Ada. Ann Kelley berichtete, LabCorp habe vierzehn von siebzehn Haaren, die am Tatort gefunden worden seien, getestet, und es sei »keinerlei Übereinstimmung mit der DNA von Fritz oder Williamson« festgestellt worden.

Bill Peterson meinte dazu:

Im Augenblick wissen wir nicht, von wem die Haare stammen. Die DNA wurde nur mit der von Fritz und Williamson verglichen. Als wir mit diesen DNA-Tests anfingen, war ich mir absolut sicher, dass die beiden schuldig waren. Ich wollte sie nur, damit wir sie festnageln konnten. Als wir die Ergebnisse der Spermaproben bekamen, war ich völlig von den Socken.

Der endgültige Laborbericht sollte am folgenden Mittwoch, dem 14. April, eintreffen. Richter Landrith setzte für den 15. April eine Anhörung an. Nachdem Fritz und Williamson dabei zu erscheinen hatten, gab es Spekulationen, dass die beiden auf freien Fuß gesetzt werden sollten.

Und Barry Scheck kam nach Ada! Scheck hatte mittlerweile enorme Berühmtheit erlangt, weil das Innocence Project durch DNA-Tests eine Rehabilitierung nach der anderen erreichte. Als bekannt wurde, dass er in Ada sein würde, begann der Medienzirkus. Regionale und überregionale Nachrichtenagenturen riefen Mark Barrett, Richter Landrith, Bill Peterson, das Innocence Project, die Familie Carter und überhaupt jeden an, der irgendwie eine Rolle spielte. Die Spannung wuchs.

Würden Ron Williamson und Dennis Fritz am Donnerstag wirklich freikommen?

Dennis Fritz hatte nicht erfahren, wie die Haartests ausgegangen waren. Am Dienstag, dem 13. April, saß er in seiner Zelle, als plötzlich ein Wärter aus dem Nichts erschien und ihn anblaffte: »Pack dein Zeug. Du gehst.«

Dennis wusste, dass er nach Ada gebracht werden sollte, wo er hoffentlich freigelassen werden würde. In aller Eile packte er und verabschiedete sich von einigen Freunden. Der Mann, der ihn nach Ada fahren sollte, war kein anderer als John Christian, den er bereits aus dem Gefängnis von Pontotoc County kannte.

Nach zwölf Jahren im Gefängnis wusste Dennis, welch kostbares Gut Privatsphäre und Freiheit waren. Er hatte gelernt, die kleinen Freuden des Lebens zu schätzen. Daher erfreute er sich an der offenen Landschaft, den Wäldern und Blumen. Überall hatte der Frühling das Regiment übernommen, und Dennis lächelte durch das Fenster, als die ländliche Gegend mit ihren Höfen und den sanften Hügeln an ihnen vorüberflog.

Seine Gedanken waren völlig ungeordnet. Er wusste nichts von den letzten Testergebnissen und war sich auch nicht sicher, warum er nach Ada zurückgebracht wurde. Vielleicht wurde er freigelassen, aber es bestand immer die Möglichkeit, dass in letzter Minute etwas schiefging. Vor zwölf Jahren war er schon während der Voruntersuchung fast wieder freigekommen, nachdem Richter Miller gemerkt hatte, wie dürftig die Beweise der Anklage waren. Dann präsentierten

Peterson und die Polizei James Harjo. Es kam zur Verhandlung, und Dennis landete im Gefängnis.

Er dachte an Elizabeth und daran, wie schön es sein würde, sie zu sehen und in die Arme zu schließen. Er konnte es gar nicht erwarten, Oklahoma zu verlassen.

Dann packte ihn wieder die Angst. Er war der Freiheit so nah, aber er trug immer noch Handschellen und war auf dem Weg in ein Gefängnis.

Ann Kelley und ein Fotograf erwarteten ihn. Er lächelte, als er das Gefängnis betrat, und war froh über die Gelegenheit, mit der Reporterin sprechen zu können. »In dieser Sache hätte niemals Anklage erhoben werden dürfen«, sagte er. »Die Beweise gegen mich waren unzureichend, und wenn die Polizei gegen alle Verdächtigen ordnungsgemäß ermittelt hätte, wäre es vielleicht nie so weit gekommen.« Er erklärte das Problem mit der Behörde für die Strafverteidigung Mittelloser. »Wer kein Geld für einen eigenen Verteidiger hat, ist der Justiz auf Gedeih und Verderben ausgeliefert. Ist man einmal in die Mühlen des Systems geraten, dann ist es auch für Unschuldige praktisch unmöglich, wieder herauszukommen.«

Er verbrachte eine ruhige Nacht in seiner alten Umgebung und träumte von der Freiheit.

Am nächsten Tag, dem 14. April, wurde die Ruhe im Gefängnis erheblich gestört, als Ron Williamson aus Vinita eintraf. Er trug gestreifte Gefängniskleidung und grinste in die Kameras. Es hieß, er und Dennis sollten am nächsten Tag entlassen werden, und die Story hatte landesweit die Aufmerksamkeit der Presse erregt.

Ron und Dennis hatten sich elf Jahre lang nicht gesehen und sich nur einmal geschrieben, aber als sie sich wiedersahen, fielen sie sich lachend in die Arme, während sie versuchten zu begreifen, wo sie waren und warum. Dann trafen die Anwälte ein, und sie besprachen sich eine Stunde lang mit ihnen. *Dateline* vom Sender NBC hatte einen Kameramann vor Ort, der alles filmte. Jim Dwyer von der New Yorker *Daily News* war zusammen mit Barry Scheck eingetroffen.

Sie drängten sich in dem kleinen Verhörraum an der Ostseite des Gefängnisses, der auf das Gerichtsgebäude hinausging. Irgendwann streckte sich Ron auf dem Boden aus, stützte den Kopf in die Hände und sah durch die Glastür nach draußen. »Was soll denn das?«, fragte schließlich jemand.

»Ich warte auf Peterson«, erwiderte Ron.

Auf dem Rasen vor dem Gerichtsgebäude wimmelte es nur so von Reportern und Kameras. Einer der Journalisten bekam Bill Peterson zu fassen, der sich bereit erklärte, ein Interview zu geben. Als Ron den Staatsanwalt vor dem Gerichtsgebäude sah, rief er: »Du fetter Gangster! Dir haben wir's gezeigt, Peterson!«

Dennis' Mutter und Tochter besuchten ihn überraschend im Gefängnis. Obwohl er und Elizabeth einen regen Briefwechsel geführt hatten, war er nicht auf den Anblick dieser schönen, eleganten und sehr erwachsenen jungen Dame von fünfundzwanzig Jahren vorbereitet. Er schluchzte unkontrollierbar, als er sie in die Arme schloss.

An jenem Nachmittag flossen im Gefängnis viele Tränen.

Ron und Dennis wurden in getrennten Zellen untergebracht, damit sie sich nicht gegenseitig an die Gurgel gingen.

»Ich halte die beiden voneinander getrennt«, erklärte Sheriff Glase. »Ich habe einfach kein gutes Gefühl dabei, zwei verurteilte Mörder in eine Zelle zu stecken – und bis der Richter was anderes sagt, bleiben sie das für mich.«

Die Zellen lagen nebeneinander, und Dennis' Zellengenosse besaß einen kleinen Fernseher. Aus den Nachrichten erfuhr Dennis, dass sie am nächsten Tag freikommen sollten, was er sofort an Ron weitergab.

Terri Holland saß auch wieder einmal im Gefängnis – eine weitere Station ihrer erstaunlichen Karriere als Kleinkriminelle. Sie und Ron wechselten ein paar Worte, aber nichts besonders Unangenehmes. Am späten Abend verfiel Ron in seine alten Gewohnheiten. Lautstark forderte er seine Freiheit, protestierte gegen das erlittene Unrecht, beschimpfte die weiblichen Gefangenen mit obszönen Worten und sprach mit Gott.

15

Die Rehabilitierung von Ron Williamson und Dennis Fritz erregte landesweit Aufmerksamkeit. Aller Augen richteten sich auf Ada. In der Morgendämmerung des 15. April war das Gerichtsgebäude von Übertragungswagen, Lkw mit Satellitenantennen, Fotografen, Kameraleuten und Reportern umringt. Auch die Einheimischen kamen, weil sie sich den Trubel und die Neuigkeiten nicht entgehen lassen wollten. Die Plätze im Gerichtssaal waren derart heiß begehrt, dass Richter Landrith eine Verlosung für die Journalisten hatte improvisieren müssen. Die Verhandlung wurde über eine einzige Leitung durch sein Bürofenster live nach draußen zu den Sendewagen der Medien übertragen.

Vor dem Gefängnis wartete ein Heer von Kameras. Als Ron und Dennis erschienen, wurden sie sofort umringt. In aller Eile hatte Annette für Ron Jacke, Krawatte, Hemd und Hose gekauft. Die neuen Schuhe waren zu klein und drückten fürchterlich. Dennis' Mutter hatte ihrem Sohn einen Anzug gebracht, aber er bevorzugte die Straßenkleidung, die er während der letzten Jahre im Gefängnis hatte tragen dürfen. Mit eiligen Schritten legten sie ihren letzten Gang in Handschellen zurück, wobei sie immer wieder lächelnd ein paar scherzhafte Worte mit den Journalisten wechselten.

Annette und Renee kamen früh und nahmen ihre üblichen Plätze in der ersten Reihe direkt hinter der Verteidigung ein. Sie hielten sich an den Händen, beteten, weinten und brachten ein- oder zweimal sogar ein mühsames Lachen zustande.

Noch war es zu früh, sich zu freuen. Neben ihnen saßen ihre Kinder, andere Verwandte und einige Freunde. Wanda und Elizabeth Fritz hatten ebenfalls ganz in der Nähe Platz genommen. Auch sie hielten sich an den Händen und flüsterten aufgeregt. Der Gerichtssaal füllte sich. Auf der anderen Seite des Ganges saß die Familie Carter. Wieder einmal fand sie sich gezwungenermaßen vor Gericht wieder, wieder einmal musste sie sich durch eine Anhörung quälen, ohne dass das Verbrechen aufgeklärt und der Gerechtigkeit Genüge getan worden wäre. Siebzehn Jahre waren seit dem Mord an Debbie vergangen, und nun standen die beiden Männer, die deswegen angeklagt und verurteilt worden waren, vor der Freilassung.

Bald hatten sich die Stühle gefüllt, und die nachdrängenden Zuschauer mussten sich an den Wänden aufstellen. Richter Landrith hatte Kameras zugelassen. Nun sorgte er dafür, dass Fotografen und Journalisten in dem sonst den Geschworenen vorbehaltenen Bereich blieben, wo dicht an dicht Klappstühle aufgestellt wurden. Überall wimmelte es von Polizeibeamten. Die Sicherheitsvorkehrungen waren streng. Es hatte anonyme Anrufe und Drohungen gegen Ron und Dennis gegeben. Die Atmosphäre in dem überfüllten Gerichtssaal war angespannt.

Dennis Smith und Gary Rogers waren nicht unter den zahlreichen Polizisten, sondern irgendwo weit weg.

Verteidiger und Staatsanwälte kamen herein: Mark, Sara und Barry Scheck für die Beschuldigten, Bill Peterson, Nancy Shew und Chris Ross für die Anklage. Man lächelte und schüttelte einander die Hand. Die Staatsanwaltschaft schloss sich dem Antrag auf Einstellung des Verfahrens an: Die beiden sollten freikommen. Mit vereinten Kräften wollte man einen Fehler korrigieren. Einer der seltenen Fälle, in denen die Gemeinschaft der Juristen in einem historischen Augenblick ein Unrecht aufdeckt. Eine große, glückliche Familie. Jeder konnte sich zu diesem hervorragend funktionierenden System beglückwünschen, auf das alle stolz waren.

Ron und Dennis wurden hereingebracht. Zum letzten Mal wurden ihnen die Handschellen abgenommen. Sie saßen hinter ihren Anwälten, nur wenige Meter von ihren Familien entfernt. Ron starrte geradeaus, ohne viel zu sehen. Dennis dagegen blickte in die Menge. Die Gesichter waren niedergeschlagen und verbissen. Der größte Teil des Publikums schien sich über die Aussicht auf ihre Freilassung nicht gerade zu freuen.

Richter Landrith nahm seinen Platz ein, begrüßte jeden im Saal und kam dann schnell zur Sache. Er forderte Peterson auf, seine erste Zeugin aufzurufen. Das war Mary Long, mittlerweile für die DNA-Abteilung des OSBI zuständig. Sie begann mit einem Überblick über das Testverfahren und erklärte, wie verschiedene Labors Haar und Sperma vom Tatort sowie die Proben der Verdächtigen analysiert hatten.

Ron und Dennis gerieten ins Schwitzen. Sie hatten gedacht, die Anhörung würde nur wenige Minuten dauern, gerade lang genug, dass Richter Landrith das Verfahren für eingestellt erklären und sie nach Hause schicken konnte. Als eine Minute nach der anderen verstrich, wurden sie allmählich unruhig. Ron zappelte auf seinem Stuhl hin und her und knurrte: »Was ist denn los?« Sara Bonnell schrieb ihm beruhigende Botschaften, um ihm zu versichern, dass alles in Ordnung war.

Dennis war mit seinen Nerven am Ende. Wohin führte diese Aussage? Konnte es eine weitere Überraschung geben? Jeder seiner Besuche in diesem Gerichtssaal hatte sich als Albtraum entpuppt. Dass er nun wieder hier saß, weckte quälende Erinnerungen an die Lügen der Zeugen, die undurchdringlichen Mienen der Geschworenen und Peterson, der die Todesstrafe gefordert hatte. Dennis beging den Fehler, sich im Saal umzusehen. Auch diesmal entdeckte er kaum jemanden, der auf seiner Seite zu stehen schien.

Mary Long kam auf das fragliche Beweismaterial zu sprechen. Siebzehn am Tatort gefundene Haare waren getestet worden. Dreizehn davon waren Schamhaare, vier Kopfhaare. Zehn der Haare waren auf dem Bett oder in der Bettwäsche gefunden worden. Zwei stammten von dem zerrissenen Slip, drei von dem Waschlappen im Mund des Opfers, und zwei waren unter dem Körper entdeckt worden.

Nur vier von diesen siebzehn konnten einem DNA-Profil zugeordnet werden. Zwei stammten von Debbie, keines von Ron oder Dennis. Kein einziges.

Long sagte weiter aus, die Spermaproben von der Bettwäsche, dem zerrissenen Slip und dem Körper des Opfers seien ebenfalls getestet worden. Sie stammten auf keinen Fall von Ron und Dennis. Dann wurde sie als Zeugin entlassen.

1988 hatte Melvin Hett ausgesagt, von den siebzehn Haaren stimmten dreizehn »mikroskopisch gesehen« mit denen von Dennis überein, vier mit denen von Ron. Einmal waren sie sogar »identisch«. Außerdem schloss Hett in seinem dritten und letzten Bericht, den er erst nach Beginn von Dennis' Verfahren vorlegte, aus, dass eines der Haare von Glen Gore stamme. Seine Aussage als sachverständiger Zeuge war der einzige direkte »glaubhafte« Beweis der Anklage gegen Ron und Dennis gewesen und hatte bei ihrer Verurteilung eine wichtige Rolle gespielt.

Die DNA-Tests ergaben, dass ein unter der Toten gefundenes Kopfhaar und ein Schamhaar an der Bettwäsche von Glen Gore stammten. Auch das durch einen Vaginalabstrich bei der Autopsie gewonnene Sperma wurde getestet. Es stammte ebenfalls von Glen Gore.

Richter Landrith wusste das, hatte diese Tatsache aber bis zur Anhörung vertraulich behandelt. Mit seiner Erlaubnis präsentierte Bill Peterson diese Ermittlungsergebnisse nun den schockierten Anwesenden.

»Herr Vorsitzender«, sagte Peterson, »dies ist eine schwierige Zeit für die Strafjustiz. Dieser Mord geschah 1982, die Verhandlung fand 1988 statt. Damals präsentierten wir den Geschworenen Beweise, durch die Dennis Fritz und Ron Williamson überführt wurden, Beweise, die meiner Meinung nach zum damaligen Zeitpunkt überzeugend waren.«

Ohne noch einmal darauf zurückzukommen, was genau die überzeugenden Beweise vor elf Jahren eigentlich gewesen waren, fing er an, davon zu faseln, wie die DNA-Tests nun viel von dem widerlegen würden, was er einmal geglaubt habe. Aufgrund des verbliebenen Beweismaterials könne er gegen die beiden Angeklagten keine Anklage erheben. Er beantragte, das Verfahren einzustellen, und setzte sich.

Zu keinem Zeitpunkt fand Peterson versöhnliche oder bedauernde Worte, geschweige denn, dass er Fehler eingestanden oder sich entschuldigt hätte.

Ron und Dennis erwarteten zumindest eine Entschuldigung. Zwölf Jahre ihres Lebens waren ihnen durch Fehlverhalten im Amt, menschliches Versagen und Arroganz geraubt worden. Das erlittene Unrecht hätte leicht verhindert werden können. Der Staat schuldete ihnen zumindest eine Entschuldigung.

Die sollten sie nie bekommen. Das wurde zu einer offenen Wunde, die nie heilte.

Richter Landrith machte ein paar Bemerkungen darüber, wie ungerecht das Ganze sei. Dann forderte er Ron und Dennis auf, sich zu erheben, und verkündete, die Anklage werde hiermit in allen Punkten fallen gelassen. Sie seien frei und könnten gehen, wohin sie wollten. Einige Zuschauer applaudierten und brachen in Beifallsrufe aus, aber die meisten waren nicht in Feierstimmung. Annette und Renee umarmten ihre Kinder und Verwandten und brachen wieder in Tränen aus.

Ron schoss hinter dem Tisch der Verteidigung hervor, flitzte an der Geschworenenbank vorbei durch eine Seitentür und die Treppe hinunter nach draußen. Auf den Eingangsstufen des Gerichts blieb er stehen und füllte seine Lungen mit der kühlen Luft. Dann zündete er sich eine Zigarette an, die erste von Tausenden in der freien Welt, und hielt sie triumphierend in die Kamera. Das Foto wurde in einem Dutzend Zeitungen abgedruckt.

Wenige Minuten später war er zurück. Zusammen mit Dennis, den beiden Familien und den Anwälten posierte er für Fotos und beantwortete Fragen einer ganzen Horde von Reportern. Mark Barrett hatte Greg Wilhoit angerufen und ihn gebeten, für den großen Tag nach Oklahoma zu kommen. Als Ron Greg sah, umarmten sie sich wie Brüder, und so fühlten sie sich auch.

»Was empfinden Sie jetzt, Mr Williamson?«, fragte ein Reporter.

»Wie meinen Sie das?«, fragte Ron zurück. »Ich habe das Gefühl, meine Füße bringen mich um«, sagte er dann. »Diese Schuhe sind mir zu klein.« Die Fragen zogen sich eine ganze Stunde lang hin, obwohl für später eine Pressekonferenz angesetzt war.

Peggy Stillwell musste von ihren Töchtern und Schwestern aus dem Saal geführt werden. Sie war völlig verstört und schockiert. Niemand hatte der Familie etwas von der Sache mit Glen Gore gesagt. Damit standen sie wieder ganz am Anfang. Es würde einen neuen Prozess geben, und sie waren der Gerechtigkeit nicht näher gekommen. Außerdem waren sie verwirrt. Die meisten von Debbies Verwandten hielten Fritz und Williamson immer noch für schuldig – aber was für eine Rolle spielte Gore?

Endlich begaben sich Ron und Dennis auf den Weg nach draußen. Jeder einzelne Schritt wurde sorgsam festgehalten und aufgezeichnet. Die Menge ergoss sich über die Treppe nach draußen. Dort blieben die beiden, die nun wieder frei waren, einen Augenblick lang stehen, um die Sonne und die eisige Luft zu genießen.

Sie waren frei und rehabilitiert, aber niemand hatte sich

bei ihnen entschuldigt oder den Versuch einer Erklärung unternommen. Niemand hatte ihnen irgendeine Entschädigung oder Hilfe angeboten.

Es war Zeit für das Mittagessen. Rons Lieblingsrestaurant war Bob's Barbecue nördlich der Stadt. Annette reservierte telefonisch mehrere Tische. Das war auch nötig, denn die Gruppe wurde ständig größer.

Obwohl er nur noch wenige Zähne hatte und es nicht ganz einfach war, im Licht der Kameras zu essen, verputzte Ron einen Teller Spareribs und verlangte nach mehr. Er war kein großer Gourmet, aber diesen Augenblick genoss er. Er verhielt sich ausgesprochen höflich zu jedermann, bedankte sich bei den Fremden, die ihm Mut zusprachen, umarmte jeden, der Wert darauf legte, redete mit jedem Journalisten, der eine Story brauchte.

Dabei grinsten er und Dennis ununterbrochen, selbst wenn sie den Mund voller Grillfleisch hatten.

Am Tag davor waren Jim Dwyer, ein Reporter der New Yorker *Daily News*, und Alexandra Pelosi von der NBC-Sendung *Dateline* nach Purcell gefahren, um sich mit Glen Gore zu unterhalten. Gore wusste, dass die Lage in Ada allmählich brenzlig wurde und dass er selbst mittlerweile der Hauptverdächtige war. Erstaunlicherweise war dem Gefängnispersonal nichts davon bekannt.

Als Gore hörte, dass Unbekannte nach ihm gefragt hätten, dachte er, es wären Anwälte oder Polizeibeamte – Leute, denen er lieber aus dem Weg ging. Gegen Mittag verschwand er von seiner Arbeitsstelle in Purcell, wo er Gräben gereinigt hatte. Er wanderte ein paar Meilen durch einen Wald. Dann stieß er auf einen Highway und ließ sich per Anhalter in Richtung Ada mitnehmen.

Als Ron und Dennis von Gores Flucht hörten, brüllten sie vor Lachen. Also *musste* der Kerl schuldig sein.

Nach einem ausgiebigen Mittagessen fuhr die Fritz-Williamson-Gruppe zur Wintersmith Park Lodge in Ada, wo eine Pressekonferenz angesetzt war. Gemeinsam mit ihren Anwälten nahmen Ron und Dennis hinter einem langen Tisch Platz und blickten in die Kameras. Scheck sprach vom Innocence Project und von dessen Kampf für die Rehabilitierung zu Unrecht Verurteilter. Mark Barrett wurde gefragt, wie es überhaupt zu dieser Verurteilung hatte kommen können. Er holte zu einer ausführlichen Schilderung der Fehler aus, die der Staatsanwaltschaft unterlaufen waren: fünf Jahre Verzögerung, nachlässige Polizeiarbeit, Spitzel und Denunzianten, pseudowissenschaftliche Scharlatanerie. Die meisten Fragen richteten sich an die beiden soeben rehabilitierten Männer. Dennis sagte, er wolle Oklahoma verlassen und nach Kansas City zurückkehren. Vor allem wolle er so viel Zeit wie möglich mit Elizabeth verbringen. Wenn es so weit sei, werde er sich schon überlegen, wie er den Rest seines Lebens verbringen wolle. Ron hatte keine konkreten Pläne, abgesehen davon, dass er aus Ada wegwollte.

Der Gruppe hatten sich Greg Wilhoit und Tim Durham angeschlossen. Durham war aus Tulsa und hatte vier Jahre lang für eine Vergewaltigung gesessen, die er nicht begangen hatte, bevor ihm die DNA-Tests des Innocence Project zur Freiheit verhalfen.

Am Bundesgericht in Muskogee verliehen Jim Payne, Vicky Hildebrand und Gail Seward in aller Stille ihrer tiefen Befriedigung Ausdruck. Es gab keine Feier – immerhin lag der Williamson-Fall für sie mittlerweile vier Jahre zurück, und sie steckten bis über die Ohren in Arbeit. Trotzdem legten sie eine kurze Pause ein, um diesen Augenblick zu genießen. Lange bevor die DNA-Tests für absolute Klarheit sorgten, hatten sie auf die altmodische Art, mit harter Arbeit und klugem Verstand, die Wahrheit gefunden und so einem Unschuldigen das Leben gerettet.

Auch Richter Seay sonnte sich nicht in seinem Ruhm. Er freute sich über diese Bestätigung, war aber viel zu beschäftigt mit anderen Dingen. Er hatte seine Arbeit getan, das war alles. Im Gegensatz zu den Richtern vor ihm, die Ron Williamson im Stich gelassen hatten, kannte Frank Seay das System und dessen Schwächen. Die Wahrheit war oft schwer zu finden, aber er war bereit, danach zu suchen, und wusste, wo er Ausschau halten musste.

Mark Barrett hatte Annette gebeten, einen Raum für die Pressekonferenz und vielleicht für einen kleinen Empfang im Anschluss daran zu finden. Einen netten Saal, um Ron und Dennis willkommen zu heißen. Sie dachte sofort an den Gemeindesaal ihrer Kirche. Immerhin war es die Gemeinde, in der Ronnie aufgewachsen war und in der sie selbst seit vierzig Jahren Klavier und Orgel spielte.

Am Tag zuvor hatte sie ihren Pastor angerufen, um seine Erlaubnis einzuholen und die Einzelheiten zu besprechen. Er zögerte, stotterte ein wenig und sagte schließlich, er müsse den Kirchenrat fragen. Annette vermutete Ärger und machte sich auf den Weg zur Kirche. Als sie dort eintraf, erklärte ihr der Pastor, er habe die Mitglieder des Kirchenrats konsultiert, und sie seien, wie er selbst, der Meinung, die Kirche sei für eine solche Veranstaltung nicht der richtige Ort. Annette war schockiert und fragte nach dem Grund.

Weil es Ärger geben könne, erklärte er. Es solle bereits Drohungen gegen Ron und Dennis gegeben haben. Was, wenn die Dinge außer Kontrolle gerieten? Die Stadt war in Aufruhr, und die meisten Leute waren sehr unzufrieden damit, dass die beiden Männer auf freiem Fuß waren. Die Familie Carter zählte ein paar harte Burschen zu ihren Mitgliedern. Es ging einfach nicht.

»Aber die Gemeinde betet doch seit zwölf Jahren für Ronnie«, erinnerte sie ihn.

Ja, und das werde sie auch weiterhin tun, sagte er. Aber viele Menschen hielten ihn immer noch für schuldig. Es sei zu problematisch. Der Ruf der Kirche könne befleckt werden. Die Antwort sei Nein.

Empört verließ Annette sein Büro. Er versuchte, sie zu trösten, aber sie wollte nichts davon hören.

Danach rief sie Renee an. Minuten später war Gary Simmons unterwegs nach Ada, das immerhin drei Stunden von ihrem Haus in Dallas entfernt lag. Er fuhr direkt zur Kirche und stellte den Pastor zur Rede, doch der ließ sich nicht erweichen. Sie stritten sich lange, aber ergebnislos. Die Gemeinde blieb bei ihrer Meinung: Es war zu riskant.

»Ron wird Sonntagvormittag hier sein«, sagte Gary. »Werden Sie ihn begrüßen?«

»Nein«, sagte der Pastor.

Die Feier wurde in Annettes Haus mit einem Abendessen fortgesetzt. Freunde kamen und gingen. Nach dem Abspülen versammelten sich alle im Wintergarten, wo spontan Gospels angestimmt wurden. Barry Scheck, ein New Yorker Jude, erlebte so etwas zum ersten Mal in seinem Leben, aber er versuchte tapfer mitzusingen. Mark Barrett war auch dabei. Für ihn war es ein wichtiger, bewegender Augenblick, da wollte er nicht fehlen. Sara Bonnell, Janet Chesley und Kim Marks – alle sangen mit. Greg Wilhoit und seine Schwester Nancy waren da. Die Familie Fritz – Dennis, Elizabeth und Wanda – saß Seite an Seite und amüsierte sich köstlich.

»In dieser Nacht feierten wir alle in Annettes Haus«, erzählte Renee später. »Es gab jede Menge zu essen, wir sangen und lachten. Annette spielte Klavier und Ronnie Gitarre. Wir anderen sangen dazu. Alle sangen, klatschten und hatten jede Menge Spaß. Um zehn Uhr wurde es still, weil die Nachrichten im Fernsehen kamen. Wir saßen im überfüllten Wintergarten und warteten auf die Nachricht, nach der wir uns so viele Jahre gesehnt hatten: Mein kleiner Bruder Ronald Keith Williamson war nicht nur frei, sondern unschuldig! Obwohl es solch ein glücklicher Augenblick war und trotz der allgemeinen Erleichterung, sahen wir an Ronnies Augen, dass ihn die vielen Jahre der Entbehrungen und des Leides krank gemacht hatten.«

Die Bekanntgabe in den Nachrichten wurde erneut gefeiert. Dann verabschiedeten sich Mark Barrett, Barry Scheck und einige andere. Der nächste Tag würde lang werden.

Später am Abend klingelte das Telefon. Annette nahm ab. Ein anonymer Anrufer behauptete, der Ku-Klux-Klan sei in der Gegend und suche nach Ronnie. Es gehe das Gerücht um, dass jemand von den Carters einen Auftragskiller angeheuert habe, um Ron und Dennis ermorden zu lassen. Angeblich hatte sich der Ku-Klux-Klan auf dieses Geschäft verlegt. Im südöstlichen Oklahoma wurde der Klan immer wieder aktiv, aber es war Jahrzehnte her, dass ihm ein Mord zur Last gelegt worden war. Normalerweise hatte es der Geheimbund auch nicht auf Weiße abgesehen, doch in der aufgeheizten Stimmung war dem Klan ein solcher Job am ehesten zuzutrauen.

Auf jeden Fall hatte der Anruf eine ernüchternde Wirkung. Flüsternd gab Annette die Botschaft an Renee und Gary weiter. Sie beschlossen, die Drohung ernst zu nehmen, Ronnie aber nichts davon zu sagen.

»Die glücklichste Nacht unseres Lebens wurde zur schlimmsten«, erzählte Renee. »Wir beschlossen, die Polizei anzurufen. Die weigerte sich, jemanden zu schicken. Solange nichts passiert war, konnte man angeblich nichts tun. Wie konnten wir so naiv sein und denken, die würden uns schützen? In Panik rannten wir durchs Haus, ließen die Jalousien herunter, versperrten Fenster und Türen. Es war klar, dass niemand schlafen würde, weil jeder mit den Nerven am Ende war. Unser Schwiegersohn sorgte sich um seine Frau und ihr wenige Wochen altes Baby. Wir versammelten uns zum Gebet und baten den Herrn, uns Ruhe zu schenken und seine Engel über das Haus wachen zu lassen. Niemandem geschah etwas. Der Herr hatte uns wieder einmal erhört. Im Nachhinein ist es geradezu komisch, dass unser erster Gedanke war, die Polizei von Ada anzurufen.«

Ann Kelley von der *Ada Evening News* verbrachte einen ganzen Tag mit der Berichterstattung über die Ereignisse. Am Abend erhielt sie einen Anruf von Staatsanwalt Chris Ross. Ross beschwerte sich aufgebracht über die Diffamierung von Staatsanwaltschaft und Polizei.

Niemand interessierte sich dafür.

Früh am nächsten Morgen, am Beginn ihres ersten vollen Tages in Freiheit, fuhren Ron und Dennis mit ihren Anwälten Mark Barrett und Barry Scheck zum örtlichen Holiday Inn, wo ein Kamerateam von NBC auf sie wartete. Sie gaben ein Live-Interview für die Sendung *Today*. Ihr Gesprächspartner war Matt Lauer.

Die Berichterstattung kam nun erst so richtig in Schwung. Die meisten Journalisten waren noch in Ada und sahen sich nach Leuten um, die irgendwie mit dem Fall oder den Betroffenen zu tun hatten. Glen Gores Flucht kam ihnen wie gerufen.

Gemeinsam fuhren die beiden frisch Rehabilitierten, ihre Familien und ihre Anwälte nach Norman, wo bei der Behörde für die Strafverteidigung Mittelloser eine weitere Feier geplant war. Ron sagte ein paar Worte und bedankte sich bei allen, die sich so engagiert für ihn und seine Freilassung eingesetzt hatten. Danach ging es in aller Eile nach Oklahoma City, wo sie für die Fernsehsendungen *Inside Edition* und *Burden of Proof* vor die Kamera traten.

Scheck und Barrett versuchten, ein Treffen mit dem Gouverneur und wichtigen Abgeordneten zu organisieren, bei denen sie sich für Gesetze einsetzen wollten, die DNA-Tests erleichterten und Entschädigungszahlungen an zu Unrecht

Verurteilte gewährleisteten. Die Gruppe begab sich zum Oklahoma State Capitol, um Hände zu schütteln und ein wenig Druck auszuüben. Außerdem war eine weitere Pressekonferenz vorgesehen. Das Timing war perfekt. Die Medien folgten ihnen überallhin. Der Gouverneur war ein hart arbeitender Mann und zu beschäftigt, um sie zu empfangen. Also schickte er einen seiner wichtigsten Berater, einen kreativen Menschen, der fand, Ron und Dennis sollten sich mit den Richtern vom Revisionsgericht für Strafsachen treffen. Was dabei herauskommen sollte, war unklar. Allgemeine Verbitterung möglicherweise. Da es Freitagnachmittag war, waren die Richter jedoch ebenfalls zu beschäftigt. Nur eine Richterin wagte sich aus ihrem Amtszimmer, um die Gruppe zu begrüßen, und sie war harmlos. Sie hatte dem Gericht noch gar nicht angehört, als die Verurteilung von Fritz und Williamson bestätigt wurde.

Barry Scheck reiste zurück nach New York, Mark Barrett blieb in Norman, wo er wohnte, und Sara fuhr zurück nach Purcell. Die hektischen Aktivitäten ließ ein wenig nach. Alle brauchten eine Pause. Dennis und seine Mutter blieben bei Elizabeth, die in Oklahoma City wohnte.

Auf der Rückfahrt nach Ada saß Annette am Steuer. Ron hatte zur Abwechslung auf dem Beifahrersitz Platz genommen. Keine Handschellen. Keine gestreifte Gefängniskleidung. Kein bewaffneter Deputy, der ihn beobachtete. Vor dem Fenster flog die Landschaft des südöstlichen Oklahoma mit ihren Farmen, den vereinzelten Bohrtürmen und den sanft geschwungenen Hügeln vorbei.

Er wollte nur noch weg.

»Es war fast, als müssten wir uns neu kennenlernen, weil er so lange nicht mehr Teil unseres Lebens gewesen war«, sagte Renee später. »Der Tag nach seiner Freilassung war wunderschön. Ich bat ihn, Geduld mit uns zu haben, weil wir so viele Fragen hatten. Wir brannten darauf, zu erfahren, wie sein

Leben in der Todeszelle gewesen war. Er ging sehr lieb damit um und antwortete ein paar Stunden lang geduldig auf unsere Fragen. ›Woher kommen die Narben an deinen Armen?‹, fragte ich zum Beispiel. ›Ich hatte solche Depressionen, da hab ich mich selbst geschnitten‹, antwortete er. Wir fragten ihn, wie seine Zelle aussah, ob das Essen genießbar war und so weiter. Aber nach vielen Fragen sah er uns an und sagte: ›Ich möchte nicht mehr darüber sprechen. Lasst uns von was anderem reden.‹ Daran hielten wir uns. Er saß oft bei Annette auf der Terrasse, spielte Gitarre und sang dazu. Manchmal konnten wir ihn von drinnen hören. In solchen Augenblicken konnte ich die Tränen kaum zurückhalten, wenn ich daran dachte, was er durchgemacht hatte. Immer wieder ging er zum Kühlschrank, öffnete die Tür und stand einfach nur da, während er überlegte, was er essen wollte. Es faszinierte ihn, dass so viel Essen im Haus war, vor allem, weil er wusste, dass er sich davon nehmen konnte, soviel er wollte. Dann wieder stand er mit ehrfürchtigem Blick am Küchenfenster und meinte, was für schöne Autos wir hätten. Von manchen Modellen hatte er noch nie gehört. Als wir einmal im Auto unterwegs waren, sagte er, wie anders es sei, Menschen gehen und laufen und ihre täglichen Besorgungen erledigen zu sehen.«

Ron freute sich darauf, wieder in die Kirche zu gehen. Annette hatte ihm nicht von dem Vorfall mit dem Pastor erzählt und würde es auch nie tun. Mark Barrett und Sara Bonnell waren eingeladen, weil Ron sie bei sich haben wollte. Die ganze Williamson-Gruppe erschien zum Sonntagsgottesdienst und stürmte sofort in die erste Reihe. Annette saß wie immer an der Orgel. Als sie lautstark das erste Kirchenlied anstimmte, sprang Ron auf. Von seinem Glauben erfüllt, klatschte und sang er mit einem strahlenden Lächeln.

Während der Bekanntmachungen erwähnte der Pastor Rons Heimkehr nicht, aber zumindest sagte er im Gebet, Gott liebe jeden, selbst Ronnie.

Annette und Renee kochten vor Wut.

Ein Gottesdienst in einer Pfingstgemeinde ist nichts für Schüchterne. Als die Musik anschwoll und der Chor in schaukelnde Bewegung geriet, wurde es ziemlich laut in der Versammlung. Ein paar Gemeindemitglieder gingen zu Ron, um ihn zu begrüßen, zu umarmen und willkommen zu heißen. Aber es waren wenige. Die anderen guten Christen starrten wütend auf den Mörder in ihrer Mitte.

Nachdem Annette die Kirche an jenem Sonntag verlassen hatte, kehrte sie nie zurück.

Die Sonntagsausgabe der Lokalzeitung von Ada brachte auf der Titelseite einen Artikel unter der Überschrift »Staatsanwalt verteidigt seine Arbeit in Sensationsprozess«. Das Blatt hatte ein Foto von Bill Peterson hinter einem Pult abgedruckt, wie er vor Gericht in Aktion war.

Es lag auf der Hand, dass er sich nach den Freisprüchen nicht recht wohl in seiner Haut fühlte. Daran wollte er ganz Ada teilhaben lassen. Sein Einsatz für Ron und Dennis werde überhaupt nicht gewürdigt, fand er. Der von Ann Kelley verfasste, langatmige Artikel war im Grunde ein peinlicher Gefühlsausbruch eines Staatsanwalts, der sang- und klanglos untergegangen war und sich von Journalisten hätte fernhalten sollen.

Er begann folgendermaßen:

Nach Aussage von Bill Peterson, dem Bezirksstaatsanwalt von Pontotoc County, geben die Verteidiger von Dennis Fritz und Ron Williamson die DNA-Tests, die ihren Mandanten die Freiheit verschafft haben, zu Unrecht als ihre Idee aus.

Peterson ließ sich von Ann Kelley zu Äußerungen verführen, mit denen er sich selbst ins Abseits stellte. In allen Einzelheiten schilderte er die DNA-Tests im Fall Carter. Bei jeder Gelegenheit holte er zu billigen Seitenhieben gegen Mark Barrett und Barry Scheck aus, ließ aber keine Gelegenheit aus, sich selbst zu loben. Die DNA-Tests waren seine Idee gewesen!

Dabei erwähnte er nicht einmal die Tatsache, dass er Ron und Dennis mit den DNA-Tests ein für alle Mal hatte überführen wollen. Er war so überzeugt von ihrer Schuld gewesen, dass er sich bereitwillig auf die Tests eingelassen hatte. Jetzt, wo der Schuss nach hinten losgegangen war, wollte er auch noch für seine Fairness gepriesen werden.

Die kindischen Schuldzuweisungen zogen sich über ganze Absätze hin. Peterson ließ vage, düstere Andeutungen über andere Verdächtige und neu zu erhebendes Beweismaterial fallen. Das las sich so:

> Er (Peterson) sagte, für den Fall, dass sich neue Beweise für eine Verbindung von Fritz und Williamson zum Carter-Mord ergäben, gelte das Verbot der doppelten Strafverfolgung eines Täters wegen derselben Tat nicht, und beide könnten erneut vor Gericht gestellt werden.

Der Artikel endete mit zwei unerträglichen Zitaten. Peterson sagte zum einen:

> Ich habe im Jahre 1988 richtig gehandelt, als ich die beiden vor Gericht stellte. Mit meiner Empfehlung, die Anklage gegen sie nun fallen zu lassen, habe ich getan, was angesichts des mir heute vorliegenden Beweismaterials rechtlich, moralisch und ethisch richtig war.

Allerdings erwähnte er nicht, dass diese den höchsten ethischen und moralischen Ansprüchen genügende Entscheidung fast fünf Jahre kam, nachdem Ron beinahe hingerichtet worden wäre, und vier Jahre, nachdem Peterson Richter Seay öffentlich kritisiert hatte, weil dieser die Wiederaufnahme des Verfahrens angeordnet hatte. Indem er sich in letzter Minute als Ethikapostel präsentierte, hatte Peterson höchstens dazu beigetragen, dass Ron und Dennis »nur« zwölf Jahre und nicht noch länger unschuldig im Gefängnis saßen.

Am übelsten war seine letzte Äußerung, die hervorgehoben und in der Mitte der Seite platziert worden war. Peterson sagte:

Ich habe bei Williamson und Fritz nie von Unschuld gesprochen. Dies alles beweist ihre Unschuld nicht. Es heißt nur, dass ich sie mit dem mir gegenwärtig zur Verfügung stehenden Beweismaterial nicht anklagen kann.

Nach nur vier Tagen in Freiheit hatten sich Ron und Dennis emotional noch längst nicht stabilisiert. Der Artikel versetzte sie in Panik. Warum wollte Peterson sie erneut vor Gericht zerren? Er hatte einmal dafür gesorgt, dass sie verurteilt wurden. Sie hegten keinen Zweifel daran, dass er es wieder tun konnte.

Neue Beweise, alte Beweise, keine Beweise – völlig egal. Sie hatten zwölf Jahre hinter Gittern verbracht, obwohl sie niemanden getötet hatten. In Pontotoc County zählten Beweise nicht viel.

Der Artikel trieb Mark Barrett und Barry Scheck auf die Palme. Beide verfassten lange Gegendarstellungen, die sie an die Zeitung schicken wollten. Aber sie waren so klug, damit zu warten. Nach ein paar Tagen merkten sie, dass kaum jemand Peterson beachtete.

Am Sonntagnachmittag fuhren Ron, Dennis und ihre Helfer-Entourage nach Norman. Mark Barrett hatte darum gebeten. Amnesty International veranstaltete dort wie jedes Jahr ein Open-Air-Rockkonzert, um Spenden zu sammeln.

Das Freilufttheater, in dem es stattfinden sollte, war gut besucht. Es war ein warmer, sonniger Tag.

Zwischen zwei Songs hielt Mark Barrett eine Rede, bei der er Ron, Dennis, Greg und Tim Durham vorstellte. Jeder von ihnen sprach ein paar Minuten lang über seine Erfahrungen. Sie waren alle nervös, weil sie nicht daran gewöhnt waren, vor Publikum aufzutreten, aber sie fanden den Mut, ihre Gefühle zu zeigen. Die Zuschauer waren begeistert.

Vier Männer, vier durchschnittliche Weiße aus guter Familie, waren in die Mühlen des Systems geraten und insgesamt dreiunddreißig Jahre lang eingesperrt worden. Ihre Botschaft war klar: Solange die Fehler im System nicht behoben sind, kann das jedem passieren.

Nach ihrer Rede blieben sie auf dem Gelände, hörten Musik, aßen Eis und genossen die Sonne und ihre Freiheit. Wie aus dem Nichts tauchte Bruce Leba auf und schloss seinen alten Kumpel Ron in die Arme. Bruce war weder zu Rons Verhandlung gegangen, noch hatte er ihn im Gefängnis besucht. Er hatte ein schlechtes Gewissen, weil er seinen besten Freund aus Highschooltagen so vernachlässigt hatte, und entschuldigte sich aufrichtig. Ron verzieh ihm sofort.

Er war bereit, allen zu vergeben. Der berauschende Duft der Freiheit ließ ihn seinen alten Groll und seine Rachegelüste vergessen. Zwölf Jahre lang hatte er davon geträumt, alle zu verklagen, aber das war vorbei. Er hatte keine Lust, diesen Albtraum noch einmal zu erleben.

Die Medien konnten nicht genug von der Geschichte bekommen. Ihre Aufmerksamkeit galt besonders Ron. Als Weißer aus einer weißen Stadt, der von weißen Polizeibeamten schikaniert, von einem weißen Staatsanwalt angeklagt und von weißen Geschworenen verurteilt worden war, kam er Reportern und Journalisten wie gerufen. Eine derartige Behandlung mochte für Arme und Minderheiten normal sein, aber nicht für Kleinstadthelden.

Die vielversprechende Baseballkarriere, das hässliche Abrutschen in den Wahnsinn in der Todeszelle, die Hinrichtung, der er nur knapp entgangen war, die unfähige Polizei, die den Mörder, auf den alles deutete, nicht fand – seine Geschichte bot die verschiedensten Facetten.

In Mark Barretts Büro gingen Interviewanfragen aus der ganzen Welt ein.

Nach sechs Tagen in der Wildnis stellte sich Glen Gore freiwillig. Er nahm Verbindung mit einem Anwalt in Ada auf, der das Gefängnis anrief und die entsprechenden Arrangements traf. Gore hatte ausdrücklich darauf bestanden, dass er nicht an die Behörden in Ada ausgeliefert wurde.

Eine überflüssige Sorge. Die Leute, die dort so gründlich danebengegriffen hatten, legten keinen Wert darauf, Gore in Ada vor Gericht zu stellen. Sie waren damit beschäftigt, ihr schwer gekränktes Ego zu pflegen. Peterson und die Polizei verschanzten sich hinter der offiziellen Sprachregelung, es sei ein neues Ermittlungsverfahren eingeleitet worden. Angeblich suchten sie mit neuem Eifer nach dem Mörder oder den Mördern. Gore sei dabei nur einer von mehreren Verdächtigen.

Da Staatsanwalt und Polizei nicht eingestehen wollten, dass sie sich geirrt hatten, klammerten sie sich an die aussichtslose Hoffnung, dass sie vielleicht doch recht hatten. Vielleicht taumelte irgendwann ein Drogensüchtiger in eine Polizeidienststelle und gestand oder beschuldigte Ron und Dennis. Oder sie fanden einen passenden Spitzel. Vielleicht konnten die Cops einem Zeugen oder Verdächtigen ein weiteres Traum-Geständnis entlocken.

Schließlich war man in Ada. Da konnte solide Polizeiarbeit die erstaunlichsten neuen Spuren aufdecken.

Ron und Dennis waren als Verdächtige nicht ausgeschlossen worden.

16

Im Yankee-Stadion von New York verändert sich die tägliche Routine, wenn die Mannschaft nicht in der Stadt ist. Ohne den Druck der Menge und der Kameras, die ein makelloses Spielfeld erwarten, erwacht die alte Anlage nur langsam zum Leben. Erst am späten Vormittag kümmern sich die Platzwarte ohne übertriebene Hast um das Feld. Grantley, der oberste Herr über den Rasen, hantiert mit einem spinnenähnlichen Toro-Mäher, während Tommy, der Bodenspezialist, die Erde hinter der Home Plate verdichtet und glättet. Dan schiebt einen kleineren Mäher durch das Blaugras entlang der First-Base-Linie. Rund um das Spielfeld fahren in genau abgestimmten Intervallen Rasensprenger aus. Ein Führer schart hinter der Reservebank seine Gruppe um sich und deutet auf etwas in der Ferne hinter der Anzeigetafel.

Die siebenundfünfzigtausend Sitze sind leer. Leise Geräusche hallen durch das Stadion: der gedämpfte Motor eines Rasenmähers, das Lachen eines Platzwarts, das ferne Zischen eines Sprühgeräts, mit dem auf den oberen Rängen die Sitze gereinigt werden. Direkt hinter der Mauer am Right Field rattert ein Zug der U-Bahn-Linie vier vorbei, in der Nähe der Pressekabine wird gehämmert. Diejenigen, denen die Pflege des Stadions obliegt, genießen diese freien Tage zwischen der Erinnerung an die glorreiche Vergangenheit der Yankees und der Aussicht auf künftige Erfolge.

Fünfundzwanzig Jahre später als geplant erhob sich Ron Williamson von der Bank der Yankees und trat auf den Muschelsplittweg, der um das Spielfeld herumführt. Er hielt inne, um die ungeheure Größe des Stadions in sich aufzunehmen, die Atmosphäre im Allerheiligsten des Baseballs zu genießen. Es war ein strahlender Frühlingstag mit wolkenlosem, blauem Himmel. Die Luft war rein, die Sonne stand hoch am Himmel, der Rasen war eben und grün wie ein kostbarer Teppich. Die Sonne wärmte seine blasse Haut. Der Duft des frisch geschnittenen Grases erinnerte ihn an andere Felder, andere Spiele, andere Träume.

Er trug eine Yankee-Kappe, ein Souvenir, das er im Büro bekommen hatte. Da er im Licht der Öffentlichkeit stand und in New York in *Good Morning America* mit Diane Sawyer auftreten sollte, hatte er sein einziges Sportsakko an, den marineblauen Blazer, den ihm Annette zwei Wochen zuvor in aller Eile gekauft hatte, seine einzige Krawatte und eine locker geschnittene Hose. Die Schuhe waren allerdings nicht mehr dieselben. Er hatte das Interesse an Mode verloren. Obwohl er einmal als Verkäufer bei einem Herrenausstatter gearbeitet und andere bei der Wahl ihrer Kleidung beraten hatte, war ihm das jetzt völlig egal. So kann es gehen, wenn man zwölf Jahre lang in Gefängniskleidung steckt.

Unter der Kappe quoll dichtes weißgraues Haar hervor, das ungekämmt wirkte und offenbar mit dem Kochtopf geschnitten worden war. Ron war mittlerweile sechsundvierzig, sah jedoch viel älter aus. Er rückte die Kappe zurecht, bevor er den Rasen betrat. Mit seiner Größe von über einem Meter achtzig ließ er immer noch den großen Sportler ahnen, der er einmal gewesen war, obwohl er und andere in den letzten zwanzig Jahren nicht gerade pfleglich mit seinem Körper umgegangen waren. Er schlenderte über das Foul Territory, überquerte den Base Path und ging zum Werferhügel. Dort blieb er einen Augenblick lang stehen und sah zu den endlosen Reihen hellblauer Sitze hinauf. Vorsichtig setzte er den Fuß auf das Wurfmal. Dann schüttelte er den Kopf. Von genau diesem Punkt aus war Don Larsen der perfekte Wurf gelungen. Whitey Ford, eines seiner Idole, hatte diesen Hügel beherrscht. Er blickte über die linke Schulter auf das Right Field, wo die Mauer viel zu nah schien. Roger Maris hatte viele Bälle gerade so weit geschlagen, dass sie nicht über den Zaun gingen. In der Ferne jenseits der Mauer konnte er die Denkmäler erkennen, die man den großen Yankees gesetzt hatte.

Unter ihnen war auch Mickey Mantle.

Mark Barrett, der ebenfalls eine Yankee-Kappe trug, stand an der Home Plate und überlegte, was sich sein Mandant wohl dachte. Da wird ein Mann aus dem Gefängnis entlassen, nachdem er für nichts zwölf Jahre abgesessen hat. Es gibt keine Entschuldigung, weil niemand die Courage hat, seine Fehler einzugestehen, keinen Abschied. Hauptsache, er verschwindet so schnell und so unauffällig wie möglich. Keine Entschädigung, keine psychologische Betreuung, kein Schreiben vom Gouverneur oder irgendeiner anderen offiziellen Stelle, keine lobende Erwähnung für der Öffentlichkeit geleistete Dienst. Zwei Wochen später findet sich dieser Mann mitten im Medienrummel wieder. Jeder will etwas von ihm.

Bemerkenswerterweise hegte Ron keinen Groll. Er und Dennis waren zu sehr damit beschäftigt, ihre neue Freiheit zu genießen. Die Verbitterung würde später kommen, lange nachdem die Medien das Interesse verloren hatten.

Barry Scheck unterhielt sich in der Nähe der Reservebank mit verschiedenen Leuten, aber auch er beobachtete Ron. Als leidenschaftlicher Yankee-Fan hatte er telefonisch eine Sonderführung durch das Stadion organisiert. Die anderen waren für ein paar Tage bei ihm in New York zu Gast.

Es wurde fotografiert, ein Kamerateam filmte Ron auf dem Werferhügel. Dann ging die kleine Tour entlang der First-Base-Linie weiter. Der Führer sprach über die verschiedenen Yankee-Spieler. Ron kannte viele der Zahlen und Anekdoten. Kein Baseball war jemals aus dem Yankee-Stadion herausgeschlagen worden, obwohl Mickey Mantle dicht dran gewesen war. »Der ist da oben im rechten Center Field gegen die Fassade geknallt«, sagte er und deutete auf die Stelle, die über hundertsechzig Meter von der Home Plate entfernt war. »Aber der in Washington ging noch weiter«, fuhr Ron fort. »Das waren mehr als hundertsiebzig Meter. Pitcher war Chuck Stobbs.« Der Führer war beeindruckt.

Annette folgte Ron in ein paar Schritten Abstand. Wie immer kümmerte sie sich um die Einzelheiten, traf schwierige Entscheidungen, brachte alles wieder in Ordnung. Sie war kein Baseballfan, und im Moment ging es ihr vor allem darum, dass ihr Bruder nüchtern blieb. Er war sauer auf sie, weil sie ihm am Vorabend nicht erlaubt hatte, sich zu betrinken.

Zu ihrer Gruppe gehörten auch Dennis Fritz, Greg Wilhoit und Tim Durham. Alle vier waren in *Good Morning America* zu Gast gewesen. Der Fernsehsender ABC hatte die Reisekosten übernommen. Jim Dwyer von der New Yorker *Daily News* gehörte ebenfalls zu ihrer Gruppe.

Sie blieben im Center Field auf dem Warnstreifen stehen. Auf der anderen Seite befand sich der Monument Park mit den großen Büsten von Ruth und Gehrig, Mantle und DiMaggio und einem Dutzend kleinerer Tafeln zur Erinnerung an weitere große Yankee-Spieler. Vor der Renovierung habe dieser kleine Winkel geradezu geheiligten Bodens tatsächlich zum Fair Territory gehört, erklärte der Führer. Ein Tor im Zaun führte zu dem mit Ziegeln gepflasterten Hof. Für einen Augenblick hätte man vergessen können, dass sie sich in einem Baseballstadion befanden.

Ron trat dicht an die Büste von Mantle heran und las die kurze Biografie auf der Tafel. Als Kind hatte er die wichtigsten Daten seiner Karriere auswendig gelernt, und er wusste sie immer noch.

Sein letztes Jahr als Yankee hatte Ron 1977 in Fort Lauderdale in der Class A gespielt. Viel weiter konnte sich ein ernsthafter Spieler nicht vom Monument Park entfernen.

Annette besaß ein paar alte Fotos von ihm in der Spielkleidung der Yankees. Die war sogar wirklich einmal von einem echten Yankee in eben diesem Stadion getragen worden. Der große Klub gab sie einfach weiter, und auf dem traurigen Weg der alten Spielkleidung durch die Minor Leagues trug sie Narben davon, die das Leben fernab der großen Zentren mit sich brachte. Jede einzelne Hose war an Knien und Gesäß geflickt. Jedes einzelne Taillenband war eingenäht, wieder herausgelassen und mit Markierungen versehen worden, damit die Hosen gerade saßen. Jedes Trikot zeigte Gras- und Schweißflecken.

1977 spielte Ron vierzehnmal für die Fort Lauderdale Yankees, schlug dreiunddreißig Innings, gewann zwei, verlor vier und hatte so hart zu kämpfen, dass die Yankees kein Problem damit hatten, ihn abzuservieren, als die Saison endlich vorüber war.

Die Führung ging weiter. Ron blieb kurz stehen, um die Gedenktafel von Reggie Jackson mit einem verächtlichen Blick zu bedenken. Der Führer erzählte, dass sich die Größe des Stadions immer wieder verändert habe. So sei es zu Ruths Zeiten größer gewesen als zu denen von Maris und Mantle. Die Filmcrew folgte ihnen gehorsam und drehte Szenen, die umgehend der Schere zum Opfer fallen würden.

Annette amüsierte sich über die Aufmerksamkeit, die Ron zuteil wurde. Als Kind und als Teenager hatte er sich danach gesehnt, im Scheinwerferlicht zu stehen. Vierzig Jahre später folgten die Kameras tatsächlich jeder seiner Bewegungen.

Genieß den Augenblick, sagte sie sich. Noch vor einem Monat saß er in einem psychiatrischen Krankenhaus, und niemand wusste, ob er dort je herauskommen würde.

Gemächlich schlenderten sie zur Bank der Yankees zurück, wo sie eine Weile herumstanden. Ron genoss die letzten Minuten der magischen Atmosphäre.

»Jetzt kann ich mir vorstellen, was für ein Gefühl es sein muss, hier zu spielen«, sagte er zu Mark Barrett.

Mark nickte, aber ihm fiel keine Antwort darauf ein.

»Ich wollte immer nur Baseball spielen«, meinte Ron. »Das war das Einzige in meinem Leben, das mir wirklich Spaß gemacht hat.«

Er schwieg und sah sich kurz um. »Es ist wie eine Welle, die über dich drüberspült, weißt du. Irgendwann ist es vorbei. Ich will eigentlich nur ein kaltes Bier.«

In New York begann das Trinken.

Vom Yankee-Stadion aus ging der Triumphzug weiter nach Disney World, wo ein deutscher Fernsehsender der ganzen Gruppe drei Nächte im Themenpark spendierte. Dafür mussten Ron und Dennis ihre Geschichte erzählen. Die Deutschen, als typische Europäer vom Thema Todesstrafe fasziniert, hielten alle Einzelheiten fest.

Am besten gefiel Ron Epcot mit dem deutschen Dorf. Dort gab es bayrisches Bier, von dem er einen Krug nach dem anderen leerte.

Sie flogen zu einem Live-Auftritt in *Leeza* nach Los Angeles. Kurz vor der Sendung schlich Ron sich weg und kippte einen halben Liter Wodka. Da er kaum noch Zähne hatte, war seine Aussprache ohnehin nicht besonders deutlich, sodass seine schwere Zunge nicht weiter auffiel.

Die Story verlor allmählich an Aktualität, und schließlich trat die Gruppe, die aus Ron, Annette, Mark, Dennis, Elizabeth und Sara Bonnell bestand, die Heimreise an.

Dabei wollte Ron auf gar keinen Fall nach Ada zurück.

Er wohnte bei Annette. Ein schwieriger Eingewöhnungsprozess begann. Die Reporter verschwanden allmählich.

Unter Annettes ständiger Aufsicht nahm er gewissenhaft seine Medikamente und stabilisierte sich. Er schlief viel, spielte Gitarre und träumte davon, ein berühmter Sänger zu werden. Sie erlaubte in ihrem Haus keinen Alkohol, und er ging nur selten aus.

Die Angst, verhaftet und wieder ins Gefängnis gesteckt zu werden, verzehrte ihn. Instinktiv warf er immer wieder Blicke über die Schulter. Bei jedem lauten Geräusch schreckte er zusammen. Ron wusste, dass die Polizei ihn nicht vergessen hatte. Sie glaubte immer noch, dass er irgendwie in den Mord verwickelt war. Wie die meisten in Ada.

Er wollte weg, hatte aber kein Geld. Er war nicht in der Lage zu arbeiten und sprach auch nie davon, sich einen Job zu suchen. Seit fast zwanzig Jahren hatte er keinen Führerschein mehr, und er war auch nicht besonders daran interessiert, die Theorie zu lernen und Prüfungen zu machen.

Annette stritt sich mit der Sozialversicherungsbehörde um die Nachzahlung seiner Erwerbsunfähigkeitsrente. Die Zahlungen waren eingestellt worden, als er ins Gefängnis gekommen war. Schließlich setzte sie sich durch und erhielt eine Einmalzahlung von sechzigtausend Dollar. Außerdem bekam er seine monatliche Rente von sechshundert Dollar wieder, die ihm zustand, bis er seine Erwerbsfähigkeit wiedererlangte, womit kaum zu rechnen war.

Plötzlich fühlte er sich wie ein Millionär und wollte eine eigene Wohnung. Außerdem hielt ihn nichts mehr in Ada und Oklahoma. Annettes einziges Kind, Michael, lebte in Springfield, Missouri. Daher wurde beschlossen, dass Ron dorthin ziehen sollte. Für zwanzigtausend Dollar kauften sie einen neuen, möblierten Trailer mit zwei Schlafräumen, den Ron bezog.

Obwohl alle stolz waren, fragte sich Annette, wie Ron allein zurechtkommen würde. Als sie schließlich abfuhr, saß er hochzufrieden in seinem neuen Liegesessel und sah fern. Als sie drei Wochen später wiederkam, um nach ihm zu sehen, saß er immer noch in seinem Sessel. Um ihn herum stapelten sich deprimierend viele leere Bierdosen.

Wenn er nicht schlief, trank, telefonierte oder Gitarre spielte, trieb er sich an einem Wal-Mart in der Nähe herum, von dem er Bier und Zigaretten bezog. Aber nach einem

Zwischenfall wurde er aufgefordert, sich von dem Gelände fernzuhalten.

Während dieser aufregenden Tage, in denen er ganz sich selbst überlassen war, entstand die fixe Idee, dass er alles Geld zurückzahlen wollte, das man ihm im Lauf der Jahre geliehen hatte. Geld zu sparen schien ihm absurd. Also fing er an, es zu verschenken. Spendenaufrufe im Fernsehen rührten ihn zutiefst. Hungernde Kinder, Evangelisten, denen der Verlust ihres Amtes drohte – allen schickte er Geld.

Seine Telefonrechnungen waren astronomisch. Er rief Annette und Renee an, Mark Barrett, Sara Bonnell, Greg Wilhoit, die Anwälte der Behörde für die Strafverteidigung Mittelloser, Richter Landrith, Bruce Leba, sogar einige Gefängniswärter. Normalerweise war er guter Stimmung und froh, frei zu sein, aber gegen Ende jeden Gesprächs fing er an, von Ricky Joe Simmons zu schwadronieren. Dass Glen Gores DNA am Tatort gefunden worden war, überzeugte ihn nicht. Simmons sollte unverzüglich verhaftet werden, weil er »Debra Sue Carter am 8. Dezember 1982 in ihrer Wohnung in der 1022 1/2 East 8th Street vergewaltigt, sexuell genötigt, mit einem Gegenstand vergewaltigt und gewaltsam zum Analverkehr gezwungen und ermordet hat!« Dieses höchst konkrete Ansinnen wurde in jedem Gespräch mindestens zweimal erwähnt.

Merkwürdigerweise rief Ron auch Peggy Stillwell an. Zwischen beiden entwickelte sich am Telefon eine herzliche Beziehung. Er versicherte ihr, dass er Debbie nie begegnet sei, und sie glaubte ihm. Achtzehn Jahre nach dem Tod ihrer Tochter war sie immer noch nicht darüber hinweg. Sie gestand Ron, dass sie seit Jahren den Verdacht nicht loswerde, dass der Mord nicht wirklich aufgeklärt sei.

Im Allgemeinen schlug Ron einen Bogen um Kneipen und Frauen von zweifelhaftem Ruf, aber einmal fiel er doch herein. Ohne auf seine Umgebung zu achten, ging er die Straße entlang, als ein Auto mit zwei Frauen anhielt. Er stieg ein. Gemeinsam zogen sie durch die Bars. Es wurde spät, und schließlich landeten alle in seinem Trailer, wo eine seiner Begleiterinnen das Bargeld fand, das er unter dem Bett versteckt hatte. Als er später den Diebstahl von eintausend Dollar entdeckte, schwor er allen Frauen ab.

Sein einziger Freund in Springfield war sein Neffe Michael Hudson. Ron überredete ihn, sich eine Gitarre zu kaufen, und brachte ihm ein paar Akkorde bei. Michael sah regelmäßig nach ihm und erstattete seiner Mutter Bericht. Ron trank immer mehr.

Der Alkohol vertrug sich nicht mit seinen Medikamenten, und er wurde schwer paranoid. Schon beim Anblick eines Streifenwagens bekam er Panikattacken. Er ging noch nicht einmal bei Rot über die Straße, weil er dachte, die Polizei hätte ihn immer im Auge. Peterson und die Polizei von Ada mussten etwas im Schilde führen. Er verklebte die Fenster mit Zeitungen, brachte an den Türen Vorhängeschlösser an und verklebte sie dann ebenfalls von innen. Wenn er schlief, hielt er ein Fleischermesser in der Hand.

Mark Barrett besuchte ihn zweimal und blieb über Nacht. Er war entsetzt über Rons Zustand, Paranoia und Trunksucht. Besonders beunruhigend fand er das Messer.

Ron war einsam und hatte furchtbare Angst.

Auch Dennis Fritz traute sich nicht bei Rot über die Straße. Er kehrte nach Kansas City zurück und zog in das kleine Haus seiner Mutter in der Lister Avenue. Als er es zuletzt gesehen hatte, war es von einem enttäuschten SWAT-Kommando umzingelt gewesen.

Monate nach ihrer Freilassung war noch immer keine Anklage gegen Glen Gore erhoben worden. Die Ermittlungen schleppten sich dahin. Soweit Dennis wusste, standen er und Ron nach wie vor unter Verdacht. Schon der Anblick eines Streifenwagens ließ ihn zusammenzucken. Wenn er aus dem Haus ging, achtete er darauf, dass ihm niemand folgte. Wenn das Telefon klingelte, fuhr er zusammen.

Er besuchte Ronnie in Springfield und war entsetzt über dessen Trinkerei. Sie versuchten, sich ein paar Tage gemeinsam zu amüsieren und Erinnerungen auszutauschen, aber Ronnie trank einfach zu viel. Er wurde zwar nicht ausfällig oder sentimental, wenn er getrunken hatte, doch er war laut und keine angenehme Gesellschaft. Normalerweise schlief er bis Mittag, öffnete dann ein Bier, das Frühstück und Mittagessen ersetzte, und fing an, Gitarre zu spielen.

Eines Abends fuhren sie herum, tranken Bier und genossen ihre Freiheit. Ron spielte Gitarre. Dennis fuhr äußerst vorsichtig. Er kannte Springfield nicht und wollte auf keinen Fall Ärger mit der Polizei. Ron wollte unbedingt an einem Nachtclub halten und die Leute beschwatzen, ihn auftreten zu lassen. Dennis hielt das für keine gute Idee, vor allem, weil Ron weder den Besitzer noch die Türsteher des Clubs kannte. Nach einem hitzigen Streit fuhren sie zurück zum Trailer.

Ron träumte davon, auf der Bühne zu stehen. Er wollte vor Tausenden Menschen auftreten, Alben verkaufen und berühmt werden. Dennis wies ihn lieber nicht darauf hin, dass das angesichts seiner krächzenden Stimme, der geschädigten Stimmbänder und seines eher bescheidenen Talents als Gitarrist wohl ein Traum bleiben würde. Allerdings drängte er Ron, weniger zu trinken. Er schlug vor, ab und zu statt des Budweisers, von dem Ron täglich enorme Mengen verputzte, zu einem alkoholfreien Bier zu greifen. Ron wurde dick, und Dennis drängte ihn, Sport zu treiben und mit dem Rauchen aufzuhören.

Ron hörte sich das an, trank aber weiter, und zwar richtiges Bier. Nach drei Tagen fuhr Dennis nach Kansas City zurück. Einige Wochen später kam er mit Mark Barrett vorbei, der zufällig in der Stadt war. Die beiden fuhren Ron zu einem Café, wo er auf der winzigen Bühne gegen Trinkgeld Bob-Dylan-Songs zum Besten gab und dazu Gitarre spielte. Obwohl sich die wenigen Gäste mehr für ihr Essen als die Musik interessierten, war Ron glücklich, auftreten zu dürfen.

Um sich zu beschäftigen und wenigstens etwas Geld zu verdienen, nahm Dennis einen Teilzeitjob an, bei dem er zum Mindestlohn Hamburger grillen musste. In den vergangenen zwölf Jahren hatte er sich permanent mit Gesetzestexten befasst, eine Gewohnheit, die sich nur schwer ablegen ließ. Barry Scheck empfahl ihm ein Jurastudium und versprach sogar, sich an den Studiengebühren zu beteiligen. Die University of Missouri in Kansas City war nicht weit. Dort gab es eine juristische Fakultät mit flexiblen Vorlesungszeiten. Dennis fing an, sich auf die Aufnahmeprüfung vorzubereiten, aber bald wurde ihm alles zu viel.

Er litt unter posttraumatischem Stress, und der Druck zehrte an seinen Kräften. Die Schrecken des Gefängnisses waren allgegenwärtig. Albträume, Flashbacks und die Angst, erneut verhaftet zu werden, ließen ihn nicht los. Im Mordfall Carter wurde immer noch ermittelt. Solange die Polizei von Ada auf dem Kriegspfad war, rechnete er jederzeit damit, ein nächtliches Klopfen an der Tür zu hören oder sich gar erneut von einem SWAT-Kommando umzingelt zu sehen. Schließlich begann er eine Therapie. Allmählich geriet sein Leben wieder in geordnete Bahnen. Barry Scheck sprach von einer Klage, einem großen Prozess gegen die Verantwortlichen für dieses Unrecht. Darauf konzentrierte Dennis sich jetzt.

Rons Leben entwickelte sich in die entgegengesetzte Richtung. Er benahm sich eigenartig, was den Nachbarn nicht entging. Dann fing er an, im Trailerpark mit dem Fleischermesser herumzulaufen, weil er angeblich von Peterson und den Cops aus Ada verfolgt wurde. Da musste er sich doch schützen! Ins Gefängnis würde er jedenfalls nicht mehr gehen.

Annette bekam einen Räumungsbefehl. Als Ronnie ihre Anrufe nicht annahm, besorgte sie sich einen Gerichtsbeschluss, mit dem sie ihn zur Untersuchung seines Geisteszustands abholen lassen konnte.

Er saß hinter zugeklebten und abgedeckten Fenstern und Türen in seinem Trailer vor dem Fernseher und trank ein Bier, als er plötzlich ein Megafon hörte. »Kommen Sie mit erhobenen Händen heraus!«, befahl eine quäkende Stimme. Er warf einen Blick nach draußen, sah Polizisten und war davon überzeugt, dass es mit seinem Leben wieder zu Ende war. Bestimmt wollten sie ihn zurück in die Todeszelle bringen.

Die Polizisten hatten ebenso viel Angst vor ihm wie er vor ihnen, aber schließlich verständigten sich beide Seiten. Ron wurde nicht in die Todeszelle gebracht, sondern zur Untersuchung in ein psychiatrisches Krankenhaus.

Der Trailer, der nach nicht einmal einem Jahr bereits ziemlich heruntergekommen war, wurde verkauft. Als Ron aus dem Krankenhaus entlassen werden sollte, fand Annette nach einigem Suchen einen Platz in einem Pflegeheim außerhalb von Springfield. Sie fuhr zum Krankenhaus, lud ihn ein und verfrachtete ihn ins Dallas County Care Center.

Zunächst empfand Ron den strukturierten Tagesablauf und die regelmäßige Pflege als angenehm. Er nahm seine Medikamente zur richtigen Zeit. Alkohol war verboten. Sein Befinden besserte sich, aber bald hatte er genug davon, unter gebrechlichen alten Leuten im Rollstuhl zu leben. Er fing an, sich zu beschweren, und wurde schnell so unerträglich, dass Annette ihm ein Zimmer in Marshfield, Missouri, besorgte. Aber auch das war ein Heim voller trauriger alter Leute. Ron war erst siebenundvierzig. Was sollte er in einem Pflegeheim? Diese Frage stellte er so oft, dass Annette schließlich beschloss, ihn nach Oklahoma zurückzuholen.

Nach Ada wollte er auf keinen Fall. Nicht dass das irgendwer von ihm verlangt hätte. Annette fand für ihn ein Bett in Harbor House in Oklahoma City. Das frühere Motel war zu einem Heim für Männer in der Übergangsphase umgebaut worden, wobei man nur hoffen konnte, dass es der Übergang in eine bessere Zeit war. Alkohol war strikt verboten. Ron war mittlerweile seit mehreren Monaten nüchtern.

Mark Barrett besuchte ihn mehrfach in Harbor House. Von Anfang an war ihm bewusst, dass Ron dort nicht lange würde bleiben können. Niemand konnte das. Die meisten anderen Bewohner liefen herum wie Zombies und waren noch schwerer geschädigt als Ron.

Die Monate vergingen, ohne dass gegen Glen Gore Anklage wegen Mordes erhoben worden wäre. Die neuen Ermittlungen erwiesen sich als ebenso erfolgreich wie die vor achtzehn Jahren.

Die Polizei von Ada, die Staatsanwaltschaft und das OSBI verfügten über den eindeutigen DNA-Beweis, dass Sperma und Haar am Tatort von Glen Gore stammten. Trotzdem gelang es ihnen nicht, den Mord aufzuklären. Dafür brauchten sie weitere Beweise.

Ron und Dennis galten immer noch als verdächtig. Obwohl sie frei waren und ihre Freiheit genossen, hing das wie ein Damoklesschwert über ihnen. Sie sprachen mindestens einmal pro Woche, manchmal täglich, miteinander und mit ihren Anwälten. Nachdem sie ein Jahr lang in Angst gelebt hatten, entschlossen sie sich zurückzuschlagen.

Hätten sich Bill Peterson, die Polizei von Ada und der Staat Oklahoma für das begangene Unrecht entschuldigt und die Akten von Ron Williamson und Dennis Fritz geschlossen, dann hätten die offiziellen Stellen die traurige Geschichte wenigstens auf ehrenhafte Weise beendet.

Stattdessen ließen sie sich lieber verklagen.

Im April 2000 reichten die Streitgenossen Dennis Fritz und Ron Williamson Klage gegen halb Oklahoma ein. Beklagte waren die Stadt Ada, Pontotoc County, Bill Peterson, Dennis Smith, John Christian, Mike Tenney, Glen Gore, Terri

Holland, James Harjo, der Bundesstaat Oklahoma, das OSBI, die OSBI-Mitarbeiter Gary Rogers, Rusty Featherstone, Melvin Hett, Jerry Peters und Larry Mullins sowie die Beamten des Department of Corrections Gary Maynard, Dan Reynolds, James Saffle und Larry Fields.

Bei mehreren Bundesgerichten erhoben sie Klage wegen Verletzung ihrer Bürgerrechte und begründeten die Klage mit dem Verstoß gegen den vierten, fünften, sechsten, achten und vierzehnten Zusatzartikel zur Verfassung der Vereinigten Staaten. Bei der Geschäftsverteilung nach dem Zufallsprinzip wurde die Sache ausgerechnet Richter Seay übertragen, der sich später für befangen erklärte.

Der Klageschrift zufolge hatten die Beklagten erstens den Klägern durch die Fälschung von Beweisen und die Zurückhaltung von entlastendem Material einen gerechten Prozess versagt, sich zweitens verabredet, die Kläger rechtswidrig festzunehmen und in böswilliger Absicht strafrechtlich zu verfolgen, sich drittens der Täuschung schuldig gemacht, viertens vorsätzlich eine emotionale Beeinträchtigung herbeigeführt, fünftens bei der Strafverfolgung der Beklagten fahrlässig gehandelt und sechstens in böswilliger Absicht die Strafverfolgung eingeleitet und weitergeführt.

Das D. O. C. wurde der Misshandlung von Ron während seiner Zeit in der Todeszelle und der Missachtung seiner geistigen Erkrankung durch Beamte beschuldigt, die mehrfach davon in Kenntnis gesetzt worden waren.

Gefordert wurde Schadenersatz in Höhe von einhundert Millionen Dollar.

»Meines Erachtens handelt es sich um eine leichtfertig erhobene Klage, die nur Aufsehen erregen soll«, tönte Bill Peterson in der Lokalzeitung von Ada. »Ich mache mir da keine Gedanken.«

Er bestätigte erneut die »fortgesetzten« Ermittlungen wegen des Tötungsdelikts.

Die Klage wurde von Barry Schecks Kanzlei und einer Anwältin aus Kansas City namens Cheryl Pilate eingereicht. Später, als er aus der Behörde für die Strafverteidigung Mittelloser ausgeschieden war und eine eigene Kanzlei gegründet hatte, schloss sich ihnen Mark Barrett an.

Zivilprozesse wegen rechtswidriger Verurteilung sind extrem schwer zu gewinnen. Den meisten zu Unrecht Verurteilten bleibt es nach ihrer Rehabilitierung verwehrt, sich an die Gerichte zu wenden. Wenn jemand zu Unrecht verurteilt wurde, heißt das noch lange nicht, dass er deswegen automatisch klagen kann.

Der potenzielle Kläger muss geltend machen und nachweisen, dass gegen seine Bürgerrechte verstoßen wurde, dass seine verfassungsgemäßen Schutzrechte missachtet wurden und dass dies zu seiner rechtswidrigen Verurteilung geführt hat. Dann kommt der schwierige Teil: Praktisch jeder, der irgendwie mit dem Prozess zu tun hat, genießt Immunität. Ein Richter kann wegen eines Fehlurteils nicht belangt werden. Dabei spielt es keine Rolle, welche Fehler ihm im Verfahren unterlaufen sind. Ein Staatsanwalt genießt Immunität, solange er seine Aufgaben, also die Strafverfolgung, wahrnimmt. Nur wenn er sich zu stark in die Ermittlungen einschaltet, kann er unter Umständen haftbar gemacht werden. Und Polizisten sind immun, sofern ihnen nicht ein eklatantes Fehlverhalten nachgewiesen werden kann, dessen Verfassungswidrigkeit jedem vernünftigen Polizeibeamten hätte klar sein müssen.

Solche Verfahren kosten ein Vermögen, weil die Anwälte Hunderte, wenn nicht gar Tausende Dollar als Prozesskostenvorschuss zahlen müssen. Das Risiko bei einer solchen Klage ist enorm hoch, weil die Chancen, das Geld zurückzubekommen, verschwindend gering sind.

Die meisten zu Unrecht Verurteilten bekommen – wie Greg Wilhoit – nie auch nur einen Cent Entschädigung.

Rons nächste Station war das Übergangsheim in Norman, wo er im Juli 2001 einzog. Es war eine renommierte Einrichtung, die eine strukturierte Umgebung, Psychotherapie und Eingliederungsmaßnahmen für Männer anbot. Ziel war es, die Patienten zu befähigen, mit Unterstützung eines Therapeuten allein zu leben. Schließlich und endlich sollten sie als produktive, stabile Bürger wieder in die Gesellschaft integriert werden.

Phase eins war ein Zwölfmonatsprogramm, bei dem die Männer in Schlafsälen untergebracht waren und sich an strenge Regeln halten mussten. Eine der ersten Übungen bestand darin, die Benutzung der Linienbusse zu erlernen, damit sie sich allein in der Stadt bewegen konnten. Kochen, Putzen und persönliche Hygiene standen ebenfalls auf dem Unterrichtsplan und wurden sehr ernst genommen. Ron konnte Rühreier zubereiten und wusste, wie man ein Erdnussbutter-Sandwich schmiert.

Er blieb lieber in der Nähe seines Zimmers und wagte sich nur zum Rauchen nach draußen. Nach vier Monaten hatte er immer noch nicht begriffen, wie das Bussystem funktionierte.

Rons Sandkastenliebe war ein Mädchen namens Debbie Keith gewesen. Ihr Vater war Pastor und hatte gewollt, dass seine Tochter einen Pastor heiratete. Da war Ron natürlich nicht infrage gekommen. Mickey Keith, ihr Bruder, war in die Fußstapfen seines Vaters getreten und Pastor der evangelistischen Kirche in Ada geworden, bei der Annette eine neue Heimat gefunden hatte. Auf Wunsch von Ron und Annette fuhr Reverend Keith nach Norman zum Übergangsheim.

Ron meinte es ernst. Er wollte sich erneut einer Gemeinde anschließen und sein Leben in Ordnung bringen. Im Grunde seines Herzens war er ein tiefgläubiger Mensch, der auf Gott und Jesus Christus vertraute. Nie würde er die Heilige Schrift, die er als Kind auswendig gelernt hatte, oder seine geliebten Gospels vergessen. Trotz seiner Irrtümer und

Fehler sehnte er sich verzweifelt danach, zu seinen Wurzeln zurückzukehren. Das schlechte Gewissen wegen seines Lebenswandels nagte an ihm, aber er vertraute auf Jesu Verheißung göttlicher, ewiger und vollständiger Vergebung.

Reverend Keith redete und betete mit Ron. Dann besprach er die Formalitäten mit ihm. Wenn sich Ron der Gemeinde wirklich anschließen wolle, müsse er einen Antrag ausfüllen, in dem er bestätige, dass er wiedergeborener Christ sei, die Gemeinde mit dem Zehnten unterstützen und anwesend sein werde, wann immer es ihm möglich sei. Außerdem verpflichte er sich dazu, niemals Schande über die Gemeinde zu bringen. Ron füllte das Formular auf der Stelle aus und unterschrieb. Sein Antrag wurde dem Gemeindevorstand vorgelegt, erörtert und genehmigt.

Ein paar Monate lang war er einigermaßen zufrieden. Er war clean und nüchtern. Mit Gottes Hilfe wollte er seine Sucht besiegen. Dazu schloss er sich den Anonymen Alkoholikern an, wo er nur selten eine Versammlung verpasste. Er bekam Medikamente in der richtigen Dosis, und Familie und Freunde genossen seine Gesellschaft. Er war laut, aber witzig. Immer hatte er eine schlagfertige Erwiderung oder eine Anekdote auf den Lippen. Um Fremde zu erschrecken, begann er seine Geschichten gern mit den Worten »Als ich damals in der Todeszelle saß …« Seine Familie hielt möglichst engen Kontakt zu ihm. Oft wunderte sie sich über seine minutiöse Erinnerung an Ereignisse, die geschehen waren, als er nicht bei Verstand gewesen war.

Das Übergangsheim lag in der Nähe des Stadtzentrums von Norman. Zu Fuß war es nicht weit zu Mark Barretts Kanzlei. Ron kam oft auf einen Sprung vorbei. Dann tranken Anwalt und Mandant Kaffee, unterhielten sich über Musik und erörterten das Verfahren. Ron interessierte sich verständlicherweise vor allem dafür, wann der Rechtsstreit beigelegt sein mochte und wie viel Geld er wohl bekommen würde. Mark lud Ron zu seiner eigenen Gemeinde in Norman ein, den Disciples of Christ. Gemeinsam mit Mark und dessen Frau besuchte Ron eine Sonntagschulklasse und war fasziniert von den offenen, liberalen Diskussionen über Bibel und Christentum. Alles durfte hinterfragt werden, während das Wort in der Pfingstbewegung stets eine exakte Bedeutung hatte, die als unfehlbar galt. Abweichende Meinungen wurden nicht gern gesehen.

Ron verbrachte vor allem viel Zeit mit seiner Musik. Immer wieder übte er Stücke von Bob Dylan oder Eric Clapton, bis er eine gute Imitation zustande brachte. Er bekam tatsächlich kleine Engagements in Cafés und Bars in Norman und Oklahoma City, wo er für ein Trinkgeld spielte und auf Wunsch der wenigen Gäste ausgewählte Stücke vortrug. Angst hatte er keine. Sein Stimmumfang war begrenzt, aber das war ihm egal. Ron versuchte sich an jedem Song.

Die Oklahoma Coalition to Abolish the Death Penalty, eine Bewegung zur Abschaffung der Todesstrafe, lud ihn zu einer Wohltätigkeitsveranstaltung im Firehouse, einem beliebten Treffpunkt in der Nähe des Campus der University of Oklahoma, ein, wo er singen und reden sollte. Sein Auftritt vor zweihundert Personen – einem viel größeren Publikum, als er es sonst kannte – wühlte ihn so auf, dass er sich zu weit vom Mikrofon entfernt aufstellte. Seine Stimme war kaum zu hören, aber sein Vortrag kam trotzdem gut an. An diesem Abend lernte er Dr. Susan Sharp kennen, eine Professorin für Kriminologie an der University of Oklahoma, die sich aktiv für die Abschaffung der Todesstrafe einsetzte. Sie lud ihn in ihre Vorlesungen ein, was er gern wahrnahm.

Die beiden freundeten sich an. Bald betrachtete Ron Dr. Sharp als seine Freundin, während sie sich bemühte, die Beziehung auf einer freundschaftlich-professionellen Ebene zu halten. Sie erkannte, wie tief verletzt und vom Leben gezeichnet er war, und war entschlossen, ihm zu helfen. Eine Liebesbeziehung kam für sie nicht infrage, was er bereitwillig akzeptierte.

Dann war die erste Phase im Übergangsheim abgeschlossen. Die zweite Phase bestand darin, dass er eine eigene Wohnung bezog. Annette und Renee beteten inbrünstig, dass er es schaffen möge, allein zu leben. Sie versuchten, den Gedanken an eine Zukunft in Pflegeheimen, betreuten Einrichtungen und psychiatrischen Kliniken zu verdrängen. Falls er Phase zwei überstand, wäre der nächste Schritt die Arbeitssuche.

Etwa einen Monat lang hielt Ron durch, dann ging es zunehmend bergab. Ohne festen Tagesablauf auf sich selbst gestellt, hörte er auf, seine Medikamente regelmäßig zu nehmen. Lieber wollte er ein kühles Bier. Sein Stammlokal wurde das Deli, eine Kneipe auf dem Campus, die vor allem Säufer und Teenager aus der Subkultur anzog.

Ron hielt sich regelmäßig dort auf. Wie immer war er kein sehr angenehmer Zeitgenosse, wenn er getrunken hatte.

Am 29. Oktober 2001 gab Ron in seinem Verfahren seine Aussage zu Protokoll. Im Büro des Gerichtsstenografen drängten sich die Anwälte, die den Mann befragen wollten, der regionale Berühmtheit erlangt hatte.

Nach ein paar einleitenden Fragen meldete sich der erste Anwalt der Beklagten zu Wort. »Nehmen Sie irgendwelche Medikamente?«

»Ja.«

»Und hat Ihnen ein Arzt diese Mittel verschrieben oder Sie angewiesen, sie einzunehmen?«

»Ja, ein Psychiater.«

»Haben Sie eine Liste der Medikamente, die Sie gegenwärtig einnehmen, oder wissen Sie die Mittel auswendig?«

»Ich weiß, was ich nehme.«

»Und was ist das?«

»Zweihundertfünfzig Milligramm Depakote viermal täglich, Zyprexa einmal täglich abends und Wellbutrin einmal täglich.«

»Wofür sind diese Medikamente Ihrer Meinung nach?«

»Depakote ist gegen Stimmungsschwankungen, Wellbutrin gegen Depressionen und Zyprexa gegen eingebildete Stimmen und Halluzinationen.«

»In Ordnung. Heute interessiert uns ganz besonders, ob diese Mittel Ihr Erinnerungsvermögen beeinträchtigen. Tun Sie das?«

»Das kann ich nicht sagen. Sie haben mich ja noch nichts gefragt, woran ich mich erinnern müsste.«

Die Aussage zog sich über mehrere Stunden hin. Am Ende war er völlig erschöpft.

Als Beklagter beantragte Bill Peterson, die Klage schon im Vorverfahren als unbegründet abzuweisen, ein Routinemanöver, das ihn aus dem Verfahren heraushalten sollte.

Die Kläger machten geltend, Peterson habe seine Immunität verwirkt, als er seine Befugnisse als Staatsanwalt überschritten und angefangen habe, die polizeilichen Ermittlungen im Fall Debbie Carter zu leiten. Sie führten zwei eindeutige Beispiele dafür an, dass Peterson mutmaßlich Beweise gefälscht hatte.

Das erste war der von Glen Gore für das Zivilverfahren beeideten schriftlichen Erklärung entnommen. Darin sagte Gore aus, Bill Peterson habe ihn in seiner Zelle im Gefängnis von Pontotoc County aufgesucht und ihm gedroht, falls er nicht gegen Ron Williamson aussage. Der Erklärung zufolge hatte Peterson gesagt, Gore könne nur hoffen, »dass seine Fingerabdrücke nicht in der Wohnung von Debbie Carter gefunden werden« und »er könne sich Gore durchaus noch vorknöpfen«.

Der zweite von den Klägern angeführte Fall, in dem Beweise gefälscht worden waren, bezog sich auf den zweiten Abdruck von Debbie Carters Hand. Peterson gab zu, dass er sich im Januar 1987 mit Jerry Peters, Larry Mullins und den Ermittlern aus Ada getroffen hatte, um sich über den Abdruck zu unterhalten. Er hatte davon gesprochen, dass er hinsichtlich der Ermittlungen »mit seinem Latein am Ende sei«. Er war der Ansicht, man könne viereinhalb Jahre nach der Bestattung einen präziseren Abdruck nehmen, und bat Mullins und Peters um eine zweite Überprüfung. Daraufhin wurde die Leiche exhumiert und ein neuer Abdruck gekommen. Plötzlich änderten die Sachverständigen ihre Meinung.

Die Anwälte von Ron und Dennis engagierten ihren eigenen Sachverständigen für Fingerabdrücke, einen gewissen Bill Bailey. Mr Bailey kam zu dem Schluss, dass Mullins und Peters beim zweiten Mal zu anderen Ergebnissen gelangt seien, weil sie unterschiedliche Bereiche des Handabdrucks analysiert hätten. Bailey selbst stellte in seinem Gutachten fest, der Handabdruck an der Wand stamme nicht von Debbie Carter.

Der Bundesrichter lehnte Petersons Antrag, die Klage schon im Vorverfahren als unbegründet abzuweisen, ab. »Es stellt sich die legitime Frage, ob Peterson, Peters, Mullins und andere systematisch Beweise fälschten, um eine Verurteilung von Williamson und Fritz zu erreichen«, erklärte er dazu.

Weiterhin stellte er fest:

In diesem Fall deuten die Indizien auf eine Absprache zwischen Peterson und verschiedenen Ermittlern hin, durch die den Klägern eines oder mehrere ihrer durch die Verfassung gewährleisteten Rechte vorenthalten werden sollten. Dass die Ermittler wiederholt entlastende Beweise ignorierten und sich nur auf belastende Beweise konzentrierten, offenkundige, auf der Hand liegende Hinweise auf andere Personen nicht beachteten und sich fragwürdiger forensischer Schlussfolgerungen bedienten, legt die Vermutung nahe, dass die beteiligten Beklagten bewusst auf das Ziel der Strafverfolgung von Williamson und Fritz hinarbeiteten, ohne die Warnsignale zu beachten, die darauf hindeuteten, dass dieses Ziel ungerecht war und nicht durch die ermittelten Tatsachen gestützt wurde.

Diese Entscheidung vom 7. Februar 2002 war ein schwerer Schlag für die Beklagten und gab dem Verfahren eine neue Richtung.

Seit Jahren versuchte Renee, Annette zu überreden, aus Ada wegzuziehen. Die Leute würden Ron immer verdächtigen und hinter dem Rücken seiner Schwester tuscheln. Ihre Gemeinde habe ihn zurückgewiesen. Das schwebende Verfahren gegen Stadt und County werde noch mehr Unwillen erregen.

Annette weigerte sich. Sie war in Ada zu Hause. Ihr Bruder war unschuldig. Sie hatte gelernt, das Getuschel und die aufdringlichen Blicke zu ignorieren, und würde das auch weiterhin tun.

Aber der Prozess bereitete ihr Sorgen. Nach einem zweijährigen, intensiven vorgerichtlichen Beweiserhebungsverfahren hatten Mark Barrett und Barry Scheck das Gefühl, dass sich das Blatt zu ihren Gunsten wendete. Die Vergleichsverhandlungen wurden zwar immer wieder unterbrochen, aber bei den Anwälten beider Seiten herrschte der Eindruck vor, dass es nicht zu einer Verhandlung kommen werde.

Vielleicht war es Zeit für eine Veränderung. Im April 2002 verließ Annette Ada, wo sie sechzig Jahre lang gelebt hatte. Sie ging nach Tulsa, weil sie dort Verwandte hatte. Bald darauf zog ihr Bruder zu ihr.

Sie brannte darauf, ihn aus Norman wegzuholen. Ron trank wieder, und wenn er getrunken hatte, konnte er den Mund nicht halten. Er prahlte mit seinem Prozess, seinen vielen Anwälten, den Millionen, die er sich von denen holen würde, die ihn zu Unrecht in die Todeszelle geschickt hätten, und so fort. Er trieb sich im Deli und anderen Kneipen herum und zog die Aufmerksamkeit von Leuten auf sich, die schnell seine besten Freunde werden würden, sobald er das Geld in der Hand hatte.

Nachdem er bei Annette eingezogen war, merkte er bald, dass in ihrem Haus in Tulsa dieselben Regeln galten wie in Ada. Vor allem wurde nicht getrunken. Er wurde nüchtern, schloss sich ihrer Kirche an und fand guten Kontakt zum Pastor. Es gab eine Männergruppe mit dem Namen »Light for the Lost« – »Licht für die Verlorenen« –, die in der Bibel las und Spenden für die Mission armer Länder sammelte. Wohltätige Gaben sammelten sie vor allem mit einem monatlichen Steak- und Kartoffelessen. Ron half in der Küche mit. Seine Aufgabe war es, Ofenkartoffeln in Folie einzuwickeln. Das machte ihm großen Spaß.

Im Herbst 2002 wurde das »leichtfertig« angestrengte Verfahren mit einem Vergleich über mehrere Millionen beigelegt. Da die zahlreichen Beklagten weder ihre Selbstachtung noch ihre beruflichen Aussichten gefährden wollten, bestanden sie auf einer vertraulichen Vereinbarung. Sie selbst und ihre Versicherungen zahlten enorme Summen, ohne irgendeinen Fehler einzugestehen. Die geheime Absprache wurde in einer für die Öffentlichkeit nicht einsehbaren Akte festgehalten und war durch Beschluss eines Bundesgerichts geschützt.

Allerdings wurden die Details schon bald in den Cafés von Ada durchgehechelt, nachdem der Stadtrat hatte zugeben müssen, dass die Stadt für ihren Anteil an dem Vergleich fünfhunderttausend Dollar aus ihren Rücklagen hatte herausrücken müssen. Die Gerüchte verbreiteten sich wie ein Lauffeuer. In jedem Lokal wurden andere Summen genannt, aber allgemein war von einem Gesamtbetrag von fünf Millionen Dollar die Rede. Die *Ada Evening News* druckte diesen Betrag sogar unter Berufung auf ungenannte Quellen.

Da Ron und Dennis immer noch als Verdächtige galten, glaubten viele der braven Leute von Ada nach wie vor, sie wären an dem Mord beteiligt gewesen. Dass sie daran nun so gut verdienen sollten, erhöhte die Verbitterung noch.

Mark Barrett und Barry Scheck bestanden darauf, dass ihre Mandanten zunächst eine Pauschalzahlung erhielten. Der Rest sollte als monatliche Rente ausbezahlt werden.

Dennis kaufte sich ein neues Haus in einem Vorort von Kansas City. Nachdem er Vorsorge für seine Mutter und Elizabeth getroffen hatte, legte er den Rest bei der Bank an.

Ron erwies sich als weniger umsichtig.

Er überredete Annette, ihm beim Erwerb einer Eigentumswohnung behilflich zu sein, die in der Nähe ihres Hauses und der Kirche lag. Sie kauften für sechzigtausend Dollar eine schöne Drei-Zimmer-Wohnung, und Ron versuchte es wieder einmal allein. Ein paar Wochen lang war er stabil. Wenn Annette ihn aus irgendeinem Grund nicht fahren konnte, ging er, ohne zu murren, zu Fuß zur Kirche.

Aber er kannte Tulsa zu gut. Es dauerte nicht lange, bis er wieder in den Striplokalen und Bars unterwegs war, wo er Gott und der Welt Drinks spendierte und den Mädchen Tausende Dollars Trinkgeld gab. Das Geld und seine große Klappe zogen alle möglichen neuen und alten Freunde an, von denen ihn viele nur ausnutzen wollten. Er war übertrieben großzügig und hatte nicht die geringste Ahnung, wie er mit seinem neuen Reichtum umgehen sollte. Bevor Annette ihn unter Kontrolle bekam, hatten sich bereits fünfzigtausend Dollar in Luft aufgelöst.

In der Nähe seiner Wohnung gab es eine Bar für die Leute aus der Gegend. Das Bounty war ein ruhiges, kleines Lokal. Guy Wilhoit, Gregs Vater, war dort Stammgast. Die beiden lernten sich kennen und wurden Saufkumpane. Stundenlang unterhielten sie sich angeregt über Greg und die schlechten alten Zeiten im Todestrakt. Guy erzählte den Barkeepern und dem Wirt, Ron sei ein persönlicher Freund von ihm und Greg. Falls Ron sich in Schwierigkeiten bringe, was er gern tue, sollten sie ihn, Guy, anrufen, statt die Polizei zu holen. Sie versprachen, auf Ron aufzupassen.

Aber Ron konnte sich nicht von den Stripteaseläden fernhalten. Am liebsten ging er ins Lady Godiva, wo er sich in eine Tänzerin verliebte. Leider war sie schon vergeben, aber das machte ihm nichts aus. Als er herausfand, dass sie Familie hatte und obdachlos war, lud er alle in seine Wohnung ein und bot ihnen das Gästezimmer im oberen Stockwerk an. Die Stripperin zog mit ihren beiden Kindern und deren angeblichem Vater in seine schöne neue Eigentumswohnung. Da nichts zu essen im Haus war, rief Ron Annette an und diktierte ihr eine lange Einkaufsliste. Widerwillig besorgte sie das Gewünschte. Als sie ihre Einkäufe ablieferte, war von Ron weit und breit nichts zu sehen. Die Stripperin und ihre Familie hatten sich im oberen Schlafzimmer eingesperrt und weigerten sich herauszukommen, sodass Annette durch die Tür schreien musste. Sie stellte ihnen ein Ultimatum und drohte mit einer Klage, falls sie nicht sofort verschwänden. Sie ergriffen die Flucht. Ron vermisste sie sehr.

Ein Abenteuer folgte auf das andere, bis Annette als gesetzlicher Vormund schließlich einen Gerichtsbeschluss erwirkte. Sie stritten sich erneut um das Geld, aber im Grunde wusste Ron, was am besten für ihn war. Die Wohnung wurde verkauft, und er ging wieder ins Pflegeheim.

Seine wahren Freunde ließen ihn nicht im Stich. Dennis Fritz wusste, dass Ron Schwierigkeiten hatte, ein geregeltes Leben zu führen. Er lud ihn ein, zu ihm nach Kansas City zu ziehen, und bot an, sich um Rons Medikamente und Ernährung zu kümmern. Er wollte dafür sorgen, dass Ron Sport trieb und weniger trank und rauchte. Dennis hatte die Reformkost für sich entdeckt und setzte auf Vitamine, Nahrungsergänzungsmittel, Kräutertees und Ähnliches. Die wollte er gern auch an seinem Freund ausprobieren. Wochenlang sprachen sie von dem Umzug, aber schließlich legte Annette ihr Veto ein.

Greg Wilhoit, der jetzt ein echter Kalifornier war und engagiert gegen die Todesstrafe kämpfte, bat Ronnie, nach

Sacramento zu ziehen, wo das Leben unkompliziert und frei von Stress war. Niemand fragte dort nach der Vergangenheit. Ron gefiel der Gedanke, aber er redete lieber darüber, als ihn umzusetzen.

Bruce Leba bot Ron ebenfalls ein Zimmer an, was er bereits in der Vergangenheit wiederholt getan hatte. Annette war einverstanden, und Ron zog zu Bruce, der damals Lastwagenfahrer war. Ron fuhr mit ihm mit und genoss die Freiheit der Highways.

Annette gab dem Arrangement drei Monate – das war Rons Durchschnitt. Jede Routine und jeder Ort langweilten ihn bald. Tatsächlich stritten er und Bruce sich nach drei Monaten wegen etwas, an das sich keiner der beiden erinnern konnte. Ron kehrte nach Tulsa zurück, wo er ein paar Wochen bei Annette wohnte und dann eine kleine Hotelsuite mietete. Auch dort hielt er es nur drei Monate aus.

Im Jahre 2001, zwei Jahre nach der Freilassung von Dennis und Ron und fast neunzehn Jahre nach dem Mord, schloss die Polizei von Ada ihre Ermittlungen ab. Dann vergingen noch einmal zwei Jahre, bis Glen Gore aus dem Gefängnis in Lexington geholt und vor Gericht gestellt wurde.

Aus den verschiedensten Gründen war Bill Peterson diesmal nicht Staatsanwalt. Es wäre wohl auch nicht besonders glaubwürdig gewesen, wenn er versucht hätte, die Geschworenen zu überzeugen, indem er mit dem Finger auf den Angeklagten gezeigt und gerufen hätte: »Glen Gore, Sie verdienen den Tod für das, was Sie Debbie Carter angetan haben!« Immerhin hatte er diesen Vorwurf bereits gegen zwei andere Männer erhoben. Peterson entschuldigte sich mit einem Interessenkonflikt, schickte aber seinen Assistenten Chris Ross, der am Tisch der Anklage saß und sich Notizen machte.

Bewaffnet mit den DNA-Ergebnissen erreichte Richard Wintory, ein Sonderstaatsanwalt aus Oklahoma City, mühelos eine Verurteilung. Nachdem die Geschworenen von

Gores langem Vorstrafenregister wegen Gewalttätigkeit gehört hatten, verhängten sie ohne Zögern die Todesstrafe.

Dennis weigerte sich, den Prozess zu verfolgen, aber Ron konnte ihn nicht ignorieren. Jeden Tag rief er Richter Landrith an. »Tommy, du musst Ricky Joe Simmons schnappen«, sagte er jedes Mal.

»Tommy, vergiss Gore! Ricky Joe Simmons ist der wahre Mörder.«

Ein Pflegeheim folgte auf das andere. Sobald Ron sein neues Zuhause langweilte oder er sich ausreichend unbeliebt gemacht hatte, fingen die Telefonanrufe an, bis Annette schließlich eine andere Einrichtung gefunden hatte, die bereit war, ihn aufzunehmen. Dann packte sie sein Zeug zusammen und verfrachtete ihn dorthin. Manche der Heime stanken nach Desinfektionsmittel und Tod, während andere warm und gemütlich waren.

Dr. Susan Sharp besuchte ihn in Howe, wo er in einer netten Einrichtung untergebracht war. Ron war seit Wochen nüchtern und fühlte sich großartig. Sie fuhren zu einem Park an einem See in der Nähe der Stadt und gingen dort spazieren. Der Himmel war wolkenlos, die Luft kühl und klar.

»Er kam mir vor wie ein kleiner Junge, der sich freut, dass er draußen in der Sonne spielen darf«, sagte Dr. Sharp später.

Wenn er nüchtern war und seine Medikamente nahm, war Ron ein angenehmer Gesellschafter. Am Abend hatten sie ein »Rendezvous« zum Essen in einem Restaurant in der Nähe. Ron war sehr stolz, dass er eine attraktive Frau zum Steak einladen durfte.

17

Die starken Magenschmerzen begannen im Frühherbst 2004. Ron fühlte sich aufgebläht und konnte kaum sitzen oder liegen. Gehen brachte etwas Erleichterung, aber der Schmerz wurde immer stärker. Er war ständig müde, konnte aber nicht schlafen. Während der Nacht streifte er durch die Gänge seines neuesten Pflegeheims und versuchte, den Druck in der Magengegend loszuwerden.

Annette wohnte zwei Stunden entfernt und hatte ihn seit einem Monat nicht gesehen, obwohl er am Telefon über seine Beschwerden geklagt hatte. Als sie ihn abholte, um ihn zum Zahnarzt zu bringen, stellte sie entsetzt fest, wie aufgetrieben sein Bauch war. »Er sah aus, als wäre er im neunten Monat schwanger«, sagte sie. Sie entschieden sich gegen den Zahnarzt und fuhren zur Notaufnahme eines Krankenhauses in Seminole. Dort wurden sie an ein Krankenhaus in Tulsa verwiesen, wo bei Ron am folgenden Tag Leberzirrhose festgestellt wurde. Inoperabel, unbehandelbar, keine Chance auf eine Transplantation. Ein zweites Todesurteil, und es würde ein qualvoller Tod werden. Ihm blieben höchstens sechs Monate.

Er war einundfünfzig Jahre alt, und davon hatte er gut vierzehn hinter Gittern verbracht, wo er keine Gelegenheit gehabt hatte zu trinken. Seit seiner Entlassung vor fünf Jahren hatte er zwar kräftig zugelangt, aber es hatte auch lange Phasen vollständiger Enthaltsamkeit gegeben, in denen er gegen seine Alkoholsucht gekämpft hatte.

Warum also war er so früh an Leberzirrhose erkrankt? Annette hakte nach. Die Antwort war nicht einfach. Abgesehen vom Alkohol hatte er illegale Drogen konsumiert, seit seiner Entlassung allerdings nur sehr selten. Vermutlich hatten seine Medikamente ebenfalls dazu beigetragen. Sein halbes Leben lang hatte Ron zu verschiedenen Zeiten und in verschiedener Dosierung hochwirksame psychotrope Medikamente eingenommen.

Vielleicht hatte er von Anfang an eine schwache Leber gehabt. Das war jetzt auch gleichgültig. Wieder musste Annette Renee anrufen, um ihr die unfassbare Neuigkeit mitzuteilen.

Nachdem die Ärzte mehrere Liter Flüssigkeit abgesaugt hatten, forderte das Krankenhaus Annette auf, Ron anderweitig unterzubringen. Sieben Einrichtungen lehnten ihn ab. Schließlich fand sie ein Zimmer im Pflegeheim von Broken Arrow. Das Personal dort empfing Ronnie, als gehörte er zur Familie.

Annette und Renee wurde bald klar, dass sechs Monate eine unrealistische Prognose waren. Ron siechte schnell dahin. Bis auf seinen absurd geschwollenen Bauch schrumpfte und vertrocknete sein gesamter Körper. Während seine Leber mehr und mehr versagte, wurde der Schmerz immer unerträglicher. Er war nie beschwerdefrei. Stundenlang ging er langsam in seinem Zimmer auf und ab oder wanderte durch die Gänge des Pflegeheims.

Die Familie rückte enger zusammen und verbrachte so viel Zeit wie möglich mit ihm. Annette wohnte in der Nähe, aber Renee, Gary und ihre Kinder lebten bei Dallas. Das waren fünf Stunden Fahrt. Trotzdem kamen sie so oft wie möglich.

Mark Barrett besuchte seinen Mandanten mehrfach. Er war ein viel beschäftigter Anwalt, doch Ron war ihm immer wichtig gewesen. Sie sprachen über den Tod und das Leben danach, über Gott und die verheißene Erlösung durch Christus. Ron sah dem Tod mit großer Gelassenheit entgegen. Seit vielen Jahren freute er sich darauf. Vor dem Sterben hatte er keine Angst. Er war nicht verbittert. Er bereute vieles, was er getan hatte, die Fehler, die er begangen hatte, den Schmerz, den er anderen zugefügt hatte, aber er hatte Gott aufrichtig um Vergebung gebeten, und sie war ihm gewährt worden.

Er hegte keinen Groll, obwohl ihn Bill Peterson und Ricky Joe Simmons fast bis zum Schluss beschäftigten. Schließlich vergab er auch ihnen.

Bei seinem nächsten Besuch kam Mark auf das Thema Musik zu sprechen. Ron redete stundenlang von seiner neuen Karriere und wie er sein Leben genießen würde, wenn er erst aus dem Pflegeheim heraus war. Seine Krankheit und die Tatsache, dass er bald sterben würde, wurden nicht erwähnt.

Annette brachte ihm seine Gitarre, aber das Spielen fiel ihm schwer. Stattdessen bat er sie, ihre liebsten Kirchenlieder zu singen. Sein letzter Auftritt fand bei einer Karaoke-Veranstaltung im Pflegeheim statt. Irgendwie brachte er die Kraft auf zu singen. Das Pflegepersonal und viele Patienten kannten seine Geschichte inzwischen und feuerten ihn an. Danach tanzte er zu Musik aus der Konserve mit seinen beiden Schwestern.

Anders als die meisten Sterbenden, denen Zeit für Überlegung und Planung bleibt, rief Ron nicht nach einem Geistlichen, der ihm die Hand halten, seine letzte Beichte hören und mit ihm beten sollte. Er kannte die Bibel so gut wie jeder Prediger und glaubte fest an das Evangelium. Vielleicht war er öfter vom rechten Weg abgekommen als andere, aber er hatte bereut, und es war vergessen.

Er war bereit.

Es hatte ein paar schöne Augenblicke gegeben in den fünf Jahren seines Lebens in Freiheit, aber im Großen und Ganzen war es eine unangenehme Erfahrung gewesen. Er war siebzehnmal umgezogen und hatte mehrfach bewiesen, dass er nicht allein leben konnte. Welche Zukunft hatte er denn? Für Annette und Renee war er eine Last. Einen großen Teil seines Lebens war er jemandem zur Last gefallen, und er war müde.

Seit er in der Todeszelle gesessen hatte, hatte er oft zu Annette gesagt, er wünschte, er wäre nie geboren worden, und er wäre am liebsten tot. Er schämte sich dafür, dass er anderen so viel Kummer bereitet hatte, vor allem ihren Eltern. Er wollte zu ihnen, ihnen sagen, dass es ihm leidtue, für immer bei ihnen sein. Kurz nach seiner Entlassung fand sie ihn eines Tages in ihrer Küche, wo er am Fenster stand und mit entrücktem Blick nach draußen starrte. Er packte ihre Hand und sagte: »Bete mit mir, Annette. Bete, dass mich der Herr jetzt, in diesem Augenblick, heimholt.«

Ein Gebet, das ihr nicht möglich war.

Als Greg Wilhoit zu Thanksgiving nach Hause kam, verbrachte er zehn Tage mit Ronnie. Obwohl sich Rons Zustand schnell verschlechterte und er mit Morphium sediert wurde, unterhielten sie sich stundenlang über das Leben in der Todeszelle. Natürlich war es furchtbar gewesen, aber im Nachhinein nahmen sie es mit Humor.

Im November 2004 wurden die Verurteilten in Oklahoma im Rekordtempo hingerichtet. Viele der alten Zellennachbarn waren mittlerweile tot. Ron wusste, dass er ein paar von ihnen im Himmel wiedersehen würde. Die meisten nicht.

Ron sagte zu Greg, er habe das Beste im Leben gesehen und das Schlimmste. Es gebe nichts mehr, was ihn noch interessiere, und er sei bereit zu sterben.

»Er hatte seinen Frieden mit dem Herrn geschlossen«, sagte Greg. »Vor dem Tod hatte er keine Angst. Er wollte es nur hinter sich bringen.«

Als sich Greg verabschiedete, war Ron kaum noch bei Bewusstsein. Er bekam hoch dosiertes Morphium und hatte nur noch wenige Tage zu leben.

Rons schneller Tod kam für viele seiner Freunde überraschend. Dennis Fritz konnte auf der Durchreise das Pflegeheim nicht finden. Er wollte seinen Besuch bald nachholen, schaffte es aber nicht mehr rechtzeitig. Bruce Leba arbeitete in einem anderen Bundesstaat und hatte vorübergehend den Kontakt zu Ron verloren.

Kurz vor dem Ende stattete Barry Scheck sozusagen einen telefonischen Besuch ab. Dan Clark, der im Zivilprozess als Ermittler tätig gewesen war, installierte eine Freisprecheinrichtung, und Barrys Stimme füllte den Raum. Das Gespräch war einseitig, denn Ron bekam starke Medikamente und war dem Tod nahe. Barry versprach ihm einen baldigen Besuch, damit sie den neusten Klatsch austauschen konnten. Er entlockte Ron ein Lächeln, als er sagte: »Und wenn Sie es nicht mehr schaffen, dann schnappen wir uns Ricky Joe Simmons. Das verspreche ich Ihnen.« Die anderen lachten.

Nach dem Telefonat wurde die Familie hereingeholt.

Drei Jahre zuvor war Taryn Simon, eine bekannte Fotografin, durch das Land gereist und hatte Porträts von irrtümlich Verurteilten und später Freigesprochenen erstellt, die sie in einem Buch veröffentlichen wollte. Sie fotografierte Ron und Dennis und verfasste einen Kurzbericht über ihren Fall. Beide sollten ein paar Worte sagen oder schreiben, die als Begleittext für das Foto vorgesehen war.

Ron äußerte sich folgendermaßen:

Ich hoffe, dass ich weder in den Himmel noch in die Hölle komme. Am liebsten würde ich einfach einschlafen und nie wieder aufwachen und nie wieder einen Albtraum haben. Ich wünsche mir die ewige Ruhe, so wie es auf manchen Grabsteinen steht. Ich will nämlich nicht vor das Letzte Gericht. Ich will nicht, dass noch einmal über mich geurteilt wird. Als ich in der Todeszelle saß, habe ich mich gefragt, warum ich überhaupt geboren wurde, wenn ich all das erleben musste. Was war der Grund für meine Geburt? Fast hätte ich meine Eltern verflucht – so schlimm war es –, weil sie mich in diese Welt gebracht haben. Wenn ich noch einmal von vorn anfangen könnte, würde ich lieber gar nicht erst geboren werden.

Im Angesicht des Todes änderte Ron seine Meinung. Er wollte unbedingt in den Himmel kommen.

Am 4. Dezember scharten sich Annette, Renee und ihre Familien zum letzten Mal um sein Bett und verabschiedeten sich von ihm.

Drei Tage später versammelte sich die Trauergemeinde im Bestattungsunternehmen Hayhurst in Broken Arrow zum Gedenkgottesdienst. Rons Pastor, Reverend Ted Heaston, hielt die »Laudatio«. Charles Story, Rons Gefängniskaplan, erzählte anrührende Anekdoten aus ihrer gemeinsamen Zeit in McAlester. Mark Barrett hielt eine bewegende Grabrede, in der er von ihrer ganz besonderen Freundschaft sprach. Cheryl Pilate verlas einen Brief von Barry Scheck, der andernorts für gleich zwei irrtümlich Verurteilte im Einsatz war.

Der Sarg war offen und gab den Blick auf den blassen, grauhaarigen alten Mann frei. Er sah friedlich aus. Auf dem Sarg arrangiert lagen seine Baseballjacke, sein Handschuh und sein Schläger, daneben seine Gitarre.

Neben anderen Liedern wurden zwei Gospelklassiker angestimmt, »I'll fly away« und »He set me free«. Ron hatte die beiden Lieder als Kind gelernt und sein ganzes Leben lang gesungen, bei Evangelisationen und in kirchlichen Ferienlagern, in Ketten bei der Beerdigung seiner Mutter, an den dunkelsten Tagen seines Lebens in der Todeszelle, in Annettes Haus am Abend seiner Freilassung. Die mitreißenden Rhythmen lösten die Spannung und brachten die Trauergäste zum Lächeln.

Natürlich war es ein trauriger Gottesdienst, aber es herrschte ein allgemeines Gefühl der Erleichterung. Ein tragisches Leben war vorüber, und Ron war nun in einer besseren Welt. Darum hatte er gebetet. Endlich war er frei.

Am späteren Nachmittag kamen die Trauernden in Ada zur Bestattung zusammen. Erfreulich viele Freunde der Familie aus der Stadt hatten sich versammelt, um ihm die letzte Ehre zu erweisen. Aus Respekt vor der Familie Carter hatte Annette nicht den Friedhof gewählt, auf dem Debbie begraben lag.

Es war ein kalter, windiger Tag. Der 7. Dezember 2004 – genau zweiundzwanzig Jahre, nachdem Debbie zuletzt lebend gesehen worden war.

Zu den Sargträgern gehörten auch Bruce Leba und Dennis Fritz. Nach ein paar letzten Worten eines örtlichen Pastors, einem Gebet und noch mehr Tränen war es Zeit, sich endgültig zu verabschieden.

Rons Grabstein trägt die Inschrift

RONALD KEITH WILLIAMSON
Geboren am 3. Februar 1953
Gestorben am 4. Dezember 2004
Ein großer Kämpfer
Zu Unrecht verurteilt 1988
Freigesprochen am 15. April 1999

Anmerkungen des Autors

Zwei Tage nach der Beerdigung von Ron Williamson stieß ich beim Blättern in der *New York Times* auf seinen Nachruf. Die Schlagzeile »Der aus der Todeszelle entlassene Ron Williamson stirbt mit einundfünfzig Jahren« fesselte mich auf Anhieb. Der ungewöhnlich lange Nachruf war von Jim Dwyer verfasst und bot offenkundig Stoff für eine viel ausführlichere Story. Die Zeitung hatte ein bemerkenswertes Foto von Ron am Tag seines Freispruchs abgedruckt. Er wirkte ein wenig verwirrt, erleichtert und vielleicht sogar ein bisschen selbstzufrieden.

Irgendwie hatte ich die Geschichte seiner Haftentlassung 1999 verpasst. Die Namen Ron Williamson und Dennis Fritz waren mir völlig unbekannt.

Ich las den Nachruf zum zweiten Mal. Selbst in meinen kreativsten Augenblicken hätte ich mir keine Story ausdenken können, die so vielfältig und vielschichtig war wie die von Ron. Wie ich bald erfahren sollte, kratzte der Nachruf nur an der Oberfläche. Binnen weniger Stunden sprach ich mit seinen Schwestern Annette und Renee, und plötzlich hatte ich ein neues Buchprojekt.

Bisher war mir kaum jemals der Gedanke gekommen, ein Sachbuch zu schreiben – dafür machen mir die Romane zu viel Spaß. Ich hatte also keine Ahnung, worauf ich mich einließ. Die Geschichte und die entsprechenden Recherchen nahmen die nächsten achtzehn Monate in Anspruch. Meine Arbeit führte mich viele Male nach Ada, wo ich Gericht und

Gefängnis ebenso besuchte wie die Cafés der Stadt. Ich sah mir den alten und den neuen Todestrakt in McAlester an, fuhr nach Asher, wo ich mich zwei Stunden auf der Tribüne mit Murl Bowen über Baseball unterhielt, lernte die Büros des Innocence Project in New York kennen, aß in einem Restaurant in Seminole mit Richter Frank Seay zu Mittag, ging ins Yankee-Stadion, besuchte Tommy Ward im Gefängnis von Lexington und redete in Norman stundenlang mit Mark Barrett über die Geschichte. Ich traf mich in Kansas City mit Dennis Fritz, in Tulsa mit Annette und Renee und konnte schließlich Greg Wilhoit bewegen, aus Kalifornien nach Oklahoma zu kommen und mit mir »Big Mac« zu besichtigen. Es war das erste Mal, dass er seine alte Zelle wiedersah, die er fünfzehn Jahre zuvor verlassen hatte.

Mit jedem Besuch und jedem Gespräch erhielt die Geschichte eine neue Wendung. Ich hätte fünftausend Seiten schreiben können.

Die Reise führte mich auch in die Welt der Fehlurteile, an die ich, obwohl ich früher Anwalt war, kaum jemals einen Gedanken verschwendet hatte. Das Problem ist keineswegs typisch für Oklahoma – weit gefehlt. Fehlurteile gibt es jeden Monat in jedem Bundesstaat unseres Landes. Die vielfältigen Gründe gleichen sich: schlechte Polizeiarbeit, pseudowissenschaftliche Methoden, irrtümliche Identifizierung durch Augenzeugen, schlechte Verteidiger, faule oder arrogante Staatsanwälte.

In den Großstädten sind die Kriminaltechniker oft völlig überlastet. Verfahren und Verhalten sind daher nicht immer professionell. Und in den Kleinstädten sind die Polizeibeamten häufig unzureichend ausgebildet und handeln nach Gutdünken. Mord und Vergewaltigung schockieren die Öffentlichkeit immer noch. Das Volk will Gerechtigkeit, und zwar schnell. Bürger und Geschworene vertrauen darauf, dass sich die offiziellen Stellen richtig verhalten. Tun sie es nicht, passiert so etwas wie bei Ron Williamson und Dennis Fritz.

Oder wie bei Tommy Ward und Karl Fontenot. Beide sitzen eine lebenslange Freiheitsstrafe ab. Vielleicht wird Tommy eines Tages ein bedingter Straferlass gewährt. Karl steht diese Möglichkeit aufgrund einer Macke im Verfahren nicht offen. DNA-Tests können ihnen nicht helfen, weil es kein biologisches Beweismaterial gibt. Der oder die Mörder von Denice Haraway werden nie gefunden werden, zumindest nicht von der Polizei. Mehr über ihre Geschichte erfahren Sie unter www.wardandfontenot.com.

Bei den Recherchen zu diesem Buch stieß ich auf zwei andere Fälle, die mit Ada zu tun haben. 1983 stand ein Mann namens Calvin Lee Scott in Pontotoc County wegen Vergewaltigung vor Gericht. Das Opfer war eine junge Witwe, die in ihrem Bett lag und schlief, als sie angegriffen wurde. Da ihr der Vergewaltiger ein Kissen auf das Gesicht drückte, konnte sie ihn nicht identifizieren. Ein Haarsachverständiger vom OSBI sagte aus, die beiden am Tatort gefundenen Schamhaare »stimmten mikroskopisch gesehen« mit Proben von Calvin Lee Scott »überein«. Obwohl dieser vehement seine Unschuld beteuerte, waren die Geschworenen anderer Ansicht. Er wurde zu einer Freiheitsstrafe von fünfundzwanzig Jahren verurteilt. Nachdem er zwanzig davon verbüßt hatte, wurde er entlassen. Als DNA-Tests 2003 seine Unschuld bewiesen, saß er bereits nicht mehr im Gefängnis.

Ermittelt hatte in diesem Fall Dennis Smith. Der zuständige Bezirksstaatsanwalt war Bill Peterson gewesen.

Weiterhin bekannte sich im Jahre 2001 Dennis Corvin, der frühere stellvertretende Polizeichef von Ada, vor einem Bundesgericht der Herstellung von und des Handels mit Methamphetamin schuldig und wanderte für sechs Jahre hinter Gitter. Wie Sie sich vielleicht erinnern, war Corvin der Polizist, den Glen Gore in seiner beeideten schriftlichen Erklärung etwa zwanzig Jahre nach den mutmaßlichen Drogengeschäften erwähnte.

Ada ist eine schöne Stadt. Die Frage liegt auf der Hand: Wann wollen die braven Leute dort aufräumen?

Vielleicht wenn sie es satthaben, für Fehler bei der Strafverfolgung zu bezahlen. In den vergangenen zwei Jahren hat die Stadt Ada die Grundsteuer zweimal erhöht, um die Rücklagen wieder aufzufüllen, die für den Vergleich mit Ron und Dennis verwendet worden waren. Blanker Hohn ist, dass diese Steuern von allen Grundstückseigentümern zu entrichten sind, auch von vielen Angehörigen der Familie von Debbie Carter.

Wie viel Geld insgesamt verschwendet wird, lässt sich gar nicht errechnen. Der Bundesstaat Oklahoma gibt jedes Jahr fünfzigtausend Dollar für die Unterbringung jedes Gefangenen aus. Damit belaufen sich die Kosten für Ron auf sechshunderttausend Dollar, wobei die Zusatzausgaben für die Unterbringung im Todestrakt und die Behandlung in psychiatrischen Krankenhäusern gar nicht eingerechnet sind. Noch einmal dieselbe Summe ist für Dennis angefallen. Wenn man dann noch die Vergleichszahlungen berücksichtigt, braucht man nicht lange zu rechnen. In beiden Fällen wurden mit Sicherheit mehrere Millionen Dollar verschwendet.

Dabei sind die Tausenden Stunden, die bei den Revisionsanwälten anfielen, die sich so engagiert für die Freiheit dieser Männer einsetzten, ebenso wenig eingerechnet wie die Zeit, die die Staatsanwälte damit verschwendeten, die Hinrichtung voranzutreiben. Jeder Dollar, der für ihre Strafverfolgung und Verteidigung ausgegeben wurde, stammte aus Steuergeldern.

Dafür wurde an anderer Stelle gespart. Barney Ward erhielt für die Verteidigung von Ron ganze dreitausendsechshundert Dollar. Sie werden sich erinnern, dass Richter Jones seinen Antrag ablehnte, einen kriminaltechnischen Sachverständigen für die Prüfung der von der Anklage vorgelegten Beweise zu engagieren. Greg Saunders erhielt ebenfalls ein Honorar von dreitausendsechshundert Dollar. Mehr war dem Steuerzahler wohl nicht zuzumuten.

Die finanzielle Verschwendung ist schlimm genug, aber wirklich verheerend sind die menschlichen Opfer. Rons geistige Erkrankung verschlimmerte sich durch das Fehlurteil offensichtlich drastisch. Auch nach seiner Entlassung aus der Haft erholte er sich nicht. So geht es den meisten nach ihrer Rehabilitierung. Dennis Fritz kann sich glücklich schätzen. Er besaß den Mut, die Intelligenz und schließlich auch das Geld, ein neues Leben anzufangen. Mittlerweile führt er als wohlhabender Bürger ein ruhiges, normales Leben in Kansas City. Letztes Jahr wurde er Großvater.

Bill Peterson ist immer noch Bezirksstaatsanwalt in Ada. Zu seinen Staatsanwälten gehören Nancy Shew und Chris Ross. Einer der für ihn tätigen Ermittler ist Gary Rogers. Dennis Smith schied 1987 aus dem Ada Police Department aus und verstarb unerwartet am 30. Juni 2006. Barney Ward starb im Sommer 2005, während ich an dem Buch arbeitete, sodass ich nie mit ihm reden konnte. Richter Ronald Jones wurde 1990 als Richter abgewählt und verließ die Gegend.

Glen Gore sitzt immer noch im H-Trakt in McAlester. Im Juli 2005 hob das Revisionsgericht von Oklahoma für Strafsachen seine Verurteilung auf und ordnete die Wiederaufnahme des Verfahrens an. Das Gericht kam zu dem Schluss, dass Gore keinen gerechten Prozess bekommen habe, weil Richter Landrith seinem Verteidiger nicht gestattet habe, die Tatsache, dass zwei andere Männer bereits für diesen Mord verurteilt worden seien, als Beweis anzuführen.

Am 21. Juni 2006 wurde Gore erneut für schuldig befunden. Da sich die Geschworenen nicht auf ein Todesurteil einigen konnten, verurteilte ihn Richter Landrith wie vom Gesetz vorgesehen zu einer lebenslangen Freiheitsstrafe ohne die Möglichkeit eines bedingten Straferlasses.

Ich verdanke den Menschen, die mir bei diesem Buch geholfen haben, unendlich viel. Annette, Renee und ihre Familien gewährten mir unbeschränkten Einblick in jeden

Aspekt von Rons Leben. Mark Barrett fuhr mit mir unzählige Stunden durch Oklahoma, erzählte mir Geschichten, die ich zuerst kaum glauben mochte, trieb Zeugen auf, suchte alte Akten heraus und nutzte seine zahlreichen Kontakte. Seine Assistentin Melissa Harris kopierte eine Million Dokumente und sorgte für pedantische Ordnung.

Dennis Fritz erzählte mir seine schmerzliche Geschichte mit bemerkenswertem Enthusiasmus und beantwortete all meine Fragen, genau wie Greg Wilhoit.

Brenda Tollett von der *Ada Evening News* grub in den Archiven auf wundersame Weise Kopien der ausführlichen Berichte der Zeitung über die beiden Morde aus. Ann Kelley Weaver, die mittlerweile beim *Oklahoman* tätig ist, erinnerte sich an viele der Geschichten um den Freispruch und die Rehabilitierung der beiden.

Richter Frank Seay wollte zunächst nicht über den Fall reden. Er ist der altmodischen Überzeugung, dass Richter gehört, aber nicht gesehen werden sollten. Schließlich ließ er sich jedoch überzeugen. Bei einem unserer Telefongespräche nannte ich ihn einen »Helden«, was er energisch zurückwies. Meinen Einspruch lehnte er aus einer Entfernung von fast zweitausend Kilometern ab. Vicky Hildebrand arbeitet immer noch für ihn und erinnert sich gut daran, wie sie zum ersten Mal Rons Antrag auf Haftprüfung las.

Jim Payne ist mittlerweile selbst Bundesrichter. Er zeigte sich kooperativ, hatte aber keine Lust, sich als Rons Lebensretter feiern zu lassen. Trotzdem ist er ein Held. Nur weil er Janet Chesleys Schriftsatz nach Feierabend zu Hause so gründlich las, kamen ihm die Zweifel, die ihn dazu bewogen, Richter Seay den Aufschub der Hinrichtung in letzter Minute zu empfehlen.

Obwohl er erst ziemlich spät auf den Plan trat, war Richter Tom Landrith das einzigartige Vergnügen vergönnt, den Vorsitz in der Verhandlung zu führen, bei der Ron im April 1999 freigesprochen wurde. Die Besuche in seinem Büro im

Gerichtsgebäude in Ada waren immer ein Genuss. Er ist ein großer Geschichtenerzähler, und viele seiner Storys sind vermutlich sogar wahr.

Barry Scheck und seine Mitstreiter vom Innocence Project waren freundlich und entgegenkommend. Bis jetzt haben sie durch ihre DNA-Tests hundertachtzig Gefangenen zur Freiheit verholfen. Mindestens dreißig andere Organisationen in den Vereinigten Staaten wurden nach ihrem Vorbild gegründet. Mehr erfahren Sie unter www.innocenceproject.org.

Tommy Ward saß insgesamt drei Jahre und neun Monate im alten F-Trakt in der Todeszelle, bevor er endgültig in das Gefängnis von Lexington verlegt wurde. Wir korrespondierten eifrig. Bei manchen seiner Schilderungen ging es um Ron, und er gab mir die Erlaubnis, sie für dieses Buch zu verwenden.

Bei der Beschreibung seines Albtraums hielt ich mich zum großen Teil an *The Dreams of Ada* von Robert Mayer. Es ist ein faszinierendes Buch, eine wunderbare Erinnerung daran, wie gut Sachbücher über Kriminalfälle sein können. Mr Mayer zeigte sich bei meinen Recherchen äußerst hilfsbereit.

Dank an Lee Mann, Michael Salem, Dr. Keith Hume, Christy Shepherd, Dr. Susan Sharp, Bert Colley, Nancy Vollertsen, Leslie Delk und Kim Marks. John Sherman, der im dritten Jahr Recht an der University of Virginia studiert, vergrub sich eineinhalb Jahre lang in die Kisten mit Recherchematerial, das wir gesammelt hatten. Irgendwie gelang es ihm, nicht den Überblick zu verlieren.

Mir liegen seitenweise eidliche Aussagen der meisten an dieser Geschichte Beteiligten vor. Manche musste ich nicht befragen. Andere wollten nicht mit mir reden. Nur die Namen der mutmaßlichen Vergewaltigungsopfer wurden geändert.

John Grisham
1. Juli 2006